1814

曼斯菲爾德莊園

MANSFIELD PARK

Jane Austen

珍・奥斯汀

陳佩筠———譯

專文推薦

莊園裡的愛情與麵包

朱國珍（作家）

身為珍．奧斯汀粉絲，我最迷戀的角色是《傲慢與偏見》裡有稜有角又幽默捷才的伊莉莎白，其次是《理性與感性》中天真熱情的瑪麗安，這剛好是珍．奧斯汀前兩本書中的女主人翁。到了第三本《曼斯菲爾德莊園》，珍．奧斯汀一洗筆鋒，收斂起《傲慢與偏見》的浪漫與《理性與感性》的平衡，在一個看似和樂融融的莊園裡，一群俊男美女們翩然演出職業與階級、愛情與麵包的推理劇。

少女芬妮隻身來到《曼斯菲爾德莊園》投靠姨媽，膽怯又沒受過教育的她受到冷落，只有二表哥艾德蒙對她溫柔照顧，隨著牧師娘格蘭特太太的有錢弟弟與妹妹來訪，掀起一場社交網路的求偶遊戲。說是遊戲太天真，在一場場吃飯散步喝茶聊天的對話中，處處透露著當時社會階級差異，財富分配，以及女大當嫁的權謀。曼斯菲爾德莊園由湯瑪斯．伯特倫爵士所擁有，伯特倫太太處處依賴其姊諾里斯太太，將兩個女兒瑪莉亞、茱莉亞教養得高貴端莊，美麗大方，成為婚姻市場上的標的物，另一方面，這些千金小姐也被寵出公主病，這病症表現在她們對遠房表妹芬妮的嫌棄，認為她「從未學過法語，不禁有些瞧不起她」；其次是在任何場合，她們的首要任務是吸住男人眼球，當富二代拉許沃斯先生被瑪莉亞的美貌傾倒，即使他的「外貌與談吐並無差強人意之處，伯特倫小姐依然很得意自己征服了對方」，而且「與拉許沃斯先生結婚，不僅可讓她享盡榮華富貴，收入一舉超越父親，還能確保她在倫敦擁有自己的華宅，這正是她當前的首要目標。」

另一位千金小姐是財產有兩萬英鎊的瑪莉．克勞佛，她第一次到鄉間度假即認識英俊謙和的伯特倫家二少爺艾德蒙，說也奇怪，兩人對待事情的想法經常產生歧異，卻因為荷爾蒙作祟而漸生情愫，艾德蒙受到瑪莉的美貌與俏皮吸引，而瑪莉也是外貿協會成員，看上英俊的艾德蒙卻嫌棄他即將從事的牧師工作：「什麼！沒有薪俸可領，卻還執意擔任牧師？不行，那簡直瘋了，是徹頭徹尾的瘋子。」而個性敦厚的艾德蒙仍然溫柔解釋：「牧師不會受到英雄主義的崇拜，無法在戰場上一展長才，也沒有體面的外表，儘管如此他竟還願意做出如此抉擇，豈不更應該認定他是真心誠意，擁有良善的意圖嗎？」

若說這是打情罵俏，兩人也確實將這份感情一路走來，甚至幾次有互許終身的念頭，直到最後瑪莉的哥哥亨利．克勞佛勾引已結婚的瑪莉亞私奔，造成三個家庭的崩壞，在道德與慾望的糾結中，艾德蒙終於看清楚瑪莉的本性：「她對這樁過錯的看法不但沒有給予正確的譴責，反而認定他們只錯在恣肆妄為、不夠謹慎行事。最糟的是，她竟然建議我們接受一切、讓步，默許這樁罪行，甚至鼓勵他倆結婚。」

有書評認為珍．奧斯汀透過《曼斯菲爾德莊園》傳教，或許就在於全書近三分之一的道德訓斥意味，除了透過艾德蒙與瑪莉之間的辯論，另外就是這群年輕人選出《海誓山盟》的煽情劇作為戲劇演出的腳本，在排戲的過程中，不斷釋放男女之間的曖昧角力，更在戲中戲的角色扮演，隱藏撩妹心機。說起撩妹話術，沒人比得上亨利．克勞佛，這位身高不到一百七十三公分卻活潑有魅力的型男。當他第一次來到曼斯菲爾德莊園時，也受到已有婚約的大小姐瑪莉亞吸引，一群人參觀瑪莉亞未來夫家所擁有的「索瑟頓」莊園時，進入小禮拜堂，二小姐茱莉亞故意對亨利說：「你瞧，拉許沃斯先生與瑪莉亞並肩站著，彷彿即將要舉行婚禮了呢！」而亨利故意走向瑪莉亞，低聲向她說：「我不喜歡看到伯特倫小姐如此靠近聖壇。」這句話雖然讓瑪莉亞吃驚，但她隨後反問：「你願意將我託付給他嗎？」亨利意味深長地看了她一眼，說：「我恐怕會表現得十分彆扭。」除了禮拜堂調情，亨利在莊園散步時，誘引瑪莉亞翻越鐵門，鼓吹「為了自由不要有所顧忌」，也是同樣的隱喻。而最終，瑪莉亞雖如願嫁給富二代，享受幾個月貴婦的好日子，卻終究逃不出亨利的魔掌，與他私奔天涯。壞事成雙，茱莉亞也與曾經到莊園作客的勛爵之子葉慈私奔，比起前者因瑪莉亞有婚姻關係而妨害風化，後者在湯瑪斯爵士出面斡旋下，有了堪稱喜劇的結局。

然而真正的皆大歡喜，應屬艾德蒙最終發現長伴左右的表妹芬妮才是真愛。話說身為全書第一女主角的芬妮，似乎像一面安靜的鏡子，默默映照眾生相。她始終沒有強烈的情感，也從不多說廢話，任勞任怨幹活，私心愛慕表哥艾德蒙卻從不形於色，即使她漸漸成為出水芙蓉，獲得花花公子亨利．克勞佛青睞，甚至讓這男人動真感情。然而芬妮在面對有錢又癡心，願意公開求婚，還一路追到樸茨茅斯，毫不嫌棄芬妮老家的貧窮，動用關係幫助她哥哥威廉升職海軍上尉的亨利．克勞佛，依然不為所動，只因為她認為「我們的個性天差地遠，想法和作風差了十萬八千里，倘若我們在一起，說什麼都不可能過得幸福，就算我真的愛上他也是如此。世界上再也找不到比我們更加南轅北轍的人，沒有任何雷同的價值觀，婚後一定會過得非常悲慘。」

基因決定階級與職業，說來彷彿命定，還好有淡定的芬妮，她用理智告訴自己也告訴讀者，麵包固然重要，但是愛情才是婚姻的保證，她冷靜面對遭遇，獲得值得的回報，芬妮與艾德蒙對美德的堅持，似乎預言人生依舊真善美。珍．奧斯汀在十八世紀的《曼斯菲爾德莊園》所描繪的男歡女愛，其實也是新世紀的浮世男女，在愛情與麵包的對價關係中，有人充滿算計，有人真心不騙，終究是各取所需，只有自己知道答案，而幸福也在自己的答案裡。

目錄

系列導讀一

社會與人性的觀察家：談珍・奧斯汀的長篇小說

高瑟濡（臺灣大學外國語文學系副教授）

《傲慢與偏見》：所謂「全世界最幸運的家庭」

當我跟伊莉莎白・班奈特（Elizabeth Bennett）差不多年紀時，《傲慢與偏見》（*Pride and Prejudice*, 1813）的愛情故事吸引了我所有的注意力與想像力。她並非大姐珍（Jane）那種楚楚動人的第一眼美女，卻是五位姊妹中最有想法、最聰穎、自尊心也最強的一位。而正如同二十世紀末的全英國女性，都曾為ＢＢＣ電視影集版（一九九五年）裡，柯林・佛斯（Colin Firth）所飾演的達西先生（Mr. Darcy）那帶點傻氣與微慍的愛慕眼神著迷一般，遠在東方的現代少女也同樣曾嚮往身邊有個屬於自己的達西先生。即便自己無論是在社交、職場或愛情上，笨拙與平凡的等級，明明比較接近每天不忘記錄卡路里與體重的那位圓潤迷糊傻大姐布莉琪・瓊斯[1]，卻也仍然幻想相愛的兩人能在互相碰撞、彼此傷害，甚至在對方面前出糗而自慚形穢時，能從對方眼中體悟到自己的傲慢與偏見，並一同羞愧反省。

在珍・奧斯汀（Jane Austen）所創造出來的世界中，達西先生跟伊莉莎白可謂是理想典型的「白富美」配「高富帥」。雖然一般讀者都會同意，嚴格來說奧斯汀的角色中並沒有徹頭徹尾的大壞蛋，但若一定要推派渣男代表，那應該就是那些擅長利用自己的費洛蒙，誘惑純潔少女逾矩、私訂終身或甚至大膽私奔，最後卻能輕易屈服於財勢而背叛承諾、始亂終棄的危險男人。少數惡女們也不遑多讓，玩弄各種小手段賣力釣金龜婿，一旦遇到更可口的獵物，瞬間就能轉彎。但是奧斯汀筆下的「白富美」，儘管各自也有小缺點及小盲點，在求偶的競爭市場中被標示高低不等的價值，卻毫無例外都對感情直率而沒有心機。她們所能提供的珍寶，往往不是能贈予夫家的社會地位與嫁妝，或甚至也不是足以誇耀的過人聰慧、才藝與美貌，而是一顆清楚而富有常識（common sense）的腦袋。她們的美，則展現在其如何努力平衡自身情慾和社會要求，如何在群體中定義與扮演自身角色，如何在謹慎斟酌（discretion）的自我節制下追求自我。

至於所謂的「高富帥」，達西先生因為社會地位高而備受尊敬，即令是平常詼諧幽默、談笑風生的班奈特先生（Mr. Bennett），在他的智慧沉著與成熟自信面前，也不禁要收斂幾分。與同樣富有的賓利先生（Mr. Bingley）不同的是，達西先生與《理性與感性》（*Sense and Sensibility*, 1811）中的布蘭登上校（Colonel Brandon）及《艾瑪》（*Emma*, 1815）中的奈特利先生（Mr. Knightley）一樣，皆為大地主，他所擁有的大莊園彭伯里（Pemberley），是他之所以有資格被讚譽為「超絕高富帥」的源頭，也是讓伊莉莎白愛上他的觸媒。相較於以錢咬錢的資本家，這三位大地主的共同魅力，以及種種英雄救美帥氣作為背後的支持力量，並非房地資

---

1 Bridget Jones，英國女作家Helen Fielding筆下《BJ單身日記》（*Bridget Jones's Diary*, 1996）的女主角。該部小說的靈感即來自於《傲慢與偏見》，電影改編版（二〇〇一年）也邀請到當時人氣爆表的柯林・佛斯出演現代版的達西先生——馬克・達西（Mark Darcy）。

產（estate）所創造的財富及賦予的社會地位，而是他們勇於承擔大家長責任後散發的領袖風範與魄力，是親力親為管理莊園大小事務後培養出來的判斷力、決斷力與行動力，是用心關照上下所有家族成員時所展現的仁慈與善良，也是能善用智慧和權勢導正偏差、讓波瀾四起的社會回歸平衡的手腕。

最重要的是，相較於那些經濟還無法獨立，所以需要阿諛奉承、委屈順服的窩囊繼承人們（heirs），例如《理性與感性》中的愛德華．費勒斯（Edward Ferrars）與約翰．韋勒比（John Willoughby），以及《艾瑪》中的法蘭克．邱吉爾（Frank Churchill），抑或是從事牧師或海軍職業的非繼承人們，達西先生的彭伯里、布蘭登上校的戴拉弗（Delaford），以及奈特利先生的丹威爾（Donwell Abbey）等莊園的富裕繁榮，象徵著這三位「高富帥」在當時英國社會複雜網絡中所享有的珍貴自由。或許在奧斯汀小說的社會背景中，也只有這樣的達西先生，才能將班奈特一家從原本可預期的悲慘命運中解救出來，甚至使之一躍成為小說敘事者戲稱之「全世界最幸運的家庭」。

《理性與感性》：非關理性或感性抉擇的宿命

在《理性與感性》中，與珍和伊莉莎白一樣姊妹情深的艾蓮娜．達希伍德（Elinor Dashwood）和瑪莉安．達希伍德（Marianne Dashwood），最終可說也是仰仗大地主布蘭登上校而得以雙雙掙脫悲劇宿命。兩對姊妹同樣生活在長子繼承制（primogeniture）的陰影下，但正如執導這部小說一九九五年電影改編版本的李安導演所深刻體會到的，失去了父親與兄長保護的達希伍德姊妹們，其所面臨的禮教束縛、經濟困窘以及社會地位帶來的限制，比起還有父親守護、仍可維持仕紳家庭生活水準的班奈特姊妹們要殘酷許多。無論是乾柴烈火型的瑪莉安，或是悶騷型的艾蓮娜，她們從小在優渥順遂的環境下培育出上等品味、教養與美德，卻在失怙後，由於繼承了大筆遺產的同父異母兄長，自私冷血地吝於提供經濟資助，因而得承受在婚姻市場中大幅貶值的命運，令人不禁為之惋惜而欷噓。

雖然乍看之下，達西先生很明顯因為自身的各種優勢而言行舉止傲慢，伊莉莎白則太過相信自己的第一眼直覺而總是太快對人下評斷，然而這兩人不止在衝突中揭露彼此的缺點，也在自省中看到自己有著跟對方一樣的缺點，因而才更能彼此寬容、理解。同樣的，雖然艾蓮娜顯然代表理性而瑪莉安代表感性，然而其實兩人都兼具理性與感性，差別在於艾蓮娜以理性節制與壓抑她豐沛的情感，務求不因一己之私情而為他人、尤其是家人帶來痛苦折磨，瑪莉安則忠實於自己的情感，不受外界目光左右，轟轟烈烈去愛，最後也用全身心靈去承受被背叛的屈辱與傷痛。

在這部直接以「理性與感性」命名的小說中，奧斯汀傳達了她對於這兩項特質的複雜矛盾態度。她小心翼翼讓極可能會被批評為任性自私的瑪莉安擁有許多美好特質，而雖然不少讀者對於瑪莉安最後的結局不太滿意，甚至質疑只有單方愛慕的婚姻，對於感情豐富的瑪莉安不知到底要算獎賞還是處罰。但就當時的社會而言，布蘭登上校所能提供給達希伍德一家的物質生活與社會地位，遠遠超出她們原本所能夢想的。此外，布蘭登上校的年紀（三十五歲）雖然是瑪莉安（十六歲）的兩倍，但身為「高富帥」的他，絕不單僅能引導瑪莉安學習控制收斂感性，而是反而能寵愛甚至溺愛她，給予她更多個人空間與自由。至於瑪莉安，這樣的結局也允許她繼續沉陷於心碎與幻滅中，直到她能打從心底真正超脫，一方面佐證那段感情的真摯與深刻，一方面也能為她從瑪莉安派讀者那裡贏得更多憐惜。

兩相比較之下，艾蓮娜在感情路上所受的磨難其實並不亞於瑪莉安，但她的愛情與婚姻伴侶卻平淡普通許多。雖說她與愛德華彼此吸引，但愛德華因為與璐西（Lucy Steele）私訂終身而被母親斷絕關係，在經濟上還是得仰賴布蘭登上校給予的教區牧師職位。若單以結果論來看，可見奧斯汀對於以理性壓抑感性、重視群體勝過個人主體的行為，也並非毫無保留地支持。關於這點，可從另外兩位與艾蓮娜有類似個性與命運的女主角中得到更多佐證：《傲慢與偏見》中的珍・班奈特就是因為過於矜持內斂，達西先生才會懷疑她對賓利先生的感情，甚至試圖拆散兩人，避免已用情至深的好友賓利先生受到傷害；《勸服》（*Persuasion*, 1817）中的安・艾略特（Anne Elliot）則接受了教母羅素夫人（Lady Russell）的勸服，在種種現實考量下拒絕了溫斯沃斯上校（Captain Wentworth）的求婚，但懊悔卻隨著時間與青春的流逝越來越深。

從現代觀點來看，或許問題的癥結從來都不是在理性與感性之間作抉擇。誤會解開後，賓利先生仍然熱情地回到珍・班奈特身邊，而溫斯沃斯上校在見識過活潑外向的路易莎・穆斯格羅夫（Louisa Musgrove）那絲毫不考慮後果的莽撞行為後，也願意放下七年多以前被拒絕的屈辱，重新愛上冷靜沉著、善良可靠的安。跟韋勒比一樣都是私訂終身的愛德華，可以信守一個已被證實是錯誤的承諾，直到女方主動背叛、轉移目標到費勒斯家的新繼承人——愛德華的弟弟身上。《艾瑪》中的法蘭克・邱吉爾在珍・菲爾費克斯（Jane Fairfax）的堅持下，努力配合守住兩人私訂終身的祕密，甚至與艾瑪公開調情做為煙霧彈，直到可能反對珍・菲爾費克斯的舅媽過世後，才得以在舅舅的許可與祝福下結婚。無論是上述哪個例子，無論是選擇公開放閃或默默甜蜜，備受折磨的永遠都是投入真愛與謹守道德份際的那方。因此，問題的癥結說到底，還是抵擋不住財富壓力與誘惑的那方，而讓渣男惡女成為渣男惡女的根源，則是那允許財富操控人類情感、引誘人背叛的社會經濟制度。

《艾瑪》與《勸服》：婚姻關係與領導階級的重新想像

在六部小說中，另一個同樣讓不少讀者感到不滿意的結局，當數《艾瑪》裡，艾瑪．伍德豪斯（Emma Woodhouse）與奈特利先生幾乎毫無任何情慾元素鋪陳的結合了。由於這部小說的敘事觀點幾乎完全站在艾瑪的視角，而既然艾瑪堅信自己不需要、也不想要進入給女性太多束縛的婚姻中，又把大半時間與精力投注在教育自己自願照顧的海莉葉（Harriet Smith）並幫她找到好歸宿，以及幻想法蘭克．邱吉爾對自己理所當然的著迷中，再加上艾瑪受限與偏頗的視角，正是故事情節中造成各種誤解的源頭，因此無論是奈特利先生坦承自己對艾瑪多年的愛慕，或是艾瑪在海莉葉的告白威脅下體認到奈特利先生對自己的重要性，對於讀者來說，都是結局前突如其來的大爆點。

此外，艾瑪具備不少類似現代拉子的特質，而這也讓因此欣賞她的讀者們（特別是現代女性讀者們），難以接受她最後仍不能免俗地進入婚姻中。艾瑪是一隻驕傲的孔雀，她充分瞭解、也能充分利用自己所擁有的各種優勢，包括聰明才智、權威自信、心智力量以及財富地位等。在所有奧斯汀的女主角中，她是唯一有資格排拒婚姻，且能在各方面都與男主角相抗衡的角色，即便她有不少小缺點，尤其是以自我為中心的優越感，對於周遭的人事物又似乎一直做出錯誤判斷，但她在與奈特利先生的爭論中，卻總是能提出讓讀者也不得不贊同的觀點。她的目光完全聚焦在海莉葉與珍這兩個女性角色上，她似乎對男性缺乏情慾想像，因此感受不到艾爾頓先生（Mr. Elton）對她的追求，而法蘭克的猛獻殷勤也對她起不了致命誘惑，不可能造成實質傷害。她懂得欣賞海莉葉的女性美，並站在如同雕刻家畢馬龍[2]的男性主宰地位上，夢想將海莉葉型塑成她心中的理想女性，並為之找到足以匹配的對象。她對於珍的敵意，除了是因為嫉妒她足以與自己匹敵的教養與聰慧之外，或許更多是來自於無法進入對方的心靈世界、對她的人生無法有任何參與及影響。

像這樣一位女子的婚姻，在歷史與社會的脈絡下自有特別意義。奧斯汀創作的年代，也是浪漫詩人們創作的年代，他們同樣都經歷了工業革命、貴族沒落、社會階級鬆動、法國大革命、拿破崙戰爭等經濟、社會與政治各方面的遽變。這些現實社會中的難題與挑戰，雖然常被奧斯汀的讀者忽略，但也從未在作品中缺席。《艾瑪》與《勸服》即可被視為是奧斯汀在動亂時代中，對於婚姻關係與領導階級的重新想像。前者描繪具有自我反省意識與能力的統馭者，在不斷辯證與互相警惕中自我精進，而後者則主張以美德與能力作為衡量菁英領導階級的新標竿，取代完全由血統決定、已日趨墮落的世襲制。

---

2 Pygmalion，古羅馬詩人奧維德（Ovid）作品《變形記》（*Metamorphoses*）中的賽普勒斯雕刻家。他用雕刻在象牙上體現出自己心中的理想女人形象，卻不由自主愛上這個自己一手創造出來的成品，甚至渴望能在現實生活中找到一模一樣的女人。

若從這樣的角度來審視艾瑪這個角色，那麼她的缺點正是掌握權勢者在毫無節制下的自我膨脹，也正是她在成長為理想統治者的過程中，必須要有所自覺且加以克服的。因為她在財勢、地位與智慧各方面都凌駕於海莉葉之上，所以她自詡為監護人，就像艾爾頓太太自詡為珍的監護人一樣。她不經意地濫用海莉葉對自己的仰慕與情感，毫不質疑自己握有操控海莉葉人生的權利與義務，對海莉葉的身世之謎肆意灌注自己的豐富想像，進而武斷判定與她素未謀面的馬汀先生（Robert Martin）配不上自己想像中的海莉葉。她不僅熟悉社會階級的分層架構，也能獨立於外在社經條件去判斷個人的德行、品味與能力，她打從心底對艾爾頓太太的膚淺與勢利眼感到不恥，自己卻在情緒受法蘭克的鼓動高漲時，公開嘲笑貝茲小姐（Miss Bates）的愚鈍，侮辱了一個與達希伍德姊妹有類似悲劇遭遇的善良熟齡單身女子。艾瑪的缺點不僅源自於軟弱的父親與家庭教師的寵溺，也是當時社會制度對統治階級的縱容，更是當時女性生活經驗受限制的產物。

對於這樣的艾瑪來說，在她缺乏領導者典範的世界裡，她與奈特利先生之間的友伴式婚姻（companionate marriage）是彌足珍貴的。他們在許多方面很相似，但在許多觀點上是互補的，而艾瑪年紀輕輕就已經有足夠的能力與膽識，能抵抗奈特利先生對自己的操控，保有獨立思考判斷的可能。這樣的兩人能從多元角度檢視彼此的盲點，在履行大家長義務時，能時刻提醒彼此收斂權力。更重要的是，奈特利先生的大莊園與事業，不僅能讓艾瑪的聰慧與精力能有實質上的用武之地，更能帶艾瑪脫離海布里（Highbury）這個封閉世界的桎梏，開拓她的眼界，成為真正理想的統治者。

《勸服》中的安．艾略特與艾瑪一樣出身好家庭，兩人的命運卻有如天壤之別。母親同樣早逝的安，雖然有值得信賴與尊敬的教母在身邊，也曾有過青春美貌與摯愛戀人，但教母羅素夫人正是七年多前勸說她拒絕年輕海軍軍官溫斯沃斯上校求婚的關鍵人物。而這位如今身價暴漲歸來的前男友不但仍對此耿耿於懷，甚至多次在安的面前與穆斯格羅夫姊妹們調情，讓她心中充滿懊悔與愧疚。她也有姊妹，卻過著最孤獨的生活。已出嫁的小妹瑪莉．穆斯格羅夫（Mary Musgrave），跟伊莉莎白的母親班奈特太太一樣，老愛裝病博取他人關注。而仍小姑獨處、待價而沽的大姊伊莉莎白．艾略特（Elizabeth Elliot），則是被父親寵壞、奢華膚淺的嬌縱大小姐，年近三十仍夢想能憑藉美貌擄獲金龜婿。

青春活潑的艾瑪集大家的寵愛及尊敬於一身，她確信自己能掌握自己、甚至他人的人生，她的故事只有喜劇中常見、無傷大雅的誤解元素，有如班奈特先生風格般戲謔嘲諷的敘事聲音（narrative voice），藏不住奧斯汀本人對艾瑪的特別偏愛。《勸服》全篇則如秋天般瀰漫著淡淡憂傷，在令人窒息的環境下早已褪色、甚至眼看即將要枯萎的安，終於在能接受她、並懂得欣賞她的人群中，一次又一次證明自己能在急難中處變不驚，能默默為病痛、哀傷與驚慌失措者提供實質協助與感情撫慰，在過程中慢慢恢復原有的美貌、光澤與活力，也慢慢贏回溫斯沃斯上校的愛慕。

安的父親艾略特爵士（Sir Walter Elliot）雖然貴為從男爵（baronet），是六部小說中少數有貴族頭銜的父親，卻是最糟糕的父親，也是桎梏安的源頭。《傲慢與偏見》中，腦袋清楚的仕紳班奈特先生，雖然一直懈怠自己教育妻女的責任，樂於以超然的旁觀者視角，笑看所有人、尤其是他妻子的荒謬言行，直到事態嚴重到幾乎要無法收拾。但在莉迪亞（Lydia）私奔事件中得到教訓的他，最後還算終能體會到自己身為父親的責任。《艾瑪》中體弱多病的伍德豪斯先生只懂得關心自己與他人的健康，把教育女兒的責任，全都推到在家中原本理應沒有權威地位的家庭女教師身上，也難怪會養成艾瑪天不怕地不怕的個性。然而，最起碼這兩位父親與女主角之間的關係是親密的，他們很清楚也很懂得欣賞女兒的優點，並至少能讓女兒的個性自由發展。艾略特爵士卻是個揮霍無度、只注重外表虛榮的父親。即便已快散盡家財，被迫得移居物價水準較低的巴斯（Bath）、並將凱林奇府（Kellynch Hall）出租，他也還念念不忘妝點門面與排場，以維持與自己身分相匹配的外在形象。在母親艾略特女士（Lady Elliot）於十三年前過世後，安一直得生活在這樣價值觀錯亂的家庭裡，多年來被忽略甚至貶抑得一文不值，比外人還不如。

溫斯沃斯上校的姊夫克勞夫特上將（Admiral Croft）取代艾略特爵士入住凱林奇府，象徵在拿破崙戰爭中，以實力證明自己、並獲得相對應獎賞的海軍英雄們，將英勇的海軍魂帶回國內，成為新時代的領袖典範。他們在船上遵守嚴明的團隊紀律，擁有統御下屬的能力，敢冒險能吃苦，並能與袍澤共患難。這些都正是戰後動亂中的英國、尤其是道德逐漸崩壞的上流社會所迫切需要的特質。當平常喜歡擦脂抹粉、細心保養肌膚、在家中擺滿鏡子以便隨時能顧影自盼的艾略特爵士，自以為是地批評長年歷經風吹雨打的海軍臉上常見的粗糙肌膚時，他自我暴露的淺薄更加強而有力地凸顯出兩者之間的鮮明差距。

這樣一群足以為人表率的新時代菁英，最能與之匹配的佳偶自然也非一般上流社會所吹捧的、像穆斯格羅夫姊妹般有才藝有教養的時尚高雅女子。如果說伊莉莎白在彭伯里看到達西先生的魅力，那麼安便是從溫斯沃斯上校的姊姊克勞夫特夫人身上，看到自己可以嚮往的未來。也就是說，克勞夫特夫人與克勞夫特上將兩人形影不離、鶼鰈情深的婚姻，為安開啟了重新定義求偶條件與婚姻生活的想像空間。在十五年的婚姻中曾多次伴隨夫婿橫渡海洋的克勞夫特夫人，有著健康的心智與體魄，能長期忍受海上的各種氣候變化，從未抱怨船上的簡單設備，與夫婿同甘共苦而甘之如飴，全心全意支持夫婿的職業。而在多次近乎「美德測試」的事件中，安證明了自己也能像克勞夫特夫人一樣，成為海軍軍官的最佳伴侶。她與溫斯沃斯上校的未來，雖然仍可能有戰爭的威脅，卻必然會充滿新奇與冒險，等著相愛的兩人一起去體驗。

《曼斯菲爾德莊園》：自由轉換視角的全知敘事者

《曼斯菲爾德莊園》（*Mansfield Park*, 1814）中的芬妮．普萊斯（Fanny Price），有著比安更強烈的疏離感，她雖然從小在二姨丈湯瑪斯．伯特倫爵士（Sir Thomas Bertram）家的富裕環境中長大，卻始終只是離鄉背井、寄人籬下的外人。從十歲開始，她除了因為缺乏歸屬感而充滿不安與焦慮，更得承受勢利眼的大姨媽諾里斯太太（Mrs. Norris）的差別待遇。這樣一位邊緣角色的視角，甚至也不是這部小說的唯一敘事核心。在六部小說中，這是唯一採用全知敘事者、並讓其大量自由穿梭於其他角色內心的作品。這樣的敘事手法，一方面更加凸顯芬妮的弱勢地位，一方面讓其他角色也有獲得讀者理解甚至同情的可能，挑戰讀者習慣將男女主角簡化為道德模範的傾向。其中芬妮與瑪莉．克勞佛（Mary Crawford）這對朋友與情敵，便與艾瑪及艾爾頓太太之間形成有趣的對比。

當艾爾頓先生追求艾瑪未果後，為了療情傷而前往社交勝地巴斯的他，很快就結識並迎娶艾爾頓太太回家。雖然艾瑪對艾爾頓先生自始自終毫無半點興趣，但看到艾爾頓先生將這樣一位在各方面都讓她難以忍受的女人當作自己的替代品，內心也難免因為嚴重質疑艾爾頓先生求偶的品味而感到受辱。然而，雖然艾爾頓先生的確只看中艾爾頓太太略遜於艾瑪、但也算得上是優渥的身家背景，在艾爾頓太太這個角色身上也確實有不少艾瑪的影子。在艾瑪的眼中，艾爾頓太太舉止傲慢、高高在上、喜歡炫富、頤指氣使、以上流人士自居，卻頂多只是東施效顰的新興資產階級，缺乏悠遠的家族歷史以及真正的高雅教養。她之所以對與自己有類似缺點的艾爾頓太太懷有敵意，或許是因為自己為海莉葉設想的計畫因她而落空，或許是因為艾爾頓先生竟然為了這樣的女人就可以這麼迅速從自己造成的傷害復原，或許是因為她真心嫌惡這些缺點卻未察覺自己也有類似表現，但也或許是因為所謂「微小差異式的自戀」（narcissism of minor difference），也就是說，無論有無自覺，她或許都認為自己才真正有資格，艾爾頓太太只是山寨版的拙劣冒牌貨，而且深信兩者的表現有程度與本質上的差異。

由於艾瑪的視角是小說唯一的主要敘事核心，所以讀者看到的艾爾頓太太，幾乎就是艾瑪眼中的艾爾頓太太，而這個可笑角色的主要作用之一，乃在於做為反射與嘲諷艾瑪的鏡子。在《曼斯菲爾德莊園》的前兩卷中，芬妮跟瑪莉兩人的視角在敘事上卻有同等份量，如果說芬妮是最弱、存在感最低的女主角，那麼瑪莉便是搶盡女主風采的最強女二。這兩人都因從小寄人籬下而有受創的不愉快過去，也都與自己的哥哥有深厚感情。低下的家庭地位形成芬妮膽怯、羞澀、內斂的個性，對於被其他家人忽略的芬妮來說，艾德蒙在其人格養成與道德教育上扮演極為重要的角色，也難怪他最後會發現芬妮比瑪莉更適合自己。至於克勞佛兄妹倆，他們在雙親過世後，雖然有叔父克勞佛上將（Admiral Crawford）與叔母克勞佛太太的照顧與寵愛，但這兩位長者的驚世婚姻，以及克勞佛上將在喪妻後放縱的男女關係，對於兩兄妹的婚姻觀與道德觀難免有深遠的負面影響。

由於自由轉換的敘事觀點，讀者可窺知瑪莉與艾德蒙的確兩情相悅，然而兩人的關係卻似乎複製了克勞佛上將的婚姻。瑪莉不喜歡宗教，自然排斥艾德蒙接受任命為牧師，更加嫌棄這個職業的收入水平。艾德蒙的妹妹瑪莉亞（Maria），在結婚後仍與亨利．克勞佛（Henry Crawford）藕斷絲連、糾纏不清，遭致被夫家離緣的命運，瑪莉卻仍執意袒護哥哥，縱容其玩弄女人、只享受征服過程的癖好，拒絕跟艾德蒙一起嚴厲譴責兩人的不倫戀，甚至怪罪芬妮拒絕亨利的求婚。這對情侶在這場家庭醜聞風波中的立場與態度迥異，使艾德蒙終於認清兩人之間的鴻溝而下定決心分手。比起《理性與感性》中、為了財富而遺棄瑪莉安的韋勒比，艾德蒙的確似乎有充足理由結束這段戀情，但非因自己行為不檢而被拋棄的瑪莉，所受的傷害絕對不下於瑪莉安。敘事聲音對於瑪莉內心世界的描寫，使得瑪莉的存在不僅只是做為凸顯芬妮美德的陪襯，而是藉由兩個角色的對比，鼓勵讀者進一步深入省思家庭教育與生活環境對人格形成的影響，以及人與人之間的情感如何介入個人的道德選擇。

伯特倫（Bertram）與克勞佛兩家年輕人籌劃演出伊莉莎白．英奇巴爾德（Elizabeth Inchbald）劇作《海誓山盟》（*Lover's Vow*, 1798）的情節，即是很好的一個觀察切入點。在過程中，所有參與者似乎都各懷鬼胎，連起先反對這個提議、看似道德感較高的艾德蒙與芬妮，也並非完全無懈可擊。艾德蒙原本因劇作內容涉及禁忌議題而反對此計畫，但終究無法忍受瑪莉與其他男人在演出時可能有親密接觸，最後還是選擇妥協加入。除了道德方面的疑慮，芬妮的反對也難免摻雜私人情緒，包括她自己的膽怯個性以及對瑪莉的羨慕與嫉妒。兩人最後都參與其中，與所有人一起目睹亨利與瑪莉亞以演出為藉口公然調情，也與所有人一起縱容兩人的行為，即便是當芬妮拒絕亨利的求婚時，也因為顧慮到瑪莉亞的形象，而選擇不向伯特倫爵士揭露兩人的不當舉止。這樣因為私情而無法擇善固執到底的兩人，似乎也沒有立場譴責瑪莉在亨利與瑪莉亞事件後所採取的態度，亦或是責怪她在情感上無法感激於己有恩、卻行為放縱的克勞佛上將。

在此脈絡下，也應能從不同角度來思考潛藏在遙遠的安地卡島（Antigua）、踩著奴隸的血汗、支撐伯特倫一家富裕生活的殖民地農莊（plantation of slavery），以及這部作品中引發爭議的緘默態度。個人明顯反對奴隸制度的奧斯汀，在這部作品中給了讀者一個道德兩難的課題：得益於奴隸制度的帝國統治者，對待自家人不見得是冷酷無情的暴君，而得其羽翼庇護者如芬妮，在周圍所有人都保持緘默的氛圍下，又要如何才能有足夠的道德勇氣去質疑、更遑論去譴責一個做壞事的好人。

《諾桑格寺》：向哥德小說女王致敬

奧斯汀生長與創作的年代，不只是工業、政治、經濟與社會大革命的年代，也是堪稱為文學大革命的年代，她並未像威廉．華茲渥斯（William Wordsworth）一樣正式發表所謂「文學實驗」的宣言（Preface to *Lyrical Ballads*, 1800, 1802），但她叫好又叫座的小說創造了前所未有的獨特風格，提升了小說此一文類的文學地位。正如同她對當代社會重大議題的回應，她也同樣在多部作品中回應當代流行的文類與文學風格，探討文學對個人與社會的影響，《曼斯菲爾德莊園》裡的業餘戲劇演出，只是其中一個例子。

最早完成、但在奧斯汀身後才與《勸服》一起出版的《諾桑格寺》（*Northanger Abbey*, 1817），即是透過諧擬（parody）手法向自己喜愛的哥德小說女王安．拉德克利夫（Ann Radcliffe）致上敬意。於是乎女主角凱瑟琳．莫蘭（Catherine Morland）的角色設定，無論是家世背景、外貌個性、才能興趣等，都被刻意拿來與典型的哥德小說女主角相比，卻壓根沾不上半點邊，甚至與之完全相反。這樣一位在各方面都平凡無奇，被男主角亨利．提爾尼（Henry Tilney）譽為「天然呆」（natural），甚至帶著些許小男孩淘氣與活力的健康寶寶，在哥德小說裡絕對是有如鳳毛鱗爪的異類，卻正是哥德小說眾多女讀者的寫照。她們都是有教養、有閒情逸致的識字姑娘，在受限的生活圈中，過著平靜無波的日子，於是藉由閱讀哥德小說，她們跟著女主角一起在具有異國風情的遙遠國度（例如義大利或法國）、或遙遠的浪漫年代（例如十五、十六世紀）中長途跋涉，靠著豐富想像力去體驗現實生活中不可能遭遇到的新奇與恐怖經歷。

像《諾桑格寺》這樣的大莊園，曾經是隸屬於羅馬教廷的天主教修道院，在亨利八世與教廷決裂，使英國國教脫離教廷管轄，並解散全英格蘭的天主教修道院後（十六世紀中葉），這些房地產就成了富貴家族世代傳承的私有宅第。如此具有悠久歷史的特殊建築，本就是哥德小說創作靈感的來源，更是眾多哥德小說的空間背景，也難怪已受哥德小說制約的凱瑟琳（Catherine），一進入到《諾桑格寺》，就不由自主地被那些哥德小說家從現實生活中挪用到虛構世界裡的元素所吸引，一步一步踏入她自己所建構的哥德化現實中。

然而，奧斯汀並非意圖如華茲渥斯般譴責哥德小說對廣大讀者帶來的負面影響。事實上，在小說的文學地位仍然低下的年代，奧斯汀在這部作品中大力捍衛這個年輕文類，她甚至認為甘願自貶身價的小說家，以及不敢大方承認自己喜愛閱讀小說的讀者，都是虛偽矯情的。她讓亨利．提爾尼譴責凱瑟琳無法區分現實與虛構，卻也讓他讚揚能帶來愉悅感的好小說，他甚至主張有問題的不是小說，而是讀者自身的判斷能力，正如《曼斯菲爾德莊園》裡面的戲劇演出，也只是被濫用為公開調情的藉口。

《勸服》中的安．艾略特與班威克上校（Captain Benwick），以及《理性與感性》中的瑪莉安．達希伍德則同為自然詩與浪漫敘事詩的愛好者，前者如湯姆生（James Thomson）與古柏（William Cowper），後者如史考特爵士（Sir Walter Scott）與拜倫（Lord Byron）。這三人的個性顯然與亨利．提爾尼、凱瑟琳．莫蘭、克勞佛兄妹與伯特倫兄妹有天壤之別。他們都多愁善感，具有容易感到孤獨的特質，特別渴望能找到與自己產生靈魂共鳴的伴侶。在遇到同好與知己時，他們能感受到特殊的親密感，迫不及待會有想要掏心掏肺一吐滿腔熱情的衝動，也期待對方能有與自己相同頻率及熱度的回應。無論韋勒比是否真心喜愛詩，在他的刻意殷勤鼓勵下，瑪莉安自然一股腦兒投入兩人一起讀詩的浪漫。還無法從未婚妻過世的哀痛中走出的班威克上校，光是與安暢談詩，就有抒發悲傷的療癒功效。

無論是戲劇、哥德小說、自然詩與浪漫敘事詩，都是奧斯汀所鍾愛的文學，然而她也同時提醒讀者假戲真作的致命誘惑，辨別現實與虛構的重要性，以及縱放情感、沉溺於感傷中自悲自憐的危險。安雖然也喜愛詩，卻鼓勵班威克上校不要偏食，也應嘗試涉獵傳達積極光明能量的散文作品。做為小說家的奧斯汀，與詩人之間或許存在著本質上的差異，她是社會與人性的觀察家，她沒有激進的言論思想，卻也非故步自封的保守主義者，她不做高高在上的道德說教，而是以超然的角度、包容體諒的心、機智風趣的幽默感，去笑看芸芸眾生的弱點與荒謬，也讓讀者在笑中看盡人間百態。

系列導讀二

我們的珍·奧斯汀

馮品佳（交通大學外文系講座教授，中研院歐美所合聘研究員）

珍・奧斯汀曾經說過，自己的作品只是「在一小塊（兩吋寬的）象牙上精雕細琢，結果差強人意」的小品。對於珍迷（Janeites）而言，奧斯汀的小說當然絕對不只如此。即使她已經過世兩百年，奧斯汀的小說仍然廣受世界各地讀者喜愛，歷久不衰。然而，這位出生於十八世紀末的作家對於二十一世紀的讀者到底有什麼相關性？特別是華文世界的讀者，接觸到的是翻譯後的文字，與奧斯汀所書寫的十八、十九世紀英國社會更是距離遙遠，為何我們仍然深深受到這位隱士型作家筆下所建構的世界所吸引呢？奧斯汀的小說到底為何能夠具有這種穿越語言時空隔閡的魅力呢？

英國國家廣播電台曾經分析美國的珍迷現象，除了讀者對於十九世紀初英國文化的嚮往之外，就是小說中男女主角的羅曼史最具吸引力。不論是《傲慢與偏見》及《諾桑格寺》中舞會結下的情緣，《艾瑪》與《曼斯菲爾德莊園》中青梅竹馬兄妹式的感情昇華，《理性與感性》中的薄情郎與癡心男女，或是《勸服》中的第二次戀情，打動了不同世代的讀者，也是後世言情小說所不斷模仿的對象，並且透過層出不窮的改編電影，持續召喚新生代的珍迷進入奧斯汀的愛情魔法世界。在欲望流竄的當代社會，奧斯汀筆下各種發乎情而又止乎禮的感情篇章或許更能引人入勝。

愛情當然是奧斯汀小說的主軸，而婚姻則是她每一位女主角的最終歸依。這樣鮮明的「婚姻情節」（marriage plot）使得讀者對於奧斯汀本人的感情世界感到好奇。終身雲英未嫁的奧斯汀是如何編織出如此多此多姿的愛情故事？她理想中的婚姻究竟是何樣貌？眾所周知奧斯汀以書寫英國社會的風態（manners）見長，她筆下各種愛情故事的樣貌，應該也源自於她對於當時英國中產階級求偶故事敏銳的觀察，特別針對女性如何能在以父權為主、財富至上的社會氛圍中覓得良人抒發己見。

至於她自己的婚姻經驗，身為閨秀作家，後世對於奧斯汀的生平知之有限，再加上她過世之後，奧斯汀的姊姊焚毀了她大量的書信，使得女作家的真實人生始終是諱莫如深。除了她曾經訂婚、卻又在第二天解除婚約之外，就只有書信中提到的幾位可能戀人供後人臆測。由奧斯汀戲劇化的悔婚故事可以推測她對於婚姻的重視，就像《傲慢與偏見》中女主角伊莉莎白．班奈特即使面臨母親與經濟的壓迫，也不願意接受表哥或是達西的求婚。現實世界的奧斯汀也面臨到父親逝世之後的經濟窘境，與母親姊姊相依為命，但是對於自己選擇不婚仍然無怨無悔。從班奈特先生的口中我們也可以了解婚姻幸福的定義不是金錢，而是男女才智相當，所以能夠互相尊重。

而奧斯汀筆下的女主角到底誰才是珍／真的化身，讀者的首選可能是活潑直率的伊莉莎白，因為她聰慧明理，雖然生長於鄉村卻雍容大度，面對貴族姨媽的咄咄逼人仍然可以不卑不亢。另一位可能的人選則是《勸服》中二十六歲卻因失去初戀而容顏憔悴的安．艾略特。安最貼近奧斯汀的年齡與心態，代表的是成熟的女性智慧，這也是她能夠逆轉勝、從年輕貌美的情敵手中奪回戀人的致勝關鍵。《理性與感性》年方雙十、忍辱負重的的大姊艾蓮娜可能是十九世紀理想的女性代表，但是敢愛敢恨的小妹瑪莉安或許更能獲得現代女性的青睞。

美國作家法樂（Karen Joy Fowler）在小說《珍・奧斯汀讀書會》（*The Jane Austen Book Club*）中，敘述六位性格迥異的男女，如何在閱讀奧斯汀的六本小說之後走向不一樣的人生道路，以讀書會的方式介紹了奧斯汀的作品在當代社會的意義。不論是年近七旬的老太太、或是三十上下的年輕女性、甚至是四十餘歲的男性工程師，每個角色都透過閱讀奧斯汀的小說找到生命追尋的目標。法樂的詮釋絕對不是對於奧斯汀過度的讚美，而是領悟到這些經典文學對於人類所具有的重要啟發。奧斯汀筆下栩栩如生的人物以及對於人心及社會風態深刻的描述，超越了時空地理的限制，為不同世代的讀者創造出與個人生命息息相關的意義，這也是她的小說可以持續廣受世界各地讀者喜愛最主要的原因吧！

1

約莫三十年前，好運降臨在杭亭頓家族的瑪莉亞．瓦德小姐身上，她迷倒了北安普頓曼斯菲爾德莊園的湯瑪斯．伯特倫爵士[1]，一躍成為尊貴的爵士夫人，在氣派大宅裡享盡榮華富貴的生活。整個杭亭頓家族為這樁良緣欣喜不已，她的律師舅舅也認為至少要多上三千英鎊嫁妝，這樁婚事才稱得上門當戶對。瑪莉亞小姐的兩名姊妹也會藉由她高攀的婚事而受益，她們的熟人都認為大姊瓦德小姐和么妹法蘭西絲小姐與瑪莉亞小姐一樣端莊溫婉，無疑會嫁入條件不亞於瑪莉亞小姐夫家的豪門。然而，世上肯定沒有這麼多家財萬貫的男人來與美麗女子匹配。六年後，瓦德小姐只能下嫁給妹婿幾乎身無恆產的朋友諾里斯牧師先生，而法蘭西絲小姐的命運甚至更加淒涼。平心而論，瓦德小姐的婚事其實並非差強人意，因為湯瑪斯爵士樂於讓友人擔任曼斯菲爾德教區的牧師[2]，所以諾里斯夫婦每年有將近一千英鎊的收入，婚後過著幸

1 湯瑪斯．伯特倫爵士的爵位應該是「從男爵」（baronet），此爵位地位在男爵之下、騎士之上，只有婚生長子才有可能受官方認可繼承爵位，雖為世襲榮譽，但並非貴族爵位。從男爵以「爵士」（Sir）為敬稱，其妻子可得「夫人」（Lady）頭銜，稱為「爵士夫人」或於丈夫姓氏後加上「夫人」。

福快樂的生活。然而，法蘭西絲小姐的婚姻卻令家族大失所望。她嫁給一名平凡的海軍上尉，才疏學淺、身無分文，也沒有任何顯赫的家世背景，實在很難找出更為差勁的結婚對象，讓家人顏面盡失。湯瑪斯·伯特倫爵士向來與人為善，又相當注重面子，自然不能袖手旁觀；他希望身邊的人都能過得像自己一樣體面，因此樂於為伯特倫夫人的妹妹盡一分心力。然而，法蘭西絲小姐的夫婿身為海軍，湯瑪斯爵士在這一行愛莫能助，在他還沒時間想出方法向他們夫婦伸出援手之際，姊妹間竟已產生不可挽回的嫌隙。會有這樣的結果也是理所當然；欠缺思慮的婚事幾乎逃不過如此下場。普萊斯太太為了避免家人徒勞無用的勸阻，等到真的結婚後才寫信告知。伯特倫夫人的情緒向來沒有太大起伏，個性溫和慵懶，很輕易就將妹妹的婚事拋諸腦後，不再多想。然而，諾里斯太太情緒激動，無法就此善罷甘休，非得洋洋灑灑寫一封信給芬妮[3]，字裡行間充滿怒氣，指責其行徑愚蠢，威脅她勢必不會有好下場。普萊斯太太自然既傷心又惱怒，給兩名姊姊的回信內容淨是嘲諷，這番失禮行徑令湯瑪斯爵士顏面無光，諾里斯太太亦對此大發雷霆，雙方就此好一段時間斷絕來往。

由於三姊妹各自的家庭相距遙遠，生活圈亦大相逕庭，因此接下來足足十一年，她們幾乎沒有任何管道獲知彼此的消息；至少湯瑪斯爵士實在非常訝異，諾里斯太太怎能不時忿忿地捎來近況，告知芬妮又添了一個孩子。然而，將近十一年後，普萊斯太太再也顧不得自己的面子或滿心怨懟，她不願放棄任何可能願意對自己伸出援手的家人。家裡食指浩繁，孩子依然不停呱呱墜地；身有殘疾的丈夫已經無法服役，卻仍少不了與朋友飲酒作樂，微薄薪水根本不足以維持一家溫飽，令普萊斯太太亟欲尋回自己曾輕率放棄的家人。她寫了一封信給伯特倫夫人，語氣滿是懊悔、沮喪，描述撫育孩子的負擔沉重，全家幾乎一無所有，迫使她不得不與姊姊言歸於好。她即將迎來第九名孩子，對自己的處境怨聲載道，乞求伯特倫夫婦擔任腹中孩子的教父與教母，並毫不諱言他們對身邊八個孩子而言，將來或許也是至關重要的貴人。她的長子威廉是個俊俏活潑的十歲男孩，對外在世界充滿好奇，但是她又有何辦法可言？這孩子未來能否在湯瑪斯爵士身旁盡一份心力，為他管理西印度群島的產業？任何差事他都會欣然接受。或者，湯瑪斯爵士認為伍利奇[4]軍校較為合適？該如何將一名小男孩送到東方開開眼界？

這封信並未石沉大海，三姊妹順利地重修舊好。湯瑪斯爵士捎來親切的建議，並提供許多工作；伯特倫夫人迅速寄來金錢與嬰兒服，諾里斯太太則寫信問候。

除了此番立竿見影的成效，不到一年後，這封信還為普萊斯太太帶來更大的好處。諾里斯太太總是四處宣揚，自己無時無刻惦記著可憐的妹妹一家；即使他們已助妹妹一臂之力，她仍想方設法要竭盡更多心力。最後，諾里斯太太總算表達自己的心願：她希望可憐的普萊斯太太將其中一名孩子交給他們全權撫養，稍微減輕養育眾多子女的重擔。「普萊斯太太的長女已經

2 擁有最多土地的地主有權推選該教區的牧師。

3 芬妮（Fanny）：法蘭西絲（Frances）的暱稱。

4 Woolwich，位於倫敦東南部。

九歲大了，正需要更多關照，她可憐的母親卻無能為力。要是交給我們來照顧呢？這番舉動如此慷慨大方，相形之下，多照料一名孩子的麻煩與開銷簡直微不足道。」伯特倫夫人隨即點頭稱是。「這麼做再好不過了。」她說，「我們立刻去接孩子來吧！」

出乎意料的是，湯瑪斯爵士並未立即同意，反而陷入深思，猶豫不決。這可是個重責大任，要將小女孩拉拔長大勢必得投注非常大的心力；否則，將她與家人分開反倒成了殘忍之事，而非善舉了。湯瑪斯爵士想到自己的四個孩子，其中有兩個兒子，萬一表兄妹之間萌生情愫……不過，湯瑪斯爵士才剛慎重開口表示反對，諾里斯太太顧不得他還沒說完，隨即插嘴駁斥。

「親愛的湯瑪斯爵士，我完全理解您的心情，也明白你的為人處世一向既慷慨又縝密。我們理當竭盡所能將孩子照料得無微不至，這番論點我亦贊同不過，對此自認責無旁貸。我自己膝下無子，除了親妹妹的小孩以外，我還願意為誰付出心力呢？我相信諾里斯先生也是這麼想。不過如您所知，我這人向來不喜歡長篇大論，也不愛裝模作樣。我們別因為芝麻蒜皮的小事就成了驚弓之鳥，對慷慨之舉裹足不前。讓這女孩接受良好教育，體面地進入社交圈，我相信她仍有機會嫁進好人家，不會給任何人帶來更多負擔。湯瑪斯爵士，我敢說，既然她身為我們的外甥女，或至少身為您的外甥女，在像這樣的環境成長勢必能讓她獲益良多。我不是說她會像兩名表姊一樣出落得亭亭玉立，我想她的外表一定遜色許多。然而，她在如此得宜的家庭背景之下，肯定會結識許多上流人士，覓得美好歸宿。您是考慮到自己的兒子，不過您難道不知道，在這世界上，像兄弟姊妹般從小一起長大的孩子，最不可能終成眷屬嗎？就倫理看來，兄妹論及婚嫁絕不可能。我未曾聽過這樣的前例。事實上，兄妹身分正是讓他們無法成婚的唯一可靠方法。假設她出落得美麗動人，七年後才初次與湯姆或艾德蒙見面，那可就真成了燙手山芋！一想到她在如此偏遠的貧困家庭裡成長，無法獲得關愛，就足以讓兩名好心表哥對她一見鍾情。然而，倘若現在就讓她在這個家庭裡成長，即使她終究出落得如花似玉，依然只是兩位表哥眼中的小妹妹。」

「妳說的不無道理。」湯瑪斯爵士說，「我絕非有意揑造荒誕想法，藉此阻礙這皆大歡喜的計畫。我只是想表達，我們不該輕率決定此事，勢必得確保這女孩的幸福，或做好心理準備，假設她沒能如妳樂觀所想、找到好歸宿，我們也必須負責照顧好她的下半輩子。如此一來，我們才對得起普萊斯太太和自己的名聲。」

諾里斯太太高聲說道：「我完全理解您的想法。您向來如此慷慨大方、體貼周到，我們對此肯定毫無異議。如您所知，無論我的能力如何，我向來竭盡所能為我所愛之人著想。即使我對這女孩的關愛遠不及於我對您的孩子之疼愛，也無法全然將她視如己出；不過要是我對她棄之不顧，我會厭惡我自己。她可不是親妹妹的骨肉嗎？倘若我還有餘力多張羅一個人吃飯，又豈會忍心見她挨餓？親愛的湯瑪斯爵士，我的缺點雖多，心腸倒是很軟。即使一無所有，我寧可讓自己生活不便，也不願做出有失慷慨的行徑。因此，假如您不再反對，我明天就會寫信給那可憐的妹妹，向她提議這項計畫。一旦事情談定，我會負責將那孩子接來曼斯菲爾德，您不必為此操心。您也知道，我向來不嫌麻煩。我會先派管家娜妮去倫敦，她或許可以在她的馬具商表哥家裡過夜，再與那孩子在約好的地點碰面。他們很容易就能將孩子以公共馬車從樸茨茅斯[5]接到城裡，再看哪個可靠的人有空隨行照料她。我敢說，一定不難找到某個好心商人的太太還是某個人正巧要上倫敦去。」

湯瑪斯爵士不再出言反對，只是對娜妮的表哥頗有微詞，決定採用另一種交通方式，即使花費較為高昂，卻令人放心許多。一切俱已談妥，眾人也為這項慈愛之舉欣慰不已；不過嚴格說來，他們各自的喜悅不盡相同。湯瑪斯爵士打定主意要成為小女孩真正的永久監護人，為她擔負一切開銷，諾里斯太太卻說什麼也不打算出一分半毫。要諾里斯太太跑跑腿、張口出些主意，她是十分樂意，也沒有人比她更懂得如何說服他人慷慨解囊。然而，她對金錢的熱愛不亞於喜好主導一切的熱情，深知該如何守住自己的財富，讓其他人負責出錢。由於丈夫的收入遠比預期微薄，諾里斯太太打結婚起就設想自己得非常嚴格控管支出。原本只是出於謹慎，卻很快就成了習以為常的作法；由於她膝下無子，金錢便成了她一心關注的焦點。倘若諾里斯太太必須養兒育女，說不定一輩子也存不了錢。不過既然她沒有這方面的煩惱，也就沒有什麼能妨礙她節儉度日；每年儉省下來的錢還能增加點利息收入。由於諾里斯太太節儉成性，加上對妹妹也沒有真感情，自然不可能投注額外的金錢主導這項所費不貲的善舉。然而，或許諾里斯太太毫無自知之明，結束談話走回牧師公館的路上，她非常雀躍地自詡為全世界最慷慨大方的姊姊和阿姨。

眾人再度提起這個話題時，諾里斯太太也更加清楚地表明自己的觀點。伯特倫夫人平靜地問道：「姊姊，那孩子該送去哪裡？先到妳家還是我家？」諾里斯太太說她沒辦法分擔照顧孩子的責任，湯瑪斯爵士對此不禁有些驚訝。他原本以為牧師公館會特別歡迎這名小女孩；畢竟諾里斯太太膝下無子，有外甥女作伴再合適不過。沒想到他的想法竟是大錯特錯。諾里斯太太遺憾地表示，從現況看來，小女孩無疑得與湯瑪斯爵士夫婦同住。可憐的諾里斯先生健康欠佳，不可能忍受孩子吵吵鬧鬧。說真的，假如他的痛風[6]得以好轉，情況就不會是這樣了；她會欣然將小女孩接回家裡同住，也不介意帶來任何不便。然而，眼下她必須花全副心力照料諾里斯先生，提起與孩子同住一事，肯定會令他心神不寧。

伯特倫夫人平心靜氣地說：「那麼，她最好住在我們家裡。」一陣短暫的沉默後，湯瑪斯爵士威嚴地說：「好，讓她來這裡一起住吧！我們會竭盡所能照料她，她至少能與同齡的孩子作伴，也能接受正規教育。」

諾里斯太太嚷道：「沒錯。這兩點都非常重要。對李小姐[7]來說，教兩名或三名女孩也沒什麼差別。我只希望自己能幫上更多忙，不過，如你們所見，我已經盡力了。我不是那種只想省麻煩的人，雖然管家離開整整三天會帶來許多不便，我還是派娜妮去接那孩子。妹妹，我

5 樸茨茅斯（Portsmouth），英國南部港城，距離倫敦約一百二十公里左右。
6 在當時的年代，痛風病患通常是飽食終日的富人。
7 伯特倫家聘請的家教。

猜，妳應該會讓那孩子住進以前育嬰室附近的白色小閣樓。她住在那裡再好不過，不僅和李小姐離得近，兩個女孩也住得不遠，女傭更是近在咫尺，可以幫忙她打點衣裝。妳也知道，要求艾莉絲照料兩位小姐，又得伺候她，恐怕不太合理。事實上，我相信妳找不到比閣樓更適合她的住處了。」

伯特倫夫人並未表示反對。

諾里斯太太繼續說道：「我希望她是個乖巧聽話的孩子。希望她能明白自己多麼幸運，能讓這麼好的親戚領養。」

湯瑪斯爵士說：「假如她品行不佳，為了我們的孩子著想，我們絕不會讓她繼續留在家裡。不過，我們實在沒有理由先認為她是個壞孩子。我們或許會在她身上看到有待改進的地方，也得預期她可能十分無知、想法還有些粗俗，行止莽撞又不修邊幅；但這些都是可以改進的缺點，相信對她的表姊也不至於帶來負面影響。假如我的女兒年紀比她還小，對於讓她與女兒作伴，我恐怕會有所顧慮。不過，既然她倆身為表姊，我就無須替女兒擔憂，反倒期望會為她帶來好處。」

諾里斯太太嚷道：「我也是這麼想。我今早就是這麼和丈夫說的。我說，那孩子得和表姊們生活在一起，才有機會好好受教育；就算李小姐什麼都沒教她，那孩子還是能從她們身上看到聰明良善的榜樣。」

伯特倫夫人說：「希望她不會欺負我那可憐的哈巴狗。我好不容易才讓茱莉亞離牠遠一些。」

湯瑪斯爵士說：「我們未來會碰上一些難題，諾里斯太太。在幾個女孩成長的過程中，我們很難教導她們拿捏彼此應對的分寸。該如何讓我的女兒明白她們的身分不同，又不至於太過輕視自己的表妹？我們又該如何在不刺傷那孩子的情況下，讓她明白自己並非伯特倫小姐？我當然希望她們三人相處融洽，也絕不允許我的女兒對待親戚有任何一絲傲慢。儘管如此，她們依然並不平等，她們的身分階級、財富、權力與前程，永遠有所差異。我們必須非常謹慎地處理此事，妳自然責無旁貸，要協助我們選擇最正確的作法。」

諾里斯太太欣然應允。儘管她也同意此事甚為困難，依然鼓勵湯瑪斯爵士抱持信心，大家同心協力，此事便可迎刃而解。

諾里斯太太寄給妹妹的信很快就有了好消息。普萊斯太太似乎非常詫異，自己明明有許多優秀的兒子，他們卻選中女兒代為撫養。不過，她依然滿懷感激地接受了這項提議，再三保證她的女兒乖巧聽話，他們絕對找不到理由將她掃地出門。她提到女兒有些嬌弱瘦小，不過仍誠心希望，女兒換個環境後，身體狀況會大幅好轉。可憐的普萊斯太太！她或許希望，每個孩子都有機會換換成長環境呢！

2

經過長途跋涉，小女孩安然無恙地在北安普頓與諾里斯太太碰面。諾里斯太太自認成了舉足輕重的大人物，畢竟她是第一位歡迎小女孩的人，肩負帶領她與眾人相見的重責大任，讓她感受所有人的親切溫情。

芬妮．普萊斯此時年僅十歲，即使不見得第一眼就令人驚豔，卻也不至於讓人感到嫌惡。就其年紀而言，她的身材顯得瘦小，臉蛋缺乏血色，外表並不出色；她的個性非常怯懦害羞，總會逃避旁人的目光。然而，儘管她的舉止有些笨拙，卻不顯得粗俗；她的聲音甜美，說話時的神情也十分迷人。湯瑪斯爵士與伯特倫夫人非常親切地招呼芬妮。湯瑪斯爵士很清楚她正需要鼓勵，因此試著表現出和顏悅色的模樣；只不過他向來一臉嚴肅，因此這對他而言並不容易。伯特倫夫人倒是輕鬆多了，她不須像丈夫這麼費神說話，簡單幾句話和親切微笑，隨即讓她顯得更容易親近。

伯特倫家的四個孩子都待在家裡，迎接芬妮的態度相當得體友善，並未流露出一絲尷尬。兩名表哥分別為十七歲與十六歲，比同儕更為人高馬大，在小表妹的眼裡彷彿大人般威嚴。兩名表姊則由於年紀較小，湯瑪斯爵士向來又待女兒十分嚴厲，因此她們對父親較為敬畏，態度也不若哥哥自在。不過姊妹倆習於與客人應對，也聽慣了稱讚，生性並不害羞，見表妹顯得怯懦，膽子自然大了起來，很快就從容不迫地仔細端詳起她的長相與穿著。

這家人的外表相當出色，兒子十分帥氣，女兒亦同樣標緻。四個孩子發育良好，比實際年齡還高大，受過教育薰陶的談吐亦條理分明，與芬妮之間的差異因而更加明顯，讓人更難相信三名表姊妹的年紀相去不遠。事實上小女兒茱莉亞．伯特倫才十二歲，只比芬妮大兩歲，姊姊瑪莉亞也僅年長茱莉亞一歲。此時此刻，這位年紀最小的訪客顯得非常不快樂。芬妮對所有人滿是敬畏，自慚形穢，非常渴望回到自己家人身邊。她始終低著頭，說話的音量小到幾乎聽不見，或是忍不住眼淚直掉。從北安普頓趕來的一路上，諾里斯太太始終對芬妮耳提面命，叮囑她何其幸運，必須對此銘感於心，別辜負眾人期望。芬妮意識到自己不該展現出悶悶不樂的模樣，頓時更覺悲慘。舟車勞頓的勞苦也很快就同樣讓她招架不住。就算湯瑪斯爵士紆尊降貴討芬妮歡心，諾里斯太太百般殷勤地稱讚她是個好孩子，伯特倫夫人抱著哈巴狗，笑容滿面地招呼她一起坐上沙發，她依然高興不起來。即使特地將醋栗餡餅送到芬妮眼前，她卻只吃了兩口，眼淚隨即撲簌簌地掉了下來。就寢反而成為芬妮最欣然迎接的時刻，僕人將她送上床，讓她獨自抱著悲傷入睡。

芬妮離開客廳後，諾里斯太太說：「這可不是什麼好的開始。我一路上對她百般叮嚀，原以為她會表現得更得體一些。我告訴她，全看她一開始是否表現良好。希望她的脾氣不會太差，她那可憐的母親性子已經夠壞了。不過，我們必須多多包容這樣的孩子。她因為離家而傷心，實在稱不上缺點；儘管那裡的環境再不理想，仍是她的家，她還無法明白現在迎來多麼美好的轉變。相信再過一陣子，她就會適應許多。」

然而，芬妮要適應全然陌生的曼斯菲爾德莊園，從與親人別離之苦振作起來，顯然需要一段相當漫長的時間，遠超出諾里斯太太的預期。芬妮的感受十分強烈，周遭的人卻很難理解其心境，因而很難給予適當的回應。眾人皆對芬妮抱持著善意，卻也堅持依照自己的方式對待她，無法讓她真正感到自在。

翌日，伯特倫姊妹獲准休假一天，讓她們有機會認識小表妹，逗她開心。三名女孩就這麼聚在一塊。姊妹倆發現芬妮只有兩條腰帶，又從未學過法語，不禁有些瞧不起她；她們的二重奏彈得行雲流水，也不見她表示任何驚訝。於是姊妹倆決定將一堆最不中意的玩具留給芬妮自己玩，兩人則沉浸於平日最喜歡的娛樂活動，開始製作起假花，以浪費金箔紙為樂。

無論兩位表姊是否在芬妮身邊作伴，也無論她是待在讀書室、客廳或花園裡，她總是顯得形單影隻，並對一切人事物感到恐懼。伯特倫夫人默不作聲時，芬妮感到沮喪；她對湯瑪斯爵士的嚴峻神情充滿敬畏，諾里斯太太的耳提面命則令她難以招架。兩名表姊的個子都比芬妮高，使她相形見絀；她們注意到芬妮個性羞怯，也令她非常困窘。李小姐十分訝異芬妮如此無知，連女僕也嫌她衣服寒酸。一切遭遇在在使芬妮感到悲傷，更糟的是，一想到自己過去和兄弟姊妹感情融洽，無論玩樂、讀書或生活都形影不離，不禁令她的幼小心靈備受打擊。

這幢富麗堂皇的宅邸確實令芬妮大開眼界，卻無法帶給她一絲慰藉。每個房間都大得出奇，讓她走起路來提心吊膽；不管是哪樣東西，她都深怕自己一碰就壞，始終如履薄冰，最後往往躲回自己的房裡暗自垂淚。每晚芬妮一離開客廳，就有人大肆讚嘆她何其幸運，認為她總算已經意識到這一點；然而這位人人口中的幸運兒，依然天天哭著入睡。這樣的情況持續整整一週，卻無人察覺芬妮安靜沉默的外表下深藏悲傷。直到一天早上，伯特倫家的次子艾德蒙發現表妹獨坐在閣樓的階梯上哭泣。

艾德蒙個性良善，彬彬有禮地開口問道：「親愛的表妹，發生什麼事了？」他在芬妮身邊坐下，費了好一番工夫，才讓又驚又羞的芬妮冷靜下來，說服她有話直說。她是不是生病了？有誰對她發脾氣嗎？或是和瑪莉亞與茱莉亞吵架了？還是她對課程有任何不明白之處，可以為她解惑？不管是什麼事，有沒有他能幫得上忙的地方？好一段時間，芬妮只是一個勁兒地回答：「不是，沒有——沒這回事——沒有，謝謝你。」然而艾德蒙堅持追問；當他提到芬妮的老家時，她哭得更加厲害，頓時解釋了她如此難過的原因。艾德蒙試著安慰芬妮。

他說：「親愛的芬妮，離開母親讓妳傷透了心。這證明妳是個好女孩。可是，妳必須記住，妳的身邊還有其他親朋好友，大家都很愛妳，希望讓妳過得開心。我們到庭園裡散步吧！妳可以和我聊聊妳的兄弟姊妹。」

兩人聊起這個話題後，艾德蒙發現，雖然芬妮很愛所有的兄弟姊妹，卻對其中一人特別重視。她最常提起威廉，也最想見他一面。威廉是家裡的長子，長芬妮一歲，是她最親密的伙伴與朋友；每當芬妮受母親責備時，他也總會為妹妹挺身而出（威廉是母親的心肝寶貝）。

「威廉不喜歡我離開家裡，說他會非常想念我。」

「不過，威廉肯定會寫信給妳。」

「是啊！他承諾會寫信給我，不過要我先寫信給他。」

「那妳什麼時候要寫信給他？」

芬妮低下頭，猶豫地回答：「我不知道，我連張信紙也沒有。」

「如果這就是妳碰到的困難，我會幫妳張羅好信紙和一切必需品，妳隨時都可以寫信。寫信給威廉，就能讓妳高興起來嗎？」

「當然，我會非常開心。」

「那現在就來寫信吧！和我一起到早餐室去，那裡一應俱全，肯定也有空間寫信。」

「可是，表哥，那封信會送去郵局嗎？」

「當然，相信我，會連同其他信件一起送過去。妳姨丈可以蓋上免費郵遞的郵戳，威廉一毛錢也不必負擔。」

「我的姨丈！」芬妮重複說道，表情十分驚恐。

「沒錯。妳寫好信以後，我會拿給父親，請他免費寄送那封信[8]。」

芬妮認為此舉有些魯莽，卻不再繼續反對。他們一同前往早餐室，艾德蒙為芬妮備妥信紙，還替她畫好格線，熱心的舉措不亞於她的親哥哥，甚至可能比威廉還細心呢！他全程陪著芬妮寫信，幫她削好筆尖，並修改她的錯字。芬妮充分感受到艾德蒙的體貼；最令她高興的是，艾德蒙也向威廉釋出善意，不僅在信裡親筆寫下對表弟威廉的關愛，還隨信附上半基尼[9]。芬妮的感激之情簡直難以言喻；不過，她那副快樂神情與真誠的話語，已能充分表達其感謝與欣喜，也勾起了表哥對她的興趣。艾德蒙與芬妮聊起更多話題，經由她的答案，他充分感受到表妹擁有一顆溫柔善良的心，也一心希望自己舉止得宜。艾德蒙意識到芬妮對自己的處境十分敏感，生性又害羞，頓時明白表妹需要更多關心。他過往不曾為芬妮帶來任何痛苦，但是他知道自己現在必須更主動給予表妹親切的關懷。艾德蒙認為首要之務便是減輕芬妮對眾人的恐懼，特別花了不少時間建議她與瑪莉亞和茱莉亞好好相處，盡可能快快樂樂地過日子。

從那天起，芬妮的心情逐漸好轉。她感覺身邊多了個朋友，從表哥艾德蒙身上獲得的親切對待，也讓她打起精神與其他人好好相處。眼前的環境不再如此陌生，人們亦不再顯得面目可憎；即使她還無法消除對其中某些人的恐懼，至少開始理解這些人的行事作風，懂得選擇最好的應對之道。初來乍到的芬妮土裡土氣、有點笨拙，起初令這一家人難以忍受、無法心平氣和，芬妮本人同樣對此難以釋懷；如今這分彆扭煙消雲散，她不再害怕面對姨丈，聽見諾里斯阿姨的聲音也不再像隻驚弓之鳥。對兩位表姊，芬妮偶爾倒也能成為不錯的玩伴。雖然芬妮年

8 當時郵資非常高昂，湯瑪斯爵士身為下議院議員，享有免費寄信的特權，可於信件蓋上免費郵遞的戳章。

9 Guinea，十七至十九世紀流通的英國金幣。一基尼等同二十一先令（shillings），當時皇家海軍的最低月薪僅有十三先令，因此艾德蒙的資助對威廉而言相當慷慨。

紀較小、弱不禁風，無法經常與她倆玩在一起；不過有時多了第三人，確實能使她們的某些遊戲玩得更起勁。尤其芬妮個性溫順，言聽計從，更是一大優點。假如諾里斯阿姨問起芬妮的缺點，或是二哥艾德蒙要求兩姊妹對芬妮好一些，她們總會坦然表示：「芬妮確實是個乖孩子。」

艾德蒙始終對芬妮很親切；湯姆則與一般的十七歲男孩無異，即使偶爾逗逗十歲的小表妹，倒也不失分寸。湯姆已屆成年，活力充沛，具備身為長子的自在天性，認為人生就該盡情揮霍、恣肆享樂。湯姆身為表哥，對待芬妮的態度亦恰如其分；他既會送小表妹一些非常漂亮的禮物，也不忘拿她尋開心。

芬妮的表情與性情日漸開朗，湯瑪斯爵士與諾里斯太太對自己的慷慨之舉更覺滿意。他倆隨即一致認定，即使芬妮遠遠稱不上冰雪聰明，個性卻相當平易溫順，顯然不會帶給他們太多麻煩。不只他們兩人，其他人對芬妮的能力亦抱持相同想法。芬妮懂得讀書寫字，也能做針線活，不過僅止於此[10]。兩名表姊發現，許多她們早已熟稔的知識，芬妮竟一無所知，不禁認為她愚蠢無比。芬妮剛來的前兩、三週，姊妹倆總對此大驚小怪，在客廳七嘴八舌地報告表妹的無知程度：「親愛的母親，表妹竟然無法拼出完整的歐洲拼圖[11]，也不知道俄國的重要河川是哪幾條——她不曾聽說過小亞細亞[12]，甚至不知道水彩與蠟筆的差異！多不可思議呀！您聽過這麼愚蠢的事嗎？」

她們那善解人意的阿姨總會如此答道：「親愛的，真是太糟糕了。不過，妳們可不能預期所有人都像妳們一樣冰雪聰明、反應靈敏呀！」

「阿姨，但是她真的非常無知！您知道嗎？我們昨晚問她應該走什麼路線才能抵達愛爾蘭，她竟回答要先穿越懷特島[13]。她就只知道懷特島，還稱呼它是『那座小島』，彷彿這世界上沒有其他島嶼存在。要是我在比她更年幼時還如此愚昧無知，一定會覺得羞愧極了。我根本不記得自己什麼時候就已經知曉這些事情，她卻到現在還一無所知。阿姨，我們多久以前就會背誦歷代英國國王、熟記他們的登基日期，連其任內的重大事件也記得滾瓜爛熟啊！」

「對呀！」另一名女孩接著說，「我們連羅馬帝國的皇帝都能追溯至塞維魯[14]，熟知許多源自異教的神話，也知道所有金屬、半金屬、行星和傑出哲學家的名字。」

「確實如此，親愛的。但是妳們擁有得天獨厚的優秀記性，可憐的小表妹或許就沒有這麼幸運了。每個人的記憶力大不相同，一切事物皆非全然相同；因此，妳們必須多多包容表妹，憐憫她的不足之處。記住，妳們越是優秀聰慧，就越要懂得謙卑；畢竟，即使妳們已經學到不

---

10 芬妮當時僅擁有中低階層女性的教育程度。

11 將地圖製成類似七巧板的益智玩具，是當時英國上流家庭常見的教材。

12 小亞細亞（Asia Minor）：位於黑海與地中海之間的半島，即今日的土耳其。

13 懷特島（Isle of Wight）位於英國大不列顛島南岸，與芬妮所居住的樸茨茅斯隔海相望，自然是她僅知的小島。

14 塞維魯（Septimius Severus, 145-211）：羅馬帝國皇帝。

少，學海無涯，妳們還有太多得學了。」

「沒錯，我知道自己還得一路學到十七歲為止。但我還有一件事要說：芬妮實在太古怪、太愚蠢了。您知道嗎？她說她既不想學音樂，也不想學繪畫。」

「說真的，親愛的，這麼做確實很愚蠢，證明她既無天分，也沒有與旁人較勁的企圖心。可是，在全盤考量下這倒也不失為一樁好事。畢竟如妳們所知，即使妳們的父母聽取我的意見，願意好心領養她，卻不見得要將她栽培得像妳們一樣優秀。相反地，妳們與她之間，最好要有所差異。」

這就是諾里斯太太對兩名外甥女灌輸的念頭。可惜的是，儘管姊妹倆才華洋溢，從小就博學多聞，卻反而缺乏較為可貴的特質：她們對自我的認知尚嫌不足，亦欠缺慷慨謙卑的胸襟。她們在知識上獲得優秀教育，卻乏人薰陶其性格。湯瑪斯爵士並不清楚女兒的性情有待陶冶，雖然他是一名求好心切的父親，卻未曾展露出內心的關愛之情；由於他對待女兒的態度嚴厲拘謹，兩姊妹在他面前自然也有所保留，並未表現出真正的樣貌。

伯特倫夫人對兩名女兒的教育更是漠不關心，根本沒時間關注此事。她每天打扮得漂漂亮亮坐在沙發上，鎮日埋首於毫無用處與美感的針線活；她花在那條哈巴狗的心力，遠比在孩子的身上還多。只要女兒不給她添麻煩，她也懶得多花心思，一切大事都聽從湯瑪斯爵士決定，小事則由姊姊處理。就算有多餘的心力照料女兒，她或許也會認為無此必要，畢竟有一名家庭女教師細心打點女兒，還有其他專業教師指導，兩名女兒的教育早已完善。至於芬妮不擅學習，「我只能說，她可真是不幸。不過有些人確實資質駑鈍，芬妮必須更加努力才行。我不知道還能做些什麼。儘管這可憐的孩子不甚聰明，我看不出她還有什麼令人不滿的；她倒是個非常管用的小幫手，總能俐落地為我跑腿送信或拿東西。」

即使芬妮如此愚昧無知、生性怯懦，她依然就這麼在曼斯菲爾德莊園定居下來。她學著將對老家的喜愛轉移到新家，與表姊一同成長的生活也不失快樂。瑪莉亞與茱莉亞的本性不壞，即使姊妹倆的態度帶給芬妮不少煩惱，她倒也不至於因為身分不如表姊而感到傷心。

伯特倫夫人原本每年春天都會到城裡待上一陣，由於她身體微恙、日漸懶散，因此約莫從芬妮住進曼斯菲爾德莊園開始，她便放棄了到倫敦的例行活動，全心定居於鄉間，任由湯瑪斯爵士獨自在城裡忙下議院的事務。妻子不在身邊對夫婿的影響是好是壞，伯特倫夫人一概不過問。於是，兩名伯特倫小姐就繼續在鄉間認真讀書、勤於練習二重奏，也逐漸出落成亭亭玉立的少女。姊妹倆的父親見到女兒無論外貌、舉止和才藝皆日漸出色，原本焦慮的心情總算平復。長子個性懶散、揮霍無度，早已帶給湯瑪斯爵士不少煩惱。然而其他三名子女的優秀表現，足以令他放下心來。他認為女兒出嫁前肯定能替伯特倫家族爭光，並深信她們會嫁進門當戶對的好人家；至於艾德蒙天資聰穎、性格正直，更讓湯瑪斯爵士寄予厚望，將家族的榮耀與幸福寄託於次子身上，期待他會為家族締結美好姻親。艾德蒙勢必能成為優秀的牧師。

湯瑪斯爵士除了對親生子女關愛有加、感到欣慰不已，也未曾忘記自己對普萊斯太太的子女責無旁貸。他大方資助普萊斯太太的兒子接受教育，並在他們成年之際提供工作。即使芬妮與家人相隔兩地，依然能得知姨丈給予家人親切照料，聽說他們的工作有著落，或是品行有長進，總令她由衷地欣喜。在這漫長的數年間，芬妮曾得以與威廉高高興興地碰面，但如此大好機會也僅有這麼一次。除了威廉，芬妮不曾見過其他家人；他們似乎認為芬妮不會再回家，甚至不可能回去探望家人，因此彷彿也將她忘得一乾二淨。在芬妮離家之後，威廉隨即決定要成為水手，在出海工作前，他受邀到北安普頓與妹妹同住一週。旁人自然不難想像，兄妹倆迫不及待地重逢，心裡是多麼欣喜若狂，共度的時光又是何等歡樂，有多少促膝長談的時刻。威廉自始至終都抱持著樂觀的想法，對未來滿心期待；在他離開後，可以想見芬妮的失落之深。幸運的是，這趟來訪適逢聖誕假期，芬妮很快就能從表哥艾德蒙身上獲得慰藉。他向芬妮解釋威廉接下來的工作與前景，讓芬妮逐漸釋懷，相信此趟離別或許有些好處。艾德蒙從來不曾令芬妮失望，即使他從伊頓公學畢業，繼續前往牛津大學深造，他那親切友善的性格仍未有一絲改變，反而有更多機會[15]展露體貼入微的美好特質。艾德蒙從未強調自己是最關心芬妮的人，也不曾計較自己是否付出太多，自始至終真心關懷芬妮，體恤她的心情，試著讓旁人理解她的優點，並陪伴芬妮努力克服缺乏自信的害羞性格，以免每況愈下；他一再給予芬妮建議，帶給她許多慰藉，也總是不斷鼓勵她。

其他人總是貶低芬妮，單靠艾德蒙的支持很難給她足夠力量。不過，艾德蒙的關懷依然至關重要，幫助芬妮的心靈有所成長，並獲得許多樂趣。艾德蒙知道芬妮天資聰穎，具有敏銳的理解力與思緒，亦熱愛閱讀；只要給予正確引導，肯定能帶來絕佳成果。李小姐負責教導法語，要求芬妮每天讀一段歷史；艾德蒙則推薦許多有趣的課後讀物，鼓勵她建立自己的文學鑑賞能力，並指正她的錯誤觀念。艾德蒙會與芬妮討論書中內容，使她獲益良多，也不時讚賞閱讀的好處，大幅提升她的興致。正因如此，在這世界上除了威廉，芬妮最喜歡的人就是艾德蒙；她的心裡只有這兩名兄長，對他倆的喜愛不相上下。

15 艾德蒙從牛津大學回到北安普頓的路程僅需一天，比從伊頓公學返家的距離少了一半，因此有更多時間待在家裡。

3

約莫在芬妮十五歲那年，伯特倫家首次迎來重大事件，就此帶來許多轉變：諾里斯先生過世了。諾里斯太太搬離牧師公館，先在曼斯菲爾德莊園暫住了一段時間，隨後便搬往湯瑪斯爵士位於村裡的一棟小屋。諾里斯太太安慰自己即使少了丈夫，她也能獨自好好生活；雖然收入銳減，只要節衣縮食，日子還是過得下去。

艾德蒙原本理應成為新任牧師；就算姨丈更早幾年過世，牧師的職缺也只須先由其他親友頂替，等到他成年時再接任。不過在姨丈逝世之前，湯姆揮霍無度的程度早已變本加厲，該職缺不得不轉讓給他人。當哥哥的縱情享樂，反而得由弟弟付出代價。即使艾德蒙還能接手另一個牧師職務，讓湯瑪斯爵士的心裡好過一些，他仍不禁認為此舉對艾德蒙並不公平。以往任憑湯瑪斯爵士費盡唇舌、想方設法避免長子重蹈覆轍，成效始終不彰，希望這次能讓湯姆有所悔悟，確實改正錯誤。

湯瑪斯爵士以最為嚴厲的語氣說道：「我真是替你感到慚愧，湯姆。我不得不妥協現況，為此羞愧不已；你身為兄長，此時也該汗顏。你剝奪了原本屬於艾德蒙所有的大半收入，時間長達十年、二十年、三十年，甚至持續一輩子。因此從今以後我們都必須竭盡所能（希望我倆辦得到），確保他得以在教會謀得更好的職位。然而我們說什麼也不能忘記，我們並未對他善盡為人父與為人兄長的職責。事實上，為了急著償還你的債務，如今他被迫捨棄這麼好的機會，無論我們再怎麼做也無法真正彌補他蒙受的損失。」

湯姆聽著父親的訓斥，心裡不免湧上些許羞愧與悲傷，卻轉眼就忘得一乾二淨，甚至理直氣壯地為自己辯白。首先，他的債務遠不及某些親友的一半；其次，父親對此事的嘮叨已令他不勝其煩；最後，無論未來的繼任牧師是誰，都很可能命不長矣。

諾里斯先生過世後，教區牧師的繼任權便落到格蘭特牧師手上，他隨即定居於曼斯菲爾德教區。四十五歲的格蘭特牧師身強體壯，恐怕會讓伯特倫先生的預言落空。不過湯姆依然堅持己見：「不對，他脖子很短，看起來很容易中風，又老是吃香喝辣，很快就會一命嗚呼。」

格蘭特牧師的妻子比他小十五歲，膝下猶虛。他們搬來附近後，眾人一如往常，紛紛稱讚他們值得敬重、討人喜歡。

事到如今，湯瑪斯爵士開始期待大姨子分擔照料芬妮的責任。諾里斯太太的處境丕變，芬妮的年紀又逐漸增長，過往兩人不適合同住的理由似乎蕩然無存，眼下反而成為最合適不過的安排。湯瑪斯爵士的境況已不可同日而語，他近來於西印度群島的種植場投資失利，加上長子揮霍成性，他不禁希望就此卸下扶養外甥女的重擔，不必繼續照料她。湯瑪斯爵士深信此事可行，便與妻子提起這個想法。伯特倫夫人再次想到這件事時，芬妮正好在場，於是她平靜地對外甥女說：「芬妮，妳很快就要離開我們，搬去與我的姊姊同住了。妳覺得怎麼樣？」

芬妮震驚不已，只能重複阿姨的話：「我很快就要離開你們？」

「沒錯，親愛的。妳為什麼這麼吃驚呢？妳已經與我們同住五年，自從諾里斯先生過世後，我的姊姊就一直打算要接妳去同住。不過妳以後還是得經常回來，像現在一樣陪我縫製衣服花樣。」

然而芬妮不僅對這消息毫無心理準備，甚至一點也高興不起來。芬妮不曾從諾里斯阿姨身上獲得親切的待遇，對她根本沒有任何好感。

芬妮用顫抖的語氣說：「我要是得離開這裡，一定會非常難過。」

「是呀，妳肯定難過得很，這是理所當然的。自從妳搬來這裡，想必成了世界上最無憂無慮的幸運兒。」

芬妮謙卑地說：「阿姨，希望您沒有認為我不知感激。」

「當然沒有，親愛的，我不這麼想。我始終認為妳是個好女孩。」

「我再也不能繼續住在這裡了嗎？」

「沒辦法，親愛的。但是妳依然會擁有一個舒適的家。無論妳住在這兒或搬去那裡，對妳而言都沒有太大差別。」

芬妮傷心欲絕地離開客廳。她認為兩者肯定有如天壤之別，實在無法想像與諾里斯阿姨同住的生活有何舒適可言。芬妮一見到艾德蒙，立即告訴他心裡的煩惱。

她說：「表哥，有一件令我心碎的壞消息。雖然每次發生討厭的事情時，你總是能帶給我許多安慰，這次你卻辦不到了。我要搬去和諾里斯阿姨同住了。」

「真的嗎？」

「沒錯，伯特倫阿姨方才告知我這件事。看來一切已經說定了。我很快就要離開曼斯菲爾德莊園，搬到白屋去。我想，一等她搬去那裡，我就得離開了。」

「這個嘛，芬妮，假如妳沒有對此感到不滿，我倒認為這安排挺不錯的。」

「噢，表哥！」

「這麼做對大家都好。諾里斯阿姨既然想接妳去同住，表示她十分明理，選了最適合的家人作伴。我很高興她沒有為了錢而放棄妳，妳確實應該搬去陪她。芬妮，希望妳沒有為此太過沮喪，有嗎？」

「我確實非常難過，我實在不喜歡這樣的安排。我非常喜歡這個家和這裡的一切，對那裡沒有任何好感。你也很清楚，她給我的感覺有多不愉快。」

「當妳還小時，她對待妳的態度我不好說什麼。不過她對我們的方式並無二致，或者差不了多少。她從來不懂得如何討孩子歡心。如今妳已長大，相信她對妳的態度會有所改進。我猜她現在的表現會比從前更好。既然妳是唯一陪在她身邊的人，她想必會非常重視妳。」

「根本不可能有人重視我。」

「妳為什麼會這麼想？」

「理由不勝枚舉。我沒有良好的家世，腦袋不靈光，做起事來又笨手笨腳。」

「說到腦袋不好和笨拙，親愛的芬妮，相信我，妳根本和這兩種形象沾不上邊，一點也不適合形容妳。無論妳身在何方，一定都能受人看重。妳向來明理，脾氣又好；我也知道妳總是心懷感激，受人點滴卻報以湧泉；我還真不曉得，還有誰比妳更適合作伴。」

「你真是太好心了。」芬妮說，這番稱讚令她滿臉通紅。「你把我想得這麼好，我真不知道該怎麼謝你。噢！表哥，即使我要離開這裡，我一輩子也不會忘記你對我的好。」

「哎呀，芬妮，為什麼這麼說呢？白屋近在咫尺，妳當然不會這麼輕易忘記我。妳講得一副我們即將相隔兩百英里[16]似的，我們之間的距離只不過隔著莊園罷了。妳和我們之間的相處幾乎與現在無異，還是每天都能見面。唯一的差別在於，既然妳和阿姨同住，凡事就得自己看著辦了。妳在這裡可以依靠許多人，不過，與她同住後，妳就得靠自己開口了。」

「噢！我才不會這麼說。」

「我非說不可，而且是愉快地說出這番話。如今比起我母親，諾里斯太太是更適合照顧妳的人選。對於攸關其自身利益的人，她總會想方設法打點一切，絕對會迫使妳發揮所有潛能。」

芬妮嘆了一口氣，說道：「我看待這件事的角度和你不一樣，不過我應該相信你的說法，而非依循自己的。非常感謝你安慰我，讓我坦然面對未來的命運。假設阿姨確實非常關心我，我自然很高興自己能幫上她忙。我很清楚自己在這裡一無是處，可是我依然非常喜愛這個地方。」

「芬妮，即使妳搬離這間屋子，依然永遠不會離開這個地方。妳一輩子都能自由進出整座莊園與花園。這只是有名無實的改變，妳無須恐慌。妳還是可以在相同的小徑上散步，自由徜徉於同一間圖書室，與同一群人相處，也能繼續騎同一匹馬。」

「你說得沒錯。是呀，我那親愛的灰色小馬！啊！表哥，我過去曾經多麼害怕騎馬啊！即使大家認為騎馬對我有好處，我卻一聽到就驚恐不已。噢！每當姨丈一開口提起騎馬，我就渾身抖個不停！當時你竭盡所能開導我，說服我拋下恐懼，讓我相信自己嘗試沒多久就會愛上騎馬。事後證明你說的都是對的，我忍不住希望你的預言總能成真。」

「我由衷相信，與諾里斯太太同住也能為妳的心靈帶來莫大好處，讓妳的未來過得非常幸福，一如騎馬對你的健康大有益處。」

兩人的對話就此告一段落。事實上，任何足以讓芬妮寬慰的諄諄勸導，其實都只是白費工夫：諾里斯太太壓根不想接芬妮前去同住。到目前為止，諾里斯太太未曾浮現過一絲這樣的念頭，反而小心翼翼地避免此事發生。曼斯菲爾德教區有許多適合仕紳階級居住的宅邸，為了防止芬妮跟她同住，諾里斯太太刻意挑了最小的一間房子；白屋的空間僅容得下她與僕人，只有一間客房供朋友使用，她還特別強調這點。過往牧師公館向來不會特地保留客房，如今卻非得為朋友準備一間不可。然而，儘管諾里斯太太事先防範再三，依然無法制止其他人抱有錯誤的

16 一英里約一點六公里，本於作者寫作背景，故全書英制單位不另改為公制單位。

期待；或許，正因為她大費周章準備了一間空房，反而讓湯瑪斯爵士更加深信，那是她特別為芬妮準備的房間。伯特倫夫人無意間向諾里斯太太露了口風，很快就讓此事塵埃落定。

「姊姊，我想，芬妮搬去與妳同住之後，我們就不須再繼續聘請李小姐了。」

諾里斯太太震驚得差點說不出話來。

「搬去與我同住！親愛的伯特倫夫人，您這是什麼意思？」

「她不是要搬去和妳一起住嗎？我以為妳已經和湯瑪斯爵士談好了。」

「我？根本沒這回事！我從來不曾對湯瑪斯爵士說過這種話，他也未曾向我提起。讓芬妮搬去與我同住！我壓根兒沒想過這件事，認識我倆的人也不該有這種念頭才對。老天！我怎能與芬妮住在一塊？怎麼可能是我！我只不過是個無依無靠的寡婦，找不到容身之處，內心早已瀕臨崩潰。我要如何照料這種年紀的女孩？她還只是十五歲的少女，正是需要家人格外關照的年齡，再怎麼活力充沛的人，恐怕都會大感吃不消！湯瑪斯爵士不可能真的這麼打算吧？他可是對我熟悉不過的家人呀！我相信任何真心為我著想的人，都不可能提出如此要求。湯瑪斯爵士怎麼會向妳提起這種事？」

「說真的，我也不清楚。我想他或許認為這是最好的作法。」

「那他到底說了什麼？他總不會說，希望我接芬妮過去同住吧？我相信他不可能真心希望我這麼做。」

「確實沒有，他只是說他覺得這方法可行，我也這麼認為。我倆都認為芬妮能替妳帶來慰藉。不過要是妳不喜歡，那就沒什麼好說的了。她住在這裡倒也不礙事。」

「親愛的妹妹，要是妳考量到我的悲慘際遇，怎麼會認為她能替我帶來安慰？我只是一名窮困潦倒、處境淒涼的寡婦，失去了天底下最好的丈夫，也因為日夜照料他而賠上自己的健康，心情更是落到谷底。我那平靜的生活徹底毀於一旦，勉勉強強才能在上流階層站得住腳，不至於使過世的丈夫顏面無光。倘若我還得負責照料芬妮，我怎麼會比較好過呢？就算不為我自己著想，也不能讓這可憐的女孩承受如此不公平的待遇呀！她有幸遇上貴人，無疑正過著好日子；我卻得想方設法，努力熬過悲傷與苦難。」

「那麼妳並不介意自己孤伶伶地過日子囉？」

「親愛的伯特倫夫人，我除了孤伶伶地過日子，還能怎麼辦呢？我當然希望偶爾會有朋友來家裡探望我，也會永遠為朋友留個床位。不過我未來的大半日子，想必只能孤獨終老了。只要生活還過得去，我已別無所求。」

「姊姊，我想妳的情況也沒這麼差吧！湯瑪斯爵士說，妳每年還有六百英鎊收入呢[17]！」

「伯特倫夫人，我對此毫無怨言。我知道接下來的生活不若往昔，不過我會設法縮衣節食，學習以更好的方式控管開銷。我過往花起錢來隨心所欲，然而，如今我不能再以省吃儉用

17 以一名單身婦人而言，年收入六百英鎊（約今值新台幣一百七十萬元）已堪稱富裕，一般的牧師收入也不過兩、三百英鎊。

為恥了。我的收入大不如前，處境自然也是如此。可憐的諾里斯先生身為教區牧師，曾肩負大半生活開支，我自己根本無力負擔。我從來不曉得家裡的客人來來去去，吃住開銷竟如此驚人。我現在住在白屋，一切都得更加謹慎。我必須量入為出，否則日子可就太悲慘了。如今我只期待多省些錢，到了年底還能有一點盈餘，就讓我心滿意足了。」

「我相信妳一定辦得到。妳向來認真存錢，不是嗎？」

「伯特倫夫人，我努力存錢可都是為了下一代。我正是為了妳的孩子著想，才希望自己手頭寬裕些。我沒有其他需要照顧的家人，倘若還能為這些孩子略盡棉薄之力，我一定十分寬慰。」

「妳真是太好心了。但是妳根本用不著為他們操心。他們肯定能過上衣食無虞的好日子，湯瑪斯爵士會負責張羅一切。」

「是嗎？妳也知道，假如安地卡島[18]種植場的收入不見起色，湯瑪斯爵士可就想不出什麼好主意了。」

「噢！那件事很快就能解決。我知道湯瑪斯爵士正在寫信處理此事。」

「好吧！伯特倫夫人，」諾里斯太太說，並起身準備離開。「我只能說，我唯一的希冀就是能幫上妳家一點忙。因此，假如湯瑪斯爵士又提起要我接走芬妮一事，妳大可告訴他，我的身心狀況欠佳，根本不可能有任何餘力照顧那孩子。更何況我家也沒有空床給她，那間客房必須留給朋友。」

伯特倫夫人將這場對話如實轉達給丈夫，湯瑪斯爵士因而明白自己徹底誤解了大姨子的想法。從那一刻起，諾里斯太太再也不必擔心眾人對她抱持任何期待，也不曾聽湯瑪斯爵士再次提起此事。湯瑪斯爵士深感納悶，諾里斯太太既然百般說服他們領養外甥女，如今為何不肯幫任何忙。不過，由於諾里斯太太早早便讓夫婦倆相信，她的財產終將留給他們一家子，這對他們而言不啻一大好處，湯瑪斯爵士也因而得以放寬心，自行承擔扶養芬妮的責任。

芬妮隨即得知搬家只是虛驚一場。艾德蒙原本認為這對芬妮而言是最好的安排，不禁感到有些失望；不過他見到芬妮對此興高采烈，多少感到安慰。諾里斯太太住進白屋，格蘭特夫婦也搬至牧師公館，一切塵埃落定，曼斯菲爾德再次重回平日的光景。

格蘭特夫婦展現出平易近人的好客性格，博得左鄰右舍的一致好評。不過，他們自然有其缺點，諾里斯太太也很快就察覺了。格蘭特牧師相當好吃，每天總要享受豐盛的晚餐；格蘭特太太並未設法以儉省的花費滿足丈夫胃口，反而支付廚子不亞於曼斯菲爾德莊園的優渥薪資，也鮮少親自查看廚房與儲藏室。諾里斯太太很難不對此發牢騷，對於牧師公館驚人的奶油與雞蛋用量，也同樣無法坐視不管。「沒有人像我一樣大方好客，也沒有人像我一樣討厭便宜行事。我相信在我當家的期間，牧師公館處處打點得舒適愜意，不曾為人詬病。但是，如今這副光景，實在令我百思不得其解。在鄉間的牧師公館裡，女主人如此高高在上，未免過於特立獨

18 安地卡島（Antigua）：位於加勒比海。

行。我想，我打點過的儲藏室一應俱全，格蘭特太太總該踏進去瞧瞧吧！我四處打聽，格蘭特太太的財產說什麼都不可能超過五千英鎊。」

伯特倫夫人漫不經心地聽著這番尖酸抨擊。她無法理解格蘭特太太在掌管家庭開銷時出了什麼差錯；不過，她實在無法接受格蘭特太太的長相如此平凡，卻能過上這麼優渥的生活，對長得漂亮的女人簡直是一大屈辱。伯特倫夫人一有機會就對此表達自己的震驚，只是不像諾里斯太太逢人便數落牧師太太。

這些閒言閒語沸沸揚揚傳了一年，家裡又發生另一件大事，頓時占據這幾位女士的心思，也成了她們最常掛在嘴上的話題。湯瑪斯爵士為了更妥善解決眼前的問題，決定親自前往安地卡島，並帶長子同行，期望能讓他脫離家鄉那群壞朋友的影響。父子倆一離開英國，很可能要待上足足一年才返家。

湯瑪斯爵士亟欲解決財務問題，也希望替大兒子帶來益處，因此不惜暫時放下其他家人；即使女兒正值最需要父親關照的年紀，也只能將她們留給旁人照顧。湯瑪斯爵士認為，伯特倫夫人不可能母兼父職，甚至無法扮演稱職的母親角色。不過既然諾里斯太太總是細心地從旁照料，艾德蒙的判斷力亦十分可靠，因此湯瑪斯爵士依舊放心地遠行去了，不必擔心女兒的言行失據。

伯特倫夫人極不情願讓丈夫離開身邊，卻不是擔心他的安危或是對他有所牽掛。她認為旁人不可能會碰上什麼危險或困難，她只擔心累壞了自己，對其他人絲毫不以為意。

在這樣的情況下，兩位伯特倫小姐的處境反倒值得憐憫，並非因為她們感到傷心欲絕，而是她們根本一點也不難過。父親向來不支持姊妹倆喜愛的娛樂活動，因此她們對父親毫無感情；說來悲哀，此趟遠行她們其實歡迎之至。姊妹倆得以從父親的約束中解脫，她們還沒想清楚要先嘗試哪一項父親禁止的活動，已經自認無拘無束，可以隨心所欲大肆享樂。芬妮的心情和兩名表姊相去不遠，感到如釋重負。然而，她生性較為溫和，頓時自認不懂得感恩圖報，自責竟一點也不傷心。

「湯瑪斯爵士為我和其他兄弟付出這麼多，他此趟遠行，很可能再也無法平安返家！他即將出門，我竟然一滴眼淚也沒掉！如此麻木不仁，簡直太可恥了。」不僅如此，在湯瑪斯爵士啟程的當天早上，他甚至對芬妮說，希望接下來的冬天，她有機會與威廉見面；等威廉所屬的中隊一回到英國，芬妮就可以寫信邀他來曼斯菲爾德作客。「您真是太體貼、太親切了！」

其實，湯瑪斯爵士光是微笑著對她說番話、稱呼她「親愛的芬妮」，她就已將姨丈過往的怒目相視或冷言冷語拋到了九霄雲外。然而湯瑪斯爵士接下來說的話，卻讓芬妮的心猛然一沉，感到羞愧不已。

「倘若威廉真能來一趟曼斯菲爾德，我希望妳可以向他證明，你倆分隔兩地的這些年來，妳並非毫無進步。只是我確實有些擔心，他說不定會認為，即使妹妹已經十六歲了，還是有不少地方和當年十歲的模樣並無二致呢！」姨丈離去後，芬妮隨即為了這一席話失聲痛哭。兩名表姊見芬妮紅了眼眶，反而認為她太矯情。

4

湯姆．伯特倫向來很少待在家裡，只是這次多了名正言順的理由離家遠行。伯特倫夫人隨即驚訝地發現，即使丈夫不在家，生活依然一切如常。艾德蒙代替父親當家作主的表現可圈可點，他稱職地與管家溝通、寫信給代理人，並結算僕人的薪資，等同為伯特倫夫人省下所有力氣與麻煩，她只須寫寫家書就好了。

湯瑪斯爵士父子倆一路旅途順利，平安抵達安地卡島後立即捎來消息。諾里斯太太始終對此趟遠行焦慮不安，一與艾德蒙獨處，就會強調自己多麼提心吊膽；她自認會是第一個面對噩耗的人，甚至早已想好該如何向眾人宣布父子倆的死訊。沒想到湯瑪斯爵士信誓旦旦地保證他倆平安無事，諾里斯太太原本準備好哀慟逾恆、慷慨激昂的悼詞，也只能暫時擱下。

冬天不知不覺地到來，又悄然流逝，生活一切如昔，父子倆也持續給家裡報平安。諾里斯太太一心為兩名外甥女的幸福著想，忙著替姊妹倆梳妝打扮，逢人就誇獎她們多才多藝，亟欲為她們物色好丈夫；一面又要處理家中事務，有時還要插手干預伯特倫夫人的家務事，簡直忙得分身乏術，因而無暇繼續關注格蘭特太太的揮霍行徑，也忘了擔憂兩名遠行旅人的安危。

伯特倫姊妹如今已出落得亭亭玉立，成為這一帶知名的美人。她們流露才貌兼備的風采，態度隨和，並小心翼翼地展現出親切有禮的形象，眾人對姊妹倆的好感與仰慕隨即湧至。姊妹倆原本就自視不凡，如今虛榮變本加厲，舉手投足更顯做作；眾人渾然不覺，仍對她倆的舉止百般讚美，加上阿姨在旁推波助瀾，更是讓姊妹倆深信自己完美無缺。

伯特倫夫人從不與女兒一同出席社交場合。她太過懶散，甚至不願稍忍不便，親眼見見兩名女兒廣受歡迎的模樣，感受身為母親的驕傲與喜悅。伯特倫夫人將此責任交給姊姊，諾里斯太太則樂於從命，善盡妹妹給予的一切方便，出入上流社交圈，還不必自己花錢雇用馬車呢！

芬妮向來無法參與社交季的盛事，倒樂於擔任伯特倫夫人的得力助手，負責在其他人離家之際陪伴阿姨。由於李小姐已離開曼斯菲爾德，芬妮理所當然成了陪同伯特倫夫人出席晚會或派對的唯一人選。芬妮總是陪著伯特倫夫人聊天、傾聽她的想法，或是為她朗讀。芬妮十分享受如此夜晚的靜謐氛圍；與伯特倫夫人獨處的時刻，能為她屏除一切不友善的雜音，讓她擁有強烈的安全感。芬妮的心情向來不得平靜，總是戰戰兢兢、不時感到難堪，自然對這樣的沉靜時光歡迎至極。芬妮非常喜歡聽表哥與表姊描述外出玩樂的趣事，尤其是舞會盛況與艾德蒙的舞伴，更是聽得津津有味。她自認身分低下，不敢奢望自己獲准出席舞會，因此總是聽過就忘，並未多作他想。整體而言，她在今年冬天過得相當愉快。儘管威廉並未回到英國，不過她始終滿心期待威廉返家的時刻，這種心情已令她感到十分滿足。

緊接而來的春天，芬妮卻失去了非常重視的朋友，她那匹可愛的老灰馬。這陣子芬妮不僅在情感上大受打擊，也開始擔憂自己的健康每況愈下。因為儘管兩位阿姨承認騎馬對芬妮的健康至關重要，卻遲遲沒有設法為她找來下一匹馬。她們這麼說：「反正倘若兩位表姊哪天不想騎馬，妳就可以接手她們的馬匹。」然而只要天氣晴朗，伯特倫姊妹就不會放過外出騎馬的機會；她們裝出一副熱心的模樣，卻絲毫不打算犧牲自己的享樂時光。可想而知，芬妮始終等不到接手表姊馬匹的時刻。四、五月的早晨陽光和煦，伯特倫姊妹依然盡情享受騎馬馳騁的快樂時光。芬妮要不是成天待在家裡陪伴伯特倫阿姨，就是得聽從諾里斯阿姨的使喚，在外頭走得筋疲力盡。伯特倫夫人不喜歡運動，自然認為人們無須每天外出散步；諾里斯太太則是整天走個不停，認為走路多多益善。艾德蒙這段期間正好不在家，否則這項問題更早就能迎刃而解。艾德蒙返家後，得知芬妮這陣子的處境，認為對她的健康大為不利，堅持芬妮一定得擁有一匹自己的馬。即使母親根本懶得處理此事，或是阿姨以經濟考量出言反對，艾德蒙都認為這是唯一的解決方法。諾里斯太太依然心想，或許能從莊園裡挑一隻還走得動的老馬，或是乾脆借用管家的馬匹；再不然，或許格蘭特牧師願意不時出借用來寄信的那匹驛馬。她由衷認為，芬妮實在沒必要像表姊一樣擁有專屬的仕女用馬，甚至覺得此舉甚為不妥。諾里斯太太相信湯瑪斯爵士絕無此意；她必須表明，趁男主人不在時花錢添購馬匹，又適逢其收入減少的非常時期，這麼做實在毫無道理。「芬妮一定得擁有一匹自己的馬。」艾德蒙依然堅持相同的答案。諾里斯太太說什麼也無法理解他的想法。伯特倫夫人倒是同意了；她贊同兒子的想法，認為有必要，也相信丈夫會同意。她只求艾德蒙不要急著決定，等湯瑪斯爵士返家，他或許會親自處理此事。湯瑪斯爵士九月就回家了，此事暫緩又有何妨呢？

艾德蒙對阿姨的不滿更甚於對母親的。諾里斯太太擺明一點也不關心她的外甥女，可是他又不能對母親的話充耳不聞。最後，艾德蒙總算想出兩全其美的方法，既可避免父親認為自己干涉過多，又能確保芬妮立即擁有運動的機會，畢竟他認為這是當務之急。艾德蒙擁有三匹馬，卻都不適合給女性騎乘；其中兩匹是獵馬，剩下的用來拉車。他決定以第三匹馬換來適合表妹騎乘的馬，也知道哪裡有適合的。既然他打定主意，很快就辦妥了這件事。新換來的母馬相當優秀，很快就熟悉指令，也幾乎成了芬妮專屬的馬。芬妮過往認為只有那匹灰色小馬最適合她，不過，她喜愛艾德蒙新贈的馬更甚以往。不僅如此，這份禮物背後蘊藏著艾德蒙的體貼與親切，更令芬妮高興得難以言喻。芬妮將表哥視為最完美無缺的典範，遠比任何人更加珍視他，對他滿心強烈的感謝，其他情感皆難以媲美。芬妮對表哥抱持豐富的情感，對他既尊敬又感激，不僅百般信任，亦滿懷深情。

由於這匹馬掛在艾德蒙名下，實際上也歸他所有，諾里斯太太自然得容忍芬妮騎這匹馬外出。即使伯特倫夫人回想起當時的反對理由，也不會責怪艾德蒙並未等到九月湯瑪斯爵士返家；因為到了九月，湯瑪士爵士依然待在國外，解決事務的日子看來遙遙無期。正當湯瑪斯爵士打算返回英國之際，卻突然發生緊急事件；由於變數太多，他決定先將兒子送回家，留下來親自善後。湯姆平安返家，並告知家人父親安然無恙；然而對諾里斯太太而言，情況卻似乎不是這麼一回事。她認為湯瑪斯爵士之所以先將兒子送回家，似乎是出自為人父的天性；他早有不祥預感，決定自行承擔不幸後果。也因如此，諾里斯太太不禁浮現許多可怕的想像。漫漫秋夜到來，當她每晚獨自回到小屋，總是飽受這些想法煩擾，更慶幸每天都能到莊園的餐廳尋求慰藉。然而隨著冬季盛事一一展開，立即帶給諾里斯太太不少幫助。她忙著參與各式社交活動，與高采烈地為大外甥女估算眾多追求者的身家，焦慮的心情也大為平復。「假如可憐的湯瑪斯爵士注定永遠回不了家，得知親愛的瑪莉亞覓得好歸宿，肯定是莫大的安慰。」諾里斯太太經常這麼想著，每當富裕的男士陪伴在側，這樣的想法更是強烈；尤其她最近認識一名年輕人，才剛繼承一大筆土地與首屈一指的豪宅，更是令她喜不自勝。

拉許沃斯先生打從第一眼見到伯特倫小姐，就為她的美貌所傾倒；他一心想成家立業，頓時認為自己墜入愛河。他是個反應遲鈍的年輕人，才疏學淺；不過，由於他的外貌與談吐並無差強人意之處，伯特倫小姐依然很得意自己征服了對方的心。瑪莉亞·伯特倫芳齡二十一，如今已開始將婚姻視為職責。與拉許沃斯先生結婚不僅可讓她享盡榮華富貴，收入一舉超越父親，還能確保她在倫敦擁有自己的華宅，這正是她當前的首要目標。依此推斷，她似乎理所當然要嫁給拉許沃斯先生。諾里斯太太特別殷勤撮合兩人，使出渾身解數推波助瀾，鼓吹雙方越來越看好這門婚事。她還想方設法親近目前與兒子同住的男方母親，甚至逼迫伯特倫夫人跋涉十英里遠路前去拜訪對方。果不其然，諾里斯太太隨即與男方母親建立起良好共識。拉許沃斯太太坦承非常渴望見到兒子成家，並信誓旦旦地表示，在她見過的所有年輕女孩中，伯特倫小姐是如此討人喜歡又才華洋溢，似乎是能帶給兒子幸福的最佳人選。諾里斯太太欣然接受這番讚美，並稱讚對方擁有如此敏銳的洞察力，能輕易看出女方的美德。瑪莉亞確實是所有人眼中的驕傲，帶給眾人喜悅，簡直是完美無缺的美麗天使；也由於她身邊不乏追求者，自然難以選定對象。即使雙方相識不久，不過若由諾里斯太太評斷，她深信與拉許沃斯先生的婚事最為門當戶對，也最令她滿意。

兩名年輕人在幾場舞會共舞後，隨即驗證了兩位太太的想法。她們禮貌地寫信通知身在國外的湯瑪斯爵士，就此訂下婚約，雙方家長都感到相當欣慰。過了數週，這一帶的居民皆引頸企盼，認為拉許沃斯先生迎娶伯特倫小姐的日子即將到來。

湯瑪斯爵士的回信需時數月才能送達，不過由於眾人皆認為他會欣然認同這樁婚事，兩家人自然毫無顧忌地開始往來。即使婚事本該暫時保密，諾里斯太太卻逢人便說，絲毫沒有打算守口如瓶。

艾德蒙是全家族唯一對這門婚事有所疑慮的人；即使阿姨對他未來的妹婿讚不絕口，他依然認為拉許沃斯先生並非理想的結婚對象。艾德蒙自然樂意讓妹妹為自己的幸福作主，卻不樂見妹妹認為可觀財富才能獲得幸福。每當他與拉許沃斯先生在一起，總忍不住心想：「他若少了一萬兩千英鎊[19]的年收入，簡直只是個愚蠢至極的傢伙。」

然而，湯瑪斯爵士打從心底為這門婚事歡欣鼓舞。坐擁萬貫家財的女婿能為家裡帶來莫大助益，自始至終也贏得一致好評，相當討人喜歡。這的確是一樁門當戶對的婚事——兩家人住

19 一萬兩千英鎊相當於今值新台幣三千四百五十萬元。

在同一郡，背景也不相上下。湯瑪斯爵士以最快的速度回信，表達由衷的贊同之意，唯一的要求是婚禮必須等他返國後再舉行；他不禁再次感到歸心似箭。湯瑪斯爵士在四月時回信，強烈希望自己能順利將一切處理完畢，於夏天結束之際離開安地卡島。

七月的狀況大致如此。當芬妮年滿十八歲，村裡正好迎來兩名客人：格蘭特太太同母異父的弟弟克勞佛先生，與妹妹克勞佛小姐，他們是格蘭特太太的母親在第二段婚姻所生的孩子。兄妹倆年紀輕輕就坐擁可觀財產；克勞佛先生在諾福克郡持有大片土地，克勞佛小姐則擁有兩萬英鎊財產。兩兄妹從小備受格蘭特太太疼愛。然而，由於格蘭特太太在母親過世不久後便嫁人，兄妹倆便交由叔父撫養[20]；格蘭特太太與那名姻親素昧平生，因此之後幾乎沒再見過這兩名弟妹。叔父一家相當親切地接納兄妹倆。克勞佛上將與夫人的性格雖然大相逕庭，卻都非常疼愛兩兄妹；至少夫婦倆各自喜愛其中一個孩子，對其關愛不相上下，克勞佛上將非常喜歡哥哥，克勞佛太太則對妹妹寵愛有加。克勞佛夫人過世後，向來受叔母疼愛的克勞佛小姐在叔父家多住了幾個月，就被迫另覓新家。克勞佛上將的品行不佳，他並未挽留姪女繼續住在同一個屋簷下，而是選擇將情婦帶回家。克勞佛小姐情急之下只得轉向姊姊求助；這麼做雖然稱了上將的意，卻也讓格蘭特太太欣喜不已。格蘭特太太膝下並無子女，平時只與鄉間的太太們來往，不時忙著將她最喜愛的客廳布置得美輪美奐，或是蒔花弄草、養養家禽，自然亟欲為千篇一律的生活增添變化。格蘭特太太向來疼愛妹妹，如今甚至希望妹妹出嫁前都住在家裡，當然對她的到來歡迎之至。她只擔心年輕的克勞佛小姐早已習慣定居於倫敦，不知能否適應曼斯菲爾德的鄉間生活。

克勞佛小姐亦抱持相同的顧慮，主要害怕自己不適應姊姊的生活習慣與社會階層。克勞佛小姐試圖說服哥哥一起住在他的鄉間宅邸，卻未能如願，只得硬著頭皮向其他親戚求助。畢竟，亨利．克勞佛向來非常不喜歡定居在相同的地方，或是侷限於一成不變的社交圈，因此在這等大事上無法對妹妹妥協。不過，克勞佛先生仍發揮最大的誠意護送妹妹到北安普頓；假如克勞佛小姐待了半小時後依然對那個家有所疑慮，他也隨時準備直接帶妹妹離開。

這次碰面雙方都非常愉快。克勞佛小姐發現姊姊並非一板一眼，沒有流露出任何土氣；姊夫看起來風度翩翩，寬敞的房子也布置得十分舒適。格蘭特太太非常熱心地招呼弟妹，年輕的兄妹倆都非常討人喜歡，讓她比以往更加喜愛兩人。瑪莉．克勞佛長得非常漂亮；亨利的外貌雖然不出色，卻氣質出眾，舉止合宜。兄妹倆十分活潑，舉手投足皆充滿魅力，很快就博得格蘭特太太的好感。兄妹倆深得格蘭特太太的心，尤其瑪莉又更討她喜歡。格蘭特太太的外貌並不出色，因此她非常驕傲有個外表亮麗的妹妹。早在克勞佛小姐抵達前，格蘭特太太就已經為她尋覓好理想的結婚對象，將目標鎖定為湯姆．伯特倫。對身價兩萬英鎊的年輕女孩而言，從男爵的長子並非高不可攀的結婚對象；更何況，格蘭特太太早已看出妹妹的優雅儀態與不凡才

---

20 原文為「a brother of their father」，沒有說明是年長或年輕的兄弟。不過根據家產是克勞佛先生繼承，以及從非長男才會從軍或擔任神職人員推斷，克勞佛上將應該是克勞佛先生的叔父。

華。格蘭特太太為人熱心、作風直率，儘管妹妹也不過才抵達三個鐘頭，她已忍不住將心裡的盤算娓娓道來。

克勞佛小姐很高興得知附近就住著如此高貴的家族。即使姊姊這麼早就為自己物色結婚人選，她並未對此不悅，也沒有挑剔雀屏中選的對象。倘若能嫁入好人家，克勞佛小姐原本就將婚姻視為目標；她已經在城裡見過伯特倫先生，認為其外表與身家背景皆無可挑剔。因此，儘管克勞佛小姐將這番話視為玩笑，依然不忘認真地思考起這件事。格蘭特太太隨即也將這個主意告訴了亨利。

格蘭特太太接著說：「現在我倒是有個一石二鳥的好主意。你們兄妹倆都應該在鄉間住下，如此一來，亨利你就能迎娶伯特倫家的二小姐。她是個美麗善良又多才多藝的好女孩，肯定能讓你過得非常幸福。」

亨利向她鞠躬致謝。

瑪莉說：「親愛的姊姊，假如妳真能說服亨利結婚，我一定很高興有個如此聰明伶俐的好嫂子。唯一可惜的是，妳沒有生上六個女兒好讓妳來安排婚事。倘若妳真能說服亨利結婚，妳肯定像法國女人一樣能言善道[21]。畢竟，英國女人早已使出渾身解數，卻依然束手無策。我有三名摯友紛紛愛上他，她們和她們的母親可都是非常聰慧的女性，再加上我那親愛的叔母以及我自己，早已無所不用其極，無論勸之以理、動之以情，甚至誘之以利，他都無動於衷！我簡直沒見過如此不解風情的男人！倘若妳口中的伯特倫小姐不想體驗心碎之苦，還是讓她們與亨利保持距離吧！」

「親愛的弟弟，我相信你不是這樣的人。」

「是啊！妳真是太好心了。比起瑪莉，妳待我親切多了，一定會體諒年輕人少不更事，還不懂得人情世故。我生性謹慎，不願意輕率毀了自己的幸福。我比任何人都還看重婚姻，相信擁有一名好妻子，一如真情流露的詩句所歌頌那般，彷彿『來自天堂的最後嘉禮』[22]。」

「格蘭特太太，妳瞧他說得多冠冕堂皇，臉上還掛著那副笑容。我告訴妳，他就是個不折不扣的討厭鬼。上將簡直把他寵壞了。」

格蘭特太太回答：「年輕人對婚姻的看法我向來不會放在心上。即使他們看起來對婚姻有所抗拒，那也只是因為尚未找到對的人罷了。」

格蘭特牧師笑著對克勞佛小姐道賀，慶幸她並未對婚姻心生抗拒。

「噢！沒錯，我一點也不為此感到丟臉。倘若大家都能找到合適對象，我自然希望人人順利步入婚姻，只是不希望人們自暴自棄。假如擁有理想對象，任何人都應該結婚。」

---

21 當時的英國小說經常將法國女性描繪成口才便給、善於操縱人心的形象。

22 出自英國詩人約翰・米爾頓（John Milton, 1608-1674）的《失樂園》（*Paradise Lost*），是亞當對夏娃的告白之詞。

幾個年輕人打從一開始就對彼此十分滿意。他們互有好感，認識後感情迅速升溫，很快就變得相當親密。克勞佛小姐的美貌並未使伯特倫姊妹相形失色，畢竟姊妹倆長得格外出眾，與任何美人相比毫不遜色。她們也像兩名哥哥一樣深受克勞佛小姐吸引，她的雙眸靈動黝黑，擁有美麗細緻的小麥色肌膚，外表十分亮眼。倘若克勞佛小姐的身材修長豐滿、穠纖合度，或許會令姊妹倆相形見絀；不過既然她沒有這樣的身材，就頂多是個甜美可人的姑娘，伯特倫姊妹才是鄉間最美麗動人的年輕女孩。

克勞佛小姐的哥哥外表並不出色；伯特倫姊妹對克勞佛先生的第一印象，甚至是其貌不揚、膚色黝黑。不過他依然是個翩翩紳士，談吐相當討人喜歡。第二次見面，克勞佛先生就證實自己並非平庸之人；他的外貌確實無過人之處，表情卻相當生動、擁有一口整齊潔白的牙齒，身材又高大勻稱，讓人忘了他的平凡外貌。到了第三次碰面，姊妹倆在牧師公館與克勞佛先生共進晚餐後，再也不認為他毫不出色。事實上，克勞佛先生是伯特倫姊妹見過最討人喜歡的年輕人，兩人都對他極具好感。由於伯特倫小姐已訂有婚約，克勞佛先生自然成了最適合茱莉亞的對象，茱莉亞對此心知肚明；克勞佛先生來曼斯菲爾德還不到一週，茱莉亞已對他一往情深。

瑪莉亞對克勞佛先生的感情則顯得曖昧不明、猶豫不決，她也不願意正視或釐清自己的想法。「我對如此討人喜歡的年輕人抱有好感，想必無傷大雅。大家都很清楚我已有婚約在身，克勞佛先生一定懂得掌握分寸！」克勞佛先生自然也不打算涉足險境。兩位伯特倫小姐皆風采迷人，等著他百般殷勤；他並未真正起心動念，只是想讓兩姊妹都對自己留下好印象。克勞佛先生不希望姊妹倆為了愛情暈頭轉向，他依然維持理智、明辨是非，對此事也保留很大的彈性空間。

「我真喜歡那兩位伯特倫小姐，姊姊。」晚餐結束，克勞佛先生護送伯特倫姊妹坐上馬車後，對格蘭特太太說，「她們都是如此優雅的姑娘，非常討人喜歡。」

「確實如此，真高興聽你這麼說。不過你顯然更喜歡茱莉亞。」

「噢！沒錯，我比較喜歡茱莉亞。」

「不過你是認真的嗎？大家都認為伯特倫小姐長得比較漂亮。」

「可以想見。她的五官非常標緻，我比較欣賞她的外貌。但我還是更喜歡茱莉亞。伯特倫小姐確實長得比較美，又平易近人；不過因為妳對我耳提面命，我還是比較喜歡茱莉亞。」

「我不該對你這麼說，亨利。不過我知道你終究會比較喜歡茱莉亞。」

「我不是一開始就告訴過妳，我比較喜歡茱莉亞了嗎？」

「除此之外，伯特倫小姐已經訂婚了。別忘了這一點，親愛的弟弟。她名花有主了。」

「是呀！正是因為她已經訂婚了，我才對她抱有好感。訂了婚的女人往往比單身女子更為親切友善。她早已沒有後顧之憂，得以毫無顧忌地盡情享樂。和有婚約在身的女性來往最令人安心，不必擔心會造成任何傷害。」

「說到這個，拉許沃斯先生是非常優秀的年輕人，和她相當登對。」

「而伯特倫小姐根本不在乎他——那是妳對摯友的看法，我才不贊成。我相信伯特倫小姐深愛拉許沃斯先生，每當她提起未婚夫的名字，我就能從她眼裡看出滿滿的深情，她想必是全心全意想嫁給拉許沃斯先生。」

「瑪莉，我們該拿他怎麼辦？」

「我們就任由他去吧！多說無益。他最後總會上當的。」

「可是我不能放任他上當，我可不希望他受騙。我希望所有人都光明磊落，作風坦蕩。」

「噢！親愛的，讓他被騙個一次也好。一切都會沒事的。任何人都要上當個一、兩回才能學乖。」

「結婚可就不是這麼一回事了，親愛的瑪莉。」

「婚姻更是如此。親愛的格蘭特太太，即使再怎麼精挑細選眼前的結婚對象，無論男女，婚後沒有上當的機率僅有百分之一。我看多了這種例子，甚至認為結果必然如此。在眾多交易往來中，婚姻正是最血淋淋的教訓；人們對另一半抱持最嚴苛的期待，自己卻滿口謊言。」

「哎呀！看來妳在希爾街[23]耳濡目染，對婚姻的看法也變得這麼悲觀了。」

「我那可憐的叔母確實無法對婚姻抱持好感。然而，就我自己的觀察，婚姻只不過是一場算計。我知道許多人對婚姻充滿期待、胸有成竹，認為結婚能帶來好處，相信接下來會過得幸福美滿，或擁有優秀的另一半。可是他們最後往往徹底受騙，不得不承擔完全相反的結果。這不叫上當的話，還能稱為什麼呢？」

「親愛的孩子，妳想必有些誇大了。不過請妳見諒，我實在無法認同妳所說的話。老實說，妳只不過看到其中一半的樣貌。妳眼裡只看到不幸的一面，卻沒注意到婚姻所能帶來的慰藉。日常中的爭執與失望無所不在，我們總是容易抱持過高的期望。然而即使幸福的希望落空，人們生來就會尋求其他安慰；就算第一次計畫以失敗收場，第二次總會漸入佳境。我們一定能在其他地方獲得撫慰。親愛的瑪莉，這些人不懷好意地小題大做，往往比結了婚的人更容易上當，受到矇騙。」

「說得真好！姊姊，我欣賞妳對婚姻的熱忱。我嫁為人婦後，一定會忠於自我，也希望身邊的親朋好友皆能如此。這麼一來，我就不必老是這麼操心了。」

「瑪莉，妳和妳哥哥一樣壞心。不過我們會治好你們兄妹倆。曼斯菲爾德會為你們療傷止痛，絕不讓你們受騙。和我們一起生活吧！我們會好好治療你們的。」

即使克勞佛兄妹不想接受治療，依然十分樂意待下來。瑪莉非常滿意將牧師公館當作接下

23 希爾街（Hill Street）：位於倫敦西區的繁華地段。

來的新家，亨利也願意多停留一段時間。克勞佛先生原本只打算逗留幾天，不過曼斯菲爾德是個有趣的地方，他又沒有急事得趕往他處。格蘭特太太非常高興能將兄妹倆留在身邊，格蘭特牧師同樣感到欣喜若狂，對一名成天在家賦閒度日的男子而言，有克勞佛小姐如此健談又年輕貌美的女孩為伴，自然求之不得；多了克勞佛先生在家作客，更是讓他每天都找得到理由品嘗美酒。

伯特倫姊妹都非常欣賞克勞佛先生，令克勞佛小姐喜不自勝，卻也坦承伯特倫兄弟皆為英俊挺拔的年輕人。即使待在倫敦，她也鮮少同時見到兩名如此風度翩翩的年輕人，哥哥的風采甚至更勝一籌。湯姆經常待在倫敦，個性比艾德蒙更加活潑殷勤，自然較受克勞佛小姐青睞；更何況他還身為長子，亦是一大優勢。克勞佛小姐早已預期自己理應偏愛長子，對接下來的目標不疑有他。

事實上，無論如何，湯姆．伯特倫一定會博得眾人的好感。他向來人見人愛，特別容易受到賞識；他的態度隨和、個性活潑又見多識廣，總能滔滔不絕地打開話匣子。湯姆未來將繼承曼斯菲爾德莊園與爵位，更為這些美好的特質錦上添花。克勞佛小姐很快就意識到，伯特倫先生無論自身條件或家境皆無可挑剔。她認真地考量一番，發現一切條件皆十分有利：他即將坐擁一座莊園，而且是貨真價實的莊園，方圓五英里；還有一棟建築新穎的偌大宅邸，位置恰如其分，坐落於蓊鬱林木的隱蔽之中，足以入選王國紳士豪宅畫集[24]，只須重新裝潢即能更臻完美。他的兩個妹妹討人喜歡、母親性格嫻靜，本人同樣親切有加。如今他又允諾父親不再沉溺賭博，未來也會繼承湯瑪斯爵士的頭銜，在在成為可遇不可求的完美條件。克勞佛小姐自然認為不能錯過伯特倫先生，開始稍微留意起他那匹即將前往出賽的馬。

兩人相識沒多久，伯特倫先生就離家前去參加賽馬會了。根據以往經驗，家人認為他這次一去就是好幾週，因此他理應要提早告白。沒想到伯特倫先生只是大力遊說克勞佛小姐一起參加賽馬會，甚至計畫為他們舉行一場盛大的舞會；聽他說得興致盎然，卻也僅止於紙上談兵。

至於芬妮，此時此刻她正埋首於何事，心裡又有何盤算呢？她對兩位遠道而來的客人抱持什麼樣的想法？很少十八歲的年輕女孩像芬妮這樣，幾乎沒什麼機會發表自己的看法。她向來沉默寡言、不受關注，只能默默地在心底讚賞克勞佛小姐的美貌。不過即使兩名表姊經常誇獎克勞佛先生一表人才，芬妮卻始終認為他其貌不揚，也從未提過對他的看法。正因如此，其他人對芬妮的想法大致如下。克勞佛小姐與伯特倫兄弟並肩散步時問道：「我幾乎認識你們所有人了，除了普萊斯小姐。請告訴我，她開始與人群來往了嗎？她會與你們一同前往牧師公館用餐，看起來似乎有在參與社交；可是她平常又如此沉默寡言，我根本無從瞭解她。」

這番話主要是對著艾德蒙說的，因此他回答：「我明白妳的意思，而我不曉得該如何回答。我的表妹長大成人，已屆成熟懂事的年紀；不過她究竟有沒有進出社交圈，我就無從置喙了。」

---

24 王國紳士豪宅畫集（engravings of gentlemen's seats in the kingdom）於十八至十九世紀相當暢銷，能充分展現上流階級的品味與生活面貌。

「整體而言，沒有什麼比這更容易判斷的了，畢竟開始交際與否，差異相當明顯；大致說來，儀態與打扮都會出現截然不同的改變。目前為止，我以這種方式判斷女孩是否已參與社交活動，幾乎沒有出錯過。尚未開始與人群來往的女孩看起來總是一個樣：戴著一頂無邊軟帽，外表一本正經，自始至終不發一語。你們或許會感到好笑，不過我向你們保證，事實就是如此。即使有時顯得過於故作矜持，也還稱得上得體，畢竟女孩就是得表現出嫻靜端莊的模樣。最令人無法接受的地方在於，她們開始與人群往來以後，態度往往一百八十度大轉變，讓人措手不及。有時她們能在短時間內一改拘謹含蓄，展現出截然相反的樣貌，頓時變得狂妄自大！這正是當前體制的弊病。我們很難想像年僅十八、九歲的少女突然對一切侃侃而談，也不過短短一年前，她還害羞得不敢說話呢！伯特倫先生，我相信你一定見過類似的例子。」

「沒錯，不過這麼說並不公平。我很清楚妳的言下之意，妳在嘲弄我和安德森小姐吧！」

「絕無此事。安德森小姐！我不曉得她是誰，也不明白你的意思。我對此毫無頭緒。可是若有機會挖苦你，我肯定相當樂在其中；你得向我解釋清楚。」

「哎呀！妳這招可真高明，但是我不會這麼輕易上當。妳肯定已見過安德森小姐，才會提起年輕女孩態度轉變一事。妳的描繪如此精準，一定錯不了，就是在指貝克街[25]的安德森一家，我們那天正好聊起他們呢！艾德蒙，你記得我提過查爾斯・安德森吧？情況正如這位小姐所言。約莫兩年前我第一次見到安德森的家人，當時他的妹妹尚未開始參與社交，怎麼也不肯和我說話。一天早上，我為了等安德森，在他家裡坐了整整一小時，屋裡只有他妹妹，好像還有一、兩個小女孩。那天家庭女教師似乎身體不舒服或是跑了，她母親不時拿著重要信件來來去去，那女孩始終一聲不吭，看也不看我一眼，甚至連聲禮貌的招呼也沒有。她緊閉嘴巴，以冷冰冰的態度將我拒於千里之外！之後整整一年我再也沒見過她。後來她開始參與社交，我在霍爾福德太太家遇到她，一時沒認出來。她走來說她認識我，盯得我侷促不安，甚至還對我有說有笑，直到我尷尬得不曉得眼睛該往哪擺。我想當時我一定成了全場的笑話，克勞佛小姐顯然也已聽聞此事。」

「這事非常有趣，而且我敢說，這種情況絕對不只發生在安德森小姐身上，而是屢見不鮮的錯誤。許多母親不曉得該如何正確管教女兒。我不知道問題出在哪裡，也非有意指正他人，不過我很清楚她們老是在犯錯。」

伯特倫先生殷勤地說：「幸好有人向世人示範了女性適宜的舉止，將她們導向正軌。」

「她們所犯的錯誤顯而易見，」艾德蒙較不懂得獻殷勤，說道：「這些女孩並未在正確的教育下成長，打從一開始就被灌輸錯誤的觀念。她們總是出於虛榮心而裝模作樣；在社交場合人前一個樣、私底下又另一個樣，稱不上真正的端莊。」

克勞佛小姐遲疑地說：「這我就不知道了。話是沒錯，不過我無法同意你的論點。我認為那才是真正的端莊。一個女孩要是在私底下，行為舉止卻還是像在社交場合上那樣惺惺作態，

25 貝克街（Baker Street）：與希爾街同為倫敦西區的繁華地段。

反而更顯彆扭。我就曾見過這樣的例子，沒什麼比這更糟的了，簡直叫人作嘔！」

伯特倫先生說：「沒錯，那確實非常不合情理。女孩走偏了路，旁人也會不知所措。妳將無邊軟帽與故作害羞的姿態描繪得如此生動、恰如其分，讓人很快就能判斷對方是否已開始踏入社交圈。不過，去年我就碰到一名女孩並未流露出這樣的特徵，讓我栽了個大觔斗。去年九月，我從西印度返國後，偕同友人斯奈德南下至拉姆斯蓋特[26]。艾德蒙，你曾聽我提起他吧！我在當地初次見到他的雙親與姊妹。我們抵達艾爾比恩時，他們一家正巧外出；我們跟著出門，並在碼頭碰到他們。當時我見到斯奈德太太與兩位斯奈德小姐，她們身邊還有一群友人。我向她們鞠躬致意，斯奈德太太當時正忙著與身邊一群男士談話，我便走到她的其中一名女兒身旁，陪同那位斯奈德小姐走回家，盡可能展現出最討人喜歡的一面。這名年輕女孩非常隨和，既健談又善於傾聽，我一點也不覺得自己犯了錯。姊妹倆看起來十分相似，兩人都打扮得漂漂亮亮，像其他女孩一樣頭戴面紗，手撐陽傘。然而，我後來才知道，那天我百般殷勤的女孩是二小姐，她還沒正式踏入社交圈，此舉自然大大激怒了她的姊姊。奧古絲塔小姐得等上六個月才會開始交際應酬；至於斯奈德小姐，大概到現在都還沒原諒我。」

「真是太糟糕了。可憐的斯奈德小姐。雖然我沒有妹妹，卻還是能感同身受。當面受到冷落，想必非常令人難受。不過，這完全歸咎於那位母親。奧古絲塔小姐應該要與家庭女教師待在一起。姊妹倆毫無長幼之分，絕對有失妥當。現在，我該把話題轉回普萊斯小姐身上了。她平時會參加舞會嗎？她除了在我姊姊家用餐，也會到其他人家裡吃飯嗎？」

艾德蒙回答：「沒有，我想她從未參加過舞會。我的母親鮮少外出交際，只會到格蘭特太太家用餐，除此之外，幾乎都是芬妮待在家裡陪伴她。」

「噢！那麼，答案已經再清楚不過了。普萊斯小姐還沒開始交際呢！」

26 Ramsgate，位於英格蘭東南岸的海濱小鎮，一夕之間從漁村成為最負盛名的觀光聖地。

6

伯特倫先生參加賽馬去了，克勞佛小姐心知接下來的相處會令人悵然若失；如今兩家人幾乎每天都會見面，克勞佛小姐對他的思念更是日益強烈。伯特倫先生離家沒多久，一天眾人齊聚莊園裡用餐；克勞佛小姐一如往常選擇靠近桌尾的老位置，卻因為換了男主人而感到格外失落，相信這次聚餐的氣氛會沉悶許多。艾德蒙與哥哥相比，幾乎不怎麼開口說話。艾德蒙只會中規中矩地為眾人遞送湯品，敬酒時毫無笑容，亦不懂得閒聊逗大家開心；他在分送鹿腿肉時，既不會適時聊起有關鹿腿的笑話，也不會興高采烈地提起某位朋友的趣事。克勞佛小姐只好將注意力轉向餐桌另一端，期望桌首的談話能帶來一些樂趣，並趁機好好觀察拉許沃斯先生一番。自從克勞佛兄妹抵達以來，這是兩人第一次在曼斯菲爾德莊園見到拉許沃斯先生。拉許沃斯先生到鄰郡拜訪一名友人，那名朋友最近剛聘請景觀設計師整修宅邸，因此他現在一心只想著這件事，也打算找專家翻修自己的莊園。儘管拉許沃斯先生並未說得明確，卻也無暇談起其他話題。拉許沃斯先生已經在客廳提過這件事，如今在餐桌上再次談起。他顯然只想引起伯特倫小姐的注意，聽聽她的意見。雖然伯特倫小姐對這個話題不甚關心，不過聽拉許沃斯先生聊起整修索瑟頓莊園的計畫，還是令她感到竊喜，也就不至於失態。

拉許沃斯先生說：「我真希望你們能親眼見到康普頓，簡直令人拍案叫絕！我這輩子還不曾見過哪個地方能在一夕之間改頭換面。我告訴史密斯，我簡直不知道自己身在何方！入口成了鄉間最漂亮的一條路，房子看起來簡直煥然一新。說真的，昨天我回索瑟頓時，那房子看起來根本像座監獄，而且是又老又舊的地牢。」

諾里斯太太大聲嚷道：「噢！真丟人！什麼監獄！索瑟頓可是最高貴的古老宅邸呀！」

「夫人，它確實亟需整修一番。我這輩子還沒見過這麼破落的房子，看起來簡直寒酸極了，我完全不知道該從何著手。」

格蘭特太太笑著對諾里斯太太說：「難怪拉許沃斯先生現在滿腦子只想著這件事。不過既然他這麼費心，索瑟頓肯定能如他所願、煥然一新。」

拉許沃斯先生說：「我一定得設法解決這個問題。只是目前毫無頭緒。真希望有好朋友能助我一臂之力。」

伯特倫小姐平靜地說：「我想，在這種時候，瑞普頓先生[27]就是你最好的朋友。」

「我正是這麼想。他既然將史密斯的房子整頓得這麼好，我最好立刻去找他幫忙。他一天的工資要價五基尼[28]。」

諾里斯太太嚷道：「哎呀，即使他開價十基尼，我認為你也不該顧慮。開銷這種事沒什麼

27 瑞普頓（Humphry Repton, 1752-1818）：著名的英國景觀設計師。

好妥協的。假如我是你，我會不計代價徹底整修，讓一切盡善盡美。像索瑟頓莊園如此高尚的地方，絕對值得你以最具品味的方式改建。你有偌大的空間可以好好發揮，最終成果肯定令你滿意。在我看來，倘若我家能有索瑟頓莊園五十分之一寬敞，我一定會老是忙著種花蒔草、大興土木，我對整修向來樂此不疲。可是如果我想改建現在的房子，那就太可笑了，區區半英畝，整修簡直是一齣鬧劇。假如空間再大一些，我一定樂於不時翻修、勤於種植花草。我們還住在牧師公館時，就整修了不少地方；它後來的面貌，與我們剛搬進去時可不一樣。或許你們年輕人早已不記得牧師公館原來的樣子，不過假如親愛的湯瑪斯爵士在場，就能向你們解釋，我們當初花了多少心力改建。我們能做的事情還多著呢！可惜諾里斯先生的健康狀況不允許我們繼續整修。可憐的諾里斯先生幾乎無法走出屋外欣賞整修後的成果；即使湯瑪斯爵士和我商量好不少翻修計畫，我也無心完成。要不是發生了這件傷心事，我們還會繼續修繕花園外牆，並在四周種滿樹木，將教堂圍起來，就像格蘭特牧師現在那樣。我們總是努力完成該做的事。在諾里斯先生過世前一年的春天，我們在馬廄的牆外種了一棵杏樹，如今長得相當茂盛，看起來十分漂亮。先生，您說是不是啊？」她轉向格蘭特牧師問道。

格蘭特牧師回答：「那棵樹確實長得相當茂密，夫人。那裡的土壤很肥沃。只可惜樹上的杏桃不值得摘來吃，每當我經過那株杏樹，總是不免感嘆一番。」

「先生，那株杏樹可是來自摩爾莊園呢！我們買下那棵樹時，花了……我的意思是，那是湯瑪斯爵士送的禮物。不過我看了帳單，那棵杏樹要價七先令，和摩爾莊園的品種等值。」

格蘭特牧師答道：「那你們虧大了，夫人。這些馬鈴薯嚐起來就和那株摩爾莊園的杏桃沒什麼兩樣。那些杏桃幾乎沒什麼味道，這麼說已經算好聽的了。品種優良的杏桃適合食用，我花園裡的杏桃卻沒半顆可吃。」

「夫人，事實上，」格蘭特太太佯裝對著餐桌另一端的諾里斯太太低語，「格蘭特牧師根本搞不清楚那些杏桃原本的滋味，他還沒嚐過呢！這種水果利用價值很高，稍微加工就有各種妙用。家裡的杏桃長得又大又漂亮，廚子等不及成熟，就將所有杏桃製成餡餅和果醬了。」

諾里斯太太原本老大不高興，如今怒氣又平復了。過了一會兒，眾人提起其他話題，不再繼續聊索瑟頓的整修計畫。格蘭特牧師與諾里斯太太向來處得不怎麼和睦；當初格蘭特牧師是為了向諾里斯太太索討修繕費用[29]，兩人才會有所接觸，彼此的習慣也天差地遠。

話題才稍微轉移一陣子，拉許沃斯先生又再次開口：「史密斯的宅邸如今在鄉間無與倫比，在經過瑞普頓的巧手整頓之前，那裡根本毫不起眼。我真該去找瑞普頓幫忙。」

伯特倫夫人說：「拉許沃斯先生，我要是你，就會打造一座美輪美奐的灌木林。天氣晴朗時，大家總喜歡到林子裡散步。」

---

28 基尼（Guinea）：黃金鑄造的貨幣，等值於一英鎊，但會隨著金價而有所波動。於一八一三年停止發行。日薪五基尼已接近底層農民的一年收入，由此可見拉許沃斯的驚人財力。

29 新任牧師上任時，前任者必須負擔牧師公館的翻修費用。

拉許沃斯先生急著想向伯特倫夫人表達認同之意，說幾句讚美之詞。然而他不知道該迎合伯特倫夫人的心意，或者表示自己正有此打算；他想博取在場所有女士的好感，又想竭力取悅唯一的心上人，頓時感到進退失據，不知所措。此時艾德蒙邀請大家舉杯敬酒，很高興能藉此結束拉許沃斯先生的長篇大論。不過，即使拉許沃斯先生平日不甚健談，如今倒是一心想繼續自己關切的話題。

「史密斯的莊園占地不過一百英畝，稱不上大，所以整修過後能有如此效果，更是讓人驚豔。我們的索瑟頓莊園足足有七百英畝，還不包括那些沼澤。因此，我想假如康普頓能有此成效，我們就更無須擔心。之前有兩、三棵茂盛的老樹離屋子太近，我一砍掉，視野頓時變得相當遼闊。我不禁想到，無論瑞普頓或其他專家，肯定都想砍掉索瑟頓莊園那條林蔭大道上的樹木。妳也知道，就是從房子西側延伸至山頂的林蔭大道。」他特別轉向伯特倫小姐說道。

不過，伯特倫小姐卻這麼回答：「林蔭大道！噢！我不記得了。我對索瑟頓莊園幾乎一無所知。」

芬妮坐在艾德蒙另一端，正好面對克勞佛小姐。芬妮方才始終專注地聽著這段對話，如今她看向艾德蒙，低聲說道：「砍掉林蔭大道上的樹！多可憐啊！你沒有聯想到古柏[30]的詩句嗎？『林蔭大道旁倒下的樹木呀！我再次為你們哀悼不幸的命運。』」

艾德蒙微笑，答道：「林蔭大道旁的樹木恐怕是凶多吉少了，芬妮。」

「我應該在索瑟頓莊園大興土木之前，先去看一眼它現有的樣貌。不過，我大概沒有這個機會吧！」

「妳沒去過那裡嗎？是啊，妳根本沒機會去一趟。可惜索瑟頓莊園路途遙遠，騎馬也到不了呢！真希望我們能想出好方法。」

「噢！這沒什麼大不了的。等我有機會親眼見到時，你再告訴我整修了哪些地方吧！」克勞佛小姐說：「我想起來了，索瑟頓莊園歷史悠遠，宅邸相當氣派。它是什麼時期的建築？」

「宅邸建於伊莉莎白時期，是格局方正的人型磚砌建築，看起來笨重，不過外型雄偉壯觀，設有許多美麗的房間。其坐落的位置不佳，處於莊園裡地勢最低的地方，因此不容易整修。不過，那兒的樹林長得十分茂密，還有一條溪流蜿蜒其中，我相信一定能善加利用。我支持拉許沃斯先生想要改建成現代化樣貌的想法，也深信會順利完工。」

克勞佛小姐畢恭畢敬地聽著，暗自心想：「他真是一位極具教養的紳士，說得好極了。」

艾德蒙接著說：「我不想影響拉許沃斯先生的想法，不過假如我有心改造自己的宅邸，我不會交由景觀設計師之手。即使無法盡善盡美，也寧可事必躬親，按部就班打造出我所希望的樣貌。我寧願承擔自己造成的後果，而非忍受他人的錯誤。」

30 威廉・古柏（William Cowper, 1731-1800），十八世紀最受歡迎的英國詩人，以描繪日常生活與自然景致見長。

「你有自己的裝修構想當然很好，但我可做不來。我在這方面的眼光和直覺都不夠敏銳，即使明擺在眼前也毫無頭緒。假如我在鄉間擁有自己的房子，我一定很感謝任何像瑞普頓先生的專家代勞，由我出資讓他打造出最美的房子。而且在完工以前，我絕對不會先看一眼。」

芬妮說：「我倒是樂於親眼見證整修的過程。」

「哎呀！這是妳從小學到的觀念，我卻沒有接受這樣的教育。我唯一一次的經驗並不怎麼愉快，讓我從此對整修一事避之唯恐不及。三年前，我那深受敬愛的叔父克勞佛上將在特威克納姆[31]買了幢小屋，供我們在夏季時玩樂。叔母和我興高采烈前往避暑小屋，沒想到那棟屋子雖然漂亮，我們卻隨即發現亟需整修。接下來整整三個月，我們身處塵土飛揚中，不知所措；我們沒有鋪好的石子路可走，也沒有合適的長椅稍作休息。我非常樂於在鄉間擁有一應俱全的住家，包括美麗的樹叢與花園，以及無數鄉村風格的座椅。但是，一定要在完全不勞我費心的情況下大功告成。亨利可就不一樣了，他最喜歡凡事親力親為。」

艾德蒙原本對克勞佛小姐頗有好感，聽到她對叔父的評論有失分寸，不禁大失所望。他認為此舉不甚得體，因此沉默不語，直到克勞佛小姐又繼續活潑地談笑風生，才讓他暫時將此事拋諸腦後。

克勞佛小姐說：「伯特倫先生，我終於得知自己那把豎琴的下落了。他們向我保證它正好好地保管於北安普頓，少說也放在那裡十天了。這一陣子，他們還老是鄭重其事地捎來截然相反的壞消息呢！」艾德蒙露出又驚又喜的表情。「事實上，我們之前的打聽方式太過直接了；

我們派了僕人過去，還不惜親自跑一趟。可是那裡離倫敦足足七十英里遠，這種做法根本不可行。今早我們總算找對了方法，成功打聽到那把豎琴的下落。據說某位農人見到那把豎琴，告訴了磨坊主人；磨坊主人又告訴肉販，肉販的女婿再傳話到店裡。」

「不管妳用什麼方式打聽，真高興總算得知那把豎琴的下落。希望運送過程不會太耽擱。」

「我明天就會拿到那把豎琴了。不過，你認為他們是用什麼載送那把豎琴呢？絕對不是貨車或推車。噢！在村裡不可能租到這種車輛。我真該雇個腳伕以手推車搬運。」

「今年稻草收割得晚，如今正值農忙時期，我敢說妳一定很難訂到一輛馬車吧？」

「我很訝異竟然這麼不容易！我認為鄉間不可能缺馬車，因此吩咐女傭直接去租一輛回來。我從更衣室往外瞧就能見到許多農家，在灌木林裡散步時也隨處可見。因此我以為一開口就有，還很惋惜沒能租上每一戶農家的馬車。沒想到原來我提出的請求竟如此不合情理，根本無法達成。所有農夫與工人都忙著收割整個教區的稻草，對這項要求十分不滿！說到格蘭特牧師的管家，我最好別再去打他的主意了。至於我的姊夫，雖然他平日態度親切，一聽到我的要求卻也立刻變了臉。」

「妳以前不瞭解這裡的情況，自然不會料到會這樣。不過如今妳親身經歷過，就會明白收割稻草確實是大事。無論什麼時候，雇用馬車都不如妳所想那麼容易。這一帶的農人沒有出租

---

31 特威克納姆（Twickenham）：位於泰晤士河畔，鄰近倫敦的度假勝地。

馬車的習慣，到了收割旺季，他們就更不可能有多餘馬匹供人差遣。」

「我遲早會瞭解你們的風俗習慣。不過我在倫敦定居已久，那裡凡事都能用錢解決。沒想到錢送上門，鄉間農民仍如此不留情面，起初真令我有些難堪。無論如何，我明天就能收到豎琴了。好心的亨利主動表示，他要駕著自己的四輪馬車[32]為我拿回那把豎琴。這樣的運送工具總該合適不過了吧？」

艾德蒙表示，豎琴是他最喜歡的樂器，希望很快就有機會欣賞克勞佛小姐的琴藝。芬妮未曾聽過豎琴表演，也滿心期待。

克勞佛小姐說：「能彈琴給兩位聽，是我莫大的榮幸。只要兩位願意賞光，再久我也樂於彈奏，說不定你們還會聽膩呢！我熱愛彈琴，碰上有音樂造詣的人自然更是樂此不疲，十分慶幸遇見懂得欣賞的知音。伯特倫先生，假如你要寫信給令兄，請向他轉達我已經拿回自己的豎琴了。我為了這件事可是向他吐了不少苦水呢！倘若你願意的話也請轉告他，我一定會準備幾首悲傷的曲子迎接他回家，因為我知道他的馬匹已經勝利無望了。」

「假如我有寫信給他，一定會如實轉達。不過目前看來，我沒有寫信給他的必要。」

「確實如此。即使他離家整整一年，你們也可能完全不寫一封信給彼此，就算寫信有所助益，也不肯動筆。看來你是不可能寫信給他了。多麼奇怪的一對兄弟啊！除非事出緊急，否則就是不願與彼此通信。倘若不得不提筆告知對方，像是有匹馬生病或哪位親戚過世之類的，也往往用最少的字寫就。你們男人都是同一個樣，我很清楚。亨利在各方面都是無可挑剔的兄長，他非常愛我，凡事找我商量，也全心信任我，有時一聊就是一個鐘頭。儘管如此，他寫信給我時，也從未超過一頁信紙，有時甚至只寫了短短幾句：『親愛的瑪莉，我已平安抵達。巴斯[33]看起來十分熱鬧，一切如常。愛妳的哥哥。』這就是你們男人的寫信風格，哥哥寫來的信就是這副模樣。」

芬妮想起威廉，臉紅地說：「假如他們與家人相距遙遠，也會寄來長達好幾頁的家書。」

艾德蒙說：「普萊斯小姐的哥哥在海上工作，他寄來的信無可挑剔，因此她認為妳對我們的看法實在太嚴厲了。」

「在海上工作？那麼，想必是在皇家海軍服役囉？」

芬妮寧可讓艾德蒙代為解釋，不過他打定主意保持沉默，芬妮不得不親自說明哥哥的現況。提起威廉的職業與他待過的海外基地，芬妮的音調不禁活潑許多；然而，一提起哥哥已離家數年，她就忍不住熱淚盈眶。克勞佛小姐禮貌地表示，希望威廉可以早日晉升。

艾德蒙問道：「妳認識我表弟所屬的海軍上校嗎？就是那位馬歇爾上校。我想，妳應該認識不少海軍裡的人吧？」

32 四輪馬車（Barouche）：附有車頂的四輪馬車，可容納四名乘客，是當時最高級的車種之一。

33 巴斯（Bath）：位於英格蘭西南部的索美塞特郡（Somerset），最早為羅馬人的溫泉聖地，十九世紀初發展為觀光及文化重鎮，為當時英國最大的城市之一。

克勞佛小姐露出高傲的神情：「我確實認識不少海軍將官。不過，我們對位階較低的軍官所知甚少。軍艦艦長都是非常優秀的人才，卻很少與我們往來。將官的圈子我倒是能侃侃而談，像是他們的為人、位階、薪俸，以及彼此勾心鬥角的情況。大致而言，他們都很難受到器重，全是大材小用。我住在叔父家時確實認識許多海軍將官，我可看夠了中將與少將。可別以為我在說雙關語啊[34]！」

艾德蒙再次心裡一沉，僅僅回答：「這職業非常高尚。」

「沒錯，假如能滿足以下兩種情況，這份職業確實相當高貴：薪資優渥，又能謹慎控制開支。不過簡而言之，我並不怎麼欣賞這一行，從來沒有抱持好感。」

艾德蒙將話題轉回豎琴，想到有機會聆賞克勞佛小姐的演奏，心裡又高興了起來。

於此同時，其他人還在談論整修莊園的話題。儘管克勞佛先生正專心聽著茱莉亞．伯特倫小姐講話，格蘭特太太仍忍不住對弟弟開口。

「親愛的亨利，你難道不想發表任何意見嗎？你親自整修過莊園，我聽說艾弗林罕[35]經你巧手改造，成了全國數一數二的莊園。我相信，原本的自然景致就十分優美。在我看來，艾弗林罕過往的景色美不勝收，整片土地和樹林都如此秀麗！我是不是該再找機會拜訪一下？」

克勞佛先生如此答道：「妳這番看法真令我欣慰不已。不過妳恐怕會感到有些失望，發現實際樣貌根本不如妳所預期。那裡的空間不夠寬敞，妳一定很訝異竟然只有這麼一丁點大；說到整修，我做的事並不多，太少發揮空間了。我真希望自己能多做一些。」

茱莉亞問道：「你喜歡這類工作嗎？」

「熱愛至極。不過當地的自然景觀原本就十分優美，就連小孩也看得出無須做過多修整，因此我其實沒有更動太多。在我成年後三個月，艾弗林罕就已經是現在的樣貌了。我還在就讀威斯敏斯特公學[36]時便已擬妥計畫，後來在劍橋大學讀書時稍作修改，並於二十一歲那年動工。真羨慕拉許沃斯先生眼前有許多整修樂趣等著他；我當時沒花多少時間就完工了。」

茱莉亞說：「觀察敏銳的人，通常也會很快下定決心，並且迅速行動。你永遠不乏工作機會。與其羨慕拉許沃斯先生，你還不如提供意見，幫他出點力。」

格蘭特太太一聽到這段對話的後半段，立刻深表贊同，極力說服大家相信她弟弟的判斷力最值得信任。伯特倫小姐異口同聲地附和，對此大力支持。她認為與其倉促將改建工程全數交由專家之手，還不如與親朋好友商量，聽從客觀公正的建議。於是，拉許沃斯先生欣然同意接受克勞佛先生的協助。克勞佛先生先是謙虛地推讓了一番，隨即表示會不遺餘力地幫忙。拉許沃斯先生提議克勞佛先生前往索瑟頓莊園一趟，並留他在家裡過夜。諾里斯太太彷彿察覺

34 原文以Vices與Rears指稱中將（Vice Admiral）與少將（Rear Admiral）。Rear有「背部」之意，可能暗指海軍惡名昭彰的鞭打懲處；Vice亦有「邪惡」之意，同樣影射軍隊裡的不法行徑。

35 艾弗林罕（Everingham）：克勞佛兄妹的宅邸，位於諾福克郡。

36 Westminster，類似伊頓公學的貴族學校。

到兩名外甥女的心意，知道她們不情願讓克勞佛先生就此離開，連忙改以另一項建議打岔。

「克勞佛先生自然樂於前往，不過為什麼不讓更多人同行呢？我們何不多湊幾個同伴過去？親愛的拉許沃斯先生，在場肯定有許多人關心你的整修計畫，也樂於在現場聽取克勞佛先生的看法，他們的意見或許同樣對你小有幫助。而我一直很希望再去探望你的好母親，可惜沒有馬車，只得疏於問候。現在，我或許有機會和拉許沃斯太太聊上幾個鐘頭，你們其他人則在外頭打點一切。雖然時間會遲一些，我們一行人依然來得及趕回來吃晚餐；或者，我們可以留在索瑟頓莊園用餐，這或許更合你母親的心意，最後我們再乘著月色愉快地踏上歸途。我相信，克勞佛先生一定願意讓我與兩名外甥女同乘那輛四輪馬車，艾德蒙可以騎馬同行。妹妹，妳也知道，芬妮會留在家裡陪妳。」

伯特倫夫人對此並無異議，在場的其他人也一致認同這個主意，唯獨艾德蒙靜靜地聽著，始終不發一語。

7

「我說，芬妮，妳現在對克勞佛小姐有什麼想法？」翌日，艾德蒙對此思索良久，才決定開口問，「昨天妳覺得她如何？」

「非常好，我很喜歡她。我喜歡聽她聊天，總是聽得津津有味。而且，她真是漂亮極了，光看就賞心悅目。」

「她面容姣好，表情又生動，魅力自然相得益彰！不過，芬妮，妳難道不覺得她說話有些失當，出乎人意料嗎？」

「噢，當然啦！她不該像昨天那樣評論自己的叔父，我當時嚇了一大跳。克勞佛小姐與叔父同住這麼多年，無論他有什麼過錯，至少非常疼愛克勞佛小姐的哥哥。聽說他簡直將克勞佛先生視如己出。真難以置信！」

「我就知道妳肯定也會大吃一驚。她這麼做非常不對，相當失禮。」

「也顯得不知感恩。」

「『不知感恩』有些言重了，我不知道克勞佛小姐的叔父是否值得她銘感於心，她倒是非常感謝她的叔母，正是因為她對叔母的思念，讓她失言了。她的處境有些尷尬。克勞佛小姐是感受敏銳的性情中人，她既然如此感念克勞佛夫人，自然很難不對上將抱著譴責。他倆立場相左，我不曉得該歸咎哪一方；不過從上將現在的行徑看來，確實容易讓人偏袒他的妻子。克勞佛小姐完全站在叔母那邊，情有可原，也令人欣賞。我並非指責她的看法，可是她當眾和盤托出，確實有失妥當。」

芬妮思忖了半晌，說道：「你難道不認為克勞佛小姐行徑失當，克勞佛夫人其實責無旁貸嗎？畢竟她親自撫養姪女長大，無論上將的言行如何，她都該對克勞佛小姐灌輸正確觀念。」

「有道理。沒錯，我們應該假定，克勞佛小姐之所以犯下這些錯誤，可能是受到叔母影響，也能理解她成長的環境有其缺失。不過現在的新家肯定對她大有助益。格蘭特太太端莊得宜，克勞佛小姐談起哥哥也滿懷深情。」

「是啊！她只是不滿哥哥寄來的信過於簡短。她這番話讓我差點笑出來。不過兄妹倆分隔兩地，克勞佛先生卻不願好好花時間寫封像樣的信給妹妹，我實在無法認為他倆手足情深。我相信無論發生什麼事，威廉都不會這麼對待我。她又憑什麼認為你離家在外時，不會寫長信報平安呢？」

「芬妮，想像力豐富的人不會輕易放過任何自娛娛人的機會。假如她沒有染上暴躁或粗魯的惡習，倒也情有可原。克勞佛小姐的言行舉止並未受到不良影響，說起話來既不帶刺，也不會高聲喧嘩，表現出粗俗的行徑。她是儀態可圈可點的大家閨秀，唯獨我們方才提到的那點除外，她在那件事上確實有失分寸。我很慶幸妳的看法與我完全一致。」

艾德蒙從以前就不遺餘力地教育芬妮，芬妮又對他滿心仰慕，思考模式自然與他無異。然而此時此刻，兩人在這個話題的看法似乎出現分歧。艾德蒙對克勞佛小姐好感日增，芬妮卻很可能對此無法認同。儘管如此，克勞佛小姐依然魅力不減。豎琴順利送達後，將克勞佛小姐的美貌、智慧與溫柔襯托得更加出色。她非常投入演奏，專注神情與優雅氣質顯得格外出眾；每演奏完一曲，還不忘談笑風生，更添迷人丰采。艾德蒙每天都前往牧師公館聆聽他最喜愛的豎琴演奏，日復一日，邀約不曾停歇，畢竟克勞佛小姐也很樂於擁有忠實聽眾。一切順水推舟，很快就有所進展。

眼前有一名如此美麗活潑的年輕女孩，倚窗彈奏優雅的豎琴，本人的氣質也同樣迷人；時值夏日，窗外放眼望去淨是翠綠的草坪，四周的灌木林枝葉繁盛，在在足以令任何男人怦然心動。在熱情的夏季裡，美景當前，氣氛歡愉，柔情與愛戀的種子自然迅速萌芽；就連埋首刺繡的格蘭特太太也成了最佳點綴，讓眼前的景象更顯和樂融融。愛苗滋長時，當下所有事物都變得如此美好；即使是端來三明治招待客人的格蘭特牧師，也成了眼前值得欣賞的一景。

相處短短一週後，艾德蒙還來不及意識到自己的仰慕之情，也尚未釐清自己的真實想法，就已經深陷愛河。不僅如此，對克勞佛小姐而言，即使艾德蒙不是可靠穩重的長子，不曾對她甜言蜜語，也不懂得說話逗她開心，她仍對艾德蒙有了好感。她感覺一切如此理所當然，只是她並未預期自己會墜入情網，也對這樣的結果摸不著頭緒；畢竟以常理判斷，艾德蒙根本一點也不討喜。他說起話來總是一板一眼，不輕易開口讚美別人，對自己的想法亦從不讓步；即使表達心裡的感情，也顯得平心靜氣，直截了當。或許艾德蒙真誠、穩重又正直的性格，讓克勞佛小姐深受吸引，卻又說不上真正的原因。克勞佛小姐不願多想；目前她與艾德蒙相處融洽，也很喜歡他在身邊作陪，這樣就夠了。

艾德蒙每天早上都到牧師公館報到，芬妮並不意外；假如她有機會偷偷當個不速之客，她也樂於到場聆賞豎琴演奏。每晚散完步回來，兩家人道別之後，艾德蒙總會自告奮勇陪同格蘭特太太和她的妹妹走回家，讓克勞佛先生留下來陪伴曼斯菲爾德莊園的女眷。芬妮對此同樣瞭然於心，只是非常不喜歡這樣的安排；假如沒有艾德蒙為她在葡萄酒裡摻水，她根本沒有喝酒的興致。芬妮頗為訝異的是，艾德蒙在克勞佛小姐身上花了這麼多時間，卻再也不像以前那樣察覺到她的缺點。然而，每當芬妮與克勞佛小姐在一起時，總是能在她身上找到同樣的特質，因而想起她過往所犯下的錯誤。事實就這麼明擺在眼前，艾德蒙越來越喜歡向芬妮提起克勞佛小姐，好像認為她再也沒說過克勞佛上將的壞話；芬妮不敢將心裡的想法告訴艾德蒙，擔心他認為自己存著惡意。接下來的事件，讓芬妮第一次因為克勞佛小姐而感到不愉快。克勞佛小姐在曼斯菲爾德莊園安頓下來沒多久，見到這一家的女孩都會騎馬，也興起了學騎馬的念頭。由於她與艾德蒙日漸熟識，艾德蒙自然鼓勵她學騎馬，並主動表示能將自己那匹較為溫馴的母馬借給她練習，畢竟那是馬廄裡唯一最適合初學者的馬。艾德蒙這番舉動，絕非有意要傷害表妹，讓她難過；芬妮例行騎馬的時間並未因此受到影響；那匹母馬每天只在牧師公館待半小時，趕在芬妮騎馬前就會送回來。艾德蒙一開始如此提議時，芬妮並未認為自己受到冷落，反而相當感激艾德蒙先行知會她出借馬匹一事。

克勞佛小姐第一次練習時很守時，並未給芬妮造成任何不便。艾德蒙親自牽著那匹馬過去，在芬妮與馬伕準備就緒前及時趕了回來。每當表姊沒能和芬妮一同騎馬時，總會有一名老馬伕陪著她。然而，克勞佛小姐第二天練習時，可就稱不上守信了。她騎得不亦樂乎，壓根忘了該結束的時間。她的個性活潑大膽，儘管個頭嬌小，不過身強力壯，似乎天生就非常適合騎馬。由於克勞佛小姐對騎馬樂在其中，身邊又有艾德蒙陪同指導，加上她突飛猛進，認為自己的騎馬技術即將比其他女孩精湛，竟因此說什麼也不肯下馬。芬妮早已準備好外出騎馬，痴痴等著馬匹回來，連諾里斯太太也開始頻頻催促，她卻怎樣也等不到馬兒返家，也遲遲見不到艾德蒙的身影。芬妮為了躲避阿姨的嘮叨，便自行前去尋找艾德蒙。

兩幢宅邸雖然才相距半英里，但無法相互眺望。不過芬妮走到門前五十碼[37]的距離即可順著莊園俯視牧師公館與其腹地的全貌，就坐落於村裡主要幹道盡頭那片地勢較高的地方。芬妮隨即在格蘭特牧師家裡的草地上見到那群人：艾德蒙與克勞佛小姐各自騎坐在馬背上，並肩同行；格蘭特牧師夫婦、克勞佛先生則與兩、三名馬伕站在一旁觀看。

在芬妮眼裡，這一行人氣氛和樂融融，眾人的注意力都放在同一人身上，他們無疑玩得十分開心，此起彼落的歡笑聲甚至飄進芬妮耳裡，讓她聽得頗不是滋味。她不禁懷疑艾德蒙早將

37 約四十五公尺。

自己拋諸腦後，心裡感到一陣刺痛。她無法將視線從草坪上移開，忍不住將一切看進眼底。起初，克勞佛小姐與同伴騎著馬，沿著草地緩緩繞起不小的圈子；接著，克勞佛小姐顯然開口提議，兩人開始策馬慢跑。看在生性膽小的芬妮眼裡，她十分詫異克勞佛小姐依然能如此平穩地坐在馬背上。過了幾分鐘，兩人讓馬兒停下腳步，艾德蒙挨近克勞佛小姐身邊說話，顯然在指導她如何操弄韁繩。他握住了克勞佛小姐的手。芬妮看到了，也或許是想像力扭曲了眼前的景象。芬妮不應該感到驚訝。艾德蒙向來樂於幫忙，展現熱心助人的善良性格，不是最自然不過的事嗎？然而芬妮仍忍不住心想，克勞佛先生明明可以讓艾德蒙省下麻煩；他身為克勞佛小姐的兄長，大可親自示範。克勞佛先生老是自稱古道熱腸、馬術精湛，現在看起來根本不是這麼一回事，一點也比不上艾德蒙那麼熱心親切。芬妮開始心疼負重加倍的母馬過於勞累；即使她自己受到冷落，至少也該多為那匹可憐的馬兒著想。

見到草坪上的人群逐漸散開，芬妮原本五味雜陳的心情隨即稍微平靜下來。克勞佛小姐依然坐在馬背上，不過艾德蒙改為跟在一旁步行。他倆穿越小徑上的一道門走進莊園，朝著芬妮而來。芬妮擔心自己顯得不耐煩、無禮了，連忙跑去迎接他們。

克勞佛小姐一到芬妮聽得見她說話的距離，隨即開口：「親愛的普萊斯小姐，讓妳久候了，我特地前來為此致歉。不過我實在無法為自己辯解，我知道時候已晚，卻還是犯下如此錯誤；如果妳願意的話，我誠摯懇求妳的原諒。如妳所知，我們總得原諒他人的自私行徑，畢竟自私無藥可醫。」

芬妮的回覆相當有禮，艾德蒙隨即附和，他相信芬妮並未如此急著騎馬。他說：「如今天色尚早，即使表妹想多騎上一倍距離，時間都還綽綽有餘呢！妳晚了半小時，反而讓她更能舒舒服服地騎馬。現在雲層聚集起來，不像剛才那麼熱了，她現在騎馬反倒輕鬆。倒是妳多練了一些時間，希望沒讓妳累壞了。真希望妳不必再辛辛苦苦走回家。」

「我向你保證我一點也不累，反而下馬才令我依依不捨呢！」克勞佛小姐在艾德蒙的攙扶下躍下馬背，一面說道，「我的體力很好；只有面對討厭的事情才感到筋疲力盡。普萊斯小姐，真抱歉今天對妳失禮了，希望妳接下來好好享受騎馬的愉快時光。這匹漂亮的馬確實非常討人喜歡。」

年邁的馬伕騎著另一匹馬在旁等候，如今也走了過來。芬妮跨上馬，與馬伕朝著莊園另一邊騎去。她往回看，見到艾德蒙與克勞佛小姐一同下山，朝村裡走去；此情此景並未減輕她心裡的難受。馬伕的興致不亞於芬妮，方才也將這一切看在眼裡，稱讚克勞佛小姐長於馬術；這番話聽在她耳裡同樣頗不是滋味。

馬伕說：「能見到騎馬技術如此精湛的小姐，真令人高興！我從未看過有人能在馬背上坐得這麼平穩。她根本沒有流露出一絲恐懼。和小姐您六年前在復活節前初學時的情形相比，簡直天差地遠呢！願上帝保佑您！當湯瑪斯爵士第一次攙扶您上馬時，您抖得多麼厲害呀！」

回到客廳時，克勞佛小姐同樣獲得許多讚美。伯特倫姊妹連聲稱讚克勞佛小姐與生俱來的絕佳體能與勇氣，誇獎她與兩人一樣熱愛騎馬，也和她們一樣早早展現精湛的馬術，姊妹倆自然不吝大為稱許。

茱莉亞說：「我就知道她能騎得很好。她生來就適合騎馬，身材和她哥哥一樣勻稱。」

瑪莉亞接著說：「沒錯。她也一樣精神百倍，活力充沛。我總認為，馬要騎得好，肯定需要強健的心靈。」

當晚，艾德蒙與芬妮分別之前，詢問芬妮隔天是否還想騎馬。

「我不知道，假如你需要用到那匹馬，我就不騎了。」她這麼答道。

艾德蒙說：「我自己用不著。不過假如妳明天打算待在家裡，我想克勞佛小姐會很樂意多騎上一段時間，我的意思是她可以騎一整個白天。克勞佛小姐非常渴望騎到曼斯菲爾德的公共牧場去，格蘭特太太老是向她提起那裡的美景，我相信她也有體力騎這麼遠的距離。但是，無論哪一天去都無所謂，她絕對不願影響妳。假如她給妳造成不便，那就說不過去了。她只是為了好玩才騎馬，妳卻是為了健康。」

芬妮說：「既然如此，我明天就不騎了。我最近經常外出，明天寧可待在家裡。你也知道，我現在體力變好，可以散步很久。」

艾德蒙看起來很高興，讓芬妮也欣慰極了。隔天早上，大夥兒就一同騎馬到曼斯菲爾德的公共牧場去；除了芬妮，所有年輕人都不亦樂乎，到了晚上還繼續討論早上的出遊。這次郊遊玩得盡興，自然有下一場邀約；既然去過曼斯菲爾德的公共牧場，他們便規劃起隔天要上別處去玩。這一帶還有許多美景可欣賞。儘管天氣燠熱，但到處都有樹蔭茂密的小徑可走；對這群年輕人而言，找到涼快的路線也並非難事。因此，接下來連續四個晴朗的早晨，一行人都這麼浩浩蕩蕩地騎馬出遊，伯特倫三兄妹帶著克勞佛兄妹遊走鄉間，飽覽最值得誇耀的美景。一切都很順利，每個人都滿懷雀躍地盡興遊玩；天氣再熱也不減他們的興致，反而成了聊天時的愉快話題。直到第四天，其中一人的好心情蒙上了陰影。那人正是伯特倫小姐。艾德蒙與茱莉亞受邀至牧師公館共進晚餐，瑪莉亞卻被排除在外。這是格蘭特太太出於好意的安排，她考量到拉許沃斯先生當天可能會造訪曼斯菲爾德莊園。然而，這麼做卻讓瑪莉亞嚴重地不開心。由於她家教良好，便隱忍滿腔怒氣，直到回家才爆發出來。由於拉許沃斯先生當天並未來訪，瑪莉亞的心情更是雪上加霜，又無法拿未婚夫當出氣筒，只好轉而將怒氣發洩在母親、阿姨與表妹身上，將晚餐的氣氛搞得鬱悶至極。

晚上十點多，艾德蒙與茱莉亞回到客廳，兩人因涼快的夜風感到神清氣爽，容光煥發、心情愉悅，與坐在客廳的三人成了強烈對比。瑪莉亞依然埋首於書本，看也不看他們一眼；伯特倫夫人正昏昏欲睡。諾里斯太太則因為外甥女的壞脾氣而心煩意亂，只是隨口問起聚餐的情況；兩人沒有馬上回話，她似乎也就打定主意不再開口。兄妹倆迫不及待想讚賞盡興的晚餐時光與璀璨星空之美，自顧自地說了好幾分鐘，根本沒發現眼前的異狀。當他們停下來喘口氣時，艾德蒙這才環顧四周，問道：「芬妮到哪裡去了？她睡了嗎？」

諾里斯太太回答：「還沒，我想她還沒睡。她剛才還在這裡。」

芬妮的溫柔嗓音從客廳另一端傳來，聽起來距離頗遠，顯然她正坐在沙發上。諾里斯太太隨即出言斥責。

「芬妮，妳整晚都在沙發上無所事事，簡直太糟糕了。妳為什麼不過來這裡，像我們一樣忙些事情呢？妳要是沒事可做，可以幫忙縫製救濟用的衣裳[38]。上週買了一塊白色棉布，到現在碰都沒碰呢！光是裁剪這塊布，就快把我的腰給折斷了。妳得學會替別人著想。記住我的話，年輕人老是躺在沙發上慵懶度日，簡直太不像話了。」

她話沒說完，芬妮已經回到桌邊坐下，再次埋首於針線活。茱莉亞玩了一整天，心情正好，便高聲為芬妮說話：「阿姨，我得為芬妮說句公道話。和屋裡其他人比起來，她算是最少待在沙發上偷懶的人了。」

「芬妮，」艾德蒙專注地盯著芬妮看了半晌，這才說道：「妳一定又在犯頭疼了。」

芬妮無法反駁，只表示頭痛並不嚴重。

艾德蒙回答：「我不相信。看妳的表情就知道了。妳頭痛多久了？」

「晚餐前不久的時候。這沒什麼，只是天氣太熱了。」

「妳在天氣正熱的時候出門去嗎？」

諾里斯太太說：「出門！她當然出去了。在這種晴朗的好天氣，你要她整天待在家裡嗎？我們難道不該所有人一起出門走走嗎？就連你母親今天也在外頭待了一個多鐘頭呢！」

「沒錯，正是如此，艾德蒙。」由於諾里斯太太厲聲斥責芬妮，伯特倫夫人完全清醒過來，接著說道：「我在外頭待了一個多鐘頭，在花園裡坐了四十五分鐘，芬妮當時忙著剪玫瑰花。非常愉快的時光，就是天氣太熱了。待在涼亭裡自然夠涼快，我甚至不急著回屋裡。」

「芬妮一直在忙著剪玫瑰花，是嗎？」

「沒錯，我擔心這是今年最後一批玫瑰花了。可憐的孩子！她覺得天氣太熱，可是玫瑰正好盛開，讓人等不及要摘下來。」

「這也是沒辦法的事。」諾里斯太太以較為溫和的語氣打岔：「不過，妹妹，我猜她可能當時就開始鬧頭痛了。在大太陽下又站又蹲，沒什麼比這更容易讓人頭痛的了。但我相信明天就會好轉許多。妳或許該給她喝點香醋[39]，我老是忘了補充自己的。」

「她喝過了。」伯特倫夫人說：「她第二次從妳家回來後，就已經喝啦！」

「什麼！」艾德蒙大聲嚷道：「她剪完玫瑰還去跑腿嗎？阿姨，在這種大熱天，妳竟然讓她穿過整個莊園到妳家去，還一連來回兩次？難怪她會頭痛。」

諾里斯太太正和茱莉亞說話，對這番話充耳不聞。

伯特倫夫人說：「我也擔心她會太過勞累。可是她摘好玫瑰後，你阿姨也想要一些，而剩下的玫瑰又必須送回家裡。」

「但是，玫瑰花有多到需要她跑兩趟嗎？」

---

38 慈善活動為良家婦女的職責，因此手邊會備有較便宜的布料，用以製作救濟窮人的衣服。

39 成分及功能與嗅鹽（smelling salts）類似，透過強烈氣味達成提神效果。

「倒是沒有。不過，玫瑰花必須放在空房裡乾燥[40]。芬妮不巧忘了把門鎖上，又把鑰匙帶走，因此不得不折返第二趟。」

艾德蒙站起身來，在屋裡來回踱步，一面說道：「難道沒有其他人能辦這件差事，非要芬妮來做不可嗎？說真的，阿姨，如此安排真的非常不妥。」

「我確實不知道怎麼做才更恰當，」諾里斯太太再也無法繼續裝聾作啞，高聲說道，「除非我親自跑一趟。可是我真的分身乏術啊！我當時應你母親要求，正與葛林先生討論擠奶女工的問題；還答應約翰．格倫要寫封信給傑佛瑞斯太太談談他兒子，那可憐的傢伙足足等了我半個鐘頭。沒有人能指責我丟下這些工作不管，我不可能同時完成所有事情。芬妮只不過順路來我家一趟，僅僅四分之一英里的距離，我實在不懂這要求有何不妥。我不也常常一天從早到晚連跑三趟，風雨無阻，而且毫無怨言？」

「阿姨，真希望芬妮的體力有妳的一半好。」

「假如芬妮按時運動，她不會這麼快就耗盡體力。她已經好一陣子沒騎馬，我深信，倘若她沒騎馬，就應該多走點路。要是她今早有騎馬，我不會要求她跑這一趟。我認為，她蹲在玫瑰園裡這麼久，走點路對她大有好處；完成這類勞動工作以後，沒有什麼比散步更能提振精神的。儘管陽光刺眼，卻不至於太過燠熱。我只告訴你，艾德蒙，」她意有所指地對伯特倫夫人點點頭，「她是因為蹲在花園裡剪玫瑰花，現在才會鬧頭疼。」

伯特倫夫人無意間聽到這番話，坦然表示：「恐怕真是如此。我擔心她就是那時候開始犯頭痛，畢竟當時簡直快熱死人了，我自己也差點受不了。光是坐在那裡管教哈巴狗，試圖讓牠離花圃遠一點，就讓我累得要命。」

艾德蒙不再接腔，只是靜靜走到另一張桌旁，桌上還留著尚未收走的晚餐。他斟了一杯馬德拉白酒給芬妮，要她儘量喝完。芬妮原本打算拒絕，可是她心裡五味雜陳，熱淚盈眶，一時說不出話來，乖乖把酒喝下肚反倒還容易些。

即使艾德蒙對母親和阿姨相當氣惱，他最氣的人卻是自己。比起她倆的行徑，他自己疏於關照芬妮，才是最最糟糕。假如他先前適時為芬妮著想，這一切都不會發生。然而芬妮被冷落了整整四天，沒有人陪伴，也沒有機會運動，因此即使阿姨的要求再不合理，她也找不到理由拒絕。一想到芬妮整整四天無法騎馬，艾德蒙不禁滿心羞愧，頓時下定決心，即使他必須犧牲克勞佛小姐的樂趣，也不允許同樣的悲劇再次發生。

芬妮百感交集地上床睡覺，與抵達曼斯菲爾德莊園的第一晚如出一轍。她的惡劣心情肯定影響了身體狀況；畢竟過去幾天，她經常感到自己備受冷落，百般隱忍心中的不滿與嫉妒，為此吃了不少苦頭。她刻意躺在沙發上躲避他人的目光，當時心裡隱隱作痛，遠遠超過頭痛的程度。然而，艾德蒙又突如其來轉變態度，親切地對她關懷有加，頓時令她無所適從。

---

40 諾里斯太太任意摘取曼斯菲爾德莊園的玫瑰，又使喚芬妮跑腿，只是為了製作讓自家室內芬芳的乾燥花。

8

翌日，芬妮又開始外出騎馬。由於這天早上一改近日的酷熱，天氣涼爽舒適，因此艾德蒙相信，芬妮這幾天身體微恙與心情欠佳的狀況，很快都能獲得改善。芬妮離開後不久，拉許沃斯先生便陪著母親上門拜訪。眾人兩週前就談好前往索瑟頓的計畫，卻因為拉許沃斯太太接下來都不在家，延宕至今；拉許沃斯太太特地過來表示自己的誠意，打算儘快敦促眾人成行。諾里斯太太和兩名外甥女都非常高興再次談起這趟出遊，倘若克勞佛先生有空的話，很快就能敲定近期出發的日子。姊妹倆並未忘記這項最為重要的前提，儘管諾里斯太太再三保證克勞佛先生肯定有空，她們還是非得聽到本人親口證實，不願冒險讓諾里斯太太代為做主。最後，在伯特倫小姐的暗示下，拉許沃斯先生總算明白，他最好親自走去牧師公館找克勞佛先生，詢問他週三是否有空前往索瑟頓一趟。

拉許沃斯先生還沒回來，格蘭特太太與克勞佛小姐倒是先上門了。由於她們早已出門一段時間，路線又有別於拉許沃斯先生，因此並未在路上遇見他。不過，她們表示克勞佛先生正在家裡，眾人隨即放下心來。一行人自然聊起到索瑟頓出遊的計畫。事實上，她們也很難談論其他話題，因為諾里斯太太對這趟出遊興致勃勃。拉許沃斯太太雖然一片好心、態度有禮，卻也極愛面子，一心只為自己與兒子著想，自然不遺餘力遊說伯特倫夫人一同出遊。伯特倫夫人一再婉拒，不過她的態度過於溫和，讓拉許沃斯太太認為她其實有意同行；直到諾里斯太太扯開嗓門連珠炮地解釋，這才真正說服了拉許沃斯太太。

「親愛的拉許沃斯太太，我向您保證，這趟旅途舟車勞頓，妹妹的身體絕對吃不消。來回各十英里的車程，對她而言實在太辛苦了。舍妹無法同行，還請您多多包涵，就由兩個年輕女孩與我前往吧！目前為止，索瑟頓是她唯一渴望前往的地方，可惜她的體力實在無法負荷。芬妮．普萊斯會留在家裡陪伴她，因此沒什麼好擔心的。至於艾德蒙，雖然他不在場，不過我相信他一定會欣然同意前往。如您所知，他可以騎馬過去。」

拉許沃斯太太不得不同意讓伯特倫夫人留在家裡，感到十分惋惜。「沒能讓夫人光臨寒舍，實在太令人遺憾了。如果年輕的普萊斯小姐也能同行賞光，那就太好了，畢竟她還沒來過索瑟頓呢！真可惜她沒能親眼瞧瞧當地的美景。」

諾里斯太太高聲說道：「親愛的夫人，您真是太好心了，多麼親切呀！不過芬妮到索瑟頓去的機會可多著呢！她的時間多得很，只是現在實在走不開。伯特倫夫人少不了她作伴。」

「噢！沒錯，我不能讓芬妮離開身邊。」

拉許沃斯太太深信所有人都非常渴望一睹索瑟頓的風采，接著轉為力邀克勞佛小姐同行。儘管格蘭特太太自從搬來這一帶後，尚未親自拜訪過拉許沃斯太太，她還是婉拒了這番邀約，倒是欣然同意妹妹共襄盛舉。瑪莉客客氣氣地推辭一番，很快便答應同行。拉許沃斯先生順利從牧師公館帶回好消息，艾德蒙也及時趕回家，得知週三已敲定前往索瑟頓的行程。他護送拉許沃斯太太上了馬車，再陪格蘭特太太與克勞佛小姐走了半段前往莊園門口的路程。

艾德蒙回到早餐室時，發現諾里斯太太不確定是否該為了克勞佛小姐同行一事感到高興，因為她擔心克勞佛先生的四人座馬車會少了自己的位置。伯特倫姊妹為此放聲大笑，再三向她保證，四輪馬車肯定容得下四人；更何況除了車廂，駕駛座旁還能多坐一人。

艾德蒙說：「可是為什麼只會派出克勞佛先生的馬車呢？何不使用母親的輕便馬車？那天談起這項計畫時，我就始終不明白，為什麼一整家人出遊，卻不搭乘自己家裡的馬車過？」

茱莉亞大聲說道：「什麼！在這種天氣裡，非要三個人擠在一輛小馬車裡，而不是舒舒服服地搭乘敞篷四輪馬車？[41]親愛的艾德蒙，那可不行，簡直說不過去。」

瑪莉亞說：「此外，我知道克勞佛先生自認已答應要載我們一程。既然一開始就說定了，他自然得遵守承諾。」

諾里斯太太接著說：「親愛的艾德蒙，假如一輛馬車就能解決問題，硬要派出兩輛車只是自找麻煩。偷偷告訴你們，馬伕其實很討厭從這裡前往索瑟頓的路程，他總是大發牢騷，抱怨道路太窄，把他的馬車給刮花了。你也知道，我們可不希望親愛的湯瑪斯爵士回家時，發現原本光澤閃亮的車廂刮得一塌糊塗。」

瑪莉亞說：「若想使用克勞佛先生的馬車，那實在不是什麼好理由。事實上，威爾考克斯是個愚蠢的老傢伙，根本不懂得怎麼駕駛馬車。到了週三，克勞佛先生就能向我們證明，即使道路再狹窄，也不會造成任何不便。」

艾德蒙問道：「我想，駕駛座旁的位置坐起來應該不至於不舒服吧？」

瑪莉亞嚷道：「不舒服！噢！親愛的哥哥，所有人都認為那是最舒適的座位，可以沿途飽覽鄉間無與倫比的美景。或許克勞佛小姐就會選擇坐在那裡呢！」

「既然如此，妳們就沒有理由反對讓芬妮同行，反正車裡坐得下啊！」

「芬妮！」諾里斯太太又說了一次，「親愛的艾德蒙，我們並不打算讓她同行，她必須和阿姨一起待在家裡。我已經對拉許沃斯太太這麼說了，她不在這次的名單上。」

艾德蒙對母親說：「母親，我覺得要不是您希望有人在身邊作伴，您應該沒有理由不讓芬妮同行吧？倘若有其他人陪您，您就不會硬要她待在家裡了吧？」

「當然如此。但是除了她以外，就沒人可以陪我啦！」

「有的，因為我會待在家裡陪您，我正打算這麼做。」

所有人聽到這番話，都忍不住驚呼出聲。

艾德蒙繼續說：「沒錯，我沒必要同行，因此我打算待在家裡。芬妮非常想去索瑟頓一趟，我知道她渴望親眼見到那個地方。她向來沒有什麼玩樂的機會，母親，我相信您一定會欣

41 克勞佛先生的四輪馬車是由四匹馬拉動的大型馬車，車廂空間寬敞，伯特倫夫人的輕便馬車（chaise）則為單馬雙輪，密閉狹窄的車廂乘坐起來也較為不適。

然同意讓她開心一下吧？」

「噢！當然，假如你的阿姨不反對，我自然樂意之至。」

諾里斯太太還是以同樣的理由堅持芬妮不該同行，她們已經向拉許沃斯太太表明芬妮不會一同前往；假如芬妮成了不速之客，諾里斯太太就有失信之虞，實在令她難以接受。芬妮突如其來出現，該有多奇怪啊！這麼做相當失禮，一點也不尊重拉許沃斯太太；拉許沃斯太太教養良好，絕對不該受到如此待遇。諾里斯太太對芬妮漠不關心，原本就不可能替她著想。不過此時諾里斯太太之所以極力反對艾德蒙的意見，主要因為這事完全由她自己一手策劃。諾里斯太太自認已將一切打點得十分妥當，任何改變只會亂了套。艾德蒙連忙趁諾里斯太太還聽得進去的時候回答，她不必擔心拉許沃斯太太受到冒犯，因為他早已把握一同走到門口的機會，向她提到普萊斯小姐可能會一道前往索瑟頓，而拉許沃斯太太也對此表示熱誠歡迎。諾里斯太太一聽，實在過於惱怒，無法保持風度，僅僅說道：「很好，非常好，既然你選擇這麼做，就照你的方法吧！我一點也不在意。」

瑪莉亞說：「這也太奇怪了，竟然改成你待在家裡，而不是讓芬妮留在家裡。」

「她一定會對你感激不已。」茱莉亞接著說道，一面匆忙離開屋裡，免得她也必須主動表示應該由她待在家裡。

「假如芬妮覺得感謝，她自然會說出口。」艾德蒙僅僅這麼答道，這個話題也就此打住。

事實上，當芬妮聽到這個消息時，內心的感激遠大於欣喜。艾德蒙如此疼愛自己，她對表哥的愛慕更是強烈得難以形容，只是艾德蒙無從體會芬妮的心情。他為芬妮犧牲自己享樂的機會，這使她心痛；少了艾德蒙陪在身邊，即使能親眼見到索瑟頓，又有什麼值得高興的呢？

曼斯菲爾德的兩家人二度聚會時，又調整了這趟出遊計畫，並取得共識。格蘭特太太主動提議要代替艾德蒙陪伴伯特倫夫人，格蘭特牧師也會與她們共進晚餐。伯特倫夫人對此相當滿意，幾名年輕女孩再次開心不已。就連艾德蒙也很感激，慶幸自己又有機會同行。諾里斯太太表示這計畫無可挑剔，她原本就打算如此提議，只是格蘭特太太搶先一步開口。

週三當天風和日麗，用過早餐沒多久，克勞佛先生隨即駕著四輪馬車抵達，車上坐著兩位姊妹。一行人已準備就緒，因此只有格蘭特太太下車，再由其他人取代其位置。格蘭特太太原本坐在克勞佛先生身邊，那個座位最是風光、最令眾人垂涎，哪位幸運兒能雀屏中選呢？伯特倫姊妹表面上相互禮讓，其實心裡正盤算著該如何搶占那個位子。結果格蘭特太太一句話，立刻擺平了這件事。她一面下車，一面說道：「妳們有五個人，最好有一位坐在亨利旁邊。茱莉亞，妳最近老是嚷著想駕車，我想這是讓妳學習的大好機會。」

這下子茱莉亞可真樂壞了，瑪莉亞頓時大失所望！茱莉亞立刻爬上前座，瑪莉亞則鬱鬱寡歡地坐進車裡。在伯特倫夫人與格蘭特太太的目送之下，馬車緩緩駛離，只聽見那條哈巴狗在女主人懷裡不停吠叫。

沿路的鄉間景致美不勝收。芬妮騎馬時也未曾踏上這麼遠的路程，很快就認不出兩旁的景物，雀躍地欣賞全然陌生的景色，對眼前的美景驚嘆連連。芬妮很少有機會參與眾人的對話，她也對此興致不高，習慣沉浸於自己的想法和回憶。芬妮專心觀察鄉間風光，無論是各有特色的路況與土質、田裡的豐收景象，亦或村舍、家畜與孩童，她都看得津津有味。此時若還有能讓芬妮更加高興的理由，莫過於艾德蒙待在身邊傾聽她的感受。這正是芬妮與鄰座女孩唯一的共通點，克勞佛小姐與芬妮在各方面大相逕庭，唯獨對艾德蒙的重視如出一轍。克勞佛小姐不像芬妮一樣心思細膩、感受強烈，對自然景致漠不關心，任何美景在她眼裡都顯得了無生氣；她只關心身邊形形色色的人，也只喜歡生動有趣的事物。每當克勞佛小姐與芬妮回頭張望，看見艾德蒙騎馬的身影出現在後方，或在馬車吃力爬上陡峭山坡時趕了上來，總會不約而同地大喊：「他在那裡！」

最初的七英里車程中，伯特倫小姐的心情並不好受：她眼中只見得到克勞佛先生與妹妹並肩而坐的背影，兩人始終談笑風生，相處得十分融洽。伯特倫小姐看著克勞佛先生不時對妹妹投以微笑，耳裡老是傳來茱莉亞的笑聲，令她一路上如坐針氈，只是礙於禮節不得不維持風度。茱莉亞回頭張望時，臉上總是寫滿快樂；無論她何時開口說話，語氣也相當雀躍：「從我這裡見到的鄉村景致真是迷人！真希望妳們也都能看一眼。」不過，茱莉亞唯一一次主動提議交換座位時，對象卻是克勞佛小姐；馬車當時正逐漸爬上一座高山的山頂，她也只是淡淡地表示：「這是鄉間最棒的景色了。真希望妳能來我這位置瞧瞧，不過妳一定不會接受的，我不該給妳太多壓力。」克勞佛小姐還來不及回答，馬車又恢復原本的速度，飛快前進。

一行人進入索瑟頓莊園的範圍時，伯特倫小姐的心情才逐漸好轉。她的心彷彿一把由兩根弦緊緊拉著的琴弓，一半來自拉許沃斯先生的力量，另一半則受到克勞佛先生的影響。如今索瑟頓近在眼前，拉許沃斯先生對伯特倫小姐的影響自然更加強烈；畢竟未婚夫擁有的一切，未來也悉數歸她所有。伯特倫小姐忍不住告訴克勞佛小姐：「這些樹林也隸屬於索瑟頓。」或是隨口說道：「我想，路旁的土地統統屬於拉許沃斯先生所有。」她說這話時，始終流露出得意的模樣；越接近主人居住的宅邸，也越顯沾沾自喜。那棟雄偉壯麗的古老宅邸由拉許沃斯家族世代傳承，還是握有民事與刑事司法權的當地法庭呢！

「克勞佛小姐，我們總算不必再經過崎嶇不平的道路，一切折磨都結束了。接下來的路面十分平坦。拉許沃斯先生繼承莊園時，隨即鋪好了這條路。這裡就是村落的起點。這些屋舍真是不堪入目，不過大家都認為那座教堂的尖塔美輪美奐。我真慶幸這裡不像許多古老莊園一樣，教堂與宅邸之間的距離過於接近，否則教堂鐘聲肯定吵得讓人受不了。牧師公館就在那裡；屋子看起來乾乾淨淨，我知道牧師夫婦也為人正派。聽說家族的幾戶人家合蓋了一旁的救濟院。管家就住在右邊那棟屋子，他是個值得敬重的好人。我們現在接近大門了，不過還得走上將近一英里的距離，才能穿過整座莊園。妳瞧，這裡頭的景色並不差，這座樹林挺漂亮的。只是宅邸坐落的位置糟透了，我們還得走半英里的下坡路才到得了。太可惜了，假如這裡再好走一些，看起來就會更迷人了。」

克勞佛小姐反應靈敏，連忙應聲讚美。她早已猜中伯特倫小姐的心思，適時恭維了一番，讓伯特倫小姐喜不自勝。諾里斯太太欣喜若狂，滔滔不絕地連聲稱讚，就連芬妮也頗為驚嘆，聽在伯特倫小姐耳裡自然心花怒放。芬妮迫不及待將一切美景盡收眼底，好不容易眺望到宅邸的蹤影，隨即開口：「這棟宅邸真是太壯觀了，一眼就讓人大感驚豔。」她接著說：「林蔭大道又在哪裡呢？我看得出來，宅邸正對著東方，因此那條大道一定坐落於屋後。拉許沃斯先生說過，那條路面對西方。」

「沒錯，林蔭大道坐落於屋後。起點就在屋後不遠處，朝上延伸半英里至遠方的平原。妳在這裡可以見到林蔭大道的部分樣貌，像是較遠處的樹林，那裡全是橡樹。」

原本拉許沃斯先生詢問伯特倫小姐的意見時，她還聲稱對索瑟頓莊園一無所知，如今卻熟悉地侃侃而談。馬車駛上正門前的氣派石階時，伯特倫小姐早已被自負與虛榮沖昏頭，高興得飄飄然。

9

拉許沃斯先生早已站在門口等待迎接美麗的未婚妻，並無微不至地歡迎其他客人。進了客廳，拉許沃斯太太同樣彬彬有禮地接待一行人。一如伯特倫小姐所願，母子倆都對她格外照顧。眾人結束寒暄，隨即到了用餐時刻；客廳大門敞開，眾人穿過一、兩間偏房，魚貫走進一切就緒的餐廳，桌上已備妥豐盛美味的佳餚。一行人盡興談天、愉快用餐，氣氛十分融洽，接著便聊起了此行的主要目的。克勞佛先生想選擇什麼方式勘察環境呢？拉許沃斯先生提起他那輛雙輪馬車[42]，克勞佛先生則建議採用能容納超過兩人的馬車。「若光讓我倆去，其他人沒能跟著到處看看、發表自己的意見，豈不太掃大家的興嗎？」

拉許沃斯太太提議也一同駕著雙輪馬車過去，在場卻少有認同的聲音：幾位年輕女孩面無笑容，沉默不語。她接著提議讓初次到訪的人參觀宅邸，迴響倒是熱烈得多；伯特倫小姐樂於向眾人展示這棟偌大的豪宅，其他人也很高興能找些事情做。

眾人隨即起身，在拉許沃斯太太的引導下參觀許多房間。每個房間都相當華麗，也有不少

---

42 Curricle，由兩匹馬拉動的雙輪輕便馬車，僅容得下車伕與一名乘客，是價格高昂又時髦的代步工具。

間相當寬敞，大多是半世紀前的裝潢風格；地板閃閃發亮，以堅實的桃花心木、華麗的錦緞、大理石與金箔浮雕裝飾得美輪美奐。屋裡掛滿畫像，其中不乏幾幅佳作，不過大部分皆為家族的肖像畫，如今也只剩拉許沃斯太太仍對畫中人物如數家珍。這些知識都是從以前的管家身上學來的，當時拉許沃斯太太竭盡所能地記下，如今也能以不亞於管家的風範細數整座宅邸的歷史[43]。此時，拉許沃斯太太主要對克勞佛小姐與芬妮解說，不過兩人的專注程度彷彿天壤之別。克勞佛小姐早已見識過許多華美宅邸，對此意興闌珊，只是聊表禮貌地聽著；而對芬妮來說，幾乎所有事物皆像新大陸一般前所未聞，自然格外專心聆聽拉許沃斯太太講述家族過往的輝煌歷史，回首那段與王室密切來往的興盛時期，並津津有味地將一切細節與已知的歷史知識相互串連，恣肆想像起當年的生活情景。

由於這幢宅邸坐落的地理位置不佳，無論從哪間房間向外望，都看不到宜人景致。芬妮與其他人陪同拉許沃斯太太參觀房間的當下，亨利．克勞佛則是表情嚴峻，不停朝著窗外搖頭。所有正朝西方的房間皆面向一片草坪，越過鐵柵欄與大門，正是那條林蔭大道的起點。

拉許沃斯太太帶領眾人參觀不少用途不明的房間，充其量只是展示窗戶之多，繳了可觀的窗稅[44]，或是為了讓女傭有工作可忙。拉許沃斯太太說：「我們現在來到小禮拜堂。我們原本應該從上頭的入口進去，再往下俯視。不過既然今天到訪的都是自家人，我就帶你們改走這條路，還請你們見諒。」

一行人走進小禮拜堂。芬妮原本預期會見到更為莊嚴堂皇的景象，沒想到眼前只是一間寬敞的長型房間，簡單布置成禱告用的禮拜堂。四周僅以大量桃花心木裝潢，上方的家族雅座則鋪著緋紅色的天鵝絨椅墊；除此之外，屋裡沒有其他令人印象深刻、更顯莊重的陳設。芬妮低聲對艾德蒙說：「我好失望。這不是我想像中的禮拜堂。這個空間既不會讓人望而生畏，缺乏陰鬱和莊嚴肅穆的氣氛，也看不到長廊、拱門、銘文與旗幟。表哥，這裡怎麼會少了『讓來自天堂的夜風輕輕吹起』的旗幟，也沒有銘刻『蘇格蘭君王在此長眠』的碑文呢[45]？」

「芬妮，妳可別忘了，這是最近才新建的禮拜堂，僅供家族禱告用，和城堡與修道院的古老禮拜堂不可相提並論。這是家族私用的小禮拜堂。我想，這個家族的先人都埋在教區的教堂裡，妳應該能在那裡找到旗幟，瞭解他們的功績。」

「我真傻，竟然沒想到這一點。不過，我還是覺得挺失望。」

拉許沃斯太太介紹起來：「如你們所見，這座禮拜堂建於詹姆斯二世[46]時期。據我所知，

---

43 當時公共藝廊或博物館甚為罕見，類似索瑟頓的古宅往往成為觀光景點，吸引許多仕紳名流到訪，管家自然也成了經驗豐富的嚮導。

44 窗稅（window tax）：英國政府依建築窗戶數量所課徵的建物稅，也曾為了資助與法國的戰爭而提高稅賦。有些富人將此視為展示財力的手段，因而在宅邸大量裝設窗戶。

45 引自蘇格蘭詩人華特．史考特（Walter Scott）的著名詩作《最後吟遊詩人之歌》（*The Lay of the Last Minstrel*）。

46 詹姆斯二世（James the Second, 1633-1701）：最後一位信奉天主教的英格蘭國王，於光榮革命遭到推翻。

在那之前，這裡的長椅僅以牆板所建；我們推測講壇與家族座位的內襯和坐墊僅限以紫布縫製，不過這點有待商榷。禮拜堂建得十分漂亮，過往早晚皆會頻繁使用；通常是由家族裡的牧師在此朗誦祈禱文，許多人對此記憶猶新。不過，前一位拉許沃斯先生決定廢除這座禮拜堂。」

「每一代總會有些改變。」克勞佛小姐笑著對艾德蒙說。

拉許沃斯太太走到克勞佛先生身邊，再次介紹起這座禮拜堂來。艾德蒙、芬妮與克勞佛小姐仍留在原地。

芬妮高聲說道：「這項傳統不再延續，真是太可惜了。這是前人流傳下來的寶貴資產。在這種古老的華麗宅邸裡，向來都有禮拜堂與牧師，這兒也理應毫不例外！全家族按時在此齊聚禱告，意義多麼重大呀！」

克勞佛小姐笑著說：「確實極具意義。這對主人大有好處，他們能敦促可憐的僕人放下手邊的工作並犧牲休息時間，每天在此禱告兩回，自己則忙著編出各種理由敬而遠之。」

艾德蒙說：「那可稱不上是芬妮所謂的家族禮拜。假如連一家之主和女主人都缺席，這項傳統的意義也蕩然無存了。」

「無論如何，在這些議題上，最好讓每個人遵照自己的作法。人們喜歡隨心所欲地選擇禱告時機與方式。強制參與禱告，對形式、限制與時間長短諸多規範，最終只會淪為惹人厭的苦差事。假如跪在樓上邊打呵欠邊禱告的前人可以預料到，未來總有一天，即使人們因為頭痛而多賴床十分鐘，錯過了作禮拜的時間，依然不會因此受到責備，他們肯定會既高興又羨慕呢！

你們難道無法想像，之前拉許沃斯家族的女主人多麼厭惡得不時整修這座禮拜堂嗎？年輕的伊利諾太太和布萊姬太太表面上看似虔誠，事實上卻言不由衷；假如可憐的牧師吸引不了她們的目光，情況就更糟了。我猜想在那段日子裡，牧師的地位恐怕比現在還不如。」

有好一段時間，兩人都沒有回應克勞佛小姐這一席話。芬妮面紅耳赤地看著艾德蒙，心裡對這番言論十分氣惱。艾德蒙冷靜了半晌，才有辦法開口：「妳的思緒向來活潑，經妳一說，即使是一本正經的話題也不再嚴肅了。妳為我們勾勒出相當逗趣的畫面，從人的天性看來，我們無法否認妳這一番話。任何人都會偶爾經歷無法專心的時候。不過，假如妳認為這件事很常發生，人們會因為長期忽視的緣故，讓一時的缺點積累成習慣，那麼我們又該期待這種人有何虔誠的私人信仰呢？妳難道認為，這些在禮拜堂心不在焉的人，獨自關在密室裡就會專注得多嗎？」

「是呀！非常有可能。不過他們若能獨自禱告，至少有兩大好處：一來沒有太多事情分散他們的注意力，二來不必花上這麼多時間祈禱。」

「我相信即使人們在某種環境裡不受影響，也可能在另一種情況下心神不寧。來到禮拜堂，身邊有其他人作為榜樣，或許能讓他們更容易平心靜氣，順利完成禱告。不過我承認作禮拜的時間過長，有時注意力確實很難集中，難免希望趕緊結束。我才剛從牛津畢業沒多久，還無法忘懷當時在禮拜堂禱告的情景。」

他們談話的同時，其他人已在禮拜堂散開，各自閒逛。茱莉亞要克勞佛先生看她姊姊，說道：「你瞧，拉許沃斯先生與瑪莉亞並肩站著，彷彿即將要舉行婚禮了呢！他們看起來不就是新人的樣子嗎？」

克勞佛先生報以微笑，表示認同，接著走向瑪莉亞，以只有她才聽得見的音量說道：「我不喜歡看到伯特倫小姐如此靠近聖壇。」

伯特倫小姐大吃一驚，忍不住退後一、兩步，不過很快就平復心情，勉強笑了起來，輕聲問道：「你願意將我託付給他嗎？」

「我恐怕會表現得十分彆扭。」克勞佛先生如此答道，意味深長地看了她一眼。

此時，茱莉亞走了過來，繼續開起方才的玩笑。

「說真的，我們不能直接在這裡舉行婚禮多可惜呀！偏偏只差一紙結婚證書[47]，否則我們所有人齊聚一堂，這時機再好不過了。」茱莉亞一面說道，一面笑了起來，壓根兒沒注意到拉許沃斯先生與他母親也聽到這番玩笑。拉許沃斯先生連忙殷勤地在未婚妻耳邊低語；拉許沃斯太太則有禮地微笑，並鄭重表示，無論婚禮何時舉行，都是最值得慶賀的喜事。

「假如艾德蒙已經當上牧師就好了！」茱莉亞嚷道，跑向與克勞佛小姐和芬妮站在一起的艾德蒙。「親愛的艾德蒙，要是你現在已經當上牧師，就能直接主持婚禮啦！你還沒接受聖職真是可惜，拉許沃斯先生和瑪莉亞都已經準備好了呢！」

倘若外人見著克勞佛小姐聽到茱莉亞這番話的表情，或許會感到非常有趣。克勞佛小姐初聞這個消息，大驚失色。芬妮對她感到十分同情，忍不住心想：「她一定很懊惱自己剛才說了那些話。」

克勞佛小姐說：「接受聖職！什麼！你要當牧師嗎？」

「沒錯，等到父親返家，我就會接受聖職，或許在聖誕節那天。」

克勞佛小姐努力恢復鎮定，重新調整表情，只是淡淡說道：「假如我事先得知這個消息，剛才談起牧師的時候就會更加留心了。」她隨即轉移話題。

過沒多久，眾人紛紛走了出去，終年幾乎無人造訪的小禮拜堂很快就恢復往常的寂靜。伯特倫小姐對妹妹非常不高興，帶頭走了出去，其他人似乎也迫不及待離開。

如今眾人已經參觀完一樓，倘若兒子沒有提醒時間，樂此不疲的拉許沃斯太太肯定會朝階梯走去，繼續帶領客人逛遍二樓的房間。拉許沃斯先生說：「假如我們在屋裡逗留太久，」他流露出是明眼人都看得出來的態度，「恐怕沒時間到戶外去了。都過下午兩點了，我們五點還得吃晚餐呢！」

拉許沃斯太太點頭同意，隨即煩惱起該出誰搭乘哪輛馬車前去勘察環境，諾里斯太太也開始在心裡盤算該如何安排馬車。其他年輕人正好站在一扇敞開的門前，眼前就是通往草坪和灌木林的階梯，見得到花園裡的美景；他們禁不住誘惑，紛紛走到戶外透透氣。

---

47 依照當時的婚姻法規定，不想公開婚訊的新人可選擇付費向主教取得結婚證書，之後再於教堂公開舉行婚禮，婚姻始為合法。

「我們先在這裡歇一會兒吧！」拉許沃斯太太隨即意會過來，禮貌地跟著他們走下階梯。

「你們能在這裡欣賞大多數的花草，還有探頭探腦的野雞呢！」

「請問，」克勞佛先生環顧四周，開口說道：「我們往下走之前，何不先看看這裡有無需要整修的地方？我認為這裡的牆可以好好修繕一番。拉許沃斯先生，我們要不要在這片草坪上討論一下？」

拉許沃斯太太對兒子說：「詹姆士，我想客人應該都沒見過那片野林的景色吧！兩位伯特倫小姐也還沒去過呢！」

眾人毫無異議，卻好一陣子沒有提出任何想法，似乎也不打算往下走。他們起初只是深受花草與野雉吸引，也很高興能暫時散開，到處走走。克勞佛先生率先移動腳步，前去察看房子另一端是否需要整修。草坪四周圍著高牆，越過第一座花園就是滾球場。更遠處則是一條長長的梯道，後方矗立著鐵柵；往柵欄外俯瞰，即可看到下方茂密的野林，也是觀察造景缺失的絕佳位置。伯特倫小姐與拉許沃斯先生很快跟上克勞佛先生的腳步，隨後不久，其他人也三兩成群走了過來。艾德蒙、克勞佛小姐與芬妮很自然又走在一塊，見到這三人在梯道上討論得正熱烈，稍微聽他們抱怨起接下來會碰上的整修難題，便自顧自地往前走。拉許沃斯太太、諾里斯太太與茱莉亞仍落後好一段距離。茱莉亞不再像一開始那樣興高采烈，反而被迫陪在拉許沃斯太太身旁，還得按捺內心的不耐煩，配合老太太緩慢的步伐；諾里斯太太則與出來餵雞的管家走在一起，兩人忙著在後頭七嘴八舌地閒聊。這九人當中，唯獨可憐的茱莉亞感到悶悶不樂；

如今她只能百般隱忍，與方才在馬車前座雀躍不已的樣子判若兩人。她從小習慣表現得彬彬有禮，現在也就無從脫身。然而，她所受的教育並未讓她學會自我要求、體諒他人，亦不懂得釐清自己的想法、明辨是非，因此現在進退兩難。

他們在梯道上轉了個彎，再度回到中間那道通往野林的大門，克勞佛小姐於此時開口：「簡直熱得讓人受不了。沒人反對找個舒適的地方休息吧？這座林子真漂亮，只是我們得找到辦法進去才行。假如這扇門沒有上鎖就好了！不過他們自然得把門鎖上，畢竟在這些漂亮的地方，只有園丁能隨心所欲地進出。」

然而那扇門其實並未上鎖，因此三人高高興興地走了進去，將刺眼的陽光拋開，沿著長長的階梯走進野林。這一大片種植林占地約兩英畝，多數為落葉松與月桂樹，山毛櫸早已砍伐殆盡；即使樹木大多修剪得整整齊齊，不過林蔭茂盛、密不透光，遠比滾球場與梯道展現出更多自然之美。三人感到神清氣爽，有好一陣子沉浸在眼前的美景中，邊走邊連聲驚嘆。過了一會兒，克勞佛小姐開口說道：「話說回來，伯特倫先生，你很快就要當上牧師了。這消息可真令我驚訝。」

「為何妳會感到驚訝呢？妳一定知道我遲早得找份工作，既然我不可能當上律師、陸軍或水手，自然得擔任聖職了。」

「確實如此。可我還是沒想到你會成為牧師。你也知道，通常會有個舅父或祖父留下大批遺產給家裡的次子。」

艾德蒙說：「令人讚賞的想法。可惜這情況不夠普遍，我就是個例外。既然是例外，當然得努力為自己打算。」

「可你為什麼非得成為神職人員不可呢？我始終認為，通常是上有許多兄長的老么才會選擇當牧師，因為好工作都讓前面的哥哥挑走了。」

「所以妳認為聖職不曾是理想的職業？」

「『不曾』這個說法過於言重了。但沒錯，我確實認為所謂的『不曾』等同於『不常』發生。在教堂能有什麼作為呢？男人喜歡與眾不同，任何工作都有機會一展長才，唯獨教會讓人失望。牧師一職根本無足輕重。」

「我希望妳口中的『無足輕重』也有等級之分，就像妳對『不曾』的定義一樣。牧師確實不是光鮮亮麗的職業，沒有高高在上的地位，既不能成為眾人領袖，也無法引領時尚潮流。可我不認為這就表示牧師無足輕重。無論對個人或全體而言，也無論從一時或長遠的角度來看，牧師對人類的意義至關重要；牧師在宗教與道德上的領導角色，能藉由其影響力形塑人們的行止。在場沒有人能宣稱這樣的職責『無足輕重』。倘若有牧師淪落到這種地步，意謂他輕忽本分、貶低責任的重要性；怠忽職守，流露出不該展現的樣貌。」

「你賦予牧師的意義真重要，遠超乎一般人的認知，我也對此不甚理解。我們很難見識到牧師在社會上的影響力與重要性，他們平時鮮少露面，人們該如何感受到其舉足輕重的地位？即使牧師的講道內容有其可聽之處，甚至懂得引用布萊爾[48]的完美修辭，他們一週也不過傳道兩次；牧師要如何憑藉區區兩次布道，就發揮你所說的重要影響力？他在其他日子裡，還能以什麼方式約束眾多信徒的行止？除了在道壇上，我們平時根本很少見到牧師。」

「這是妳在倫敦的經驗，不過我指的是國內普遍的情況。」

「我想倫敦作為首都，想必足以代表其他地方的情況。」

「不對，從善惡比例看來，我認為首都不足以作為借鏡。我們不會將大都市的情況當作最好的道德指標：任何教派的名望人士都不見得只在都市裡創下多數善舉，也絕非在都市裡才最能察覺到牧師的感召。優秀的傳道者自然備受推崇與仰慕。然而，好牧師並非只靠著精采絕倫的講道，就能對教區有所貢獻；他還得讓多數教民瞭解其品德，並有機會觀察其行止。可惜，這種情況在倫敦相當罕見。身處倫敦，牧師總會迷失於龐大的教民之中，大多數人只將牧師視為布道者。說到牧師端正民眾言行的影響力，克勞佛小姐千萬不要誤解我的意思；我並非將牧師定義為形塑優良品行的仲裁者，有資格制訂各種禮儀規範，足以主宰生活中的一切禮節。我所謂的『言行』，或許應該稱為『行止』；我認為牧師的行止必須展現他優秀的處世原則。換言之，他們的職責在於將宗教教義發揚光大，理應以身作則、體現教義端正其言行的成效。我相信無論身在何方，只要觀察牧師是否嚴守本分、循規蹈矩，即可推敲該國人民的樣貌。」

「確實如此。」芬妮真誠地附和。

48 布萊爾（Hugh Blair, 1718-1800），知名的蘇格蘭修辭學家，因善於布道而備受推崇。

克勞佛小姐高聲說道：「你瞧，你已經說服普萊斯小姐了。」

「希望我也能成功說服克勞佛小姐。」

「我認為你永遠辦不到。」克勞佛小姐露出微笑，「我現在的驚訝，並不亞於乍聞你擔任聖職的那一刻。我相信一定有比牧師更適合你的工作。拜託你改變心意吧！現在還不遲，你趕緊改當律師吧！」

「改當律師！講得好像只是要求我走進這片野林一樣，說得那麼輕鬆。」

「你大概又要說，律師比野林更加一文不值。不過我已經幫你把這話說出來了。別忘了我搶先你一步。」

「倘若妳預期我會駁以什麼金玉良言，那妳大可不必著急，因為我才疏學淺，說不出什麼大道理。我向來實事求是，不逞口舌之快。若硬要我以機智妙語應答，我恐怕花上半小時也只能搜索枯腸、一無所獲。」

三人隨即陷入沉默，各自在心裡沉思。芬妮率先開口：「在這片美麗的林子裡散步，照理說我不該覺得累才對。不過倘若你們不反對，要是半路上有可以歇腳的地方，我想休息一下。」

艾德蒙連忙攙扶芬妮的手臂，高聲說道：「親愛的芬妮，我多麼粗心啊！希望妳沒有累壞。」他轉向克勞佛小姐說：「或許我也有此榮幸，挽著另一位女伴繼續走？」

「謝謝你，不過我還不感覺累呢！」克勞佛小姐口中雖然這麼說道，依然挽住艾德蒙的手臂。與克勞佛小姐第一次的肢體接觸令艾德蒙非常高興，頓時將注意力從芬妮身上轉開。他說：「妳根本沒挽住我的手。我一點忙也沒幫上。與男人相比，女人的手臂顯得多麼輕盈呀！我在牛津時經常扶著一位男士走上一整條街的距離。與他相比，妳簡直輕如羽毛。」

「我確實一點也不累。我自己也頗為詫異，畢竟我們少說已在這林子裡走上一英里了，你不覺得嗎？」

「還不到半英里。」艾德蒙斬釘截鐵地答道。他還沒有被愛情沖昏頭，不至於像女人一樣，無法精確衡量距離或計算時間。

「噢！你沒有考慮到我們繞了不少路。我們一路走來都是蜿蜒小徑，林子的直線距離肯定是半英里。自從我們離開第一條大路後，至今還沒看到盡頭呢！」

「但是如果妳記得的話，我們在離開那條路以前，就已經看到了盡頭。我們俯瞰整片樹林，注意到鐵門深鎖，距離想必沒有超過一弗隆[49]。」

「噢！我不知道你的弗隆是什麼意思。不過，我能確定這座林子相當大；我們走進來以後，已經漫無目的繞了好一段時間。我認為我們已經走了一英里，肯定是相當精準的數字。」

艾德蒙拿出懷錶，說道：「準確來說，我們在這裡走了十五分鐘。妳認為我們一個小時就能走上四英里？」

---

49 弗隆（Furlong）：長度單位，等同八分之一英里。

「噢！別拿你的懷錶反擊我。懷錶要不是走得太快，就是走得太慢。我向來不相信懷錶的準確度。」

他們往前走了幾步，就走到方才提到的小徑盡頭。在涼爽的樹蔭下，通往莊園的矮牆前有一張空間寬敞的長椅，三人隨即坐了下來。

「芬妮，我擔心妳累壞了。」艾德蒙一面打量芬妮，一面說道：「妳為什麼不早點說呢？要是妳太累，今天的出遊對妳而言可就一點也不好玩了。克勞佛小姐，她不管做什麼活動都很容易疲累，唯獨騎馬例外。」

「既然如此，你怎會這麼過分，讓我在上週霸占她的馬整整一週！我真是替我們兩個感到丟臉！這種事再也不會發生了。」

「妳對她這麼周到體貼，讓我更意識到自己多麼掉以輕心。由妳來照顧芬妮，似乎比我更好。」

「不過芬妮現在會這麼累，我一點也不驚訝。我們已經折騰了大半天，忙著參觀偌大的宅邸，看了無數房間；我們不僅得全神貫注眼前的一切，耳邊聽著不知所云的介紹，還得為自己漠不關心的事物連聲讚賞。無論是誰肯定都無聊得發慌。普萊斯小姐也有同感，只是她自己沒查覺罷了。」

芬妮說：「我很快就能恢復體力了。這麼好的天氣，坐在樹蔭下欣賞遠處美景，沒什麼比這更能讓人打起精神來。」

他們繼續坐了一會兒，克勞佛小姐再次開口。她說：「我得起來走動。坐久了反而難受。老是隔著矮牆眺望太累了，我要走到那扇鐵門前。透過柵欄欣賞風景，才能看得更清楚。」

艾德蒙跟著站起身。「克勞佛小姐，從這裡看去，妳會發現這條步道不到半英里長，甚至不到四分之一英里。」

克勞佛小姐說：「這條路確實很長。我看一眼就知道了。」

艾德蒙仍然試著說服她，卻徒勞無功。克勞佛小姐既不願精準計算，也不願認真比較，只是面露微笑，堅持己見。再理智的人也不見得如此有魅力，雙方都樂在其中。最後兩人總算達成共識，決定再多走一點，確認這片樹林的明確距離。他們打算沿著眼前的直線距離走到盡頭，矮牆邊就有一條筆直的綠蔭小徑；如有必要，他們可以轉個方向，過幾分鐘就能回到原地。芬妮表示休息夠了，也想與他們同行，卻沒能如願。艾德蒙真誠地勸她留在原地，她無法拒絕，聽話地繼續坐在長椅上休息。她為表哥無微不至的關懷感到高興，卻也懊惱自己的體力不夠好。她目送兩人的背影遠去，豎耳傾聽他們的腳步聲，直到他們轉了個彎，一切歸於寂靜。

10

十五分鐘過去了，二十分鐘過去了，芬妮依然獨自坐著，一心惦記著艾德蒙、克勞佛小姐與自己的事情。她開始訝異自己竟然被丟下這麼久的時間，焦急地側耳傾聽，希望再次聽到兩人的腳步與說話聲。她專注地聽著，最後總算聽到說話聲傳來，伴隨著逐漸接近的腳步聲。她才剛意識到，來者並非引頸企盼的艾德蒙與克勞佛小姐時，伯特倫小姐、拉許沃斯先生與克勞佛先生沿著她方才走過的小徑而來，陸續走到面前。

他們隨即你一言我一語地驚呼：「普萊斯小姐竟然獨自坐在這裡！」「親愛的芬妮，這是怎麼一回事？」芬妮說明了原委。「可憐的芬妮，」她的表姊高聲說，「他們對妳可真漫不經心！妳應該和我們待在一起。」

伯特倫小姐坐了下來，兩位紳士分別坐在她兩邊，她又重拾方才的話題，興致盎然地討論起整修內容。他們尚未得出任何結論，不過亨利．克勞佛心裡已浮現許多想法與計畫。大致說來，無論他有何提議，總會立即獲得贊同；通常是伯特倫小姐率先同意，再由拉許沃斯先生接著附和。拉許沃斯先生的原則似乎是以他人意見為主，幾乎沒有自己的想法，只是一再希望他倆也能親眼見識友人史密斯的改建成果。

三人就這麼聊了幾分鐘，接著伯特倫小姐注意到那道鐵門，表示想從那裡走回莊園，或許能讓他們的想法與計畫更完整成形。另外兩人隨即熱烈贊同；對亨利．克勞佛而言，唯有這麼做才能令計畫有所進展。他很快注意到，不到半英里的距離外有座小丘，正適合從那裡一探宅邸的全貌。他們必須穿過那道鐵門才能走上山丘，可是鐵門上了鎖。拉許沃斯先生出門前曾考慮要帶上鑰匙，但最後還是沒帶，不禁懊惱。他打定主意，以後外出時再也不會將鑰匙留在家裡。儘管如此，懺悔於事無補，三人仍不得其門而入。由於伯特倫小姐執意要過去，拉許沃斯先生只好回家取鑰匙，隨即轉身離開。

拉許沃斯先生一走，克勞佛先生便說：「這顯然是我們現在唯一的選擇，畢竟我們已經離開屋子這麼遠的距離了。」

「沒錯，我們別無他法。不過你老實說，這個地方是否不如你的預期？」

「絕無此事，事實正好相反。我發現這裡的建築風格比想像中更為宏偉氣派，打造得十分完善，儘管這樣的風格並非首選。坦白說，」克勞佛先生壓低聲音，「我認為索瑟頓不會變得比現在更好。在我看來，再花整個夏季改建，也無法將它整修得更為出色。」

伯特倫小姐有些尷尬，過了一會兒才回道：「你的眼光自然不會與世人相去甚遠。倘若其他人認為索瑟頓改建得更為出色，我相信你也會抱持同樣的想法。」

「我的某些想法恐怕與世俗標準大相逕庭。與真正世故的人相比，我的感受並非稍縱即逝，過往的記憶也不像他人一樣易於磨滅。」

伯特倫小姐沉默了半晌，接著才開口：「你今早駕車來的路上，好像聊得很開心。我真高興你倆談得這麼盡興。你和茱莉亞的笑聲一路上不絕於耳呢！」

「是嗎？我想我們確實聊得很高興，只是我不記得為什麼發笑了。噢！應該是向她聊起我叔父那位垂垂老矣的愛爾蘭馬伕，他有不少趣事可說。令妹總是笑口常開。」

「你覺得比起我來，和她相處更愉快嗎？」

克勞佛先生露出微笑，回答：「她比妳容易逗樂。因此如妳所知，她也更適合作伴。在長達十英里的車程中，我恐怕無法以愛爾蘭人的笑話取悅妳。」

「我相信自己的個性和茱莉亞一樣活潑。可是我現在必須比她更懂得瞻前顧後。」

「確實如此。在某些情況下高興過頭，反而顯得不懂察言觀色。不過妳明明擁有如此美好的未來，實在不該像現在這樣垂頭喪氣。妳的眼前可是大好風景呢！」

「你這句話是表達字面上的意思，或是有所暗喻？我想應該是指字面上的意思吧！沒錯，陽光和煦，莊園的景色如此心曠神怡。可惜的是，那道鐵門與矮牆卻成了阻礙，讓我進退不得。就像那隻八哥的臺詞[50]『我出不去』。」伯特倫小姐露出耐人尋味的表情，一面說道，一面往鐵門走去。克勞佛先生跟在她身後。「拉許沃斯先生這鑰匙也未免拿太久了！」

「在這裡，沒有鑰匙，少了拉許沃斯先生的允許與保護，妳將寸步難行。不過我相信在我的協助下，妳能很輕易翻越這道鐵門。假如妳確實渴望自由，又沒有什麼顧忌，願意大膽一試嗎？」

「顧忌？胡說！我當然可以翻過這道鐵門，我也打算這麼做。只是，拉許沃斯先生很快就會回來，我們不該離開他的視線。」

「即使他找不到我們，好心的普萊斯小姐也會告訴他，我們就待在小丘上的橡木林裡。」

芬妮認為此舉甚為不妥，忍不住想盡可能勸阻他們。她高聲嚷道：「妳會害自己受傷的，伯特倫小姐。妳要是碰著了鐵柵欄，肯定會受傷，也會劃破衣服，還可能摔進溝裡。妳最好別這麼做。」

芬妮說話的同時，她的表姊早已安然無恙地爬到鐵門另一端，對自己成功翻越鐵門沾沾自喜，笑著說：「謝謝妳，親愛的芬妮。不過我的禮服沒事，我自己也很平安。再見囉！」

芬妮再次孤伶伶地留在原地，心裡十分難受。方才所聞所見令她深感遺憾，她對伯特倫小姐的舉動大感震驚，也對克勞佛先生十分氣惱。他倆刻意繞遠路，在芬妮看來，兩人選擇朝小丘走去的方向很不合理，很快就消失在她的視線範圍。接下來的幾分鐘，芬妮聽不到任何說話聲，也見不著一個人影，彷彿整座林子只剩她一人。芬妮幾乎要相信艾德蒙與克勞佛小姐丟下了自己，可是，艾德蒙又不可能真的拋下她……

此時，突如其來的腳步聲再次驚動了芬妮，有人沿著方才那條路快步走來。她原以為是拉

50 引自愛爾蘭感傷主義小說家勞倫斯．斯特恩（Laurence Sterne）的小說《感傷之旅》（*A Sentimental Journey through France and Italy*）。

許沃斯先生，沒想到竟是茱莉亞。茱莉亞滿頭大汗，跑得上氣不接下氣，一臉失望。她一見到芬妮，立刻大喊：「嘿！其他人呢？我以為瑪莉亞和克勞佛先生與妳在一起呢！」

芬妮一五一十地解釋了原委。

「我說，這還真是高招！我根本看不見他們的人影。」茱莉亞焦急地環顧莊園。「不過他們不可能走太遠。我想即使沒有人幫忙，我也能像瑪莉亞一樣翻過鐵門。」

「可是茱莉亞，拉許沃斯先生很快就會拿鑰匙過來了，妳等等他吧！」

「不行。我整個早上已經受夠這一家人了，好不容易才擺脫他那可怕的母親。我剛才吃盡苦頭，妳卻能一派悠閒地坐在這裡，如此快活！假如讓妳取代我剛剛那個位置，該有多好。可是妳總能聰明地躲得遠遠的。」

這番話對芬妮一點也不公平，可是她願意包容茱莉亞，沒將這件事放在心上。茱莉亞現在心煩意亂，個性又急躁，不過芬妮認為她的脾氣來得快去得也快，因此並未多想，只是問她有沒有遇見拉許沃斯先生。

「有，有，我們看見他了。他跑得上氣不接下氣，彷彿是什麼攸關生死的大事，只能勉強告訴我們他要去拿鑰匙，你們一行人都在這裡。」

「他折騰了老半天卻白忙一場，真是可憐。」

「那是瑪莉亞小姐的事，我可不會為了她的錯懲罰自己。煩人的阿姨老是和管家攪和在一起，害我無法擺脫拉許沃斯先生的母親。不過他本人我倒是能躲得遠遠的。」

茱莉亞隨即爬過柵欄跑走了，對芬妮最後一個問題充耳不聞，並未回答她是否見著克勞佛小姐與艾德蒙。如今芬妮焦急地坐等拉許沃斯先生，倒是讓她不再惦記著遲遲不見蹤影的兩人。芬妮覺得拉許沃斯先生受到不公平的待遇，十分煩惱該如何向他交代來龍去脈。茱莉亞離開不到五分鐘，拉許沃斯先生總算趕了回來。儘管芬妮努力打圓場，他顯然還是氣憤不已。他一時說不出話來，看起來一臉震驚苦惱，接著走到鐵門前愣在那兒，似乎無所適從。

「他們要我待在這裡，瑪莉亞表姊要我轉達，你可以在小丘那一帶找到他們。」

拉許沃斯先生繃著臉說：「我不想再走下去了。我連個影子也見不著。等我趕到山丘時，他們說不定又已經到其他地方去了。我已經奔波夠久了。」

他坐在芬妮身邊，一臉鬱鬱寡歡。

芬妮說：「真替你難過。太不巧了。」她希望自己還能多擠出一些安慰的話。

兩人沉默了半晌，拉許沃斯先生開口：「他們應該要留在這裡等我。」

「伯特倫小姐認為，你會過去找她。」

「假如她留在這裡等我，我就不必特地過去找她了。」

芬妮無法反駁，只得默不作聲。又過了一會兒，拉許沃斯先生繼續說：「告訴我，普萊斯小姐，妳也和某些人一樣，對克勞佛先生情有獨鍾嗎？對我而言，我實在看不出他有什麼過人之處。」

「我不覺得他一表人才。」

「一表人才！沒人會誇獎身材矮小的男人一表人才。他的身高還不到五呎九吋[51]呢！假如他連五呎八吋也不到，我一點都不意外。我覺得這傢伙簡直是其貌不揚。在我看來，我們根本不需要克勞佛兄妹；沒有他們，我們自己就能玩得很開心。」

芬妮輕輕嘆了口氣，不知該如何反駁他。

「假如我不願意特地回去拿鑰匙，他們這麼做倒還情有可原。可是她一開口要求，我就二話不說折返回去了。」

「我知道你最樂意配合了，也相信你一定是以最快的速度飛奔回去。不過你也知道，從這裡到屋子頗有段距離，進到屋裡也還得走上一段路。人們在等待時，對時間長短的判斷力往往會失準；即使是短短半分鐘，感覺也像五分鐘那麼漫長。」

拉許沃斯先生站起身來，再次走到門前，說道：「真希望我當時有將鑰匙帶在身上。」

芬妮隱約察覺到，他站在那裡的情緒似乎有些和緩，便試著再次鼓勵他：「你不去找他們真是可惜。他們認為在山丘上能更清楚眺望宅邸，也能更瞭解該如何整修。你很清楚，少了你他們根本什麼都談不成。」

芬妮這才發現，比起說服同伴留在身邊，她似乎更擅長將他們打發走呢！這番話大為鼓舞了拉許沃斯先生。他說：「好吧！假如妳真的認為我最好去一趟，我也拿到鑰匙，不派上用場未免太愚蠢了。」他打開門往前走，沒有留下一聲招呼。

芬妮的思緒再次轉回艾德蒙與克勞佛小姐，他倆已經丟下她好一段時間，她不耐煩了，決定親自去找他們。她沿著兩人的腳步走上小徑，才剛轉到另一條小路上，耳邊就傳來克勞佛小姐的談笑聲。說話聲逐漸接近，轉了幾個彎，兩人就出現在芬妮面前。他們剛從莊園的野林裡折返。原來他倆離開芬妮沒多久，就注意到一扇沒上鎖的側門，忍不住走進莊園繞了大半圈，最後竟然逛到芬妮早就想一探究竟的林蔭大道，之後就一直坐在其中一棵樹下休息。他倆解釋了來龍去脈，顯然度過相當愉快的時光，根本沒意識到已經離開芬妮好一陣子了。令芬妮稍感安慰的是，艾德蒙始終惦記著她；要不是芬妮已經走不動，他一定會回來帶芬妮同行。儘管如此，這依然不足以彌補芬妮心裡的委屈；艾德蒙明明說過幾分鐘後就會來，卻丟下她整整一小時。這也無法澆熄芬妮內心的好奇，她亟欲瞭解他們在這段期間聊了什麼；沒想到他們竟一致同意要回屋裡去，讓芬妮既失望又難過。

一行人走回梯道的起點時，上方出現拉許沃斯太太與諾里斯太太的身影；她們離開屋裡整整一個半小時，現在才準備要走去荒野。諾里斯太太一路上忙個不停，因此走得並不快。即使許多不順心的事讓幾個外甥女的遊興大減，諾里斯太太依然度過相當愉快的一天。管家熱心地向諾里斯太太介紹野雞，又帶她去酪農場看看乳牛，還送她一份知名的奶油乳酪。茱莉亞離開後，她們又遇見園丁，諾里斯太太與園丁相談甚歡。園丁的孫子生病了，諾里斯太太信誓旦旦地認為那孩子患了瘧疾，答應送他消除病痛的護身符。園丁為了報答諾里斯太太，特地帶她參

51 五呎九吋約為一百七十五公分。

觀精心栽種的奇花異草，甚至送給她一株珍貴的石南。

眾人在路上巧遇，便一同返回屋裡，坐到沙發上閒聊或翻閱《評論季刊》[52]消磨時間，一面等待其他人回來共進晚餐。伯特倫姊妹與兩位男士回來時，天色已經暗了。這趟勘察似乎差強人意，對他們的整修計畫沒有太大助益。他們表示花了不少時間才找到彼此；在芬妮看來，即使四人最後總算碰面，似乎也太遲了，既無法喚回原本的和睦氣氛，顯然也沒能幫助他們為翻修一事定案。芬妮看著茱莉亞與拉許沃斯先生，明白自己並非今天唯一不高興的人，他倆的表情同樣陰鬱。相形之下，克勞佛先生與伯特倫小姐看起來就開心得多。芬妮甚至認為，眾人共進晚餐時，克勞佛先生特別努力想消除茱莉亞與拉許沃斯先生對他的不滿，試圖恢復和樂融融的氛圍。

用過晚餐，茶與咖啡隨即送上桌來；畢竟接下來是長達十英里的車程，不容耽擱任何時間。一行人在桌前坐定，直到馬車抵達門口的期間，始終亂成一團。諾里斯太太忙著到處轉，從管家手裡拿到幾顆野雞蛋和一塊奶油乳酪，又絮絮叨叨地向拉許沃斯太太致謝，率先走了出去。這時，克勞佛先生走近茱莉亞，對她說：「希望今早陪我來的同伴依然願意坐在老位子，除非她擔心夜風會令自己著涼。」茱莉亞沒料到克勞佛先生會提出這要求，但欣然答應，看起來這一天得以畫下與序幕同樣愉快的句點。伯特倫小姐原本預期情況有轉變，不禁有些失望；不過她深信克勞佛先生還是比較喜歡自己，心裡倍覺安慰，因此還是相當得體地與拉許沃斯先生道別。拉許沃斯先生很高興能將未婚妻送到後座，而非看著她登上馬車前座，對這樣的座位安排感到十分滿意。

馬車駛過莊園時，諾里斯太太說：「芬妮，說真的，妳今天一定玩得非常開心。妳想必從早到晚都玩得很盡興吧！妳可得感謝伯特倫阿姨和我允許妳出遊。瞧妳今天過得多快樂呀！」

瑪莉亞無法壓抑內心的不滿，直截了當地說：「在我看來，阿姨今天也玩得相當愉快呀！瞧妳腿上抱著許多東西，看起來滿載而歸呢！這裡還有一只大籃子卡在我們中間，老是撞痛我的手肘。」

「親愛的，那只是一小株漂亮的石南，是好心的老園丁送我的禮物。假如給妳帶來困擾，我就把它抱在腿上吧！芬妮，幫我提著這個包裹。小心拿好，可別掉下去了！裡頭有一塊奶油乳酪，就是我們在晚餐上享用到的佳餚。好心的衛塔克太太非要我帶一塊回家不可，我不收，她眼淚都快掉下來了，只好恭敬不如從命；我想妹妹一定會喜歡這乳酪的滋味。衛塔克太太真是難得的好管家！我問她，他們家裡的僕人能否在餐桌上喝酒，她簡直嚇壞了。她說過去曾有兩名女傭擅自穿上白裙[53]，她立刻將她們打發走了。芬妮，將那塊乳酪拿好。我現在可以牢牢抓緊另一個包裹和那只籃子了。」

---

52 評論季刊（*Quarterly Review*）：與《愛丁堡評論》（*Edinburgh Review*）並列為當時最主要的兩大期刊，輯錄當代重要文學、政治與科學評論。

53 當時仕紳階級以淺色服飾為主，因此衛塔克太太認為佣人應穿著深色衣物才符合規矩。

瑪莉亞問：「除了這些，妳還收了哪些賄賂？」她聽見索瑟頓受到如此稱讚，不禁暗自感到得意。

「親愛的，說什麼賄賂！只不過是四顆漂亮的野雞蛋，衛塔克太太堅持要我收下，不准我拒絕。她說我一定會喜歡這份禮物，畢竟我一個人孤伶伶地住著，養幾隻雞增添生氣，肯定大有好處。這話倒也沒錯。我會吩咐擠奶女工將雞蛋放進正在孵蛋的母雞窩；等牠們破殼而出，再移到我家，借來一只雞籠飼養。能夠親手照料這些小雞，將會是我獨居生活的一大慰藉。如果可以幸運地養大，也能送幾隻給妳母親呢！」

今晚夜色迷人，氣氛靜謐，在寧靜的自然美景中乘車成了一大樂事。諾里斯太太一說完，接下來的車程隨即陷入沉默。眾人皆感到筋疲力盡；而這趟出遊究竟愉快與否，也端看每個人心裡沉思的答案了。

11

即使在索瑟頓度過的一天不盡完美，對伯特倫姊妹而言，還是遠比回到曼斯菲爾德後收到來自安地卡島的信來得好。比起父親，她們更喜歡惦記著亨利・克勞佛。父親在信裡表示近期內很快就會返回英國，更讓姊妹倆懊惱得不願多想。

十一月顯得格外黯淡，因為她們的父親就要回家了。湯瑪斯爵士憑著經驗推斷返家日，在信裡的語氣相當堅定，字裡行間也流露出歸心似箭的感受。由於工作已近尾聲，讓湯瑪斯爵士有望搭上九月的郵船，並期待於十一月初回到摯愛的家人身邊。

瑪莉亞的處境比茱莉亞更為堪憐。父親 返家，意味著她的大喜之日近在眼前；父親一心惦記著她的終身大事，絕對會催促她結婚，將下半輩子幸福交給自己所選之人。一想到未來，頓時令瑪莉亞悶悶不樂；面對蒙上一層迷霧的前景，她只能相信雲霧散去之際，還能看見一絲曙光。畢竟父親不見得能於十一月初順利返家，通常會出現耽擱的理由，像是航行受阻等諸如此類的原因；對現實視而不見或是自欺欺人的人，總是欣然歡迎這些「諸如此類的原因」。湯瑪斯爵士或許要拖到十一月中旬才會返家，離現在尚有三個月，亦即整整十三週。這麼長一段時間，還可能發生許多事情呢！

倘若湯瑪斯爵士得知，兩名女兒對他即將返家竟是如此反應，想必會十分痛心；即使知道另一位年輕女孩引頸企盼見到他，恐怕也不足以帶給他一絲安慰。這晚，克勞佛小姐與哥哥一同到曼斯菲爾德莊園作客，正巧聽聞這個好消息。雖然她表面上對此事並未格外關心，只是客套地道賀一番，卻非常專注地傾聽，亟欲瞭解更多細節。諾里斯太太說完信裡的重點後，眾人就不再提起此事。然而，喝過晚茶，克勞佛小姐和艾德蒙、芬妮站在窗前欣賞夕陽，伯特倫姊妹、拉許沃斯先生與亨利・克勞佛忙著在鋼琴旁點上蠟燭，此時克勞佛小姐突然看向眾人，再次提起這個話題：「拉許沃斯先生看起來多高興呀！他一定正想著十一月的事。」

艾德蒙同樣看向拉許沃斯先生，卻不發一語。

「令尊即將返家，這是多麼重要的大事。」

「確實。畢竟他已離家好一段時間，而且這趟遠門不僅費時，也充滿危險。」

「這只是一連串大事的序幕，緊接著就是你妹妹的婚禮，你也即將當上牧師。」

「沒錯。」

克勞佛小姐笑著說：「我並非有意冒犯，不過我心裡聯想起某些古老的異教英雄，他們在異地歷經長途遠征，總會在平安歸來後向神祇獻祭。」

「在這個情況下，倒是沒有犧牲這種事。」艾德蒙露出鄭重其事的笑容，又朝鋼琴那兒瞥了一眼，「那都是她自己的選擇。」

「噢，沒錯，我很清楚只是開個玩笑。她的選擇和其他年輕女孩並無二致，相信她一定會過得非常幸福。我所謂的另一項犧牲，你自然不會瞭解。」

「我向妳保證，我選擇擔任牧師，和瑪莉亞欣然選擇婚姻的心如出一轍。」

「你的志向與令尊的期許不謀而合，還真是幸運。聽說他已經為你在附近保留一份不錯的牧師職位。」

「所以妳認為我是為此才選擇當牧師？」

芬妮大喊：「我相信他絕不是為了這個原因。」

「芬妮，謝謝妳為我美言，可惜連我自己也無法如此肯定。情況正好相反，或許正是因為已有現成的聖職，我才選擇當牧師。我不認為這樣有何不妥。這並未違反我內心的意願，我也不認為某人從小得知有當牧師的機會，就表示他一定當不了好牧師。家裡始終精心栽培我，父親向來為我顧慮周全，絕不會允許我誤入歧途。毫無疑問，我確實可能如妳所言，因為這現成的好機會而左右我所選擇的職業，但我不認為何錯之有。」

芬妮停頓了半晌，說道：「這就好比海軍上將的兒子選擇擔任海軍，陸軍上將的兒子加入陸軍，所有人都認為理所當然。如果家人就是最好的人選，大家自然會選定子女繼承衣缽，也不會懷疑他們的努力表裡不一。」

「確實如此，親愛的普萊斯小姐，妳的分析很有道理。無論海軍和陸軍，都是極富盛名的職業，工作本身具備一切討喜的條件。人們崇尚英雄主義，軍人在兵荒馬亂的戰場出生入死，還不乏威風凜凜的制服可穿。社會向來賦予陸軍與海軍極高評價，男人從軍是理當的選擇。」

艾德蒙說：「可是妳認為在教會謀得好差事的男人，動機就顯得可疑？看來他必須證明自己的收入毫無著落，才能讓妳感到合情合理。」

「什麼！沒有薪俸可領，卻還執意擔任牧師？不行，那簡直瘋了，是徹頭徹尾的瘋子。」

「倘若不管有無薪俸可領，都沒有人願意擔任牧師，請問教會何以存活？不對，妳肯定不知該如何回答這個問題。不過我必須從妳的論點出發，為神職人員說幾句公道話。妳認為軍隊擁有的一切有利條件，選定牧師為職責的男人都無法享有，他既不會受到英雄主義的崇拜，無法在戰場上一展長才，也沒有體面的外表。儘管如此他還願意做出如此抉擇，豈不更應該認定他是真心誠意、擁有良善的意圖嗎？」

「噢！他自然是真心誠意；既然有現成的薪餉可領，何必為別人做牛做馬呢？他當然也擁有良善的意圖，因為他能鎮日無所事事，只管大吃大喝，讓身材逐日走樣。伯特倫先生，這就是名副其實的懶散。正是因為遊手好閒、好逸惡勞，缺乏令人讚賞的雄心壯志，只想要輕鬆度日，不必想方設法迎合他人，才會讓男人選擇牧師這一行。牧師一無是處，既不修邊幅又自私自利；他們只會看看報紙、觀察天氣變化，終日與妻子爭吵。助理牧師會將一切工作攬在身上，牧師唯一的職責就是別讓自己餓著。」

「我不否認這種牧師確實存在，可是並非多數，不足以讓克勞佛小姐為所有牧師下此論斷。恕我直言，我認為妳這番指責以偏概全又陳腐，肯定不是出於自己的判斷，而是受到某些先入為主的人所影響；妳長期接觸他們的想法，因此耳濡目染。如果妳是憑藉自己的觀察，根本不可能對牧師有所瞭解；妳平常少有機會與牧師接觸，卻對他們極有意見；妳只是轉述在叔父家餐桌上所聽聞的一切罷了。」

「我只是說出我所聽到的普遍觀點；當一個觀點受到普遍認同，通常就是正確的。雖然我自己不常見識到牧師的日常生活，可是有太多人親眼見證，這些資訊自然有一定的可信度。」

「無論什麼領域的知識分子，要是受到如此盲目譴責，消息來源肯定不可盡信，或者（艾德蒙露出微笑）另有原因。妳的叔父與同袍對這一行的觀念，或許僅僅來自於軍隊牧師；那些牧師無論優秀與否，軍人總是對他們避之唯恐不及。」

芬妮輕聲說道：「可憐的威廉！『安特衛普號』的隨軍牧師就對他很親切。」她並非有意加入談話，只是有感而發。

克勞佛小姐說：「我很少讓叔父影響自己的想法，因此恕難認同。既然你緊迫盯人，我也就直說了。我並非全無觀察牧師的機會，畢竟我現在就住在姊夫格蘭特牧師的家裡。他待我親切，也很紳士，我相信他還是位充滿智慧的學者，講道內容精彩且備受尊崇。儘管如此，我依然看出他是個懶散自私之人，耽溺美食與生活，任何東西都要設法送到餐桌上。他從來不懂得為旁人著想，甚至會因為廚子的失誤而對好妻子動怒。老實說，亨利和我今晚之所以來這兒，就是因為受不了他。他不滿意晚餐的鵝肉煮得太生，大發雷霆，我那可憐的姊姊卻得留在家裡受罪。」

「妳不認同這件事很自然。壞脾氣讓他的好吃懶散雪上加霜。妳心腸軟，眼見到姊姊飽受折磨，想必更是難過。芬妮，我們對此無話可說，不能護著格蘭特牧師。」

芬妮說：「沒錯，但是我們依然不能因此磨滅牧師這一行的價值。無論格蘭特牧師的工作為何，他的壞脾氣是不變的事實。假如他是一名陸軍或海軍，部屬人數想必遠多於現在，受苦的人還會比他擔任牧師的時候多呢！此外我不禁猜想，倘若格蘭特牧師選擇更為光鮮亮麗、迎合世俗價值的工作，缺乏閒暇時間，也少了許多義務，他的情況非常有可能比現在更糟糕；他或許會迷失對自我的認知，至少他現在擔任牧師，說什麼也不可能逃避自省的機會。倘若每週都得提醒他人善盡本分，每週日要上兩次教堂和藹可親地布道，想必任何人都會因此有所長進；更何況像格蘭特牧師這樣明智的人，一定能從中獲得許多思考的機會。我相信除了牧師之外，肯定沒有其他工作更能讓他克制自己的脾氣。」

「我們自然也無法證實，他若不當牧師就會是這種結果。不過，普萊斯小姐，我希望妳將來很幸運，不會嫁給得靠著講道才討人喜歡的男人。或許他每週日都能為自己塑造出平易近人的形象，但是，假如他從週一早上到週六晚上都會為了半生不熟的瘦鵝肉[54]大發雷霆，那妳就有得受了。」

艾德蒙溫柔地說：「我想，能夠老是和芬妮拌嘴的男人，恐怕任何講道都幫不上他了。」

芬妮轉頭看向窗外。克勞佛小姐愉快地說：「雖然普萊斯小姐值得讚賞，不過她似乎很不習慣聽到別人稱讚自己呢！」話才說完，伯特倫姊妹就熱情地邀請她一起表演三重唱。克勞佛小姐輕快地走向鋼琴，獨留艾德蒙凝視著她的背影，著迷於她的種種優點；從她那親切有禮的態度到輕盈優雅的步伐，艾德蒙無一不滿心讚嘆。

艾德蒙說道：「我相信她一定是生性溫柔的女孩。她的脾氣可真好，想必不曾帶給任何人麻煩！瞧她走路的姿態多麼優雅，對旁人的邀約也從善如流，不扭捏推委。」他想了一下，又接著說：「偏偏她是在那樣的環境裡成長，多麼可惜呀！」

芬妮表示認同。即使三重唱即將開始，艾德蒙仍繼續站在窗邊陪著自己，也令她十分高興。兩人不約而同將視線移向窗外，眼前是一片靜謐安詳的美景，夜空清朗，星光燦爛，與黝黑樹影相互映照。芬妮不禁有感而發。她說：「多麼動人的夜色！氣氛又是如此寧靜恬適。任何畫作與音樂都無法恰如其分地捕捉這夜深人靜的意境，唯有詩句方可勉強勾勒出來！如此美景，足以撫平所有憂慮，讓心靈隨之雀躍！每當我觀賞這般夜景，總會認為世界上將不再出現任何邪惡或悲傷。倘若人們更懂得欣賞壯麗的自然美景，更願意從中自得其樂，相信兩者都會逐漸銷聲匿跡。」

「芬妮，我真喜歡聽妳抒發內心的感觸。今晚夜色動人，其他人沒能像妳一樣懂得用心感受，真是可惜。他們從小就不曾學習該如何欣賞大自然之美，對他們而言是莫大損失。」

「表哥，你正是教會我用心思索和感受自然美景的人。」

---

54 Green geese，意指尚未養肥的幼鵝。人們通常於秋天收割後，以田裡的殘餘稻株餵養鴨鵝，因此九月底以後才會供應鵝肉。

「因為我有個聰明的學生啊！大角星看起來真是明亮。」

「是呀！還有大熊星。真希望我能看到仙后座。」

「我們得去草地上才找得到。妳會怕嗎？」

「當然不會。我們已經很久沒有欣賞夜空中的星星了。」

「是啊！不知道為什麼，我們竟然這麼久沒看星星了。」耳邊傳來三重唱的歌聲。「芬妮，我們等表演結束再去看吧！」艾德蒙說完便轉身離開窗邊。芬妮非常失望地看著他隨歌聲逐漸走近鋼琴。當歌聲結束，艾德蒙已經站在三名女孩身邊，和其他人一樣熱烈要求她們再高歌一曲。

芬妮嘆了口氣，獨自站在窗邊，直到諾里斯太太大聲斥責她小心感冒，才默默離開。

12

湯瑪斯爵士即將於十一月返家，他的長子也因要事而提早回家了。即將邁入九月之際，獵場看守人收到伯特倫先生的來信，第二封信則寄給艾德蒙[55]。到了八月底，伯特倫先生回家來了，看起來依然如此快活親切、討人喜歡，總能適時獻上殷勤，懂得迎合克勞佛小姐的心意。他對賽馬與韋茅斯[56]侃侃而談，不時聊起當地的舞會與友人。若在六週前，這些話題或許還會讓克勞佛小姐聽得津津有味；然而經過這一段時間的實際比較，如今克勞佛小姐相當確定，自己比較喜歡艾德蒙。

克勞佛小姐感到心煩意亂，對伯特倫先生頗感歉疚，卻已成了不爭的事實。她現在已無意嫁給伯特倫先生，即使知道自己的美貌可能使對方傾心，也不再打算吸引他。伯特倫先生離開曼斯菲爾德這麼久，卻依然玩得如此盡興，一心只顧著自己，顯然一點也不在乎她，遠比不上她對他的心意。即使他現在就能當上曼斯菲爾德莊園的主人，成為新一任湯瑪斯爵士，克勞佛

---

55 九月初通常是打獵季節的序幕。

56 韋茅斯（Weymouth）：與拉姆斯蓋特同為海濱觀光聖地，位於英格蘭南岸。

小姐也對他無感了。

為了這個時節的盛事，伯特倫先生趕回曼斯菲爾德莊園，克勞佛先生則返回諾福克郡。艾弗林罕在九月初格外忙碌，少不了克勞佛先生回家作主，這一去就是兩週。對伯特倫姊妹而言，這段期間肯定會變得格外沉悶，卻也是讓她們有所覺醒的大好機會；茱莉亞甚至應該明白，即使她對嫉妒姊姊，仍不該信任克勞佛先生的甜言蜜語，並希望他再也不要回來。至於克勞佛先生，假如在整整兩週的悠閒時光裡，除了打獵和睡覺之餘，還懂得自我反省，檢討沉溺於遊手好閒、愛慕虛榮的生活有何意義，他就會明白自己不該急著回去。然而，由於他向來養尊處優，叔父又成了最壞的榜樣，因此他變得短視近利，一心只顧眼前玩樂。伯特倫姊妹既漂亮又聰明，還對他投懷送抱，自然讓他沾沾自喜。與曼斯菲爾德相比，諾福克郡的消遣娛樂大為遜色，因此兩週一過，克勞佛先生立刻欣然回到曼斯菲爾德，迫不及待繼續周旋於兩姊妹之間，她們也興高采烈地歡迎他。

克勞佛先生不在的這段期間，只有拉許沃斯先生陪在瑪莉亞身邊。他每天都絮絮叨叨地報告打獵的情況，成天炫耀自己的獵犬；他欣羨鄰居，質疑他們何以擁有打獵的資格[57]，也對非法偷獵者恨得牙癢癢。倘若男方的敘述技巧不夠生動，女方又沒有對他抱持感情，這些話題根本無法打動女士的心，因此瑪莉亞非常想念克勞佛先生。而茱莉亞尚未訂婚，終日無所事事，對克勞佛先生的思念又更盛。姊妹倆都自認獲得克勞佛先生的青睞。格蘭特太太總是如茱莉亞所願，對她諸多暗示；瑪莉亞則是因為克勞佛先生本人對她意在言外。克勞佛先生回來後，一切回到常軌，與他離開前的日子並無二致。他對姊妹倆依然親切、討人喜歡，兩人對他的好感也絲毫未減。他仍知所節制，不敢肆無忌憚地獻殷勤，以免引起眾人注意。

在這群人之中唯有芬妮察覺出不對勁。自從到索瑟頓一遊後，每當她見到克勞佛先生與其中一位表姊在一起，總忍不住詳細觀察，心裡也少不了懷疑或譴責。假如她對自己的判斷力不亞於對其他方面的自信，自認觀察得夠仔細客觀，她很可能會和無話不談的艾德蒙聊起這件事。她是大膽暗示過一次，卻沒有得到認真對待。她說：「克勞佛先生之前在這裡待了整整七週，竟然這麼快就又回來了，真令我驚訝。據我瞭解，他向來不喜歡待在同一個地方，老是居無定所；因此我始終認為，他這次肯定又會為了某些原因到其他地方去。他一定喜歡比曼斯菲爾德更有趣的地方才對呀！」

艾德蒙回答：「他這麼做也好，相信他妹妹一定很高興，她不喜歡哥哥老是亂跑。」

「兩位表姊可真喜歡他！」

「是啊！他對女士們向來周到，肯定能討她們歡心。格蘭特太太認為他對茱莉亞有好感，我雖然看不出什麼蛛絲馬跡，卻也樂觀其成。他若能找到值得交往的對象，就沒什麼毛病可挑剔了。」

芬妮小心翼翼地說：「若非伯特倫小姐有婚約在身，我有時忍不住要懷疑，比起茱莉亞，克勞佛先生反而更喜歡她呢！」

57 在封建時代，只有貴族與領主才能合法打獵。

「芬妮，或許這也證實了他對茱莉亞的感情，只是妳還無法察覺。我認為大多數男人在下定決心之前，往往會先關注心儀女孩身邊的姊妹或摯友。假如克勞佛真喜歡瑪莉亞，以他的聰明，肯定知道不宜久留。而瑪莉亞對他的態度顯然沒有這麼熱絡，我一點也不擔心她。」

芬妮認為自己肯定是誤會了，打算不再多想。然而即使她相信艾德蒙，也不時注意到旁人意味深長的表情或言下之意，發現大家都認為克勞佛先生傾心於茱莉亞，她卻依然無法置信。一天晚上，芬妮無意間聽到諾里斯太太和拉許沃斯太太對此事的看法，不禁感到有些驚訝。其實她一點也不想參與這場對話，畢竟其他年輕人都跳舞去了，只有她心不甘情不願地陪著幾位年長女士坐在壁爐邊，一心渴望再次見到大表哥，因為他是唯一能指望的舞伴。這是芬妮第一次參與舞會，卻不像其他初次參加舞會的女孩那般費心準備、打扮得光鮮亮麗。僕從室裡最近來了一名提琴手，大夥就心血來潮，下午臨時辦了場舞會；由於伯特倫先生最近認識的新朋友正巧來訪，再加上格蘭特太太，才順利湊齊了五對舞伴。儘管如此，芬妮仍相當盡興地跳了四支舞；哪怕只是休息十五分鐘都令她十分難捱。她一面等著上場，一面欣賞其他舞者或看看門口，諾里斯太太與拉許沃斯太太的對話就這麼傳進了耳裡。

諾里斯太太直盯著二度共舞的拉許沃斯先生與瑪莉亞，說道：「夫人，我們又看到這對幸福的小倆口了。」

拉許沃斯太太故作高貴地笑道：「沒錯，夫人。真高興他們又能一起跳舞，剛才兩人被迫分開，實在太可憐了。年輕人既然訂有婚約，就不須按照常規更換舞伴才對[58]。真不懂我兒子怎麼沒提出抗議。」

「我相信他一定說過了，夫人，拉許沃斯先生不會粗心大意，只是親愛的瑪莉亞總是謹守禮節。拉許沃斯太太，她那貨真價實的優雅氣質，如今已少有女孩能與她媲美，她可不想對舞伴挑三揀四。親愛的夫人，您瞧她現在的神情，與前兩支舞多麼不同啊！」

伯特倫小姐看起來確實非常快樂，她的眼神閃爍著愉快的光芒，說起話來興高采烈，因為茱莉亞和舞伴克勞佛先生就在她身邊，一群人聚在一起。芬妮不記得伯特倫小姐之前的神情，因為她自己當時正與艾德蒙跳舞，根本無暇觀察表姊。

諾里斯太太繼續說：「夫人，見到年輕人這麼快樂，看起來如此登對，真是令人高興！親愛的湯瑪斯爵士該有多欣慰啊！夫人，我們何不再湊出另一對佳偶，妳覺得如何？拉許沃斯先生已經樹立很好的典範，這種事最容易順水推舟了。」

拉許沃斯太太緊盯著自己的兒子看，因此不甚理解這番話。

「夫人，就是那一對呀！您沒有觀察到任何蛛絲馬跡嗎？」

「噢！妳是指茱莉亞小姐與克勞佛先生。沒錯，確實如此，簡直門當戶對。他的收入如何？」

「一年四千英鎊。」

58 一般舞會規定，每跳兩支舞就必須更換舞伴。

「非常好。沒辦法掙得更多，就應該滿足於現狀。一年四千英鎊已經頗為可觀了，而且他看起來風度翩翩，似乎是個穩重的年輕人，希望茱莉亞小姐會過得幸福。」

「夫人，一切還沒成定局呢！這只是我們私下聊聊的想法。不過我倒是深信他們會在一起，他的心意最近表露無遺。」

芬妮沒有再聽下去，也不願再多想，因為伯特倫先生又進屋裡來了。假如他願意向芬妮邀舞，那就太榮幸了，她相信表哥一定會這麼做。伯特倫先生走了過來，卻沒有向芬妮邀舞，而是拉把椅子坐在她身邊，告訴她有匹馬生病了，馬伕剛才向他解釋了自己的看法。看來表哥不可能邀請芬妮跳舞，她又生性謙遜，自認不應該抱持期待。伯特倫先生聊完自己的馬，隨手拿起桌上的報紙，目光越過報紙看向芬妮，無精打采地說：「芬妮，假如妳想跳舞，我可以奉陪。」芬妮比平常更有禮貌地婉拒，表示她現在不想跳舞。「真高興聽妳這麼說。」他的語氣變得較為輕鬆，將報紙扔回桌上。「我簡直快累死了，真不懂這些人怎麼可以跳這麼久。他們一定都在談戀愛，才會對這種蠢事樂此不疲。我敢肯定就是這樣。妳只要仔細觀察，就會發現其他人都是情侶，除了葉慈和那一對。偷偷告訴妳，可憐的格蘭特太太想必也和其他人一樣渴望愛情。她嫁給格蘭特牧師，生活一定無聊得發慌。」伯特倫先生一面說，一面朝格蘭特牧師的座位扮了個鬼臉，沒想到對方就坐在旁邊，嚇得他臉色一變，連忙改換話題；即使芬妮心事重重，也忍不住莞爾。「格蘭特牧師，最近美洲的情勢可真不對勁。您有何看法？說到國家大事，我就一定得向您討教。」

他的阿姨隨即高聲喊道：「親愛的湯姆，既然你不跳舞，一定不反對加入我們吧？」她站起來走近湯姆，硬要他答應，繼續悄聲說：「我們要陪拉許沃斯太太打惠斯特牌[59]。你母親也想加入，不過她還在趕針線活，抽不出時間來。現在，你、我和格蘭特牧師剛好有空。雖然我們平常賭半克朗[60]，不過你和格蘭特牧師可以賭半基尼。」

「樂意至極。」伯特倫先生大聲答道，迅速跳起身來。「我一定會玩得很盡興。不過我現在要去跳舞了。來吧，芬妮。」他牽起芬妮的手。「別浪費時間，舞會快結束了。」

芬妮欣然應允，只是心裡不怎麼感激，一時不知道表哥與阿姨之間誰比較任性。伯特倫先生自己倒是很清楚。

「她還真有禮貌！」他們一走遠，伯特倫先生隨即憤慨地大喊：「竟然想拉我陪她和格蘭特牧師打牌，那我接下來兩小時就別想脫身啦！她和牧師老是吵個不停，那個好管閒事的老女人對惠斯特牌根本一竅不通。真希望親愛的阿姨可以少費一點心思！她的問法真糟糕，就在他們眼前，連聲招呼也沒打，我根本無從拒絕。我最討厭這種事了。表面上好像給我選擇，其實不管什麼事都想逼我照做！幸好我想到和妳一起跳舞，不然可就逃不掉了。真是太糟糕了。一旦親愛的阿姨起心動念，就沒有什麼事能阻止她。」

---

59 惠斯特牌（Whist）：玩法類似橋牌，由四名玩家分成兩隊競爭，以三局定勝負。

60 Half-crown，英國貨幣，等同八分之一英鎊，亦即二先令六便士。

13

初識不久的約翰・葉慈先生衣著講究、出手闊綽，是勛爵的次子，擁有可觀的財產；除此之外，似乎就沒有其他過人之處。倘若湯瑪斯爵士得知這號人物，可能打從心底不希望他與曼斯菲爾德密切來往。伯特倫先生在韋茅斯認識葉慈先生，兩人在當地的圈子共處了十天。假如這樣就稱得上是朋友的話，那麼他們接下來的情誼就更深厚了。伯特倫先生歡迎葉慈先生隨時到曼斯菲爾德玩，葉慈先生也欣然允諾，甚至遠比預期還早成行；因為他離開韋茅斯後，原本打算到另一名友人家裡參加一場大型聚會，活動卻無預警取消，他只好改而造訪曼斯菲爾德。葉慈先生一路上滿心失望，仍惦記著那場演出。他原本要參加的盛事正是一場戲劇表演，他負責演出其中一角，這齣戲再過兩天就要登場。然而主辦家族有位近親突然過世，頓時打亂了演出計畫，演員也被迫解散。康瓦爾郡的雷文蕭勛爵原計畫於埃克勒斯弗的自家劇院演出，眼看能在報導中獲得如潮佳評，至少聲名大噪整整一年[61]！即將成真的美夢就差這麼臨門一腳，在一夕間化為泡影，自然備受打擊。葉慈先生始終把埃克勒斯弗和演出一事掛在嘴上，舉凡細節安排、服裝、排演與演員之間的玩笑，滿口不離這些話題，對過往大肆吹噓似乎是他唯一的慰藉。

令葉慈先生喜出望外的是，戲劇向來深受歡迎，年輕人更是對表演興致勃勃，即使他一再老調重彈，眾人也百聽不厭。從初次選角至謝幕詞都精彩絕倫，聽得眾人躍躍欲試，迫不及待想獲得粉墨登場的機會。葉慈先生原本要參演的戲碼是《海誓山盟》[62]，飾演的角色則為卡索伯爵。葉慈先生說：「只是個微不足道的小角色。我也不怎麼喜歡這個人物，以後絕不可能再接演。不過，我當時決定不要讓場面太難看。在我抵達埃克勒斯弗之前，雷文蕭勛爵和公爵已經挑走唯二值得一演的角色。儘管雷文蕭勛爵提議將他的角色讓給我，我自然不可能接受。話說回來，雷文蕭勛爵根本毫無自知之明，我真是替他難過。他哪能勝任男爵那個角色呀！他只是個中氣不足的矮小男人，往往演出短短十分鐘後，嗓子就開始啞了。由他獨挑大梁只會毀了整齣戲，可是我決定不要為難大家。亨利爵士認為公爵不足以詮釋弗雷德里克這個角色，但那只是因為他自己覬覦它罷了。不過，這兩個角色最後還是由最適合的演員擔綱。我很訝異亨利爵士的演技如此彆腳，幸好他不是這齣戲的主角。我們的阿嘉莎倒是演得無可挑剔，許多人也認為公爵的詮釋相當精彩。總而言之，要是這部戲得以正式演出，肯定能完美落幕。」

「多令人同情呀！」聽眾紛紛親切地表達同情，感慨不絕於耳。

---

61 當時業餘戲劇演出蔚為風潮，幾乎家家戶戶都會自組劇團表演，也會吸引大批觀眾。

62 海誓山盟（*Lovers' Vows*）：英國劇作家伊麗莎白．英奇巴爾德（Elizabeth Inchbald）改編自德國劇作家奧古斯特．馮．科策布（August von Kotzebue）的作品《私生子》（*Das Kind der Liebe*）。

「這其實不值得抱怨，只是那位貴婦人過世的時機真是太不湊巧了。我們不禁希望，若這噩耗能晚三天才傳來該有多好。就差這短短三天。只不過是外婆，又遠在兩百英里之外，我想延後三天應該無傷大雅。我知道確實有人如此提議，然而雷文蕭勛爵大概是全英國最一板一眼的人，根本聽不進去。」

伯特倫先生說：「喜劇演不成，倒是上演了一齣餘興短劇[63]。《海誓山盟》就此落幕，改由雷文蕭勛爵夫婦親自出演《我的外婆》[64]。好吧！遺產肯定會令他深感欣慰，不過這我們私下講講就行，他可能擔心自己的肺活量不夠，無法好好詮釋男爵這個角色而丟了面子，決定欣然退出表演。葉慈，為了彌補你的遺憾，我想我們應該在曼斯菲爾德莊園組一個小劇團，並由你來主導。」

雖然這只是一時心血來潮的提案，卻沒有就此消散。眾人頓時喚醒對演戲的躍躍欲試，而湯姆的興致更高於其他人。如今他成了一家之主，向來擁有許多閒暇逸致嘗試任何新鮮事，又具備不錯的戲劇天分和幽默特質，自然更適合粉墨登場。眾人紛紛附和這個想法。伯特倫姊妹不約而同地表示：「噢！如果能在埃克勒斯弗劇院的布景裡演出，該有多好！」對愛好玩樂的亨利．克勞佛而言，這是他尚未嘗試過的消遣娛樂，也興致盎然。克勞佛先生說：「我相信無論現在有什麼角色，我都會毫不考慮地一口答應；不管是賽洛克、理查三世，或是鬧劇裡穿著緋紅色大衣、戴著雞尾帽高歌的男主角，我照單全收。我覺得自己可以勝任所有角色，任何英語的悲劇或喜劇都難不倒我；我既能威風凜凜地侃侃而談，也能時而垂頭喪氣，時而活蹦亂跳——讓我們找些樂子吧！哪怕只演出半齣戲也好，甚至一幕或一場戲，何難之有？相信我們的外表也還夠格演出吧？」他轉向伯特倫姊妹：「至於場地問題，劇場又有什麼大不了？我們不過想自娛罷了，隨便在屋裡找個房間即可。」

湯姆．伯特倫說：「舞臺上得有個主幕。找幾碼長的綠色絨布製作帷幕，應該就行了。」

葉慈先生嚷道：「噢，那樣肯定可以。加上一、兩道側幕、做幾扇假門，再畫三、四道布景。小規模的演出一切從簡，如此便足矣。我們只是自娛罷了，無須大費周章。」

瑪莉亞說：「我相信還能再簡潔一些。我們如果花時間準備這些，又會碰上其他難題。我們最好採納克勞佛先生的意見，戲演好最重要，打造劇場就無所謂了。許多精采絕倫的好戲，可不是靠著布景取勝。」

「不對，」艾德蒙才剛聚精會神地聽著眾人討論，「我們既然要做，就該全力以赴。如果我們打算演戲，就應該在有完整包廂和正廳的劇院裡演出，並且從頭演到尾。一如正統的德國戲劇，無論哪一齣都會有精彩的串場戲碼和餘興喜劇，每一幕之間也會穿插輕快的歌舞表演。

---

63 餘興短劇（afterpiece）：多為一、兩幕的喜劇或歌舞劇，常安排於長達五幕的戲劇之後上演，做為節目的尾聲。

64 我的外婆（*My Grandmother*）：英國劇作家普林斯．霍爾（Prince Hoare）所寫的兩幕音樂劇，於一七九三年首演。

我們如果無法超越埃克勒斯弗的水準，還不如什麼都別做。」

茱莉亞說：「艾德蒙，就別和大家唱反調了。沒有人比你更熱愛戲劇。為了看戲，再遠的路你也不吝惜。」

「沒錯，那是為了看道地的演出、貨真價實的戲劇表演。不過倘若演員對戲劇一竅不通，即使就在隔壁房間上演，我恐怕也懶得走去看這種蹩腳的戲碼。在座的各位飽讀詩書、舉止端莊，根本放不開身段，無法勝任演戲這種事。」

然而，過沒多久，眾人依然繼續討論這個話題，氣氛相當熱烈，對演出的興致甚至益發濃厚，也逐漸瞭解彼此的喜好。不過他們依然遲遲無法得出結論，因為湯姆．伯特倫偏愛喜劇，兩名妹妹與亨利．克勞佛卻傾向悲劇，實在很難找出同時符合所有人喜好的劇本。眾人打定主意演戲令艾德蒙相當不安，希望有機會加以阻止。然而他同樣在餐桌上聽到整場討論的母親，卻未顯出任何反對之意。

當晚，艾德蒙總算找到機會說服眾人打消念頭。瑪莉亞、茱莉亞、亨利．克勞佛與葉慈先生都待在撞球室，湯姆留下他們回到客廳時，艾德蒙正站在爐火邊沉思。伯特倫夫人坐在不遠處的沙發上，芬妮則在她身旁埋首於針線活。湯姆一進客廳，隨即說道：「家裡的撞球檯簡直糟透了，根本上不了檯面。我再也受不了了，我發誓再也不碰它。不過我剛才確定了一件好事：撞球室正適合拿來當劇場，無論形狀或長度都十分剛好。幾扇門位於較遠的一端，相互連通，只要移動父親書房裡的書櫃，不出五分鐘就能布置完成。假如我們真想演戲，一切正符合我們的心意。父親的書房位於撞球室旁，非常適合當成演員上臺前的休息室，彷彿當初就是專門為此所建呢！」

「湯姆，你該不會是認真想演戲吧？」湯姆走近壁爐時，艾德蒙低聲問道。

「認真想演戲？那是當然啦！你為什麼要這麼驚訝？」

「我覺得根本不該這麼做。整體而言，私人戲劇多少會招來反對聲浪，以家裡的情況，我認為此舉相當不智，甚至更糟糕。父親不在家，旅途始終有一定的危險；倘若我們大張旗鼓地演戲，看起來似乎一點也沒想到父親。尤其瑪莉亞結婚在即，時機敏感，這麼做極為不妥。我們應該全盤考量，再謹慎行事才好。」

「你未免太小題大做了！說得好似在父親返家之前，我們每週都會演出三次，邀請全國民眾前來觀賞。這場演出並非如此勞師動眾的盛事，我們別無他意，純粹想找點樂子自娛罷了。就只是換換場景，讓我們嘗嘗不曾接觸過的演戲滋味。我們既不需要觀眾，也不打算成名。我相信我們一定能挑出最完美的劇本。除了將平日閒聊改成傑出作家筆下的優美臺詞，還能帶來什麼傷害或危險呢？我根本一點也不擔心，更沒什麼好顧忌的。至於父親不在家的事，不但構不成反對理由，我反倒認為更該這麼做。母親正引頸企盼父親返家，假如我們能透過演出、稍微緩解她內心的焦慮，讓她接下來幾週都保持愉快心情，那麼，不僅我們自己高興，相信父親一定也會感到欣慰。她這一陣子可真是憂心得不得了。」

湯姆說話的同時，兄弟倆都看向母親。伯特倫夫人正舒舒服服地坐在沙發一角，看起來氣色相當好，一派閒適安詳地打著盹，芬妮則在幫阿姨完成費工的針線活。

艾德蒙露出微笑，搖了搖頭。

「哎呀！這樣可不成。」湯姆重重坐進椅子，放聲大笑。「親愛的母親，我竟然說您非常憂心，看來我徹底誤會啦！」

他的母親以半睡半醒的含糊語氣說：「怎麼了？我可沒睡著。」

「噢，當然了，親愛的母親，我們沒說您睡著了。好吧！艾德蒙，」伯特倫夫人又打起盹來，湯姆隨即回到方才的話題，「我還是堅持演出。這又不是什麼傷天害理的事。」

「我不同意。我相信父親一定會反對。」

「我倒是認為父親一定會贊同。沒人比父親更熱中鼓勵年輕人展露才華；演戲、演講、朗誦，諸如此類的活動，向來都是他欣賞的。我記得，從我們小時候起，他就鼓勵我們發展這些嗜好了。還記得我們在這間客廳裡，有多少次為了逗他開心，一再哀悼凱撒大帝之死[65]、朗誦『生存還是毀滅』[66]的臺詞？我還記得某年聖誕假期，每晚都要演上一回『我的名字是諾維』[67]。」

「這根本是兩碼事，你一定也很清楚。父親希望當時還在讀書的兒子口齒清晰，但是，他絕不希望長大成人的女兒跑去演戲。他向來非常嚴格要求規矩。」

湯姆不悅地說：「我全明白。我對父親的瞭解並不亞於你，我當然也會多加留意，不讓他的女兒給他帶來麻煩。管好你自己的本分，艾德蒙，家裡其他的大小事我自會打點妥當。」

艾德蒙不屈不撓地回答：「假如你執意要演戲，我希望你不要張揚，也最好別把撞球室當成劇場。父親不在的期間，任意更動家裡的擺設，怎樣也說不過去。」

湯姆語氣堅決地說：「關於這點，我可以拍胸脯向你保證，他的宅邸絕對毫髮無傷。我和你一樣，一定會小心翼翼對待家裡的一磚一瓦。我方才提到的更動，像是搬動書櫃、打開房門，甚或一週不在撞球室裡打球，倘若他連這些事都會反對，那麼早在他離家之前，我們常待在客廳、較少待在早餐室裡，或是妹妹的鋼琴搬到屋裡的哪一角落，他早就斤斤計較了。你的說法根本站不住腳！」

「即使這些更動稱不上犯錯，花錢也說不過去。」

「沒錯，這項計畫所費不貲，或許會花掉整整二十英鎊。我們自然得添購布置劇場的道具，不過一切從簡：一道綠色帷幕，再加上幾道木工，一切大功告成。那幾道木工，靠家裡的克里斯多福・傑克森就能打發，哪還需要什麼花費？既然傑克森是家裡聘僱的傭人，父親自然沒有理由反對。你可別以為整間屋子就只有你看得夠清楚、考慮得最周全。如果你不想演戲，

65 意指莎士比亞《凱撒大帝》（*Julius Caesar*）一劇中，馬克・安東尼在凱撒死後所發表的演說。

66「To be, or not to be」，哈姆雷特最著名的獨白。

67 意指蘇格蘭作家約翰・休姆（John Home）所作《道格拉斯》（*Douglas: A Tragedy*）一劇中，主角所發表的演說。

大可退出，但是別想指揮別人。」

艾德蒙說：「沒錯。我絕對不會參與演出。」

艾德蒙說話的同時，湯姆隨即走出客廳。艾德蒙獨自坐在爐邊撥弄著柴火，心煩意亂地陷入沉思。

芬妮在旁聽到整段對話，對艾德蒙的所有想法感同身受，急著想安慰他，便鼓起勇氣說道：「或許他們挑不到適合的劇本。大表哥和兩位表姊的想法似乎截然相反。」

「這點我倒是不抱希望，芬妮。倘若他們執意要演，就一定能找到方法。我應該和兩個妹妹談談，勸阻她們。我也只能這麼做了。」

「我想，諾里斯阿姨或許會和你有相同看法。」

「我相信她也有同感。可是她對湯姆和兩個妹妹毫無影響力，根本幫不上忙。倘若我自己無法說服他們，也只能任由他們去，並不打算找諾里斯阿姨來支持。家庭不睦向來是萬惡之首，我們說什麼也不能引起爭執。」

翌日早晨，艾德蒙有機會與兩名妹妹談話，姊妹倆卻和湯姆如出一轍，對二哥的建議不耐煩，也對他的顧慮無動於衷，打定主意要體驗演戲的樂趣。母親對這項計畫並無異議，父親又不在家，因此三兄妹也不擔心他會出言反對。早有許多地位崇高的家族和大家閨秀演過戲，根本無傷大雅；更何況只有自家兄妹與幾名好友參與演出，對外人保密，假如這樣還要挑剔，未免過於謹慎、不可理喻。茱莉亞確實認為，以瑪莉亞的狀況看來，或許需要格外謹慎行事；不過她自己尚未訂婚，可就不適用這套標準了。瑪莉亞則認為，婚約反而更讓她有恃無恐；她不必再像茱莉亞一樣，凡事都得先與父母商量。艾德蒙的心裡幾乎不抱希望，卻依然不願放棄說服她們。此時，亨利．克勞佛剛從牧師公館過來，一踏進客廳便喊道：「伯特倫小姐，我們的劇團不缺人手了，連僕役的演員也不用愁啦！我妹妹同樣興致高昂，渴望參與演出，也很樂意接手任何妳們不願意出演的角色，像是年紀一大把的褓姆或是個性溫婉的女伴。」

瑪莉亞瞥了艾德蒙一眼，透過眼神表達：「你現在怎麼說？假如連瑪莉．克勞佛也贊同，我們又有什麼不對？」艾德蒙默不作聲，不得不承認，即使再精明的人，也可能陶醉於演戲的魅力。基於愛慕，這番傳話頓時讓艾德蒙的全副心思都轉向了友善又熱心的克勞佛小姐，沒有餘力思考其他事情了。

演出計畫持續進行。艾德蒙反對無效，諾里斯太太甚至也沒有異議。諾里斯太太向來對年紀最大的外甥與外甥女言聽計從，兩人不出五分鐘就輕易說服了她。這場演出開銷不大，諾里斯太太自己更是一毛錢也不用出。她甚至早已預想到，在眾人為這場重要盛事忙得不可開交之際，少不了她幫忙張羅；她可以藉機搬到曼斯菲爾德莊園，不必像過往每個月都得自掏腰包過生活，還能受到無微不至的照顧。這項計畫其實讓諾里斯太太樂不可支呢！

14

出乎艾德蒙的意料，芬妮的猜測與事實相去不遠，符合所有人喜好的劇本果然遲遲無法選定。木匠依照吩咐丈量好尺寸，並提出建議，解決了至少兩項麻煩的工程，卻也讓眾人不得不擴大計畫，開銷因此增加。木匠動工了，劇本仍毫無著落。其他工程亦開始陸續進行，北安普頓送來一大捆綠色絨布，諾里斯太太負責裁剪（由於她控制得宜，省下足足四分之三碼布料），再由女傭縫製成帷幕，劇本則依然沒有下文。就這麼過了兩、三天，艾德蒙心裡忍不住浮現希望，期待他們根本挑不出合適的劇本。

挑選劇本必須考量太多因素，既要顧及眾人喜好，還得提供許多優秀的角色供所有人挑選；最重要的是，這齣戲必須既是悲劇又是喜劇。一群人年輕氣盛，向來憑藉一股熱情堅持己見，似乎很難順利達成共識。

伯特倫姊妹、亨利．克勞佛與葉慈先生都偏好悲劇。不過，湯姆．伯特倫並非喜劇的唯一支持者；儘管瑪莉．克勞佛出於禮貌而不表態，顯然也與他抱持相同看法。然而湯姆心意已決，又算一家之主，似乎也不需要克勞佛小姐的聲援。雖然眾人意見分歧，卻也一致同意選定角色不多的劇本，每個角色都必須是重要人物，還要有三名女主角。他們看遍所有最傑出的劇本，依然一無所獲。就連在悲劇派眼裡，也認為《哈姆雷特》、《馬克白》、《奧賽羅》[68]、《道格拉斯》和《賭徒》[69]不符標準；至於《情敵》、《造謠學校》[70]、《命運的轉輪》[71]和《法定繼承人》[72]等喜劇，更是大受反對。無論挑哪一齣戲，總有人吹毛求疵，兩派人馬你一言我一語，反對聲浪此起彼落。「噢，不！絕對不能挑這部劇本！我們可不想演呼天搶地的悲劇！」「出場人物太多了，這齣戲的所有女性角色都差強人意。親愛的湯姆，什麼都好，就是別挑這部，哪來這麼多演員擔綱所有角色啊！沒有人想演這個。」「這齣戲從頭到尾都在插科打諢，要是沒有這些低俗的角色，這部劇本倒還不錯。」「真要我說的話，我覺得這是最乏味的英語劇。我並非有意唱反調，任何角色我都欣然演出；可是我認為這部劇本是最差勁的選擇。」

芬妮在一旁觀看，聽著每個人的意見，察覺所有人或多或少都流露出自私的一面，忍不住好奇這件事最終會如何落幕。在芬妮看來，她倒是希望戲劇能順利演出，因為她這輩子還不曾看過戲。不過，若以更高的標準看待演戲一事，她同樣抱持反對立場。

68《哈姆雷特》、《馬克白》、《奧賽羅》皆為莎士比亞的悲劇作品。

69《賭徒》（*The Gamester*）：英國劇作家愛德華・摩爾（Edward Moore）的悲劇作品。

70《情敵》（*The Rivals*）與《造謠學校》（*The School for Scandal*）皆為愛爾蘭劇作家謝立丹（Richard Brinsley Butler Sheridan）的喜劇作品。

71《命運的轉輪》（*Wheel of Fortune*）：英國劇作家李察・坎伯蘭（Richard Cumberland）的喜劇作品。

72《法定繼承人》（*Heir at Law*）：英國劇作家喬治・柯曼（George Colman the Younge,）的喜劇作品。

湯姆．伯特倫最後說：「這樣根本行不通。我們只是在浪費時間，無論如何，有些事情必須妥協，才能真正選定劇本。我們不該如此吹毛求疵。犯不著擔心角色過多，大不了一人分飾兩角。我們得稍微降低標準。即使只是個不起眼的小角色，詮釋得出色，不也更能彰顯演技嗎？從現在開始，我不再為難你們了。無論你們為我決定任何角色，我照單全收，只是得選喜劇。我們來挑一部喜劇吧！這是我唯一的條件。」

湯姆五度提議《法定繼承人》，只是遲遲無法決定自己應該出演杜伯利勛爵或潘葛羅斯博士。他費盡唇舌想說服其他人，還有幾個不錯的角色也帶有悲劇色彩，可惜仍是白費功夫。湯姆遊說未果，眾人沉默了半晌，最後仍是由他率先開口。他從桌上的眾多劇本挑出一本翻了翻，忽然大喊：「《海誓山盟》！既然雷文蕭一家可以演出《海誓山盟》，為什麼我們不行呢？我們之前怎麼都沒有想到？這齣戲就這麼閃過我的腦海，簡直再合適不過了。你們覺得如何？戲裡有兩個為葉慈與克勞佛量身打造的悲劇人物[73]。假如沒有人自願，喋喋不休的管家則再適合我不過。他只是個無足輕重的小角色，但是我並不排斥；一如我先前所言，我對所有人物來者不拒，都會盡力演出。剩餘角色可以由任何人勝任，然後就只剩卡索伯爵和安哈特了。」

所有人都欣然接受這項建議。劇本遲遲未決令眾人感到筋疲力盡，當下一致認為，這部劇本遠比先前的建議更加合適。葉慈先生特別高興，他始終渴望在埃克勒斯弗扮演男爵，演出不成令他大為惋惜；每當雷文蕭勛爵大聲朗誦該角色的臺詞時，總讓他滿心怨懟，只能回到房裡大聲複誦相同的臺詞過過乾癮。葉慈先生對演戲最大的野心，就是透過詮釋瓦登罕男爵，將演技發揮得淋漓盡致；由於他已經熟記大半臺詞，已極具優勢，因此相當樂於開口爭取這個角色。不過，葉慈先生也並非只適合這名人物；他記得弗雷德里克也有許多慷慨激昂的橋段，因此同樣非常樂意詮釋這個角色。

亨利．克勞佛認為兩個角色都很適合自己演出，無論葉慈先生選哪一個，他都欣然接受另一個；兩人客氣地推讓了一番。伯特倫小姐對劇中的阿嘉莎一角甚感興趣，[74]於是對葉慈先生表示，選角應該考量演員的身高與體態；既然葉慈先生的身材最為高大，似乎最適合出演男爵。眾人紛紛贊同伯特倫小姐的想法，葉慈先生與克勞佛先生各自接下合適的角色，她總算順利讓心上人扮演弗雷德里克。如今三位男士飾演的角色皆定案，唯獨拉許沃斯先生尚無著落；不過，無論瑪莉亞要求他扮演誰，他都會欣然接受。茱莉亞和姊姊一樣有意出演阿嘉莎一角，於是刻意掛念起克勞佛小姐的想法。

茱莉亞說：「角色分配對不在場的人並不公平。女性人物太少了。假如由瑪莉亞和我扮演

---

73 即瓦登罕男爵（Baron Wildenheim）與弗雷德里克（Frederick）。瓦登罕男爵是個放蕩不羈的紈褲子弟，始終為年少輕狂時犯下的錯誤深感自責；弗雷德里克則是一名窮困的士兵，之後發現自己竟是男爵的私生子。

74 阿嘉莎（Agatha）多年前與男爵相戀，是弗雷德里克的母親。母子重逢時有許多舉止親密的對手戲，因此瑪莉亞亟欲爭取此一角色，並讓克勞佛先生飾演弗雷德里克一角。

愛蜜麗雅[75]與阿嘉莎，就沒有適合你妹妹的角色了，克勞佛先生。」

克勞佛先生表示這不打緊，他非常肯定妹妹無意參與演出，只希望能略盡棉薄之力，更不希望眾人為她有所顧忌。不過湯姆．伯特倫隨即出言反對；他認為，倘若克勞佛小姐願意的話，她正是出演愛蜜麗雅的不二人選。

他說：「克勞佛小姐理當飾演愛蜜麗雅，阿嘉莎則由我其中一名妹妹扮演，這樣再合適不過。雙方都沒有損失，因為愛蜜麗雅極具喜劇效果。」

眾人隨即沉默了半晌。伯特倫姊妹看上去十分焦慮，兩人都亟欲爭取扮演阿嘉莎的機會，希望其他人能勸說自己接下這個角色。此時亨利．克勞佛拿起劇本，看似漫不經心地翻開第一幕，隨即敲定了選角一事。

他說：「我必須拜託茱莉亞．伯特倫小姐放棄出演阿嘉莎一角，否則我一定會笑場，根本無法保持冷靜。妳千萬不能扮演這個角色，萬萬不可。（轉向茱莉亞）我無法看著妳驚恐憂傷的模樣，一定會情不自禁想起我們平時嬉鬧的歡笑時光。這麼一來，弗雷德里克就得揹著行囊黯然下臺了[76]。」

儘管他以愉快的語氣彬彬有禮地說出這番話，茱莉亞卻讀出了弦外之音，感受截然相反。她見到克勞佛先生瞥了瑪莉亞一眼，頓時感到心碎：這是計畫好的騙局，克勞佛先生根本不在乎她，瑪莉亞才是獲得青睞的那一人。瑪莉亞努力克制喜悅的笑容，顯然也對這番話的言下之意瞭然於心。茱莉亞還來不及平復心情開口說話，偏偏哥哥又在此刻落井下石。「噢！沒錯。

一定得由瑪莉亞扮演阿嘉莎。雖然茱莉亞說過自己偏愛悲劇，我卻不相信她能勝任。她一點也不適合悲劇，壓根兒沒有憂傷的氣質。她的五官不帶悲劇色彩，無論走路或說話都太快，也很難克制表情。她最好扮演老農婦的角色，也就是佃農的妻子。沒錯，茱莉亞，妳很適合出演佃農的妻子。這角色很不錯，好心的老太太可以襯托她那位熱心過頭的丈夫。妳就扮演佃農的太太吧！」

葉慈先生大喊：「佃農的妻子！你在說什麼呀？這是最微不足道、最無足輕重的跑龍套角色，庸俗至極，根本沒什麼像樣的臺詞可言。竟然要你妹妹演出這種小角色！這提議簡直是在羞辱她。在埃克勒斯弗，這個角色是由家庭教師扮演；我們一致認為，不該找任何人負責這種毫不起眼的人物。總監先生，行行好，請你公道一點。假如你根本不懂得欣賞同伴的才華，就實在沒有資格擔任這項職務。」

「說到這個，親愛的朋友，在我還沒看到自己與眾人的真正演出之前，我自然只能先行臆測。可是我並非有意輕視茱莉亞。我們總不能有兩位阿嘉莎，也確實需要有人扮演農夫之妻。

75 Amelia，瓦登罕男爵的女兒，喜劇橋段的女主角。

76 克勞佛描述的這一幕戲中，弗雷德里克揹著行囊離開軍隊，正想進旅店投宿，發現門外有一名窮困潦倒的婦人在乞討，隨後發現竟是其母阿嘉莎。亨利一再堅持讓茱莉亞飾演愛蜜麗雅而非阿嘉莎，明顯流露出他對瑪莉亞的偏愛。

我相信，既然我也樂於扮演老管家這個角色，對她而言已算是以身作則。如果這角色無關緊要，她還能演得好，不就證明她的演技大有可觀嗎？假設她真的如此抗拒幽默的喜劇人物，那就別說農婦的臺詞，讓農夫與農婦的臺詞對調吧！農夫的個性一本正經，又是引人同情的角色。如此安排不會影響整齣戲劇，假如農夫要改說他妻子的臺詞，我也很樂意擔綱演出。」

亨利．克勞佛說：「儘管你如此偏愛農婦一角，還是無法將她塑造成適合令妹出演的角色，我們也絕不容許這位好女孩如此委屈。我們不能硬要她接受，只因為她很好商量。她反倒更適合扮演愛蜜麗雅，這角色比阿嘉莎要難駕馭。我認為愛蜜麗雅是全劇最難演出的角色。演員必須擁有強大的演技和嚴謹性格，才能將愛蜜麗雅單純淘氣的特質詮釋到位，又不至於顯得浮誇。我看過不少優秀的女演員在此角慘遭滑鐵盧。事實上，幾乎所有專業女演員都很難詮釋單純的特質，因為她們缺乏細膩心思[77]。唯有極富教養的大家閨秀才能詮釋這個角色，那人正是茱莉亞．伯特倫。我希望妳會樂意接演她。」克勞佛先生以真摯急切的眼神看向茱莉亞，不禁令她有些動搖。不過，在茱莉亞猶豫著該如何回答時，她的哥哥又再次打岔，堅持克勞佛小姐更適合這個角色。

「不，不行，茱莉亞不能飾演愛蜜麗雅，她根本不適合，她也不會喜歡，沒辦法成功詮釋。她的身材太高又太壯，愛蜜麗雅應該是個頭嬌小、輕盈纖細又活潑的女孩。這角色正適合克勞佛小姐，她是唯一的人選。她活脫脫就是愛蜜麗雅的形象，我相信她一定會詮釋得相當出色。」

亨利・克勞佛並未搭理他，只是繼續懇求茱莉亞。「妳非答應不可，」他說，「請妳務必演出這個角色。妳研讀過這名人物以後，就會明白她再適合妳不過。或許妳向來偏好悲劇，不過，看起來是喜劇選擇了妳。妳必須帶著一籃食物到監牢裡探望我，妳不介意到獄中看看我吧？我幾乎已經可以想像妳提著籃子前來的模樣。」

克勞佛先生的真誠語氣奏效，茱莉亞開始動搖。但是，他是否純粹只想平復茱莉亞的心情，讓她忘卻先前的冒犯？茱莉亞實在無法相信他。克勞佛先生方才確實將她冷落一旁，或許現在也只是狡猾地將她玩弄於股掌之間。茱莉亞滿腹狐疑地看向姊姊，她的表情就能證明一切；倘若瑪莉亞看起來氣急敗壞，就表示克勞佛先生的心意屬實。然而瑪莉亞看起來泰然自若，一臉心滿意足。茱莉亞相當清楚，假如姊姊覺得吃虧，不可能還表現得如此高興。茱莉亞頓時怒不可遏，以顫抖的語氣對克勞佛先生說：「你似乎一點也不擔心，當我提著一籃食物去探望你時，你會克制不住自己的表情而笑場——或許這早已是預料之中的事。不過，我唯一想扮演的角色，就只有阿嘉莎！」她就此打住。亨利・克勞佛看起來一臉茫然，似乎不知道該說什麼。

湯姆・伯特倫再次開口：「克勞佛小姐必須扮演愛蜜麗雅，她一定能詮釋得非常精彩。」

茱莉亞隨即憤怒地高聲說道：「別擔心我會覬覦這個角色。我不會扮演阿嘉莎，也不會演出其他人物。對我而言，愛蜜麗雅簡直是最令人作嘔的一角，我非常討厭她，只是個唐突無

77 即使瓦登罕男爵將女兒愛蜜麗雅許配給花花公子卡索伯爵，熱情純真的她仍堅持追求真愛。

禮、矯揉造作又惹人反感的女孩。我向來嫌棄喜劇，這部喜劇又是最為糟糕的作品。」她一說完，隨即匆匆離開房間，留下眾人面面相覷，只有芬妮心裡浮現一絲憐憫。她始終靜靜地在一旁觀察，明白茱莉亞是出於嫉妒而心煩意亂，不禁對她十分同情。

茱莉亞離開後，眾人好一陣子默不作聲。不過，她的哥哥很快就言歸正傳，再次談論起《海誓山盟》，急著在葉慈先生的協助下翻閱整部劇本，決定好需要演出的場景。此時，瑪莉亞低聲與亨利．克勞佛談了幾句，接著堅決地開口：「我本來很樂意放棄茱莉亞期待演出的角色。不過，雖然我可能演得很差，我卻相信她的表現會比我更糟。」一如所願，她這番話立刻獲得連聲讚美。

過了一段時間，這場聚會才告一段落。湯姆．伯特倫與葉慈先生一同走進撞球室（如今他們已改稱撞球室為『劇院』）進一步討論；伯特倫小姐則決定親自走到牧師公館，通知克勞佛小姐接演愛蜜麗雅一角。屋裡又只剩下芬妮一人。

一等眾人離開，芬妮隨即拿起留在桌上的劇本，讀起方才聽了許久的內容。她對這齣戲大感好奇，迫不及待地往下讀，只有偶爾停下，驚訝眾人竟會挑定這部劇本。居然有人提議由自家劇團演出這種戲，大家還欣然接受！在芬妮眼裡，阿嘉莎與愛蜜麗雅大相逕庭的戲碼，根本不應該在家裡上演；兩名角色各自的身世與用語，在在不適合由端莊得體的大家閨秀來詮釋[78]。她不禁懷疑，兩名表姊根本對自己熱中的角色一無所知[79]！芬妮相信艾德蒙一定會阻止一切，十分希望伯特倫姊妹能盡快清醒過來。

15

克勞佛小姐欣然答應演出愛蜜麗雅一角。伯特倫小姐剛從牧師公館返家，拉許沃斯先生正好登門拜訪，她也立即告知其負責的角色。拉許沃斯先生可從卡索伯爵與安哈特兩個角色中擇一。起初他有些猶豫不決，希望伯特倫小姐替自己決定；不過，當他瞭解兩名角色各異其趣的性格後，想起自己曾在倫敦欣賞過這齣戲劇，認為安哈特是個愚蠢的傢伙，隨即決定扮演卡索伯爵。伯特倫小姐連聲附和拉許沃斯先生的決定，認為他的臺詞越少越好。拉許沃斯先生希望伯爵與阿嘉莎有同臺演出的機會，伯特倫小姐卻不認為；他慢條斯理地翻閱劇本，企圖找出兩人共同演出的場景時，伯特倫小姐也深感不耐。儘管如此，她依然親切地接過劇本，盡量刪減拉許沃斯先生的臺詞，並提醒他這名角色必須穿著華麗，因此得慎選服裝。拉許沃斯先生非常高興能打扮得光鮮亮麗，只是裝出不屑一顧的模樣。由於他一心惦記自己登臺演出的樣子，根本無暇考慮其他人，因此對箇中情況一無所知，沒有感受到任何不快。這點瑪莉亞早就料想到

---

78 劇中充滿煽情暗示，阿嘉莎與愛蜜麗雅的表現都相當露骨。

79 伯特倫姊妹爭相出演阿嘉莎一角，顯見她們相當清楚劇本內容。

了。

艾德蒙大半天都出門在外，在他得知消息以前，早已大局底定。艾德蒙在晚餐前踏進客廳時，湯姆、瑪莉亞與葉慈先生正熱烈談論著演戲一事，拉許沃斯先生則興高采烈地向他轉達這天大的好消息。

他說：「我們總算敲定劇本了。我們要演出《海誓山盟》，由我扮演卡索伯爵。我初登場的服裝是藍色戲服搭配粉紅色緞面斗篷，之後還會換上另一套華麗的獵裝。我還不確定會不會喜歡這樣的打扮。」

芬妮的視線緊盯著艾德蒙，聽到這話時不禁心跳加速。她看著艾德蒙的神情，完全能體會他當下的心情。

「《海誓山盟》！」艾德蒙僅對拉許沃斯先生回了這句話，語氣十分震驚。接著他轉頭看向哥哥與兩名妹妹，彷彿難以置信他們作出如此決定。

葉慈先生嚷道：「沒錯。在我們歷經艱辛、反覆討論後，終於發現沒有劇本能比《海誓山盟》更符合所有人喜好，劇情又如此精采絕倫。真不敢相信，我們先前竟然完全沒想到這一點！我真是太蠢了，畢竟我已經在埃克勒斯弗排演過這齣戲，一切只要依樣畫葫蘆就好！我們幾乎已經敲定每個角色。」

「可是，你們如何分配女性角色？」艾德蒙一臉嚴肅地問道，一面望著瑪莉亞。

瑪莉亞頓時滿臉通紅，卻仍答道：「我扮演雷文蕭夫人原本要演出的角色（眼神變得較為大膽），克勞佛小姐則飾演愛蜜麗雅。」

艾德蒙回答：「我認為這齣戲並不適合我們。」他的母親、阿姨和芬妮都坐在壁爐前，他轉身走到爐火邊，一臉惱怒地坐了下來。

拉許沃斯先生跟在他身後，繼續說道：「我得出場三次，足足有四十二句臺詞。還挺多的，是吧？不過我不太喜歡打扮得如此華麗。穿上藍色戲服和粉紅色緞面斗篷，大概連我也認不出自己了。」

艾德蒙無法回應他。過了幾分鐘，木匠將伯特倫先生叫出去，想與他討論幾項疑問。葉慈先生陪著伯特倫先生走出房裡，拉許沃斯先生也隨即跟了過去。艾德蒙連忙抓緊機會說：「在葉慈先生面前我不便表達對這齣戲的想法，以免他將那群埃克勒斯弗的朋友對號入座。不過，親愛的瑪莉亞，我現在非得告訴妳，我認為在家裡演出這齣戲相當不妥，希望妳打消這個念頭。假如妳仔細研讀過劇本，我相信妳一定也會有同樣的看法。妳只須將第一幕朗誦給母親或阿姨聽，就能證明。我相信不必非得寫信請父親裁決，妳才會乖乖聽話。」

瑪莉亞高聲說道：「我的想法與你截然不同。我向你保證，我非常清楚這部劇本的內容。我們自然會稍微刪除幾個橋段，如此一來，我看不出有何不妥之處。更何況，也不是只有我一個年輕女孩，認為這齣戲適合在自家上演。」

艾德蒙回答：「真令人難過。在這個情況下，妳是長姊，必須以身作則。假如其他人犯了錯，妳有責任導回正軌，告知她們何謂真正的端莊。就禮儀來說，其他人應當將妳的舉止奉為圭臬。」

從瑪莉亞的表情看來，艾德蒙這番話顯然發揮了功效，因為沒有人比她更喜歡發號施令。瑪莉亞心情大好，回答：「艾德蒙，謝謝你，我知道你是一番好意。可我還是認為你想得太嚴重了，也實在無法當著其他人的面多說什麼。我想，這麼做簡直太失禮了。」

「妳以為我要妳對他們說教？不對，妳的行動才是唯一的發聲機會。妳儘管告訴他們，妳認真研究過那名角色後，認為自己不適合演出；那名角色需要更強大的演技與自信才能駕馭，妳卻心有餘而力不足。妳必須堅定地說出這番話，相信他們就會接受了。明白事理的人一定會瞭解妳的想法。他們最後會放棄演出這齣戲，一切都要歸功於妳。」

伯特倫夫人說：「親愛的，可別扮演不適合妳的角色。湯瑪斯爵士肯定不會喜歡。芬妮，去拉鈴吧！我該吃晚餐了。茱莉亞這時候也該穿好衣服了吧？」

艾德蒙一面阻止芬妮，一面說：「母親，我相信父親肯定不會喜歡這個主意。」

「親愛的，妳聽清楚艾德蒙說的話了嗎？」

瑪莉亞又再次激動起來：「即使我拒絕演出，茱莉亞也一定不會放過這個角色。」

艾德蒙大叫：「什麼！她不是應該清楚妳拒絕的理由嗎？」

「噢！她或許會認為我們姊妹倆的情況不同，畢竟她沒有婚約在身，自認不必像我一樣多所顧慮。我想她一定會如此據理力爭。不，請你原諒我，我無法收回自己的承諾。一切早已談定，倘若我反悔、勢必會讓大家失望，湯姆會大發雷霆。我們要是如此吹毛求疵，根本不可能有任何演戲的機會。」

諾里斯太太說：「我正想這麼說呢！假如每齣戲都要反對，你們根本什麼也不用演了，一切心血和花費全數付諸水流，我相信所有人都不樂見這麼丟臉的情況。我沒有讀過這部劇本，不過一如瑪莉亞所言，假如有稍微不妥的橋段——大多劇本都有這種情況——大不了刪掉就好啦！艾德蒙，我們用不著如此現實。既然拉許沃斯先生也會參與，就沒什麼好擔心的。我只希望木匠開始動工時，湯姆可以多留心一些，那些側門已經讓他們多拿半天工錢了。帷幔倒是做得不錯。那些女傭縫製得很漂亮，我想我們可以再退掉不少鉤環，畢竟沒必要縫得這麼密。我希望自己多少派上用場，減少不必要的浪費，盡量物盡其用。總要有個老練的長輩監督這群年輕人。我忘了告訴湯姆今天發生的事。我原本在養雞場裡忙著，打算離開時，恰巧見到狄克．傑克森手裡抱著兩片松木板往傭人房走去，肯定是要送去給他父親。他母親有時會要兒子捎個口信給丈夫，作父親的就吩咐兒子順道帶上兩片他需要的木板。我可是一清二楚，當時正好是傭人的晚餐時間，頭頂鈴聲大作。我真的非常討厭這種占人便宜的傢伙。我總說傑克森一家就是這種人，老是竭盡所能搜刮手邊的一切。那男孩是個傻呼呼的十歲孩子，他真該替自己感到丟臉。我直接對他說：『狄克，我會幫你把木板送去給你父親，你趕快回家去吧！』那孩子看起來一臉蠢樣，一聲不吭地轉過身去，看來我的語氣大概太嚴厲了。我敢說，這一定能讓他好一陣子不敢再偷拿東西。我對貪婪簡直深惡痛絕。你們的父親明明如此善待他們一家，已經聘僱傑克森整整一年了！」

眾人都懶得搭理她。過沒多久，其他人陸續回來了。艾德蒙沒能成功說服他們，也只能安慰自己至少盡力了。

晚餐的氣氛顯得有些凝重。諾里斯太太再次談起自己成功教訓狄克．傑克森的插曲，其他人卻很少提到戲劇演出和籌備進度。就連湯姆也注意到艾德蒙十分不贊同此事，只是他依然不予理會。瑪莉亞認為，少了亨利．克勞佛在場熱烈聲援，此時最好避開這個話題。葉慈先生試著討茱莉亞歡心，不過每當他惋惜茱莉亞退出劇團，她就一臉鬱鬱寡歡。拉許沃斯先生一心只想著自己演出的角色與服裝，滿口不離這兩個話題。

不過，眾人忍耐不談起演戲一事也只維持了一、兩個鐘頭。還有太多事情需要處理，晚上的悠閒時光也讓眾人再次鼓起勇氣。湯姆、瑪莉亞與葉慈先生齊聚客廳後，隨即圍坐在桌邊攤開劇本，準備專心開會；此時克勞佛兄妹竟上門拜訪，令他們喜出望外。即使夜色已深，風雨使路面滿是泥濘，兄妹倆還是忍不住前來參與討論，也受到熱烈歡迎。

他們彼此寒暄後，你一言我一語地表示：「你們的進度如何啦？談定了哪些事？」「噢！少了你們根本什麼也無法討論。」亨利．克勞佛隨即挨著三人坐在桌前，他的妹妹則走向伯特倫夫人，用愉快的語氣向她連聲道賀。克勞佛小姐說：「恭喜夫人，劇本終於選定了。雖然您始終以極大的耐心包容我們，想必也早已厭煩我們吵吵鬧鬧地爭論不休。如今劇本定案，演員們固然欣喜萬分，而旁觀者肯定更加高興。我由衷向夫人、諾里斯太太以及其他曾飽受困擾的人們致意，誠摯希望您們接下來都能開心度日。」她一面說著，眼光越過芬妮，半是恐懼、半是狡猾地瞥向艾德蒙。

伯特倫夫人彬彬有禮地道謝，艾德蒙卻一語不發。他自然也稱得上是一名旁觀者。克勞佛小姐又花了幾分鐘與圍坐在爐火前的其他人寒暄，接著回到桌前，站在他們身後，彷彿津津有味地聽著他們討論。隨後她彷彿想起某件事，忍不住大喊：「親愛的朋友，我知道你們忙著討論該如何完成小屋和酒館裡裡外外的布景，不過也讓我瞭解一下自己在劇中的任務吧！誰負責扮演安哈特？我有幸與在座哪位紳士一同詮釋情人呢？[80]」

眾人沉默了半晌，接著才異口同聲地說出這個壞消息：他們尚未找到飾演安哈特的人選。「拉許沃斯先生要演卡索伯爵，還沒有人負責出演安哈特。」

拉許沃斯先生說：「我可以從這兩個角色中擇一。我自認比較喜歡卡索伯爵，雖然不怎麼喜歡接下來要穿的華麗戲服。」

「我相信這是非常明智的選擇。」克勞佛小姐眼睛一亮，一面回答：「安哈特的戲份相當吃重。」

拉許沃斯先生又說：「可是伯爵足足有四十二句臺詞。也不算少啊！」

克勞佛小姐停頓了一會兒，接著說：「安哈特的人選從缺，我倒是一點也不意外。這是愛

80 安哈特（Anhalt）在瓦登罕男爵的宅邸擔任牧師，也負責指導沒有母親照料的愛蜜麗雅。愛蜜麗雅釐清自己的心意後，發現她深愛的人正是安哈特。

蜜麗雅的宿命，她是如此強勢的年輕女孩，確實很可能將男人嚇跑。」

湯姆嚷道：「如果可能的話，我非常樂意接演這個角色。可惜的是，管家和安哈特會一同出場。但我可不打算放棄。我會想辦法解決這個問題，得再看一次劇本。」

葉慈先生低聲問道：「你弟弟可以飾演這個角色。你覺得他會願意嗎？」

「我才不要問他。」湯姆堅決而冰冷地回答。

克勞佛小姐聊起別的話題，不久又回到壁爐前。「他們根本不需要我。」克勞佛小姐說，坐了下來。「我只會給他們添麻煩，他們不得不禮貌地回應我。艾德蒙．伯特倫先生，既然你不參與演出，自然能提供最中肯的建議。容我請教你吧！我們該拿安哈特怎麼辦呢？找人分飾兩角的作法是否可行？你有什麼建議？」

艾德蒙冷靜地說道：「我的建議就是，你們換劇本吧！」

克勞佛小姐回答：「這我倒不反對。不過假如角色搭配得宜，我其實不排斥出演愛蜜麗雅。也就是說，倘若一切進行順利，我可不希望自己造成大家的不便。不過，既然坐在那桌的人聽不進你的意見（回頭看了一眼），想必也不可能乖乖換劇本吧！」

艾德蒙不再接話。

過了一會兒，克勞佛小姐露出微笑，說道：「倘若有什麼適合你演出的角色，我想就是安哈特了。你也知道，他可是一位牧師呢！」

艾德蒙答道：「即使如此，我也沒有興趣。我的彆腳演技肯定會讓這個角色淪為笑柄，安哈特恐怕會成為不苟言笑的布道者。更何況，選擇成為牧師的人，或許也最不願意上臺扮演一位牧師。」

克勞佛小姐沉默不語，感到有些又羞又怒，便把椅子挪向茶几，專心與坐在茶几前的諾里斯太太談話。

另一桌的對話聲此起彼落，討論相當熱烈。湯姆・伯特倫從桌旁大喊：「芬妮，我們需要妳幫忙。」

芬妮隨即站起身來，等著他吩咐差事。儘管艾德蒙竭力阻止，他們還是改不掉使喚芬妮的習慣。

「噢！妳不需要離開座位。妳不必現在幫忙，我們只是需要妳在戲裡軋上一角，由妳扮演農夫的太太。」

「我！」芬妮大叫，隨即一臉驚恐地坐了下來。「拜託你們饒了我吧！我沒辦法上臺；我根本不會演戲。」

「沒錯，可妳還是得演，我們不會放過妳的。妳不必害怕，這個角色不重要，只是跑龍套，臺詞不會超過六句，有沒有人聽到妳的臺詞根本無所謂。妳的聲音可以小得和老鼠一樣，不過我們還是需要妳站在臺上。」

拉許沃斯先生嚷道：「如果妳連六句臺詞都嚇成這樣，妳要怎麼演出我的角色呢？我足足要背上四十二句臺詞呢！」

「我並不擔心記臺詞。」芬妮一開口，發現自己竟是當下唯一說話的人，感覺幾乎所有視線都集中在她身上，不禁嚇了一跳。「可是我真的不會演戲。」

「可以，妳辦得到，妳會為了我們好好演出。記好妳的臺詞，其餘我們會慢慢教妳。妳只會出場兩次。由於我扮演農夫，我負責領妳出場、引導妳走位，妳只管配合我就行；我相信妳會做得很好。」

「不，說真的，伯特倫先生，請你放過我吧！你根本不該抱有這種念頭，我完全不會演戲。如果我硬著頭皮答應，只會讓你更失望罷了。」

「夠了，夠了，別再害羞啦！妳一定能做得很好。大家都會包容妳的，我們並不要求完美。妳只要穿上棕色洋裝，繫一條白圍裙，再戴上頭巾；我們會為妳畫上幾條皺紋，在眼角添上幾筆魚尾紋，妳就成了維妙維肖的老農婦啦！」

「請你們放過我，拜託你們饒了我吧！」芬妮高聲說道，顯得相當苦惱，臉變得越來越紅。她沮喪地看著艾德蒙，他報以親切的眼神，卻不願意插手、激怒哥哥，只對她露出鼓勵的微笑。儘管芬妮苦苦哀求，湯姆依然不為所動，只是一再重複方才說過的話。如今不只湯姆，連瑪莉亞、克勞佛先生與葉慈先生也加入遊說的行列；他們同樣迫切希望芬妮答應，只是態度較為溫和有禮，她因而更加招架不住。芬妮還來不及喘口氣，諾里斯太太竟又插上一腳，以眾人都聽得見的音量，生氣地對她耳語：「這根本沒什麼，還得如此勞師動眾。芬妮，我真替妳感到丟臉，為了這種雞毛蒜皮的小事為難表哥與表姊，他們平常對妳這麼好！拜託妳就大方答應演出吧！別再讓我們繼續討論這件事了。」

艾德蒙說：「阿姨，不要逼她。您用這種態度逼迫她一點也不公平。您也看到了，她根本不喜歡演戲。讓她像我們一樣為自己作主吧！我們都該信任她的判斷力。別再逼她了。」

諾里斯太太語氣尖銳地說：「我不打算逼她。我只是認為，假如她不願意順從阿姨和表哥、表姊的心願，她就是個冥頑不靈、不知感激的丫頭，想想她的身分和處境，確實是太不懂得感恩了。」

艾德蒙氣到說不出話來。克勞佛小姐震驚地看了一下諾里斯太太，又望向泫然欲泣的芬妮，連忙機警地說：「我不喜歡這個位子，這地方實在太熱了。」接著將椅子往反方向移開，挨到芬妮身邊，親切地對她低語：「別介意，親愛的普萊斯小姐，今晚不太順心，大家都有些煩躁。不過我們別放在心上。」儘管克勞佛小姐自己也有些情緒低落，她仍盡力陪芬妮說話，試著鼓舞她。克勞佛小姐向哥哥使了個眼色，制止那群人繼續說服芬妮參與演出。艾德蒙對她的好心十分高興，即使他先前對克勞佛小姐有些不滿，如今也迅速重拾原本的好感。

芬妮並不喜歡克勞佛小姐，卻相當感激她當下的親切舉動。克勞佛小姐注意到芬妮手中的針線活，希望自己也能繡得和她一樣出色，便向她索取刺繡的圖樣。克勞佛小姐認為，芬妮現在應該正為踏進社交圈的日子預做準備；等表姊結了婚，就輪到她展開交際生活了。她繼續問起芬妮，擔任海軍的哥哥最近是否有捎來消息，並表示她非常期待能見威廉一面，猜想他是一名英俊的年輕人。她還建議芬妮，在威廉返回軍隊前，不妨為他畫一幅肖像，作為收藏。芬妮不得不承認，這番奉承很得她歡心，也忍不住更加熱情地回應克勞佛小姐。

其他人仍繼續討論演戲一事，克勞佛小姐始終專注地與芬妮談話，直到湯姆．伯特倫十分懊惱地告訴她，他根本不可能在籌備管家一角的同時分飾安哈特。他已經絞盡腦汁，卻依然無計可施，不得不放棄。湯姆接著說：「不過，我們還是可以輕易找到其他人選。只要我們開口，多的是人讓我們精挑細選。我可以從方圓六英里內找出至少六名年輕人，他們都亟欲加入我們的行列，其中一、兩個的出身不亞於我們。我應該信得過奧利佛兄弟或查爾斯．梅達斯這三人。湯姆．奧利佛非常聰明，查爾斯．梅達斯則是典型的紳士。我明天一早就騎馬到史托克去，選定他們其中一人。」

湯姆說話的同時，瑪莉亞焦慮地看向艾德蒙，深怕他會反對湯姆找來外人參與，畢竟這與他們只打算在家自娛的初衷背道而馳。可是艾德蒙始終不發一語。

克勞佛小姐思忖半晌，平靜地答道：「在我看來，你們一致認為可行的想法，我自然沒有理由反對。只是，我認識這幾位男士嗎？對了，查爾斯．梅達斯先生來過我姊姊家用餐一次。亨利，沒錯吧？他是相當文靜的年輕人，我還記得他。如果你願意的話，就讓他來扮演這個角色吧！與其和素昧平生的人對戲，我寧願選擇有過一面之緣的搭檔。」

查爾斯．梅達斯就這麼雀屏中選。湯姆再次表示，明天一早就騎馬過去找他。茱莉亞先前幾乎未曾開口，她先後瞥了瑪莉亞和艾德蒙一眼，接著以挖苦的語氣說：「看來曼斯菲爾德的大戲，要在這一帶造成轟動了。」艾德蒙依然一聲不吭，只是一臉嚴肅。

「我認為我們的演出不怎麼樂觀。」克勞佛小姐思索了一會兒，輕聲對芬妮說：「在我們排練之前，我要先告訴梅達斯先生，我會刪減他的部分臺詞，還會刪掉更多我自己的。這齣戲會變得差強人意，完全不是我所期待的那樣。」

16

即使是克勞佛小姐，也無法說服芬妮忘卻方才發生的一切。當晚就寢時，她滿腦子都想著這件事。湯姆表哥在眾目睽睽之下施壓的衝擊，至今仍讓芬妮心有餘悸；阿姨毫不留情的回應與責備，更令她的心情差到極點。他們以那種態度使喚芬妮已經不是什麼大不了的事，接下來受到的打擊才是晴天霹靂。她簡直無法相信眾人竟然要強迫自己演戲，還指控她頑固又不知感恩，甚至殘酷地暗指她寄人籬下的處境。如今芬妮孤立無援，一想起這些責難就沮喪萬分，尤其擔心明天又會聽到同樣的話題。克勞佛小姐只能保護得了芬妮一時，萬一明天湯姆與瑪莉亞再度兄姊聯手逼迫她，艾德蒙又恰巧不在場，她該怎麼辦？芬妮還來不及想出答案，便沉沉進入夢鄉，隔天早上醒來時，也茫然依舊。自從搬來這裡，白色小閣樓就始終是芬妮的臥室，這個小房間顯然也無法為她解答。因此，芬妮一梳洗完畢，隨即走到另一個較為寬敞的房間，一面踱步一面思考。這陣子以來，這個房間幾乎成了她專屬的。這裡原本是伯特倫姊妹的教室，之後她們不再如此稱呼它，不過仍繼續當成教室使用。家教李小姐曾經住在這裡，三個表姊妹在這個房間一起讀書寫字、聊天笑鬧，直到三年前李小姐離開，如此光景不復存在。這個房間失去它的用途，閒置了好一段時間，只有芬妮還會不時來此照顧盆栽，或是尋找某一本書（她很慶幸藏書仍保留在教室裡），藉此彌補她那狹小臥室的空間不足。不過芬妮越來越喜歡這個房間，便逐漸搬進更多私人物品，也更常待在這裡。由於這麼做並未妨礙任何人，芬妮自然而然將這房間隨意布置成自己的空間，如今大家也認為這房間歸她所有。瑪莉亞．伯特倫年滿十六歲以後，這房間更名為東廂房；一如那間白色的小閣樓，這裡也成了芬妮專屬的房間。伯特倫姊妹擁有自己的寬敞臥室，享盡特權，一切應有盡有；芬妮的臥室如此狹小，多使用一個房間也很合情理，伯特倫姊妹對此毫無異議。諾里斯太太規定，即使芬妮經常出入那個房間，也不能為此在房裡生火，這才勉強允許她繼續使用那間根本沒人用的空房。只不過，諾里斯太太不時提起此事的語氣，彷彿暗指那是屋裡最好的房間，他們實在太寵芬妮了。

這個房間的方位頗佳，芬妮又是個容易滿足的孩子，即使房裡沒有爐火，每年早春或深秋時期，她仍樂於待在這裡消磨大半時光。只要房裡照得到一絲陽光，她就捨不得離開，即使冬日亦然。在芬妮的閒暇時光裡，這個房間總能帶給她莫大慰藉。每當碰到不順心的時刻，她就會上樓來這裡找點事做，或是沉澱思緒，心裡總能很快獲得平靜。芬妮的盆栽、藏書（她從領到第一枚先令時，就開始買書）、寫字桌，以及縫製得十分精巧的針線活，在此一應俱全。如果她偶爾偷懶不想工作，只想找些樂子，房裡每樣物品也能勾起她愉快的回憶。房裡每件物品都是芬妮的朋友，或能讓她想起某個親切的友人。芬妮有時會歷經十分煎熬的時刻：被曲解、被無視，忽略她的意見，讓她受盡頤指氣使、冷嘲熱諷。儘管如此，每當芬妮受了委屈，總有人出面給她安慰：伯特倫阿姨會替她說話，李小姐也曾鼓勵她。更重要的是，親愛的艾德蒙始終陪在她身邊，總是給予支持，為她解惑和擦去眼淚；芬妮感受到表哥對自己的疼愛，有時甚至會感激涕零。如今一切喜怒哀樂交會，在久遠的記憶中顯得格外和諧；即使過去吃盡苦頭，現在似乎也是美好的收穫。芬妮對這個房間的感情十分深厚，即使裡頭的家具簡陋，還被孩子糟蹋得不成樣，她依然視若珍寶，連屋裡最高級的家具也比不上。房裡有幾件較為精緻的裝飾品，一幅褪色的腳凳畫，出自茱莉亞之手；由於畫得差強人意，無法掛在客廳展示，才改掛在這個房間。其中一扇窗戶鑲有三片彩繪玻璃，於技術最為盛行的時期繪製而成；中間那片繪有汀特恩修道院[81]，兩旁分別是義大利的洞窟與坎伯蘭[82]的月色湖景。壁爐架上掛著一系列家族畫像，由於不知道能掛在哪裡，也只能展示在此。畫像旁的牆上釘著一幅小型素描，是威廉四年前從地中海寄來的船艦素描，下緣寫有「H.M.S. Antwerp」（英國皇家軍艦安特威普號），每個字母都寫得像船桅一樣大。

芬妮走進專屬的舒適窩，期望能安撫自己煩亂困惑的心情。或許看一眼艾德蒙的畫像，她就能感受到表哥的指引；讓天竺葵透透氣，也許她的精神就會為之一振。然而，芬妮的心裡恐懼萬分，遠超出自己所能堅強面對的程度；她對自己的下一步毫無頭緒，在房裡來回踱步時，疑慮也益發強烈。他們如此熱切地渴求她幫忙，回絕真是正確的選擇嗎？她對這群家人理應最百依百順，她或許在演出計畫扮演關鍵的角色，還理當斷然拒絕嗎？她的舉動，是否流露出自私、害怕丟臉的一面？艾德蒙認為湯瑪斯爵士的絕不贊同，是否真能構成最為正當的理由，讓她理直氣壯地回絕？芬妮實在太害怕登臺演出，一時無法釐清自己真正猶豫不決的原因。她環顧四周，看到許多表哥和表姊致贈的禮物，自認應該有所回報的想法也就更強烈了。兩扇窗之間的桌上放著許多針線盒與編織盒，都是表哥與表姊不時贈與她的禮物，大多來自湯姆。隨著記憶一一浮現，芬妮意識到自己欠下多麼龐大的人情，不禁越來越茫然。正當芬妮猶豫著該如何是好，門上傳來一聲輕敲；她回過神來，輕聲說了句「請進」，沒想到來者正是平時為她解答疑慮的那個人。芬妮高興地看著推門而入的艾德蒙。

他問道：「芬妮，我可以和妳聊幾分鐘嗎？」

「當然，沒問題。」

「我需要找人商量，讓我聽聽妳的意見吧！」

「我的意見！」芬妮高聲說道，頓時有些退卻，卻又感到受寵若驚。

「沒錯，我想聽聽妳的想法，也需要妳的建議。我實在不知道該如何是好。妳也知道，這項演出計畫簡直每況愈下，他們不但選了糟糕透頂的劇本，現在甚至還打算找不認識的外人一起演戲。他們當初說好只是自娛的餘興演出，如今的進展卻背道而馳。查爾斯．梅達斯這年輕人並不差；不過，假如他因此與我們往來密切，可就需要大力反對了。他們親近過頭，很可能

---

81 Tintern Abbey，位於英國威河（River Wye）河畔的廢棄修道院，當時為「如畫美學」的典型代表，因而成了熱門觀光景點，坎伯蘭（Cumberland）的湖區（Lake District）亦同。

82 位於英格蘭西北部的舊郡，如今已重新劃分為坎布里亞郡（Cumbria）。

不懂得拿捏分寸。我已經忍無可忍，這件事情越演越烈，非阻止不可。妳也有同感嗎？」

「沒錯。可是我們還能怎麼辦？大表哥心意堅定啊！」

「我們只有一個方法，芬妮。我必須親自出演安哈特這個角色。我很清楚，除非這麼做，否則我們無法打消湯姆的念頭。」

芬妮一時無言以對。

艾德蒙接著說：「我也不喜歡這麼做。沒有人喜歡留下出爾反爾的印象。我當初如此強烈反對這項計畫，如今在他們越走越偏的情況下，竟又決定參與演出，看起來簡直荒謬透頂。可是我實在想不到其他更好的作法。芬妮，妳還有更好的建議嗎？」

芬妮遲疑地說：「沒有。我現在還沒有想法，但是——」

「但是什麼？我察覺得出來，妳並不認同我的想法。妳再仔細想想，或許妳不像我一樣，早已明白後果不堪設想；以這種方式和外人越走越近，必然會帶來壞處；他會融入這個家庭、不時登門拜訪，即使只是路過，也能大搖大擺地走進來。妳想想，每排演一次，他就更得寸進尺一點。這簡直太糟糕了！芬妮，試著設身處地、為克勞佛小姐想想吧！和陌生人搭檔演出愛蜜麗亞，會是什麼感受？我們理應尊重她，她顯然也有所顧慮。我聽了不少她昨晚對妳說的話，深知她多麼不願意與陌生人對戲。她決定接演這個角色時，或許沒料到會演變成這種情況，也可能她根本沒有深思熟慮。逼她與陌生人搭檔演出實在太殘忍了，我們根本不該這麼做。我們必須尊重她。芬妮，妳難道沒有同感嗎？妳似乎在猶豫什麼。」

「我替克勞佛小姐感到難過；但是，我更難過你決定參與一開始就反對的演出計畫。你明知姨丈一定不贊同。其他人會因為大獲全勝而沾沾自喜！」

「他們看到我的蹩腳演技後，就不會認為自己大獲全勝了。他們確實贏了，我必須承認。然而，倘若我能藉此阻止他們找更多人參與，減少消息外流的機會，不讓家醜外揚，我的努力就值得了。我現在無權無勢，無計可施，也因為把大家都惹惱了，他們根本聽不進我說的話。可是，假如我能藉由這次妥協讓他們高興一些，還是有機會說服他們維持現有人數，避免劇團的規模越滾越大，這對我而言是相當重要的成果。我希望只能再增加拉許沃斯太太和格蘭特夫婦參與演出，這難道不值得一試嗎？」

「是啊！這點確實很重要。」

「可是，妳依然不認同。妳還能提出其他作法，讓我達到相同的目的嗎？」

「不能，我想不出其他方法。」

「那就支持我吧！芬妮，沒有妳的認同，我無法放手去做。」

「噢，表哥！」

「如果妳不認同我，我也無法信任自己。可是，我實在無法看著湯姆騎著馬到處打轉，四處物色參與演出的人選；只要對方看起來頗具紳士風範，二話不說就把人拉進來。我還以為，妳會更加體諒克勞佛小姐的心。」

「她一定會非常高興，感到如釋重負。」芬妮說，試著表現得更熱情些。

「她昨晚對妳真是太善良了，讓我更想幫她。」

「她確實非常好心，我很高興她不必承受這種苦頭……」

芬妮無法再大方地讚美下去，心裡的感受就此打住。不過，艾德蒙已心滿意足。

艾德蒙說：「吃完早餐，我就去找他們。他們一定很高興。親愛的芬妮，我就不再打擾妳了。妳應該想讀點書吧！沒先和妳談談，我實在無法下定決心。整晚我無論是睡是醒，一心只惦記著這件事。這很糟糕，不過我至少還能降低一些傷害。湯姆一起床，我就會直接去找他談妥一切。吃早餐時，氣氛想必會變得和樂融融，因為我們都要一起參與這場愚蠢的演出。我想妳大概又要到中國旅行去啦！馬戛爾尼勛爵到哪兒啦？（他隨手打開桌上的一本書，又拿起其他幾本）假如妳讀累了這本鉅著，還有克雷布的《寓言集》[83]和《懶漢》[84]讓妳放鬆一下。妳的小小藏書真是令我驚嘆。我一離開，妳就能把這場愚蠢的戲劇表演拋到九霄雲外，舒舒服服地坐在桌前看書了。不過可別待在這裡太久，小心著涼。」

艾德蒙轉身離開。可是芬妮並未打開書本，沉浸於中國的奇聞軼事，心情反而變得更沉重。艾德蒙這番話恐怕是芬妮最難以置信、最無法接受的壞消息，頓時占據她的心。艾德蒙竟然要參與演出！他原本那麼強烈反對，在眾人面前如此理直氣壯！他當時的話語、神情和感受，芬妮全都記憶猶新。這是真的嗎？艾德蒙竟會如此反覆無常！他是否在自欺欺人？他是不是做錯了？天啊！這都是為了克勞佛小姐的緣故！

艾德蒙的一字一句，都能讓芬妮深深感受到克勞佛小姐的影響力，她的心情不禁跌落谷底。她原本對自己的行徑感到心煩意亂，只有在傾聽艾德蒙談話時暫時拋諸腦後；如今這些煩惱不再重要，她的心裡湧上更加強烈的擔憂。一切依然不斷照著計畫進展，她已經不在乎結果了。表哥與表姊或許仍不會放過她，卻不至於死纏爛打，終究不能動搖她。即使最終不得不讓步，也已經無所謂，反正現在就是最悲慘的情況了。

83《寓言集》（*Tales in Verse*）：英國詩人喬治・克雷布（George Crabbe）於一八一二年出版的詩集。

84《懶漢》（*Idler*），英國知名文豪塞繆爾・詹森（Samuel Johnson）的散文集，因大受歡迎而經常再版。

17

這天確實是伯特倫先生與瑪莉亞大獲全勝的日子。他們沒料到竟能說服老在擔心的艾德蒙，因此欣喜若狂。如今再也沒有任何事能阻礙他們的重要計畫，兄妹倆私下相互道賀，慶幸艾德蒙出於嫉妒做出的重大妥協，非常高興一切都進展順利。艾德蒙或許看來仍一臉凝重，表示自己不喜歡整項計畫，對劇本尤其不滿。儘管如此，他們還是贏了：艾德蒙終究決定加入，而且完全是受到私心所驅使。艾德蒙原本堅持崇高的道德標準，如今卻失守了，對兄妹倆而言不啻一大樂事。

然而，艾德蒙在場時，所有人除了嘴角微微上揚，一致表現得不動聲色，並未特別顯出得意的樣子，似乎也很慶幸無須邀請查爾斯．梅達斯加入劇團，彷彿他們一開始只是別無選擇。「我們當然希望演員都是熟悉不過的親朋好友，多了陌生人只會讓大家不自在。」艾德蒙聽了，順勢表示希望觀眾越少越好，眾人也立刻從善如流，任何事都異口同聲地答應，氣氛顯得輕鬆和樂。諾里斯太太提議要為艾德蒙打點服裝，葉慈先生保證會為安哈特與男爵的最後一幕對手戲增加戲份，拉許沃斯先生則負責統計艾德蒙的臺詞數量。

湯姆說：「或許芬妮現在會更樂於加入我們。你應該可以說服她。」

「不行，她決定了，肯定不願意演出。」

「噢，好吧！」湯姆不再接腔，卻讓芬妮再次感到身陷險境。她原本已經沒把這件事放在心上，如今又緊張了起來。

艾德蒙竟然決定親自出演，牧師公館洋溢的喜悅不亞於曼斯菲爾德莊園。克勞佛小姐喜形於色，雀躍地走了進來，不禁讓艾德蒙心想：「看來我確實應該尊重她的感受，真高興我做對了決定。」這一天洋溢著令眾人心滿意足的美好氛圍，卻不表示就此平靜無波。芬妮倒是因此獲得一大好處，在克勞佛小姐不遺餘力的遊說下，好心的格蘭特太太答應接下原本相中芬妮演出的角色。不必演戲的好消息原本令芬妮興高采烈，然而，從艾德蒙口中，她才痛苦地發現，原來她該感謝的竟是克勞佛小姐。他說，好心的克勞佛小姐竭盡所能地幫忙，芬妮應該心懷感激；提到她親切的舉動，他的強烈好感也顯露無遺。芬妮總算逃過一劫，卻沒有因此鬆了一口氣，反而更加心煩意亂。她知道自己並未做錯任何事，但是心裡仍焦慮不已。無論從感情或理智的角度看來，她都無法認同艾德蒙，不能接受他前後不一的轉變；艾德蒙為此而快樂，同樣令她憂心。芬妮感到既嫉妒又苦惱。克勞佛小姐眉飛色舞地出現，在她看來簡直成了羞辱；即使克勞佛小姐友善地向她打招呼，她也很難心平氣和地回應。芬妮身邊的人都高高興興地忙碌著，對接下來的演出充滿信心，每個人的工作皆舉足輕重，他們一心惦記著自己扮演的角色、服裝和最喜歡的場景，也總是齊聚一堂分工合作；他們專注於討論、交換意見，紛紛提出有趣的想法彼此娛樂。唯獨芬妮一人悶悶不樂、無足輕重：她無法參與任何事務，無論待在哪裡都不打緊；她既能置身於眾人的討論，也可以默默躲到東廂房去。沒有人留意她，也漠不關心。芬妮實在不知道還有什麼處境比現在更悲慘。如今格蘭特太太變得備受矚目，眾人紛紛盛讚她的熱心，細心考量她的喜好與閒暇時間；他們總是熱切歡迎格蘭特太太的到來，無微不至地留意她、顧及她的需求，不時對她連聲讚美。起初芬妮有些糊塗，差點因為嫉妒而羨慕起格蘭特太太接演那個角色。不過芬妮再次細想，心情也好轉了；她很清楚，格蘭特太太確實值得敬重，眾人的關注永遠不會落到自己頭上。更何況，即使芬妮獲得最重要的角色，光想到姨丈不可能認同，她也無法自在地參與其中。

芬妮很快就注意到，自己不是在場唯一傷心的人。茱莉亞同樣鬱鬱寡歡，只是她的理由並不值得同情。

雖然亨利．克勞佛確實玩弄了茱莉亞的感情，不過長久以來，茱莉亞始終放任他這麼做，甚至努力想博取克勞佛的青睞；由於對姊姊的嫉妒蒙蔽了她的雙眼，也讓她無法理智地拉自己一把。如今她不得不承認亨利．克勞佛喜歡瑪莉亞，對此怒不可遏，既無法考量瑪莉亞岌岌可危的處境，也無法重拾理性，讓自己的心情平復下來。茱莉亞一聲不吭地坐在一旁，悶悶不樂，什麼都無法讓她高興起來；她對一切無動於衷，有趣的玩笑也無法讓她心情好轉。她只能強顏歡笑地與葉慈先生聊天，對其他人的演技冷嘲熱諷。

亨利．克勞佛激怒茱莉亞之後，過了一、兩天，他便努力恢復往常百般殷勤的態度，不時對茱莉亞連聲讚美，試圖讓她忘卻先前的不愉快。然而亨利．克勞佛並非真正在意此事，碰了幾次軟釘子後，很快就不再自討沒趣；再加上他隨即忙於演出，沒有閒暇與茱莉亞打情罵俏，因此逐漸淡忘這場爭執，甚至認為這是一段幸運的小插曲，能打消格蘭特太太長久以來看好他倆的念頭。格蘭特太太並不樂見茱莉亞被排除在演出之外，默默坐在一旁無人關心。不過這畢竟不關格蘭特太太的事，亨利才是最有資格論斷的當事人，他又以最具感染力的笑容再三保證，他與茱莉亞之間什麼事也沒有，格蘭特太太也只能再次提醒亨利，伯特倫小姐已有婚約在身，懇求他不要投入太多感情，毀了自己的平靜生活。接著，格蘭特太太就開開心心地與所有年輕人一同演戲；她之所以答應演出，正是為了讓她最疼愛的兩名弟妹高興。

格蘭特太太對瑪莉說：「我還真納悶，茱莉亞怎麼會不喜歡亨利呢？」

瑪莉冷冷地回答：「我敢說她一定動了情。我認為姊妹倆都喜歡他。」

「姊妹倆！不，不，那可不成。千萬別灌輸他這種念頭。想想拉許沃斯先生！」

「妳最好叫伯特倫小姐多想想拉許沃斯先生，那才是為她好。我經常想，假如拉許沃斯先生的優渥財產能換個主人，該有多好。不過我對他一點好感也沒有。男人坐擁如此豐厚的家產，就能輕易當上郡代表，什麼工作也不必做。」

「我敢說他很快就會當上國會議員。等湯瑪斯爵士返家，他一定很快就能拿下幾個自治區的票。目前只是還沒有人能幫他一把。」[85]

---

85 十九世紀的政治改革與秘密投票制落實前，權高位重的地主往往能輕易左右地方選舉。

「湯瑪斯爵士一回來，可有許多大事等著他呢！」瑪莉停頓了一會兒，又說：「妳還記得霍金斯・布朗[86]模仿波普[87]的《致菸草》嗎？

神聖的菸草啊！那芬芳的氣息能使
威風凜凜的律師謙卑有禮，道貌岸然的牧師思緒清明。

讓我改編一下，

神聖的爵士啊！那威嚴的神情能使
孩子豐衣足食，拉許沃斯思緒清明。

格蘭特太太，妳覺得如何？一切似乎端看湯瑪斯爵士返家才有定論了。」

「我向妳保證，假如妳親眼見到他本人，就會認為他的威望與地位名符其實。一旦少了他，我們現在不可能過得這麼好。他散發令人肅然起敬的威嚴，身為稱職的一家之主，足以匹配如此豪華的宅邸，並讓眾人恪守本分。與湯瑪斯爵士當家作主的時候相比，伯特倫夫人現在的地位一落千丈，似乎也沒有人管得住諾里斯太太。但是瑪莉，可別以為瑪莉亞・伯特倫對亨利抱有好感。我倒相信茱莉亞並不喜歡亨利，否則她昨晚不會像那樣與葉慈先生打情罵俏。雖然亨利與瑪莉亞是感情很好的朋友，不過，我認為她太喜歡索瑟頓，不可能輕易移情別戀。」

「在正式結婚以前還很難說；倘若亨利有所行動，我認為拉許沃斯先生沒有什麼勝算。」

「假如妳有這種疑慮，我們就得想想辦法了。表演一結束，我們認真找亨利談談，要他釐清自己的心意。倘若他無此想法，即使我們捨不得，也得先把他送走。」

茱莉亞確實正飽受折磨，雖然格蘭特太太沒發現，其他家人也渾然不覺，她確實愛上了亨利，至今依然用情至深；即使說來荒謬，但是她曾經懷抱強烈的希望。她的個性熾烈高傲，如今大失所望，得強忍如此難堪的羞辱，自然令她痛苦難耐。她又氣又惱，也只能透過憤怒尋求慰藉。曾經相處融洽的姊妹，如今成了最大的敵人，姊妹倆的關係變得疏離。茱莉亞不時暗自希望，這對暗通款曲的戀人會走向悲慘的結局；瑪莉亞對她和拉許沃斯先生犯下如此丟臉的行徑，終究會帶來懲罰。伯特倫姊妹性情相近、想法契合，沒有利害衝突時，姊妹倆的感情倒也十分融洽。不過，面對當下這等考驗，兩人既不顧姊妹的情分，連基本的相處之道也拋諸腦後，絲毫不願體恤彼此的心情。瑪莉亞自認勝出一籌，沾沾自喜地追逐己利，壓根兒不顧茱莉亞的感受；而當茱莉亞見到亨利．克勞佛對瑪莉亞大獻殷勤時，則始終深信那會招來嫉妒，最終事跡敗露，引發軒然大波。

86 霍金斯．布朗（Isaac Hawkins Browne, 1705-1760）：英國詩人，以巧妙模仿當代詩人作品的著稱。
87 波普（Alexander Pope, 1688-1744）：十八世紀最偉大的英國詩人。

芬妮將這一切看在眼裡，對茱莉亞格外同情，不過兩人並未展現出一致向外的情誼。茱莉亞絕口不提自己的心情，芬妮也不好過問。兩人各自承受著內心的苦楚，只有芬妮在心裡認為她倆同病相憐。

兩名哥哥與阿姨對茱莉亞的痛苦渾然未覺，也對她難過的原因一無所知，因為他們三人忙得分身乏術，根本無從分心。湯姆全心全意打點演戲事宜，對不相干的事物一律不關心；艾德蒙一心忙於演出和生活中的職責，既要兼顧克勞佛小姐的心情與自己的舉止，又得在愛情與原則之間取得平衡，自然無暇觀察周遭的變化；諾里斯太太則忙著指揮許多小事，設法以有限的預算張羅各式戲服，卻沒有人為此心存感激。她倒是得意洋洋地自認勤儉持家，想盡辦法為出門在外的湯瑪斯爵士多省點錢，反倒忘了顧及他那兩名女兒的行徑與福祉。

18

如今一切步上軌道，舞臺布景、男女演員與戲服皆進展順利。然而，儘管沒有碰到其他阻礙，芬妮卻發現，過沒幾天，眾人的愉快情緒似乎稍有冷卻。原本她還見到大夥一致沉醉在喜悅中，甚至覺得有些過頭，沒想到現在個個開始心懷煩惱，艾德蒙更是其中最心煩意亂的。艾德蒙沒有料到，一名布景畫匠竟遠從倫敦趕來動工，開銷頓時大增；更糟的是，他們的演出消息也因此散播出去。湯姆並未依照弟弟的指示守口如瓶，反而向所有認識的家族廣發邀請函。布景畫匠遲遲沒有完工，湯姆也煩躁起來，對漫長的等待益發不耐。湯姆已經相當熟稔自己要扮演的人物，因為他連不會和管家對戲的所有小角色也照單全收，記熟所有角色的臺詞，迫不及待想趕快登臺演出。進度日復一日延宕，湯姆逐漸認為自己的角色無關緊要，甚至懊惱當初沒有挑選其他劇本。

芬妮始終充滿耐心地聽著眾人討論，通常也是他們身邊唯一的聽眾，因此得知大多數人的怨言與不滿。芬妮很清楚，大家都認為葉慈先生慷慨激昂的演技很糟糕，葉慈先生則對亨利．克勞佛的表現頗有微詞；湯姆．伯特倫的說話速度過快，臺詞聽不清楚；格蘭特太太笑個不停，將氣氛破壞殆盡；艾德蒙的練習進度遠遠落後，拉許沃斯先生的表現更是不忍卒睹，每句臺詞都需要別人提示。芬妮也知道，幾乎沒有人願意與拉許沃斯先生一同排練，他不時向芬妮和其他人抱怨此事。芬妮同樣看得很清楚，瑪莉亞表姊總是刻意避開拉許沃斯先生；她經常與克勞佛先生排練第一幕對手戲，儘管並無必要。芬妮忍不住擔心，拉許沃斯先生很快又要就此向她大發牢騷。目前為止，整個劇團瀰漫著不滿的氣氛，眾人完全無法樂在其中。芬妮發現，大夥老是一味渴求沒有到手的東西，並認為別人的表現差強人意；所有人不是抱怨自己的臺詞過長，就是埋怨出場機會太少。他們總是不準時到場排演，記不清自己該從舞臺的哪一側出場；每個人只會大肆抱怨，對一切毫無頭緒。

芬妮身為旁觀者，對這場演出的興致卻不亞於其他人。她認為亨利．克勞佛的演技精湛；儘管瑪莉亞的某些臺詞總令她覺得不太對勁，她還是非常喜歡偷偷潛入劇場，欣賞第一幕戲的排演。芬妮同樣覺得瑪莉亞的演技優異，甚至精彩過了頭。排練了一、兩次以後，芬妮開始成為唯一的觀眾；她有時負責提示臺詞，有時則純粹觀察演出情況，往往能幫上不少忙。依照芬妮目前的判斷，克勞佛先生無疑是最為出色的演員，他比艾德蒙更有自信、比湯姆更為明斷，演戲天賦與鑑賞力也優於葉慈先生。芬妮並不欣賞克勞佛先生的為人，卻不得不承認他確實是優秀的演員；在這方面，不少人的看法與芬妮相去不遠。不過，葉慈先生認為克勞佛先生的演技平淡無味；最後就連拉許沃斯先生也以陰鬱的眼神看著芬妮說：「妳真覺得他的演出很精彩？說真的，我實在不欣賞這個傢伙。偷偷告訴妳，看到這個身材矮小、長相猥瑣的男人被視為出色的演員，實在太可笑了。」

從那時起，拉許沃斯先生心裡又湧上了嫉妒。不過瑪莉亞與克勞佛之間的感情與日俱增，根本懶得應付未婚夫的疑慮。拉許沃斯先生記熟四十二句臺詞的機會日益渺茫，眾人對他差強人意的表現無計可施，唯獨他的母親例外。事實上，拉許沃斯太太認為兒子的角色不夠有分量，遲遲不願到曼斯菲爾德莊園觀賞排演；直至排練到一定程度，她才來欣賞兒子出場的所有橋段。不過，其他人只期望拉許沃斯先生能記熟關鍵字和第一句臺詞，其餘幕次則靠著提詞撐場。好心的芬妮出於同情，非常努力指導他記熟臺詞，並竭盡所能幫助他，試著增強他的記憶力；芬妮甚至因此記熟了拉許沃斯先生的每一句臺詞，演員本人的進展卻差強人意。

芬妮依然焦慮不安又恐懼，也有許多事情占據她的時間與心思。儘管如此，她還是不時陪著眾人籌備演出，既能分擔其他人的不安，也能適時伸出援手。她一開始認為自己派不上用場，感到悶悶不樂，如今證實只是多慮了。能像這樣不時幫上所有人的忙，也讓芬妮心裡好過許多。

不僅如此，芬妮也必須協助完成不少針線活。諾里斯太太總認為芬妮和其他人一樣悠閒，從她使喚芬妮的態度可見一斑。她嚷道：「芬妮，過來。妳還真有不少樂子，不過妳不能老是像這樣在屋裡閒晃，一派悠閒地東張西望。我這裡需要妳幫忙。我一直在忙著縫拉許沃斯先生的斗篷，都快站不直了。我不打算追加緞子，妳現在應該有空幫我縫合起來。這裡只有三道接縫，妳很快就能完成。倘若我只需要發號施令，無須親自動手，該有多好呀！這裡就只有妳最輕鬆了，假如每個人都和妳一樣無所事事，根本什麼都趕不及。」

芬妮一聲不吭地接過針線活，並不打算反駁。然而，親切的伯特倫阿姨為她說話了。

「姊姊，芬妮自然會對表演感興趣，這一點也不讓人意外。妳也知道，她還沒看過戲呢！我們自己也曾非常熱中看戲，我至今仍樂此不疲。只要我稍能得空，我也會去瞧瞧他們的排演。芬妮，他們要演哪一齣戲呀？妳還沒告訴我呢！」

「噢！妹妹，拜託不要現在問她。芬妮可沒辦法邊聊天邊工作。他們要演《海誓山盟》。」

芬妮對伯特倫阿姨說：「我想他們明晚會排練三幕戲。您能一次看到所有演員登臺演出。」

諾里斯太太開口打岔：「妳最好等掛上帷幕再去看。再過一、兩天，帷幕就會掛上去了。看戲時沒有舞臺布幕，實在太不像話啦！妳肯定還會見到非常漂亮的花綵。」

伯特倫夫人似乎很樂意多等一些時間。芬妮不像阿姨如此順從，她認為明天的排演是重頭戲；假如他們得排練三幕，那麼艾德蒙與克勞佛小姐就會初次對戲。第三幕即是兩人的對手戲，芬妮對此特別感興趣，卻對他們的演出既期待又怕受傷害。這幕戲的主題正是愛情，男方描繪以愛情為基礎的婚姻，女方則堅決地傾訴愛意。88

芬妮抱著痛苦茫然的心情，反覆閱讀這一幕的劇本，亟欲瞭解兩人會如何詮釋。她認為兩人尚未排演過這幕戲，即使私底下亦然。

到了隔天，晚上的排演依照計畫進行，芬妮仍然一心惦記著看戲一事。她在阿姨的指揮下辛勤工作，然而在勤奮平靜的外表下，她的心思早已飄向其他地方，焦躁不已。到了下午，芬妮帶著針線活逃到東廂房去。亨利．克勞佛提議再次排演第一幕戲，在芬妮看來根本沒有必要；她無心旁觀排練，只想擁有自己的時間，並刻意避開拉許沃斯先生。芬妮穿過走廊，瞥見從牧師公館前來的兩位女士，仍未打消她偷跑的念頭。她待在房裡，專心地埋首於針線活，獨自沉思。過了十五分鐘，門上傳來敲門聲，克勞佛小姐隨即推門而入。

「我找對地方了嗎？沒錯，這裡是東廂房。親愛的普萊斯小姐，請妳見諒，我特地來找妳，有事要請妳幫忙。」

芬妮大吃一驚，努力以女主人之禮寒暄，也對房裡空蕩蕩的壁爐感到抱歉。

「謝謝妳。不要緊，我一點也不冷。請讓我在這裡待一會兒，也請妳好心聽我排練第三幕的臺詞。我把劇本帶來了，倘若妳願意與我一同排演，我一定感激不盡！我原本想與艾德蒙對戲，就我倆自行練習，也替今晚的排演預先準備，可惜找不到他。不過即使真找到他，我恐怕也得鼓起勇氣才能和他一起練習，畢竟有一、兩段臺詞實在讓人說不出口。妳會好心幫忙我的，對吧？」

芬妮彬彬有禮地答應，聲音聽起來卻有些顫抖。

「妳應該讀過我說的那一段臺詞吧？」克勞佛小姐一面打開劇本，接著說，「妳瞧。說真

---

88 在這幕戲中，安哈特應瓦登罕男爵要求，以牧師身分向愛蜜麗雅闡述婚姻之道，已愛上他的愛蜜麗雅則誤以為對方在求婚。

的，我一開始也沒想到，可是——天啊！妳看看這幾段臺詞。我該如何看著他的臉說出口呢？妳辦得到嗎？不過他是妳的表哥，情況又不同了。妳一定要陪我排練，我可以把妳想像成他，總會一點一滴進步。有時候妳看起來與他還挺神似的。」

「是嗎？我當然願意盡力幫妳，不過我得照著劇本唸，我只記得一點點臺詞。」

「妳當然不必背臺詞，儘管把劇本拿去。我們現在開始吧！妳得拿兩把椅子到臺前去[89]。在那裡，教室必備的堅固椅子，我敢說一定不是演戲用的道具，非常適合小女孩上課時坐在上頭，雙腳踢呀踢的。倘若妳的家庭教師和姨丈見到這兩把椅子成了演戲道具，他們會作何感想呢？湯瑪斯爵士要是看到現在這副光景，肯定會氣昏，因為我們在屋裡到處彩排呢！我上樓時，正巧聽見葉慈在餐廳裡大吼大叫地朗誦臺詞。至於劇場裡，自然是那兩位最孜孜不倦的演員阿嘉莎與弗雷德里克；倘若他們的演出還不夠完美，真不知道誰才演得好呢！順道一提，我五分鐘前見到他倆，他們費了好一番工夫才克制住擁抱彼此的衝動，這光景已經看了好幾次啦！當時拉許沃斯先生就在我身邊，臉色怪難看的，因此我連忙打圓場，對他悄聲說：『阿嘉莎演得真好，她渾身散發著母愛的光輝，聲音和表情都無可挑剔。』我的表現還不錯吧？他的表情立刻亮了起來。現在，輪到我的獨角戲了。」

她開始背誦臺詞。芬妮想到自己扮演艾德蒙的角色，努力有模有樣地跟著排練，不過她的神情和聲音依然相當女性化，很難勾勒出男人的氣勢。然而，這樣的安哈特已足以讓克勞佛小姐鼓起勇氣。兩人就這麼排演了半幕戲，直到一陣敲門聲打斷了她們，艾德蒙赫然走進房裡。

三人在這種意想不到的情況下巧遇，每個人臉上都又驚又喜；艾德蒙和克勞佛小姐竟是為了相同目的來到這裡，兩人的喜悅更是久久不散。艾德蒙同樣帶著劇本，打算請芬妮陪他排練臺詞，協助他準備晚上的彩排，壓根兒不知道克勞佛小姐也在屋裡。兩人各自說出心裡原本的盤算，非常高興能在這種狀況下見面，異口同聲地稱讚起芬妮的熱心來。

芬妮無法像他們一樣熱絡。兩人越顯得興高采烈，她的心情就越沉重。儘管雙方不約而同前來找芬妮幫忙，但是她現在自認在兩人眼裡無足輕重，一點也高興不起來。他們現在可以一起排練了。艾德蒙率先提議，不遺餘力地說服克勞佛小姐一同排演，她起初不太情願，最後不再拒絕；芬妮只須為他們提詞，並觀賞兩人演練的情況。他們要求芬妮大膽提出批評與指教，真誠希望她能指正缺失，她的直覺卻告訴自己不該如此，她既不能這麼做，也沒有意願和勇氣付諸實行。即使她真有資格批判，她的理智也不允許。她很清楚自己現在萬般滋味，想法一定不夠忠實客觀。芬妮光是提詞就有得忙了，有時甚至連這一點也辦不到，畢竟她實在無法全神貫注於劇本上。她有時會失神地看著他倆演出，艾德蒙逐漸熱絡的態度令她心煩意亂，甚至一度忍不住在他正需要提詞時合上劇本，轉過身去。兩人認為芬妮肯定是累壞了，出錯情有可原，不約而同對她表達了感謝與憐惜，殊不知她真正需要的憐憫，遠超出他倆所意識到的。最後，這幕戲總算排練結束，兩人互相讚美對方的表現，芬妮也強迫自己開口稱許。他倆離開房

89 由於安哈特要向愛蜜麗雅說教，因此舞臺上須備有兩把椅子。

間後，芬妮這才回想起彩排情況，不得不承認他們的演技相當自然，充滿感情張力，足以大獲肯定；只是她看在眼裡，卻備感煎熬。無論這場排演帶來什麼影響，芬妮當晚依然得再次承受相同的打擊。

當晚是三幕戲首次正式彩排，格蘭特太太與克勞佛兄妹承諾一吃過晚餐就會趕來，其他演員也引頸企盼全員到齊的時刻。一整天似乎洋溢著愉悅的氣氛。湯姆非常高興漫長的籌備過程即將畫下句點，艾德蒙則因為早上的排練而雀躍不已；所有人心裡微不足道的煩惱，似乎都已拋到九霄雲外。每個人都全神貫注，迫不及待想展開排演。過沒多久，女士率先朝劇場走去，男士則緊跟在後；除了伯特倫夫人、諾里斯太太與茱莉亞，其他人都早早到了劇場等候。儘管舞臺布置尚未完工，依然燭光通明，只等著格蘭特太太與克勞佛兄妹到齊，即可開始正式排演。

過沒多久，克勞佛兄妹總算抵達，卻沒見著格蘭特太太的身影，因為她來不了。格蘭特牧師似乎身體不適（他美麗的小姨子可不怎麼相信），讓他的妻子抽不了身。

克勞佛小姐故作正經地說：「格蘭特牧師病了。他今天還沒吃到野雞肉，身體就開始不舒服。他認為雞肉煮得太老，將盤子推開，接下來就病懨懨的了。」

眾人頓時失望極了！格蘭特太太無法出席實在令人遺憾。她的親切與溫順始終廣受歡迎，如今更是不可或缺。他們這下子無法排演了，少了格蘭特太太，這齣戲也無法順利彩排。原本可以高高興興度過的夜晚，就這麼毀了。他們還能怎麼辦？扮演農夫的湯姆感到十分絕望。

眾人苦思了一陣子，有些人的目光開始轉向芬妮，其中一、兩人開口說道：「不知道好心的普萊斯小姐是否願意為我們朗誦臺詞？」此起彼落的懇求聲隨即淹沒了芬妮。每個人都苦苦哀求她，甚至連艾德蒙也說：「芬妮，假如妳不覺得反感，就幫幫我們吧！」

可是芬妮依舊裹足不前，簡直無法接受；為什麼他們不拜託克勞佛小姐？為什麼她不待在最令自己放鬆的房間裡，非要來觀賞排演不可？她明知這麼做只是自討苦吃，早該避開。如今她果然承受了應得的懲罰。

「妳只須唸唸臺詞就好。」亨利．克勞佛再次開口懇求她。

瑪莉亞接著說：「我認為她肯定每個字都會唸。她之前至少替格蘭特太太糾正二十次了。芬妮，我相信妳一定很熟悉這角色的臺詞。」

芬妮實在無法否認。由於所有人都不肯放棄，艾德蒙也再次懇求芬妮，甚至強調她向來非常熱心，她因此不得不讓步，表示會盡力幫忙，這才使眾人滿意。芬妮的心跳加劇、渾身打顫，其他人則準備好開始排演。

彩排正式登場，眾人全神貫注於演出，對屋外不尋常的騷動渾然不覺。他們演到一半，門就砰一聲打開，茱莉亞滿臉驚恐地站在門口，大喊：「父親回來了！他已經在走廊上了！」

19

該怎麼形容這驚慌失措的場面呢？大多數人頓時成了驚弓之鳥。湯瑪斯爵士回到家了！所有人對此深信不疑，不敢奢望這只是一場誤會。茱莉亞的表情就是最佳證明，事實早已明擺在眼前。眾人先是一陣忙亂驚呼，接著足足沉默了半分鐘，每個人面面相覷，幾乎一致認為，這時機簡直太不湊巧，太讓人措手不及了！葉慈先生或許只是不高興今晚的排演中斷，拉許沃斯先生則感到十分慶幸；不過，其他人的心情都跌至谷底，深陷自責或戰戰兢兢的泥沼，慌亂地想著：「我們會有什麼下場？現在該怎麼辦？」眾人陷入一片可怕的沉默，只聽到一扇扇門打開的聲音，腳步聲逐漸逼近，令他們更加心驚膽跳。

茱莉亞率先移動腳步，也是第一個開口說話的人。她原本暫時放下了嫉妒與苦澀，仍不忘為眾人著想。然而，當她推門而入時，正好撞見弗雷德里克一臉深情地聽著阿嘉莎傾訴愛意，並將她的手壓在自己的心窩上。茱莉亞甚至注意到，即使她說出如此令人驚慌的消息，克勞佛先生竟仍維持相同動作，繼續握著她姊姊的手。她的心再次受傷，原本蒼白的臉色頓時氣得通紅。她隨即轉身離開，說道：「我應該沒有理由害怕面對父親。」

茱莉亞一離開，其他人才彷彿大夢初醒，紛紛動了起來。伯特倫兄弟同時走上前，認為必須有所行動，只需隻字片語就達成共識。兄弟倆浮現一樣的想法，決定立刻前往客廳。瑪莉亞也跟了上去，三兄妹成了最勇敢面對一切的人；方才讓茱莉亞氣得轉身離開的那一幕，反而成了讓她勇氣倍增的支持力量。在如此關鍵的時刻，亨利．克勞佛依然緊握瑪莉亞的手，頓時讓她心裡的質疑與不安煙消雲散，認為這是對方愛得堅決的最佳證明。她欣喜不已，因而能以同樣堅定的態度面對父親。三兄妹就這麼離開房裡，壓根兒不管拉許沃斯先生茫然地連聲問道：「我也該去嗎？我去一趟比較好嗎？我該不該跟著過去？」他們一走，亨利．克勞佛隨即代為回應這一連串焦慮的詢問，要拉許沃斯先生立刻趕去向湯瑪斯爵士致意，他因此興奮地跟了上去。

如今芬妮身邊只剩克勞佛兄妹與葉慈先生。表哥和表姊都忘了她的存在，她也自認在湯瑪斯爵士面前，自己的身分遠不及他的親生子女，很慶幸自己還能留在原地，稍微有些喘息空間。即使芬妮並非參與演出的一員，不過她天性單純，簡直比在場的其他人還要驚慌。芬妮緊張得幾乎快暈過去；她過往始終對姨丈敬畏萬分，如今恐懼再次湧上心頭。眼前這副光景，讓芬妮對湯瑪斯爵士和所有人都心懷同情，對艾德蒙的擔憂又格外強烈。她連忙找了把椅子坐下，忍不住渾身打顫，滿心驚恐。其他三人不再壓抑，紛紛大肆宣洩心裡的苦惱，抱怨湯瑪斯爵士偏偏如此不巧地提早返家，甚至毫不留情地希望他返程有所耽擱，或者至今仍待在安地卡島。

克勞佛兄妹談起此事，遠比葉慈先生更激動；他們與伯特倫一家較為熟識，也更清楚演出計畫的下場。他倆認為這齣戲勢必演不成了，演出計畫將無可避免喊停。葉慈先生則認為，他們只是暫時中斷排演，這不過是今晚的一場小插曲，甚至樂觀地希望喝過晚茶還能繼續排演；屆時剛返家的湯瑪斯爵士安頓好一切，就能好整以暇地欣賞彩排。這個想法逗得克勞佛兄妹放聲大笑，隨即認為此時最好悄悄離開，讓伯特倫一家自行處理家務事。他們建議葉慈先生同行，當晚就留宿牧師公館。不過，葉慈先生認識的朋友都不太看重父母的權威或家人的承諾，因此認為無須離開，只是向兄妹倆道謝：「我想繼續待在這裡，既然湯瑪斯爵士回來了，我想向他致意。此外，我認為在這種情況下逃跑，對其他人似乎不太公平。」

芬妮正逐漸平復心情，認為自己在此久留似乎不甚妥當。此時，克勞佛兄妹託她代為致歉，看著兩人告辭離去，她也起身準備離開房裡，打算盡好本分，前去問候姨丈。

芬妮轉眼就抵達客廳門口，不免認為這段路也太短了。她雖然很清楚，即使站在門外也無法令她鼓起勇氣，卻依然等了一會兒，這才硬著頭皮打開門。明亮的客廳與伯特倫一家隨即映入芬妮眼簾，她一踏入客廳，正好聽見自己的名字。湯瑪斯爵士環顧四周，問道：「不過，芬妮到哪裡去了？為什麼沒見到可愛的芬妮？」他一見外甥女，態度熱情得令她受寵若驚。湯瑪斯爵士稱呼她「親愛的芬妮」，溫柔地親吻她，高興地直呼她又長大了好多。芬妮的心情難以言喻，眼神也不曉得該往哪兒擺，一時感到無所適從。湯瑪斯爵士從未待芬妮如此親切，這輩子還不曾對外甥女這麼和藹可親。他整個人都變了，由於滿心雀躍，說話也急促起來；原本高高在上的威嚴形象，似乎在這份溫柔裡悉數瓦解。湯瑪斯爵士將芬妮帶到燭光邊，仔細端詳她的臉，先是詢問她的健康狀況，接著又糾正自己，說他根本用不著問，因為芬妮的臉色早已不言自明。她先前臉色蒼白，如今則氣色紅潤；因此他認為芬妮不僅健康成長，也出落得亭亭玉立。他接著問候起芬妮的家人，尤其是威廉；他的親切令芬妮羞愧，自責不夠關心姨丈，甚至不歡迎他回家來。芬妮鼓起勇氣直視湯瑪斯爵士，發現他因旅途困頓而消瘦了一圈，也讓炎熱的氣候曬得黝黑，看來十分憔悴，不禁更感憐憫；一想到接下來的消息會令姨丈多煩惱，芬妮忍不住心底一沉。

湯瑪斯爵士身為一家之主，眾人皆依其吩咐圍坐在壁爐前。他理所當然有一肚子話想說，很高興自己又回到舒適的家；分離了這麼長一段時間後，身邊再次圍繞著親愛的家人，他說起話來自然滔滔不絕，遠比平常還健談。他對這趟旅程鉅細靡遺地侃侃而談，甚至不等兩個兒子問完，就自顧自地回答起來。湯瑪斯爵士在安地卡島的事務進展順利，回程時正好有機會搭上私人輪船，無須等候郵船的航班，抵達後便直接從利物浦[90]返家。無論生意進展或交通安排，湯瑪斯爵士對一切細節皆娓娓道來。他坐在伯特倫夫人身邊，環顧身邊每一位家人，打從心底感到滿足，並不時感慨自己何其幸運，正巧碰到所有人都在家。畢竟他突然返家，即使一路上渴望立刻見到所有家人，這種機會也是可遇不可求。湯瑪斯爵士並未冷落拉許沃斯先生，非常親切熱情地與他握手寒暄，也相當關切他即將成為曼斯菲爾德的女婿。拉許沃斯先生的外貌無

90 利物浦（Liverpool）：英格蘭西北部港口城市，是當時對西印度群島貿易最重要的港口。

可挑剔，湯瑪斯爵士早已對他留下不錯的印象。

與其他家人相比，只有伯特倫夫人自始至終最專心傾聽湯瑪斯爵士談話，打從心底感到興高采烈。她非常高興見到丈夫，近二十年來，大概沒有比湯瑪斯爵士突然返家一事更令她驚訝的。她一開始還有些手足無措，不過很快就冷靜下來，興奮地放下手中的針線活，把哈巴狗抱到一旁，讓出一半沙發給丈夫坐，並將全副注意力轉移到他身上。伯特倫夫人無須為其他人操煩，因此全心感受喜悅之情。她在丈夫出門期間善盡職責，織了許多地毯和流蘇；她與孩子們循規蹈矩，完成不少分內之事，因而能心安理得地侃侃而談。伯特倫夫人相當高興能與丈夫團聚，一心沉醉於他的話語，這才驚覺自己多麼思念丈夫；倘若還得與丈夫分離更長一段時間，她根本無法忍受。

諾里斯太太的喜悅自然遠不及妹妹。她倒不擔心湯瑪斯爵士得知家裡的現況會發上多大脾氣。妹婿一踏進屋裡，她立刻精明地藏起拉許沃斯先生的粉紅緞面斗篷，還沾沾自喜地認為沒有其他地方露出馬腳。然而，湯瑪斯爵士返家後的態度令她心煩意亂——她現在竟然無事可做。湯瑪斯爵士一回到家，並未急著找諾里斯太太，讓她第一個向家裡報告好消息。他似乎深信妻小能承受這天大的驚喜，直接找來管家，兩人幾乎同時踏進客廳。諾里斯太太始終認為，無論湯瑪斯爵士是否平安歸來，都應該由她來宣布消息，進而覺得平日受到倚重的地位已不復存在。她試著裝出忙碌的模樣，卻無事可忙；她努力想表現出至關重要的地位，男主人卻只想要安靜不受打擾。倘若湯瑪斯爵士打算用餐，諾里斯太太還有機會嘮嘮叨叨地吩咐管家、厲聲對僕人發號施令。然而湯瑪斯爵士根本不想吃晚餐，他沒有任何胃口，只打算喝茶，願意等待上茶的時刻。諾里斯太太依然不時噓寒問暖，想為湯瑪斯爵士打點其他需求。在湯瑪斯爵士正說到精彩處，聊起他返回英國的航程上，一度差點遇到法國私掠船[91]的危急時刻，諾里斯太太竟出言打斷他，建議他喝碗湯。「當然啦，湯瑪斯爵士，現在來一碗湯，絕對比喝茶更適合您。您就喝碗湯吧！」

湯瑪斯爵士依然無動於衷。他回答：「親愛的諾里斯太太還是如此無微不至地照顧別人。不過我現在真的什麼都不需要，只想喝茶。」

「好吧！那麼，伯特倫夫人，妳應該直接吩咐廚房備茶。妳得催促巴德利，他今晚動作有點慢。」諾里斯太太語畢，湯瑪斯爵士又滔滔不絕地說了起來。

最後，湯瑪斯爵士總算說夠了。他一進門就打開話匣子，如今已把該說的話都說完。光是環顧身邊的家人，似乎就足以令他欣喜。然而，沉默的時刻並未持續太久。伯特倫夫人的心情大好，也變得健談起來，一開口就令她的孩子繃緊神經：「湯瑪斯爵士，您知道孩子們最近在找什麼樂子嗎？他們打算演戲呢！我們都為了這場表演忙得團團轉。」

「真的嗎？你們要演什麼戲？」

91 私掠船（privateer）：獲政府授權，在戰時攻擊、掠奪敵方商船的武裝民船。時值拿破崙戰爭，英法雙方皆十分積極攻擊對方的商船，也顯露湯瑪斯爵士此趟旅程的凶險程度。

「噢！孩子們會告訴您的。」

「噢！我們很快就會告訴您。」湯姆急忙嚷道，裝出無關緊要的模樣。「現在還不急著為此打擾父親，我們明天會一五一十向您交代。我們試著找些事情打發時間，也給母親一點樂趣，上週才排演了幾幕戲，只是芝麻蒜皮的小事罷了。打從十月起，幾乎每天都在下雨，我們只能一直待在屋裡。從三日以來，我根本沒拿過幾次獵槍。最初三天還能勉強出門打獵，可是之後就找不到機會了。第一天，我到曼斯菲爾德的樹林裡去，艾德蒙甚至走到伊斯頓以外的矮樹叢，我們足足帶了一打野雞回家。即使光靠一個人，也足以帶回數量多上六倍的獵物。不過父親，我向您保證，我們依照您的吩咐，非常愛護林子裡的野雞，您會發現林子裡依然隨處可見野雞的蹤影。我這輩子還不曾見過曼斯菲爾德樹林裡的野雞像今年這麼多呢！希望您能儘快抽一天去打獵，父親。」

目前危機暫時解除，芬妮原本提心吊膽，也稍微鬆了一口氣。然而隨後送上茶時，湯瑪斯爵士便站起身來，表示他想回房間一趟，所有人頓時驚慌失措。旁人還來不及提前告知湯瑪斯爵士即將看到的變化，他就直接走了出去。他一離開，眾人暫時陷入惴惴不安的沉默，直到艾德蒙率先開口。

他說：「我們得想想辦法。」

「我們該想想客人了。」瑪莉亞彷彿仍感受得到自己的手壓在亨利．克勞佛的心口上，根本無心顧及其他。「芬妮，克勞佛小姐在哪裡？」

芬妮描述克勞佛兄妹離開的情況，並轉述他倆的話。

湯姆高聲說道：「可憐的葉慈先生孤伶伶地留了下來。我得去找他。一旦紙包不住火，他或許還能幫上一點忙。」

湯姆隨即趕去劇場，正好撞見父親與朋友初見面的一幕。湯瑪斯爵士相當詫異自己的房間燭火通明，他環顧四周，注意到最近有人使用過他的房間，家具的位置也更動了；原本放在撞球室門前的書櫃移開來，令湯瑪斯爵士格外驚訝。還沒回過神，撞球室傳來的聲響又使他大吃一驚。有人正在撞球室裡以相當宏亮的音量說話；湯瑪斯爵士從未聽過這人的聲音，對方甚至不像在說話，而是扯著嗓門咆哮。湯瑪斯爵士走到門前，慶幸此刻門前已無阻礙，沒想到一開門，赫然發現自己站在劇場的舞臺上，眼前一名年輕人正激動地大吼大叫，彷彿能將他當場擊昏。葉慈先生才剛展開他有史以來最佳的臺詞排練，就這麼見到了湯瑪斯爵士；與此同時，湯姆．伯特倫也正好從房間另一頭走了進來，見到眼前的景象，一時竟不知該如何保持鎮靜。他的父親初次站上舞臺，表情肅穆，十分錯愕；原本慷慨激昂的瓦登罕男爵則變回有禮隨和的葉慈先生，連忙向湯瑪斯．伯特倫爵士鞠躬致歉。湯姆將這一切清清楚楚地看在眼裡，彷彿欣賞一幕真正的演出；倘若劇本真有這一幕，他一定說什麼也不會錯過。眼前所見，非常可能就是在這個舞臺上演的最後一齣戲碼；不過，他很清楚再也看不到如此出色的一幕，這幕肯定能贏得全場觀眾的如雷掌聲。

然而，湯姆沒有太多時間沉浸於美好的幻想中，他必須趕緊上前介紹父親與友人認識。即使當下十分彆扭，他還是竭力保持鎮定。湯瑪斯爵士展現該有的熱絡，彬彬有禮地與葉慈先生致意，卻只是出於初次見面的客套禮儀，而非由衷高興以這種方式認識他。湯瑪斯爵士對葉慈先生的家世背景瞭若指掌，因此，當兒子一如往常向他介紹這位「特別的朋友」（湯姆已經擁有上百位「特別的朋友」）時，他的心裡感到相當不悅。幸好湯瑪斯爵士非常欣慰能平安回到家，對一切格外寬容；即使他十分震驚有人膽敢在家裡放肆，搭建可笑的劇場舞臺，還被迫認識一名原本會極力反對來往的年輕人，他也沒有因此大發雷霆。兩人初識的五分鐘，葉慈先生顯得十分自在，侃侃而談，儼然比湯瑪斯爵士更像這間屋子的主人呢！

湯姆明白父親的想法，打從心底希望他繼續保持好心情，願意放他們一馬。不過，如今湯姆比以往更加清楚，或許他們確實有不少冒犯之處，父親才會以這種眼神環顧天花板與牆上的灰漆，並面有慍色地問起撞球檯的下落。氣氛頓時變得凝重，短短的幾分鐘也顯得格外漫長。葉慈先生熱情地詢問湯瑪斯爵士是否滿意劇場布景，他費了一番工夫才克制住自己，勉強表達幾句認同。三人一起回到客廳，湯瑪斯爵士的表情愈發凝重，其他人都看在眼裡。

「我剛見過你們的劇場。」湯瑪斯爵士一面坐下，一面冷靜地說，「我完全沒料到家裡會出現這般光景，而且就在我的書房隔壁。就各方面而言，我確實相當驚訝，從未想過你們會如此認真嘗試演戲。不過就我透過燭光所見，你們的舞臺似乎搭建得相當不錯，我也注意到是出自克里斯多福．傑克森的巧手。」接著他就打算轉移話題，心平氣和地啜飲咖啡，聊起其他家務事。然而，葉慈先生並未領會湯瑪斯爵士的言下之意，他向來也不是作風細膩或心思縝密的人。他身為最無立場發言的外人，卻依然緊咬著演戲的話題不放，連珠炮似的對湯瑪斯爵士提出許多問題與評論，甚至逼迫他聽完在埃克勒斯弗錯失表演一事的來龍去脈。湯瑪斯爵士出於禮貌耐心傾聽，卻也認為葉慈先生不懂分寸，對他更無好感。葉慈先生滔滔不絕地說完後，湯瑪斯爵士僅僅稍微點頭致意，再也沒有其他更熱絡的回應。

湯姆思索了一會兒才開口：「事實上，這正是我們決定演戲的初衷。我的朋友葉慈在埃克勒斯弗大失所望，我們也對他的遺憾感同身受。父親，如您所知，這種情緒總是很容易感染給其他人。尤其您過往總是鼓勵我們嘗試這類消遣，自然更容易產生興致。我們只是重拾興趣罷了。」

葉慈先生連忙接腔，向湯瑪斯爵士鉅細靡遺地報告這一陣子的進度：他們的計畫逐漸成形，原本遲遲無法挑出劇本，最後總算順利定案，目前的排演進度也漸入佳境。葉慈先生一味喋喋不休，壓根兒沒注意到其他朋友開始坐立難安，表情變得越來越難看，不時清清喉嚨，試圖表達他們的煩躁。即使他直盯著湯瑪斯爵士，甚至也沒有察覺對方的表情變化——湯瑪斯爵士的眉頭越皺越緊，不時以詢問的眼神望向兩名女兒與艾德蒙；他的目光更常停在艾德蒙身上，透過眼神傳達不滿與譴責，艾德蒙也瞭然於心。芬妮的感受同樣敏銳，她將椅子悄悄移至阿姨所坐的沙發後方，絲毫不會受到注意，因此得以清楚觀察眼前的一切。她沒料到湯瑪斯爵士會以責備的目光看向艾德蒙，認為他根本不該對艾德蒙發脾氣。湯瑪斯爵士的眼神暗示著：「艾德蒙，我將一切託付給你，如今你卻做了什麼？」芬妮暗自在心裡對姨丈求情，焦急得差點脫口而出：「噢！您不該責備他！您應該用譴責的目光看著其他人，而不是艾德蒙！」

葉慈先生依然絮絮叨叨地說個不停：「湯瑪斯爵士，事實上，當您今晚抵達時，我們正好彩排到一半。我們打算排演前三幕戲，整體而言堪稱順利。只是劇團成員目前沒有到齊，既然克勞佛兄妹已經回家去，今晚不可能完成排演。不過，假如您明晚願意賞光陪伴我們，我就沒什麼好擔心的了。身為演員，我們期待獲得您的諒解，還請您多多包涵[92]。」

湯瑪斯爵士嚴肅地回答：「先生，我當然願意多加體諒。但是你們不必繼續排演了。」他露出寬容的微笑，繼續說道：「我很高興回到家，自然願意包容一切。」他接著轉向其他人，平心靜氣地說：「我收到曼斯菲爾德的最後幾封信裡，都提到了克勞佛兄妹。他們是討人喜歡的新朋友嗎？」

湯姆是唯一坦然回應的人。他與兄妹倆並非格外熟絡，不過在感情與演技方面都沒有嫉妒他們，因此能開口誇獎兩人。「克勞佛先生非常平易近人，極具紳士風範；他的妹妹則甜美可人，優雅大方。」

拉許沃斯先生再也沉不住氣。「我並非意指克勞佛先生不具紳士風範。不過你應該告知令尊，他的身高不到五呎八吋，否則令尊會以為他一表人才呢！」

湯瑪斯爵士不太明白這番話的涵義，有些詫異地看著拉許沃斯先生。

拉許沃斯先生繼續說：「我就直說了，我認為我們不該如此頻繁排練。再美好的事物，也該適可而止。我不像一開始那麼喜歡演戲了。像現在這樣圍坐在一起聊天，無所事事，我感到十分自在。」

湯瑪斯爵士又看了他一眼，露出讚許的笑容回答：「我很高興我們在這方面達成共識，真令人滿意。我身為一家之主，比我的孩子更加深思熟慮、目光敏銳，抱持更多疑慮，自然無可厚非；當然也不難想像，我比他們更加渴望寧靜的家庭生活，不希望家裡吵吵鬧鬧。不過你年紀輕輕就有相同感受，更是值得讚許，對你身邊的人也是好事一樁。我很高興有人對家庭生活抱持與我一致的想法。」

湯瑪斯爵士試著以更恰當的措辭重新表達拉許沃斯先生的想法。他很清楚拉許沃斯先生並不聰明，卻是個理智、穩重的年輕人；即使他詞不達意，觀念仍值得肯定，湯瑪斯爵士還是很欣賞他。其他人忍不住露出微笑。拉許沃斯先生一時不知該如何回應，不過湯瑪斯爵士的讚美確實令他極為滿意，雖然嘴上沒多說什麼，心裡卻將這番話惦記了許久。

---

92 We bespeak your indulgence，十八世紀的演員於開場白或結語的慣用語。葉慈先生在這樣的場合下仍使用劇場用語，顯得不甚明智。

20

隔天一早，艾德蒙便急著單獨會見父親，詳加說明演出計畫的來龍去脈，並鄭重其事、盡可能合理解釋自己的參與動機；他也坦承自己的妥協看似有失公允，判斷力顯得不夠可靠。艾德蒙為自己辯解的同時，也避免對他人說長道短，唯獨其中一人無須由他多加解釋或袒護。艾德蒙說：「我們或多或少都必須受到譴責，除了芬妮。芬妮自始至終抱持正確決斷，想法不曾動搖。她打從一開始就表示反對，一心惦記著您所定下的規矩。芬妮絕對沒有辜負您的期待。」

一如艾德蒙所料，這群孩子在此時籌備不得體的演出計畫，在湯瑪斯爵士眼裡簡直毫無分寸，讓他一時氣得說不出話來。他握了握艾德蒙的手，想拋開不悅的印象，盡速忘卻家人沒將他放在心上的事實，等待屋裡清理乾淨，恢復往常的面貌。湯瑪斯爵士並未責備另外三名子女，寧可相信他們早已承認犯錯，不願冒險繼續深究。他既然已要求立刻中止演出，籌備過程也全數喊停，如此懲罰便足矣。

然而，屋裡仍有一人讓湯瑪斯爵士無法就此放過。他忍不住提醒諾里斯太太，她理應阻止這項演出計畫，早該出言反對。年輕人確實不懂得深思熟慮，才會一時衝動想出這種計畫，否則理當作出更為明智的抉擇。可是他們畢竟少不更事；湯瑪斯爵士也相信，除了艾德蒙，其他孩子的心智都還不夠穩定。因此，比起年輕人異想天開的行徑，湯瑪斯爵士反而更驚訝諾里斯太太竟默許如此錯誤的作為，縱容他們繼續鋌而走險。諾里斯太太這輩子還不曾像現在這樣手足無措，始終默不作聲。她羞於坦承，在湯瑪斯爵士眼裡如此顯而易見的失當行徑，自己卻渾然未覺；她也同樣不願承認，自己的影響力根本無足輕重——即使她苦口婆心地好言相勸，很可能只是落得白費唇舌。她只希望盡量岔開話題，讓湯瑪斯爵士恢復愉快的心情。諾里斯太太不停巧妙地自誇，她始終無微不至地照顧其一家大小，寧可犧牲在壁爐前取暖的機會，竭盡所能為他們四處奔走；也多虧她不時提點伯特倫夫人與艾德蒙該如何監督僕役和節衣縮食，不僅因此節約有成，甚至揪出不少怠忽職守的傭人。不過，諾里斯太太最驕傲的貢獻在於索瑟頓，她一手撮合與拉許沃斯家族的婚事，在這方面功不可沒。拉許沃斯先生之所以傾心於瑪莉亞，諾里斯太太將一切歸功於己。她說：「要不是我從中穿針引線，找機會認識拉許沃斯太太，還說服妹妹登門拜訪，到現在恐怕八字都還沒一撇呢！拉許沃斯先生這年輕人相當謙虛有禮，總是需要旁人不時拉他一把；假如我們沒有主動出擊，也有女孩成群結隊等著他。不過我可沒有錯失良機。我千方百計說服妹妹，最後總算打動了她。您也知道，索瑟頓路途遙遠，當時正值嚴冬，積雪幾乎癱瘓了道路，我卻還是成功說服了她。」

「我非常清楚妳對伯特倫夫人與孩子的影響力，也才認為這件事不該如此發展。」

「親愛的湯瑪斯爵士，您真該親眼看看當天的路況！雖然我們搭四輪馬車，我還是一度擔心永遠也到不了呢！可憐的老車夫親切又好心，堅持送我們一趟，只是風濕痛的老毛病讓他幾乎坐不住。我從米迦勒節[93]以來就一直在照料他的風濕病，最後總算成功治癒，可是一到冬季又惡化了。那天風雪交加，出發前我還特地到他的房間一趟，要他別冒險出門。他當時正在戴假髮，我對他說：『車夫，你最好別去了，夫人和我一定會平安抵達。你知道史蒂芬駕車很穩，查爾斯最近也很常帶路，我們沒什麼好擔心的。』但是我很快就發現根本行不通，他堅持要出門。我不想顯得多管閒事，就不再往下說，不過路上只要稍有顛簸，我就非常替他擔憂。我們經過史托克的崎嶇路面時，石子路上滿覆霜雪，情況簡直糟透了，我對他心疼得不得了。還有那幾匹可憐的馬！拉車時多麼吃力啊！您也知道我向來非常愛惜這些馬。我們來到桑德克羅夫山腳時，您知道我做了什麼嗎？您說不定會取笑我。我下車自己步行上山。我真的這麼做了。牠們或許節省不了多少力氣，可是依然有些幫助，我實在不忍心讓自己繼續舒舒服服地坐在車裡，卻苦了這些高貴的馬兒。我後來得了重感冒，卻一點也不後悔。最重要的就是順利完成這趟拜訪。」

「希望我們與拉許沃斯一家結識，確實值得承受這些麻煩。拉許沃斯先生的表現並無亮眼之處，不過我昨晚十分高興，他與我抱持相同看法，熱中於安靜的家庭聚會，不喜歡吵吵鬧鬧的戲劇表演。他有這番想法，讓人十分讚賞。」

「沒錯，確實如此。您越認識他，就會越喜歡他。他並非第一眼就令人驚豔，優點卻多著呢！他非常倚重您的看法，每個人老是拿這點取笑我，認為這是我一手造成的。格蘭特太太有天對我說：『說真的，諾里斯太太，即使拉許沃斯先生是妳的親生兒子，也不可能比現在更尊敬湯瑪斯爵士了！』」

湯瑪斯爵士不再追究了，諾里斯太太的藉口與奉承聽得他心花怒放，瓦解了一切心防。他心滿意足地深信，諾里斯太太為了讓深愛的孩子們高興，有時確實會因為心軟而放棄理智的決斷。

這天早上，湯瑪斯爵士忙得不可開交，幾乎沒有時間和家人說上話。他忙著讓曼斯菲爾德莊園的一切重回常軌，拜訪財產代理人與地方官、檢視和清查一切細節，並趁著空檔到馬廄、花園和附近的種植林巡視。湯瑪斯爵士處理事情相當有效率，不僅趕在晚餐前就完成一切工作回到主桌，也已吩咐木匠拆除最近才在撞球室搭建的一切裝潢；他還早早解僱了布景畫匠，畫匠就快要抵達北安普頓了。畫匠離開後，獨留撞球室地面一片狼藉，馬伕的海綿全數報銷，五名僕人也頓時變得無所事事，很是不滿。湯瑪斯爵士希望，再過一、兩天，關於這場表演的一切就會清除得一乾二淨，甚至連屋裡尚未裝訂的《海誓山盟》劇本也一併銷毀，因為他將眼前所見的副本全部燒掉了。

直到現在，葉慈先生總算釐清湯瑪斯爵士的用意，卻依然對其動機毫無頭緒。他與湯姆整個早上都帶著槍外出打獵，湯姆抓緊機會向他解釋接下來的事，並為父親的古怪脾氣致歉。葉慈先生的難受心情自然不難想像；他二度為了相同的遭遇大失所望，運氣簡直太糟了。要不是

---

93 米迦勒節（Michaelmas）：九月二十九日，紀念天使長聖米迦勒的節慶，標誌秋季的序幕。

念及自己與湯姆的情分，以及為了茱莉亞著想，葉慈先生肯定會狠狠抨擊湯瑪斯爵士的荒謬行徑，要他找回一絲理智。葉慈先生無論待在曼斯菲爾德樹林或返家路上，這個念頭始終揮之不去。不過，當他們圍坐在同一張餐桌吃飯時，湯瑪斯爵士的威嚴令葉慈先生頓時打了退堂鼓，明白自己最好別再出言反對，就讓他繼續一意孤行吧！葉慈先生見過不少惹人厭的父親，也為此歷經許多麻煩；然而，他有生以來還未曾見過有誰像湯瑪斯爵士一樣，如此愚昧地拘泥於道德倫理，並如同暴君般蠻橫專制。要不是看在湯瑪斯爵士的孩子的情面上，根本沒人忍受得了他；葉慈先生之所以勉為其難答應在這裡多待上幾天，全得感謝他美麗的女兒茱莉亞。

這晚表面上看起來風平浪靜，可是幾乎所有人的心裡都不甚平靜。湯瑪斯爵士要求兩名女兒彈琴演唱，想掩飾並非真正和樂融融的氣氛。瑪莉亞的心情特別煩亂，如今她等不及要聽克勞佛表白心意，眼看一天又要過去，事情卻毫無進展，不禁憂心忡忡。她一整天都期待著克勞佛出現，直到了晚上。拉許沃斯先生一早就回索瑟頓去了，向母親報告湯瑪斯爵士返家的好消息；因此瑪莉亞一廂情願，等不及要聽到克勞佛先生的告白，那麼拉許沃斯先生就不用再回來了。

然而，牧師公館的訪客連個影子也見不著；只有格蘭特太太向伯特倫夫人捎來祝賀與問候，接著便杳無音信。一連好幾週以來，這還是第一次兩家人整天沒有任何往來；畢竟八月以後，兩家人幾乎每天都有理由碰面。對瑪莉亞而言，這天悲傷難耐，即使她隔天如願以償，內心的衝擊依然有增無減；短暫的狂喜之後，痛苦的磨難接踵而至。亨利．克勞佛總算再次登門拜訪，與格蘭特牧師同行。格蘭特牧師迫不及待要與湯瑪斯爵士見面，他倆一大早就由僕人帶領至早餐室，伯特倫一家幾乎都在用餐。湯瑪斯爵士隨即走了進來，瑪莉亞見到心上人與父親碰面，感到既高興又忐忑。瑪莉亞一時無法釐清自己的心情，稍後聽到克勞佛先生的問話時，心裡同樣百感交集。亨利．克勞佛坐在瑪莉亞與湯姆的中間，他低聲問起湯姆，雖然演戲一事目前因為其父返家的好消息暫時中斷（禮貌地看了湯瑪斯爵士一眼），之後是否還有可能繼續進行？假如有此需要，他就必須依眾人需求安排時間回曼斯菲爾德莊園，因為他現在得直接趕到巴斯與叔父碰面，一分一秒也不容耽擱。但假如《海誓山盟》的演出計畫有可能照舊，他自當全力以赴；一旦情況需要，他會立刻告知叔父，趕回來參與這項盛事，千萬別因為少了他而取消這齣戲。

克勞佛先生說：「無論我在巴斯、諾福克郡、倫敦或約克郡，只要一接到消息，我一定在一小時內動身趕回這裡。」

幸好此時該由湯姆發言，而非他的妹妹。他隨即輕鬆地說：「真遺憾你即將遠行。不過我們那齣戲是不可能再繼續了，已經徹底結束啦！（他意味深長地看向父親）昨天畫匠已經辭退，到了明天，劇場就拆除得差不多了。我打從一開始就知道會是這種結果。你現在去巴斯未免過早，這時候還沒人呢！」

「我叔父通常都是這時候過去。」

「你打算什麼時候出發？」

「或許今天就會先趕去班伯里[94]。」

「你在巴斯要借用哪裡的馬？」湯姆接著問。兩人繼續交談下去時，自尊心強、意志堅定的瑪莉亞打定主意要插話，語氣堪稱鎮定。

克勞佛先生隨即回應瑪莉亞的問話，大多是在重述方才對湯姆的那席話，只是語氣顯得更溫柔，神情也更懊惱。不過，他這番表述和語氣，又能為他帶來什麼好處？他即將離開了，雖然並非出於己願，卻也有意在外久留。即使這是叔父的要求，不過他的行程向來由自己作主。他或許能信誓旦旦地強調這趟遠行有其必要，瑪莉亞卻很清楚他的生活一向隨心所欲。他曾經如此堅定地將她的手按在胸口啊！曾經那麼熱情奔放的他，如今竟顯得如此麻木不仁、無動於衷！瑪莉亞依靠意志力支撐著自己，卻仍感到痛心。瑪莉亞苦苦忍受克勞佛先生自相矛盾的謊言，礙於禮節而壓抑著滿心激動，只是過沒多久，克勞佛先生就轉向其他人寒暄。大家都知道，他這趟來訪只是為了辭行，停留時間也相當短暫。他就這麼離開了，他最後一次握起瑪莉亞的手，向她鞠躬道別，從此將丟下她孤伶伶一人。亨利．克勞佛就這麼離開了，他不僅離開這間屋子，不到兩小時後，更遠離了這個地區。他那自私的虛榮攪亂了瑪莉亞與茱莉亞．伯特倫的心，如今所有希望都煙消雲散。

茱莉亞倒是很高興克勞佛走了，畢竟她開始厭惡對方的存在。既然瑪莉亞同樣得不到他，她也能恢復平靜，不再一心想著報復，不願在姊姊遭受遺棄的傷口上灑鹽。亨利．克勞佛離開了，茱莉亞甚至忍不住同情起姊姊來。

芬妮的想法單純許多，聽到消息時同樣欣喜不已。她在晚餐時得知此事，不禁感到萬分慶幸。其他人提及這件事的語氣則充滿遺憾，也由於離情依依，紛紛細數起他的優點。艾德蒙基於愛屋及烏，自然最為真誠地讚美起克勞佛先生，他的母親則是心不在焉地附和。諾里斯太太環顧四周，不禁納悶克勞佛先生與茱莉亞之間的戀情為何成了一場幻影，甚至擔心自己沒有盡力撮合他們。不過，她平常忙著打理這麼多事，怎麼可能一切盡如人意呢？

過了一、兩天，葉慈先生也告辭離開。湯瑪斯爵士對他離去一事倒是特別高興；他非常希望能與家人好好獨處，比葉慈先生地位高尚的訪客都嫌礙事了，更何況像葉慈先生如此自負囉嗦、遊手好閒又揮霍成性，就更惹人討厭了。本人已經夠讓人反感，竟還自詡是湯姆的朋友，又對茱莉亞情有獨鍾，對湯瑪斯爵士而言更是一大冒犯。湯瑪斯爵士對克勞佛先生遠行一事漠不關心，不過他衷心希望葉慈先生一路順風，還特別送他到大門口，心裡再高興不過。葉慈先生一直待到劇場完全拆除，親眼看著與演出有關的一切事物完全消失，才滿心感傷地離開曼斯菲爾德莊園。湯瑪斯爵士先生目送他遠去，希望這項演出計畫裡最糟糕的部分已然捨棄，一切都不再讓他想起演戲一事，就此畫下句點。

諾里斯太太已設法移除一樣可能會讓湯瑪斯爵士不高興的東西。她曾經費盡巧思縫製而成的帷幕，如今跟著她送回小屋去；說來也巧，她家裡正好缺一塊綠色的厚絨布呢！

94 班伯里（Banbury）：位於牛津郡的小鎮。

21

湯瑪斯爵士一回到家裡，不只《海誓山盟》的演出計畫生變，連一家人的生活方式也大不如前；在其主導下，曼斯菲爾德莊園完全變了個樣。他們原本熟悉的幾名朋友陸續離開，許多人的心情頓時變得低落。與過往相比，家裡的氣氛陰鬱許多；他們又變回悶悶不樂的家庭，幾乎少有生氣，也與牧師公館鮮有往來。湯瑪斯爵士不喜歡交際過於熱絡，此時更希望訪客不要待超過十五分鐘。除了自家人以外，拉許沃斯一家是他唯一欣然歡迎的訪客。

艾德蒙對父親的作法並不意外，只是惋惜他將格蘭特夫婦排除在外。艾德蒙對芬妮說：「我們應該邀他們來家裡作客，他們早已與我們熟稔，也是這裡的一分子。我真希望父親能意識到，在他外出的這段期間，格蘭特夫婦很照顧母親與妹妹。我很擔心他們因受到冷落而難過，事實上只是因為父親不認識他們罷了。夫婦倆才搬來這裡不到一年，這段期間父親幾乎都不在英國。他與格蘭特夫婦的交情如果再深一些，就會認為他們是值得往來的對象，畢竟他們正是父親喜歡的類型。家裡有時顯得缺乏生氣，兩個妹妹總是無精打采，連湯姆也看起來心不在焉。格蘭特牧師夫婦會為我們帶來活力，每晚得以度過更愉快的時光，相信父親同樣感受得到。」

芬妮說：「你真的這麼想嗎？在我看來，姨丈根本不喜歡外人。我認為他非常注重你口中的寧靜氣氛，只想安安靜靜地與家人待在一起。我覺得家裡的氣氛並不比以往沉悶，我的意思是與姨丈出國前相去不遠。在我的記憶裡，這樣的氛圍未曾改變。每當姨丈在場，家裡往往沒有多少歡笑聲；即使現在有些差別，我想也只是因為他長期離家在外，剛回來的氣氛自然較為和樂，大家顯得有些生澀。可是我也不記得以前的晚上曾經談笑風生，只有姨丈進城的日子例外。我想，一旦家裡有威嚴的長輩在，年輕人就很難高興起來。」

艾德蒙思索片刻後回答：「妳說得沒錯，芬妮。現在只是回到從前的光景罷了，根本沒什麼不同。假如每晚充滿歡笑，反而不像以前了呢！只是，也不過短短幾週的歡樂，就讓人留下多麼深刻的印象呀！我始終覺得，我們以前不曾擁有那樣的生活。」

芬妮說：「或許我比別人還一板一眼吧！我並不認為這幾晚特別漫長。我喜歡聽姨丈談起西印度的見聞，即使聽上一小時也不疲倦，遠比其他娛樂更讓人感興趣。看來我一定和別人不太一樣。」

「妳怎麼敢這麼說？（艾德蒙露出微笑）妳難道希望別人告訴妳，妳確實與眾不同，因為妳比其他人更聰明謹慎嗎？不過，芬妮，妳什麼時候聽過我開口稱讚妳或其他人了呢？假如妳想獲得讚美，去找我父親吧！他不會辜負妳的期待。問問妳的姨丈，他究竟對妳作何感想，就能聽見他對妳讚不絕口。雖然他多半只會誇獎妳的外表，妳也必須多加忍耐，相信他終究看得見妳美好的內在。」

芬妮不曾聽過這種話，不禁感到相當害羞。

「親愛的芬妮，妳姨丈認為妳長得十分漂亮。這是司空見慣的情況。除了我以外，任何人都會拿外表大作文章；而除了妳以外，其他人都喜歡自己的外表獲得稱讚。不過事實上，妳姨丈以前也沒發現妳長得漂亮，現在才意識到這件事。他現在可清楚了呢！妳的氣色變得好多了，臉蛋也變得更好看，至於身材……別這樣，芬妮，不要掉頭就走。不過就是姨丈的讚美嘛！倘若妳連姨丈的稱讚都受不了，該怎麼辦啊？妳必須提升信心，大方接受別人欣賞自己，並試著調適心情，承認自己已經出落得亭亭玉立了。」

「噢！別說這種話，別再說了。」芬妮嚷道，情緒遠比艾德蒙預期的還激動。艾德蒙見她這麼沮喪，話題就此打住，只是更嚴肅地多說了幾句。

「妳姨丈在各方面都對妳很滿意，我只希望妳願意多和他說說話。每晚大家聚在一起時，妳總是最安靜的人之一。」

「可是我已經比以前更常找他聊天了。你難道沒聽到，我昨晚向他問起奴隸買賣[95]的事？」

「我聽到了，而且希望妳繼續提問。如果妳能多問一些，妳姨丈會很高興。」

「我也很想這麼做，但是當時簡直安靜得可怕！表哥和表姊都坐在那裡一聲不吭，好像對這話題完全不感興趣。如果只有我興致盎然地提問，我擔心自己像在努力博取好感，讓他們相形失色。姨丈一定也希望兩個女兒踴躍發問。」

「克勞佛小姐那天對妳的看法果然沒錯，她說其他女孩最怕自己受到冷落，妳卻生怕獲得矚目與稱讚。我們當時在牧師公館聊起妳，她就是這麼說的。她的想法真是一針見血，我不曉得還有誰像她一樣洞察人性。她年紀輕輕，可真不簡單！她肯定比長時間與妳相處的家人還更瞭解妳。我猜她要不是礙於禮貌無法直言不諱，從她不經意洩漏的蛛絲馬跡和表情看來，她也能精準推敲出許多人的特質。不曉得她對我父親作何感想？她或許會稱讚父親是風度翩翩的紳士，儀態威嚴又穩重；不過她很少見到父親，或許也會對他的拘謹個性有些反感。倘若他們有更多相處的時間，肯定會喜歡彼此。父親想必很欣賞克勞佛小姐活潑大方的性格，她也有足夠的智慧評斷父親的能力。真希望他倆能更常碰面，也希望她不會認為父親對她沒有好感。」

芬妮半嘆了口氣，說：「克勞佛小姐一定很清楚，你們其他人都非常喜歡她。因此她壓根兒不會這麼想。湯瑪斯爵士剛回來只希望與家人共處，這也是理所當然。我相信再過一段時間，我們一定會像前陣子那樣經常碰面。」

「打從克勞佛小姐出生以來，這是她第一次在鄉間度過十月，我認為坦布里奇或切爾特納姆[96]都稱不上鄉村。十一月又是更蕭條的月分，我看得出來，格蘭特太太很擔心妹妹嫌曼斯菲爾德的冬季生活過於乏味。」

---

95 湯瑪斯爵士在安地卡島擁有種植場，涉及當時爭論不休的奴隸買賣議題。雖然伯特倫姊妹曾嘲笑芬妮缺乏地理常識，她對英國時勢的掌握卻比表姊更為透徹。

96 坦布里奇（Tunbridge）和切爾特納姆（Cheltenham）都是英格蘭知名的溫泉小鎮。

芬妮有許多話可說，卻又認為保持沉默為上策，決定避開一切有關克勞佛小姐的話題，絕口不提她的能力、個性、自負與家人，免得不小心將自己的觀察說溜嘴，彷彿在詆毀她的形象。克勞佛小姐對芬妮的看法相當友善，她至少該為此感激並更加寬容，因此她開始聊起其他話題。

「我記得姨丈明天要到索瑟頓用餐，你和伯特倫先生也會同行。這樣一來，家裡就剩沒多少人了。希望姨丈依然會對拉許沃斯先生抱持好感。」

「芬妮，那是不可能的。明天拜訪過索瑟頓後，父親對拉許沃斯先生的好感肯定會大幅降低，因為我們足足要和他相處五個小時。我想必會受不了他的愚蠢（假如沒發生其他更糟糕的情況），父親也一定會留下相同的印象，無法繼續欺騙自己。我真是替他們感到難過，或許拉許沃斯與瑪莉亞當初根本不應該認識。」

就此論之，湯瑪斯爵士確實大失所望。即使他對拉許沃斯先生依然和顏悅色，拉許沃斯先生對他的態度也百般尊敬，他還是無可避免察覺出真相——拉許沃斯先生其實差強人意，既對生意一竅不通，各式書籍亦毫無涉獵，又缺乏主見，本人卻渾然未覺。

湯瑪斯爵士沒料到女婿是這樣的人，不禁替瑪莉亞感到憂心，試著想知道她的感受。湯瑪斯爵士才觀察沒多久，就能判斷女兒一點也不在乎兩人之間的關係。她對拉許沃斯先生漠不關心，態度相當冷淡，顯然對他毫無情愫。湯瑪斯爵士決定認真找瑪莉亞談談。兩家聯姻確實會帶來益處，這段時間以來，他倆的婚約也早已眾所周知；即使如此，瑪莉亞的終身幸福依然不能就這樣犧牲。或許他倆相識不久，瑪莉亞就太快接受拉許沃斯先生的求婚；如今更瞭解未婚夫後，她的心裡也開始感到懊悔。

湯瑪斯爵士嚴肅地與瑪莉亞談及此事，語氣也十分親切。他向女兒表達心裡的擔憂，要求女兒將真正的想法說出來。湯瑪斯爵士保證會坦然接受一切不便，假如瑪莉亞認為婚後不會幸福，可以徹底放棄這樁婚姻，他定為女兒挺身而出，讓她就此自由。瑪莉亞聽著這番話時，內心一度陷入天人交戰，卻也僅僅掙扎片刻；父親語音方落，她隨即堅定給予答覆，並未明顯流露出心煩意亂的模樣。瑪莉亞感謝父親的關照與疼愛，不過他顯然有所誤會，才認為她有意解除婚約；她自從訂婚以來，就不曾改變過心意。她十分敬重拉許沃斯先生的為人與性格，深信他倆的婚姻定能幸福。湯瑪斯爵士總算放下心來，或許有些高興過頭，才沒有依平時的判斷追問下去。他確實無法輕易放棄這門聯姻，因此決定說服自己拉許沃斯先生年紀尚輕，還有機會成長；藉由上流社會的薰陶，他一定能有所長進。假如瑪莉亞信誓旦旦地認為婚後會過得幸福，心裡既不帶偏見，也沒有為愛沖昏了頭，那他自然願意相信女兒所說的話。瑪莉亞或許用情不深——湯瑪斯爵士也從未抱持如此期待——不過她的幸福理應不會因此而減損。倘若瑪莉亞願意接受丈夫並非才華出眾，想必一切都能符合她的期待。心地善良的年輕女孩若非為了愛情步入婚姻，通常婚後都會與原生家庭更加親近；索瑟頓與曼斯菲爾德近在咫尺，自然會建立起最為深厚的關係，未來兩家人一定能繼續和樂融融地密切來往。湯瑪斯爵士的思緒就這麼轉個不停，很高興從原本擔憂可能會出現的破局危機解脫，不必面對悔婚後必然伴隨的錯愕議論和譴責聲浪。他非常欣慰能確保這門婚事，兩家聯姻將讓他的聲望與影響力如虎添翼；更高興擁有這麼溫柔懂事的女兒，得以促成如此美好的結果。

父女的談話結束後，瑪莉亞的滿足之情並不亞於湯瑪斯爵士。瑪莉亞非常欣慰自己掌握了下半輩子的命運，再次確定自己即將成為索瑟頓的一分子；克勞佛不可能掌控她的行動，也無法毀掉她未來的幸福。瑪莉亞感到充滿自信、意志堅定，打定主意以後要更謹慎對待拉許沃斯先生，免得父親再次起疑。

倘若湯瑪斯爵士在亨利．克勞佛離開曼斯菲爾德莊園的前三、四天就找瑪莉亞談話，當時她的心情尚未平復，也還沒完全放棄克勞佛或決意忍耐拉許沃斯先生，或許她的答案會有所不同。然而過了三、四天克勞佛仍不見蹤影，甚至杳無音訊，瑪莉亞看不出對方心懷柔情的跡象，也找不到需要戀棧的理由，逐漸心灰意冷，決定以高傲與報復的姿態尋求慰藉。

亨利．克勞佛已然摧毀瑪莉亞的幸福，卻永遠不會知道自己鑄下這個錯誤，也無法毀掉她的名聲、美貌與光明的未來。克勞佛不能指望瑪莉亞為了他在曼斯菲爾德莊園離群索居，與索瑟頓和倫敦斷絕往來，捨棄衣食無虞和光鮮亮麗的生活。獨立自主遠比一切更為重要，瑪莉亞深刻感受到，自己在曼斯菲爾德根本過不了這樣的生活，越來越無法忍受父親施予的諸多限制。父親不在身邊的自由滋味如今格外顯得不可或缺。她必須盡快逃離父親和曼斯菲爾德莊園，過上忙碌充實的優渥生活，治癒傷痕累累的心。瑪莉亞打定主意，絕不動搖。

瑪莉亞既然心意已決，自然不想再耽擱婚事，也不願為了籌備婚禮等待下去，反倒拉許沃斯先生並不像她急著結婚。瑪莉亞早已做好心理準備，能坦然踏入婚姻；她痛恨家裡的諸多限制與乏味生活，失戀令她傷透了心，也不再重視原本的心上人。其他準備工作倒不急，等到她有心處理時，明年春天再到倫敦打點新馬車與家具也無妨。

眾人皆同意以此原則進行，隨即發現，婚禮的籌備時間只需短短幾週即可。

拉許沃斯太太十分樂意褪下女主人的光環，交接給寶貝兒子所中意的幸運女孩。一邁入十一月，拉許沃斯太太立即展現得體的禮節，帶著女傭和僕人，乘著雙輪馬車搬到巴斯去。她樂於在每晚聚會讚揚索瑟頓的美好，也依然對牌局樂此不疲，盡興程度或許不亞於住在索瑟頓的期間。不到十一月中旬，婚禮順利舉行，索瑟頓就此迎來新的女主人。

婚禮打點得恰如其分，新娘的穿著十分優雅，兩名伴娘無法搶過她的丰采；父親領著新娘走入禮堂，母親則手捧著鹽[97]站在一旁，依依不捨又激動；阿姨試著落下幾滴眼淚，格蘭特牧師主持儀式的表現也可圈可點。左鄰右舍聊起這場婚禮時，一致認為無可挑剔；只不過，將新人與茱莉亞從教堂接回索瑟頓的禮車，竟然就是拉許沃斯先生過去一年來使用的四輪馬車，眾人對這點頗有微詞。除此之外，當天婚禮的一切皆完全符合禮節，禁得起眾人的嚴格檢視。

婚禮結束，新人離開。湯瑪斯爵士滿懷為人父的焦慮，依依不捨的心情與妻子方才的心境

97 在西方基督教傳統中，鹽與承諾有著密切的關聯，在締約儀式中（如婚禮）有所謂的鹽的誓約（covenant of salt）。

如出一轍，只是伯特倫夫人已經平靜了不少。諾里斯太太一整天都欣然協助打點一切，忙著在莊園裡安撫妹妹的情緒，也向拉許沃斯夫婦多敬了一、兩杯酒，感到滿心喜悅；這樁姻緣歸功於她從中牽線，多虧她盡心盡力地促成。她總是洋洋得意地向眾人誇耀，彷彿未曾聽聞任何不幸的婚姻；旁人也完全察覺不出來，她其實一點都不瞭解自己從小悉心照料的外甥女。

這對新婚夫婦計畫幾天後前往布萊頓[98]，在當地找間屋子住上幾週。瑪莉亞幾乎不曾到外地去，任何地方都叫她驚奇；即使已屆冬日，布萊頓的歡樂氣氛卻不亞於夏季。等到夫婦倆盡興玩遍布萊頓，接下來就是更令人大開眼界的倫敦了。

茱莉亞會隨著拉許沃斯夫婦一同前往布萊頓。由於姊妹倆先前的較勁已告終結，兩人也逐漸回復以往的手足之情，至少很高興這段旅程能有彼此作伴。除了丈夫，拉許沃斯太太自然希望多一名同伴；而茱莉亞的雀躍之情與瑪莉亞不相上下，非常期待到異地大開眼界。只是，茱莉亞不像瑪莉亞是付出諸多代價才換來這一切，也能坦然接受作為隨從的地位。

姊妹的離開為曼斯菲爾德帶來明顯改變，必須花上一段時日才能彌補。家庭成員一下少了兩人，儘管伯特倫姊妹鮮少為家裡帶來歡樂，眾人依然十分思念她們，就連她們的母親也萬分惦記。她們那位心腸柔軟的表妹更是經常在屋裡四處遊走，一心想念兩名表姊，只可惜她們根本沒有同樣牽掛著芬妮。

22

兩名表姊離開後，芬妮在家裡的地位則提升了。以往她在家裡受到的關注只能屈居第三，如今卻成了客廳裡唯一的年輕女孩，自然會比以往更常獲得矚目；即使其他人不見得需要芬妮陪伴，卻也總是不時問起「芬妮到哪裡去了？」

芬妮不只在家裡顯得重要，在牧師公館的情況亦然。自從諾里斯先生過世後，芬妮可能一年還拜訪不到兩次，如今卻經常獲得邀約。天氣陰鬱的十一月，某天芬妮原本只是因緣際會登門拜訪，竟成了瑪莉・克勞佛眼裡最受歡迎的客人，之後也一再受到盛情邀約。格蘭特太太亟欲讓妹妹轉換心情，很輕易就說服自己這麼做也能為芬妮帶來益處，因此經常邀請她到家裡來。

當時芬妮為了諾里斯太太交辦的差事去了村裡一趟，沒想到在牧師公館附近遇到傾盆大雨。芬妮跑到屋外的一棵橡樹下躲雨，她們從窗戶見到芬妮這副狼狽樣，極力邀請她進屋裡來。儘管芬妮心裡有些不情願，也只能走進門裡。原本她謝絕僕人的好意，不過格蘭特牧師親

98 Brighton，位於英格蘭南岸的海濱度假勝地。

自撐傘出來迎接，教她非常不好意思，連忙走進屋裡。可憐的克勞佛小姐正垂頭喪氣地看著這場苦雨，哀嘆這天早上外出散步的計畫泡湯，接下來一整天除了家人，恐怕見不到其他人影了。此時前門傳來一陣小小的騷動，只見淋得渾身濕透的普萊斯小姐走進大廳，頓時令克勞佛小姐喜出望外。芬妮被迫在雨天到鄉間辦事，卻為克勞佛小姐帶來莫大益處，讓她精神為之一振，急著要招呼芬妮。她注意到芬妮渾身濕透，連忙遞給她乾淨的衣服換穿；芬妮不得不順從地接受關心，在女主人與女傭的協助下換好衣服。外頭大雨仍未停歇，芬妮也只得回到樓下的客廳，乖乖待上一個鐘頭。這個新鮮插曲讓克勞佛小姐得以轉移注意力，變得神采奕奕，一直延續到梳妝等待晚餐的時刻。

姊妹倆對芬妮親切有加。假如芬妮不是自認給人添麻煩，並提早得知天氣再過一小時就會放晴，讓她不必麻煩格蘭特牧師特地派馬車送自己回家（他們這番好意令芬妮驚恐不已），或許她也能安心地作客。芬妮倒是不擔心家人會因為她被大雨困在外頭而緊張。只有兩位阿姨知道芬妮出門去了，她很清楚阿姨絕不會替自己操心；只要諾里斯阿姨隨口推測她在某個農舍躲雨，伯特倫阿姨就會深信不疑。天空逐漸放晴時，芬妮正好見到屋裡的豎琴，忍不住好奇地問了幾句，隨即坦言自己很想聆賞豎琴演奏，因為自從豎琴送來曼斯菲爾德後，她尚未親耳欣賞其美妙的樂音。姊妹倆難以置信，對芬妮而言卻自然不過，畢竟豎琴送達牧師公館以來，她始終沒有理由登門拜訪。克勞佛小姐忽然想起以前曾答應要彈奏豎琴給芬妮聽，頓時對自己的疏忽感到很不好意思，連忙興致盎然地問她：「要我現在彈給妳聽嗎？妳想聽什麼曲子？」

克勞佛小姐依言彈奏起豎琴，非常高興又多了一名懂得欣賞的知音；更何況這名聽眾滿心感激，對演奏嘆為觀止，也流露出不凡的音樂造詣。直到芬妮的視線轉向窗外，見到天空已明顯放晴，顯然有意離開，克勞佛小姐這才停止演奏。

克勞佛小姐說：「多等十五分鐘吧！我們再觀察一下天氣。不要一看到雨停就急著出門，那些烏雲看起來還是很不妙呢！」

芬妮說：「可是烏雲已經散得差不多了。我一直在觀察天空。雲都是從南邊飄上來的。」

「無論從北方或南邊飄上來，我總還認得出烏雲長什麼樣子。現在雲層還這麼厚，妳不應該冒險出門。此外，我也想多演奏幾曲給妳聽。這首曲子非常動人，是妳表哥艾德蒙最喜歡的樂曲。妳總該留下來聽聽表哥最喜愛的曲子吧！」

芬妮執意離開。即使克勞佛小姐不說這樣的話，芬妮也早已聯想到艾德蒙，這番話令她感受格外強烈。她一次又一次想像艾德蒙待在這個房間，或許就坐在她現在的位子，雀躍地聆賞最喜歡的樂曲，或許還比現在傳來的樂音更加悠揚，真情流露。即使芬妮喜歡豎琴演奏，也很樂意分享艾德蒙所喜愛的事物，一等曲子結束，她反倒比方才更急著回家。克勞佛小姐見芬妮一心離開，親切地邀請她再次來作客，隨時歡迎她散步時順道過來聽豎琴演奏。克勞佛小姐的盛情難卻，芬妮也感激地表示，假如家裡不反對，她一定會再度登門拜訪。

正是透過這樣的契機，伯特倫姊妹離家後的兩週，兩人也逐漸建立起更為親密的友誼。主因在於克勞佛小姐想為生活注入新意，芬妮的感受卻不甚真實。她每隔兩、三天就會到牧師公館一趟，似乎是難以抗拒的魔咒，若未登門拜訪便感到渾身不對勁。然而芬妮並未因此喜歡上克勞佛小姐，也沒有打算對她多抱持一些好感；在沒有其他對象可找的情況下，即使克勞佛小姐如此需要芬妮的陪伴，也不會令她心懷感激。芬妮與克勞佛小姐談話時，往往無法從中獲得多少樂趣；只有克勞佛小姐以理當敬重的人事物打趣時，才能勉強勾起她一絲興致。儘管如此，芬妮還是經常往返牧師公館，與克勞佛小姐一同在格蘭特太太的灌木林裡散步半小時。逢此時節，天氣竟一反常態，變得相當和煦，因此她們有時還能大膽地坐在長椅上休息，不顧沒有樹蔭可遮蔽。她們就這麼靜靜地坐著，偶爾芬妮會悠悠讚嘆起眼前的深秋美景，直到一陣冷風吹落身旁幾片枯黃的樹葉，驚得她們跳起來，連忙走向更暖和的地方。

一天，兩人就這麼並肩坐著。

「好漂亮，真是太美了。」芬妮一面環顧四周，一面說，「每次來到這座林子，我總會懾於眼前生氣蓬勃的美景。三年前這裡還一無所有，草原上僅有一片荒涼樹叢，從未想過能有變化；如今這裡成了一條美麗的林蔭步道，說不上是否真發揮了實質效益，或只是徒具裝飾。或許再過三年，我們早已淡忘眼前的一切，壓根兒不記得這裡原本的樣貌了。時間帶來的變化多麼美妙，人心的改變又多麼有趣呀！」芬妮的思緒繼續奔馳，隨即接著說：「倘若人性還有更為美妙之處，我想就是記憶了。在我們的腦袋裡，沒什麼比記憶的力量、謬誤或失衡更為不可思議。有時記憶如我們所願，顯得如此牢靠深刻；有時卻也可能變得模糊、令人困惑，甚至恣肆發展、絲毫不受控制！人類在各方面都能展現奇妙之處，這點無庸置疑；然而，我們的回想與遺忘的力量，似乎顯得特別不同。」

克勞佛小姐對這番話毫無共鳴，不為所動，因此並未接腔。芬妮意識到她意興闌珊，便改口談起對方或許最感興趣的話題。

「從我口中聽到這番讚美或許有些不得體，可是，我不得不讚嘆格蘭特太太在這裡所展現的藝術品味。這條林蔭步道的風格多麼簡潔大方！沒有過多花俏的造景。」

克勞佛小姐心不在焉地回答：「沒錯。以這種環境看來，造景確實相當巧妙。人們通常不會將心思放在這裡。偷偷告訴妳，在我來到曼斯菲爾德以前，根本沒想過鄉間的牧師會為了灌木林這種事煞費苦心。」

芬妮答道：「真高興看到常青樹長得如此茂盛！姨丈的園丁總說這裡的土壤比較肥沃，月桂樹和其他常青樹總是如此綠意盎然，確實可見一斑。這些漂亮的常青樹多麼賞心悅目、令人心曠神怡呀！每每思及此，總要讚嘆大自然的面貌如此包羅萬象！我們知道，在某些鄉村裡，總有各式的繽紛樹木；可是，一想到相同的土壤與陽光，竟能培育出截然不同的品種，建立起各自的生存法則，依然令人大為驚嘆。妳恐怕要覺得我想法有些過火了，不過每當我來到戶外，尤其像這樣靜靜地坐在外頭，總會不由自主陷入這樣的思維。即使眼前是最為尋常不過的自然景致，也能激發最天馬行空的想像。」

克勞佛小姐回答：「說實話，我覺得自己像路易十四時代的知名總督[99]，只知道自己置身於這片灌木林，卻無法從中發掘值得讚揚之處。倘若一年前就有人告訴我，這個地方將成為我的棲身之處，得像現在這樣花上好幾個月待在這裡，我當時肯定說什麼也不相信。不過，轉眼我已經在此待上近五個月了，老實說，簡直是我這輩子度過最清靜的五個月。」

「我相信這裡對妳而言實在太清閒了。」

克勞佛小姐的眼神閃閃發光，說：「照理說是如此。不過整體而言，我從未度過這麼快樂的夏天。只是，」她顯得若有所思，壓低聲音，「我完全不曉得，接下來又會是什麼模樣。」

芬妮不禁心跳加速，覺得此時最好不要妄加揣測。然而，克勞佛小姐重新打起精神，接著說：

「我發現自己遠比預期更能適應鄉間住所，甚至認為若能在鄉下生活個半年，肯定會相當愉快。住在空間適中的優雅宅邸裡，身邊有一大群親朋好友作伴，並融入這一帶的上流階級，或許比坐擁萬貫家財的富人更受敬重呢！盡情享樂之餘，還能與最親切的人朝夕相對，多令人滿足。普萊斯小姐，這樣的畫面可真美好，不是嗎？假如我們擁有如此完美的家庭生活，就不必羨慕新婚的拉許沃斯太太了。」

「羨慕新婚的拉許沃斯太太！」芬妮驚訝得只能重複這句話。

「冷靜，我們要是嚴厲批評拉許沃斯太太，可就太不明智了，我相信她接下來會為我們帶來許多歡樂的美好時光呢！我想，往後一年我們一定會經常造訪索瑟頓。伯特倫小姐風光嫁入索瑟頓，自然是眾人樂見的喜事；身為拉許沃斯先生的妻子，她最大的樂趣想必就是廣邀賓客，在家舉辦鄉間最為奢華的舞會。」

芬妮默不作聲，克勞佛小姐再次陷入沉思，幾分鐘後猛然抬起頭，一面嚷道：「哎呀，他來了。」不過，來者並非拉許沃斯先生，而是艾德蒙，正偕同格蘭特太太走向她們。「是姊姊和伯特倫先生。真慶幸妳的大表哥離開了，我又能稱他為伯特倫先生[100]。艾德蒙．伯特倫先生的稱呼總顯得過於正式，彷彿次子的身分矮人一截，我一點也不喜歡。」

芬妮高聲說：「我們的感受多麼截然不同啊！在我看來，伯特倫先生的稱謂聽起如此冷漠空洞，毫無感情或特色！這只是對紳士的尊稱，僅此而已。可是艾德蒙的名字就顯得十分高貴。這是許多英雄人物的名字，有國王、王子或騎士，彷彿蘊含彬彬有禮的騎士精神，充滿溫暖的感情。」

「這名字本身確實相當出色，『艾德蒙勛爵』或『艾德蒙爵士』聽起來也相當威風。不過稱謂若降成『先生』，那麼『艾德蒙先生』就和『約翰先生』或『湯瑪斯先生』這一類名字沒什麼兩樣。話說，他們大概又要教訓我們，天氣這麼冷還坐在戶外。要不要先站起來，讓他們找不到機會開口訓話？」

---

99 克勞佛小姐自喻身處在美景當中卻沒有心情戀棧。典故可能是出自一六八五年，熱那亞總督受迫於法國的強大壓力，至凡爾賽宮晉見法王路易十四的歷史事件。

100 家族中的長子或長女習慣以姓氏稱呼，年紀較小的手足則以教名或全名做為稱謂。因此，伯特倫先生通常意指湯姆，伯特倫小姐則指稱出嫁前的瑪莉亞。

艾德蒙見到她倆，顯得格外高興。他聽聞克勞佛小姐與芬妮變得更加熱絡，感到十分欣慰，這是他第一次見到她倆共處的時刻。最重視的兩個女孩建立起深厚友情，他自然樂見其成；假如他有資格以情人的角度判斷，也不認為這段友誼只對芬妮有好處，或者她是較大的受益者。

克勞佛小姐說：「這個嘛，你不打算責備我們輕率魯莽嗎？我們坐在這裡，正是等著聽你們提起這件事，要求我們答應下不為例呢！」

艾德蒙說：「假如只有妳們其中一人坐在這裡，或許我會開口訓話。不過既然妳們是一起犯錯，我大可睜一隻眼閉一隻眼。」

格蘭特太太嚷道：「她們才在這裡坐沒多久。我去拿圍巾時，還從樓梯旁的窗戶見到她倆在散步呢！」

艾德蒙說：「說真的，天氣如此和煦，妳們倆稍坐幾分鐘，也稱不上什麼輕率魯莽。這裡的天氣往往很難依照季節預測，有時十一月反而比五月更常放晴呢！」

克勞佛小姐高聲說：「說真的，你們真是我見過感情最遲鈍的人，太令人失望了！你們竟然一點也不擔心，根本不知道我們吃了多少苦，在這裡冷得直打哆嗦！不過，我始終認為伯特倫先生是最難應付的對象，無法以常理論斷，往往讓女人束手無策，因此打從一開始就不對他抱持希望。可是，格蘭特太太，妳身為我的好姊姊，我總該有資格讓妳著急一下吧！」

「親愛的瑪莉，別往自己臉上貼金，妳根本無法打動我呢！我確實有值得擔心的事，卻不是妳想的那樣。要是我有能力改變天氣，肯定會有強勁的東風直往妳們的臉上吹呢！最近晚上天氣溫和，羅伯特打算將我的部分盆栽搬到室外。可我很清楚，天氣總是說變就變，一定會突然下起霜雪，讓所有人措手不及，至少羅伯特肯定會嚇一大跳，我的盆栽卻已經全數凍死了。更糟的是，我原本希望等到週日再來料理火雞，格蘭特牧師結束禮拜後累得很，一定想大快朵頤。可是廚子才剛告訴我，最近天氣太熱，明天就得處理那隻火雞了。這些事情才令我煩惱；最近的天氣真是太反常了。」

克勞佛小姐淘氣地說：「打理鄉下的家務事可真有趣哪！不如幫我介紹照顧苗圃的工人和家禽販子吧！」

「親愛的，妳先讓格蘭特牧師升上西敏市或聖保羅的教長，我就會欣然為妳介紹照顧苗圃的工人和家禽販子。不過，曼斯菲爾德根本沒有這兩種行業，妳說我該怎麼辦？」

「噢！妳已經做好該做的事了。總有許多事情讓妳心煩意亂，妳卻不曾大發脾氣。」

「謝謝妳。不過，瑪莉，無論妳住在哪裡，總逃不掉這些芝麻蒜皮的煩惱。等妳在城裡安頓下來，我前去探望妳時，即使妳身邊有照顧苗圃的工人和家禽販子，肯定還是有需要妳操心的事情，或許正是為了他們大發雷霆呢！他們住得太遠，向來不準時，也可能收費過高，向妳亂敲竹槓，一定會讓妳更加牢騷滿腹。」

「我希望自己會過上非常富裕的生活，根本不必為這種瑣事抱怨。依我所見，豐厚收入正是快樂的最佳泉源，一定能將香桃木[101]和火雞打點得服服貼貼。」

艾德蒙問道：「妳希望變得非常富有？」在芬妮看來，他的表情相當鄭重其事。

「當然啦！難道你不想嗎？所有人不是都想要過優渥的生活？」

「這種事完全不在自己的掌控之內，我也不會多加想望。克勞佛小姐自然能決定自己的財富多寡，每年想要幾千英鎊的收入，都會穩穩地落袋為安。我只希望不要窮困潦倒就好。」

「你如果省吃儉用、量入為出，相信問題就能迎刃而解。我能理解你的想法。以你的年紀，這麼想確實無可厚非，畢竟你的財力有限，也沒有顯赫的人脈，除了維持過得去的生活，你還能奢求什麼呢？你已經老大不小，身邊的人要不是無法伸出援手，就是仗著有錢有勢讓你相形見絀。無論如何，你還是老老實實地過著一貧如洗的生活吧！不過我可不會羨慕你，甚至無法心生敬意。我更欣賞性格正直的有錢人。」

「無論妳對安分守己的窮人或富人有何重視程度，我都不感興趣。我並非有意過上捉襟見肘的生活，同樣不願落得一貧如洗。我只希望，妳千萬不要輕視安分守己的中等階級。」

「可是如果有機會往上爬，卻依然安於現狀，我就會瞧不起他們。明明有機會嶄露頭角，竟甘於當個無名小卒，我自然會嗤之以鼻。」

「可是該怎麼力爭上游呢？我該怎麼做，才能讓老實的自己出人頭地？」

這問題無法輕易回答，漂亮的克勞佛小姐只能驚呼一聲，過了半晌才答道：「你應該進議會工作，或是早在十年前就選擇從軍。」

「現在看來也不可行了。說到這個，我恐怕要等到有個專為無權無勢的次子所設立的國會，才有機會爭取席次。不對，克勞佛小姐，」艾德蒙以更嚴肅的語氣接著說，「我總還有些嶄露頭角的機會，不至於壓根兒毫無希望，只是與妳所想的方式截然不同。」

艾德蒙說這話時，表情顯得意味深長；克勞佛小姐笑了幾聲回應，彷彿也流露出耐人尋味的態度。芬妮將這一切看在眼裡，感到十分悲傷。她與格蘭特太太並肩走在他倆身後，似乎再也待不下去了，頓時急著想回家。在芬妮還來不及鼓起勇氣說出口時，曼斯菲爾德莊園的大鐘正好敲響三聲，她意識到自己待得太晚，方才猶豫著該如何道別的難題也隨即有了答案，不假思索地開口向眾人告辭。艾德蒙這才想起，他正是因為母親想找芬妮，特地走來牧師公館接表妹回家。

芬妮一聽更急著趕回去了，甚至寧可不等艾德蒙，逕自走回家。不過一行人都跟著加快步伐，陪著她一起走回屋裡，穿堂通過大門。格蘭特牧師正好待在門廳，眾人停下腳步與他打招呼。芬妮從艾德蒙的談話注意到，他確實打算陪自己一起走回家，此時也向格蘭特牧師告別，心裡不禁浮現一陣感激。臨別之際，格蘭特牧師邀請艾德蒙隔天前來享用羊肉大餐；芬妮心裡正為此有些不悅，格蘭特太太就猛然想起她的存在，開口邀請她一同作伴。芬妮這輩子還不曾受到如此關照，第一次面臨這種情況，頓時令她既驚訝又難為情。她結結巴巴地表達了感謝，一面表示「我恐怕無法作主」，一面看向艾德蒙求助。不過艾德蒙非常高興芬妮也受到邀約，

101 香桃木（Myrtle）：常綠灌木，在希臘神話裡為愛神的聖花。

並從其眼神和回答推斷她同樣有意接受這番盛情，只是礙於對阿姨的顧慮而不敢回答。他認為母親一定會允許芬妮出門，便向她表示贊同，建議她欣然受邀。儘管有艾德蒙鼓勵，芬妮依然有些猶豫，不敢自作主張；不過她還是很快打定主意，向格蘭特太太表示，假如沒有捎來無法出席的通知，就表示她會赴約。

格蘭特太太笑著說：「你們都知道會吃到什麼啦！晚餐是火雞，我保證相當可口。親愛的，」她轉向丈夫，「廚子堅持明天就得將火雞端上桌。」

格蘭特牧師嚷道：「很好，非常好。這樣更好。我很高興你們能吃到這麼美味的佳餚。不過，我相信普萊斯小姐與艾德蒙．伯特倫先生不是只為了吃，我們可不需要知道菜單。我們期待的是和樂融融的聚會，而非一桌山珍海味。無論是火雞、鵝肉或羊腿，看妳和廚子要張羅什麼都行。」

這對表兄妹於是結伴回家。艾德蒙隨即對這邀約表示欣慰，也很高興芬妮與這家人建立起如此親密的感情。說完這番話，他隨即陷入沉思，兩人走回家的一路上都沉默不語。

23

伯特倫夫人說：「為什麼格蘭特太太要邀請芬妮？她怎麼會想到要問芬妮的意見呢？你也知道，芬妮不曾受邀到牧師公館用餐。我不能讓她離開身邊，我相信她也不想去。芬妮，妳根本不想去，對吧？」

艾德蒙制止芬妮回答，大聲喊道：「如果您用這種方式問她，芬妮絕對會回答『沒錯』。可是，親愛的母親，我相信芬妮非常樂意前去用餐，我也找不出不准她去吃飯的理由。」

「我實在不懂，為什麼格蘭特太太會想邀芬妮呢？她以前從未問過芬妮的意見。她不時邀請妳的兩名妹妹過去用餐，卻不曾請過芬妮。」

「阿姨，假如您真的離不開我——」芬妮以認命的語氣開口。

「我相信母親會很樂意整晚都由父親陪在身邊。」

「如果他願意的話，那是當然的了。」

「或許您該問問父親的意見，母親。」

「說得沒錯，就這樣吧，艾德蒙。等湯瑪斯爵士一進門，我便問問他該不該讓芬妮離開。」

「隨您高興，母親。不過我的意思是問問父親，芬妮接受邀請是否合乎禮節。我相信他一定認為格蘭特太太和芬妮都沒錯，第一次受邀理應欣然赴約。」

「我不知道。我們就問問他吧！不過他一定很驚訝格蘭特太太竟會邀請芬妮前去用餐。」

在湯瑪斯爵士回家以前，這個話題多說無益，眾人暫時不再談論。不過，這件事攸關伯特倫夫人隔天晚上的作息安排，因此她一心惦記著。半小時後，湯瑪斯爵士從種植林回家，進更衣室前先向伯特倫夫人打了聲招呼，她連忙在丈夫關起門前叫住他：「湯瑪斯爵士，等等，我有事要問你。」

伯特倫夫人從不提高聲調，維持一貫的慵懶語氣，還是能引起丈夫的注意。湯瑪斯爵士走了回來，伯特倫夫人隨即開口，芬妮也立刻溜出客廳，她實在無法忍受在姨丈面前談論有關自己的事情。她感到非常焦慮，甚至有些不安過了頭，急著想知道自己能否成行。倘若姨丈思忖良久，並以相當嚴肅的眼神看著她，最後的決定與其意願背道而馳，她恐怕很難表現出得體的順從模樣。伯特倫夫人一開口就說：「我要告訴你一件事，你恐怕會大吃一驚。格蘭特太太邀請芬妮前去用餐。」

「喔。」湯瑪斯爵士似乎一點也不驚訝，等著聽她往下說。

「艾德蒙希望她去赴約。可是我怎麼離得開她呢？」

「她確實會晚點回家。」湯瑪斯爵士掏出懷錶，「但是妳有什麼好為難的？」

艾德蒙連忙接話，一五一十地解釋母親沒交代清楚的細節。

伯特倫夫人只是喃喃說著：「真是太奇怪了！格蘭特太太可從沒邀請過她。」

艾德蒙說：「格蘭特太太想邀請她妹妹喜歡的客人到家裡，這也稱得上合情合理吧？」

湯瑪斯爵士思考了一會兒，隨即說道：「確實如此。在我看來，即使格蘭特太太並非為了妹妹著想，這麼做也自然不過。格蘭特太太對伯特倫夫人的外甥女普萊斯小姐釋出善意，哪還需要什麼理由呢！我唯一驚訝的是，這竟然是她第一次開口邀請芬妮。芬妮的回答相當得體，似乎清楚自己理應接受這番盛情。年輕人總是喜歡玩在一塊兒，我相信她有意前往，也找不出不讓她盡興的理由。」

「可是，湯瑪斯爵士，她不在身邊，我該怎麼辦？」

「妳一定沒問題的。」

「你也知道，姊姊不在這裡時，總是由芬妮負責沏茶。」

「或許妳姊姊願意整天陪著我們，我也會待在家裡。」

「那就好。既然如此，芬妮可以去了，艾德蒙。」

艾德蒙回房前順道敲了敲芬妮的房門，告訴她這個好消息。

「喔，芬妮，一切順利談定了，妳的姨丈不假思索就點頭答應。他認為妳應該過去。」

「謝謝你，我好高興。」芬妮出於直覺脫口回答。不過當她轉身關上房門時，不禁心想：「我為什麼要高興呢？那裡的所見所聞，不是只會帶給我痛苦嗎？」

儘管如此，芬妮還是開心極了。在他人眼裡，這或許只是稀鬆平常的邀約，對她而言卻是前所未有的體驗，意義非凡。除了到索瑟頓出遊的那一天，她目前還從未受邀到別人家裡用餐。雖然目的地不過半英里之遙，東道主也只有三名，依然是到他人家裡赴約的新奇經驗，出門前再微不足道的準備工作都令她樂在其中。幾位家人理應對芬妮的喜悅感同身受，指導她打點衣裝，卻沒有任何人伸出援手。伯特倫夫人向來對別人漠不關心；而諾里斯太太當天一大早就被湯瑪斯爵士找來家裡，心情顯得十分惡劣，似乎只想盡可能破壞外甥女的心情。無論眼前或接下來的樂趣，她都狠狠地潑了一大盆冷水。

「說真的，芬妮，妳竟能受到如此關照，擁有這樣的大好機會，簡直是格外走運！妳應該要非常感激格蘭特太太想到了妳，阿姨也同意讓妳過去。此外，妳還得認清現實，明白自己根本沒機會到別人家裡作客，甚至在外用餐；妳必須意識到，這種事情不會再有下一次了。妳千萬不能將此解讀為對方特別喜歡妳，而是看在妳的姨丈、阿姨和我的面子上才這麼做。格蘭特太太認為稍微關心妳一下，對我們才稱得上周到，否則她根本不會想到這件事。妳想必也很清楚，假如妳表姊茱莉亞在家，她對妳根本連問也不會問。」

諾里斯太太就這麼無情地摧毀格蘭特太太的一番好意。芬妮打算說點什麼，卻只能表示非常感激伯特倫阿姨同意讓她出門，她會盡量先將一切打點好，不讓阿姨感到不便。

「噢！相信我，即使妳不在家，妳的阿姨也會過得很好，否則她不可能允許妳出門。我會待在這裡，妳大可放心。希望妳玩得非常愉快、盡興。不過我得說，你們只有五人一起吃飯，這人數可真奇怪。像格蘭特太太如此優雅的女士，竟然沒有考慮這件事，真是太令人意外！還有他們那張大得出奇的餐桌，簡直快塞滿整間餐廳，多可怕呀！格蘭特牧師那張可笑的新餐桌比這裡的餐桌還大，正常人都懂得該用我留下來的那張，他這麼做不是好多了嗎？一定會受到更多人尊敬！人們一見到不合理的舉動，敬意往往蕩然無存，妳得牢記這一點，芬妮。五個人，那麼大的餐桌只坐五個人！我敢說，即使坐十個人也綽綽有餘。」

諾里斯太太喘了一口氣，又接著往下說：

「總是有人這麼愚蠢，妄想逾越自己的身分，顯得如此不可一世。芬妮，既然妳在我們沒有同行的情況下獨自赴約，我不得不多提醒妳幾句。拜託妳千萬不要自抬身價，以為擁有和表姊一樣的地位，恣意大發厥詞。妳可不是親愛的拉許沃斯太太或茱莉亞，絕對不是，相信我。記住，無論妳身在何方，永遠是地位最低、最不重要的人。儘管克勞佛小姐目前住在牧師公館，妳也不能喧賓奪主。今晚要停留多久時間，全由艾德蒙作主，妳必須尊重他的決定。」

「是，阿姨，我什麼也不會多想。」

「今晚很可能會下雨，我這輩子還沒見過傍晚的溼氣這麼重，所以妳必須自己想辦法打點一切，可別奢望會有馬車去接妳。我今晚肯定得留在這裡過夜，因此不會叫馬車。妳必須作好心理準備，帶妥需要的東西。」

芬妮認為阿姨的話很有道理，她也自認地位一如諾里斯太太所形容那般卑微。不久，湯瑪斯爵士開門問道：「芬妮，妳希望馬車什麼時候出發？」芬妮震驚得說不出話來。

諾里斯太太氣得面紅耳赤，大喊：「親愛的湯瑪斯爵士！芬妮可以自己走過去。」

「走過去！」湯瑪斯爵士威嚴地重複了她的話，跨步走進屋裡。「在這種時節，我的外甥女到別人家裡作客，竟得自己走路過去！妳覺得四點二十分如何？」

「沒問題，姨丈。」芬妮畢恭畢敬地回答，在諾里斯太太眼裡彷彿成了大逆不道的罪人。芬妮不敢與阿姨同處一室，擔心她認為自己一臉得意，連忙跟在姨丈身後走出客廳，只來得及聽到阿姨氣急敗壞地說：「簡直多此一舉！根本不必對她這麼好！不過，艾德蒙也會同行，肯定是為了艾德蒙才安排馬車。週四晚上時，我注意到他嗓子都啞了。」

不過這番話並未讓芬妮動搖，依然認為馬車是特地為她一人所準備。尤其在諾里斯阿姨大肆譴責她以後，姨丈隨即展現了如此體貼的舉動，不禁讓她暗自感激落淚。

車夫準時抵達門口，艾德蒙也準備出門。芬妮生怕遲到，早已在客廳等候多時。湯瑪斯爵士向來守時，一分不差地目送兩人出發。

「芬妮，我現在可以好好看看妳了。」艾德蒙以疼愛妹妹的兄長之姿，親切地笑說，「我好喜歡妳今天的打扮。透過現在的光線，妳看起來可真漂亮。妳今天穿的是什麼裝束？」

「這是表姊結婚時，姨丈非常好心送我的新洋裝，希望看起來不會太花俏。不過，我一有機會就想穿這件洋裝，否則今年冬天我恐怕沒有其他機會穿著它出門了。你不會覺得我打扮得太過頭吧？」

「身穿白色禮服的女孩，怎麼可能太過頭呢？我一點也不會這麼想，妳的穿著相當得體。這件禮服非常漂亮，我喜歡這些閃閃發亮的花紋。克勞佛小姐是不是也有一件類似的禮服？」

他們接近牧師公館時，經過了馬廄與馬伕的休息室。

艾德蒙說：「嘿！還有其他客人呢！那裡也有一輛馬車！他們還邀請誰來與我們共進晚餐呢？」他打開車窗，定睛細看那輛馬車，「是克勞佛的馬車，我確定那是他的四輪馬車！他那兩名車夫正忙著把馬車推回老位置。克勞佛肯定也來啦！芬妮，這可真令人驚喜，很高興能見到他。」

芬妮找不到機會表達內心截然不同的感受，也來不及開口說話。她想到又多了一個人會盯著自己看，不禁更感惶恐，走進客廳時顯得格外彆扭。

克勞佛先生確實在客廳裡，早早就抵達準備用餐。其他三人臉上掛著愉快的笑容圍在他身邊；他離開巴斯，心血來潮決定回這裡待上幾天，受到眾人的竭誠歡迎。克勞佛先生與艾德蒙彬彬有禮地彼此寒暄，除了芬妮，所有人都顯得十分高興。對芬妮而言，多了克勞佛先生倒也不失為一樁好事；畢竟每多一位客人，她就越有機會像平常一樣安安靜靜地坐在一旁，不引來任何注意。

芬妮很快就察覺到這樣的情況。儘管與諾里斯太太的想法背道而馳，芬妮還是自認理應扮演好女主客的角色，也獲得小小的禮遇。不過，眾人一坐上餐桌，隨即興高采烈地談天說地，芬妮頓時完全插不上話。克勞佛先生滔滔不絕地與妹妹分享在巴斯的見聞，與艾德蒙則有聊不完的狩獵話題；他與格蘭特牧師津津有味地談起政治，和格蘭特太太更是無所不談。芬妮只能識趣地當一名安靜的聽眾，共度這愉快的時光。

然而，一聽到剛回來的克勞佛先生打算在曼斯菲爾德多待上一段時間，芬妮實在很難表現出引頸企盼的高興模樣。格蘭特牧師與艾德蒙建議克勞佛先生將獵馬從諾福克郡送回來，兩名姊妹隨即熱烈附和，讓他很快就下定決心，甚至希望芬妮也表示贊同。他詢問芬妮是否同樣認為和煦的天氣會持續下去，她只禮貌地簡潔以對，並未表現太多熱情。芬妮一點也不希望克勞佛先生留下來，也不想與他交談。

一見到克勞佛先生，芬妮就立即想起兩名離家在外的表姊，尤其是瑪莉亞。可是這些不堪回首的過往絲毫沒有影響到克勞佛先生。他非常高興能舊地重遊，顯然樂於在伯特倫姊妹離家之際多留一段時日，彷彿對曼斯菲爾德的改變一無所知。直到眾人再次齊聚於客廳[102]，芬妮才聽到克勞佛先生隨口提起伯特倫姊妹，態度與往常無異。艾德蒙與格蘭特牧師忙著處理一些正事，看起來十分專心；格蘭特太太坐在茶几旁喝茶，克勞佛先生便特地向她問起伯特倫姊妹。他露出耐人尋味的笑容，令芬妮大為厭惡，一面說道：「聽說拉許沃斯和他的美嬌娘正待在布萊頓，真是幸福的男人！」

「沒錯，他們已經在那裡待了兩週。普萊斯小姐，對吧？茱莉亞也與他們同行。」

「我猜葉慈先生應該也在那附近。」

「葉慈先生！噢！我們完全沒有葉慈先生的消息。寄到曼斯菲爾德莊園的信裡好像不常提到他。普萊斯小姐，是這樣嗎？比起葉慈先生的近況，我想茱莉亞更懂得以別的方式討她父親歡心。」

克勞佛繼續說：「可憐的拉許沃斯先生和他那四十二句臺詞！沒有人忘得了他背臺詞的模

樣。可憐的傢伙！一切都還歷歷在目——他吃盡苦頭，看起來滿心絕望。假如可愛的瑪莉亞希望他背出那四十二句臺詞，可要嚇壞我啦！」他鄭重其事地接著說：「對他而言，她簡直是太完美的妻子，他根本配不上。」他又轉為百般殷勤的紳士口吻，對芬妮說：「妳是拉許沃斯先生最要好的朋友，我永遠記得妳對他的親切與耐心。妳總是不厭其煩地教導他該如何記住臺詞，嘗試給他一個天生缺乏的聰明腦袋，憑著妳的智慧為他融會貫通。他自己或許不夠敏銳，無法體會妳的苦心；不過我敢保證，其他人都對妳的熱心讚賞有加。」

芬妮滿臉通紅，一語不發。

「一切彷彿一場夢，一場愉快的美夢！」克勞佛先生思索了半晌，又驚呼起來，「每當回想起我們的戲劇大夢，我總是相當樂在其中。當時所有人都這麼興致盎然、充滿幹勁，瀰漫著歡樂團結的氣氛；每個人都興高采烈，每一天都充實忙碌，無時無刻滿懷希望，埋首於各自的工作。即使難免有點意見不合、質疑和焦慮，我們也總能順利克服。我從未像當時那麼快樂過。」

芬妮暗自發怒，在心裡想著：「從未像當時那麼快樂過！你明知自己做出不可原諒的行為，還敢說未曾像當時那麼快樂過！你當時的舉止多麼不光采、多麼自私自利啊！噢！真是醜陋的心靈！」

102 依照仕紳階級的傳統，女性會於用完餐的空檔先行前往客廳，男性則暫留於餐桌上談話。

「普萊斯小姐，我們的運氣太差了。」克勞佛壓低聲音，避免讓艾德蒙聽見，卻對芬妮的感受渾然未覺。「我們真的太不走運了。只要再晚一週，僅僅再多一週，對我們而言便已足夠。我想，假如一切能在我們的掌控中，倘若秋分時節的天氣能由曼斯菲爾德莊園主導一、兩週，情況就會大不相同。我們不需要過於激烈的天氣變化，以免危及湯瑪斯爵士的安全；我們只需要一陣穩定的強風，將他的船隻往反方向吹，或是讓海面平靜無波。普萊斯小姐，要是大西洋當時能有一週無風無浪，我們就能順利完成演出了。」

他似乎打定主意等著對方回應，芬妮別過臉，語氣比以往更為堅決。「先生，我絕不會希望延後姨丈返家的行程，連一天也不願耽擱。姨丈一回家便徹底反對所有計畫，在我看來，一切原本就沒有任何轉圜餘地。」

芬妮這輩子還不曾一口氣和克勞佛先生說上這麼多話，也不曾對某個人如此生氣過。她一說完，忍不住渾身打顫，為自己的大膽舉動羞得面紅耳赤。克勞佛先生感到十分詫異，不過他冷靜地思考了幾分鐘後，彷彿打從心底信服，以更平靜嚴肅的語氣回答：「我想妳說得沒錯。我們確實只顧著玩樂，忘了拿捏分寸。我們當時太過火了。」克勞佛先生又試著與芬妮聊起其他話題，可是她過於羞怯，顯得不太情願回話，他最後只得作罷。

克勞佛小姐始終留心觀察格蘭特牧師與艾德蒙，如今開口說道：「這兩位先生想必在討論非常重要的話題。」

她的哥哥回答：「肯定是世界上最重要的話題，該如何賺錢，又該如何讓小錢滾為大錢。

格蘭特牧師正在向艾德蒙介紹他即將接下的工作，他再過幾個週就要當牧師了，他們方才在餐桌上討論起這件事。我真高興聽到伯特倫即將擁有優渥的收入。他的俸祿相當可觀，足以讓他吃香喝辣，得來全不費工夫。據我瞭解，他的年收入不會少於七百英鎊。以次子的身分而言，七百英鎊的年收入堪稱優渥。想當然爾，他還是會住在家裡，因此這筆收入可以全數拿來吃喝玩樂。我想，每年聖誕節和復活節講講道，大概就是他一整年最辛苦的時候了。」

他的妹妹對此一笑置之，說道：「你對於手頭不及自己寬裕的人，反而喜歡誇大對方的身價，沒有什麼比這更好笑的了。亨利，假如你的年收入只有七百英鎊，我倒要看你能如何吃香喝辣。」

「或許妳說得沒錯，不過，妳所知道的只是相較之下的結果。關鍵在於與生俱來的權利和天性。伯特倫身為次子，即使身為從男爵之後，這樣的收入也堪稱優渥了。他年滿二十四、五歲時，什麼也不必做，每年就會有七百英鎊進帳。」

克勞佛小姐原本打算反駁，艾德蒙依然有所付出與犧牲，她無法輕忽這點。不過她決定克制住，任由這個話題到此結束。格蘭特牧師與艾德蒙隨後加入兄妹倆的行列，克勞佛小姐試著表現出泰然自若的模樣。

亨利．克勞佛說：「伯特倫，我一定會專程回來曼斯菲爾德聽你第一次布道，好好鼓勵年輕的牧師踏出第一步。你什麼時候要講道？普萊斯小姐，妳也會和我一起為妳表哥加油打氣嗎？妳是否會像我一樣，全程目不轉睛地盯著他，一個字也不會漏聽，只是偶爾低頭記下特別優美的箴言？我們會好好備妥紙筆。你何時開始布道呢？你非得在曼斯菲爾德講道不可，湯瑪斯爵士和伯特倫夫人才有機會聽見。」

艾德蒙說：「克勞佛，我一定會竭盡所能避開你。你比較想讓我當場出糗吧！我可不想看到你努力害我出洋相。」

芬妮心想：「他真的這麼想嗎？不對，艾德蒙不應該操心這種事。」

如今所有人齊聚一堂，健談的人繼續暢所欲言，芬妮再次沉默不語。喝過茶後，牌桌也已安置妥當；儘管不在計畫中，體貼的格蘭特太太仍特地為丈夫安排牌局。克勞佛小姐彈奏起豎琴來，芬妮無事可做，只能靜靜地聽著。接下來一整晚，芬妮始終一語不發；除了克勞佛先生不時向她發問或搭話，她才不得不開口回應。克勞佛小姐因為方才的談話而心煩意亂，只能從音樂尋求慰藉，不僅幫助自己平復心情，也娛樂她的朋友。

艾德蒙即將當上牧師。克勞佛小姐長久以來始終對此惴惴不安，依然抱持一線希望，期待計畫有可能生變；如今大局已定，對她而言不啻晴天霹靂，心裡感到又氣又惱。她對艾德蒙相當不滿，原來她的影響力根本不如預期。她早已釐清自己對艾德蒙的心意，幾乎已打定主意，沒想到他卻對自己如此冷淡。艾德蒙明知她反對聖職，卻依然執意當上牧師，由此可知他並非認真待自己，沒有對她抱持真心。她也要以相同的冷漠態度回敬艾德蒙，即使他表現出任何青睞，她也只會當成逢場作戲。既然艾德蒙可以主導自己的情感，那麼她節制自己的感情，也就無傷大雅。

24

翌日早上，亨利．克勞佛已打定主意要在曼斯菲爾德多待上兩週。他派人送來獵馬，並寫了一封短箋向上將解釋。克勞佛先生封好短箋交給僕人後，見自己與妹妹身邊四下無人，便笑著問她：「瑪莉，妳知道我不外出打獵的日子，打算作什麼消遣呢？我年紀大了，一週無法出門打獵超過三次。不過我對這些閒暇時光倒有個計畫，妳要不要猜猜是什麼？」

「要不是和我一起外出散步，就是一起去騎馬囉！」

「倒也不盡然。即使兩者都令我樂此不疲，卻僅能活動我的身體，我還必須為自己的心靈著想。除此之外，它們純粹只是玩樂消遣，沒有實質的生產效益，我可不喜歡自己成天遊手好閒。不對，我的計畫是讓芬妮．普萊斯愛上我。」

「芬妮．普萊斯！你在胡說什麼呀！不行，那可不成！你和她的兩位表姊糾纏不清，早該心滿意足了。」

「可要是少了芬妮．普萊斯，沒能讓她的心稍微動搖，我一點也不會滿足。妳還沒意識到，她確實是值得注意的女孩。昨晚我們聊起她時，你們所有人都未曾察覺，她在過去六週以來蛻變了多少。你們每天都看著她，才對這些細微變化渾然不覺；不過我向妳保證，與秋天相比，她已經整個人煥然一新了。她原本還只是個安靜害羞的小女孩，外表稱不上亮眼，如今卻出落得亭亭玉立。我曾認為她氣色很差、面無表情，可是，昨晚她那柔軟細緻的雙頰不時飛上紅暈，顯得美麗動人；我仔細觀察她的眉眼與雙唇，在她說話時，表情竟也變得如此迷人。不僅如此，她的氣質、儀態和整體舉止，都與從前判若兩人！自從十月以來，她想必至少長高了兩吋。」

「噓！夠了，別再說了！這只是因為身邊沒有與她相較的高䠷女孩，她又穿著一件新禮服，而你以前從未見過她打扮得漂漂亮亮的模樣。相信我，她和十月相比並無兩樣。事實上，她是你身邊唯一的女孩，你又總是需要一個轉移注意力的對象，才會因此引起你的注意。我早就認為她長得很漂亮，雖然不是驚人的美貌，卻也堪稱人們口中的美女，出落得越來越標緻。她的眼睛顏色不夠深，不過笑容甜美。然而，她的外表之所以判若兩人，肯定歸功於她盛裝打扮，周圍又沒有其他女孩可以吸引你的注意力。因此，假如你打算勾引她，任憑你再怎麼稱讚她的美貌，也無法成功說服我，這並非出於你無聊的愚蠢念頭。」

針對克勞佛小姐這番指責，她的哥哥只是一笑置之，隨即說道：「我確實對芬妮小姐瞭解不深，我根本不認識她，也不清楚她昨天心裡在想什麼。她的個性如何？她是否一板一眼、性格古怪，或是過於拘謹？她在我面前為何一再退卻，看我的眼神如此嚴肅？我實在很難讓她開口與我說話。我這輩子還不曾碰過這樣的女孩，儘管我花費許多時間想方設法逗她開心，卻依然以失敗告終！我也不曾碰過哪個女孩以這麼凝重的表情看著我！我非得試著改變現狀不可。

她的眼神告訴我：『我說什麼也不會喜歡你，打定主意要討厭你。』不過，我一定會讓她喜歡上我的。」

「你可真傻！原來這就是她的魅力所在！只因為她對你不感興趣，因此她的肌膚看起來格外細緻、身材特別高䠷，還顯得如此優雅動人！我希望你別當真傷透她的心。稍微示愛或許能讓她神采飛揚，對她有益，但是我可不允許你讓她陷得太深。她是我見過最可人的女孩，心思相當細膩。」

亨利說：「我只不過在這裡待上兩週。倘若短短兩週就能毀了她，這女孩根本無可救藥了。放心，我不會給她帶來任何傷害，可愛的小姑娘！我只希望她能友善地看著我，對我綻放笑容、在我面前害羞得滿臉通紅；每當我們同處一室，她都願意為我保留身邊的座位，並在我們談話時顯得神采奕奕。希望她與我想法一致，對我的話題深感興趣，並期望我在曼斯菲爾德多待上一段時間，彷彿我離開後，她就再也高興不起來。除此之外，我別無所求。」

瑪莉說：「你還真節制啊！我現在不再顧慮了。好吧！你有足夠的機會盡情嘗試，我們最近相處的時間可多著呢！」

克勞佛小姐不再勸阻，任由芬妮面對接下來的命運。要不是芬妮早已抱持著克勞佛小姐尚未察覺的防衛心，這樣的命運對她而言，恐怕沉重得難以負荷。畢竟，儘管有些年僅十八歲的少女確實心意堅決，任憑他人使出渾身解數，再怎麼百般追求、大獻殷勤，依然不為所動（否則就沒有這麼多故事可看啦！），我卻認為芬妮並非這種類型的女孩。她的個性如此溫柔多情，面對克勞佛這樣的追求者，即使先前對他抱有負面印象，火力全開的追求也只有短短兩週，依然可能招架不住；除非她早已有心上人，否則她很難逃開怦然心動的命運。由於芬妮的芳心確實早有所屬，對克勞佛也抱著輕視，因此即使成了他的追求目標，她依然能平心靜氣。然而，克勞佛持續對芬妮關照有加，鍥而不捨的追求，又不至於令人招架不住，甚至懂得根據她溫和細膩的心思調整態度。過沒多久，芬妮就大幅降低對他的反感。她自然未曾忘懷過去，仍對克勞佛印象不佳，卻也感受到對方的魅力。克勞佛相當幽默風趣，態度不變，顯得彬彬有禮、無可挑剔，往往讓芬妮不得不以禮相待。

短短幾天，效果就十分顯著；隨後不久，情勢又對克勞佛更有利。與其說是他成功取悅芬妮，不如說她碰上值得高興的好事，因而對每個人都和顏悅色。芬妮最親愛的哥哥威廉長期離家在外，如今總算回到英國來了。她收到哥哥倉促寫下的短箋，字裡行間洋溢著興奮。威廉所乘的軍艦「安特衛普號」剛駛入英吉利海峽，他就迫不及待寫了信；待軍艦停泊於斯皮特黑德[103]，他就將信交給從軍艦放下的第一艘小艇，輾轉寄來樸茨茅斯。克勞佛拿著報紙走進門時，一心希望自己能第一個帶來好消息，正巧見到芬妮興高采烈地讀完這封信；她的姨丈隨即口述回信內容，親切地邀請威廉到家裡坐坐，也讓芬妮聽得眼神發亮，臉上寫滿感激之情。克勞佛直到這封信抵達的前一天，才得知芬妮有一名哥哥正在海上服役。他隨即對此大感興趣，打算回倫敦時探聽「安特衛普號」從地中海返回英國的日子。沒想到隔天一早，他就幸運地從報上得知消息，給了他取悅芬妮的大好機會。多年來，他早已習慣為上將確認報紙上的第一手海軍消息，這對他不啻一大獎勵。然而，事實上他仍慢了一步。克勞佛原本期待自己是第一個為芬妮帶來好消息的人，沒想到她早已得知一切，正高興得不得了。不過芬妮依然十分感激克勞佛的好意，熱誠地向他一再道謝；由於她深愛自己的哥哥威廉，此時早已將平日的羞怯拋諸腦後。

親愛的威廉就要到曼斯菲爾德來了。想當然爾，他很快就能獲准休假，因為他還只是一名海軍見習軍官。威廉的父母就住在沿岸地區，想必早已見過他，甚至很可能每天都見面呢！照理而言，威廉一有機會休假，自然急著要見妹妹與姨丈一面；畢竟七年來，芬妮始終與他通信不輟，姨丈則是不遺餘力地幫助他晉升。因此，威廉很快就回覆芬妮，告知最快能回來團聚的日子。短短十天前，芬妮才提心吊膽地結束在外用餐的初體驗；如今她又變得更加興奮，無論在走廊、大廳或階梯都豎耳傾聽，迫不及待想看到馬車為她接來朝思暮想的哥哥。

芬妮就這麼滿心雀躍地企盼著，總算等到威廉踏進屋裡的那一刻。兄妹倆一分一秒也不願耽擱，既無客套寒暄，也沒有近鄉情怯的感受；除了僕役辛勤地為兩人開門之外，兄妹倆幾乎沒有受到旁人干擾，沉浸於欣喜若狂的團聚時刻。湯瑪斯爵士與艾德蒙十分體諒兄妹倆久別重逢的喜悅，願意多給他們獨處時間，因此要求諾里斯太太待在原地，不讓她一聽到客人進門就趕去大廳。

---

103 斯皮特黑德（Spithead）：英國皇家海軍的下錨地，位於樸茨茅斯港。

過沒多久，威廉與芬妮相偕走了進來。湯瑪斯爵士非常高興地迎接這名幾年來資助的孩子。威廉與七年前相比早已判若兩人，如今蛻變成活潑開朗的年輕人，態度真誠坦率，又不失敏銳的感受，舉止彬彬有禮，深得湯瑪斯爵士的歡心。

在威廉抵達之前，芬妮足足盼望了半個鐘頭，如今終於見到哥哥，她費了好一番工夫才能平復欣喜若狂的心。原本芬妮以為威廉可能已經變了一個人，心裡不免失望；她又花上好一段時間，才發現熟悉的威廉依然存在，並興高采烈地與哥哥談話。過去一整年來，芬妮始終盼望著這一刻的到來。昔日的溫情逐漸在兄妹間同樣深厚感情中釋放開來，無須矜持，也不必質疑。芬妮是威廉最摯愛的妹妹，他熱情奔放、作風大膽，真情自然流露。翌日，兄妹倆一同散步，總算能由衷感受久別重逢的喜悅，接下來的每一天也形影不離。用不著艾德蒙轉述，湯瑪斯爵士早已看在眼裡，心裡十分欣慰。

除了先前某些格外高興的時刻，例如艾德蒙在前幾個月對芬妮展現的體貼舉動，芬妮這輩子還不曾如此快樂過。她可以拋開一切束縛，無所畏懼，相當盡興地與亦兄亦友的威廉相處。威廉對妹妹同樣毫無保留，將心裡的希望、恐懼與規劃和盤托出；他長久以來始終渴望晉升軍職，如今總算美夢成真，令他打從心底珍惜。芬妮鮮少聽到父母與其他手足的消息，威廉鉅細靡遺地與她分享，也十分關心妹妹在曼斯菲爾德是否住得舒適，再小的波折都令他牽掛。威廉對伯特倫一家的想法與芬妮相去不遠，只是比妹妹更加直接，甚至更激動地數落起諾里斯阿姨。兄妹倆或許最熱中盡情追憶過往，他們一同回憶起童年的酸甜苦辣，無論共同經歷痛苦或歡笑，兩人心裡總有最深切的共鳴。

兄妹倆感情深厚，親愛的手足之情甚至超越夫妻情分。兩人來自同一家庭、同一血脈，是彼此最初的羈絆，也是最習以為常的伴侶，再也沒有其他關係能帶給他們如此強烈的喜悅。除非長期疏遠，埋下難以彌補的裂痕，否則這天經地義的珍貴情感往往能延續下去。可惜的是，手足鬩牆的情況也屢見不鮮；兄弟姊妹之間的感情有時幾乎遠比一切還重要，卻也可能變得無足輕重。不過就威廉與芬妮．普萊斯而言，兄妹倆的深厚情誼始終如一，未曾因為利益衝突帶來傷害，也不曾因為生活重心差異而冷卻；隨著時間遞嬗與空間距離，兩人之間的感情反而有增無減。

任何懂得珍惜美好事物的人，見到兄妹倆如此真摯強烈的情感，總能為之動容，亨利．克勞佛正是其中之一。他很欣賞這位真心疼愛妹妹、作風坦率的年輕海軍，親眼見到威廉將手伸向芬妮的頭，一面說道：「妳知道嗎？我已經開始喜歡上這種古怪的髮型了。我第一次在英國見到這種髮型，簡直難以置信；看到布朗太太和其他女士梳這種髮型到直布羅陀的首長官邸時，我認為她們根本都瘋了。可是芬妮總能成功讓我對一切事物改觀。」芬妮聽哥哥聊起在海上歷經的危險處境或壯觀景色時，雙眸總是閃閃發亮，一臉饒富興致、全神貫注的神情，同樣看得亨利．克勞佛欣羨不已。

亨利．克勞佛倒還具備不錯的品行，懂得欣賞眼前這幅畫面，此景甚至將芬妮的魅力襯托得更為出色，內心的澎湃感情令其氣色更顯動人、容光煥發，讓人深受吸引。克勞佛不再質疑芬妮的細膩心思，她確實擁有真摯的情感。若能使這樣的女孩愛上自己，讓純潔無瑕的芬妮初次感到怦然心動，該有多麼美妙！克勞佛對芬妮的興趣遠超乎預期，頓時認為兩週根本不夠，決定就這麼待下來了。

湯瑪斯爵士經常找威廉談話。威廉的見聞確實讓他聽得津津有味，不過，他最重要的目的在於深入瞭解威廉，希望釐清這年輕人過往的成長歷練。威廉總是神采奕奕，說起話來井井有條、簡潔有力，聽在湯瑪斯爵士耳裡相當滿意。他看得出威廉秉性正直、具備專業知識，也總是活力充沛，性格既勇敢又開朗，在在表明這年輕人是可塑之材，前途無量。威廉即使年紀輕輕，卻已見多識廣；他先後待過地中海與西印度群島，之後又返回地中海[104]。由於受到長官賞識，威廉經常上岸遊歷；長達七年的海上歲月，已讓他見識過海上與戰爭的種種險惡經歷。

威廉的歷練如此豐富，眾人自然對其談話樂此不疲。儘管外甥滔滔不絕地講述船難與海上對峙的情況時，諾里斯太太總會在屋裡到處打轉，不時要求其他人幫忙穿線，或是遞來一顆襯衫的鈕釦，所有人依然聽得十分專注。就連向來不為所動的伯特倫夫人，聽到如此凶險的經歷，也忍不住捏一把冷汗，有時甚至會從手中的針線活抬頭驚呼：「老天！真是太可怕了！真納悶怎麼有人想出海去呀！」

亨利．克勞佛對這些經歷的感受倒是大相逕庭。他始終渴望到海上見識，願意親身經歷威廉的一切處境，再苦也不足惜。克勞佛內心十分激動，頓時點燃滿腔熱血；這個年輕人還不到二十歲，就已經身歷如此險境，展現堅強的心志，不禁令他肅然起敬。威廉展現了英勇軍人的風範，勇於犧牲奉獻，並流露強大的意志力，讓向來只為己利汲汲營營的克勞佛自慚形穢；他多麼希望自己也能成為威廉．普萊斯，嶄露鋒芒，努力邁向功成名就的未來，並替自己的成就喝采，滿心榮耀，而非僅僅現在這副模樣！

然而，這分急切的渴望僅僅是三分鐘熱度。艾德蒙問起克勞佛隔天外出打獵的計畫，他隨即從往事回顧與滿心懊惱中清醒過來；既然他有財力負擔獵馬，身邊也有車伕聽候差遣，這樣的境遇似乎同樣令人滿足。就某方面而言，身為有錢人甚至更好，讓他得以隨心所欲地展現慷慨。威廉活力充沛、膽識絕佳，又充滿好奇心，自然對打獵展現出濃厚的興趣。克勞佛很輕易就能替威廉備妥獵馬，唯獨湯瑪斯爵士心裡有些顧慮；他比外甥更加清楚欠下這份人情的代價，芬妮也同樣憂心不已。芬妮十分擔心威廉的安危。威廉再三保證在許多國家都有騎馬經驗，參加不少野外活動，也駕馭過許多野馬與騾子；即使好幾度差點摔下馬來，卻總能有驚無險地逃過一劫。儘管如此，芬妮依然無法打從心底信服，不認為他有本事騎著一匹性格高傲的獵馬在英國獵狐。除非威廉毫髮無傷地安然返家，否則她始終無法放下內心的焦慮；即使克勞佛先生欣然出借自己的獵馬給威廉，芬妮也很難對此表達他所預期的感激之情。然而，最後威廉確實平安無事地回來，芬妮這才肯定克勞佛先生的親切之舉；當他願意再次出借馬匹給威廉

---

104 威廉參與了當時英國兩大海防要務，分別是皇家海軍在地中海長期防守拿破崙的法軍，與在西印度群島負責保護往返於英國及其殖民地之間的商船。

時，芬妮甚至對他報以微笑。於是克勞佛先生百般殷勤，展現令人難以婉拒的熱情，表示威廉待在北安普頓的期間，皆能全權使用那匹獵馬。

25

這段期間，兩家人又恢復密切來往，幾乎無異於秋季的熱絡互動，熟識兩家的人都感到難以置信。亨利．克勞佛重返舊地，又有威廉．普萊斯前來作客，自然發揮推波助瀾的作用；不過其中最為關鍵的因素，仍歸功於湯瑪斯爵士願意包容牧師公館展現友好的企圖心。他既已解決先前耿耿於懷的煩惱，如今放寬心來，便發現格蘭特夫婦與克勞佛兄妹是值得結交的鄰居。即使湯瑪斯爵士沒有盤算讓兩家年輕人湊對，並未想方設法為他們牽線，甚至對亂點鴛鴦譜的話題嗤之以鼻，卻也不經意察覺，克勞佛先生似乎鍾情於自己的外甥女。或許正因如此，他才會不知不覺一再答應對方登門造訪。

牧師公館的一家人曾多次討論，是否應該邀請曼斯菲爾德的朋友共進晚餐，對此猶豫不決，「因為湯瑪斯爵士看起來似乎不太情願，伯特倫夫人又總是懶得出門。」不過，他們最後還是決定提出邀約，沒想到湯瑪斯爵士竟欣然應允。這是因為他極具教養、性格良善，希望眾人和睦相處，與克勞佛先生毫無關係。然而，正是透過這次飯局，湯瑪斯爵士這才初次意識到，其他人若稍微留心，也不難察覺克勞佛先生對芬妮．普萊斯的情愫。

飯局的氣氛和樂融融，既有人滔滔不絕地打開話匣子，也有人樂於扮演興致盎然的聽眾。

一如格蘭特夫婦平日的作風，桌上擺滿豐盛佳餚，眾人吃得相當盡興，唯獨諾里斯太太例外。她不是嫌棄餐桌過大，就是挑剔菜色過多，總是百般刁難經過她身後的僕役；還不忘斬釘截鐵地表示，菜餚準備得這麼多，肯定有幾盤早已放涼了。

餐後眾人發現，依照格蘭特太太與克勞佛小姐的安排，湊齊打惠斯特牌的人數後，剩下的人還足以湊成另一桌。既然每個人都得參加，當下也沒有其他選擇，因此他們隨即決定另一桌玩投機牌[105]。眾人讓伯特倫夫人自行選擇想加入的牌局，她隨即陷入天人交戰，不知該玩哪一場，猶豫不決，幸好湯瑪斯爵士就在她身邊。

「湯瑪斯爵士，我該怎麼辦？惠斯特和投機牌，哪一種比較好玩？」

湯瑪斯爵士沉思了半晌，建議她玩投機牌。由於湯瑪斯爵士向來喜愛惠斯特牌，或許認為若與妻子搭檔，恐怕無法玩得盡興。

「非常好。」伯特倫夫人滿意地說：「格蘭特太太，那我就玩投機牌吧！我對玩法一無所知，不過芬妮可以教我。」

芬妮連忙打岔，表示自己同樣對規則一竅不通；她這輩子從未玩過這種牌戲，也不曾親眼見識。伯特倫夫人又開始左右為難，不過眾人紛紛向她保證，投機牌的玩法非常簡單，是最容易學會的牌戲。亨利．克勞佛熱心地挺身而出，表示願意坐在伯特倫夫人與普萊斯小姐中間，同時指導兩人打牌，問題就此解決。於是，牌技老練的湯瑪斯爵士、諾里斯太太與格蘭特夫婦意氣風發地在牌桌前坐下，克勞佛小姐則安排其餘六人圍坐在另一桌。如此安排正合亨利．克勞佛的心意，他就坐在芬妮身邊，既要忙著看自己的牌，還要同時指導兩位女士。雖然芬妮只花短短三分鐘就學會了玩法，可是還不夠熟練，與威廉對打時更覺困難；因此克勞佛仍得不時激發她的求勝欲，鼓勵她大膽出牌。至於伯特倫夫人，她整晚的輸贏都交由克勞佛負責；每局伯特倫夫人還沒看清手上的牌，他就會直接幫忙出牌，一路指導到底。

克勞佛感到神采奕奕，得心應手；他玩起牌來興致盎然，反應靈敏，不時開點玩笑，因此牌桌這端顯得歡樂喧鬧，正巧與另一桌沉靜嚴肅的氣氛形成強烈對比。

湯瑪斯爵士兩度詢問妻子是否對牌局樂在其中，輸贏如何，卻一無所獲。伯特倫夫人幾乎無暇回應丈夫，直到格蘭特太太在第一輪[106]結束後當面恭維她，局勢才露出端倪。

「夫人，希望您剛才玩得很盡興。」

「噢，親愛的，當然了！確實非常有趣。這玩法可真古怪，我簡直一頭霧水，連手上的牌都還來不及看，克勞佛先生就為我打出去了。」

過了一會兒，克勞佛趁著牌局空檔對艾德蒙說：「伯特倫，我還沒告訴你，我昨晚騎馬回家時，在路上發生了一件事。」他們當時正在距離曼斯菲爾德較遠的一帶打獵，追趕得正起

105 投機牌（speculation）：不限玩家人數，玩家各自獨立，彼此買賣手上的牌，最後點數最高者獲勝；由於玩法簡單，深受孩童喜愛。惠斯特牌則是橋牌的前身，只限兩對玩家，依靠策略取勝的玩法難度亦高。

106 由於是三局勝負制，一輪結束意謂已玩了三局。

勁，亨利．克勞佛卻發現掉了一只馬蹄鐵，不得不抄近路折返。

「我告訴過你，由於我向來不喜歡開口問路，因此經過那座種滿紫杉樹的老農莊後就迷了路。不過，我一如往常十分幸運，總是不會挑錯方向，竟然就這麼抵達一個令我大感興趣的地方。我從陡坡上轉了個彎，忽然置身於一座僻靜的小村落。兩旁是低矮的山丘，眼前流過一條小溪；右方的小坡上則矗立著一座教堂，與四周相比顯得相當雄偉壯觀。教堂附近看不到什麼漂亮的宅邸，只有一棟較為高級的建築物，我想應該是牧師公館。簡而言之，我發現自己來到了桑頓萊西。」

艾德蒙說：「聽起來很像。不過，你經過史威爾的農莊後，轉往哪個方向？」

「我才不回答這種無關緊要又語帶蹊蹺的問題。即使你滔滔不絕地提問一小時，我也悉數回答，你還是無法證明那裡不是桑頓萊西，因為它肯定是。」

「你有向人問路嗎？」

「沒有，我向來不會開口問路。不過我對一名修補籬笆的男人說，那裡是桑頓萊西，他也證實沒錯。」

「你的記性可真好。我幾乎不記得自己向你提過那個地方呢！」

克勞佛小姐很清楚，桑頓萊西正是艾德蒙即將前去擔任牧師的教區。此時，她正覬覦著威廉．普萊斯手中那張傑克。

艾德蒙接著說：「那麼，你喜歡那裡嗎？」

「非常喜歡。你真是個幸運的傢伙。你大概得花上五年夏天整頓，那地方才有辦法住人吧！」

「不，沒這回事，那地方沒這麼糟。農場確實得遷除，可是我不認為還有其他問題。公館的屋況還不差，農場一旦移除，就能鋪設一條進出方便的通道。」

「農場必須完全遷除，再多種些樹木隔開打鐵鋪。宅邸應該要改為面朝東方，而非北方；我的意思是，正門和主要房間必須面向景致優美的那一側。如此一來，所有問題都能迎刃而解。如你所言，你得鋪一條路穿過現在的花圃，再於屋後打造另一座新花園；那片延伸至東南方的山坡簡直像是為此量身訂做，屆時成了花園，肯定是全世界最令人嘆為觀止的景色。我沿著教堂與宅邸之間的小徑往上騎了五十碼，環顧四周，思忖將來的改造計畫，發現簡直易如反掌。未來建造的花園與現在的花圃之間有一大片草原，從我當時所在的小徑延伸至東北方，亦即通往村落的主要幹道，可以將整片合而為一；那塊草原的景致相當秀麗，許多翠綠的樹木點綴其中。我猜那是牧師公館的腹地，倘若不是，你非買下不可。還有那條小溪也能好好利用，我已經想到兩、三個方案，只是還拿不定主意要採用哪一個。」

艾德蒙說：「我也有兩、三個主意。我的其中一個想法是，你對桑頓萊西的改造計畫永遠不可能落實。我比較喜歡未經人工改造的自然美景。牧師公館和周圍環境可以再打點得舒適些，整頓成符合仕紳階級的宅邸，無須花費大把銀子就能符合我的期待，希望也能讓關心我的人感到滿意。」

克勞佛小姐懷疑，艾德蒙說出最後那句話的語氣是針對她而來，似乎也不經意地瞥了她一眼，不禁感到有些不滿，急著結束她與威廉・普萊斯之間的牌局，便在絕佳時機成功拿下他手中的傑克，高喊：「我要拿出女人的魄力最後一搏，絕不會傻傻地猶疑不決。我才不是乖乖坐在這裡束手就擒的人，即使輸了這局牌，我也已經竭盡全力。」

克勞佛小姐贏了這一局，卻仍抵不上她先前輸掉的籌碼。他們開始玩起下一局，克勞佛也繼續聊起桑頓萊西。

「或許我的整建計畫並不完善，畢竟我當時沒有太多時間詳加思考。不過，你肯定有很多事情可做。那地方值得好好改造，若沒有全力改建，相信你自己也不會滿意——不好意思，伯特倫夫人，您不能看自己的牌，繼續蓋在桌上吧！——伯特倫，你值得花心思好好改造那地方。你提到想整頓成比較像樣的住宅，只要將農場拆除就行了。只要擺脫那個可怕的麻煩，我還沒見過這麼討人喜歡的屋宅，遠比一般的牧師公館更為氣派，不像一年收入僅有數百英鎊的宅邸。那屋子不是用幾間底矮的單人房胡亂組成的，屋頂沒有跟窗戶一樣多，看起來也不是格局方正的寒酸農舍。它的結構堅固，空間寬敞又氣派，旁人會以為是鄉間極具聲望的古老家族世代相傳的豪宅，至少已有兩百年歷史，每年得花費兩、三千英鎊整修。」克勞佛小姐仔細聽著，艾德蒙亦深表贊同。

「因此，假如你有心改建，絕對能將它打造成符合仕紳風範的宅邸。不過它的價值遠高於此——讓我瞧瞧，瑪莉。伯特倫夫人打算以十二張籌碼[107]下注皇后。不行，那可不成，賭一打太高了。伯特倫夫人不出了，她不要這張牌。我們跳過，你們繼續出牌吧！——我並非要求你非遵照我的意見整修不可，但是我不認為還有其他人想得出更好的主意。依照我的建議稍加改造，你就能大幅提升這幢屋子的價值，打造成最醒目的地標。這屋子經過恰如其分的修建，將不只是一幢仕紳階級的宅邸，而會煥然一新，將屋主的絕佳教養、獨到品味、開明作風與良好人脈表露無遺。它將成為醒目的地標，每當有人從路邊經過，這棟氣派的建築物總會提醒他們，屋主是整個教區內最為優秀的地主；尤其那一帶沒有其他房子可與之媲美，這點確實無可反駁。我告訴你，這比其他方式更能彰顯你身為牧師的尊貴地位與特權。希望你認同我的看法。（他轉過頭，以較溫和的語氣詢問芬妮）妳去過那裡嗎？」

芬妮隨即否認，急著想掩飾自己對這個話題的興致，連忙將注意力轉向哥哥。威廉正努力討價還價，試著要壓制她，克勞佛卻緊接著說：「不，不，妳不能賣掉皇后，妳當時的買價太高，妳哥哥的出價還不及一半呢！不，不行，先生，離手，什麼都別動。你妹妹不打算賣掉皇后，她已經下定決心了。這局妳贏定啦！（他再次轉向芬妮）妳一定會大獲全勝。」

艾德蒙笑著對她說：「可是芬妮寧願讓威廉獲勝呢！可憐的芬妮，想故意放水也不行！」

過了幾分鐘，克勞佛小姐說：「伯特倫先生，你知道嗎？亨利非常擅長改造環境，倘若你不願接受他的幫忙，根本無法順利改建桑頓萊西。想想他為索瑟頓出了多少力！八月的大熱天，我們所有人都陪他乘車到索瑟頓去，他將才能發揮得淋漓盡致，打造出多麼壯觀的成果！

107 投機牌局的玩家以魚形籌碼買賣彼此手中的牌，而非使用金錢。

我們只不過去了一趟，成效卻不可言喻！」

芬妮盯著克勞佛半晌，神情嚴肅，甚至流露出譴責的意味。不過她一與克勞佛目光相接，就連忙轉開視線。克勞佛似乎察覺出不對勁，對妹妹搖了搖頭，笑著回答：「我不敢說自己替索瑟頓出了不少力。不過那天確實相當炎熱，我們到處找人，幾乎都曬暈了。」其他人開始議論紛紛，他連忙把握避人耳目的機會，低聲對芬妮說：「我很遺憾他們以索瑟頓那天的情況評斷我的規劃能力。我現在的想法已經大為轉變，請妳不要以表面的模樣評定我。」

諾里斯太太一聽到「索瑟頓」，耳朵隨即豎了起來。由於湯瑪斯爵士的精湛牌技，他倆總算打破平局，贏了格蘭特夫婦的一手好牌，頓時令她興高采烈，愉快地大喊：「索瑟頓！沒錯，那地方可真漂亮，我們那天玩得多高興啊！威廉，可惜你的運氣不夠好，希望你下次回來時，親愛的拉許沃斯先生與夫人都在家。相信他們一定會非常親切地接待你，你表姊絕不會忘記關照親戚，拉許沃斯先生也非常和藹可親。你也知道，他倆現在待在布萊頓，自然是住最豪華的房子，畢竟拉許沃斯先生的身價十分可觀。我不確定兩地的距離，可是假如路途不算遙遠，你回樸茨茅斯後應該順道過去拜訪他們。我想託你帶個小包裹給兩位表姊。」

「樂意至極，阿姨。但是，布萊頓幾乎接近比奇角[108]了。即使我到得了那麼遠，也不覺得會在那麼尊貴的地方受到熱情款待，畢竟我只是個寒酸的實習軍官罷了。」

諾里斯太太正急著想向威廉保證，他一定會受到熱情款待，冷不防被湯瑪斯爵士威嚴的語氣打斷：「威廉，我不建議你到布萊頓去，我相信你們很快就有更好的機會見面。我的女兒無論在哪裡見到表親都會很高興，你也會發現拉許沃斯先生非常真誠親切，將我們家裡的每一分子視同自己的家人。」

「我比較希望發現他是海軍大臣的私人秘書。」威廉僅僅低聲說了一句，不想讓人聽見，話題也就此畫下句點。

目前為止，湯瑪斯爵士尚未觀察到克勞佛先生有任何引人注目的行徑。不過，惠斯特牌打完第二輪後便宣告結束，格蘭特牧師與諾里斯太太還在對方才的牌局爭論不休，湯瑪斯爵士則到另一桌觀戰，發現某人正全神貫注於芬妮身上，甚至流露出清楚的表白之意。

亨利．克勞佛又開始談論桑頓萊西的另一項改造計畫，由於艾德蒙對此意興闌珊，因此他轉而向身旁那名可人的女孩鉅細靡遺地解釋，神情十分熱切。他打算在接下來的冬天租下那棟房子，在這一帶就能擁有棲身之所。他接著告訴芬妮，那房子不僅是打獵旺季的落腳處；不過這確實也相當重要，畢竟格蘭特牧師雖然相當熱心地招待他，可是他連人帶馬地住進來，勢必會帶來許多不便。儘管如此，他並非只為了打獵娛樂或每年過冬所需，才興起住在這一帶的念頭；他早已下定決心，要在這裡打造隨時可來訪的家。這間小屋能滿足一切所需，讓他有個度假的好去處；此外，由於他對曼斯菲爾德莊園的感情日益深厚，也才能與這一家人持續培養友誼，讓彼此的關係漸入佳境，甚至終臻完美。湯瑪斯爵士將這番話聽進耳裡，並未感到不悅。

108 比奇角（Beachey Head）：位於英格蘭南岸。其峭壁高聳，是航海者的醒目地標。

這年輕人的談吐不乏穩重，芬妮的謙虛回應亦恰到好處，端莊平靜的態度讓他無從挑剔。芬妮少有回話，只是基於禮貌給予認同，既沒有理所當然地接受對方的百般讚美，也沒有加深他對北安普頓的喜愛之情。亨利．克勞佛注意到湯瑪斯爵士正在看他，便又提起相同的話題；即使語氣較為平淡，不過感情依然澎湃。

「湯瑪斯爵士，您可能已經聽到我對普萊斯小姐的談話。如您所知，我打算在這附近住下來。希望您同意此事，允許令郎將房子租給我？」

湯瑪斯爵士彬彬有禮地點頭致意。「先生，我很樂意永遠與你比鄰而居；可惜我相信，艾德蒙很快就要到桑頓萊西定居了。艾德蒙，我說得對嗎？」

艾德蒙聽到父親問話，連忙釐清這段談話內容。他聽完問題，隨即回答：「沒錯，父親，我決定要搬去住了。克勞佛，雖然我無法將房子租給你，不過非常歡迎你以朋友的身分來訪。每年冬天，你都能將那裡當成自己家。我們可以依照你的整修計畫增建馬廄；到了春天，或許你規劃的改建皆能大功告成。」

湯瑪斯爵士接著說：「他要搬走真令人難過。雖然相距僅八英里之遙，我們依然不樂見家裡少了重要的一分子。可是，假如我的兒子選擇多一事不如少一事，我會更感顏面無光。克勞佛先生，你或許不會深思這種事，不過牧師唯有長期居住於教區，才會清楚當地居民的需求與權益，任何代理人皆無從置喙。艾德蒙或許也能像其他人那樣，只在索瑟頓朗誦禱文與講道，平時依然住在曼斯菲爾德莊園，每逢週日再騎馬到他那名義上的住所主持禮拜。假如每週只在桑頓萊西花上三、四小時講道就能滿足他，大可這麼做。不過他絕不會因此感到滿意。他很清楚，每週僅僅布道一次肯定無法真正感化人心。倘若沒有長期與教民同住，努力不懈地付出關心，真誠為其福祉著想，那麼，他對教民和自己的幫助都十分有限。」

克勞佛先生鞠躬致意，表示認同。

湯瑪斯爵士繼續說：「我再次強調，除了桑頓萊西以外，這一帶的任何地方，我都很歡迎克勞佛先生前來定居。」

克勞佛先生點頭致謝。

艾德蒙說：「湯瑪斯爵士確實相當瞭解教區牧師的職責所在。希望他的兒子不會辜負父親的期待。」

暫且不論湯瑪斯爵士這番高談闊論對克勞佛先生有何成效，克勞佛小姐與芬妮同樣聽得專注，各自的心情倒是因此大受影響。芬妮沒料到艾德蒙很快就要前往桑頓萊西定居，一想到往後無法每天與他見面，不禁感到沮喪。克勞佛小姐原本津津有味地聽著哥哥對桑頓萊西的改建計畫，腦中不禁勾勒起美好的藍圖，想像當地既沒有教堂也沒有牧師，反而搖身一變為氣派優雅、裝潢講究的宅邸，身價不凡的艾德蒙偶爾會來住上幾天。沒想到，冥頑不靈的湯瑪斯爵士卻讓一切化為泡影。礙於他那強勢作風，克勞佛小姐不得不表現出順從的模樣，無法針對這番謬論斗膽提出半句批評，心裡十分痛苦。

短短一小時，克勞佛小姐對未來的美好嚮往頓時煙消雲散。既然敵不過湯瑪斯爵士的主張，這局牌也該告一段落了。她迫不及待地結束牌戲，換個地方喘口氣，試著重新打起精神。

如今大多數人都隨意圍坐在爐火前，等著聚會結束。威廉與芬妮離得最遠，仍坐在牌桌旁自在地聊天，並未留心身旁的一切。之後其他人總算注意到兄妹倆，亨利·克勞佛率先將椅子轉向他們，靜靜地觀察了幾分鐘。此時湯瑪斯爵士正站在一旁與格蘭特牧師閒聊，同樣觀察起克勞佛先生的一舉一動。

威廉說：「今晚是舞會之夜。假如我在樸茨茅斯，或許會去參加。」[109]

「可是，威廉，你應該不是想待在樸茨茅斯吧？」

「當然不是，芬妮。沒有妳陪在身邊，我一定受不了待在樸茨茅斯的日子，連舞會也感到厭煩。即使去參加也沒什麼好處，我或許根本找不到舞伴。樸茨茅斯的女孩對實習軍官根本不屑一顧，我在她們的眼裡只是無名小卒，完全不想搭理。妳還記得葛列格里姊妹吧？她們出落得亭亭玉立，卻幾乎不曾與我說上半句話，因為正在追求璐西的人是一名上尉呢！」

「噢！真是不應該，太可惡了！威廉，別放在心上（芬妮激動得滿臉通紅）。這種事根本不值得在意，這又不是你的錯。軍官地位再顯赫，年輕時也或多或少經歷過這種事。你就當作這是所有海軍都會面臨的難題，一如海上的惡劣天氣和艱苦生活。不過值得慶幸的是，一切苦難終會畫下句點；總有一天，你不必再忍受這種令人嘔氣的事情。你遲早會當上海軍上尉！威廉，只要想想，等你成了上尉，哪還需要介意這種無聊小事呢？」

「芬妮，我覺得自己恐怕一輩子都當不了上尉。其他人都升官了，就只有我無消無息。」

「噢！親愛的威廉，別這麼說，也不要垂頭喪氣。雖然姨丈嘴上什麼也沒表示，不過我相信他一定會竭盡所能幫助你。他和你一樣清楚，這件事非常重要。」

芬妮赫然發現姨丈就在附近，連忙就此住口，兄妹倆趕緊轉移話題。

「芬妮，妳喜歡跳舞嗎？」

「非常喜歡，只是我很快就會累得跳不動。」

「我想和妳一起參加舞會，親眼欣賞妳的舞姿。妳在北安普頓參加過舞會嗎？我真想看妳跳舞，假如妳願意的話，我可以當妳的舞伴，反正在場沒有人認識我，我想與妳重溫共舞的回憶。以前有人在街上彈奏手風琴時，我們不就常常一起跳舞嗎？我自認舞技不差，不過妳肯定跳得比我還出色。」此時湯瑪斯爵士走到兄妹倆面前，威廉轉頭問他：「姨丈，芬妮是不是很會跳舞？」

這番突如其來的提問令芬妮驚慌失措，頓時不知道該看向哪裡，也不曉得姨丈會如何回答。倘若姨丈厲聲指責，或是表現出漠不關心的冷淡模樣，肯定會潑威廉一大盆冷水，也讓她的情緒跌落谷底。然而，事實正好相反，湯瑪斯爵士僅僅答道：「很抱歉，我無法回答你的問題。芬妮從小到大，我都不曾見過她跳舞。不過假如能欣賞她的舞姿，相信她不會辜負我們的期望。或許我們很快就有機會看見她跳舞了呢！」

---

109 在珍・奧斯汀的年代，每年冬天，樸茨茅斯每隔兩週就會在皇冠旅店（Crown Inn）舉辦公共舞會。

亨利．克勞佛探過身來說：「普萊斯先生，我倒是曾有此榮幸，親眼見過令妹跳舞。我非常樂於回答你的問題，相信答案也不會令你失望。不過（他看見芬妮一臉苦惱），我們可以改天再聊，有人不喜歡我們對普萊斯小姐說長道短呢！」

克勞佛確實見過芬妮跳舞，也大可百般稱讚她的舞姿流暢、輕盈優雅。然而事實上，他壓根兒想不起來芬妮當時的舞跳得如何，只知道她出席了那場舞會，其他什麼也不記得。

幸好克勞佛讚美芬妮的舞姿後，倒也沒有人追問下去。湯瑪斯爵士並未感到不悅，反而繼續談起舞會的話題，甚至興致盎然地聊起安地卡的舞會，津津有味地聽著外甥描述見過的各種舞蹈。湯瑪斯爵士非常專注於談話，根本沒聽到僕人通報馬車已備妥，直到諾里斯太太匆匆地催促起來，他才驚覺該離開了。

「好了，芬妮，妳在做什麼？我們該出發了。妳沒見到阿姨要走了嗎？快點，動作快！我可不想讓好心的老威爾考克斯枯等。妳得替馬伕和馬匹多著想啊！親愛的湯瑪斯爵士，我們已經吩咐好，馬車等會再折返回來接您、艾德蒙和威廉。」

湯瑪斯爵士對此並無異議，畢竟這是他親口吩咐，之前也已告知妻子和大姨子。不過諾里斯太太似乎早已忘了這點，認定是她親自安排好一切。

芬妮離開前心裡滿是失望。艾德蒙原本從僕人手裡接過披肩，正打算為她披上，沒想到克勞佛先生一把搶先抓走。芬妮不得不乖乖接受他的大獻殷勤。

26

姨丈並未遺忘威廉希望一睹芬妮舞姿的心願，他既然答應有圓夢的機會，自然得說到做到。湯瑪斯爵士始終想讓身邊的人高興，或許還有其他人渴望欣賞芬妮跳舞，也藉此讓年輕人有個玩樂的機會。他反覆思索，暗自下定了決心。翌日吃早餐時，湯瑪斯爵士先是提起外甥的想法，隨即宣布思考後的結果：「威廉，我可不希望你什麼都還沒玩到就得離開北安普頓了，我很期待看你們兄妹倆一同跳舞。你提過北安普頓的舞會，你的表哥和表姊以前偶爾會去參加，可是現在已經不適合我們再去了，你阿姨會覺得太累。我們就別參加北安普頓的舞會，倒是能在家裡自行舉辦，假如——」

諾里斯太太開口打岔：「哎呀！親愛的湯瑪斯爵士，我知道您有何盤算，也知道您接下來要說什麼。假如親愛的茱莉亞在家，或是親愛的拉許沃斯太太回到索瑟頓，我們就有合適的理由舉辦盛事，讓您在曼斯菲爾德為年輕人舉行一場舞會。我知道您肯定會這麼做。倘若她們能回家為活動增色，您打算在今年聖誕節舉辦舞會。向姨丈道謝呀，威廉，還不快向姨丈道謝！」

湯瑪斯爵士一臉嚴肅地打斷她：「我的兩個女兒正在布萊頓度假，希望她們玩得高興。不過我心裡所規劃的舞會，是專為她們的表弟和表妹所舉辦。如果我們得以全家團聚，自然能玩得更加圓滿盡興；但是少數幾個人缺席，不代表就要剝奪其他人玩樂的興致。」

諾里斯太太一時無言以對。從湯瑪斯爵士的眼神，諾里斯太太看得出他早已下定決心，頓時感到既詫異又煩惱，不得不沉默幾分鐘，才能讓自己平復心情。他竟然在這種時間舉辦舞會，兩個女兒都不在家，也沒事先與她討論！不過，諾里斯太太很快就找到自我安慰的理由，自認必須負責張羅一切；伯特倫夫人當然不會為此花費任何時間心力，所有責任想必會落到她的頭上，她對這場盛事責無旁貸。這樣的想法很快讓諾里斯太太恢復鎮定，早在其他人開口表達欣喜與感謝之前，她今晚又重拾愉快的心情了。

一如湯瑪斯爵士所願，艾德蒙、威廉與芬妮個個雀躍不已，紛紛對此表達感激之情，十分高興迎接舞會的到來。三人的理由各有不同，艾德蒙的喜悅全是為了普萊斯兄妹。父親向來熱心助人，樂於展現和藹可親的一面，艾德蒙卻不曾像這次如此開心過。

伯特倫夫人自然毫無異議，心裡感到很滿足，沒有任何反對的理由。湯瑪斯爵士保證不會給她增添麻煩，她也信誓旦旦地表示：「我一點也不怕麻煩。說真的，我根本看不出舞會能造成什麼困擾呢！」

倘若湯瑪斯爵士打算問起最適合舉辦舞會的場地，諾里斯太太早已準備好答案，卻隨即發現他早已心有定見；她接著想建議適合舉辦舞會的日子，沒想到湯瑪斯爵士似乎也已經敲定時間了。湯瑪斯爵士早已為這場舞會安排好十分完整的計畫，對此感到相當滿意；諾里斯太太才剛乖乖閉上嘴巴，他立刻滔滔不絕地唸出預計邀請的賓客名單。他已經盤算好，即使舞會通知有些倉促，還是來得及邀請十二對或十四對年輕人參加，並詳細解釋他認定二十二日最適合舉辦舞會的原因。威廉必須於二十四日回到樸茨茅斯，因此二十二日是他待在這裡的最後一天；由於接下來的籌備時間已所剩無幾，所以也不適合將舞會定在更早的日期。諾里斯太太只得表示自己抱持相同看法，原本她也打算提議二十二日，認為這天就是最適合舉辦舞會的日子。

如今舞會勢在必行，不到傍晚，所有人便已得知這項好消息。邀請函隨即送了出去，當晚許多年輕女孩就寢時，都抱著和芬妮一樣的興奮心情。不過，芬妮開心之餘，也不禁煩惱起其他事情來。她年紀尚輕，缺乏生活歷練，沒有漂亮的服裝飾品可供挑選，對自己的品味亦不抱信心，因此暗自煩惱著「該如何打扮」。威廉從西西里島為芬妮帶回一只非常漂亮的琥珀十字架，幾乎稱得上是她僅有的首飾。芬妮對此最為苦惱，因為她只能用一條緞帶繫上十字架作為項鍊，也曾經戴過一次。然而，她認定其他年輕女孩都會配戴各式華貴首飾出席舞會，在如此盛大的場合上，她還能憑這種方式妝點自己嗎？那還不如別戴算了！威廉原本也想為芬妮添購一條金項鍊，可惜預算不夠；因此，倘若她不戴上那只十字架，很可能會傷到威廉的心。芬妮心煩意亂，即使這場舞會主要是為了她舉辦，這些煩惱依然足以讓她從雀躍中清醒過來。

於此同時，舞會的籌備工作如火如荼地展開了。伯特倫夫人依然安坐在沙發上休息，舒舒服服地置身事外。管家比平常多來了幾趟，女傭也忙著為她趕製新禮服；一切皆遵照湯瑪斯爵士的吩咐，再由諾里斯太太負責執行。伯特倫夫人對凡事袖手旁觀，一如她先前所言：「說真的，我根本看不出舞會能造成什麼困擾呢！」

艾德蒙這陣子的思緒顯得特別忙亂，一心惦記著眼前攸關未來的兩件大事：擔任牧師與婚姻。這兩件事情都至關重要，待舞會一結束，其中一件就會接踵而至；因此，與其他人相比，舞會在他眼裡並非舉足輕重。二十三日那天，艾德蒙會到彼得伯勒[110]探訪同樣等著任職牧師的友人，兩人將一起在聖誕節那週接受聖職。如此一來，艾德蒙的一半命運便已底定；然而，剩下的另一半命運似乎就沒那麼一帆風順。他已經確認了這一輩子的職志，卻沒把握能順利覓得另一半與他同甘共苦，相互扶持。艾德蒙非常明白自己的心意，只是不能清楚掌握克勞佛小姐的想法。他倆之間存有無法達成共識的觀點，有時克勞佛小姐的態度也顯得不怎麼樂觀。不過，他相信克勞佛小姐的感情，只要將眼前的工作打點妥當，知道自己能給予對方什麼樣的生活，幾乎就可篤定求婚一事。儘管如此，艾德蒙心裡依然十分焦慮，對最後的結果充滿疑惑。有時候，艾德蒙可以強烈感受到克勞佛小姐對自己的心意；回首這麼長的時間以來，克勞佛小姐始終抱有鼓勵的意味，並未流露出別有企圖的想法。然而，有時他的滿腔希望依然蒙上疑心與不祥預感。他既然清楚克勞佛小姐排斥隱密清靜的生活，一心嚮往住在倫敦，除了認定她會明確拒絕自己，他還能期待什麼呢？除非艾德蒙願意犧牲，選擇她所接受的生活條件與職業，可是他實在無法違背自己的良心。

因此，一切取決於這道問題的答案：克勞佛小姐對艾德蒙的感情是否夠深厚，願意讓她捨棄曾經最為重視的條件？她是否願意出於對艾德蒙的愛，認定這些條件不再重要？艾德蒙的心裡不停推敲這個問題，答案有時是「是」，有時是「否」。

眼看克勞佛小姐即將離開曼斯菲爾德，答案最近一直在「是」與「否」之間輪番交替。艾德蒙見她一臉興奮地提起收到好友的來信，邀請她到倫敦長住一段時間；親切的亨利答應要在這裡住到一月，屆時再送她上倫敦去。艾德蒙聽著她興高采烈地聊起這趟旅程，彷佛一字一句都在明確給予否定的答案。然而，克勞佛小姐只有在確定成行的第一天才如此雀躍，這份喜悅甚至僅維持了短短一小時，畢竟她當時一心惦記著即將重聚的好友。艾德蒙隨後就見到她截然不同的模樣，想法顯得舉棋未定。他聽到克勞佛小姐對格蘭特太太說，她離開時肯定會傷心欲絕，也開始認為倫敦的朋友和樂趣遠不及曼斯菲爾德的一切。雖然她自認非離開不可，也相信這趟旅程會令她樂在其中，卻已經開始期待回曼斯菲爾德的日子。這是否表示她能給予肯定的答案？

艾德蒙忙著思索和安排這些重要的議題，因此根本對舞會不抱興趣，不像其他家人一樣引頸企盼這場盛事的到來。若不是為了普萊斯兄妹著想，對艾德蒙而言，這場舞會其實與兩家人平日的聚會相去不遠。每回見到克勞佛小姐，艾德蒙總是期望從她身上感受到更為明確的愛意；然而，在這種籌備舞會的忙碌時刻，顯然不是心動或告白的最佳時機。雖然身邊所有人都

---

110 彼得伯勒（Peterborough）：位於劍橋郡的小鎮，大教堂坐落於此。艾德蒙將由彼得伯勒的主教任命為牧師。

為了舞會從早到晚忙得團團轉，不過艾德蒙唯一的安慰，只是想盡快與克勞佛小姐約好開場的前兩支舞，也是他唯一願意參與的工作。

週四正是舉辦舞會的大日子。到了週三早上，芬妮依然不知道能穿什麼參加舞會，決定尋求格蘭特太太與克勞佛小姐的幫助；姊妹倆的獨到品味眾所周知，她相信一定能獲得無懈可擊的建議。由於艾德蒙與威廉到北安普頓去了，芬妮理所當然地認定克勞佛先生也出門在外，便放心地走去牧師公館，一點也不擔憂沒有機會與她們私下討論。能否私下討論對芬妮而言至關重要，因為她對自己如此煩惱舞會穿著一事感到有些丟臉。

芬妮在牧師公館門口附近遇見克勞佛小姐，她正好也打算到曼斯菲爾德拜訪芬妮。雖然克勞佛小姐十分樂於折返，芬妮還是不想打擾她外出，連忙將自己的來意和盤托出，表示她若願意提供建議，在屋外討論也無妨。克勞佛小姐似乎相當樂於助芬妮一臂之力，思索片刻後，她提議兩人回樓上房間舒舒服服地討論這件事，也不會打擾到正待在客廳的格蘭特夫婦。如此提議正合芬妮的心意，滿心感激克勞佛小姐的親切之舉。兩人走回屋裡上樓，很快就開始討論正題。克勞佛小姐很高興芬妮前來尋求意見，竭盡所能給予最佳的判斷與建議，許多問題頓時迎刃而解；她也試著鼓勵芬妮放寬心，最後總算順利打點好禮服。克勞佛小姐說：「妳的項鍊該怎麼辦？妳應該要戴哥哥送的十字架吧？」她邊說邊打開一只小包裹。方才她們相遇時，芬妮就注意到她手中拿著這個包裹。芬妮坦承自己對此感到左右為難，不知道是否該戴上那只十字架亮相。克勞佛小姐將一只小首飾盒放在芬妮眼前作為解答，要她從幾條金項鍊中挑出喜愛的款式。原來克勞佛小姐剛才正打算將這些項鍊送到曼斯菲爾德給芬妮。她熱情地要求芬妮挑選一條適合搭配十字架的項鍊，並放心地收下這份禮物。芬妮一聽到這項提議，頓時露出恐懼的眼神；克勞佛小姐只好費盡唇舌，試圖打消她的疑慮。

克勞佛小姐說：「妳瞧，我的首飾多著呢！可是大半都用不著。它們並非全新的首飾，我能給妳的只是一條舊項鍊罷了。希望妳見諒，放心收下來吧！」

芬妮依然打從心底不願接受，這份禮物實在太貴重了。然而克勞佛小姐相當堅持，努力以友善真誠的態度動之以情，要芬妮為了威廉、那只十字架、舞會與自己多加著想，最後總算成功說服她。芬妮不願被冠上虛榮或冷漠等無謂的罪名，費了一番工夫才勉為其難答應，並開始挑選項鍊。她仔細端詳，渴望找出最便宜的項鍊，最後總算選定一條克勞佛小姐最常戴的項鍊。那是一條精雕細琢的美麗金項鍊。芬妮原本打算挑另一條較為樸素偏長的項鍊，比較適合搭配那只十字架；不過，她認為克勞佛小姐可能比較不需要這條金項鍊，因此還是選擇了它。克勞佛小姐以微笑贊同芬妮的選擇，連忙為她戴起那條項鍊，讓她瞧瞧這樣多好看。芬妮高興得說不出話來，儘管心裡仍存有疑慮，她依然非常滿意這條項鍊。倘若換成別人贈與她這份禮物，她或許會欣然感激於心，可是這樣的想法並不公道。克勞佛小姐如此親切周到地顧及自己的需求，證明她是真正的朋友。

芬妮說：「每當我戴上這條項鍊，一定會想起妳，提醒自己妳對我多麼好。」

克勞佛小姐說：「妳戴上那條項鍊時，還得想起其他人呢！妳必須想到亨利，因為這是他親自挑選給我的禮物；如今我將這條項鍊轉送給妳，妳也要記得原本的贈與者。這是我們兄妹倆送妳的紀念品，妳既然記得妹妹，當然也不能忘了哥哥呀！」

芬妮頓時既震驚又困惑，連忙想退還這份禮物。她怎能收下來自他人的餽贈，還是兄長送給妹妹的禮物？不能！絕不能這麼做！她對克勞佛小姐感到十分羞愧，匆匆將項鍊放回墊子上，決定再挑選另一條，或是乾脆什麼也不拿！克勞佛小姐心想，這輩子還真沒見過如此單純的女孩。她笑了起來：「親愛的孩子，妳在害怕什麼呢？難道妳認為亨利會認定這是我的項鍊，以為妳順手牽羊？或者妳擔心，他發現自己三年前親手買下的項鍊，如今能由當時尚未認識的美麗女孩戴上，會讓他變得趾高氣昂？還是……（嘴角露出更濃的笑意）妳懷疑這是我們兄妹倆串通好的詭計，是他指使我送妳這份禮物嗎？」

芬妮害羞得滿臉通紅，連忙反駁這樣的想法。

「既然如此，」克勞佛小姐不盡然相信芬妮，以更嚴肅的語氣回答，「為了證明妳並未懷疑這是我們的伎倆，也真誠接受我對妳的一貫稱讚，妳就收下這條項鍊，什麼話也別說吧！即使這是哥哥送我的禮物，妳還是能高高興興地接受，我也非常樂意送給妳。亨利總是不時送我禮物，已經送過我數不清的首飾，我不可能悉數珍藏，他自己也多半忘了。至於這條項鍊，我頂多戴過六次；它確實非常漂亮，我卻不曾放在心上。雖然我也樂於送妳首飾盒裡的任何一條項鍊，可是，妳確實剛好挑中我最捨得送人的一條，也最希望妳戴上它亮相。拜託妳別再拒絕了。這只是一件不足掛齒的小事，無須多費唇舌。」

芬妮不敢繼續推辭，便再次表達謝意並收下項鍊，只是心裡不像方才那麼高興，因為克勞佛小姐的某種眼神令她頗不自在。

芬妮自然不可能未察覺克勞佛先生的態度大有轉變，她老早以前就注意到了。克勞佛先生顯然想努力取悅她，對她百般殷勤、噓寒問暖，與他過往對待兩名表姊的態度如出一轍。芬妮猜想，克勞佛先生想要玩弄她原本平靜無波的心，一如他過往欺騙表姊的感情那般。至於這條項鍊是否與克勞佛先生有關，芬妮認定與他脫不了關係，因為克勞佛小姐向來是言聽計從的妹妹，卻不是一名細心的朋友。

芬妮的思緒轉個不停，滿心猜疑；原本如此渴望獲得的首飾，卻沒有帶來預期之中的滿足。她回家路上的牽掛竟不亞於來程，只是換了個煩惱而已。

27

芬妮一到家，隨即上樓收好這份出其不意獲得的禮物，打算將這條無法安心戴上的珍貴項鍊收進東廂房的一只小盒裡，那只盒子珍藏著她為數不多的寶物。然而，芬妮一打開房門，卻驚訝地發現，艾德蒙正坐在桌前寫信！以往不曾發生過這樣的情形，不禁令她又驚又喜。

「芬妮，」艾德蒙放下筆站起身來，手裡拿著某樣東西迎向芬妮，直截了當地開口，「請原諒我擅自進來。我特地來找妳，原本以為妳很快就回來，先等了一會兒，之後決定留言向妳說明，才剛寫好開頭。不過我現在可以直接向妳解釋來意了。希望妳接受我的一點心意，這條項鍊能讓妳搭配威廉送的十字架。我早在一週前就想送妳了，只是哥哥比我預期還晚了幾天進城，現在才剛送達北安普頓。芬妮，希望妳會喜歡這條項鍊，我想妳應該偏愛簡潔大方的樣式。無論如何，相信妳會明白我的心意，將它視為家人表達愛意的象徵，畢竟這正是事實。」

艾德蒙說完，隨即匆匆離開。芬妮心裡千頭萬緒，憂喜參半，一時竟說不出話來，不禁急著大喊：「噢！表哥，等等，請你等一下！」

艾德蒙轉過身來。

芬妮十分激動地說：「我真不知道該如何表達謝意。我打從心底感謝得不得了，卻又難以言喻。你對我這麼好，早已超越——」

「芬妮，如果這就是妳想說的話，大可不必往下說了。」艾德蒙露出微笑，再次轉身離開。

「不，不對，不是這樣。我有事想找你商量。」

芬妮不知不覺打開艾德蒙方才放在她手中的包裹，在珠寶店的精美包裝下，一條款式簡單大方的金項鍊映入眼簾，讓她忍不住再次驚呼：「噢，真是太美了！這正是我喜歡的樣式！我一直希望擁有這麼漂亮的首飾，搭配我的十字架特別相稱，一定要搭在一起亮相。你送我的時機也恰到好處。噢，表哥，你不知道我有多喜歡這份禮物！」

「親愛的芬妮，妳的反應似乎有些過頭啦！妳喜歡這條項鍊，我自然高興不過，也很慶幸及時趕上明天的盛會。可是妳用不著這麼感謝我。相信我，沒有什麼事情比幫得上妳的忙更令我開心，這是紮紮實實的喜悅，無懈可擊。」

聽到這番真情流露的表白，芬妮感動得久久說不出話來。艾德蒙過了一會兒又問：「話說回來，妳想找我商量什麼？」這才讓她美夢初醒，頓時回過神來。

芬妮提起那條項鍊，現在又更急著想歸還了，希望艾德蒙贊成她這麼做。她將方才拜訪牧師公館的經過娓娓道來，喜悅卻頓時煙消雲散，因為艾德蒙聽聞此事竟感到喜不自勝，非常高興克勞佛小姐如此親切，也很開心兩人默契十足，不約而同做出一樣的舉動。芬妮很清楚艾德蒙早已沉浸於狂喜之中，只是暗自希望這分喜悅並非無懈可擊。她費了好一番工夫才讓表哥將注意力轉回正題，要求他提出想法。艾德蒙原本滿心欣喜地陷入回憶，不時喃喃說出幾句讚美；不過，當他總算清醒過來釐清表妹的打算後，卻一反她所願，大力反對她退還項鍊。

「退還項鍊？不行，親愛的芬妮，別這麼做，肯定會傷透她的心。假如我們認定一份禮物能為朋友帶來慰藉，對方卻將自己的心意退回來，沒有什麼比這更令人難受的了。她也是高高興興想送妳禮物，為什麼要剝奪她的快樂呢？」

芬妮說：「如果這一開始就是送給我的禮物，我自然不會想退還。可是，既然這條項鍊是她哥哥送的禮物，對方也不需要，那她就好好珍藏，這樣的假設不也合情合理？」

「至少不能讓她認定對方不願接受這份禮物，即使這是她哥哥送的禮物也無所謂。既然她還是樂於送出這條項鍊，妳也當場收下，妳自然得好好留著。那條項鍊顯然比我送的金項鍊更漂亮，也更適合在舞會亮相。」

「不對，那條項鍊沒有比較漂亮，根本比不上你送的。比起那條項鍊，你送我的金項鍊更適合搭配威廉的十字架。」

「一晚就好，芬妮，假如妳對此感到委屈，只要戴一晚就好。我相信妳只要多想想，就會願意讓步，而非讓關心妳的人感到難過。克勞佛小姐始終對妳關懷備至，我自然也認為妳理應獲得如此關照。無論如何，她對妳的善意未曾改變；倘若妳回絕她的關心，難免讓人覺得有些不知感激。只是，我當然清楚妳並非有意如此，這絕非妳的本性。明晚妳就還是戴上那條項鍊亮相吧！這條金項鍊並非特地為了舞會所準備，妳可以等到平日的場合再戴。這是我的建議。妳們兩人平時相處得那麼融洽，我不希望妳們之間的關係蒙上一層陰影。妳倆的個性如此相似，都慷慨大方、心思細膩；除了成長環境帶來的差異之外，妳們幾乎別無二致，沒有任何因素阻礙妳們成為摯友。我一點也不希望妳倆之間出現隔閡。」他稍微壓低聲音，再次強調：「妳們可是我在這世界上最珍惜的兩個人啊！」

語畢，艾德蒙隨即轉身離開，留下芬妮獨自努力平復自己的心情。她竟然是艾德蒙在這世上最珍惜的兩個人之一，令她感到莫大的安慰。可是芬妮初次得知，另一個人也是他最重要的人！他之前從未如此明白表示過。儘管芬妮長久以來早已有所察覺，心裡依然感到一陣刺痛，因為這一席話道盡了艾德蒙的決心與想法：兩人的心意早已明朗，艾德蒙將會迎娶克勞佛小姐。雖然這老早就在芬妮的預料之中，她的心裡依然隱隱作痛。她只能一遍又一遍重複想著，自己是艾德蒙在這世上最珍惜的兩個人之一，卻又感覺不知所云。假如芬妮認為克勞佛小姐足以匹配艾德蒙，情況將會大有改觀，也更容易讓她接受！然而，艾德蒙對克勞佛小姐的認知如此盲目：他口中的優點，在克勞佛小姐的身上根本不存在；她犯了許多錯誤，在艾德蒙眼裡卻一個也看不清。芬妮為了識人不清的艾德蒙淚如雨下，否則無從抑制焦慮的心情；接著她也只能虔誠為艾德蒙的幸福祈禱，藉此緩和沮喪之情。

芬妮自認責無旁貸，在她對艾德蒙的感情中，必須努力克服多餘的私心。將此視為失去艾德蒙或感到大失所望，未免過於狂妄，不符她的謙遜性格。倘若她同樣以克勞佛小姐的角度看待艾德蒙，簡直不可理喻。無論在什麼情況下，艾德蒙對芬妮而言都只是家人，僅此而已。她怎能浮現這種理應受到譴責的禁忌想法？她必須克制自己，不該放任自己恣肆想像。她得竭盡所能保持理性，才有資格論斷克勞佛小姐的品行，也必須擁有健全心智與坦誠的感情，才有資格關心艾德蒙。

芬妮秉持自己的原則，下定決心要履行本分。然而，由於她年紀尚輕、多愁善感，心中百感交集，自然不難想像，即使她以強大的自制力打定主意，依然忍不住拿起艾德蒙的短箋，將其視若珍寶，以最溫柔的深情看著這行字：「親愛的芬妮，請妳一定要收下這份禮物。」她將這封短箋連同金項鍊鎖進盒子裡，成了這份禮物最寶貴的一部分。芬妮首次從艾德蒙手中收到堪稱「書信」的短箋，她實在看不出未來還有什麼機會，能以這種方式獲得如此令人欣喜的訊息。再優秀的作家也寫不出比這兩行留言更令她珍惜的文字；再熱情的傳記作家，蒐集資料時也比不上她珍藏這張字條的用心。女人對愛情的執著，足以超越傳記作家對作品的熱誠。對芬妮而言，無論短箋內容為何，光是艾德蒙的筆跡就已彌足珍貴。再也沒有其他人的字跡像艾德蒙一樣完美無缺！雖然只是匆匆寫就的寥寥數語，卻挑不出一絲錯誤；開頭那五個字「親愛的芬妮」，她更是甘願看上一輩子也不嫌膩。

芬妮就這麼帶著理性與感性交雜的幸福感，努力整頓好想法，並平復自己的心情。她及時下樓，在伯特倫阿姨身旁繼續完成平日的針線活，也能一如往常與她聊天，神情與平時並無二致。

到了週四，眾人引頸企盼的盛事終於到來，也一改先前讓芬妮身不由己的苦日子，帶給她預期之外的驚喜。用過早餐沒多久，克勞佛先生隨即送來一封短箋給威廉，語氣十分友善。克勞佛先生在信中表示，翌日必須回倫敦待上幾天，因此想找個人結伴同行；倘若威廉願意比計畫提早半天離開曼斯菲爾德，他很樂意順道載威廉一程。克勞佛先生的叔父習慣較晚吃晚餐，他預計在晚餐前抵達，並邀請威廉一同在上將家用餐。威廉對此提議感到十分高興，很開心有機會乘坐四輪馬車，一路上也有如此友善親切的朋友作伴。這麼一來儼然像是搭乘專車前往，他想像這趟旅程會變得既有趣又體面，連忙回信一口答應。芬妮同樣對此相當欣慰，只是理由有別於威廉。威廉原先打算隔天晚上搭乘從北安普頓出發的驛車，再轉乘前往樸茨茅斯的公共馬車，中途的休息時間甚至不到一小時。克勞佛先生的提議讓威廉陪伴芬妮的時間少了好幾個鐘頭，她非常高興威廉免於舟車勞頓的折騰，其他考量因而不再重要。湯瑪斯爵士認同的理由亦截然不同。他認為外甥或許有機會引薦給克勞佛上將，相信對威廉大有好處。整體而言，這封短箋令所有人雀躍。芬妮大半天都感到興高采烈；想到克勞佛先生本人即將離開，似乎也令她更感欣喜。

至於近在眼前的舞會，芬妮卻開始滿是煩憂，不如原先預期的那麼引頸企盼，至少不像其他年輕女孩一派輕鬆；畢竟她們對舞會早已習以為常，對舞會的新奇感和關注沒有芬妮多，也不像她滿心感激。受邀參加舞會的賓客，大半不曾聽聞普萊斯小姐的芳名；如今她即將初次亮相，成為當晚最受矚目的焦點。還有誰會比普萊斯小姐更加快樂呢？然而，普萊斯小姐從小到大都不曾學習過如何與人交際應對。倘若她事先得知這場舞會對自己未來的聲望多麼重要，她或許會更加緊張，生怕自己在眾目睽睽下出錯，一舉一動皆無可遁逃。芬妮十分期盼能順利避開眾人目光翩翩起舞，又不至於跳到筋疲力盡；她希望自己大半個晚上都保持充足體力，也隨時有人向她邀舞；她期待有機會成為艾德蒙的舞伴，不必經常與克勞佛先生共舞；她期待看到威廉樂在其中，又能順利遠遠地躲開諾里斯阿姨。這些都是芬妮心中最為誠摯的希望，倘若一切皆能成真，對她而言就是最大的快樂。不過自然不可能一切盡如芬妮所願。白天的漫長時光，芬妮大半時間都陪在兩位阿姨身邊，不時受到她們的負面情緒影響。威廉打定主意要把握最後一天玩樂，早已外出打獵去；至於同樣不見人影的艾德蒙，芬妮大有理由相信他正待在牧師公館。於是芬妮只能獨自忍受諾里斯阿姨大發雷霆。諾里斯太太非常不高興管家準備晚餐時自作主張，即使連管家都有機會擺脫她，芬妮卻沒有逃跑的機會。最後，芬妮身心俱疲，認定這場舞會即將成為一場夢魘。她以換衣服為由離開阿姨身邊，拖著沉重的腳步回到房裡，感覺接下來的歡樂氣氛根本與自己沾不上邊。

芬妮緩緩走上樓梯，回想起昨天的情景；正是昨天這個時候，她剛從牧師公館返家，驚喜地發現艾德蒙正待在東廂房裡。「假如今天也能在房裡看見艾德蒙，該有多好！」芬妮心想，任由自己沉浸於想像中。

「芬妮。」此時耳邊忽然傳來一聲呼喚，讓芬妮嚇了一跳。她抬頭一看，視線越過方才走過的大廳，發現艾德蒙就站在另一座階梯前方，接著便朝她走來。「妳看起來累壞了，芬妮。妳肯定走了太多路。」

「沒這回事，我根本沒出門。」

「妳連待在屋裡都累成這樣，那就更糟了。妳最好出去透透氣。」

芬妮不喜歡開口抱怨，認為此時最好保持沉默。雖然艾德蒙一如往常親切地看著芬妮，她還是認定艾德蒙很快就不會繼續關心自己的氣色。艾德蒙看起來無精打采，似乎有什麼與她無關的事情出了差錯。兩人的房間都在同一層樓，他們便一道上樓。

艾德蒙開口：「我剛從格蘭特牧師那裡回來。芬妮，妳肯定猜得到我此行的目的。」他露出意味深長的表情。芬妮的心裡只能浮現一個答案，一時難過得說不出話來。他接著解釋：「我希望邀請克勞佛小姐一起負責開場的兩支舞。」芬妮頓時重新打起精神，意識到自己似乎應該回話，連忙隨口問起結果。

艾德蒙回答：「她確實答應了。可是她說（他勉強擠出笑容），這是最後一次與我共舞。她肯定不是認真的。我心裡這麼想，也由衷希望這只是她的玩笑話。但我寧願不要聽到這種話。她說她從來不曾與牧師共舞，將來也不會。在我看來，我真希望舞會不是辦在——我的意思是，我真希望舞會不是剛好辦在這一週，也不是剛好在今天舉行。明天我就要離開家裡了。」

芬妮猶豫著該如何開口，最後說道：「遇到這麼令人沮喪的事，我真替你難過。今天應該要玩得非常盡興才對，姨丈也是抱持這樣的想法才舉行舞會呀！」

「噢，沒錯，確實如此！今天一定能玩得非常盡興，一切都會順利結束。我只是現在有些心煩意亂罷了。事實上，我並不認為這場舞會選錯時機。這有什麼大不了的？可是，芬妮，」

艾德蒙牽起芬妮的手，要她停下腳步，嚴肅地低聲說道：「妳很清楚這一切代表什麼。妳將所有事情看得清清楚楚，或許比我更加明白，為什麼我會如此心慌意亂。和我聊一會兒吧！妳向來扮演最好的聽眾。她今早的態度讓我十分痛苦，遲遲無法平復心情。我很清楚，她的個性和妳一樣完美可人；但是由於先前家人的影響，讓她變得——她帶有先入為主的觀念，有時說起話來不甚妥當。她的想法並無惡意，卻會以戲謔的方式說出口。雖然我知道她只是開玩笑，還是感到非常難過。」

芬妮溫和地說：「她受到家教的影響。」

艾德蒙對此十分認同。「沒錯，受到她叔父和叔母的影響！他們傷害了純真的心靈。芬妮，我坦白告訴妳，有時我認為這不只影響她的說話方式，似乎連她的心靈也受到汙染了。」

芬妮認為艾德蒙在徵詢她的看法，因此思索片刻才回答：「表哥，假如你只希望我扮演聽眾，我願意耐心傾聽。可是我還不夠資格為你提出建議。不要詢問我的想法，我無法回答。」

「芬妮，妳自然想要回絕我的要求。但是妳無須感到害怕。這個話題原本就不應該徵求他人意見，最好永遠不要提起。我想，確實很少人會對此發問；倘若問了，就是希望聽到與心中所想截然相反的答案。我只是想和妳聊聊罷了。」

「還有一件事。恕我直言，可是請你務必留意對我說出口的話。你現在可別告訴我將來會感到後悔的事。或許時機成熟時——」

她一面說著，頓時變得滿臉通紅。

艾德蒙熱切地將芬妮的手湊到唇邊，幾乎像是將她視為克勞佛小姐那般熱情。他高聲說道：「親愛的芬妮！妳真是太體貼了！可是妳實在不必這麼想。那樣的時機永遠不會到來。我開始認定不可能發生了，希望變得越來越渺茫。就算真有那麼一天也無須為此害怕，因為我從不為這些疑慮感到丟臉。若要我的心裡不再存有擔憂，就必須等她不斷回想起自己曾犯過的錯誤，因而有所轉變。妳是我唯一將真心話和盤托出的對象。不過，芬妮，妳向來很清楚我對她的想法，妳一定能為我證實，我從來不曾蒙蔽自己的雙眼。我們已經聊過多少次她的小毛病！妳不必顧慮我，我幾乎已經對她不抱任何希望。可是無論我面臨什麼結果，一定都會真心感謝妳對我的親切與憐憫之情，否則我就是個不折不扣的傻瓜。」

艾德蒙這番真情告白，已足以打動芳齡十八的少女。芬妮的心情遠比這一陣子更加快樂，也以更為神采飛揚的表情回答：「好，表哥，即使有人可能認為你辦不到，我還是相信你。無論你要告訴我什麼，我都不再感到恐懼了。所以，你大可放心向我傾吐一切。」

他們走到二樓，一名女傭正好經過打斷了他們的對話。就芬妮而言，這段對話或許是在她最為快樂的時候打住；假如艾德蒙繼續多講五分鐘，或許會說盡克勞佛小姐的缺點，對她感到十分失望。不過雖然艾德蒙沒能往下說，兩人分開時，他依然一臉感激，芬妮也浮現難能可貴的好心情。過去好幾個鐘頭，芬妮始終處於悶悶不樂的狀態。即使克勞佛先生送給威廉的短箋讓芬妮高興一時，不過隨著這份喜悅逐漸消退，她也變得鬱鬱寡歡；身邊既沒有人能給予安慰，她的心裡也不抱任何希望。如今眼前一切都顯得如此美好。芬妮再次替威廉接下來的旅程萬分慶幸，甚至比一開始更雀躍。舞會同樣變得令人期待，接下來一整晚想必能玩得非常盡興！此時此刻，芬妮總算打從心底高興起來，懷著舞會才能帶來的愉快心情，興高采烈地換上禮服。芬妮順利地打點好自己，對成果頗為滿意。當她準備戴上項鍊時，喜悅更是攀上顛峰，因為克勞佛小姐送的項鍊竟穿不進十字架的扣環。芬妮看在艾德蒙的分上，原本決定戴上那條項鍊，沒想到鍊子太粗。如此一來，芬妮勢必得改戴艾德蒙送她的金項鍊。她開開心心地將鍊子穿過十字架，威廉和艾德蒙是她最深愛的兩位兄長，兩人贈送的禮物格外珍貴，也搭配得天衣無縫。芬妮戴上那條項鍊，充分感受到威廉和艾德蒙帶給她的莫大力量，因此隨即決定一併戴上克勞佛小姐送的項鍊。她自認理應戴上那條項鍊，還給克勞佛小姐這份人情。既然克勞佛小姐不再理所當然占有艾德蒙、讓芬妮備感威脅，她也能以更公道的眼光看待對方的親切之舉，甚至為此感到高興，畢竟這條項鍊看起來確實相當精美。芬妮最後心滿意足地走出房間，眼前的一切皆顯得完美無缺。

面對如此盛大場合，伯特倫阿姨一反往常，顯得格外精明。伯特倫夫人突然意識到，芬妮為了出席舞會，光靠樓上的女傭或許不足以協助她盛裝打扮；因此當她打點好自己的妝容，隨即差遣自己的貼身女傭前去協助芬妮。這份善意自然晚了一步。查普曼太太才剛走到頂樓，就看到梳妝完畢的普萊斯小姐走出房間，兩人只能禮貌地寒暄一番。不過，芬妮深切感受到阿姨對自己的關照之情，心裡的喜悅不亞於伯特倫夫人與查普曼太太。

28

芬妮下樓時，姨丈與兩位阿姨都待在客廳裡。湯瑪斯爵士隨即將注意力轉向外甥女，非常滿意她看起來優雅大方，顯得美麗動人。在芬妮面前，湯瑪斯爵士只稱讚她的禮服整齊體面；然而，芬妮一離開客廳，湯瑪斯爵士隨即連聲讚嘆起她的美貌。

伯特倫夫人說：「沒錯，她看起來非常漂亮，因為我讓查普曼協助她梳妝打扮。」

諾里斯太太嚷道：「非常漂亮！噢，確實如此！她擁有這麼多優勢，自然看起來得漂漂亮亮的了！她在這麼優秀的家庭成長，身邊的表姊又足以作為表率。親愛的湯瑪斯爵士，您想想，我們倆多麼不遺餘力幫助她呀！她身上那件令您讚不絕口的禮服，正是親愛的拉許沃斯太太結婚時，您慷慨贈與她的禮物。假如不是我們悉心照料她成長，她哪能擁有這一切呢？」

湯瑪斯爵士不再接腔。不過當眾人在餐桌前坐定時，兩名年輕人的目光讓湯瑪斯爵士確信，等兩位女士離開，他們一定又會文質彬彬地稱讚起芬妮。芬妮充分感受到肯定，喜不自勝，讓她看起來更加亮麗動人。她已經為了許多原因感到欣喜，沒想到又出現更令她快樂的好事。芬妮隨著兩位阿姨走出餐廳時，在旁扶著門的艾德蒙趁她經過時開口：「芬妮，妳一定要當我的舞伴，非得和我跳兩支舞不可。除了前兩支舞以外，時機任妳挑選。」芬妮已經別無所求。她這輩子幾乎不曾這麼快樂過，簡直高興得快飛上天了。她總算理解為何表姊先前對舞會那麼引頸企盼，如今她同樣對舞會十分著迷。諾里斯太太忙著調整管家細心點燃的爐火時，芬妮還會抓緊機會在客廳裡練習舞步呢！

換作其他情況，眼前的光景持續半小時，就足已令芬妮提不起勁來；不過她現在正滿心雀躍，自然還是興高采烈。光是想到艾德蒙那番話就讓她欣喜不已，喋喋不休的諾里斯太太與呵欠連連的伯特倫夫人又有什麼要緊呢？

男士們陸續加入女士的行列，眾人隨即開始期待起馬車的到來，屋裡洋溢著輕鬆愉快的氣氛。人們隨興站在各處談笑風生，每分每秒都顯得如此歡樂，充滿希望。芬妮知道艾德蒙一定是在強顏歡笑，卻很欣慰見到他成功掩飾。

馬車總算陸續抵達，賓客紛紛齊聚一堂，芬妮心中的喜悅之情竟也逐漸消散。眼前出現這麼多未曾謀面的陌生人，頓時讓芬妮變回畏畏縮縮的自己。第一批客人顯得嚴肅拘謹，連湯瑪斯爵士與伯特倫夫人也有些招架不住。更糟的是，芬妮還面臨預期之外的苦差事，因為姨丈拉著她四處引薦，她被迫不停開口說話與行禮，心裡苦不堪言。威廉一派氣定神閒地在四周走動，每當姨丈又呼喚芬妮時，她總忍不住望向哥哥，十分渴望能與他待在一起。

最令人歡欣鼓舞的時刻，是格蘭特夫婦與克勞佛兄妹抵達會場時；與陌生人初識的尷尬氣氛，很快就在和藹可親的老友面前悉數瓦解。眾人三兩成群，氣氛變得更加自在。芬妮隨即感受到他們帶來的好處，總算擺脫客套寒暄的折磨；假如她沒有不時瞥向艾德蒙與瑪莉．克勞佛，肯定又能變得興高采烈。克勞佛小姐看起來十分迷人，或許一切根本尚未結束？克勞佛先生突然出現在芬妮眼前，打斷了她的思緒。他一見到芬妮，立刻邀請她一起跳前兩支舞，她的想法也隨之轉變，內心變得憂喜參半。最大的好處在於，芬妮如今已確保自己最初的舞伴，畢竟舞會的開場時刻近在眼前。芬妮難免擔心，倘若克勞佛先生沒有開口邀舞，自己將會是其他人最後考慮成為舞伴的人選，或許得匆匆忙忙地到處詢問奔走，舞伴才可能有所著落，這是多麼可怕的光景呀！然而，克勞佛先生邀舞的態度又過於直截了當，芬妮一點也不喜歡。她還注意到克勞佛先生瞥見自己頸上的項鍊，露出一抹微笑（芬妮認為他確實帶有笑意），不禁雙頰一紅，心裡十分難受。雖然克勞佛先生並未繼續盯著芬妮看，似乎也只希望讓她留下好印象，她還是感到相當尷尬；一想到克勞佛先生注意到這條項鍊，就令她深感不自在，直到克勞佛先生的注意力轉向其他人，她才稍微鬆了一口氣。隨後，芬妮逐漸打從心底慶幸自己找到舞伴，而且還是對方主動開口，讓她能安心迎接舞會的開場時刻。

一行人魚貫走進舞會會場時，芬妮才第一次接近克勞佛小姐。克勞佛小姐和哥哥一樣，一見到芬妮便露出燦爛的微笑，正打算提起那條項鍊時，芬妮急著想結束這個話題，連忙解釋起第二條項鍊的來歷。克勞佛小姐原本打算對芬妮意有所指地讚美一番，聽了這席話後頓時忘得一乾二淨，當下只浮現一個強烈的念頭。她的眼睛一亮，遠比以往更加炯炯有神，十分高興地驚呼：「真的嗎？這是艾德蒙送妳的？真像他的作風，其他男人根本不可能想到這種事。我實在太欣賞他了。」她環顧四周，似乎急著將這番想法告訴艾德蒙。艾德蒙不在附近，正在廳外陪同一群女士。此時，格蘭特太太走了過來，雙手各自挽住克勞佛小姐與芬妮的手臂，跟著其他人走進舞廳。

芬妮心裡一沉，卻沒有太多時間思考，甚至無法細想克勞佛小姐的感受。她們來到舞池，小提琴的樂音正悠揚，芬妮的思緒也跟著樂聲飄忽不定，無法繼續思索嚴肅的議題。她可得好好端詳舞池的一切，觀察情況如何發展。

過沒幾分鐘，湯瑪斯爵士便走近芬妮，詢問她是否已找到舞伴，也獲得他想聽到的答案：「有的，姨丈，我的舞伴是克勞佛先生。」克勞佛先生就站在不遠處，湯瑪斯爵士將他帶到芬妮身邊，並告訴芬妮，她必須負責舞會的開場，不禁令她大吃一驚。芬妮先前想到舞會時，始終認定開場舞理所當然會由艾德蒙與克勞佛小姐負責。由於她早已有此定見，因此從姨丈口中聽到完全相反的答案時，忍不住驚呼一聲，表示自己並不適任，懇請姨丈改變主意。芬妮過往不曾反抗湯瑪斯爵士的吩咐，然而這前所未有的要求令她大感震驚，不惜當面提出反對，希望姨丈改變安排，可惜沒有幫助。湯瑪斯爵士露出微笑鼓勵芬妮，接著嚴肅且堅定地說：「就這麼決定了，親愛的。」芬妮不敢再多說什麼。接著，克勞佛先生便帶她走向舞池的主位，其他賓客兩兩成對，紛紛排在他們身後。

芬妮簡直難以置信。她竟然要帶領眾多優雅的女孩開舞！如此得天獨厚的際遇令她受寵若驚，根本等同兩位表姊獲得的禮遇！她一想到兩位不在場的表姊，不禁感到十分遺憾，很難過自己取代了她倆的地位；她們原本可以一起在這場舞會玩得非常盡興，如今卻由她一人照單全收了。以前姊妹倆在家時，芬妮多常聽見她們盼著在家舉行舞會呀！如今家裡果真舉辦了舞會，姊妹倆卻離家在外——而且由芬妮負責開舞，舞伴還是克勞佛先生！芬妮由衷希望兩名表姊不會嫉妒眼前令她受寵若驚的厚待。不過，當她回憶起秋天，想到上次一同在家裡共舞時的人事情景，眼前的一切頓時恍若隔世。

舞會揭開序幕。對芬妮而言，至少就負責開場舞一事，與其說是快樂，不如說是令她深感驕傲的榮耀。芬妮的舞伴顯得神采飛揚，並試著讓她感染這份喜悅；然而芬妮心裡實在過於驚恐，直到她認定眾人的目光不再聚集於自已身上，才有機會高興起來。即使如此，由於芬妮年輕貌美又溫柔，依然展現出與生俱來的優雅氣質，獲得在場眾人同聲稱讚。芬妮吸引了許多人的目光，態度謙和有禮；她貴為湯瑪斯爵士的外甥女，又很快傳出克勞佛先生傾心於她的消息，在在令她博得旁人一致的好感。湯瑪斯爵士將芬妮的開場舞看在眼裡，心裡大為欣慰，對外甥女十分驕傲。他並不像諾里斯太太一樣，認為芬妮之所以出落得亭亭玉立，全是因為搬到曼斯菲爾德莊園之故；他很慶幸自已帶來更為重要的貢獻，提供芬妮良好教育，她也因此成了極具教養的大家閨秀。

克勞佛小姐對湯瑪斯爵士的多數想法瞭然於心。儘管湯瑪斯爵士並未善待她，她依然渴望能給對方留下好印象，隨即抓緊機會挨近他身邊，熱烈稱讚起芬妮。她的讚美相當懇切，如願博得湯瑪斯爵士的歡心；他謹慎禮貌地接受克勞佛小姐的誇獎，說起話來慢條斯理，顯然比他的夫人更樂於稱讚外甥女。兩人盡可能談了不少話。克勞佛小姐隨即注意到伯特倫夫人就坐在一旁的沙發上，連忙趁她離席跳舞前，百般稱許普萊斯小姐的儀態。

伯特倫夫人溫和地回答：「沒錯，她看起來非常漂亮。多虧查普曼協助她梳妝打扮，是我派查普曼過去的。」伯特倫夫人並非因為芬妮獲得稱讚而感到高興，只想強調自己好心地吩咐查普曼太太前去協助。

克勞佛小姐對諾里斯太太瞭若指掌，深知稱讚芬妮不可能取悅她，因此改口說道：「哎呀，夫人！要是親愛的拉許沃斯太太與茱莉亞今晚也在場，該有多好啊！」諾里斯太太忙得分身乏術，既要打點牌桌，又要不時提點湯瑪斯爵士，還得替每位女孩的隨身女伴安排較為舒適的位置；即使如此，她還是不時趁著空檔對克勞佛小姐報以燦爛微笑，滔滔不絕地寒暄一番。

克勞佛小姐當面稱讚芬妮本人時，反而犯下最大的失誤。她原本只想讓芬妮稍微高興一下，為地位提升一事感到得意，卻誤解了芬妮滿臉通紅的涵義，以為自己順利達成目的。兩支開場舞結束後，克勞佛小姐走向芬妮，以意味深長的表情說：「或許妳可以告訴我，為什麼我哥哥明天要進城去呢？他說有正事要辦，卻不願告訴我是什麼事。這可是他第一次對我有所保留呢！不過，這也沒什麼好大驚小怪，我的地位遲早會被取代。現在我可得向妳問清楚，亨利到底為了什麼進城？」

芬妮一臉尷尬，堅決表示自己同樣對此事一無所知。

克勞佛小姐笑著回答：「是嗎？那麼我只好猜想，他純粹是為了送妳哥哥一程，好讓他能一路聊著關於妳的話題。」

芬妮感到摸不著頭緒，同時也心生不滿。克勞佛小姐不明白芬妮為何毫無笑意，心想她可能太過緊張，或者有些彆扭，就是不曾想過亨利的青睞根本無法打動芬妮。芬妮今晚確實玩得非常盡興，卻與亨利的心意一點關係也沒有。芬妮寧可克勞佛先生不要這麼快又來向她邀舞，也很希望自己不要開始胡思亂想，認定克勞佛先生方才向諾里斯太太問起晚餐時間，只是為了趁機親近她。不過，一切依然無可避免。芬妮清楚意識到，自己成了克勞佛先生的心儀對象。他的態度並非毫不討喜，且沒有流露出粗率或是賣弄的意味；有時他談起威廉，態度更是親切有加，甚至展現出令人欣賞的熱誠。儘管如此，即使芬妮受到克勞佛先生的青睞，還是無法讓她感到滿足；見到威廉開心，才能真正讓她打從心底快樂。每隔五分鐘，芬妮就會陪威廉四處走走，聽他聊起對舞伴的想法；芬妮很開心自己獲得許多讚賞，也十分高興還能期待與艾德蒙共跳兩支舞。這晚向芬妮邀舞的男伴絡繹不絕，她與艾德蒙的共舞時刻不得不一再延後。芬妮總算盼到與艾德蒙共舞的時刻，自然欣喜不已，卻不是因為他依然神采奕奕，也並非他當天早上那番真情流露的溫柔告白。艾德蒙看起來筋疲力盡，芬妮很開心自己是唯一能給他喘息空間的家人。艾德蒙說：「到處交際應酬，簡直把我累壞了。我整晚講個不停，其實根本無話可說。可是芬妮，和妳在一起，我就能好好休息。妳不會要求我說話。讓我們好好享受這難得的片刻安寧吧！」芬妮索性連表示認同的話也不說了。艾德蒙看起來相當疲憊，或許正是當天早上的情緒令他如此心力交瘁，芬妮自然更細心體諒他。兩人就這麼靜靜地跳完兩支舞，旁人很可能因此確信，湯瑪斯爵士領養芬妮的理由並非為了替小兒子娶媳婦。

艾德蒙今晚過得悶悶不樂。克勞佛小姐與艾德蒙第一次共舞時，顯得興高采烈，他卻沒有因此感到高興，反而覺得心情沉重。艾德蒙之後又忍不住去找克勞佛小姐談話，她對其工作的想法卻深深刺傷艾德蒙的心，也是讓他現在垂頭喪氣的主因。他倆時而談話，時而沉默；艾德蒙鄭重其事地表達想法，克勞佛小姐卻奚落他一番，最後兩人不歡而散。芬妮始終忍不住從旁觀察他們，早已將一切看在眼裡。在艾德蒙痛苦之際，她實在不應該感到高興，卻很難不暗自慶幸他大失所望。

芬妮與艾德蒙跳完兩支舞，她的體力也幾乎耗盡，不想再繼續跳舞。湯瑪斯爵士見芬妮已經沒力氣跳完較短的舞步，只是氣喘吁吁地走著，雙手垂放在身旁，隨即吩咐她坐下休息，克勞佛先生也跟著坐了下來。

「可憐的芬妮！」威廉方才跳得起勁，如今走來探望妹妹，一面嚷道，「這麼快就沒力氣了！怎麼回事呀？舞會才剛開始呢！我希望還能再盡情跳上兩小時。妳怎麼這麼快就累啦？」

「這麼快就累了！親愛的孩子，」湯瑪斯爵士小心翼翼地掏出懷錶，「現在已經凌晨三點了，你妹妹不習慣熬夜到這麼晚。」

「既然如此，芬妮，明天我出發時，妳就別起床了。妳盡量睡晚一些，不要擔心我。」

「噢！威廉。」

「什麼！她原本打算在你出發前起床嗎？」

芬妮連忙起身挨近湯瑪斯爵士，高聲說道：「噢！沒錯，姨丈。我一定得早起與他共進早餐。您也知道，這是最後一次了。明天是我們共處的最後一個早上。」

「妳最好別這這麼做。他得趕在九點半前吃完早餐出發。克勞佛先生，我記得你會在九點半來接他？」

然而，湯瑪斯爵士這番否決讓芬妮急得淚水盈眶，他最後只好心軟說道：「好吧，好吧！」表示許可。

威廉轉身離開前，克勞佛對他說：「沒錯，九點半。我一定會準時抵達，畢竟沒有可愛的妹妹為我早起送行。」他接著低聲對芬妮說：「我離開時身後只會有空蕩的屋子。到了明天，你哥哥就會發現我倆的時間觀念截然不同。」

湯瑪斯爵士思忖片刻，決定邀請克勞佛明天來享用早餐，而非獨自在家吃，湯瑪斯爵士也會出席。克勞佛欣然接受，也成為明擺在眼前的證據，證實了湯瑪斯爵士的疑心；他當時之所以決定舉辦這場舞會，正是基於這番揣測。克勞佛先生確實愛上了芬妮。湯瑪斯爵士對這段戀情樂見其成，可惜他的外甥女並不覺感激。芬妮始終希望最後一天早上能與威廉獨處，這是她心裡不為人知的強烈渴望。儘管事與願違，芬妮依然坦然接受。她早已習慣無人為她著想，對情況不盡人意習以為常；因此，與其對不如意的結果怨聲載道，她反而很高興自己有機會表達想法。

不久，湯瑪斯爵士要求芬妮就寢，再次讓她感到有點不情願。湯瑪斯爵士嘴上表示只是「建議」，其實卻是不容反抗，芬妮只得乖乖站起身；克勞佛先生熱忱地向她道別，她隨即靜靜地離開。芬妮一如布蘭克斯霍的女主人，抱著「但求駐足最後的時刻」[111]的心情，在大門口前停下腳步，最後一次望向五、六對男女仍在翩翩起舞的快樂場景。接著，芬妮拖著腳步緩緩走上樓梯，耳邊的鄉村舞曲依然毫不停歇，整晚憂喜參半的心情仍令她澎湃不已，熱湯與尼加斯酒的滋味也還清晰地停留在舌尖；她的雙腿痠痛，全身筋疲力盡，心裡則縈繞著千頭萬緒。儘管如此，芬妮依然認為，今晚的舞會確實非常愉快。

湯瑪斯爵士雖然催促芬妮上床休息，卻可能不僅僅是為了她的健康著想。他或許驚覺克勞佛先生坐在芬妮身旁太久了，也或許是想展現芬妮乖巧聽話的一面，證明她是適合成為妻子的人選。

29

舞會順利畫下句點，早餐時光也很快結束了。眾人親吻威廉向他道別，他也就此離開。克勞佛先生遵守承諾，相當準時抵達；用餐時間雖短，氣氛卻相當愉快。

芬妮目送威廉到最後一刻，這才懷著非常鬱悶的心情走回早餐室，為這令人難過的別離感到悲傷。湯瑪斯爵士好心地讓芬妮獨自哭泣，認為那兩名年輕人留下的空位或許會徒增傷感；只是他以為，比起威廉盤裡剩下的冷豬排與芥末，克勞佛先生盤裡的蛋殼可能更令芬妮離情依依。一如湯瑪斯爵士預期，芬妮坐在一旁淚如雨下；不過，她之所以哭得這麼傷心，完全只是出於手足之情。威廉離開了，如今芬妮開始懊惱哥哥待在這裡的期間，她大半時間只顧著煩惱自己的事情，反倒疏於關心威廉。

芬妮天生富有同情心，就連想到諾里斯阿姨悶悶不樂地住在寒酸的小屋裡，也會自責上次與阿姨待在一起時不夠關心她。因此，芬妮一想到過去整整兩週沒有將全副心思放在威廉身上，就覺得更難過。

111 但求駐足最後的時刻（One moment and no more）：引自華特・史考特的長詩〈最後吟遊詩人之歌〉。

這天是個令人鬱鬱寡歡的沉重日子。享用完第二頓早餐[112]，艾德蒙也隨即準備離家一週，獨自騎馬前往彼得伯勒。所有人就這麼離開了。前晚的舞會還歷歷在目，如今卻無人與她分享回憶。芬妮試著與伯特倫阿姨聊天，她非得找人談談前晚的舞會不可。但是阿姨對舞會所知甚少，也不怎麼感興趣，因此聊起來頗不盡興。伯特倫夫人只記得自己的打扮與用餐座位，對其他人一無所知。「我想不起來誰談到某位梅達斯小姐；普萊斯考特夫人提起了妳，可是我不記得她說了什麼。哈里森上校提到在場最一表人才的年輕人，不過我不確定他說的是克勞佛先生或威廉。有人對我說了幾句悄悄話，但是我忘了問湯瑪斯爵士，對方究竟在說什麼。」這已經是伯特倫夫人說得最久、也最清晰的一段話了。其餘時間她大多只是含糊不清地囁嚅著：「是的，沒錯，非常好。真的嗎？他有這樣嗎？我沒注意到。我根本認不出其他人。」真是太糟糕了。伯特倫夫人唯一勝過的人，只有言詞尖刻的諾里斯太太，她剛為一名生病的女傭多帶了些果醬回家。家裡只有寥寥幾人，氣氛倒也顯得平靜；不過除此以外，就沒什麼值得高興的地方了。

當晚的沉悶氣氛與白天相去不遠。僕人收走茶具後，伯特倫夫人說：「不知道怎麼了，我覺得腦袋一片混沌，肯定是因為昨晚熬夜太久。芬妮，妳得想辦法讓我清醒過來。我這樣做不了針線活。去拿牌來吧！我整個人頭昏腦脹的。」

芬妮依言取來撲克牌，直到就寢時間以前，她都陪著阿姨玩克里比奇牌[113]。湯瑪斯爵士靜靜地坐在一旁看書，因此接下來的兩個鐘頭，屋裡鴉雀無聲，只偶有算牌的聲音：「這樣就有三十一點了，手中四張，再加上八張配點牌。阿姨，換您發牌了，要我幫您嗎？」芬妮忍不住一再回想，僅僅二十四小時以前，就在這間客廳裡，眼前的光景與現在多麼大相逕庭。昨晚的場景如此歡樂喧鬧、忙碌充實，屋裡人聲鼎沸、談笑聲此起彼落；不只客廳，屋裡每個角落都瀰漫著美好愉快的氣氛。如今一切歸於平淡，屋裡滿是寂寥。

一夜好眠讓芬妮順利重新打起精神。翌日芬妮想起威廉時，心情已經好了不少；格蘭特太太與克勞佛小姐來訪，也給了她機會盡興地聊起週四晚上的舞會。她們興高采烈地回憶起當晚光景，舞會已然落幕，談笑卻不減興致。芬妮因而很快平復心情，重新回到生活常軌，也更容易適應家裡如今恬淡許多的寧靜氣氛。

家裡的成員確實不曾像現在這麼少過，尤其艾德蒙是平時相處的一大支柱，總能帶來莫大慰藉，並在餐桌上扮演大家的開心果，如今卻也離家在外。然而芬妮必須學會忍受這份寂寞，畢竟艾德蒙很快就會搬出家門。芬妮十分慶幸現在還能與姨丈同坐在客廳裡，無論聽他說話或與他對答，都不再像以往那般彆扭了。

「真想念那兩個年輕人啊！」前兩天吃完晚餐，湯瑪斯爵士見家裡只剩寥寥三人，總忍不住這麼感慨著。第一天，他見到芬妮眼眶含淚，便不再往下說，只是舉杯祝福家人身體健康。然而到了第二天，湯瑪斯爵士並未就此打住。他開始親切地談起威廉，希望外甥晉升順利。湯

112 當時沒有吃午餐的習俗，有些人會在早餐之後約莫十點、十一點左右，再吃些小點心或喝點飲料。

113 克里比奇牌（Cribbage）：兩人對玩的紙牌遊戲。

瑪斯爵士接著說：「我們有充分的理由相信，威廉接下來或許能經常回來陪伴我們。至於艾德蒙，我們就得努力適應他不在身邊的日子了。他正式接受聖職後，今年冬天就是他最後一次待在家裡了。」

伯特倫夫人說：「是呀！可是，我真希望他沒有離開我們。他們遲早都會離開，真希望他們能一直待在家裡。」這個心願主要是針對茱莉亞，她當時開口要求和瑪莉亞一同進城去。湯瑪斯爵士認為，若替兩名女兒著想，最好點頭答應這項請求；心軟如伯特倫夫人，自然也不會多加攔阻。可是她依然很難過茱莉亞延後返家的日子，否則女兒此時早該回家了。見妻子不滿這樣的安排，湯瑪斯爵士努力想安撫她的心情。他說妻子是懂得為小孩著想的母親，也對兒女疼愛有加，總是一心希望他們幸福。伯特倫夫人認同丈夫的說法，平靜地回答一句「沒錯」。接著她靜靜地思索了十五分鐘，突然開口說：「湯瑪斯爵士，我一直在想，我真高興我們將芬妮帶回家裡，如今孩子們都離家在外，我對此更是慶幸萬分。」

湯瑪斯爵士對這番稱讚深表同意，隨即說道：「確實如此。我們總是當面稱讚芬妮，讓她知道自己在我們心目中是個很棒的孩子，如今她的陪伴更是彌足珍貴。我們始終善待芬妮，現在她對我們也是不可或缺的存在。」

伯特倫夫人說：「沒錯。一想到她永遠會陪在我們身邊，心裡著實寬慰不少。」

湯瑪斯爵士停了下來，嘴角浮現笑意，瞥了外甥女一眼，接著正色答道：「我希望她一輩子都不會離開我們，除非有人願意給她一個比這裡更加幸福溫暖的家。」

「湯瑪斯爵士，那怎麼可能呢？誰會做這種事？瑪莉亞或許很歡迎芬妮不時到索瑟頓做客，但是不會考慮讓她住在那裡。我也深信芬妮待在這裡才好，更何況，我根本離不開她呢！」

曼斯菲爾德莊園在這一週的生活過得平靜無波，牧師公館卻是截然不同的光景；至少這兩家的年輕女孩心情彷彿天壤之別。芬妮眼裡顯得寧靜自在的事情，對瑪莉而言卻索然無味，令她心煩意亂。如此差別，源於兩人的性格與習慣截然相反，芬妮容易知足，瑪莉則難以忍受不順心的事。不過，或許主因仍在於兩人所處的環境不盡相同。同樣的對象，對兩名女孩的意義卻完全不同。芬妮認清艾德蒙離開的原因與結果，因此即使他不在身邊，芬妮還是能夠釋懷。但是，這對瑪莉而言卻極為痛苦。她每天都渴望艾德蒙陪伴在旁，幾乎每分每秒皆難以忍受；由於她的思念過於強烈，對艾德蒙離開的目的更是無法諒解。要不是因為艾德蒙正巧在這週離開，瑪莉的感受也不會如此強烈；畢竟她的哥哥和威廉．普萊斯同在此時離開，原本熱熱鬧鬧的一群人各自分散，她在此時也更能體認到艾德蒙的重要。如今家裡只剩孤伶伶的三個人，還因為外頭風雪交加，只能待在家裡，既無事可做，生活也毫無樂趣。瑪莉非常氣惱艾德蒙堅持遵循自己的意志，對她的想法全然無動於衷（她實在對艾德蒙過於氣憤，兩人才在舞會上不歡而散）。可是艾德蒙一不在身邊，瑪莉依然忍不住繼續想著他，一心思念他的優點與深情，渴望回到之前幾乎能每天見面的日子。艾德蒙根本沒必要離開這麼久。她離開曼斯菲爾德的日子已近在眼前，他實在不該還在這時候離家一週。接著，瑪莉陷入自責的泥沼。她真希望沒在他倆上次談話時說出那番氣話。她很擔心自己提到牧師這一行時，無意間說出帶有輕蔑意味的強烈字眼。她實在不該這麼做，顯得毫無教養，大錯特錯。她打從心底後悔自己說出那些話。

過了一週，瑪莉的苦惱仍未畫下句點。這一週十分煎熬，不過當她發現到了週五，艾德蒙依然沒有回來，心情更是雪上加霜。到了週六，艾德蒙仍然不見人影。週日，瑪莉與曼斯菲爾德那家人聯繫過後，這才得知艾德蒙寫信告知會延後返家，因為他答應要與朋友多待上幾天。

倘若瑪莉先前已感到焦慮又懊惱，對自己脫口而出的話滿懷歉意，擔心會對艾德蒙造成強烈的苦楚；那麼，她如今的懊悔與擔憂更是有過之而不及。不僅如此，瑪莉現在甚至浮現過往不曾經歷的心情——她感到嫉妒。艾德蒙的朋友歐文先生也有姊妹，他或許會受到她們吸引。但是無論如何，依照現行計畫看來，在艾德蒙離家期間，正好碰上她前往倫敦的日子，簡直令她難以承受。假如亨利依言在三、四天後返家，瑪莉離開曼斯菲爾德的日子就近在眼前了。她現在非得設法見芬妮一面，試著多打聽一些消息。她再也無法忍受如此的寂寞難耐，因此獨自走向曼斯菲爾德莊園。僅僅一週以前，她還不可能為了這種事特地走這一遭；如今卻一心希望多打探一點消息，至少能再聽聽艾德蒙的名字。

瑪莉剛抵達的前半個鐘頭，心裡十分失落，因為芬妮正陪著伯特倫夫人；除非她有機會與芬妮獨處，否則別奢望得知任何消息。不過最後伯特倫夫人總算離開客廳，克勞佛小姐連忙抓緊機會，努力以平靜的語氣問道：「表哥艾德蒙離家這麼久，妳的感覺如何？妳現在是唯一待在家裡的年輕人，我想肯定吃了不少苦。妳一定很想念他。他在外頭又多待了幾天，妳應該也沒預料到吧？」

芬妮遲疑地說：「我不知道。沒錯，我之前並未料想到這種情況。」

「或許他以後都會如此，遠比承諾的歸期待得更久。年輕男人總是這樣。」

「他之前只去拜訪過歐文先生一次，當時他並未這麼做。」

「他這次覺得朋友家更好玩了。他是非常……非常討人喜歡的年輕人。我實在不希望去倫敦前沒能再見上他一面，然而事實眼看就是如此。我每天都等著見到亨利，他一回來，我就得離開曼斯菲爾德了。坦白說，我很希望再見他一面。妳一定要轉達我對他的敬意。沒錯，我認為這是敬意。普萊斯小姐，難道英語裡找不到什麼介於敬意與愛意之間的字彙，更能貼近我們所擁有的情誼嗎？我們已經認識好幾個月了！不過，也許表達敬意便已足矣。他那封信的內容很長嗎？他有清楚交代自己在忙些什麼嗎？他打算待到聖誕節嗎？」

「我只聽到那封信的一部分。收件人是姨丈，我想只是一封短箋。老實說，我相信他只寫了寥寥數語。我只聽說，艾德蒙的朋友要求他多待一些時間，他也答應了。我不確定是多待幾天，或是長住一陣子。」

「噢！原來那封信是寫給他父親，我還以為他會寄給伯特倫夫人或是妳。不過既然是寫給父親的信，也難怪他會寫得十分簡潔。誰會對湯瑪斯爵士長篇大論呢？假如他是寫給妳，一定會交代更多細節，妳可以知道他參加了哪些舞會和聚會。他肯定會鉅細靡遺地描述一切人事物。歐文家裡有幾位千金呀？」

「三位，都已經成年了。」

「她們的音樂造詣如何？」

「我對此一無所知，我從來不曾聽說她們的消息。」

「妳也知道，」克勞佛小姐說，試著裝出若無其事的愉快模樣。「學過樂器的女孩打聽其他同儕時，第一個就會提出這樣的問題。不過對其他年輕女孩問東問西，似乎顯得非常愚蠢，何況還是已成年的三姊妹。人們連問都不問，就已經知道她們會是什麼模樣了：個個多才多藝、親切有禮，其中一人還長得非常漂亮。每戶家庭都會有一名美人，這種情況屢見不鮮。其中兩人會彈琴，一人會演奏豎琴，而且都擁有美妙的歌喉。或許她們有學過唱歌，也可能根本不用學，天生就唱得比別人好。諸如此類的情況。」

芬妮冷靜地說：「我完全不認識歐文家的女孩。」

「人們總說，一無所知，就能漠不關心。這句話說得對極了。確實如此，有誰會關心未曾謀面的陌生人呢？好吧，等妳表哥回來，他會發現曼斯菲爾德鴉雀無聲，因為最聒噪的人早就離開啦！妳哥哥和我們兄妹倆都不在了。我真不想離開格蘭特太太，可惜離別的日子越來越近。她很捨不得我離開。」

芬妮覺得自己似乎得有所回應。她說：「一定有很多人想念妳。大家肯定都會非常想念妳。」

克勞佛小姐直盯著芬妮，彷彿希望她繼續說下去。接著她笑著說：「噢，沒錯！喋喋不休的人一離開，反而令人懷念，因為差異太明顯了。可是，我並非要妳稱讚我，妳不必多說啦！

假如有人想念我，一定看得出來。他們要是想見我，絕對都能找到我。畢竟，我可不是搬到什麼人煙罕至的荒郊野外。」

芬妮實在提不起勁接話，令克勞佛小姐有些失望。她原本深信芬妮很清楚自己的魅力，一心希望她多誇獎幾句，如今不禁感到悶悶不樂。

克勞佛小姐很快接著說：「提到歐文家的女孩，假如其中一名歐文小姐將來成為桑頓萊西的女主人，妳覺得如何呢？總會發生稀奇古怪的事情。我敢說她們一定有心這麼做。這對她們自然極具吸引力，畢竟當地的房產很可觀呢！我對此毫不意外，也不會為此譴責她們。每個人總得盡可能為自己打算，這是天經地義的事。湯瑪斯．伯特倫爵士的兒子是有頭有臉的大人物，如今又進了同一行。她們的父親和哥哥都是牧師，三位牧師正好湊在一塊兒。他在那裡待得名正言順，正合適不過。芬妮，妳一句話也沒說。普萊斯小姐，為什麼如此沉默呢？坦白告訴我吧！妳是不是也這麼想？」

芬妮直截了當地說：「沒有，我從來沒想過這種事。」

克勞佛小姐輕快地高聲說道：「從來沒想過！這倒令我意外。不過，我敢說妳很清楚，我始終相信妳很清楚，或許妳認為艾德蒙根本不會結婚，至少現在不可能。」

「我確實沒想過。」芬妮溫柔地說，希望自己的想法沒有錯，也可以理直氣壯地坦承此事。

克勞佛小姐以銳利的目光看著芬妮。在這樣的注視下，芬妮不禁滿臉通紅，連忙重新打起精神，淡然說道：「他現在這樣就很好了。」隨即轉移話題。

30

經過這場談話，克勞佛小姐的心情舒坦不少；當她走回家時，甚至興高采烈地想著，即使接下來一週，她又得面臨同樣惡劣的天氣，並在所剩無幾的家人陪伴下度過，她也不會情緒低落了。不過她用不著證明這件事，因為她的哥哥當天晚上就從倫敦回來，一如往常顯得十分快活，開心的程度甚至有過之而無不及，也讓克勞佛小姐備感欣喜。克勞佛先生依然拒絕告訴妹妹進城的原因，克勞佛小姐反而覺得高興；倘若在前一天，她或許會為此氣惱，如今看來卻只是一個愉快的玩笑。她不禁猜想，哥哥之所以守口如瓶，其實是為了她策劃驚喜。到了隔天，克勞佛小姐確實收到了一大驚喜。亨利原本表示要前去問候伯特倫一家，十分鐘內就會回來，沒想到這一去就超過了一個鐘頭。克勞佛小姐在花園裡等著和哥哥一起散步，當亨利終於在門前的車道現身時，她幾乎已經等得不耐煩了，忍不住大喊：「親愛的亨利，你這大半時間到底去了哪裡？」他只表示，剛才一直陪著伯特倫夫人與芬妮聊天。

瑪莉大喊：「你和她們足足聊了一個半鐘頭？」

然而，接下來的事情還更令她驚訝。

「沒錯，瑪莉。」亨利一面說，一面挽住妹妹的手，開始沿著小徑走了起來，彷彿不知自己置身何處。「我實在走不開，芬妮看起來太可愛了！我下定決心了，瑪莉。我已經完全打定主意。妳會大吃一驚嗎？不會的，妳一定早就意識到，我決定要迎娶芬妮．普萊斯了。」

瑪莉總算迎來真正震驚的一刻。儘管亨利自認早就透露出蛛絲馬跡，他的妹妹依然壓根兒不曾料想過會有這麼一天。她看起來彷彿晴天霹靂，亨利只好把方才的話又重複一次，內容更為完整，語氣也更加嚴肅。既然他已經徹底坦承自己的決心，瑪莉似乎並未感到不悅，反而顯得又驚又喜。瑪莉非常高興能與伯特倫一家親上加親，因此，即使哥哥打算迎娶身分稍低的對象，也沒有因而惹惱她。

亨利最後堅決地表示：「沒錯，瑪莉。她完全擄獲了我的心。妳也知道，我一開始只是為了好玩，沒想到結果卻變成這樣。我得自誇，她對我的感情已大有進展，可是我自己也完全陷入了。」

瑪莉稍微平復心情後，隨即嚷道：「真幸運，多幸運的女孩！你對她而言是多好的歸宿呀！親愛的亨利，這是我第一個浮現的感受。我的第二個想法是，我打從心底認同你的選擇，也能預想你未來過得十分幸福，一切如我所願。你將有個甜美可人的年輕妻子，對你滿懷感激與熱情，正是最適合你的賢內助。她又會擁有多麼優秀的丈夫啊！諾里斯太太老是自認很幸運，現在又會說什麼呢？他們全家一定都高興得不得了！有幾個家人對芬妮真心相待，他們會多麼開心呀！快把一切告訴我，從頭到尾解釋得清清楚楚！你什麼時候開始對她動了真情？」

再也沒什麼比聽到這個問題更令人高興，卻也沒有什麼比回答這個問題更加困難。亨利說不上「這種美好的煩惱何時悄悄襲上心頭」114，在他以不同說法足足重複三次同樣的感慨以後，他的妹妹連忙打斷他：「哎呀！親愛的亨利，這就是你上倫敦的原因！這就是你要辦的正事！你先和上將討論一番，這才下定決心。」

但是亨利對此堅決否認。他對叔父瞭若指掌，根本不可能找他商談婚事。上將向來痛恨婚姻，無法認同經濟自主的年輕男人決定結婚。

亨利接著說：「假如他見過芬妮，肯定會非常喜歡她。像芬妮這樣的女孩，絕對能破除上將這種人的所有偏見。倘若上將能以優雅的語句表達想法，他一定會如此形容芬妮。不過在談妥一切、排除所有困難之前，他一個字也不能知情。還有，瑪莉，妳剛才說錯了，妳還沒猜中我上倫敦的目的。」

「喔，好吧，這樣就夠了。既然我已經清楚和誰有關，我也不急著釐清其他細節。芬妮．普萊斯！太棒了，真是太美好啦！曼斯菲爾德竟然帶來這麼大的影響力，你居然在這裡找到未來的幸福！不過你說得沒錯，你實在找不到更好的妻子了。你打燈籠也找不到更棒的女孩，更何況你又不缺錢。對她的親人而言，這樁婚事簡直是錦上添花。伯特倫家族自然是這一帶的大人物，她又是湯瑪斯．伯特倫爵士的外甥女，這對其他人而言便已足矣。不過，你快繼續說，接著說吧！再多告訴我一些。你有什麼打算？她知道這個好消息了嗎？」

「還沒。」

「你在等什麼呀？」

「再多等一點時間，等待時機成熟。瑪莉，她和她的表姊截然不同。不過，我認為自己開口求婚，應該不至於落空。」

「噢，不！你不會失敗的。即使你沒有這麼討人喜歡，假設她還沒愛上你——我倒是挺懷疑這一點——你也不必擔心。她個性溫和，懂得感恩，一定很快就會傾心於你。我打從心底相信，她不可能在不愛你的情況下與你結婚。我的意思是，倘若世界上有哪個女孩面對熱烈追求仍不為所動，那個人一定是她；可是假如你要求她愛上你，她也絕不會狠心拒絕你。」

待瑪莉不再如此激動，亨利隨即欣然將一切娓娓道來，她也聽得專注。儘管亨利一個勁地聊著自己的感受，眼裡也只見得到芬妮的魅力，瑪莉的興致卻不亞於哥哥。芬妮擁有美麗臉龐與姣好身材，儀態優雅又心地善良，在在成了讓亨利樂此不疲的話題；芬妮謙虛有禮又甜美的性格，他更是如數家珍。在男人眼裡，溫柔是女人最不可或缺的特質；不過即使亨利有時會愛上不溫柔的女人，他也從不這麼認為。亨利理所當然非常欣賞芬妮的好脾氣，對此連聲讚美。他經常親眼見到芬妮展現好脾氣的一面。除了艾德蒙以外，家裡有哪個成員不曾以各種方式考驗芬妮的耐心與包容力？她顯然也懷有相當熱烈的感情。看看她對待哥哥的態度！還有什麼比手足之情更能證明她的熱情不亞於溫柔？親眼見到她展現愛意的男人，又怎能不展開更加積極

---

114 引自英國桂冠詩人威廉・懷海德（William Whitehead）的作品〈難以言喻：一首歌〉（*The Je Ne Sais Quoi: A Song*）。

的追求？此外，芬妮也相當聰穎，思考迅速而清晰。她的舉止恰如其分，充分體現出她的蕙質蘭心。理由不僅於此。亨利．克勞佛感受敏銳，深知好妻子必須具備的一切優秀條件，只是他不習慣認真思索問題，一時無法一一準確說明。不過，他提到芬妮的舉止穩重、重視禮節，又循規蹈矩；在任何男人眼裡，這足以證明芬妮是個忠誠可靠的好妻子。亨利知道芬妮為人處事都秉持原則，亦將信仰奉為圭臬，因此有感而發。

他說：「我可以全心全意信任她。她正是我求之不得的好妻子。」

瑪莉發現，她在芬妮．普萊斯身上觀察到的優點與哥哥的想法相去不遠，因此更感欣喜。她嚷道：「我越想越相信你做得沒錯。雖然我不曾想過你會看上芬妮．普萊斯這種女孩，現在卻確信她正是能為你帶來幸福的人。你原本只是為了好玩逗弄她，沒想到歪打正著。這段婚姻對你倆而言都完美不過。」

「我當時竟然那樣對待她，簡直壞到骨子裡了。可是我當時還不夠瞭解她，她實在沒有理由介意我最初的惡作劇。我一定會帶給她非常美好的生活，讓她遠比以往更加快樂，甚至比她見過的任何人還要幸福。我不會帶她搬離北安普頓。我會將艾弗林罕的房子出租，在這一帶另租房子，或許會住在史丹威[115]。我打算將艾弗林罕的房子出租七年，相信不費吹灰之力就能找到很好的房客。我現在已經想到三名人選，他們會欣然接受我的租約，還對我感激不已。」

瑪莉嚷道：「哈！定居於北安普頓！真是太令人高興了！這麼一來，我們還是能聚在一起。」

瑪莉一說完，隨即想起自己說溜了嘴，頓時後悔說出那番話。不過，她無須感到驚慌失措，因為哥哥認定她會繼續住在曼斯菲爾德的牧師公館，親切地歡迎妹妹常來家裡作客，而且要以他為優先。

他說：「妳一定得將大半時間分給我們。我不允許格蘭特太太和我與芬妮均分妳的時間，妳也有義務照顧我們。芬妮一定會成為很棒的大嫂！」

瑪莉僅僅表示感激之意，隨口答應了他。不過，如今她相當肯定，自己不會在哥哥或姊姊家裡住上好幾個月。

「你每年都會輪流住在倫敦和北安普頓？」

「沒錯。」

「那就好。你在倫敦一定要擁有自己的家，別再與上將同住於一個屋簷下。親愛的亨利，趁上將的行徑還沒對你帶來負面影響，你不會學到他的愚蠢想法，也沒有恣肆地縱情聲樂，你要趕緊離他遠遠的，對你大有好處！你還沒意識到這會帶來多大的幫助，因為你太敬重他，因而蒙蔽了雙眼。不過，在我看來，早早結婚離家或許對你是一大救贖。看到你的言行或眼神姿態與上將越來越神似，我簡直傷透了心。」

「喔，這個嘛，我們在這方面的想法似乎不盡相同。上將確實有其缺點，可是他依然是個

---

115 史丹威（Stanwick）：位於北安普頓東北部的村落。

好人，對我而言甚至比親生父親還好。很少有父親願意讓我如此隨心所欲。妳可不要向芬妮灌輸這些偏見，讓她也開始討厭上將。我希望他倆對彼此都有好感。」

瑪莉不敢說出自己的感受，她認為世界上找不出比這兩人個性更加南轅北轍的人了；時日一久亨利就會瞭解此事。不過，她還是忍不住說出對上將的看法：「亨利，我非常喜歡芬妮．普萊斯，因此，假如她得繼承可憐叔母的一半悲慘命運，才能成為下一名克勞佛太太，我寧可想盡辦法阻止這場婚事。但是我很瞭解你，我知道你深愛的妻子一定會成為最幸福的女人；即使你對她的愛意消失殆盡，你還是會展現寬容的紳士風度。」

亨利自然滔滔不絕地回答，他一定會竭盡所能帶給芬妮．普萊斯幸福，對她的愛也不可能日漸消逝。

亨利接著說：「真希望妳今天早上也有見到她，瑪莉。面對愚蠢得無以復加的阿姨，芬妮還是發揮難以形容的體貼與耐心，對她有求必應，陪著她一起做針線活。芬妮埋首於工作時，氣色顯得更加紅潤動人；她接著回到座位上，繼續寫完之前答應要為那蠢女人回覆的短箋。她自始至終都如此乖巧溫順，彷彿無須刻意展現。她的秀髮向來梳得整整齊齊，只有一綹鬈髮在她低頭寫信時垂了下來，不時得撥到耳後。儘管如此，她還是有辦法不時回我幾句話，或是聽我說話；無論我說什麼，她好像都聽得津津有味。瑪莉，假如妳今天也見到她這樣的面貌，妳一定不可能認為，她帶給我的心動總有一天會消逝。」

「親愛的亨利，」瑪莉稍停片刻，對哥哥笑了起來，高聲說道：「見到你陷入熱戀，多令我高興啊！我真的好開心。不過，拉許沃斯太太和茱莉亞會怎麼想呢？」

「我一點也不在乎她們的想法或感受。她們現在總算能明瞭，什麼樣的女人才能緊緊抓住我的心，才能深深吸引理性的男人。我希望她們明白此事後，能從中獲益良多。她們終將看到表妹獲得公平的待遇，姊妹倆過去如此冷落芬妮、態度刻薄，希望她倆會因此感到慚愧。她們肯定會氣得半死。」亨利沉默片刻，以較為平靜的語氣接著說：「拉許沃斯太太肯定會怒不可遏。這是一帖令她難以下嚥的苦藥。不過，良藥向來如此，一開始會難以入口，吞下去以後就沒事了。儘管姊妹倆都喜歡我，我可不是那種風流的花花公子，傻傻認定她的感情比其他女人更為忠貞不渝。沒錯，瑪莉，我心愛的芬妮將能感受到天壤之別：每天、每分、每秒，身邊的人對她的態度都會有所轉變。最令我感到幸福的事，莫過於想起自己是促成這一切的契機，我是讓她獲得公平待遇的關鍵人物。現在的她寄人籬下、無依無靠，身邊又沒有朋友，受盡冷落。」

「才不呢！亨利，情況不盡然如此。並非所有人都忘了她，她身邊還是有深愛她的家人。她的表哥艾德蒙始終將她放在心上。」

「艾德蒙！沒錯，整體而言，我相信他待芬妮很親切，湯瑪斯爵士也是。不過，他是有錢有勢、嘮叨獨斷的姨丈。即使湯瑪斯爵士與艾德蒙聯手，又怎能像我一樣，為芬妮帶來如此幸福安穩、體面又高貴的生活呢？」

31

翌日早晨，亨利．克勞佛再次造訪曼斯菲爾德莊園，甚至比一般的探訪時間更早抵達。伯特倫夫人與芬妮原本一起待在早餐室，幸運的是，伯特倫夫人在他進門時正好準備離開。她已經走近門口，不打算留下來招呼客人，因此禮貌地寒暄一番，表示有人在等她，吩咐僕人通知湯瑪斯爵士後，隨即繼續往前走。

亨利非常高興伯特倫夫人即將離開，連忙鞠躬目送她離去，並抓緊機會轉向芬妮，拿出幾封信，神采奕奕地說：「我現在滿心感激有機會與妳獨處，妳一定無法想像我多麼期待這樣的時刻。我非常清楚妳當妹妹的心情，因此實在無法忍受其他人搶先得知我現在帶來的好消息。他成功了，妳哥哥現在是上尉啦！我真誠為妳祝賀，恭喜妳哥哥升遷了。這些就是捎來好消息的信件，我才剛收到，或許妳會想看一眼。」

芬妮一時說不出話來，但是亨利也不需要她開口。光是看著芬妮的眼神與表情為之一變，從納悶、困惑轉為欣喜，就已令他心滿意足。芬妮從亨利手中接過信來。第一封是上將寫給姪子的短箋，以寥寥數語表示他已順利拔擢普萊斯，並隨信附上另外兩封信：一封是海軍大臣的秘書寫給查爾斯爵士的信，上將正是拜託那名友人處理晉升一事；另一封則是查爾斯爵士寫給上將的信，表示海軍大臣相當樂於接受他的引薦，也非常高興有此機會表達對克勞佛上將的關心之意。許多長官聽聞威廉．普萊斯晉升為英國海軍戰艦「畫眉號」上尉的消息，都感到十分欣慰。

芬妮以顫抖的手翻閱信件，逐句閱讀這兩封信，情緒也愈加激動。克勞佛急著表達對此事的關切，隨即接著說：「我不會告訴妳自己對這好消息感到多麼欣喜若狂，因為我只在乎妳的感受。還有誰比妳更有資格感到高興呢？我自認根本不該比妳先得知這個好消息，因此一秒也不敢耽擱。今早的信件來得較遲，可是我並未耽擱。我不想詳述自己多麼一心一意想促成此事，不過，我還待在倫敦時，這件事尚未塵埃落定，當時我多麼心煩意亂啊！簡直失望透頂！我待在倫敦的每一天都迫切期待此事成真；除了這件事以外，我也不可能找到更重要的原因，寧可耽誤趕回曼斯菲爾德的日子。雖然叔父如我所願，非常熱心地答應我的請求，隨即盡力幫忙；不過其中一名友人剛好不在家，另一位朋友也忙得分身乏術，這件事依然困難重重。我最後實在等不及，既然知道已有可靠的人為我打點此事，便決定週一回來，並相信很快就會收到這些回信。叔父是全世界最好的人，我早知道一旦他見過妳哥哥，就會設法幫忙。上將非常喜歡妳哥哥，我昨天刻意沒告訴妳，他當時多麼興高采烈，對妳哥哥連聲讚美，因為我想等到那位朋友事成以後再說。沒想到今天果然成真了。我現在大可告訴妳，自從那晚叔父與威廉．普萊斯結識以後，就對他抱持莫大好感，不遺餘力想幫助他，也對他讚不絕口。」

芬妮大喊：「所以，這一切都是你的功勞嗎？老天！你真是太好心了！是你一手促成，還是你只是有此心意？請你見諒，我已經糊塗了。是克勞佛上將從中出力嗎？我簡直搞不清楚這是怎麼一回事。」

亨利非常樂意讓芬妮釐清來龍去脈，便開始細說從頭，特別清楚解釋自己所做的一切努力。他前些時日前往倫敦，唯一目的正是將芬妮的哥哥引薦到希爾街，說服上將拔擢威廉。這就是他前往倫敦的正事。亨利對其他人守口如瓶，連瑪莉也隻字未提。他無法預知結果，心裡不敢抱持過高的期待，不過仍視此為重責大任。亨利特別強調內心的掛慮，措辭格外激動，亟欲表達自己強烈的關切，暗示他還有另一個目的，是內心更為深切的想望。倘若芬妮留心聽他說話，一定能聽得出弦外之音。然而，由於芬妮十分震驚，即使亨利對威廉侃侃而談，她還是無法專注聽進耳裡，只在他停下時說道：「你真好心，真是太好心了！噢，克勞佛先生，我們真是對你感激不盡！親愛的威廉！」芬妮跳起身來，匆匆往門口走去，一面大喊：「我去找姨丈，他應該要馬上知道這個好消息。」但是亨利可不能讓芬妮離開。這是千載難逢的好機會，他無法壓抑滿腔熱情，隨即追了上去：「妳不能走，再給我五分鐘吧！」亨利牽著芬妮的手，將她帶回座位。在她還來不及釐清思緒前，亨利早已滔滔不絕地解釋起來。當芬妮瞭解來龍去脈後，這才明白亨利是要她相信自己的一片真心；他為威廉所做的一切，原來只是因為他無可自拔地愛上了自己。芬妮頓時心煩意亂，好一陣子說不出話來。她認為這一切不再具有任何意義，只是亨利獻殷勤的無聊手段，為了讓她在這一時意亂情迷。她不禁覺得，亨利對待她的方式既失禮又卑劣，她根本不該受到這種待遇。然而這相當符合他的作風，一如芬妮過往在他身上所觀察到的形象。亨利的親切舉動依然令她感激，她無法視而不見，也因此不允許自己流露出一絲不悅。芬妮當下仍為威廉滿心喜悅、感激不已，自然不願計較自己所受的傷害。芬妮兩度掙脫亨利的手，試著轉身離開，卻依然無法如願。她只好站起身來，惱怒地說：「別再說了，克勞佛先生，請你別再說了！求求你，我聽不下這種話。我得走了，我實在受不了了。」但是亨利依然繼續傾吐愛意，懇求芬妮給予回報。最後，他直截了當地表達明顯不過的意味，就連芬妮也能明白他的言下之意。他表示自己願意全心為芬妮付出，毫不保留地將財產與手上的一切獻給她。他果真開口求婚了。芬妮更感驚慌失措，一時不知他是真是假，嚇得幾乎站不住腳。亨利急切地要求她回答。

芬妮掩面大喊：「不，不，不行！這實在太荒謬了，別再讓我這麼難堪。我聽不下去了。你為威廉付出這一切，我對你的感激之情難以言喻。可是我實在不想聽到這些話，簡直難以忍受。不，不行，別把心思放在我身上。你不是真心愛著我，我知道這一切只是毫無意義的玩笑話。」

芬妮連忙從亨利身邊逃開，此時傳來湯瑪斯爵士的說話聲，他正一面交代僕人，一面朝著兩人所待的早餐室走來。如今，亨利已經沒有時間繼續說服芬妮，只得眼睜睜看著她離開。亨利依然抱持樂觀自信的想法，在他看來，芬妮只是過於害羞，才會一時阻礙他一心追求的幸福。眼看姨丈即將踏入早餐室，芬妮急忙朝著反方向奪門而出，在東廂房裡來回踱步，頓時感到心力交瘁、手足無措。此時，湯瑪斯爵士或許還在彬彬有禮地與亨利寒暄，或者從他那裡聽聞方才的好消息。

芬妮仔細思索剛才經歷的一切，內心百感交集，全身忍不住顫抖起來。她的心情十分矛盾，既感到欣喜若狂，同時又心煩意亂；心中滿懷感激，卻也怒不可遏。真是令人難以置信！他簡直讓人不可原諒，完全摸不著頭緒！然而，這不正是他一貫的作風嗎？凡事總會混雜著不懷好意的企圖。他上一秒才讓芬妮成了全世界最快樂的人，下一秒卻又給她如此羞辱，芬妮無言以對，也不知道該對眼前這件事做何感想。她試圖說服自己，克勞佛先生並非真心誠意；可是假如他只是隨口說笑，那番真情告白和願意給她一切的承諾，又該如何解釋呢？

然而，威廉已經晉升為上尉，這點無庸置疑，是千真萬確的事實。芬妮只想一心想著這個好消息，將其他瑣事忘得一乾二淨。克勞佛先生想必不會再對她說出一樣的告白，他已經清楚芬妮不情願聽到這種話；如此一來，她會多麼感激克勞佛先生對威廉的這番好意！

芬妮始終在東廂房與樓梯口之間徘徊，直到她確定克勞佛先生已然離開。她一確認克勞佛先生不在屋裡，連忙下樓去找姨丈，與他一同為這天大的好消息歡欣鼓舞，並聽聽他對威廉往後的日子有何想法。一如芬妮所願，湯瑪斯爵士深感欣喜，親切地與她暢談此事。芬妮一心沉浸於喜悅之中，樂得和姨丈一個勁兒地聊著威廉，幾乎忘了方才的煩惱。沒想到談話即將結束之際，芬妮才得知克勞佛先生隨後會回來共進晚餐。這個消息令芬妮心裡一沉；雖然克勞佛先生可能不會記得剛才發生的一切，芬妮還是很沮喪這麼快又要見到他。

芬妮試著重新打起精神。隨著晚餐時刻逼近，她非常努力表現出泰然自若的模樣；然而，當克勞佛先生走進屋裡，她還是忍不住露出畏縮尷尬的表情。她怎麼也沒想到，在聽到威廉升遷好消息的日子裡，竟會發生讓她如此痛苦的事。

克勞佛先生不只走進屋裡，還很快就走到芬妮身邊，轉交一封克勞佛小姐寫給她的短箋。芬妮不敢直視克勞佛先生，不過他的語氣聽起來若無其事，彷彿方才並未發生任何愚蠢的經歷。芬妮隨即打開那封信，很高興當下有事可做，也很開心前來共進晚餐的諾里斯阿姨在她讀信時四處走動，為她稍微遮住了視線。

親愛的芬妮，為了往後能夠如此自在地稱呼妳，不必像過去六週以來笨嘴拙舌地稱呼妳為普萊斯小姐，我忍不住想請哥哥捎去幾句祝賀之詞，表達我最為誠摯的喜悅與認同。放手去做吧！親愛的芬妮，不要感到恐懼，眼前沒有什麼值得放在心上的阻礙。我選擇相信自己的讚許舉足輕重，因此，今晚妳大可對他綻放最為甜美的笑容，讓他回家時的心情遠比出發時更加興高采烈。

妳誠摯的朋友，瑪莉．克勞佛

這些內容對芬妮毫無幫助。儘管她讀得過於匆忙，並未真正理解克勞佛小姐的言下之意，她還是能清楚看出克勞佛小姐是在為哥哥的心意美言，甚至相信他的深情出自真心誠意。芬妮手足無措，不知該如何思考。倘若克勞佛先生的心意為真，芬妮實在不知如何承受，一切皆令她心慌意亂。克勞佛先生一開口向芬妮搭話，就令她苦惱不已，偏偏他又老是說個不停，對她說話的語氣和態度又明顯有別於對待旁人的態度，更令她憂心忡忡。這頓晚餐對芬妮而言簡直如坐針氈，她幾乎食不下嚥。心情大好的湯瑪斯爵士開起玩笑，說芬妮高興得吃不下飯，反而令她羞得想鑽到地底下去，擔心克勞佛先生有所誤解。雖然她說什麼也不願看向坐在右邊的克勞佛先生，卻能注意到他頻頻將視線轉到自己身上。

芬妮比平常更加沉默寡言，即使眾人聊起威廉，她也鮮少開口回應。威廉升遷一事完全歸功於坐在右方的那位男士，如此關聯令芬妮感到相當痛苦。

芬妮不禁納悶，伯特倫夫人為何這次在餐桌前待得特別久，開始迫不及待想離開餐廳。最後她們總算回到客廳，芬妮這才恢復思考能力，兩位阿姨則各自對威廉升遷一事發表看法。

諾里斯太太之所以替威廉升遷感到高興，似乎是因為湯瑪斯爵士能省下一筆可觀費用。「既然威廉現在可以自食其力，對他的姨丈自然大有好處，畢竟他不知已經花掉姨丈多少錢了呢！事實上，我送他的禮物也派得上用場啦！我很高興能在威廉離開時送他一份禮物，慶幸當時還有餘力給他一筆錢。雖然我財力有限，還是很高興能幫助他好好布置艙房。我知道他得採買許多東西，肯定有不小的開銷。當然啦，他父母一定能給他弄來許多便宜貨色；不過，我還是很高興自己為他略盡棉薄之力。」

伯特倫夫人泰然自若地說：「真高興妳送了他這麼昂貴的禮物。我只給了他十英鎊呢！」

諾里斯太太滿臉通紅地嚷道：「真的嗎？說真的，他離開時簡直滿載而歸，去倫敦的路程又半毛錢也不用花！」

「湯瑪斯爵士告訴我，十英鎊就綽綽有餘了。」

諾里斯太太絲毫不懷疑這一大筆錢已經綽綽有餘，開始轉移話題。諾里斯太太說：「撫養孩子的開銷可真是驚人，將年輕人拉拔到可以獨立生活的程度，花費多麼可觀啊！他們根本不清楚自己花了多少錢，不明白他們的父母或親朋好友，每年得為他們付出多少白花花的銀子。說到妹妹普萊斯太太的孩子，要是知道湯瑪斯爵士每年在他們身上花了多少錢，肯定所有人都難以置信。更別提我為他們付出了多少心力！」

「沒錯，姊姊，妳說得對。但是，可憐的孩子根本別無選擇呀！妳也知道，這些費用對湯瑪斯爵士而言根本微不足道。芬妮，威廉要是去了一趟東印度，可別忘了幫我買條披巾；無論有什麼好東西，都幫我帶回來吧！真希望他會去東印度群島，我才有機會買到新披巾。我應該需要兩條，芬妮。」

芬妮只在不得已時才開口回應，畢竟她此刻非常努力想瞭解克勞佛兄妹的想法。兄妹倆向來不曾嚴肅看待任何事情，不過克勞佛先生這番告白和態度似乎格外真誠。只是思及他們平時的習慣與思考模式，她的條件又天差地遠，這件事怎麼看都不合常理。如此見多識廣、廣受愛慕的男人，與這麼多條件遠優於她的女人打情罵俏；她們費盡心思取悅克勞佛先生，他卻不屑一顧，對感情的態度相當敷衍草率。人見人愛的克勞佛先生，對任何女孩都看不上眼，為什麼偏偏會對她動了真情？不僅如此，他的妹妹相當看重婚姻，對其想法也相當世故，為什麼竟會認同如此門不當戶不對的婚事呢？這對兄妹的反應，怎麼看都令人匪夷所思。芬妮對自己的猜疑感到十分內疚，可是，儘管什麼事都可能發生，她就是無法相信有人會真心愛上自己，也不相信有人會真誠認同這樁婚事。湯瑪斯爵士與克勞佛先生走進客廳前，芬妮原已對此深信不疑；然而，與克勞佛先生共處一室，她的信念實在很難堅定不移。克勞佛先生以意味深長的眼光看了她一、兩次，讓她根本摸不著頭緒；倘若換成其他男人以這種眼神看她，至少她會認為對方情真意切。不過，芬妮依然情願相信，克勞佛先生看待自己的眼光，與他看向兩名表姊和其他無數女人的眼神並無二致。

芬妮看得出來，克勞佛先生似乎一心想避開其他人的耳目與她談話。只要湯瑪斯爵士一離開客廳，或是忙著與諾里斯太太談話，他就會試著找機會與芬妮說話，她卻小心翼翼地躲開每次空檔。

對神經緊繃的芬妮而言，今晚彷彿特別漫長，不過時間其實還不算晚，克勞佛先生就打算起身告辭。芬妮原本鬆了一口氣，沒想到克勞佛先生下一秒卻轉向她，開口問道：「妳沒有信要交給瑪莉嗎？妳不打算回覆她嗎？假如妳隻字未回，她肯定很失望。請妳回信給她吧！哪怕只寫一句也好。」

「噢！好的，當然了。」芬妮高聲說道，匆忙起身，逃離這尷尬的場面。「我馬上寫信給她。」

芬妮坐在平時為阿姨回覆信件的寫字桌前，備妥紙筆，腦中卻一片空白。她只讀了一遍克勞佛小姐的短箋，如今卻得回覆不甚理解的內容，簡直是令人煩惱的苦差事。芬妮不習慣寫短箋，假如有時間的話，她肯定會戒慎恐懼，對格式斟酌再三；不過她現在只能匆匆寫就，一心只希望克勞佛小姐不再認定她這廂同樣有意。她的心裡十分忐忑，以不停顫抖的手提筆寫下：

親愛的克勞佛小姐，由衷感謝妳對威廉的親切祝賀。我知道妳的內容別無他意，然而我實在承受不起，還希望妳今後別再提起此事。我與克勞佛先生相識已有一段時日，對他的為人有所瞭解；倘若他同樣對我瞭若指掌，對我的態度想必會截然不同。我不知道自己該如何回覆，只懇請妳不要再提起這個話題。再次感謝親愛的克勞佛小姐捎來問候。

芬妮發現克勞佛先生正朝著她走來，作勢要收下回信，她愈加不安，幾乎不記得結尾寫了些什麼。

「我不是有意要催促妳。」他見到芬妮慌張地摺起信紙，連忙悄聲說道：「妳明知我無意如此，請妳慢慢來。」

「噢！謝謝你。我已經寫好了，剛寫完，再一下就好了。麻煩你將這封信轉交給克勞佛小姐，非常感謝你。」

芬妮遞出回信，克勞佛先生不得不收下。由於芬妮隨即頭也不回地走向圍坐在壁爐前的人群，克勞佛先生只能彬彬有禮地告辭。

芬妮從未度過如此焦慮不安的一天，痛苦與喜悅的感受皆如此強烈。幸好一天結束之際，快樂並未隨之畫下句點。接下來的每一天，她都會一再想起威廉晉升的好消息；至於令她痛苦的煩惱，她希望就此結束。芬妮非常清楚，方才那封短箋想必寫得相當糟糕，用語十分孩子氣，因為她當時心煩意亂，實在沒有餘力修飾文句。不過，至少這封回信已向克勞佛兄妹表明，克勞佛先生的青睞既未令她動搖，她也沒有為此感到欣喜。

32

芬妮隔天早上起床時，仍對克勞佛先生耿耿於懷；不過她記得自己所寫的那封回信，也像昨晚一樣對其成效深信不疑。她由衷希望克勞佛先生從此離開，按照計畫帶著妹妹搬得遠遠的。這不就是他這次回來曼斯菲爾德的目的嗎？她不懂兄妹倆為何遲遲不走，畢竟克勞佛小姐早已迫不及待要搬離這裡。昨天克勞佛先生來訪時，芬妮一心盼著他明定搬家的日子，他卻只表示要過一陣子才會離開。

芬妮安心地認定那封回信一定能發揮莫大效用，因此當她無意間看見克勞佛先生竟與昨天一樣早早登門拜訪時，不禁震驚不已。或許這趟來訪與她無關，她卻還是竭盡所能想避開對方。她正好要上樓，便決定在他來訪期間一直待在二樓，除非有人喊她才下樓。由於諾里斯太太也還在家裡，她相信不會有人找她。

芬妮提心吊膽地坐在房裡，渾身顫抖地側耳傾聽，無時無刻都深怕有人喊她過去。然而，東廂房外始終沒有傳來腳步聲。她逐漸放下心來，開始忙起針線活，暗自希望自己在克勞佛先生來訪期間無須露面。

過了將近半個鐘頭，芬妮原本已經完全放下心裡的大石，冷不防聽見一陣腳步聲逼近；來者的步伐聽起來十分沉重，平時很少出現在二樓。芬妮認得出是湯瑪斯爵士的腳步聲，一如他的說話聲那般熟悉。她一如往常，忍不住渾身顫抖起來；無論姨丈想說什麼，光是想到他親自找來房裡，就令她驚恐萬分。門外確實站著湯瑪斯爵士，詢問芬妮是否在房裡，能否讓他進去。芬妮回想起姨丈以前不時來東廂房所帶給她的恐懼，彷彿他又要來抽考法語和英語。

芬妮連忙為湯瑪斯爵士搬來椅子，試著表現出受寵若驚的模樣。由於她心慌意亂，並未注意到房裡的環境不夠舒適。湯瑪斯爵士走進房裡，隨即停下腳步，驚訝地問道：「妳今天怎麼沒有生火？」

屋外遍地覆滿白雪，芬妮卻只是披著圍巾坐在房裡。她顯得有些遲疑。

「我一點也不冷，姨丈。冬天時，我向來不會在這裡待太久。」

「不過，妳平時應該會生火吧？」

「沒有，姨丈。」

「這是怎麼回事？肯定出了什麼差錯。我知道妳很常來這間房間，以為妳待在這裡暖和得多，畢竟妳的臥室裡沒有壁爐。這問題很嚴重，必須馬上改正。這裡根本不適合久待，在沒有爐火的情況下，妳就算待半個鐘頭也嫌多。妳的身子不好，瞧妳都凍壞了。妳阿姨不應該沒留意到這件事。」

芬妮寧可保持緘默，卻又不得不開口。她想為最愛的阿姨說句公道話，只好解釋一番，並含糊地提起「諾里斯阿姨」。

「我明白了。」她姨丈瞭解緣由後，不願再聽下去，高聲嚷道：「我明白了。妳的諾里斯阿姨向來十分明理，認為不該過度寵溺孩子，不過凡事都有調整的空間。她自己厲行節儉，自然會影響她判斷旁人需求的標準，其他方面亦然；這我完全都能理解，很清楚她一貫的想法。她的原則本身立意良好，可是在妳身上或許就過於嚴苛了。我注意到有時在某些地方，她的差別待遇相當明顯。不過，芬妮，我非常瞭解妳，因此很清楚妳從來沒有為此心懷不滿。妳很明理，不會只看到片面就妄下定論，也不會先入為主地以偏概全，而是懂得全盤考量過往，理解當下的時空背景和各種可能的因素。即使她們提供給妳的教育和物質生活並非盡善盡美，認為這是妳應得的程度，妳還是願意將她們視為家人。雖然事實證明，她們沒必要顧慮這麼多，至少仍是一番美意。妳一定能明白，過往忍受些許苦頭和拘束，將來擁有富足的生活時，妳會更懂得珍惜。相信妳不會辜負我的期待，依然願意對諾里斯阿姨展現應有的尊重與關心。不過，我們別再聊這件事了。親愛的，快坐下來，我得和妳聊聊，但是不會耽誤妳太多時間。」

芬妮依言坐下，眼神直盯著地板，臉色變得越來越紅。湯瑪斯爵士停頓片刻，試著忍住笑意，接著說道：「妳或許沒注意到，今早家裡來了客人。吃過早餐沒多久，我剛回到自己的房間，克勞佛先生就進來了。妳可能已經猜到他來訪的目的吧？」

芬妮的臉更紅了，湯瑪斯爵士認為她害羞得說不出話來，也無法抬頭看他，便轉開視線，不假思索地繼續聊起克勞佛先生來訪一事。

克勞佛先生正是為了表明他對芬妮的愛意，並決定開口求婚；由於她姨丈扮演父親的角色，因此他特地前來懇求湯瑪斯爵士答應這樁婚事。克勞佛先生相當熱情坦率地侃侃而談，舉止合宜，湯瑪斯爵士也認為自己的答覆與想法相當得體，因此非常樂於詳述他們的對話內容。他對外甥女的心情一無所知，深信她若得知談話細節，肯定會非常高興。湯瑪斯爵士就這麼滔滔不絕地說了好幾分鐘，芬妮壓根不敢打斷他，也沒有心思打岔，她心亂如麻。芬妮換了個坐姿，一面盯著窗戶，一面聽姨丈談話，滿心擔憂，沮喪萬分。湯瑪斯爵士總算停了下來，芬妮卻好一陣子都還沒察覺，直到他站起身來，說道：「芬妮，既然我已經向妳表達我的想法，也充分表明克勞佛先生令人滿意的堅決心意，現在妳得和我一同下樓去。雖然我自認方才的談話頗為動聽，不過，我相信有個人的想法更值得妳當面傾聽。或許妳已經猜到，克勞佛先生還待在這裡。他就在我的房裡，等著見妳一面。」

芬妮頓時大驚失色，忍不住驚呼一聲，讓湯瑪斯爵士嚇了一跳。更令他吃驚的是，芬妮隨即嚷道：「噢！不，姨丈，我辦不到，我不能下樓去見他。克勞佛先生應該知道，他早就知道我的答案了，我昨天已經對他說得十分明白。他昨天便對我提過，我也直截了當地表示無法接受，難以回報他的好意。」

「我不懂妳的意思。」湯瑪斯爵士又坐了下來，問道，「難以回報他的好意？這是怎麼回事？我知道他昨天已經和妳談過，據我所知，由於妳通情達理，因此給了他恰如其分的鼓勵。我很高興妳昨天的表現如此得體，謹言慎行，值得稱許。既然他現在正式開口求婚，態度如此禮貌周到，妳還有什麼好顧慮的呢？」

「您誤會了，姨丈。」芬妮滿心焦慮，一時脫口直指姨丈的錯誤。「您完全誤會了。克勞佛先生怎能說出這種話？我昨天根本沒有鼓勵他的意思。一切正好相反，我雖然記不得自己說了什麼，但是，我很確定自己表明無法繼續聽他說。從各方面而言，這件事都令我無法接受，我請他別再向我告白。我確信自己不只說了這些，假如我當時相信他是真心誠意，我一定還會說得更多。可是，我當下說什麼也不願相信他抱著真心，以為他很快就不會將這件事放在心上。」

芬妮再也無法往下說，簡直快喘不過氣來了。

「所以，」湯瑪斯爵士沉默了半晌，這才開口，「妳的意思是，妳要拒絕克勞佛先生？」

「是的，姨丈。」

「妳打算拒絕他？」

「是的，姨丈。」

「拒絕克勞佛先生！為什麼？妳有什麼理由？」

「我……我不喜歡他，姨丈，我不能嫁給他。」

「真是太奇怪了！」湯瑪斯爵士的語氣恢復平靜，卻顯得十分不悅。「我完全無法理解。這個年輕人真心向妳求婚，各方面的條件都相當優秀；他不僅擁有可觀的地位與財富，性格無可挑剔，而且人見人愛，談吐得宜。此外，他與我們的交情深厚，妳也已經認識他一段時間。更何況他妹妹還是妳的摯友，他甚至為妳的哥哥付出到這種程度；在我看來，光這一點就足以讓妳心甘情願嫁給他，理應別無所求。連我都沒把握能動用關係拔擢威廉，他卻辦到了。」

「沒錯。」芬妮以虛弱的語氣回答。她低下頭，心裡湧上一陣羞愧。經姨丈這麼一說，她幾乎要為自己沒有愛上克勞佛先生一事感到丟臉了。

湯瑪斯爵士繼續說：「妳一定早就有所察覺，這段期間，克勞佛先生對妳的態度與別人明顯不同，妳應該對求婚一事毫不意外才對。妳一定注意他對妳百般殷勤，雖然妳接受的態度也相當得體，這點我無話可說，卻不曾認為妳對此感到不悅。芬妮，我忍不住有些懷疑，或許妳根本不瞭解自己的感情。」

「噢！不，姨丈，我非常瞭解自己的感情。我根本不喜歡他對我這麼殷勤。」

湯瑪斯爵士更加詫異地看著芬妮。「我真的無法理解。妳得解釋清楚。妳還這麼年輕，認識的人屈指可數，怎麼可能已經喜歡——」

湯瑪斯爵士停了下來，目光直盯著芬妮。他看見芬妮以唇形表示「不」，雖然沒有發出聲音，雙頰卻變得緋紅。像她如此單純的女孩，這副模樣足以證明她並未撒謊。湯瑪斯爵士算是滿意她的回應，很快接著說：「不，不對，我知道不是這樣，根本不可能。好啦！我們沒什麼好說的了。」

接下來幾分鐘，湯瑪斯爵士不發一語，陷入了沉思。他的外甥女同樣不停思索，試著讓自己更加堅強，準備應付接下來的質問，畢竟她寧死也不願透露實情。她思索片刻，希望自己堅定心志，說什麼也不能露出破綻。

「嫁給克勞佛先生能帶來許多好處。」湯瑪斯爵士再次開口，語氣十分平靜。「除此之外，他年紀輕輕就有心結婚，這也令我十分認同。我向來支持早早步入婚姻，只要有能力，收入穩定的年輕人都應該一過二十四歲就結婚。由於我抱持這樣的想法，因此當我發現自己的長子，也就是妳表哥伯特倫先生不可能早早成家立業時，心裡可真難過。依我判斷，目前他還沒打算結婚，根本連想都不想。真希望他能趕快定下來。」說到這裡，他瞥了芬妮一眼。「至於艾德蒙，從他的個性與習慣看來，很可能比哥哥更早邁入婚姻。事實上，我最近常想，他已經找到中意的女孩了。我相信他哥哥還沒個底呢！我說得對嗎？親愛的，妳認同我的想法嗎？」

「是的，姨丈。」

芬妮的語氣既溫和又平靜，似乎對兩位表哥都沒有特別的意思，讓湯瑪斯爵士放下心來。不過，儘管他消除了疑心，對他的外甥女依然沒有任何益處；這證實芬妮毫無理由拒絕求婚，因此他心裡更感不悅。他站起身來，在房裡四處踱步；芬妮猜想姨丈想必正皺著眉頭，依然不敢抬起頭來。過沒多久，湯瑪斯爵士以威嚴的語氣說：「孩子，妳可有任何理由，對克勞佛先生的性情不滿？」

「沒有，姨丈。」

芬妮很想加上一句「不過我無法認同他的品性」，但是一想到自己免不了要對此詳加解釋，甚至可能無法說服姨丈，頓時就說不出口了。她之所以對克勞佛先生印象不佳，主要來自於平日的觀察，而且與兩位表姊脫不了關係，因此她根本不敢告訴她們的父親。克勞佛先生的行徑可議，姊妹倆深受其害，尤其是瑪莉亞；芬妮相信，倘若她繼續解釋克勞佛先生的性格，勢必會不小心透露出兩位表姊的情況。她原本以為，姨丈是眼光敏銳、個性正直的好人，只要她稍微表明自己的厭惡就夠了，卻難過地發現不如所願。

芬妮坐在桌旁，渾身打顫。湯瑪斯爵士走了過來，以冷淡嚴厲的態度開口：「看來和妳多說無益，我們最好將這段難堪的對話就此打住。我不能讓克勞佛先生久等，因此我長話短說。既然我自認有義務評論妳的行徑，我只能說，妳辜負了我的期待，證明妳的性格與我所想截然相反。芬妮，我想妳也看得很清楚，自從我回英國後，對妳就抱有極高的評價。現今年輕人的普遍任性驕傲，我行我素；年輕女孩也不例外，顯得特別無禮，惹人反感。可是我始終認為妳與她們截然不同。沒想到，我現在卻明白，妳同樣是固執己見、一意孤行的人，隨心所欲地自作主張，從未考慮或遵循長輩的想法，甚至沒有徵詢他們的意見，與我原本所想像的樣貌簡直差了十萬八千里。妳似乎全然不顧這門婚事會帶給父母和兄弟姊妹什麼影響。妳若擁有這麼好的歸宿，該會替他們帶來多大益處，讓他們又會多麼為妳高興，妳卻對此漠不關心。妳只想著妳自己，自以為在克勞佛先生身上找不到能帶來幸福的條件，就立刻決定拒絕他，甚至不願花點時間冷靜下來多加思索，徹底檢視內心深處的想法。因此，即使妳這輩子或許再也不可能遇到這麼完美的歸宿，依然如此愚蠢，寧願將這千載難逢的機會拒於門外。這年輕人無論才智、性格、脾氣和教養皆無可挑剔，還坐擁萬貫家財；他深愛著妳，並以如此體面熱情的態度向妳求婚。讓我告訴妳，芬妮，妳接下來的十八年，可能連地位只及克勞佛先生一半、甚或有他十分之一優秀的男人都遇不上。換作是我，一定會高高興興地將女兒嫁給他。瑪莉亞已經幸運覓得好歸宿；不過假如克勞佛先生有意與茱莉亞結婚，我一定欣然將女兒託付給他，遠比我將瑪莉亞嫁給拉許沃斯先生時更加欣慰。」湯瑪斯爵士停了一會兒，又說：「即使向我女兒提親的對象只及克勞佛先生一半優秀，倘若她們沒有事先與我商量，就在當下斷然回絕對方的求婚，對我而言不啻晴天霹靂。這番舉動會讓我既震驚又難過，認定她們沒有善盡本分，也沒有對我表示尊重。我不會以相同的標準評斷妳，畢竟妳不是我的親生女兒，無須對我盡孝。但是，芬妮，假如妳選擇如此不知感恩——」

湯瑪斯爵士停了下來。此時，芬妮已經傷心地淚流滿面，儘管他處於盛怒之下，也不忍心繼續談論這個話題。她發現自己在姨丈眼裡竟成了這麼不堪的樣貌，頓時心碎不已，簡直無法承受如此沉重的指控！固執己見、冥頑不靈、自私自利，又不懂得感恩圖報，湯瑪斯爵士正是對她抱持這樣的想法。她辜負了姨丈的期待，也完全失去他原有的好感。她接下來該怎麼辦？

「對不起。」她一面哭著，一面含糊不清地說，「我真的非常抱歉。」

「對不起！沒錯，我希望妳感到抱歉，或許妳會為了今天這件事歉疚好一陣子。」

芬妮費了好大一番工夫才開口：「或許我也可能答應。可是，我非常清楚自己不可能帶給他幸福，我也會過得非常悲慘。」

芬妮的淚水再次奪眶而出。不過，儘管她如此痛哭失聲，甚至說出「悲慘」這麼沉重的字眼，湯瑪斯爵士卻忍不住心想，假如他姿態放軟一些，事情或許尚有轉圜餘地；或者讓克勞佛先生親自懇求，也還是有機會開花結果。他知道芬妮向來靦腆、容易緊張，只要對方多花些時間和耐心追求，偶爾心急催促，態度拿捏得宜，打動她的芳心倒也不無可能。說不定這年輕人用情至深，願意努力不懈，持之以恆呢！湯瑪斯爵士不禁開始浮現希望，這些想法讓他心情為之轉好。「好啦！」他的語氣依然嚴肅，不過少了些怒氣。「好了，孩子，擦乾眼淚吧！妳再哭也無濟於事，一點好處都沒有。克勞佛先生已經等太久了，妳現在必須和我一起下樓去親自回答他，畢竟我們很清楚，他一定期望聽妳親口答覆。妳只要向他解釋，很遺憾他誤解了妳的意思。這種話可不能由我來說。」

可是，芬妮一聽要下樓見克勞佛先生，隨即流露出百般不情願、楚楚可憐的模樣；湯瑪斯爵士思忖片刻，決定順從她的心意。他希望雙方受到的傷害越小越好，不過，眼看芬妮哭得像個淚人兒似的，此時若讓兩人見面，壞處恐怕多過益處。因此，湯瑪斯爵士說了幾句無關緊要的話，隨即轉身離開，留下可憐的外甥女獨自飲泣，心情完全跌至谷底。

芬妮感到心亂如麻，無論過往、當下或未來的一切，在她眼裡都顯得糟糕透頂。然而，最令她痛苦的莫過於姨丈對此大發雷霆。在姨丈眼裡，她竟然成了自私又忘恩負義的人！她這輩子再也快樂不起來了，不再有人無微不至地照顧她、給予建議，或是為她撐腰。她在家裡的唯一支柱正好不在，否則艾德蒙或許能幫忙安撫父親。可是，也許所有人都會認定她既自私又不知感激；往後無論耳裡所聞、眼前所見，她能從任何蛛絲馬跡感受到旁人一致的譴責。芬妮忍不住埋怨起克勞佛先生，但是，假如對方真的深愛著她，現在想必也痛苦萬分。一切真是糟透了！

過了約莫十五分鐘，湯瑪斯爵士又走了回來。芬妮一見到姨丈，就緊張得差點暈過去；不過他說話的態度十分平靜，沒有任何嚴厲或譴責的語氣，讓她稍微鬆了一口氣。他接下來的話同樣帶給芬妮一大慰藉：「克勞佛先生離開了，我剛與他道別，就不再贅述方才的情況了。我不會提起他的想法，免得妳又更加心煩。我只想告訴妳，他展現了落落大方的紳士風度，讓我更加欣賞他那善解人意的性格。我提起妳的難受心情，他隨即體貼地適可而止，不再央求馬上見妳。」

芬妮原本看著湯瑪斯爵士，如今又低下頭來。她姨丈繼續說：「當然了，他還是希望有機會與妳單獨談話，哪怕只有五分鐘也好。這要求並不為過，因此我答應他了，只是還沒確定時間。或許等明天再說，或是等到妳的心情平復下來。妳現在只需要好好沉澱心情。別再哭了，會累壞身體。我自然希望，假如妳還願意聽話，就別再感情用事，應該理智地深思熟慮，讓自己的心智更加堅定。我建議妳出門透透氣，對妳大有幫助。到小徑去散散步吧！妳可以在灌木林裡享受獨處的空間，盡情呼吸新鮮空氣，伸展一下筋骨。另外，芬妮（他再次轉過身來），我不會向任何人提起方才的事，即使對妳的伯特倫阿姨也會守口如瓶。沒必要讓更多人感到失望，妳也別透露隻字片語。」

芬妮自然恭敬不如從命，由衷感謝姨丈的好意。如此一來，她就不必承受諾里斯阿姨喋喋不休的責備了！姨丈離開後，她依然滿心感激。只要能免於責難，其他情況都可以忍受；即使現在得見克勞佛先生一面，似乎也沒有這麼令人驚恐了。

芬妮隨即依言走到屋外，也遵照姨丈的吩咐乖乖擦乾眼淚，並努力試著平復心情，再次打起精神來。芬妮想向姨丈證明，她希望姨丈能開心，也希望重獲他的疼愛。姨丈願意對兩位阿姨隻字不提，同樣給了她振作起來的一大動力。當務之急就是設法不讓自己流露任何異狀，免得引起她們的疑心；只要能免於諾里斯阿姨的責備，要她做什麼都願意。

散步後，芬妮返回東廂房，赫然見到壁爐裡燃著熊熊火光，頓時驚訝不已。房裡竟然生火了！這天大的恩惠簡直讓她難以承受。在這種時刻如此善待她，反而令她感激到幾近心痛。她不禁納悶，湯瑪斯爵士怎麼還有餘力顧及這種小事。不過，負責生火的女傭向芬妮透了口風，她隨即得知，東廂房裡之後天天都會生火。這是湯瑪斯爵士吩咐的。

芬妮喃喃自語：「倘若我還不懂得感激，真的稱不上人了！祈求老天，讓我永遠對此銘感於心！」

直到晚餐時間，芬妮才再次見到姨丈和諾里斯阿姨。姨丈待她的態度幾乎與先前無異，她明白姨丈不希望有任何改變，只是心裡仍有些不安。諾里斯阿姨很快又開始數落芬妮，因為她方才出門前沒有告知一聲。芬妮當下十分感激姨丈，很慶幸自己不必為了另一個原因遭受斥責。

諾里斯太太說：「早知道妳剛才出了門，我就會要妳去我家，幫我向娜妮吩咐幾件事。結果害我得親自跑一趟，真的非常不方便。我忙得抽不出時間來，假如妳好心在出門前通知一聲，就能為我省下麻煩了。我想，不管到灌木林散步或到我家一趟，對妳來說都沒什麼差別吧！」

湯瑪斯爵士說：「我建議芬妮到灌木林散步，那裡的路面比較乾燥。」

「噢！」諾里斯太太稍有克制，這才說道，「您真是太好心了，湯瑪斯爵士。但是您不知道，到我家的那條路也很乾燥呢！我保證，芬妮去我家一趟，同樣可以好好散步，還能為阿姨幫上一點忙。這全是她的錯，要是她出門前先告知我們一聲就好了。不過，我早就知道芬妮正是這副德性，我行我素，聽不進別人的話。她一逮到機會就自己溜出門散步，神祕兮兮地一個人到處晃悠，真是愚蠢。我老是勸她改掉這毛病。」

雖然湯瑪斯爵士今天也因情緒激動而說過類似的話，不過他憑著平時對芬妮的瞭解，認為這番指責對她有失公允，因此他試著轉移話題，卻費了好一番工夫才成功。因為諾里斯太太生性遲鈍，至今仍未察覺湯瑪斯爵士其實很欣賞外甥女，絕不希望藉由貶低她來彰顯女兒的美德。諾里斯太太依然不停數落芬妮，晚餐的大半時間都在批評她私自外出一事。

諾里斯太太終於停了下來。芬妮歷經白天狂風暴雨般的洗禮，這晚總算能如願感到較為平靜，心情愉快許多。她依然由衷相信自己判斷無誤，作了正確的決定，並且問心無愧。她也希望姨丈的怒氣很快就會平息，相信他若能以更客觀的角度詳加思索，一定不再如此大發雷霆；畢竟姨丈也是善良的好人，想必能清楚理解，在沒有感情的基礎下結婚，將是多麼悲慘無助、令人難以承受的噩夢。

芬妮雖然擔心隔天的會面，卻仍希望他們見面過後，這件事終能順利落幕。等克勞佛先生離開曼斯菲爾德，一切就能船過水無痕，彷彿什麼事也不曾發生。她說什麼也不願相信克勞佛先生對她的感情如此深厚，會讓他久久無法釋懷；畢竟他絕非如此死心塌地之人，只要一回到倫敦，很快就會忘卻痛苦。他回到倫敦後，想必沒多久就會納悶自己為何愛上芬妮，並感謝她義正嚴詞地拒絕這樁婚事，讓他免於承受可怕後果。

芬妮就這麼樂觀地滿懷希望。喝完茶沒多久，便有人來找湯瑪斯爵士；芬妮對此習以為常，並未多做他想。過了十分鐘，管家忽然走來對她說：「小姐，湯瑪斯爵士有話對您說，請到他房裡去。」芬妮這才意識到，情況可能有些不對勁，忍不住開始提心吊膽，臉色也變了。她站起身，正準備依言去找姨丈，諾里斯太太就喊了起來：「等等，站住，芬妮！妳想做什麼？妳要去哪裡？別這麼急著走。說真的，湯瑪斯爵士不是要找妳，他要找的人是我。（她望向管家）妳也太急著出風頭了吧！湯瑪斯爵士找妳能做什麼？巴德利，你要找的人應該是我，我現在就過去。我很肯定你要找的人是我。湯瑪斯爵士想和我談話，而非普萊斯小姐。」

然而，巴德利的態度相當堅決。「不是，夫人，我要找的人是普萊斯小姐，我相當確定。」語畢，他的嘴角浮現一抹笑意，彷彿意味著「您去了恐怕也沒用」。

諾里斯太太十分不滿，卻不得不故作鎮靜，繼續埋首於針線活。芬妮戰戰兢兢地走了出去，沒想到下一秒，她的恐懼成真：眼前出現的正是克勞佛先生。

33

這場會面顯然不像芬妮所想那般簡潔果斷，克勞佛先生不可能如此輕易善罷甘休。一如湯瑪斯爵士的期望，克勞佛先生確實不會輕言放棄。原本他自作多情地認定，芬妮確實深愛著他，只是可能尚未察覺自己的心意。後來他不得不承認，芬妮的確很清楚自己的感情，卻也依然深信遲早能如願改變她的想法。

克勞佛先生確實愛上了芬妮，而且用情至深；他的追求積極進取，比起細膩周到的心思，他更想展現熱情奔放的愛意。由於芬妮不輕易讓步，使她的感情更顯珍貴，讓他打定主意要擄獲佳人芳心，成功迎來榮耀的幸福。

克勞佛先生尚未感到絕望，不會輕易放棄。他有充分的理由相信自己深愛著芬妮；她具備一切美德，可以帶給他一心渴望的幸福。芬妮此刻拒絕求婚，充分流露出她無私細膩的性格，看在克勞佛先生的眼裡分外難得，渴望娶得美人歸的心意也變得更加堅決。克勞佛先生並不知情，芬妮的芳心早已另有所屬，甚至不曾對此有所懷疑。他一心認定芬妮尚未情竇初開，自然不可能早有心上人。她年紀尚輕，想法天真無邪；由於她生性靦腆，才會無法察覺他的青睞，對這番突如其來的告白感到不知所措，從未料想過自己也有獲得追求的一天。

因此，假如芬妮真正理解他的心意，豈有無法勝券在握的道理？克勞佛先生對此深信不疑。像他條件如此優秀的男人，展現出如此熾烈的愛意，一定不費吹灰之力就能獲得回應。他相當志得意滿地認定，芬妮很快就會愛上自己；即使芬妮現在尚未鍾情於他，亨利也沒有將此放在心上。對亨利．克勞佛而言，眼前的小小難關易如反掌，甚至令他充滿鬥志。他向來非常輕易就能擄獲女孩芳心，如今碰上前所未有的挑戰，反而令他雀躍不已。

然而，芬妮這輩子經歷太多不順遂的時刻，實在找不出唱反調的魅力所在，眼前的情況令她完全摸不著頭緒。她發現克勞佛先生不願輕言放棄，對此感到十分茫然；為何她已經直截了當地表明想法，克勞佛先生卻依然無法理解呢？芬妮打開天窗說亮話，坦言自己並不愛克勞佛先生；她現在無法愛上對方，將來也說什麼都不可能愛上他。她直言求婚一事帶來莫大痛苦，懇求對方不要再提起此事，放手讓她離開，並希望這件事就此畫下句點。克勞佛先生仍然不願放棄，芬妮只好繼續強調，在她眼裡，他倆的個性南轅北轍，不可能真正相愛；無論個性、教育背景或習慣，兩人都格格不入。芬妮對此坦誠以對，態度十分懇切，沒想到依然不足以說服克勞佛先生。他隨即否認他倆個性大相逕庭，也不認為兩人的條件毫不相配；他斬釘截鐵地表示，自己依然深愛著芬妮，更會繼續懷抱希望！

雖然芬妮確信自己的心意，卻無法掌握正確的態度；她顯得太過溫和有禮，無法充分傳達其堅定的決心。芬妮總是流露出羞怯溫柔的模樣，依然對克勞佛先生懷有感激之意；因此，儘管她一再拒絕，看起來卻像是壓抑自己的情感，兩人感受到的痛苦因而不相上下。克勞佛先生再也不是過往和瑪莉亞．伯特倫暗通款曲、心懷不軌的追求者，當時芬妮非常討厭他，不願與他說話，認定他一無是處；即使人人都喜歡克勞佛先生，芬妮卻一點也不認同。如今，克勞佛先生轉而向芬妮傾訴滿腔熱烈愛意，他的感情頓時變得高尚真摯，一心渴求兩情相悅的婚姻，認定這是幸福的根源。他對芬妮的優點如數家珍，不停描述自己對她一往情深，竭盡所能透過言語表達心裡的想法，言詞、語氣與態度無一不流露出他才華洋溢的樣貌。他一心追求溫柔嫻淑的芬妮，甚至不遺餘力促成威廉晉升一事！

克勞佛先生已經有了莫大的轉變，芬妮也無從忽視對他應有的禮遇。芬妮原本能根據在索瑟頓或曼斯菲爾德劇場所觀察到的一切，理直氣壯地對克勞佛先生的行徑感到不齒；然而，他現在改以無可譴責的方式追求芬妮，她理應給予截然不同的回應。芬妮必須維持彬彬有禮的態度，對克勞佛先生的心意感同身受，還得對他的青睞感到與有榮焉；無論是看在自己或哥哥的分上，她都得對克勞佛先生滿懷感激。

這一切考量所造成的影響，便是讓芬妮的態度顯得於心不忍，左右為難。她拒絕求婚之餘，卻又摻雜著感激與關心；即使她句句所言皆是真心話，看在自負又滿懷希望的克勞佛先生眼裡，她回絕婚事的想法仍顯得不像肺腑之言，至少態度不夠堅決。因此，即使會面結束後，克勞佛先生依然不輕言放棄，打算繼續百般殷勤地追求，也並非芬妮所想那般毫不理智。

克勞佛先生自然萬分不情願讓芬妮離開，不過兩人道別時，他的眼神並未流露出絕望，顯然決心並未與方才所言背道而馳。即使芬妮希望克勞佛先生保持理智，期待恐怕要落空了。

如今，芬妮不禁感到怒不可遏。克勞佛先生如此自私殘酷地鍥而不捨，讓她更生厭惡。過去的克勞佛先生又回來了，缺乏細膩心思，絲毫不為他人著想，這正是先前最令芬妮詬病之處；他故態復萌，再次流露出過往她滿心譴責的老樣子，對旁人的感受渾然不覺，一心只顧追求自己的快樂。唉！她不是向來很清楚，對方就是如此毫無原則可言之人嗎？倘若她能隨心所欲地託付自己的感情，克勞佛先生絕對不是其芳心所屬的對象。

芬妮抱著清晰的理智陷入沉思，內心深刻感受到悲傷。她靜靜地坐在那裡，想起樓上東廂房裡的溫暖爐火，認為自己享有的待遇過於奢侈。她回想起過往與眼前的天壤之別，思忖自己接下來的命運，心裡感到忐忑不安，因而無法清晰地思考一切。她唯一確信的是，自己說什麼也不可能愛上克勞佛先生，並慶幸自己何其幸福，能坐在舒適的壁爐旁沉澱思緒。

湯瑪斯爵士或許是從善如流，也可能被迫耐著性子，等到隔天才詢問起兩名年輕人的談話。他見了克勞佛先生，也聽過對方的想法，第一個感受是大失所望；他原本預期出現更好的結果，一心認定像克勞佛這樣優秀的男人，花上整整一個鐘頭懇求溫柔如芬妮的女孩，所帶來的轉變不該如此微乎其微。然而，湯瑪斯爵士發現這位追求者的心意依然堅決，也還抱持著樂觀的希望，很快就感到欣慰不已。既然克勞佛先生本人胸有成竹，他自然也能迅速重拾信心。

湯瑪斯爵士盡己所能促成求婚一事，維持彬彬有禮的風度百般讚賞，態度親切友善。他對克勞佛先生的穩重表示肯定，也對芬妮連聲讚美，認為這樁郎才女貌的婚事絕對備受祝福；他歡迎克勞佛先生隨時造訪曼斯菲爾德莊園，一切全由對方作主；他相信外甥女身邊的親朋好友皆抱持同樣想法，對這樁婚事樂見其成，所有愛她的人一定都會傾力相助。

湯瑪斯爵士費盡唇舌給予克勞佛先生一切鼓勵，他也欣然收下每一句打氣的話語。兩人道別時，彷彿已建立起最為深厚的情誼。

湯瑪斯爵士眼看這樁婚事的前景順利，充滿希望，不禁心滿意足，打定主意不再繼續強迫外甥女，也不再公開干涉他們之間的進展。從芬妮的性格看來，湯瑪斯爵士相信動之以情是最有效的良方，而且得從特定方面著手。芬妮顯然最在乎家人的期望，如果身邊的家人給予寬容，或許是推動這門婚事的最佳方式。湯瑪斯爵士秉持這番原則，試著與芬妮談話。他的語氣嚴肅卻不失溫和，希望藉此打動芬妮：「話說，芬妮，我又見了克勞佛先生一面，從他那兒得知你倆之間的談話。他是我見過最為優秀的年輕人，無論此事進展為何，妳都必須清楚意識到，妳的追求者並非泛泛之輩。只是，妳的年紀尚輕，還不瞭解愛情向來轉眼即逝、瞬息萬變的本質；面對如此鍥而不捨的熱烈追求，妳想必也不會像我一樣感觸良多。他會如此持之以恆，純粹發自滿腔深情，對他並無好處，或許亦不值得稱許。然而，既然他看中如此優秀的女孩，他的毅力自然值得表彰；倘若他的心儀對象差強人意，我勢必會譴責他不願放棄的舉動。」

芬妮說：「說真的，姨丈，我很遺憾克勞佛先生依然堅持不懈，如此過譽實在令我承受不起。可是我相當確信自己的想法，也已經向他表明，我永遠無法——」

「親愛的，」湯瑪斯爵士打斷她，「妳不必再說下去了。我非常清楚妳的感受，相信妳也對我的期許與失望瞭然於心。我們無須對此多言，也不必再多做什麼。從現在起，我倆之間不再提起這個話題，妳無須感到恐懼或焦慮不安。妳也知道，我根本不可能違背妳的意願，去強迫妳接受這門婚事。我自然一心為妳的幸福與前景著想。我只希望，假如克勞佛先生又努力不懈地說服妳，他所勾勒的美好藍圖或許與妳的信念相去不遠，妳能對他多加容忍。他必須承擔風險，妳則是一點損失也沒有。我答應他，無論他何時來訪都能見到妳；倘若這一切並未發生，妳也會泰然自若地與他見面，不是嗎？我們都會陪著妳與他碰面，希望妳的態度與平日無異，盡可能忘卻過往的一切不愉快。他很快就會離開北安普頓，即使妳必須做出這點小小犧牲，機會也不多了。未來的情況沒人說得準。親愛的芬妮，從現在開始，我們就把這個話題擱置一旁吧！」

芬妮唯一感到欣慰的是，克勞佛先生確實再過不久就要離開了。她充分感受到姨丈的親切慰問與寬容態度，不過，她也很清楚姨丈對多數真相仍一無所知，對他如此行徑並不意外；畢竟姨丈已將一名女兒嫁給拉許沃斯先生，顯見他根本無法理解愛情的細膩真諦。芬妮必須善盡本分，相信時日一久，一切自然雲消霧散。

即使芬妮年僅十八，卻也能肯定克勞佛先生的深情無法維持一輩子。她深信，只要自己堅決反對下去，克勞佛先生終究會打退堂鼓。雖然芬妮不知道得花上多少時間心力才能如願，不過這又是另一回事了。要如此年紀輕輕的女孩精準預測自己的極限，未免太強人所難。

儘管湯瑪斯爵士有意保持沉默，卻不得不再次向外甥女提起這個話題；因為他得將此事告知芬妮的兩位阿姨，她必須作好心理準備。湯瑪斯爵士原本希望儘量對求婚一事避而不談，可是似乎與克勞佛先生的想法背道而馳，只好向她們據實以告。克勞佛先生壓根不打算保密，因此牧師公館的一家人早已知情；他總是喜歡與姊妹談論自己的未來，也很高興她們掌握自己的感情進展。湯瑪斯爵士明白這樣的情況後，便認定事不宜遲，應該馬上將此事告知妻子與大姨子。只是，湯瑪斯爵士為了芬妮著想，對於將此事告知諾里斯太太的後果，其擔憂並不亞於芬妮。他向來反對諾里斯太太熱心過頭；事實上，他很清楚諾里斯太太雖然本性不壞，卻總是言行失當而惹人不快。

然而，諾里斯太太的反應倒是讓湯瑪斯爵士鬆了一口氣。他要求諾里斯太太徹底包容外甥女，對此隻字不提；她不僅一口答應，也說到做到。只是，她看待芬妮的眼神更是充滿敵意。諾里斯太太確實很生氣，暴跳如雷；不過，她並非生氣芬妮拒絕這門婚事，而是氣惱芬妮竟然成了克勞佛先生的求婚對象。這對茱莉亞不啻極端無禮的冒犯，畢竟她才是克勞佛先生應該開口求婚的女孩。除此之外，諾里斯太太向來討厭芬妮，認定她對自己疏於關照；如今她一心想打壓的對象飛上枝頭成了鳳凰，自然令她滿心怨懟。

湯瑪斯爵士十分肯定諾里斯太太的謹慎之舉，甚至有些過了頭。芬妮只能慶幸自己僅須忍受諾里斯阿姨的臉色，不必承受她連珠炮似的數落。

伯特倫夫人的反應則截然不同。她向來是個優雅的美人，一輩子都過得稱心如意，眼裡只看重美貌與財富。得知家財萬貫的年輕人有意追求芬妮，她對芬妮的好感隨即大幅躍升。伯特倫夫人原本對芬妮的外貌並未抱持太大信心，如今卻深信她確實是傾國傾城的美人，即將覓得絕佳的歸宿。因此，伯特倫夫人看待外甥女時，不禁感到與有榮焉。

「喔，芬妮，」伯特倫夫人隨後見到芬妮，似乎迫不及待想與她獨處，說話時也顯得神采飛揚，「我說啊，芬妮，我今早聽到了令人相當驚喜的消息。這話我只對妳說一次，我是這麼告訴湯瑪斯爵士的，而且我會說到做到。我真是替妳感到非常高興，親愛的外甥女。」她欣慰地看著芬妮，又說了一句：「太好了，我們一家人確實擁有非常出色的外貌呢！」

芬妮滿臉通紅，一時不知該怎麼回應才好。她決定從伯特倫夫人的弱點著手，於是說道：「親愛的阿姨，我相信您不會希望我違背自己的心意。您絕對不希望我結婚，因為您會非常想念我，不是嗎？沒錯，您一定會非常思念我，所以不希望我結婚。」

「不，親愛的，假如妳遇到這麼優秀的追求者，我自然顧不得對妳的思念。倘若妳是嫁給克勞佛先生如此富裕的男人，即使妳不在身邊，我也能好好照顧自己。妳必須銘記於心，芬妮，任何年輕女孩面對如此出眾的追求者，都應該立刻點頭答應。」

長達八年半的時間以來，這是芬妮首次從阿姨口中聽到關於為人處事的建議，不禁一時語塞。她深知這番論點並無成效。倘若阿姨的感受與她截然相反，對阿姨動之以情顯然毫不管用。伯特倫夫人又滔滔不絕地往下說。

她說：「我告訴妳，芬妮，我相信他肯定是在那場舞會愛上妳的，命運在那一晚選定了你們。妳那天看起來美麗動人，每個人都這麼說，連湯瑪斯爵士也讚不絕口。妳也知道，查普曼還去幫妳梳妝打扮，真高興我派了她過去。我要告訴湯瑪斯爵士，這一切肯定源自於那晚。」

她一心沉浸在這愉快的念頭，隨即接著說：「讓我再告訴妳一件事，芬妮，我連對瑪莉亞都沒這麼好呢！下次哈巴狗生了孩子，我會送妳一隻。」

34

艾德蒙返家時，許多驚喜的好消息正等著他。第一個驚喜隨即引起他的注意：當他騎馬進入村裡時，正好見到亨利．克勞佛與妹妹並肩走過。艾德蒙原本認定兄妹倆早已離開，而他此趟遠行離家超過兩週，正是為了刻意避開克勞佛小姐。回來曼斯菲爾德的路上，艾德蒙早已做好心理準備，認定自己接下來會沉浸於悲傷的回憶裡，四處皆能觸景傷情。上一刻，他還認定克勞佛小姐與自己相距七十英里之遙，兩人間的無形距離甚至更加遙遠；然而，此時此刻，這位佳人卻挽著哥哥的手臂出現在眼前，並以相當真誠熱情的態度歡迎他。

即使艾德蒙料想到會遇見克勞佛小姐，也沒有想到她竟會以如此歡欣鼓舞地迎接自己。由於他此趟離家已正式當上牧師，因此未曾料到路上能碰見一臉欣喜的克勞佛小姐，幾句語氣輕快的簡單寒暄，就足以讓他滿心雀躍。他回到家，又得知更多值得慶賀的好消息，內心的喜悅更是有增無減。

艾德蒙隨即得知威廉晉升一事的來龍去脈。克勞佛小姐的歡迎原已讓他暗自欣喜，如今更是興高采烈。到了晚餐時刻，這個好消息依然令他心滿意足，始終歡欣不已。

晚餐結束後，艾德蒙與父親單獨談話，得知了芬妮的近況，因而充分掌握曼斯菲爾德莊園過去兩週所發生的大事與現況。

芬妮不難猜想父子倆的談話內容，他們在餐廳待的時間遠比平日還長，想必正在談論有關自己的事。到了喝茶時間，父子倆總算來到客廳；芬妮想到即將面對艾德蒙，頓時緊張了起來。艾德蒙走到芬妮身邊坐下，親切地握起她的手。芬妮當下不禁心想，要不是眾人正忙著享用茶點，她肯定不小心就會透露出自己想要掩飾的感情。

然而，艾德蒙這番舉動並非如芬妮所想，是為了向她表達認同和鼓勵。他只想告訴芬妮，他已經得知一切與她相關的事，方才所聽到的消息令他滿心激動。事實上，他對此事的立場完全與父親一致。聽聞芬妮拒絕了克勞佛，艾德蒙並不像父親那麼驚訝，畢竟他向來清楚芬妮對克勞佛全無好感，深信這就是她的反應，也可以想像她聽到突如其來的告白時，當下多麼驚慌失措。不過，艾德蒙依然比湯瑪斯爵士更加贊同這門婚事。在艾德蒙看來，這門婚事各方面皆無可挑剔。他可以理解芬妮當下因抗拒而有此反應，感同身受的程度甚至更甚於湯瑪斯爵士。儘管如此，他依然誠摯希望，也打從心底相信這對有情人終成眷屬；一旦結為夫妻，他倆顯然會明白彼此情投意合，一如艾德蒙現在開始對他們所抱持的想法。克勞佛的告白操之過急，沒有給芬妮充分時間培養感情，打從一開始就出了差錯。然而，既然克勞佛是如此富有魅力的男人，芬妮的性格又如此溫順，艾德蒙深信一切終會畫下圓滿的句點。不過，此時艾德蒙注意到芬妮露出不自在的神情，決定先打住，不再透露任何想法，或展現別有用意的眼神與行動。

翌日，克勞佛再次登門拜訪。由於艾德蒙已經回到家裡，湯瑪斯爵士更有理由邀請克勞佛共進晚餐，他自然恭敬不如從命，待了下來。艾德蒙因此有機會觀察克勞佛與芬妮之間的互動，並瞭解他能從芬妮的態度獲得多少信心繼續追求。然而，芬妮鼓勵克勞佛的意圖微乎其微，他幾乎找不到任何一絲機會與可能性，芬妮自始至終都顯得十分尷尬；倘若她那茫然無措的模樣並非透露出希望，這段感情簡直毫無希望可言。艾德蒙幾乎要納悶起來，他的朋友究竟該如何堅持下去。在艾德蒙眼裡，芬妮確實值得克勞佛鍥而不捨的追求，值得他發揮所有耐心，竭盡一切努力。然而，假如艾德蒙追求的女孩，就像芬妮看待克勞佛的眼神那般，找不出一絲讓人鼓起勇氣的動力，連他自己也很難堅持下去。艾德蒙非常希望克勞佛能清楚洞察眼前的情況；他從開飯前到晚餐結束所觀察到的一切，在在讓他為克勞佛得出這樣的結論。

到了晚上，艾德蒙總算觀察到一線曙光。他與克勞佛走進客廳時，母親與芬妮沉默不語，正專注地埋首於針線活，顯得心無旁騖。艾德蒙忍不住表示，她倆實在太過安靜了。

他的母親回答：「我們並非一直都這麼安靜。芬妮剛才一直在朗讀給我聽，直到你們進客廳來才放下書本。」桌上確實擱著一本才剛合上的書，那是莎士比亞的作品集。「她經常從這些書裡挑些段落朗誦給我聽。我們方才聽到你們的腳步聲時，她正好唸到一段非常精彩的臺詞。芬妮，那名角色叫什麼來著？[116]」

克勞佛拿起那本書。他說：「讓我有此榮幸，為您朗誦方才尚未聽完的部分吧！我很快就能找出那段臺詞。」他小心翼翼地沿著翻動的痕跡打開書頁，果真讓他找出了答案。他翻了一、兩頁就找到方才尚未唸完的部分，一提到沃爾西主教的名字，伯特倫夫人隨即點頭稱是，滿意地表明正是那一段臺詞。芬妮未曾看他一眼，也沒有主動表示要幫忙，始終緘默不語，一心專注於自己的針線活上。她似乎打定主意，對周遭的一切漠不關心。然而，芬妮對文學的愛好實在過於強烈，不到五分鐘，她就忍不住分心，聽起克勞佛朗誦。他朗讀的語調十分迷人，芬妮向來對此樂在其中。然而，芬妮早已對優秀的朗讀習以為常，她的姨丈、表哥和表姊都唸得很好，艾德蒙的朗誦尤其出色。不過，克勞佛先生朗讀的語調之中，展現出芬妮未曾感受過的嫻熟技巧。國王、皇后、白金漢公爵、沃爾西主教與克倫威爾[117]等角色依序出場，他的朗誦駕輕就熟，總是隨手一翻，就能活靈活現地呈現出生動的場景，將每位人物的臺詞詮釋得絲絲入扣；無論威嚴自負、溫柔多情或是懊惱不已的語氣，皆能恰如其分地完美傳達。這彷彿是一齣貨真價實的戲劇演出。克勞佛的生動詮釋，讓芬妮初次感受到觀賞戲劇的樂趣；他朗誦臺詞的技巧，也讓芬妮再次回憶起他出色的演技。不對，或許芬妮的喜悅更甚以往：因為這場朗誦是預期之外的驚喜，她也不必像之前那般，忍受克勞佛在舞臺上與伯特倫小姐打情罵俏的難堪畫面。

116 這裡提到的劇本應該是莎士比亞與英國劇作家約翰・弗萊徹（John Fletcher）合寫的《亨利八世》（*Henry VIII*）。該劇描述十六世紀的英國國王亨利八世，在沃爾西主教（Cardinal Wolsey）的協助下與第一任皇后阿拉貢的凱瑟琳（Katherine of Aragon）離婚，迎娶第二任皇后安妮・博林（Anne Boleyn），是十八世紀最受歡迎的劇本之一。奧斯汀選擇這部劇本，呼應克勞佛不僅與亨利八世同名，也同樣有拈花惹草的形象。

117 Cromwell，沃爾西主教的僕人。

艾德蒙在一旁觀察著芬妮的轉變，眼見她原本專注於手中的針線活，卻逐漸分心，不禁倍覺有趣，也感到十分欣慰。芬妮動也不動地坐著，即使針線活從手中掉落也渾然不覺；她原本一整天都對克勞佛視而不見，如今目光卻牢牢落在他身上。芬妮直盯著克勞佛好幾分鐘，直到克勞佛注意到她的視線，將書本合上，朗讀的魅力也如同曇花一現，隨即消失得無影無蹤。芬妮再次回過神來，羞得滿臉通紅，趕緊認真地做起針線活。然而，這一切已足以讓艾德蒙有信心開口鼓勵朋友。他熱誠地向克勞佛道謝，也希望能分享芬妮暗自流露出的反應。

艾德蒙說：「這想必是你最喜歡的劇本。聽你朗誦就知道，你簡直對它倒背如流。」

克勞佛回答：「我想，從今以後它確實會成為我最喜歡的劇本。不過，我記得自己是十五歲以後才開始讀莎士比亞的劇本。我曾欣賞《亨利八世》的演出，不然就是聽其他人提過這齣戲，我實在記不得了。不過，人們總是不知不覺就對莎士比亞的戲劇感到耳熟能詳，早已深植於英國人的生活。他的思想與傑作廣為流傳，俯拾皆是，人們自然而然就會熟讀他的作品。無論是誰，只要一打開莎士比亞的劇本，都會情不自禁沉浸其中。」

艾德蒙說：「每個人確實或多或少都讀過莎士比亞的劇本，打從孩提時代便是如此。所有人都樂於引用莎士比亞最為人熟知的篇章，我們閱讀的大半書籍都看得到他的文句，對他的談論也總是樂此不疲，並套用其比喻和修辭侃侃而談。不過，這和你賦予這部劇本的魅力可不同。對莎士比亞略知一二並不希罕，但是對他的劇本如此精通，可就相當少見了。能將他的劇本朗誦得如此出色，絕非人人皆有的天賦。」

「先生，你過獎了。」克勞佛回答，故作正經地向艾德蒙鞠躬致意。

兩人瞥了芬妮一眼，期待能從她口中聽到相同的讚美，卻同樣認定毫無可能。方才的朗誦成功吸引了芬妮的注意力，等同她所賦予的肯定，應該足以令他倆心滿意足。

伯特倫夫人同樣熱烈地表達讚許之意。她說：「簡直像在欣賞真正的戲劇演出。真希望湯瑪斯爵士剛才也在場。」

克勞佛喜不自勝。假如連向來遲鈍又意興闌珊的伯特倫夫人都有此感受，她那感受敏銳、心思細膩的外甥女，肯定更懂得讚賞他的能力。

伯特倫夫人隨即接著說：「克勞佛先生，我相信你一定有演戲的天賦。我想你遲早會在諾福克郡的宅邸籌備戲劇演出。我的意思是，等你在那裡安頓下來以後，一定會這麼做的，我對此深信不疑。你肯定會在諾福克郡的宅邸籌建一座劇場。」

克勞佛連忙嚷道：「夫人，您真的這麼認為嗎？不，不，不可能，您誤會了。我不可能在艾弗林罕搭建劇場！噢，不！」他接著看向芬妮，露出意有所指的笑容，顯然在表明：「那位小姐絕不會允許我在艾弗林罕搭建劇場。」

艾德蒙將一切看在眼裡，注意到芬妮打定主意不願看向克勞佛，彷彿藉此表達抗議。他心想，芬妮這麼快就意識到克勞佛的恭維，也對他的言下之意了然於心，遠比她毫無反應更值得高興。

兩名年輕人繼續談論有關朗讀的話題，也只有他倆站在壁爐前大肆發表各自的看法。他們認為，一般學校普遍忽視朗讀訓練，幾乎沒有人關注這門技巧；因此，即使學生思緒敏銳、博學多聞，卻對這門學問一無所知又缺乏素養，有時甚至差勁得令人難以置信。倘若突然有人要求他們大聲朗誦，他們通常會頻頻失誤，漏洞百出；既不懂得控制音調，無法調節抑揚頓挫，也不會臨機應變，做出正確判斷。這一切追根究柢，皆起因於他們沒有從小重視朗讀，並培養起朗誦的習慣。芬妮忍不住又豎起耳朵，聽得津津有味。

艾德蒙笑著說：「即使在牧師這一行，也罕有人研究朗讀這門藝術。他們根本不在乎自己是否儀態端莊、口條清晰！不過，我主要在談論過去的情況，如今現狀已大有改善。然而這二十年至四十年來的牧師，從其布道方式就可明白，大多數人都將朗讀與講道視為不相干的兩回事。現在情況不一樣了。人們開始逐漸重視朗讀這門技巧，認為牧師在講述真理時，理應口齒清晰，充滿活力。此外，越來越多人懂得觀察並建立自己的鑑賞力，遠比以往更懂得批判。每場禮拜的聽眾大多對此略有涉獵，因此懂得論斷與批評。」

艾德蒙接受聖職後，已經主持過一次布道；克勞佛得知此事，隨即提出各式問題詢問他的感受，以及講道是否順利。他純粹以朋友的立場表達關心，問題接二連三，卻沒有任何輕佻戲謔的意味。艾德蒙知道芬妮向來最討厭這種失禮的態度，因此倍覺欣慰。克勞佛繼續詢問艾德蒙的看法，談論布道時該如何正確朗讀特定篇章，並發表自己的意見，充分展現其經過深思熟慮的明智見解，讓艾德蒙愈加欣喜。這正是最讓芬妮欣賞的特質。倘若沒有動之以情，懂得在談論嚴肅議題時展現涵養，即使百般殷勤、伶牙俐齒地討好她，也很難贏得佳人青睞，至少無

法在短時間看出成效，

克勞佛說：「我們的禮拜儀式相當迷人，即使以馬虎敷衍的口條朗誦，也不減其魅力。然而，祈禱文亦有繁瑣冗贅之處，必須藉由傑出的朗讀技巧加以修飾。至少就我而言，我得坦承自己作禮拜時，並非始終心無旁騖。（他瞥了芬妮一眼）我大多時間都在思考，這段禱文該怎麼朗讀比較好，也非常渴望自己能代為朗誦。妳剛才說了什麼？」他連忙走向芬妮，以溫柔的語氣問道，聽她回答「沒有」，又隨即開口：「妳確定嗎？我看到妳的嘴唇動了，猜想妳可能想告訴我，作禮拜應該更專心，不能胡思亂想。妳是不是打算這麼說？」

「沒有。說真的，你非常清楚自己的本分，我根本不需要——即使——」

芬妮停了下來，感到有些困窘，即使克勞佛一再央求，她也不願再多說一個字。克勞佛再次言歸正傳，彷彿剛才不曾經歷這番小小的插曲。

「優秀的講道，遠比唸得出色的祈禱文更為罕見。布道文寫得好並不稀奇，說得好才更加難能可貴，畢竟人們較常認真學習寫作的規則與技巧。一篇傑出的布道文，若能搭配生動的演講，絕對是可遇不可求的樂事。每當我碰到這種幸運時刻，總會浮現滿心景仰與敬佩，甚至希望也能當上牧師親自講道。擅長布道的牧師，確實擁有口若懸河的本領，絕對值得最為崇高的讚賞與仰慕。面對有所侷限、早已成了陳腔濫調的主題，講道者若還能變化出令人印象深刻的新意，打動形形色色的聽眾，吸引他們專注聆聽，既沒有受到冒犯，也不會感到昏昏欲睡，自然能獲得旁人一致的景仰。我期許自己也能成為這樣的人。」

艾德蒙笑了起來。

「我確實這麼想。每當我遇到如此傑出的講道者，總不免滿心嫉妒。不過，假如我當上牧師，可得有來自倫敦的聽眾才行。我只向受過良好教育的人士布道，他們才懂得衡量我的實力。我不確定自己是否喜歡頻繁講道，或許大家期望我一連主持六週的禮拜，不過我可能偶爾才會講個幾次，或許在春天布道一、兩回吧！總之，這不會是例行工作，我不可能持續不懈。」

芬妮始終豎起耳朵，聽到這裡不免搖了搖頭，克勞佛隨即走到她身邊，請教這番舉動的涵義。艾德蒙見他將椅子拉到芬妮身旁坐下，如此鍥而不捨地追問她，認定他不會輕易善罷甘休，便安安靜靜地退到角落，轉過身拿起報紙，誠摯希望親愛的芬妮願意解釋清楚，一償那位熱情追求者的心願。艾德蒙為了掩蓋他倆的談話聲，便喃喃唸出報紙上的各式廣告詞：「南威爾斯最受歡迎的宅邸」、「家長與監護人的最佳選擇」和「當季最優秀的獵馬」。

與此同時，芬妮正滿心懊惱；她雖然始終保持沉默，卻忘了安分地動也不動。她見到艾德蒙順水推舟的舉動，感到十分難過，正竭盡所能以最禮貌的方式回絕克勞佛先生，一再迴避他的目光與追問。然而克勞佛先生不願放棄，依然緊盯著她窮追不捨。

他問道：「妳方才搖頭是什麼意思？妳想表達什麼？妳恐怕不認同我的想法。可是，妳不認同什麼？我說了什麼讓妳不高興？有任何不妥、輕視或無關緊要的話嗎？如果我說錯了話，請妳告訴我吧！我希望有所改正。求求妳告訴我，暫時放下手邊的工作吧！妳剛才搖頭是什麼意思？」

芬妮一連說了兩次「拜託，先生，請你別再問了。求求你，克勞佛先生」，卻徒勞無功，即使試著離開也於事無補。克勞佛先生依然坐在她身邊，急切地低聲哀求她，不斷重複方才的問題。芬妮不勝其擾，感到越來越不悅。

「先生，你怎能如此不講理？你嚇到我了。我不懂你為什麼——」

克勞佛說：「我嚇到妳了嗎？妳不懂什麼？難道我現在對妳百般懇求，妳依然無法理解嗎？我可以馬上向妳解釋，為什麼我要對妳打破砂鍋問到底；為什麼妳的一顰一笑、一舉一動都令我大感興趣，勾起我強烈的好奇心。妳就會明白一切了。」

芬妮忍不住笑了出來，卻仍不發一語。

「我當時坦言，即使我當上牧師，也不會將布道視為例行工作，妳便搖了搖頭。沒錯，就是這個詞：例行工作。我對此一無所懼。我可以理直氣壯地將這個詞拼寫出來，對任何人直言不諱。我不認為這個詞有何不妥。我應該要認為有失分寸嗎？」

「或許吧，先生。」芬妮實在不勝其煩，最後總算開了口，「也許我很同情你，因為你並非總是像方才那樣對自己瞭若指掌。」

克勞佛非常高興終於讓芬妮開口回應，決定繼續乘勝追擊。可憐的芬妮原本希望這番指責能讓他就此罷休，卻難過地發現事與願違；克勞佛只是不斷變換問題，逼得她一再開口。他似乎永遠找得出需要芬妮解答的疑問。這簡直是千載難逢的大好機會。自從克勞佛在湯瑪斯爵士的房裡見過芬妮後，就再也不曾碰過這麼難得的機會；或許在離開曼斯菲爾德之前，他都沒能碰上如此絕佳的時機了。伯特倫夫人雖然坐在桌子的另一端，不過無關緊要，因為她向來很少保持清醒，艾德蒙則依然專心地讀著廣告，現狀正合他的心意。

在克勞佛連珠炮似地提出許多問題，芬妮也百般不情願地一一回答後，他說：「好吧！我現在高興多了，因為我已經更明白妳對我的看法。妳認為我不夠穩重，很容易因一時衝動而搖擺不定；做事情往往三分鐘熱度，很輕易將其擱置一旁。既然妳對我抱持這種想法，也就不難想像妳會有此反應。不過，我們就等著瞧吧！我不會據理力爭，讓妳明白自己誤會我了，也不會只是嘴上告訴妳，我對妳的愛忠貞不渝。我會以行動證明一切。無論我是否在妳身邊，我倆相隔的距離多遠，時間都會為我證明一切。我會證明，如果有任何人足以匹配妳，那個人正是我。我非常清楚，妳的美德確實在我之上；我在妳身上看到許多美好特質，我過往都不曾想像能在他人身上見證。妳擁有與生俱來的優勢，不僅是前所未見的美好特質，甚至完美得超乎旁人想像。可是我依然無所畏懼。我並非需要擁有同等的美德，才有資格贏取妳的芳心。能夠察覺並欣賞妳的優點，才是最為優秀的追求者；能夠傾其全力深愛妳的男人，才有資格獲得妳的回應。我對此深具信心。光憑這一點，我就自認配得上妳。我相信，一旦妳明白我的感情一如所言那般深厚，依我對妳的瞭解，妳一定不會辜負我最為懇切的希望。最親愛可人的芬妮[118]——」他見到芬妮不悅地轉過頭去。「請原諒我。或許我還沒有資格直呼妳的名字，可是，我還能如何稱呼妳呢？妳認為我心裡還容得下其他人嗎？不，我每天日有所思、夜有所夢的人正是『芬妮』。妳讓這個名字聽起來更加甜美，沒有其他稱呼足以恰如其分地形容妳。」

芬妮再也坐不住了，儘管她預期旁人會反對自己這番舉動，卻仍決定擺脫克勞佛先生。正當她幾乎下定決心時，總算傳來令她如釋重負的腳步聲；她老早就等著上茶時間，不停納悶著今天為何遲遲不送茶來。

管家巴德利率領著一群僕人走了進來，以托盤送上熱茶與蛋糕，芬妮總算能擺脫糾纏不休的夢魘。克勞佛先生不得不起身離開。她終於自由了，連忙繼續埋首於針線活，尋求掩護。艾德蒙很高興又有機會與其他人聊天。雖然他認為兩人的談話過於冗長，也見到芬妮惱怒地漲紅了臉，卻仍忍不住希望，剛才克勞佛與芬妮說上這麼久的話，想必多少有些收穫。

118 訂有婚約的男女才會直呼名字，克勞佛似乎認定芬妮已接受自己的求婚。

35

艾德蒙原本打定主意，要讓芬妮全權決定是否願意談論克勞佛；假如芬妮沒有主動提起，他也絕不會碰觸這個話題。然而過了一、兩天，由於雙方都刻意避談此事，艾德蒙便在父親的勸說下改變了心意，試著想替朋友盡一分心力。

克勞佛兄妹離開的日子已定，而且近在眼前。湯瑪斯爵士認為，在克勞佛先生離開曼斯菲爾德之前，最好再幫他一次，他那誓言絕不動搖的愛情，才有希望盡量維持下去。

湯瑪斯爵士打從心底希望，克勞佛先生具備完美無缺的品格，感情確實如其宣稱那般忠貞不渝。他期待克勞佛先生成為專情的楷模，並認為最有成效的方式，就是不要讓克勞佛先生歷經過於漫長的考驗。

艾德蒙何嘗不願貢獻一分心力，希望能瞭解芬妮的感受。芬妮過往遇到任何困難，總習慣向他尋求建議；他對芬妮疼愛至極，實在無法忍受她仍對此隻字不提。艾德蒙希望給芬妮幫上忙，認定自己責無旁貸；除了他以外，芬妮還能對誰敞開心房呢？即使她不需要建議，也勢必需要一份安慰。芬妮近來刻意與艾德蒙保持距離，至今仍緘默不語、有所保留，在他看來十分反常。他非得打破這種僵局不可，也相信芬妮正等著他有所行動。

「我會找她談談，父親。只要一有機會與她獨處，我就會把握時間。」艾德蒙經過一番長考後，對父親表明這樣的結論。湯瑪斯爵士告訴艾德蒙，芬妮此時正獨自在灌木林裡散步，他隨即趕了過去。

艾德蒙說：「芬妮，我來陪妳散散步，可以嗎？」他挽起芬妮的手臂。「我們已經好久沒有像這樣一起自在地散步了。」

芬妮一語不發，只以眼神表示同意。她看起來無精打采。

艾德蒙接著說：「可是，芬妮，既然要自在地散步，我們可不能光是在這個林子裡走走而已。妳得和我好好談談。我知道妳藏著心事，也很清楚妳在想什麼。妳可不能認定我毫不知情。難不成所有人都告訴我這件事，卻只有芬妮本人對我保密嗎？」

芬妮頓時既苦惱又沮喪，回答：「表哥，既然所有人都已經告訴你這件事，我也沒有什麼好說的了。」

「妳或許不必告訴我來龍去脈，可是我想知道妳的感受，芬妮。除了妳，沒人能告訴我。不過，我無意強迫妳。假如妳不想說，我也不會追問。我只是認為，或許妳說出來會覺得好過一些。」

「我擔心我們的想法落差太大，即使我告訴你心裡的感受，也不會覺得好過一些。」

「妳認為我們的想法會差這麼多？我可不這麼認為。我敢說，真要比較起來，我們會和過往一樣，看法總是相去不遠。讓我們切入正題吧！我認為，既然克勞佛向妳求婚，倘若妳願意回應他的感情，自然是讓人樂見其成的好事。我相信全家人理所當然都希望妳接受他的求婚。可是，妳顯然無法接受他的感情，妳的回絕倒也恰如其分。針對這一點，我們的想法還有何分歧呢？」

「噢，沒有！可是我以為你會責備我，想法與我截然相反。這對我真是莫大的安慰！」

「假如妳早點開口求助，我就能更早安慰妳了，芬妮。妳怎麼會認為我與妳立場相左呢？妳怎能認定我贊成毫無愛情基礎的婚姻？即使我對婚姻的觀念有些草率，妳怎能認為我會拿妳的幸福去冒險？」

「姨丈認為我的想法大錯特錯，我知道他也找你談過了。」

「芬妮，到目前為止，我都覺得妳做得很對。我或許會感到可惜或驚訝，其實很難感到意外，畢竟妳根本還沒機會愛上對方。不過，我認為妳做得對極了。還有什麼好質疑的呢？假如我們不這麼想，可就太丟人了。既然妳根本不愛他，就沒有理由必須接受他的求婚。」

這麼長一段時間以來，芬妮心裡不曾像此刻那麼舒坦過。

「目前為止，妳的表現可圈可點；倘若有人希望妳接受這樁婚事，他們才是大錯特錯。然而，事情並非到此就能落幕。克勞佛對妳用情至深，依然努力不懈，一心希望讓妳對他刮目相看。我們都很清楚，這勢必得花上不少時間。不過（他露出親切的微笑），讓他成功吧！芬妮，讓他取得最後的成功吧！妳已經證明自己的個性正直無私，現在證明妳也是知恩圖報、心腸柔軟的女孩吧！妳會成為女性的完美典範，我始終相信這是妳與生俱來的命運。」

「噢！不，不行，絕不可能！他永遠無法贏得我的心。」芬妮非常激動地大喊，讓艾德蒙十分驚訝。她冷靜下來後，不禁滿臉通紅。她注意到艾德蒙的表情，耳裡傳來他的回答：「不可能？芬妮，妳怎能說得如此斬釘截鐵？這一點也不像妳，妳向來十分理智啊！」

芬妮難過地改口說道：「我的意思是，假如我能掌握自己的未來，這種事就不會發生。我想，我永遠也無法回應他的心意。」

「我希望能有更好的結果。我非常清楚，甚至比克勞佛更加明白，想要贏得妳的心──妳一定也察覺到他有此意圖──得費上非常大的工夫，因為妳從小就住在曼斯菲爾德，放不下對這裡的感情與依賴。在他贏取妳的芳心之前，必須先放掉妳多年來的執著；在離別之際，這些情感總會抓得特別牢。我知道，當妳意識到將來會被迫離開曼斯菲爾德，一定更不情願嫁給他。芬妮，我真希望他沒有唐突向妳求婚，也很希望他像我一樣瞭解妳。這話我只告訴妳，我相信我們兩人聯手，一定會成功改變妳的心意；我的策略再搭配他的行動，一定不會失手。他應該照著我的計畫做。然而，我由衷希望，只要他始終如此愛妳，時間終將證明他確實足以匹配妳，也能如願抱得美人歸，我對此深信不疑。妳一定也希望自己能愛上他；出於對他的感激，妳理應會浮現這樣的想法。相信妳也有些心動，並對自己的冷漠感到歉疚。」

「我們的個性天差地遠，」芬妮並未直接回覆，迂迴地答道，「想法和作風差了十萬八千里。倘若我們在一起，說什麼都不可能過得幸福，就算我真的愛上他也是如此。世界上再也找不到比我們更加南轅北轍的人，沒有任何雷同的價值觀，婚後一定會過得非常悲慘。」

「妳錯了，芬妮。你倆並非如此不同，反而有許多相似之處：你們擁有相同的喜好和道德觀，同樣愛好文學，也都有一顆熱情善良的心。芬妮，倘若那天晚上有人見到妳聽他朗讀莎士比亞劇本的模樣，誰還會認定你們無法彼此欣賞？妳簡直聽得渾然忘我。我承認你們的個性確實不一樣；他生性活潑，妳一本正經。不過這樣更好，你倆的個性正好互補。妳天性較為悲觀，總是將困難想像得更嚴重，而他開朗的個性可以抵銷這一點。他向來看不出何難之有，總是樂觀以對，也能成為支持妳的動力。芬妮，即使你倆的個性截然不同，也不表示你們在一起絕對不會幸福。別自己想太多。我自己倒是認定，個性不同反而是一大好處，兩人的性格最好截然不同。我指的是性格與態度上的差異：一人交遊廣闊，另一人只需要幾個知心朋友；一人健談，另一人較為沉靜；一人嚴謹，另一人則活潑開朗。我深信，兩人之間存在一些截然不同的特質，能讓婚姻更為幸福。我自然排除了較為極端的例子；假如方才提到的狀況十分相似，就可能造成極端。兩人若能持續呈現些微的差異，就可以確保態度與行徑不出差錯。」

芬妮很清楚艾德蒙此時的想法，他又再次深陷克勞佛小姐的魅力。打從他一回到家，就開始興高采烈地聊起克勞佛小姐。艾德蒙已經不打算繼續迴避她了，昨天他還在牧師公館吃了晚餐呢！

芬妮任由艾德蒙繼續沉浸在自己的喜悅之中。過了幾分鐘，她認為應該將話題轉回克勞佛先生身上，於是開口：「我並非只認為他的個性與我截然不同。當然，我們在這方面確實是天壤之別，他的熱情常令我招架不住；不過，還有一點更讓我排斥。表哥，我必須說，我實在無法認同他的品性。從籌備戲劇的期間開始，我就對他留下不好的印象。在我看來，他當時的行徑有失分寸，也非常自私無情，我現在可以說出口，是因為一切都結束了。他當時對可憐的拉許沃斯先生非常過分，似乎一點也不介意自己造成了什麼傷害，對瑪莉亞表姊百般殷勤。總之，我在演戲期間對他留下的印象，至今仍揮之不去。」

「親愛的芬妮，」艾德蒙幾乎沒聽見她最後說了什麼，急著回答：「我們在那段期間一起做了蠢事，所有人都不應該因為當時的印象受到評斷。那段日子對我而言是不堪回首的記憶。瑪莉亞錯了，克勞佛也錯了，我們所有人都錯得一塌糊塗；然而，沒有人比我鑄下更嚴重的錯誤。與我相比，其他人都無須受到譴責。我可是眼睜睜地看著自己犯錯啊！」

芬妮說：「我身為旁觀者，或許能看得比你還清楚。我認為，拉許沃斯先生有時簡直妒火中燒。」

「很有可能。這也難怪，沒什麼比演戲更有失分寸了。每當我想起瑪莉亞做出這種傻事，依然覺得可怕。可是，既然她連那種角色都能接演，我們對其他事似乎更不需大作文章。」

「如果我沒誤會的話，在籌備戲劇之前，茱莉亞始終以為克勞佛先生對她抱有好感。」

「茱莉亞！之前曾有人告訴我，他當時心儀茱莉亞，可是我完全看不出半點跡象。芬妮，雖然我也想幫兩位妹妹說好話，不過，她們其中一人當時或許渴望獲得克勞佛先生青睞，也或許兩人皆是如此，因而直接透露出自己的意圖，不懂得謹言慎行。我記得，她們顯然都很喜歡有克勞佛先生作伴。既然對方流露出好感，像克勞佛先生這種個性活潑的人，有時也可能沒有多想，自然而然地加以配合。這些事情沒什麼大不了的，因為如今已證明他並非裝模作樣，而是真心愛著妳。我得說，正因為他傾心於妳，才讓我對他刮目相看，充滿了敬意。這表示他重視家庭幸福，擁有純潔的愛情，也證明他的叔父沒有帶壞他。總之，我過去對他有所擔憂，如今他卻證實自己並未辜負我的期望。」

「我認為，有些議題應該深思熟慮，他卻沒有認真思考。」

「應該說他根本從來不會認真思索嚴肅的宗教議題吧！我認為事實就是如此。可是他從小接受那樣的教育，又有叔父這種壞榜樣，還能怎麼辦呢？兄妹倆在這種環境下成長，塑造出這樣的性格不也情有可原？我承認，克勞佛向來過於感情用事；幸好他也只是感情充沛，妳在其他方面都能與他互補。他愛上這樣的妳，簡直成了全世界最幸運的男人，妳擁有堅定不移的信念，個性又如此溫柔，正好能處處提點他。他確實挑中了最合適不過的賢內助。芬妮，他會帶給妳幸福，我對此深信不疑，而妳則會造就他更好的面貌。」

芬妮以顫抖的語調大喊：「我承受不起。我無法承擔這麼重大的責任！」

「妳又來了，像平常一樣自認無法勝任，什麼也做不成！好吧！我或許沒辦法說服妳改變想法，可是，我相信妳總有一天會改變，也由衷希望妳辦得到。我非常關心克勞佛的幸福。芬妮，除了妳以外，我最關心的人就是他了，這點妳一定很清楚。」

芬妮確實非常清楚，因此她無話可說。兩人繼續一語不發地走了一段路，各自陷入沉思。艾德蒙再次開口：「克勞佛小姐昨天提起此事的態度，讓我非常高興，簡直開心得不得了，因為我並未預料到她抱持那樣的立場。我知道她很喜歡妳。可是，我擔心她會認為妳配不上她哥哥，抱怨他沒有看上身分更為顯赫或家財萬貫的女人。我害怕她會抱持落入世俗窠臼的偏見，畢竟她過往接觸太多這種想法了。沒想到，一切與我的預期截然不同。芬妮，她理所當然地提起了妳，對這門婚事樂觀其成，期待的程度並不亞於妳姨丈和我。我們昨天針對此事聊了很久。即使我迫不及待想知道她的感受，原本也不打算主動談起這個話題；可是我才進門五分鐘，她就立刻將自己的想法和盤托出。她說得興高采烈，態度可人，一如她平時活潑直率的作風。格蘭特太太還笑她太心急了呢！」

「所以，格蘭特太太也在場？」

「沒錯。我一進到屋裡，就發現她們姊妹倆獨自在家。芬妮，我們一談起妳就停不下來呢！之後克勞佛和格蘭特牧師才回來。」

「我已經一週多沒見到克勞佛小姐了。」

「沒錯，她也很惋惜，卻又說這樣也好，在她離開曼斯菲爾德之前，妳們一定會見到面。芬妮，她對妳可生氣了，妳得作好心理準備。她宣稱氣得不得了，不過，妳也能理解她生氣的原因。她身為妹妹，認定哥哥理應獲得想要的一切，自然會替他感到可惜與失望。她心裡很受傷，換成是妳，一定也會為威廉感到難過。儘管如此，她還是全心愛著妳，也非常尊重妳。」

「我就知道她一定會對我非常生氣。」

「親愛的芬妮，」艾德蒙將她的手挽得更緊，高聲說道，「別因為她生氣而感到沮喪。她的怒氣只是說說而已，並非真的這麼生氣。她的心如此柔軟，充滿愛與包容，向來不會心懷怨懟。真希望妳能聽到她如何稱讚妳，她說妳應該成為亨利的妻子，妳真該看看她說這話時的表情。我注意到，她總是稱呼妳為『芬妮』，她以前不曾這麼做，彷彿妳們真的成了感情融洽的姑嫂。」

「格蘭特太太有開口嗎？她說了什麼？她一直在場嗎？」

「沒錯。她的意見與妹妹完全一致。芬妮，似乎所有人都非常驚訝妳拒絕了求婚，完全無法理解妳竟然拒絕了亨利．克勞佛這樣的男人。我盡量為妳打圓場，不過說真的，一如她們所言，妳必須改變作法，證明妳的思考確實十分理智，否則她們不會滿意。我只是開個玩笑。我說完了，別不理我啊！」

芬妮思索片刻，重新打起精神說：「我始終認為，所有女人都應該想到，無論男人再怎麼人見人愛，也可能有其他女人拒他於千里之外，無法愛上他。即使他是全世界最完美的男人，也不該理所當然地認為，只要是他看上的女人，就一定會欣然接受他。即使克勞佛先生如他姊妹所認定那般完美，為什麼就表示我必須馬上答應他的求婚呢？他簡直嚇壞我了。我從未想過他先前對待我的態度別有涵義，自然也不會因為他似乎稍微多注意我一些，就開始自作多情。以我的身分，若對克勞佛先生有所期待，不過是非分之想罷了。克勞佛先生的姊妹如此看重他，相信她們肯定和我抱持同感，認為他根本沒有任何意思。既然如此，當他開口告白時，我又怎能在當下就愛上他？怎麼可能在他求婚時，立刻回應他的心意？他的姊妹也該多為我著想呀！他的條件越優秀，我就更不應該對他抱有奢望。此外，假如她們認定，所有女人都能很快回應追求者的心意，那麼我們對女性的看法簡直南轅北轍。」

「親愛的芬妮，我現在看清事實了。我知道這是妳的真心話，妳會這麼想也情有可原，我從以前就很清楚，也能理解妳的心情。妳現在這番解釋，與我當時努力為妳向克勞佛小姐和格蘭特太太所辯駁的內容如出一轍。她們都願意接受，只是妳那位熱心的朋友還是有點沮喪，畢竟她深愛著亨利。我告訴她們，妳向來只能接受習以為常的事物，面對前所未有的狀況往往不知所措。克勞佛這番告白，在妳看來正是始料未及的，因此對他相當不利。妳從未碰過突如其來的告白，自然相當排斥，畢竟妳向來無法忍受不習慣的事物。我又舉出更多類似的例子，讓她們更瞭解妳的個性。克勞佛小姐提起她想鼓勵哥哥的方式，我們忍不住都大笑起來。她打算激勵哥哥堅持下去，相信妳遲早會愛上他；等你們幸福快樂的婚姻生活屆滿十年後，妳就會欣然回應他的真情告白。」

芬妮勉強微笑以對，感到滿心厭惡。她擔心自己方才做錯了，可能說得太多；她原以為應該謹言慎行，卻小心過了頭，對眼前的難關過度警戒，反而將自己推入另一個痛苦深淵。此時艾德蒙提及求婚一事，還談起克勞佛小姐的玩笑，簡直令她的心情雪上加霜。

艾德蒙見芬妮一臉疲憊與不悅，連忙決定就此打住；除非接下來是她感興趣的話題，否則他不再提起克勞佛的名字。艾德蒙打定主意後，隨即開口：「他們下週一就要離開了。因此，妳很快就能見到妳的朋友，不是明天就是週日。他們週一就要離開，而我差一點就要答應別人，會在雷辛比住到下週一！這是多麼驚人的差異啊！倘若我在雷辛比多待上五、六天，肯定會遺憾終生。」

「你差點就要繼續待在那裡？」

「沒錯。他們非常熱情地邀請我，我也算是同意了。倘若我先從曼斯菲爾德收到來信，得知家裡的近況，我肯定會繼續待下去。可是，我整整兩週對這裡一無所知，所以覺得離家夠久了。」

「你在那裡過得開心嗎？」

「很開心。我的意思是，假如我覺得不高興，一定是我自己的問題。他們都是非常好的人，卻不知道他們是否也對我抱有同感。我當時心裡有些不自在，始終耿耿於懷，回到曼斯菲爾德才如釋重負。」

「說到歐文小姐，你很喜歡她們，對吧？」

「是啊！非常喜歡。她們都是非常親切友善、真誠單純的女孩。不過，芬妮，我早已習慣身邊都是思考理智的女性，把我慣壞了，因此，親切友善、真誠單純的女孩也就不值得一提。她們對我而言毫不特別。妳和克勞佛小姐讓我變得太挑剔了。」

儘管如此，芬妮依然顯得心事重重、無精打采。艾德蒙從她的表情看得出來，如今再怎麼說也無濟於事，便不再開口，以兄長之姿小心地護送她進屋去。

36

無論是根據芬妮的說法或自己的臆測，艾德蒙現在深信已相當理解芬妮的感受，感到十分滿意。一如他先前所想，克勞佛的追求操之過急，需要更多時間讓芬妮逐漸適應，也才會慢慢浮現喜悅。芬妮得先習慣克勞佛深愛自己的事實，接下來，回應其心意的日子便指日可待。

艾德蒙向父親解釋了這番結論，建議別再對芬妮提起這個話題，不要試圖繼續影響或說服她。一切都應該留待克勞佛努力不懈，並讓芬妮逐漸調適自己的心情。

湯瑪斯爵士答應了艾德蒙的要求，相信兒子對芬妮的想法一定不失公允。他知道芬妮的感受想必如艾德蒙所言，卻依然非常惋惜她抱持這樣的心情。湯瑪斯爵士對前景的看法不如兒子那般樂觀，忍不住擔心起，萬一芬妮真需要這麼長的時間才能有所適應，或許在她下定決心接受克勞佛的求婚前，那年輕人已經打消結婚的念頭了。然而，如今他們什麼也做不了，只能滿懷希望，靜觀其變。

艾德蒙口中的「朋友」克勞佛小姐即將前來探望芬妮，她將此視為苦差事，始終感到惴惴不安。克勞佛小姐身為妹妹，自然會偏袒自己的哥哥，為他出氣；她向來口無遮攔，也總是抱著盛氣凌人的自信態度，各方面都讓芬妮苦不堪言。芬妮害怕面對她那陰晴不定的心情與一針見血的評論，一心期待兩人見面時有旁人在場。她寸步不離伯特倫夫人身邊，不願回到東廂房，也不敢獨自在灌木林裡散步，戰戰兢兢地躲開任何突然撞見的機會。

芬妮成功了。當克勞佛小姐來訪時，她正安心地與阿姨一起待在早餐室裡。克勞佛小姐的神色和語氣與平日無異，並不如預期般對芬妮咄咄逼人；她撐過一開始的煎熬，忍不住鬆了口氣，深信只要再熬過半個鐘頭，難受的時刻就會畫下句點。然而，芬妮的想法實在過於樂觀，克勞佛小姐可不是輕言放棄的人。克勞佛小姐打定主意要與芬妮單獨會面，因此很快就把握空檔，悄聲對她說：「我一定得另外找個地方，與妳談幾分鐘。」芬妮一聽到這句話，不禁心跳加速，繃緊了全身神經。她說什麼也不可能拒絕了。芬妮向來習慣順從他人的要求，就這麼乖乖地站起身來，率先走出早餐室。她為此心情十分惡劣，卻依然無計可施。

她倆一走進大廳，克勞佛小姐便不再克制自己的表情，笑著對芬妮直搖頭，親熱地牽起她的手，卻似乎不知如何開口，僅僅說了一句：「讓人傷心的女孩！我還真不知該怎麼開口罵妳呢！」她隨即謹慎地閉上嘴巴，打算等到空無一人的房裡再往下說。芬妮很自然地轉身上樓，帶領訪客走進如今打理得十分舒適的房間。然而，由於芬妮現在滿心痛苦，因此當她打開房門時，眼前習以為常的畫面，竟未曾像此刻看起來的那麼令人沮喪。可是，克勞佛小姐當下心念一轉，並未如預期般劈頭數落芬妮。她發現自己再次來到東廂房，忍不住有感而發。

她興高采烈地大喊：「哈！我又回來這裡了嗎？東廂房！我只來過這個房間一次。」她停下來環顧四周，似乎回憶起往事，接著說道：「之前只來過一次。妳還記得嗎？我來找妳排練臺詞。妳表哥當時也來了，我們便一起彩排，妳成了觀眾，還要幫我們提詞。那次排演可真愉快，我一輩子也忘不了。我們就在這裡，當時就待在房裡這個角落：妳的表哥坐在那兒，我坐這兒，這頭還擱著椅子。噢！為什麼如此美好的情景已不復見了呢？」

芬妮很幸運，克勞佛小姐根本不需要任何回應，只是一心沉浸於思緒中，勾起許多美好的記憶。

「我們排練的那一幕多麼出色啊！那一幕的主題真是非常……非常……我該怎麼說呢？他必須闡述婚姻的美好，並開口向我求婚。他的模樣依然歷歷在目，試著詮釋穩重鎮定的安哈特，滔滔不絕地說出那兩段長長的臺詞。『惺惺相惜的兩人終成連理時，婚姻就成了一輩子的幸福。』我想，無論再過多久，我都無法忘懷他說出這些臺詞的神情和語氣。我們當時竟然得攜手演出這一幕，如今想來簡直不可思議，太匪夷所思了！假如我有能力回到過去的任何時間，一定會重溫我們籌備演出的那一週。芬妮，妳儘管笑我好了，不過這就是事實，我從來不曾比當時更加快樂。原本固執己見的他，最後竟然讓步了！噢！真是令人高興得難以言喻。不過，老天，最後一切都毀了。正是那一晚，妳的姨丈很不巧地回到家了。可憐的湯瑪斯爵士，當時有誰能歡欣鼓舞地迎接他呢？但是芬妮，雖然我真的恨了湯瑪斯爵士好幾週，可別以為我對他有所不敬。沒這回事，我現在能以非常公道的角度看待他。他只是善盡一家之主的職責罷了。沒錯，雖然當時有些傷心，不過我相信自己現在深愛著你們所有人。」克勞佛小姐說這話的同時，流露出芬妮先前不曾見過的溫柔與真情。她發現自己透露了太多感情，連忙轉身平復自己的情緒。「如妳所見，我一進到這房間，就忍不住百感交集啦！」克勞佛小姐露出調皮的笑容，開口說道。「不過現在沒事了。讓我們舒舒服服地坐下來聊天吧！芬妮，我之所以來這一趟，就是打算好好教訓妳一番；不過真要開口時，我反而又無心這麼做了。」她深情地擁抱芬妮。「溫柔可愛的芬妮！一想到這是我們最後一次碰面，接下來不知道還要等上多久才能再次見面，我就無心顧及其他事情，只想好好表達我有多麼愛妳。」

芬妮頓時大受感動。她並未預料克勞佛小姐有此反應，「最後一次」這個字眼也令她心頭一沉，十分悲傷，不禁哭了出來，彷彿她從未像現在那麼喜愛克勞佛小姐。克勞佛小姐見到芬妮真情流露，不禁更心軟了，溫柔地抱著她，一面說道：「我真不想離開妳。我在倫敦肯定找不到有妳一半可人的女孩。誰說我們永遠當不了好姊妹呢？相信我們一定辦得到。我始終認定，我們注定要成為親密的家人。親愛的芬妮，妳的眼淚讓我深信，妳也抱持同樣的想法。」

芬妮頓時清醒過來，半是推託地說：「可是，妳只不過是去拜訪其他朋友罷了。妳不是要去找一位非常要好的朋友嗎？」

「是的，沒錯，弗萊瑟太太是我多年的摯友。不過我一點也不想去找她。我現在只想著即將道別的親友：我最可愛的姊姊、妳，還有伯特倫一家。你們的性格遠比其他人更為真誠，值得我全心信任、坦誠以對，我和其他人來往時不曾有過這種感覺。我真希望自己和弗萊瑟太太約好復活節過後再去拜訪，這對我而言是比較恰當的時機，可是我實在不能再讓她苦等下去了。我見過她以後，還得去拜訪她的姊姊斯托諾韋夫人。比起弗萊瑟太太，我與斯托諾韋夫人的感情更親密，可是我這三年來幾乎沒有好好關心她。」

語畢，兩名女孩一聲不吭地同坐了好幾分鐘，各自陷入沉思。芬妮開始思考起友情的各種樣貌，瑪莉倒沒有思索深奧的哲理，因此又率先開口：「我還記得當時打定主意要上樓找妳，一心找尋著東廂房，卻完全不知道在哪裡！我還清楚記得一路上在想些什麼，之後探頭一看，只見妳坐在桌邊忙著做針線活。接著妳的表哥打開房門，當他看見我時，表情多麼吃驚啊！當然了，妳的姨丈就是在那晚回家來！從未碰過這麼不巧的事。」

她又稍微分神了一會兒，接著回過神來，開始尋同伴開心。

「芬妮，看妳一副魂不守舍的樣子，希望妳正在想著那位一心惦記妳的人。噢！我可以把妳送去倫敦的社交圈瞧瞧，妳就會明白征服亨利的心是何等大事！喔！會有多少女孩對妳既羨慕又嫉妒呀！假如她們得知妳做了什麼好事，該有多麼驚訝、多麼難以置信！偷偷告訴妳，亨利是古老愛情故事的男主角，甘願接受愛情枷鎖的束縛。妳應該來倫敦一趟，就能明白妳擄獲了什麼樣的男人。妳真該看看他擁有多少追求者，又有多少人為了他對我百般討好！我非常清楚，假如弗萊瑟太太得知你倆之間的情況，恐怕就不會像現在一樣這麼歡迎我了；要是她知道真相，肯定亟欲把我趕回北安普頓。因為弗萊瑟先生與第一任妻子育有一名女兒，弗萊瑟太太非常渴望把她嫁掉，一心希望亨利娶她。噢！她簡直卯盡全力要說服亨利。妳現在坐在這裡，看起來既天真又文靜，絕對無法想像自己引來多大的騷動，有多少人迫不及待想看看妳，我又得應付多少的問題！可憐的瑪格麗特·弗萊瑟一定會纏著我不放，不停追問妳的眼睛和牙齒長什麼模樣，妳平常怎麼打點髮型，又是上哪裡訂做鞋子。看在我那可憐朋友的分上，我自然希望瑪格麗特能順利出嫁；因為在我眼裡，弗萊瑟夫婦就和大多數夫妻一樣，婚姻生活毫無幸福可言。然而，對當時的珍妮特而言，這樁婚事簡直可遇不可求，我們都替她高興得不得了。珍妮特實在無法拒絕弗萊瑟先生的求婚，因為他家財萬貫，她卻一無所有。沒想到，弗萊瑟先生竟是個脾氣暴躁又難以取悅之人，奢望年僅二十五歲又年輕貌美的妻子像自己一樣穩重。我朋友不知道該如何與丈夫相處，根本不曉得要如何做到盡善盡美。我別把話說得太難聽，不過他確實是個毫無教養的男人。要是住到他們家去，我一定很常回想起曼斯菲爾德牧師公館那對相敬如賓的夫婦。就連格蘭特牧師也願意全心信任我姊姊，並顧慮她的想法；這點就旁人看來，夫婦倆之間仍有深情可言。但是，弗萊瑟夫婦可就一點情分也看不出來了。芬妮，我真希望能一輩子都待在曼斯菲爾德。我姊姊身為人妻，湯瑪斯．伯特倫爵士作為丈夫，這兩人對我而言是最完美的婚姻典範。可憐的珍妮特遇人不淑，可是完全沒有必要受到指責；畢竟她並非毫不猶豫就一腳踏入婚姻，同樣少不了深思熟慮。她當時花了整整三天思索該不該接受弗萊瑟先生的求婚，並問遍身邊所有值得信任的人，尤其倚重我那已經過世的叔母。叔母的生活歷練豐富，所有認識她的年輕人都非常敬重她，她也堅定地對弗萊瑟先生抱持好感。這樣說來，似乎沒有任何事能保證婚姻絕對幸福。這在我朋友芙珞菈身上再適用不過，她當初為了那惹人厭的斯托諾韋勛爵，竟拋棄擔任藍軍[119]的優秀情人。芬妮，斯托諾韋勛爵的資質與拉許沃斯先生一樣平庸，而且外貌還差多了，性格更是粗鄙。我當時非常擔心芙珞菈作錯了選擇，因為斯托諾韋勛爵連半點紳士的風度也沒有，如今我更是深信她大錯特錯。順道一提，芙珞菈・羅斯那年冬天初次踏入社交圈時，對亨利簡直死心塌地。不過，要我介紹所有愛上亨利的女人，恐怕沒完沒了。唯獨妳，芬妮，只有妳這冷淡的女孩才會對他如此漠不在乎。可是妳果真如妳所說那般，對他全然無動於衷嗎？不，不對，我認為並非如此。」

事實上，芬妮此刻滿臉紅得發燙，看在早有定論的克勞佛小姐眼裡，一切更是不言自明。

「妳這可愛的傢伙！我不鬧著妳玩了。船到橋頭自然直，一切自有發展。不過，親愛的芬妮，妳肯定不像妳表哥所想那樣，對求婚一事毫無心理準備，想必對此早有預期和臆測。妳一定見過亨利竭盡所能討妳歡心。他在舞會上不是對妳殷勤備至嗎？還有舞會前的那條項鍊！噢！妳一如所願收下了項鍊，對一切了然於心。我記得可清楚了呢！」

「妳的意思是，妳哥哥早就知道那條項鍊的事？噢！克勞佛小姐，這樣太不老實了。」

「豈止知道而已，這根本是他一手策劃，一切都是他的主意。說來丟臉，我根本沒考慮到要送妳項鍊。不過，我很高興能為你們完成這項計畫。」

芬妮回答：「老實說，我當時也害怕這條項鍊是他送的，因為妳的表情有些不對勁，讓我提心吊膽。可是，我一開始完全沒有起疑，根本不曾料想過這種事。假如我事先猜想到，說什麼也不會收下那條項鍊。至於妳哥哥的行徑，我確實感受到他對我特別好；我已經察覺了一陣

---

119 藍軍（The Blues）：編屬於倫敦的皇家騎兵團，人脈廣泛的富家子弟才得以進入，制服為藍色而有此暱稱。

子，或許有兩、三週的時間。可是，我當時認為他沒有特別的意思，以為這就是他一貫的作風，壓根兒不曾猜想或奢望他對我別有用心。克勞佛小姐，今年夏天與秋天時，我曾經留心觀察過他與其他家人的互動。我雖然默不作聲，卻不表示我對一切視而不見。我經常看到克勞佛先生對女人百般討好，卻沒有付出真情。」

「哎呀！我倒不能否認這一點。說來有些悲哀，他向來喜歡到處打情罵俏，一點也不在乎自己可能讓年輕女孩心動。我常為此責備他，不過這是他唯一的缺點。我們也得承認，確實很少女孩值得付出真情。所以，芬妮，妳竟能征服廣受同儕歡迎的男人，獲得其他女孩奢望不到的真愛，該感到多麼光榮啊！噢！我敢說，女人天生就無法抗拒在愛情風光得勝的滋味。」

芬妮搖了搖頭。「對於到處玩弄女人感情的男人，我實在無法抱持好感。或許旁觀者根本無從體會，那些女孩心裡有多麼煎熬。」

「我不會為他辯駁，亨利完全任憑妳處置。等他成功將妳娶回艾弗林罕，我才不在乎妳要如何對他諄諄教誨。不過我得說，他喜歡到處與女孩調情的毛病，絕不至於糟糕到會危及妻子的幸福；關鍵在於他真的陷入了熱戀，他以前不曾真正愛過任何女孩。我打從心底誠摯相信他是真心愛上妳，他之前不曾對其他女人產生相同感情。他全心全意地愛著妳，也會竭盡所能深愛妳一輩子。假如世界上有哪個丈夫能一生愛著妻子，我相信就是亨利愛著妳。」

芬妮忍不住露出淡淡的微笑，卻無言以對。

瑪莉繼續說：「亨利成功幫助妳哥哥晉升時，我從未見過他那麼開心的模樣。」

瑪莉顯然刻意觸碰芬妮的弱點。

「噢！沒錯。他真的非常、非常好心。」

「我相信他想必竭盡了全力，因為我很瞭解他必須動用的那些人脈。上將向來不喜歡麻煩，對關說嗤之以鼻，又有太多年輕人想以同樣方式獲得青睞，倘若沒有如此全力相挺的朋友，希望很容易就會落空。威廉該有多興奮呀！真希望我們能見見他。」

可憐的芬妮頓時陷入千頭萬緒。每當她想起克勞佛先生為威廉所做的一切，對他的一切負面看法也會隨之動搖，就這麼沉浸在自己的思緒裡。瑪莉原本心滿意足地在旁看著芬妮，忽然想起某件事，開口打斷了她：「我很樂意坐在這裡陪妳聊上一整天，可是我們不能冷落了樓下的女士。所以，再見了，可愛又迷人的芬妮。雖然等一下還要在早餐室道別，不過在這裡才是真正的告別。我非常期待能高高興興地重逢，也相信我們再次見面時，一定能對彼此敞開心房，不再心存芥蒂，亦無所保留。」

克勞佛小姐非常深情地擁抱芬妮，她再次開口時，顯得有些激動。

「我應該很快就能在倫敦見到妳表哥，他說隨後不久就會進城去。我敢說，湯瑪斯爵士明年春天也會上倫敦去。至於妳的大表哥、拉許沃斯夫婦和茱莉亞，我相信和他們都不乏碰面的機會，唯獨見不到妳。芬妮，我有兩件事想請妳幫忙：一是和我通信，請妳務必寫信給我；二是麻煩妳經常探望格蘭特太太，在我離開後多幫她一點忙。」

芬妮真希望克勞佛小姐不要提出這些要求，至少她並不想與對方通信，卻又無從拒絕，甚至在還來不及反應前就一口答應了，畢竟對方盛情難卻。芬妮向來對善待自己的人銘感於心，平時又少有人親切相待，克勞佛小姐的熱情自然讓她大受感動。此外，芬妮原本擔心兩人單獨見面會帶來莫大痛苦，卻遠比想像中順利很多，也讓她對克勞佛小姐充滿感激。

會面結束了，芬妮順利全身而退，既未受到責罵，也沒有讓人察覺自己的心意。她的祕密依然藏在心底，既然進展如此順利，她自認似乎可以坦然面對一切了。

到了晚上，又上演另一場道別戲碼。亨利．克勞佛登門拜訪，與他們聊了一段時間。芬妮的意志不若往常堅定，對克勞佛先生心軟許多，因為他顯然離情依依，一改平時的作風，幾乎沒說什麼話，看起來非常沮喪。芬妮不禁為克勞佛先生難過，卻又希望再也見不到他，除非他已經成了其他女人的丈夫。

臨走之際，克勞佛先生牽起芬妮的手，卻什麼也沒說，也可能是芬妮什麼都沒聽見。克勞佛先生離開屋裡，芬妮十分慶幸這段友情就此畫下句點。

翌日，克勞佛兄妹便離開了。

37

克勞佛先生離開了，湯瑪斯爵士的下個目標，便是讓芬妮想念起對方。他深信外甥女少了這段期間感受到的關心，一定會為此感到悵然若失或沮喪。他由衷希望，既然芬妮已經享盡克勞佛先生熱烈的追求，如今她失去對方的呵護，回到一無所有的生活，心裡應會感到無比懊悔。湯瑪斯爵士抱持著這樣的想法觀察芬妮，卻很難察覺出個所以然，根本看不出她的心境有何變化。芬妮總是一派溫順，情緒深藏不露，他很難從中判別蛛絲馬跡。湯瑪斯爵士根本不瞭解芬妮，也對此有自知之明，因此轉而詢問艾德蒙，現況究竟對芬妮有無影響，她的心情是否有別於以往。

艾德蒙並未看出芬妮有任何沮喪的跡象，也認為父親過於心急，畢竟短短三、四天根本很難察覺異狀。

艾德蒙最為訝異的是，明明對芬妮而言，克勞佛小姐是極具分量的朋友與玩伴，她竟也沒有為此感到悲傷。艾德蒙十分納悶，為何芬妮鮮少提起對方，亦不願表明離別帶給她的感受？

唉！正是這位極具分量的朋友與玩伴，如今成了讓芬妮最感痛苦的罪魁禍首。倘若能確定，克勞佛小姐像她哥哥一樣，將來都不會和曼斯菲爾德繼續存有任何瓜葛，此刻芬妮的心情該有多輕鬆啊！她一心希望克勞佛先生回來的日子遙遙無期，假如克勞佛小姐也能盡量拖延回來的時間，她的心裡一定如釋重負。然而，芬妮越是回想和觀察，就越加肯定，克勞佛小姐嫁給艾德蒙的日子已近在眼前。艾德蒙想娶克勞佛小姐的心意愈加強烈，女方的想法也不再曖昧不明。艾德蒙原本抱有的反對與疑慮似乎早已消失無蹤，沒人知道確切原因；克勞佛小姐本來滿腹疑竇、猶豫不決，現在也已克服了一切顧忌，卻同樣找不出具體理由。芬妮只能猜測兩人的感情日益深厚，擇善固執的艾德蒙與品格有所缺陷的克勞佛小姐都必須為愛妥協，也終會因愛而結為連理。艾德蒙一打點完桑頓萊西的事宜，很快就要進城去，應該不出兩週就能成行。他談起前往倫敦一事總是樂此不疲，老是掛在嘴上。芬妮不難想像艾德蒙與克勞佛小姐重逢後的發展：他想必會開口求婚，女方也一定會欣然同意。儘管如此，芬妮想起兩人之間的差異，仍對這門婚事擔憂不已，卻又束手無策。

她倆上次談話時，儘管克勞佛小姐的態度親切友善，與芬妮相當親近，卻還是不折不扣的克勞佛小姐。她依然不時流露出偏差迷惘的想法，還對此渾然不覺；即使心裡一片陰鬱，她仍自認光明磊落。她或許深愛艾德蒙，可是根本配不上他。芬妮相信，他倆除了相愛之外幾乎沒有共通之處；即使她認定克勞佛小姐未來改善的希望渺茫，想必旁人也能諒解。畢竟，假如在熱戀期間，艾德蒙依然不足以讓克勞佛小姐明辨是非，並改正她的觀念，那麼他的未來不啻斷送於兩人的婚姻歲月。

然而，依據經驗推斷，任何處於類似情況的年輕人或許仍有一線希望；即使克勞佛小姐個性如此，或許也能期待她像其他女人一樣，願意接納愛人的想法，將其奉為圭臬。不過，由於芬妮的想法並非如此，因而承受不少折磨；每每想起克勞佛小姐，總令她苦不堪言。

於此同時，湯瑪斯爵士繼續滿懷希望地觀察著外甥女。依據他對人性的瞭解，他依然深信會見到芬妮悵然若失的模樣；她會懷念克勞佛先生之前的熱烈追求，引頸企盼他早日歸來。可惜湯瑪斯爵士始終沒有見到這些跡象，因為另一名客人的來訪指日可待，足以讓他密切觀察的外甥女變得興高采烈。威廉獲准十天休假，將以甫獲晉升的上尉身分回北安普頓一趟，與眾人分享他的喜悅與嶄新制服。

威廉回來了。要不是嚴格的軍規禁止在值勤以外的時間穿制服，他一定會非常興奮地向眾人展示他的軍裝。威廉的軍服仍留在樸茨茅斯，艾德蒙不禁猜想，在芬妮有機會親眼目睹之前，那件軍裝想必早已穿得破舊不堪，威廉也不再對此感到特別新奇了。屆時對威廉而言，那件軍服反而會成為不光彩的象徵。畢竟，假如他已經成為上尉一、兩年，卻只能眼睜睜看著其他人晉升將領，還有什麼比上尉制服更令他不屑一顧，變得一文不值呢？艾德蒙就這麼思忖著，直到父親要他為芬妮規劃行程，讓她有機會一睹皇家軍艦「畫眉號」上尉的帥氣軍裝。

湯瑪斯爵士打算讓芬妮偕同威廉回樸茨茅斯，陪家人住上一陣子。湯瑪斯爵士某天經過深思熟慮後浮現了這個念頭，認為這計畫相當合情合理。不過，他在下定決心之前，不忘先徵詢兒子的意見。艾德蒙經過全盤考量，同樣認為這是個好主意，不僅立意良好，時機也恰到好處，相信芬妮一定會非常高興。這番意見足以讓湯瑪斯爵士下定決心，他直截了當地表示：

「就這麼決定了。」一切就此敲定。湯瑪斯爵士沾沾自喜地回房，並未告訴兒子真正的動機。他之所以提出這個意見，根本不是好意讓芬妮與親生父母團聚，也不是為了討她歡心。湯瑪斯爵士確實希望芬妮欣然回家，卻更希望她在回來之前，便已經開始厭惡自己的原生家庭。一旦芬妮暫時抽離在曼斯菲爾德莊園衣食無虞的日子，或許能讓她清醒過來，懂得珍惜克勞佛先生承諾的幸福生活。

湯瑪斯爵士認定，這項計畫能讓芬妮的思緒變得更加清晰；依她現在的狀態，肯定需要這一帖良方。她在這裡過了八、九年養尊處優的生活，顯然失去明辨是非的判斷力；回一趟生父家，想必能讓她意識到優渥收入的可貴之處。湯瑪斯爵士相信，透過他精心安排的實驗，芬妮一定能變得更加聰慧，未來也能更加快樂。

當芬妮聽到姨丈的建議時，假如她過往曾經認定自己十分幸福，此時的她想必早已狂喜地推翻這樣的想法。姨丈竟願意讓她探視已別離將近大半人生的父母和兄弟姊妹，可以回到原生家庭住上幾個月，一路上還有威廉親自護送她回家；這表示威廉在休假期間，能與她相處到最後一刻。芬妮自然高興得難以言喻，不過她將滿腔喜悅靜靜地藏在心底，暗自情緒澎湃。即使芬妮原本就不擅言詞，但是，在她感受最為強烈的時候，總是更容易變得沉默。此時此刻，她只能表達感激之情，並欣然接受這番好意。過沒多久，芬妮總算逐漸適應這突如其來的莫大驚喜，也因此能對威廉與艾德蒙吐露內心的大半感受，只是仍有許多微妙的情緒無法訴諸言語。芬妮清楚回想起童年的快樂，也記得當時與家人別離的苦楚，這些回憶彷彿帶給她嶄新的力量。自從離家以後，芬妮的痛苦與日俱增；如今重返家園，似乎就能讓所有傷口逐一癒合。她即將回到親愛的家人身邊，許多人都深愛著她，甚至比以往更愛她；她可以感受到滿滿的疼愛，不再感到恐懼或戰戰兢兢；她能獲得與其他家人一視同仁的待遇，也能徹底拋開克勞佛兄妹帶給她的煩擾，不必再為了他們承受譴責的目光，真正重獲心靈上的平靜。芬妮興高采烈地想像這一切，說出口的欣喜之情還不及內心的一半呢！

與艾德蒙分離兩個月（或許還能待上三個月呢！）對芬妮同樣大有助益。暫時遠離他的關注與親切，不再為了他的心意感到焦慮不安，也不必設法避免得知他的心事，一定能讓芬妮的心情更平靜。只要待在家裡，即使想到艾德蒙會在倫敦打點好一切，她也不再因此而心煩意亂。芬妮在曼斯菲爾德難以承受的一切痛苦，到了樸茨茅斯都會變得雲淡風輕。

芬妮唯一惦記的是伯特倫阿姨，擔心她不習慣自己離開身邊。少了芬妮，對其他人而言或許並無太大差別，卻多少會對伯特倫阿姨造成不便，令她不忍心多想。事實上，該如何安置伯特倫夫人，正是湯瑪斯爵士最傷腦筋的地方，卻也只有他能設法解決了。

無論如何，湯瑪斯爵士是曼斯菲爾德莊園的一家之主。一旦他下定決心安排好一切，就一定能貫徹始終。他花了許多時間向妻子談論此事，解釋芬妮偶爾探視家人乃天經地義的責任，說服她放手讓芬妮回家。然而，伯特倫夫人只是出於溫順而答應，並非真正信服；純粹因為湯瑪斯爵士認定芬妮應該回家，她也順勢同意罷了。伯特倫夫人獨自坐在梳妝室，不受丈夫那番令人困惑的言論影響，試著以中立的角度重新思索。她突然明白，芬妮既然已與親生父母分離這麼長的時間，根本沒有必要回家探望他們，反而能在她身邊幫上不少忙。即使諾里斯太太再三保證沒有必要想念芬妮，她還是感到難以信服。

湯瑪斯爵士試著對伯特倫夫人勸之以理，要她表現出落落大方的典範。他將此稱為「犧牲」，要求妻子以良好的涵養多加忍讓。諾里斯太太則想說服妹妹，芬妮根本無足輕重，她自己隨時都能聽候差遣前來作伴。總而言之，芬妮的存在無關緊要，沒有人會想念她。

伯特倫夫人僅僅這麼答道：「姊姊，或許妳說得沒錯。可是，我相信自己會非常想念她。」

下一步便是與樸茨茅斯的家人聯繫。芬妮親筆寫信回家，母親的回信雖簡短，語氣卻相當親切，寥寥數語就真情流露，道盡為人母即將再次見到女兒的喜悅，讓芬妮非常高興能重回母親身邊，深信「母親」一定能滿懷深情地熱烈歡迎她，不再像以前未曾展現對她的疼愛。母親過去之所以不疼她，芬妮猜想是自己的錯，或是想法過於一廂情願。她生性怯懦，總是感到焦慮無助，或許因此很難獲得母親的關愛；也可能是她太不懂事，與其他同樣需要費心照料的手足相比，她不該奢求更多關注。如今芬妮長大了，有能力幫忙，也懂得忍讓；母親亦不再需要應付滿屋嗷嗷待哺的小孩，有餘力享受悠閒放鬆的時刻，她們或許很快就能恢復和睦的母女關係。

威廉一聽到這個消息，欣喜之情並不亞於妹妹。直到回海軍服役的最後一刻，芬妮都能陪伴在旁，甚至連他首次返航時，也還有機會在家裡見到妹妹，沒有什麼比這更令他高興的了。

此外，威廉非常希望趕在出海前，讓芬妮一睹其丰采，畢竟「畫眉號」可是當前最氣派的現役軍艦呢！海軍船塢亦在改建，他同樣希望讓妹妹大開眼界[120]。

威廉不假思索地表示，芬妮返家一陣子，肯定能帶給家人莫大助益。他說：「我不曉得該怎麼做，不過，家裡似乎需要有條不紊地整理一番。屋裡總是凌亂不堪，相信妳一定能打理得更加井井有條。妳可以教母親該怎麼整理屋子，也可以幫上蘇珊的忙，還能教蓓絲讀書，並讓幾個弟弟好好尊重妳。等妳一回去，家裡會變得多麼舒適啊！」

收到普萊斯太太的回信之際，意謂兄妹倆再過短短幾天就要離開曼斯菲爾德了。沒想到在這幾天，他們還一度為了這趟旅程受到莫大驚嚇。原來談到返家的交通方式時，即使諾里斯太太苦口婆心想為妹夫節省開銷，依然徒勞無功；她百般暗示湯瑪斯爵士，不需要花太多錢為芬妮打點交通，他還是決定讓兄妹倆搭乘驛車回家。諾里斯太太見湯瑪斯爵士將訂車的短箋交給威廉，忽然想到馬車還有座位容得下第三人，頓時渴望一同去探視她那可憐的妹妹普萊斯太太。諾里斯太太隨即向湯瑪斯爵士表明這番意願，有心與兩位年輕人同行，這對她而言是千載難逢的好機會，畢竟她已經超過二十年沒見到可憐的妹妹普萊斯太太；而多了長輩一路上照顧兄妹倆，對他們也大有助益。假如她沒有趁此機會回去探望，可憐的妹妹普萊斯太太想必無法

---

120 當時樸茨茅斯的海軍船塢大幅擴建，並引進現代化設備，例如可製作滑輪的創新機器，因而成了熱門的觀光景點。

諒解她。

諾里斯太太的想法簡直嚇壞了威廉與芬妮。

如此一來，這趟旅行的自在氣氛勢必毀於一旦。兄妹倆以悲慘的表情面面相覷。接下來的一、兩個鐘頭，他們依然提心吊膽；在場的人既未表示贊同，也沒有提出反對，由諾里斯太太自行決定。最後，兄妹倆欣喜萬分地得知，諾里斯太太想起自己此時根本離不開曼斯菲爾德莊園；她是湯瑪斯爵士與伯特倫夫人不可或缺的得力助手，即使離開一週也會帶來極大不便，因此只能選擇犧牲兄妹倆，無法同行照顧他們。

事實上，諾里斯太太是因為意識到，即使她不花一毛錢就可以前往樸茨茅斯，她還是可能得自行負擔回程的費用。因此，她只能放棄這大好機會，讓可憐的妹妹普萊斯太太繼續失望了，姊妹倆或許又得等上二十年才能相見。

芬妮要回樸茨茅斯一趟，也連帶影響了艾德蒙的計畫。他和諾里斯阿姨一樣必須有所犧牲，選擇待在曼斯菲爾德莊園。他原本打算這幾天前往倫敦，可是，眼看父母身邊重要的家人幾乎都出門在外，他不能就這樣離家遠去。艾德蒙原本對這趟攸關終身幸福的旅程滿心期待，儘管他沒有聲張，不過確實費了一番工夫，才將這趟行程延後了一、兩週。

艾德蒙將這件事告訴芬妮，心想她既然已經知道許多細節，索性對她和盤托出。克勞佛小姐又成了兩人悄悄談論的話題，芬妮心裡不甚好受，卻也感覺這或許是兩人最後一次無所顧慮地提起她。隨後，艾德蒙又對芬妮意有所指地提了一次。當天晚上，伯特倫夫人吩咐外甥女要馬上寫信回來，她自己也會經常寫信過去。艾德蒙抓緊一次空檔，連忙悄聲說道：「芬妮，假如我什麼好消息，也一定會寫信給妳。或許有我認為妳值得一聽的消息，妳又無法透過其他管道更快得知。」即使芬妮當下沒有聽懂艾德蒙的意思，當她抬起頭來，見他一臉興高采烈的模樣，也頓時明白言下之意了。

看來芬妮得對這封信提高警覺了。沒想到連艾德蒙的來信也會令她驚恐萬分！芬妮開始明白，在這多變的世界裡，隨著時間遞嬗與環境變遷，想法與感受也會截然不同。人心向來變化莫測，不過她涉世未深，尚未參透一切轉變。

可憐的芬妮！雖然此趟回家令她欣喜萬分，然而待在曼斯菲爾德的最後一晚，她仍無可避免地情緒低落。這趟別離讓芬妮傷心不已。她對每間房間都依依不捨，要離開每一位親愛的家人，更讓她難過得熱淚盈眶。芬妮緊緊抱住伯特倫阿姨，知道自己肯定會非常思念她；芬妮一面啜泣，一面親吻姨丈的手，難過自己曾惹他不高興。輪到艾德蒙時，芬妮既無法好好和他說話，也無法直視他的臉，腦袋一片空白。直到最後，芬妮才注意到艾德蒙以兄長之姿，非常親切地與她道別。

芬妮在這晚與所有人道別，因為他們隔天一大早就得出發。家裡僅剩寥寥數人，他們一起吃早餐時，紛紛聊起威廉與芬妮，認為兄妹倆已經趕到下一段路了。

38

即使遠離了曼斯菲爾德的莊園，不過旅途上淨是新奇見聞，身邊又有威廉陪伴，芬妮很快就變得神采飛揚。他們結束第一段路程，走下湯瑪斯爵士的馬車，她已能興高采烈地向老車伕道別，並請他捎回禮貌的問候。

兄妹倆快樂地打開話匣子後，就再也合不上。威廉的興致正高昂，每件事都令他樂在其中，每個話題也聊得興高采烈。倘若話題告一段落，他就會津津樂道起「畫眉號」，猜想這艘軍艦的下一趟任務，自己能否立下戰功，並盤算著該如何盡快晉升到更高的位階（假如一級上尉出事的話；威廉對他沒什麼好感）。他也想像倘若未來領了戰績獎金[121]，會慷慨地將大部分作為家用，只留下足夠資金將一棟小屋打點得舒舒服服，讓兄妹倆在此共度下半輩子。

即使芬妮正因為克勞佛先生而心煩意亂，兄妹倆卻對此隻字未提。威廉很清楚來龍去脈；克勞佛先生是他心裡最敬重的人，妹妹卻對克勞佛先生如此冷淡，不免令他遺憾。不過，由於威廉也正逢情竇初開的年紀，因此不忍苛責妹妹。他知道芬妮對這件事情的看法，言談間沒有任何暗示，不想讓她更感沮喪。

芬妮大有理由相信，克勞佛先生依然對她難以忘懷。自從克勞佛兄妹倆離開曼斯菲爾德後，這三週以來，她經常收到克勞佛小姐的來信，每封信都有克勞佛先生親筆寫下的寥寥數語，語氣一如本人的言談那般熱情堅決。不出芬妮所料，這些信件令她苦不堪言。除了被迫閱讀克勞佛先生的親筆留言，克勞佛小姐的字裡行間向來語氣歡快、真情流露，對她而言同樣是一大夢魘。艾德蒙總會要求芬妮唸出信裡的主要內容，否則絕不善罷甘休；接著，她就得忍受艾德蒙連聲讚嘆克勞佛小姐的來信多麼文情並茂。事實上，每一封信皆藏有太多明喻暗示，也提及太多有關曼斯菲爾德的回憶，芬妮忍不住猜想，克勞佛小姐根本是有意讓艾德蒙聽到信裡的內容。芬妮發現自己淪為克勞佛小姐達成目的的工具，不僅被迫接受不愛的男人所捎來的熱情告白，還得承受真正的心上人當面讚賞另一個女人，對她而言不啻殘酷的折磨。有鑑於此，芬妮暫時回家一趟，自然大有好處。她相信，只要不再與艾德蒙住在同一屋簷下，克勞佛小姐就不會有如此強烈的動機頻繁寫信給她；等她回到樸茨茅斯，來信想必會逐漸減少，甚至終告結束。

芬妮一路上就這麼沉浸於千頭萬緒；即使二月的路面向來泥濘不堪，一如預期崎嶇難行，她依然懷著雀躍的心情安然度過旅程。兄妹倆行經牛津，芬妮只來得及瞥一眼艾德蒙的母校，無法多作停留。他們抵達紐伯里[122]，連同午餐的分量舒舒服服地吃了一頓晚餐，充實而疲憊的

121 若能擊沉或攻占敵方的軍艦或商船，即可獲得獎金。

122 紐伯里（Newbury）：位於伯克郡（Berkshire）。

第一天旅途就此畫下句點。

翌日，兄妹倆依然一大早就出發，旅途相當順利，沒有絲毫耽擱。抵達樸茨茅斯的近郊時，天色仍十分明亮，芬妮也開始好奇地張望起從未見過的建築物。他們穿過吊橋進入城鎮[123]，太陽這才開始逐漸西沉；在威廉宏亮的引導聲下，馬車喀啦喀啦地從最繁華的大街駛進一條狹窄巷弄，最後停在普萊斯先生居住的小屋門前。

芬妮不禁開始坐立難安，既感到興奮難耐，又浮現近鄉情怯的焦慮。馬車停了下來，一名邋遢的女傭站在門前，似乎正等著兄妹倆到來。女傭走向前，忘了為他們開門，一心只急著報告消息：「『畫眉號』出海去了，先生，有一位軍官來過這裡——」這時，一名長相清秀、身材高大的十一歲男孩打斷了她。他從屋裡匆匆跑了出來，一把將女傭推到一旁，見威廉打開馬車門，隨即高聲喊道：「你來得正好。我們這半個鐘頭正盼著你呢！『畫眉號』今早出海去了，我親眼見到那艘船，真是美極啦！他們認為再過一、兩天，那艘軍艦就會接獲新的指示。坎貝爾先生下午四點來家裡找過你，他從『畫眉號』要來一艘小艇，預計晚上六點出發回艦上去，希望你準備好與他同行。」

威廉攙扶芬妮走下馬車時，她的弟弟只是瞥了姊姊一、兩眼聊表禮貌，也沒有躲開她的親吻，卻仍口沫橫飛地描述著「畫眉號」出海的景象。他如此興致盎然倒也無可厚非，因為他很快就要上那艘船展開職業生涯了。下一秒，芬妮便已站在門口的狹窄走廊與母親擁抱。普萊斯太太非常親切地迎接女兒，長相也與伯特倫阿姨神似，不禁讓芬妮更加喜歡母親。兩名妹妹站在一旁，十四歲的蘇珊已經是個亭亭玉立的小姑娘，蓓絲則是家裡最小的孩子，年約五歲。兩人都非常高興見到大姊，只是不曉得該如何禮貌地迎接她。不過，芬妮不需要妹妹對她彬彬有禮；只要她們心裡愛著大姊，她就心滿意足了。

眾人隨即帶芬妮走入客廳。由於空間實在過於狹小，她一時以為這裡只是通道，等著其他人繼續領她往前走。不過，當她注意到屋裡沒有另一扇門，也察覺到居住的痕跡時，這才驚覺想錯了，在心裡自責一番，擔心其他人起疑。不過，由於她母親隨即離開，根本沒有發現異狀。普萊斯太太回到門口迎接威廉。「噢！親愛的威廉，真高興見到你。你聽到『畫眉號』的消息了嗎？它已經出港去了，我們三天前根本還沒料想到呢！我現在不曉得該如何打點山姆的東西，或許根本來不及備妥，或許那艘船明天就會接獲指示了。我根本沒有預期到這種事。你現在也必須馬上趕去斯皮特黑德。坎貝爾來過家裡一趟，急著要找你。我們現在該怎麼辦？我原本以為今晚可以高高興興地和你聚在一起，沒想到事情一股腦兒地找上門來。」

她的兒子愉快地回答所有問題，表示一切都會順利；即使他現在必須趕著出門，也不會造成太多不便。

「我自然希望『畫眉號』還停泊在港口，我才能好好地和你們在家裡多待幾個鐘頭。不過，既然船隻已等在岸邊，我只能立刻趕過去，沒有討價還價的餘地了。『畫眉號』會停靠在

123 樸茨茅斯四周建有堡壘與護城河，因此須透過吊橋橫越護城河。

斯皮特黑德的哪一帶呢？靠近『老人星號』[124]嗎？先別提這個，既然芬妮在客廳，我們為什麼要待在走廊呢？來吧！母親，您還沒好好將親愛的芬妮看個仔細呢！」

母子倆回到客廳，普萊斯太太又親切地親吻女兒，說她長大了不少。她隨即想起兩人歷經舟車勞頓，此刻想必又累又餓。

「可憐的孩子！你們肯定都累壞了！現在想吃什麼？我差點以為你們到不了家呢！蓓絲和我整整等了半個鐘頭。你們什麼時候吃過東西的？現在想吃點什麼？我不確定你們回家後想吃肉還是喝茶，不然我就會先幫你們準備了。我現在想給你們料理牛排，又擔心坎貝爾等一下會過來，而且這附近根本沒有肉鋪，實在太不方便了。我們之前住的地方好多啦！或許你們會想來杯熱茶？茶很快就能準備好。」

兄妹倆隨即表示，他們只想喝杯熱茶就好。「那麼，親愛的蓓絲，快去廚房一趟，看看芮貝卡有沒有把水壺放在爐子上，並吩咐她盡快準備好茶具。我真希望趕快把鈴修好，不過蓓絲是非常得力的小信差呢！」

蓓絲隨即敏捷地跑向廚房，很驕傲能在漂亮的大姊面前展現本領。

他們的母親繼續焦慮地說：「老天！壁爐裡的火快熄滅了，我敢說你們兩個一定凍僵了。把椅子挪近一些，親愛的。真不知道芮貝卡到底在做什麼，我確定早在半個鐘頭前就叫她添煤炭了。蘇珊，妳應該對爐火多留心一點。」

「母親，我剛才在樓上收拾東西。」蘇珊理直氣壯地為自己辯駁，芬妮不禁嚇了一跳。

「妳也知道，妳說我和芬妮姊姊要共用另一間房間，芮貝卡又不肯幫忙我。」

接下來家裡一連串騷動，打斷了她們的對話：先是馬伕前來要求付款；接著山姆為了搬運芬妮的皮箱和芮貝卡起了口角，堅持他一人就應付得來。最後，普萊斯先生尚未走進門，他的大嗓門已先傳進耳裡。他似乎在走廊踢到兒子的旅用皮箱與女兒的帽盒，因而伴隨著幾聲咒罵，嚷嚷著要人點起蠟燭。蠟燭還沒送來，他已經走進了客廳。

芬妮有些猶豫不決地站起身來迎接父親，卻發現在昏暗的光線下，父親根本不可能認得出她，也不會聯想到她，只好又坐了下來。普萊斯先生熱情地與兒子握手，隨即急切地說道：「哈！兒子，歡迎回家，真高興見到你。你聽到消息了嗎？『畫眉號』今早出港去了，並接到全員待命的指示。瞧，你來得正好！軍醫來家裡找過你，他要來了一艘小艇，六點鐘就會離岸前往斯皮特黑德，所以你最好趕去和他會合。我已經到透納的店裡去打點你的軍糧，就快準備好了。即使你明天接到出航的命令，我也毫不意外。不過假如你要往西航行，照這風勢絕對出不了海。沃爾許艦長認為，你們一定會跟著『巨象號』往西走。老天，我希望真是如此！可是老史考利剛才說，你們一定會先被派到特塞爾海峽[125]去。這個嘛，無論情況如何，反正我們

124 老人星號（Canopus）：本章所提到的軍艦，皆借用珍．奧斯汀兄弟實際服役的軍艦名稱。

125 特塞爾海峽（The Texel），位於荷蘭北荷蘭省（North Holland）與弗里西亞群島（Friesian Island）之間的海峽。當時法蘭西帝國兼併荷蘭，此處應為英法海軍交戰之地。

都已經準備好啦！老天，你今早錯過『畫眉號』出港的盛況，真是太可惜了！就算給我一千英鎊，我也不可能讓出路來。吃早餐時，老史考利就這麼跑了進來，說『畫眉號』正在起錨，準備出港去了。我連忙跳起來，三步併兩步跑到碼頭去。若說世上真有什麼完美無缺的船艦，一定非『畫眉號』莫屬了。它停靠在斯皮特黑德，全英國人莫不樂意用它替代二十八門砲護衛艦[126]。我今天下午就站在看臺上整整欣賞了兩個鐘頭。它就停泊在廢船東側，緊挨著『恩底彌翁號』，另一邊則是『克麗歐佩特拉號』。」

威廉嚷道：「哈！如果是我，也一定會將它停在那裡，那可是斯皮特黑德最好的停泊處。話說回來，父親，妹妹在這兒呢！芬妮回來了。」他轉身將芬妮拉到面前。「這裡實在太暗了，所以您方才沒見到她。」

普萊斯先生這才意識到自己完全冷落了女兒，非常高興地擁抱她，說她長得亭亭玉立，很快就得幫她物色丈夫了，然後隨即將女兒拋諸腦後。芬妮默默坐回椅子，父親的粗魯言語和酒味令她傷心不已。他只對兒子說話，一個勁兒地聊著「畫眉號」。雖然威廉對這個話題興致盎然，卻也不停設法提醒父親，離家已久的女兒就在身邊，才剛歷經疲累的長途跋涉。

又過了一段時間，屋裡總算點起蠟燭，卻依然沒有熱茶的影子；根據蓓絲在廚房所看到的情況，想喝茶恐怕還得等上好一陣子。威廉決定先去換衣服，預作登船的準備，稍後才能安心地喝茶。

威廉離開客廳後，兩個臉色紅潤、渾身髒兮兮的男孩剛放學，一起衝了進來：九歲的湯姆和八歲的查爾斯迫不及待想見到大姊，也急著分享「畫眉號」離港的消息。芬妮離家以後查爾斯才呱呱墜地；不過她倒是經常幫忙照顧湯姆，因此特別高興再次見到他。

芬妮非常溫柔地親吻兄弟倆，尤其想將湯姆留在身邊，試著從他身上找回以前那個疼愛不已的小嬰兒，當時他還特別喜歡黏著大姊呢！然而湯姆一點也不想接受這種待遇，他回家可不是為了乖乖站著聽話，而是想要到處大吵大鬧。兩個男孩隨即從芬妮身邊一溜煙跑開，將大廳的門摔得砰砰作響，震得她連太陽穴都痛了起來。

芬妮目前幾乎已見過所有家人，只剩下排行在她和蘇珊之間的兩名弟弟還未碰面；他們一人在倫敦的公家機關上班，另一人則在來往於英國與印度的商船上實習。不過，雖然她已經見到每位家人，卻還沒領教他們所能製造的噪音。過了十五分鐘，她開始見識到家裡吵吵鬧鬧的驚人威力。過沒多久，威廉就站在二樓的樓梯口呼喚母親與芮貝卡。他找不到留在家裡的東西，感到有些慌亂。一把鑰匙不見了，蓓絲似乎動過他的新帽子；她們答應要幫他修改不合身的制服背心，卻顯然完全忘了這回事。

普萊斯太太、芮貝卡和蓓絲紛紛上樓為自己辯解，三人同時扯開嗓門，不過芮貝卡的音量最為響亮，也急忙以最快的速度修改背心。威廉試著將蓓絲趕下樓，不讓她留在原地搗蛋，卻徒勞無功。由於屋裡幾乎每扇門都敞開著，因此從客廳也能將二樓的動靜聽得一清二楚，只是

126 畫眉號（Thrush）在當時屬於相對先進的單桅帆船。

偶爾會被山姆、湯姆與查爾斯的喧鬧聲蓋過；他們三人不停跑上跑下相互追逐，在家裡四處鬼吼鬼叫。

芬妮簡直嚇得目瞪口呆。屋裡十分狹小，牆壁又薄，因此所有聲響都清楚得彷彿近在耳邊。由於長途跋涉令她筋疲力盡，再加上近來心煩意亂，她幾乎難以忍受眼前的混亂場面。客廳裡倒是相當寧靜，由於蘇珊跟著其他人消失無蹤，因此客廳只剩下芬妮與父親獨處。普萊斯先生拿起習慣向鄰居借來的報紙[127]，好整以暇地讀了起來，似乎完全忽略了女兒的存在。他將唯一的蠟燭放在身邊，方便自己讀報，卻絲毫沒有考量到芬妮可能也需要光線照明。不過，芬妮當下無事可做，於是一面慶幸頭疼欲裂的當下不必忍受燭光刺激，一面抱著困惑與悲傷的心情，坐在一旁陷入沉思。

芬妮確實回家了。可是……老天！這根本不是她所想像的家，也不是她所想像的歡迎場面。她連忙克制自己的想法，自認不夠理智。她有什麼資格認為自己對家人至關重要呢？她離家這麼久，在家裡自然不可能有任何地位！威廉才是他們的摯愛，情況向來如此，他也確實有此資格。然而，所有人幾乎對芬妮不聞不問，甚至對曼斯菲爾德隻字未提！他們徹底遺忘曼斯菲爾德，讓她感到十分痛心。那裡的親戚付出這麼多心力，也是他們最親愛的家人呀！在這裡，所有人一心只關注同一個話題。或許這也無可厚非，「畫眉號」的動向想必是現在最受矚目的焦點，再過一、兩天熱度就會降低，芬妮只能怪自己多心了。可是，她認為曼斯菲爾德就不會發生這種情況；姨丈家向來講究場合與規矩，凡事顧及禮節，也不忘關心每個人。

芬妮專心沉思，一想就將近半個鐘頭，直到父親忽然大喊一聲，打斷了她的思緒。不過，他並非為了安撫女兒，而是因為走廊傳來異常吵鬧的重擊聲與叫囂，於是他厲聲喝斥：「你們這群該死的兔崽子，到底在吵什麼！山姆，你就是最吵的那一個，去當水手長[128]算啦！喂！聽著，山姆，不准再尖著嗓子鬼叫了，否則我就追著你打。」

如此威嚇顯然對三個男孩毫不管用。雖然他們紛紛跑進客廳坐了五分鐘，芬妮卻認為他們只是暫時玩累了，畢竟個個滿頭大汗、氣喘吁吁。果不其然，即使當著父親的面，他們依然互相踢著彼此的小腿，過沒多久又開始吵吵鬧鬧。

門再次打開，久候多時的熱茶總算端進來了，芬妮幾乎以為這晚喝不到茶了呢！蘇珊和另一名女傭端來一應俱全的茶點。芬妮看到那名女僕唯唯諾諾的模樣，這才恍然意識到，她方才見到的女傭原來是管家。蘇珊將茶壺放在爐火上，瞥了芬妮一眼，似乎挺自豪是個得力助手，卻又擔心協助家務會貶低自己的身分。她說：「我剛才一直在廚房催促著莎莉，幫她烤吐司和塗奶油，否則還真不知道我們什麼時候才喝得到茶。妳坐了這麼久的車，肯定需要吃點東西。」

芬妮心裡十分感激，表示非常樂意喝杯茶。蘇珊隨即動手沏茶，似乎很高興能一手包辦這

---

127 英國政府向報社課徵的稅賦很高，因此報紙售價並不便宜，通常由幾戶人家合看一份。

128 水手長（boatswain）：負責管理船務，會以特製的哨子督促船員工作。

份工作；雖然她有點缺乏效率，又十分不明智地想管教弟弟，做起事來倒還有模有樣。芬妮原本身心俱疲，如今得以再次打起精神來。妹妹的親切招呼來得正是時候，讓她的腦袋清醒許多，心情也舒坦不少。蘇珊的個性開朗明理，這點與威廉頗為相似；芬妮不禁希望，妹妹也能像威廉一樣善良，對她親切以待。

屋裡稍微平靜下來後，威廉再次走進客廳，母親與蓓絲則跟在他身後。威廉身穿上尉制服，看起來更加高大英挺，舉手投足顯得意氣風發。他露出燦爛的笑容走向芬妮，她隨即站起身來，滿心仰慕地看著哥哥，一句話也說不出口。接著她伸出手摟住威廉的脖子，湧上憂喜參半的複雜心情，頓時熱淚盈眶。

芬妮擔心家人以為她不高興，連忙冷靜下來擦乾眼淚，仔細端詳威廉這一身英姿煥發的制服，連聲讚嘆，並打起精神聽他說話。威廉興高采烈地表示，希望出航前每天都有機會上岸來探望芬妮，甚至能帶她到斯皮特黑德親眼看看那艘軍艦。

此時屋外一陣騷動，「畫眉號」的軍醫坎貝爾先生走了進來。他是一位舉止穩重的年輕人，親自前來接送朋友。大家手忙腳亂地為他找椅子，蘇珊也匆匆忙忙為他洗好一份杯碟。兩位年輕人熱切地聊了十五分鐘，場面再次陷入一片混亂，所有人跟著同時起身，迎接出發時刻的到來。一切準備就緒，威廉與大家道別。三個男孩不聽母親的勸告，非得跟著大哥與坎貝爾先生一同前往集合碼頭，普萊斯先生也要順便去找鄰居還報紙，一行人隨即揚長離去。

如今屋裡總算能找回一絲平靜。芮貝卡忙著收拾茶具，普萊斯太太則在屋裡到處尋找一只襯衫袖子，最後是蓓絲在廚房的抽屜裡尋獲。幾個女人小孩聚在一塊，氣氛顯得十分靜謐。普萊斯太太原本還在抱怨來不及幫山姆備妥衣物，如今總算有閒暇注意到大女兒，並問候起曼斯菲爾德的家人。

她隨口問道：「伯特倫姊姊如何管理僕役？是不是像我一樣找不到好僕人，感到傷透腦筋？」語畢，她很快又將北安普頓拋諸腦後，開始抱怨起自己的家務事，一個勁兒地數落樸茨茅斯的傭人個個品行惡劣，並相信家裡的兩名女傭絕對是全市最差勁的。她將伯特倫夫婦忘得一乾二淨，鉅細靡遺地描述起芮貝卡的缺失；蘇珊同樣連聲附和，小蓓絲更是大發牢騷。由於芮貝卡聽起來簡直一無是處，芬妮不禁怯怯地建議母親，何不滿一年後再辭退她。

普萊斯太太嚷道：「滿一年！我相信她待不到一年就會被掃地出門了，否則還得等到十一月呢！親愛的，樸茨茅斯的僕人就是這樣，能待上半年就稱得上奇蹟了。我根本不敢奢望能找到更好的僕人，假如我將芮貝卡辭退，或許下一個還更糟。話說回來，我自認不是難伺候的女主人，也相信這環境已經夠輕鬆了，畢竟她底下還有個丫頭可使喚，我還常將一半工作攬在身上呢！」

芬妮並未接腔，倒不是因為深信這些棘手的情況無計可施，而是因為她看著蓓絲，忍不住想起另一位非常可愛的妹妹。她當年前往北安普頓時，那個妹妹的年紀與蓓絲相仿，隨後幾年就不幸過世了。那位小妹非常討人喜歡，比起蘇珊，芬妮當時更疼愛這個妹妹，因此當噩耗傳到曼斯菲爾德，她還傷心了好一段時間。蓓絲的長相讓她再次回想起小瑪莉，卻不敢提起此事，免得惹母親傷心。芬妮陷入沉思時，不遠處的蓓絲拿起某樣東西想引她注意，同時又故意擋著，避開蘇珊的目光。

芬妮說：「親愛的，妳拿了什麼東西？拿來給我看看。」

那是一把銀製小刀。蘇珊跳了起來，嚷嚷著那是她的東西，想要搶過那把小刀，蓓絲卻躲到母親身旁。蘇珊只能厲聲責罵她，語氣相當激動，顯然希望芬妮能聲援她。「拿不回自己的東西真是太過分了，明明是我的小刀。那是瑪莉姊姊臨終前留給我的，本來就應該歸我所有；母親卻不肯給我，任由蓓絲拿走，她玩久了遲早會占為己有。母親明明答應過不會給她的。」

芬妮十分訝異，妹妹和母親的互動，竟沒有母女之間該有的尊重與體諒。

普萊斯太太高聲抱怨：「蘇珊，妳現在到底在氣什麼？妳老是為了那把小刀生氣。真希望妳不要這麼咄咄逼人。可憐的小蓓絲，蘇珊對妳好兇啊！但是親愛的，我只是要妳去抽屜拿東西，妳不該拿走那把小刀。我告訴過妳不能碰它，蘇珊總會為此氣得跳腳。我會把小刀藏起來，蓓絲。可憐的瑪莉在過世前兩個鐘頭將這把小刀交給我保管，肯定沒想過妳們倆會為了它爭來搶去。可憐的孩子！她的聲音虛弱得幾乎快聽不見，卻還是說出這麼令人動容的話：『母親，等我死後，將這把小刀送給蘇珊吧！』可憐的小傢伙！她對這把小刀簡直愛不釋手。芬妮，她臥病在床期間，這把小刀始終放在床邊陪著她。瑪莉過世前六週，她那好心的教母老馬克斯威爾上將夫人送了這份禮物。可憐的小天使！至少她不會再承受折磨了。我的小蓓絲，（她愛憐地摸著女兒）妳可就沒這麼好運擁有這麼好心的教母。諾里斯阿姨住得太遠了，根本不記得妳這個小人兒。」

諾里斯阿姨確實沒有囑託芬妮帶來任何禮物，只要她轉達口信，希望教女當個好孩子，認真讀書。當時在曼斯菲爾德莊園的客廳裡，諾里斯太太曾喃喃叨唸著要寄一本祈禱書給她，只是接下來就沒再提過這件事。她的確曾回家找出兩本丈夫的舊祈禱書，可是仔細檢視過後，隨即打消慷慨贈與的念頭。其中一本的字體太小，不適合給兒童閱讀；另一本則過於笨重，她根本拿不動。

芬妮早已筋疲力盡，一聽到母親提醒上床睡覺的時刻，不禁滿心感激。由於今晚大姊回家，蓓絲可以晚點睡，卻也只能延後一個鐘頭，她為此大聲哭鬧。芬妮不等她哭完，隨即離開客廳，將一切混亂吵雜拋諸腦後：幾個男孩吵著要吃烤起司，父親嚷著要喝蘭姆酒和水，芮貝卡的表現則永遠差強人意。

芬妮與蘇珊共用的房間十分狹小，裝潢簡陋，讓她完全提不起勁來。家裡所有房間都小得寒酸，走廊與樓梯也狹窄不堪，她的沮喪簡直難以言喻。她隨即意識到自己在曼斯菲爾德莊園的小閣樓有多舒適；那還是被大家嫌棄空間太小的房間呢！

39

倘若湯瑪斯爵士得知外甥女抱著何種心情提筆寫信給伯特倫阿姨，他一定不會失望。芬妮經過一夜好眠，迎來令人神清氣爽的早晨，心裡期待著很快又能與威廉重逢。由於湯姆與查爾斯上學去了，家裡比前一晚安靜許多；山姆埋首於自己手邊的工作，父親也一如往常四處閒晃。因此，芬妮得以用愉快的筆觸抒發回家的心情，卻也很清楚自己刻意隱瞞了許多不高興的事。假如湯瑪斯爵士知道她回家不到一週就如此悶悶不樂，一定會相信克勞佛先生即將成功擄獲她的心，並對自己的錦囊妙計沾沾自喜。

第一週的日子令芬妮大失所望，首先威廉離開了。「畫眉號」接獲命令，風向也變了，儘管威廉才抵達樸茨茅斯四天，卻必須隨著軍艦啟程出海。在這期間內，芬妮只趁威廉上岸執行公務時見了兩次面，時間都十分倉促。兄妹倆無法暢所欲言，芬妮亦沒能到堤岸和船塢，親眼見識威風的「畫眉號」，兩人原本滿心期待的計畫全數落空。芬妮對一切感到失望透頂，唯獨威廉的深厚感情並未辜負她。威廉在離家之際依然全心惦記著她，甚至又折返回門口對母親說：「母親，好好照顧芬妮吧！她的身子嬌弱，不像我們能吃苦。請您務必好好照顧她。」

威廉離開了，留下芬妮獨自待在家裡。她不得不承認，這個家在各方面都與她的期待截然相反。家裡總是一片嘈雜凌亂，毫無規矩可言；沒人善盡本分，該做的工作悉數擱置一旁。芬妮甚至無法對父母心生敬意。她原本就沒有對父親抱持太大信心，卻沒想到他的情況遠比預期還糟。父親疏於照料家裡，耽溺於許多壞習慣，態度也相當粗鄙。他並非才疏學淺，卻缺乏好奇心，對本業以外的領域全無涉獵；他只閱讀報紙與海軍名冊，成天淨聊著船塢、港口、斯皮特黑德與瑪德海岸[129]。他總是滿口粗話，喝得爛醉，一副蓬頭垢面的邋遢模樣。芬妮回憶起過往父親對待自己的態度，幾乎找不出任何稱得上溫柔的印象，記憶中淨是粗魯與咆哮。如今父親對芬妮同樣漠不關心，甚至向她開起粗俗的玩笑。

芬妮對母親的失望更是有過之而無不及。她原本滿心期待，沒想到卻換來一場空；原先彷彿置身雲霄的快樂情緒，如今早已重重跌至谷底。普萊斯太太並非冷漠無情，卻沒有展現出更深厚的感情和關愛，與芬妮培養起親密的母女關係。芬妮剛回到家的那一天，就是母親對她態度最熱絡的時候。普萊斯太太出於母親的天性迎接芬妮，對長女的感情卻也僅此而已。她忙得分身乏術，沒有多餘的心思花在芬妮身上。她向來對每個女兒漠不關心，只疼愛兒子，對威廉更是情有獨鍾。蓓絲是普萊斯太太唯一關愛的女兒，對她百般寵溺。威廉是普萊斯太太最感驕傲的兒子，蓓絲是她捧在手心的掌上明珠，約翰、理察、山姆、湯姆與查爾斯則占據了她為人母的剩餘心思。普萊斯太太只惦記著這群孩子，並從他們身上獲得慰藉，沒有餘力多想其他

---

129 瑪德海岸（Motherbank）：鄰近樸茨茅斯的船艦停泊處，位於斯皮特黑德以西。

人，時間則大多用來打理屋子和僕人。普萊斯太太的生活庸庸碌碌，毫無效率可言。她成天忙著到處打轉，卻一事無成；鎮日大發牢騷，又不願改變自己做事的方法。她渴望節省開銷，卻不懂得精打細算；她對女傭相當不滿，又無法好好調教她們。無論普萊斯太太再怎麼試著伸出援手，時而斥責、時而縱容，依然無法獲得僕人對她的尊重。

提到普萊斯太太的兩名姊姊，比起諾里斯太太，她其實與伯特倫夫人更為相像。普萊斯太太迫於情勢才打理家務，與諾里斯太太勤儉持家的天性和作風截然相反，而與伯特倫夫人一樣生性隨和散漫。要不是所嫁非人，衣食無虞、無所事事的優渥生活其實更符合她的習性，不像現在必須凡事費心，難以肯定自己。普萊斯太太應該像伯特倫夫人一樣過上光鮮亮麗的生活，諾里斯太太則更適合成為稱職的母親，能得心應手地以微薄收入撫養九名孩子。

芬妮對這一切了然於心。她或許無法公然以這樣的字眼形容母親，不過她確實認為母親相當偏心，不懂明辨是非，而且懶散又邋遢，既沒有能力教導孩子，也無法好好約束他們；在她的掌管下，家裡竟是如此凌亂失序，毫無舒適可言。普萊斯太太對芬妮漠不關心，母女之間無話可說，也沒有深厚的感情；她對芬妮毫無興趣，既不需要女兒的關愛，亦不想要女兒的陪伴，煩惱因而無從稍減。

芬妮非常渴望能給家裡幫上忙，不願讓家人覺得自己高高在上；即使她在異地受過教育，也不表示她失去為家裡盡一分心力的資格或意願。因此她自告奮勇為山姆縫製衣物，每天從早忙到深夜，相當勤奮不懈地埋首於針線活，總算趕在山姆登船前，為他備妥大半衣物。芬妮非常高興自己幫上忙，無法想像倘若少了她，家人究竟該如何打理好一切。

雖然山姆平時嗓門大，舉止傲慢，他出海工作時，芬妮還是頗為不捨。他是個聰明伶俐的孩子，總是樂於到城裡跑腿；儘管他老是惹惱蘇珊，倒也不是因為刻意唱反調，只是不懂得掌握時機和拿捏分寸罷了。但是，芬妮經常熱心幫忙山姆，不時循循善誘，倒也對他逐漸發揮影響力。芬妮發現，山姆一離開，她等同失去了最喜歡的弟弟。湯姆和查爾斯的年紀比山姆小，心智還沒成熟到能與芬妮平起平坐，也不懂得表現出討人喜歡的一面。芬妮很快就打消試圖管教他倆的念頭，即使她有心規勸兩人，也無法成功約束他們調皮搗蛋的行為。每當下午放學回家，他們總是恣肆在屋外橫衝直撞、大吵大鬧，過沒多久，每到迎接他倆週六下午放學的時刻，芬妮總忍不住哀聲嘆氣。

蓓絲同樣是被寵壞的孩子，總是對學習單字避之唯恐不及，母親也放任她與僕人廝混，還鼓勵她打小報告。芬妮對蓓絲幾乎沒有好感，也全然幫不上忙。脾氣暴躁的蘇珊同樣讓芬妮滿心疑慮，她始終和母親意見不合、老是與湯姆和查爾斯起口角，也對蓓絲粗聲惡氣。這一切看在芬妮眼裡，不禁感到心灰意冷。即使她很清楚蘇珊的怒氣情有可原，卻擔心妹妹如此放縱自己的脾氣，只會變得更惹人討厭，心裡也很難獲得平靜。

芬妮原本期待回家能讓她將曼斯菲爾德拋諸腦後，也能以更平靜的心情面對艾德蒙，沒想到現在情況完全相反，她一心只想著曼斯菲爾德，思念著可愛的家人，懷念那無憂無慮的生活，兩地彷彿天壤之別。由於家裡呈現截然相反的落差，因此，芬妮無時無刻都思念著曼斯菲爾德莊園那優雅規律、謹守禮節、和樂融融的生活，尤其是一派祥和的靜謐氛圍。

對芬妮心思如此細膩敏感的人而言，活在永無止境的嘈雜環境裡，簡直成了最為痛苦的折磨，任憑再多優雅和諧也無法彌補。這裡簡直是最為悲慘的煉獄。在曼斯菲爾德莊園，聽不到人們拉高聲音激烈爭吵，或是突如其來怒吼，也沒有翻天覆地的喧嘩。那裡的生活嚴守常規，展現井井有條的美好樣貌；每個人都恪守本分，也會顧及彼此的感受。即使性格不夠溫和，良好的理智與教養也能彌補其不足。儘管有時諾里斯阿姨令人不快，然而置身此處，那惱人的一時半刻頓時顯得無足輕重，彷彿只是汪洋中的水滴；如今芬妮得面對排山倒海湧上的混亂，吵鬧喧嘩的時刻未曾停歇。這裡人人吵鬧不休，總是扯著嗓門說話（唯一的例外或許只有她母親，說起話來像伯特倫夫人一樣輕柔，只是忙亂的生活令她煩躁不堪）；無論需要什麼東西，他們往往大呼小叫，連僕人也常從廚房高聲回話。所有人關起門總是砰然作響，在樓梯跑上跑下的噪音未曾停歇；屋裡的撞擊聲此起彼落，沒有人會靜靜地端坐在旁，也不會有人仔細聽別人說話。

第一週已屆尾聲，芬妮對兩個家庭的差異深有感觸，決定引用詹森博士形容婚姻與單身生活所提出的看法：雖然在曼斯菲爾德偶有不順心，不過在樸茨茅斯根本毫無快樂可言。130

40

一如芬妮預期，克勞佛小姐確實不像當初那麼頻繁寫信給她，瑪莉下一封信的間隔遠比過去還要久。然而，她倒是怎麼也沒想到，漫長的等待竟不如當初所想那般如釋重負。又是另一個令人難以置信的心境轉變！芬妮總算收到克勞佛小姐的來信時，確實感到非常高興。如今對她而言，曼斯菲爾德彷彿咫尺天涯，能夠收到一心惦記的圈子所捎來的信，內容又文情並茂、不失優雅，自然令她欣喜不已。克勞佛小姐一如往常，以生活繁忙為由，替這封遲來的信向芬妮致歉。她繼續寫道：

我得先告訴妳，這封信不像過往精采絕倫，因為世上最痴心的亨利．克勞佛沒有在信末附上真情告白。他到諾福克郡去了。他十天前為了要事回艾弗林罕一趟，或許他只是佯裝有事，單純想和妳在同一時間外出旅行。不過，他確實正待在諾福克郡。順道一提，假如他的妹妹因

---

130 援引自塞繆爾．詹森的小說《拉塞拉斯》（*Rasselas*）：「雖然婚姻會帶來許多痛苦，不過單身生活毫無快樂可言」（Marriage has many pains, but celibacy has no pleasure）。

而荒廢了寫信一事，恐怕也要歸咎於他不在家的緣故；因為少了他，就沒有人不時對我耳提面命：『話說，瑪莉，妳什麼時候要寫信給芬妮？妳不是該寫信給她了嗎？』經過多方嘗試，我總算見到了妳那兩位表姊，『親愛的茱莉亞與最親愛的拉許沃斯太太』。她們昨天來家裡拜訪，我們都非常高興能再次重逢。我們看起來很開心能見到彼此，說的話可多了呢！我該不該告訴妳，當我提起妳的名字時，拉許沃斯太太露出了什麼樣的表情？我認為她向來都能保持泰然自若的模樣，不過她昨天似乎無法克制得很好。整體而言，茱莉亞的狀況看起來比她還好，至少聽到妳的名字，她的反應也沒有太大異狀。自從我提起『芬妮』這個名字，而且是以小姑的口吻聊起妳來，拉許沃斯太太的臉色就變得很難看。不過，她遲早會容光煥發地出現在我們眼前；我們收到邀請函，她將於二十八日舉辦家裡第一場晚宴。那可是溫坡街131最豪華的宅邸，屆時她肯定會打扮得美麗動人。我兩年前去過那幢房子，當時是拉斯塞爾夫人的宅邸，幾乎稱得上是我在倫敦最喜歡的建築。套一句較為粗俗的說法，相信拉許沃斯太太到時就會明白，她拋出的餌確實釣到了大魚，畢竟亨利可無法為她負擔那樣的豪宅。我希望她會好好思索這件事，儘管國王上不了檯面，不過她既然成了華美宮殿的皇后，也該感到心滿意足了。我無意揶揄她，因此再也沒有在她面前提起妳的名字。她會慢慢冷靜下來的。根據我所聽到的消息與自己的猜測，那位瓦登罕男爵仍在繼續追求茱莉亞，但是我並不清楚女方是否有意鼓勵他。茱莉亞值得更好的對象。空有頭銜根本毫無魅力可言，我實在看不出茱莉亞對他有意思；撇除他的滿口大話不談，可憐的男爵簡直一無所有。真希望他的「租金」和「豪語」一樣驚人！一字可就天差地遠啦！[132]

妳表哥艾德蒙的動作可真慢，或許教區的事讓他遲遲無法啟程。大概桑頓萊西有某位老太太亟需他的開導吧！我可不願想像他是為了年輕貌美的女孩而分身乏術。再見了，親愛的芬妮，這是來自倫敦的冗長問候。好好回信給我，讓亨利回來時高興得眼睛一亮吧！妳為了亨利，想必放棄不少意氣風發的年輕艦長，別忘了在信裡分享妳對他們的看法。

這封信給了芬妮許多沉澱想法的機會，可惜大部分念頭都令她不快。然而，儘管信裡有許多讓芬妮不自在的內容，她還是能因此想起許多不在身邊的人；如今她一心惦記這些人事物，很高興得知相關消息，自然樂於每週都收到這樣的來信。不過，芬妮更加期待的仍是伯特倫阿姨的來信。

倘若在樸茨茅斯有其他值得往來的人，原本也能彌補家人的不足，可惜芬妮父母身邊的朋友全數令她失望；她對所有人都毫無興致，無法讓她努力克服羞怯拘謹的個性、建立友誼。父母認識的男性都十分粗魯，女性則舉止冒失，個個缺乏良好的教養。無論舊識或新結交的朋

131 Wimpole Street，位於倫敦的豪宅區。

132 rant（豪語）和 rent（租金）兩字僅有母音 a、e 之差，其涵義與吸引女性的魅力卻有如天壤之別。

友，在芬妮眼裡都差強人意。幾個年輕女孩聽說芬妮來自貴族世家，帶著畢恭畢敬的心情與她結識，卻隨即認定她「氣質不符」，因而惱怒地打了退堂鼓。芬妮既不會彈鋼琴，也沒有穿著華麗的大衣；她們觀察了一陣子，就認定芬妮沒有比自己優越多少。

待在這個令人苦不堪言的家，芬妮第一次感到寬慰和認同，並相信這種心情能持續下去的理由，就是她更加瞭解了蘇珊的個性，也希望自己能為她帶來幫助。蘇珊向來待芬妮不錯，但是平時我行我素的態度令芬妮難以招架，直到過了整整兩週以後，她才終於意識到姊妹倆的性格多麼不同。蘇珊明白家裡存在許多錯誤，也想有所改正。這個年僅十四歲的女孩，只憑著自己毫無根據的理由行事，改革方式自然漏洞百出，倒也不足為奇。不過，芬妮並非嚴厲指責蘇珊言行舉止的錯誤，而是佩服她小小年紀就懂得明辨是非。蘇珊遵照的行事原則和芬妮並無二異，芬妮也認同妹妹所追求的秩序，只是她自己生性較為懦弱，容易屈服，向來無法貫徹始終，只能躲到一旁掉淚，不像蘇珊經常試著站出來說話。芬妮深知蘇珊幫上不少忙，儘管家裡的情況已經夠糟了，不過倘若蘇珊沒有出手干預，情勢只會雪上加霜；她總是阻止母親與蓓絲囂張無禮的行徑，收斂她們的任性。

蘇珊與母親爭執時，總能說得理直氣壯，普萊斯太太卻不會對她溫柔地動之以情。蘇珊從未受到偏愛，自然不是嬌縱的女孩，對不曾關愛她的母親始終無法心懷感激，也因此更難忍受母親寵溺其他手足。

這一切在芬妮眼裡日漸明朗，對蘇珊也漸生憐憫與敬意。儘管如此，芬妮還是不認同蘇珊的態度，甚至覺得她有時錯得離譜，總是選錯方法與時機，表情和言談漏洞百出。芬妮開始希望導正蘇珊的言行舉止，也發現蘇珊十分倚重大姊，經常尋求她的意見。芬妮以往不曾當過弟妹的楷模，沒想過自己有朝一日能給予引導或協助，卻仍下定決心要不時提點蘇珊，努力透過自己耳濡目染的知識以身作則，讓蘇珊更懂得待人之道，行事更為睿智。

芬妮某次對蘇珊釋出善意，讓她明白自己能對妹妹發揮影響力，或至少察覺到自己幫得上忙；當時她曾對此猶豫不決，可是最後仍下定決心付諸行動。芬妮很早就靈機一動，認為花點錢或許能彌補那把銀製小刀帶來的不快，畢竟這件事的陰影依然在蘇珊的心裡揮之不去。芬妮身上有一小筆錢，是姨丈在道別時給她的十英鎊，因此她有餘力對妹妹展現慷慨。然而，芬妮過往不曾贈送禮物給身邊的人，只有向窮人伸出援手的經驗；她從來不曉得該如何安撫他人的傷痛，也不知道該如何對同輩展現友善。芬妮非常害怕，送禮會讓自己流露出不可一世的優越感，苦思良久才總算下定決心。她買了一把全新的銀製小刀，蓓絲歡欣鼓舞地收下；這份嶄新的禮物讓原本那把小刀相形見絀，蘇珊也因而能拿回屬於自己的東西。蓓絲洋洋得意地宣稱，她現在擁有一把更漂亮的小刀，再也不需要那把舊刀。母親同樣感到滿意，並未出言指責，讓原本捏把冷汗的芬妮鬆了一口氣。這番舉動成效斐然，家裡的爭吵就此平息，蘇珊因而更願意對大姊敞開心房，成了芬妮最關愛的妹妹。蘇珊其實也有心思細膩的一面，她過去兩年始終努力爭取那把小刀，如今總算真正歸其所有，自然感到非常高興。不過她也擔心大姊不認同自己，譴責她那據理力爭的行為，才會花錢平息家裡的風波。

於是，蘇珊直接道出自己的心境，坦承其顧慮，並自責過去的反應太過激動。芬妮恍然瞭解蘇珊的個性，明白妹妹亟欲獲得她的好感，也相當倚賴大姊的判斷。因此，芬妮再次湧現對蘇珊的關愛之情，並渴望自己能為需要幫助的妹妹伸出援手，畢竟蘇珊絕對值得她真心相待。芬妮為蘇珊提供建議，由於她的見解合情合理，思緒敏銳的蘇珊自然不會抗拒；加上她的態度向來溫和體貼，也不會激怒脾氣暴躁的妹妹。因此，芬妮非常高興地發現，自己的意見總能發揮良好成效。她很高興見到蘇珊逐漸學會寬以待人，也懂得忍讓；不過她同樣清楚，這一切對蘇珊這樣的小女孩著實不易，因此仍十分體諒妹妹，不奢望她作出更多改變。蘇珊並未對大姊流露出不敬或不耐煩的態度，不過更令芬妮驚訝的是，她竟早已自行培養起敏銳的知識，具備許多正確觀念。她從小在備受冷落的家庭成長，身邊沒有任何值得借鏡的楷模，甚至沒有另一位艾德蒙表哥給予指導或提點處事原則，她卻能建立起如此恰如其分的見解。

姊妹倆因而迅速建立起親密的感情，對彼此帶來莫大助益。她們常一同坐在二樓，避開家裡的紛擾。芬妮得以獲得片刻安寧，蘇珊也懂得領略安靜埋首於針線活的樂趣。雖然身旁沒有爐火可取暖，不過就連芬妮也已對此習以為常；她因而想起了東廂房，心裡添了一分熟悉的溫暖。只是，沒有生火是這個房間與東廂房唯一的相似之處，空間、光線、家具和窗外的景色都大相逕庭。每當芬妮回想起東廂房裡的藏書、藏寶箱與一切慰藉，總是忍不住嘆息。姊妹倆逐漸開始在二樓消磨白天的大半時光。起初，她們只是一起邊做針線活邊聊天；過了幾天，由於芬妮對藏書的想念益發強烈，決定非找幾本書來讀不可。家裡沒有一本書可看，不過，既然芬妮身上有一筆可以揮霍的小錢，她便毅然將一部分貢獻給公共租書館[133]。芬妮就此成為租書館的常客，非常驚訝自己擁有這嶄新身分，她竟能開始租書和選書，甚至讓身邊的人受益於自己親手挑選的好書！儘管難以置信，事實仍明擺在眼前。蘇珊不曾讀過書，芬妮非常渴望與妹妹共享閱讀的樂趣，並鼓勵蘇珊開始閱讀她自己欣賞的傳記與詩集。

芬妮甚至希望透過閱讀忘卻對曼斯菲爾德的牽掛；倘若她只是手上忙著針線活，往往一不小心就會深陷這些回憶。此時此刻，她特別希望能藉此轉移注意力，不再惦記艾德蒙前往倫敦一事；伯特倫阿姨在上一封信表示，艾德蒙已經到倫敦去了，芬妮對接下來的發展了然於心。艾德蒙先前答應過會寫信通知她，這件事仍在她腦海清楚縈繞著；左鄰右舍傳來郵差的敲門聲，開始成了她每天的夢魘。倘若埋首閱讀能將這些念頭從腦海中屏除，那怕只有半個鐘頭也好，對她而言都是小小的解脫。

133 公共租書館（circulating library）：出租書籍的營利機構，支付低廉費用即可享有一個月的租閱權。女性顧客大多喜歡借閱浪漫小說或寓言故事，對傳教經典則意興闌珊。

41

艾德蒙理應已抵達倫敦一週，卻仍無音訊，芬妮為此推想了三種可能的原因，在之間搖擺不定，認為每種情況都相當可能發生：艾德蒙要不是又延後了前往倫敦的行程，就是還沒找到機會單獨與克勞佛小姐見面，或者他根本高興得忘了寫信！

芬妮離開曼斯菲爾德已將近四週，忍不住一心思念著曼斯菲爾德莊園，開始倒數回去的日子。這天早上，芬妮和蘇珊一如往常打算上樓時，一陣敲門聲讓她們停下了腳步。芮貝卡非常迅速前去應門，這向來是她最為熱中的工作，姊妹倆也因此免不了要迎接訪客。

門口傳來一名男士的聲音。芬妮一聽到這熟悉的聲音，臉色頓時變得蒼白，克勞佛先生也在此時走進屋內。

幸好芬妮需要保持冷靜時，總能順利恢復理智。她原本自認會嚇得說不出話來，卻還是鎮定地向母親介紹克勞佛先生，並稱他為「威廉的朋友」，很慶幸他在家人面前只是這樣的身分。不過，眾人結束寒暄坐定後，芬妮腦海中閃過克勞佛先生此次來訪可能的目的，頓時緊張得幾乎快當場暈過去。

克勞佛先生起初一如往常滿臉欣喜地看著芬妮，如今為了幫助她打起精神，竟聰明又體貼地迴避目光，讓她有時間恢復冷靜。他轉而將全副心力放在芬妮的母親身上，以最為禮貌周到的語氣與她談話，態度相當友善，至少表現得興致盎然，舉止顯得無懈可擊。

普萊斯太太同樣表現得可圈可點。她非常高興兒子結交到這樣的朋友，希望在對方面前展現出最為得體的態度。她以最為真誠的母親風範連聲道謝，自然令對方欣喜不已，也不忘為丈夫正好外出一事致歉。芬妮才剛恢復鎮定，對父親不在一事根本不覺可惜。對芬妮而言，家裡實在有太多理由讓她坐立難安，羞於向克勞佛先生介紹，而父親正是最令她難以啟齒的。芬妮對自己的軟弱感到自責，可惜責備依然無法給予她勇氣。她感到丟臉，不過最讓她難堪的仍是父親。

他們聊起了威廉，這正是普萊斯太太最樂此不疲的話題，克勞佛先生熱情的連番讚賞更令她始料未及，頓時心花怒放，覺得這輩子從沒見過如此討人喜歡的紳士。不過最令她詫異的是，這位優秀親切的紳士來到樸茨茅斯，竟然不是為了拜訪港口司令或指揮官，也不是為了參觀懷特島或船塢。普萊斯太太猜想他是為了炫耀身分或財富，才會千里迢迢來到樸茨茅斯，沒想到竟全數落空。他昨天半夜才抵達，預計在此待上一、兩天，目前住在皇冠旅店，還碰巧遇到一、兩位認識的海軍官員，卻都不是他特地前來相見的朋友。

克勞佛先生解釋完這一切，自然將視線轉向芬妮，接下來的話也是說給她聽。如今芬妮已能忍受他的目光和談話。他表示，離開倫敦前夕曾與妹妹共處半個鐘頭，只是她抽不出時間寫信給芬妮，於是託哥哥代為致上最誠摯的問候。克勞佛先生自認相當幸運，還有時間與瑪莉見上一面，那怕只有半個鐘頭；因為他從諾福克郡回來後，只在倫敦匆匆停留二十四個鐘頭，隨即又踏上旅途。據他所知，芬妮的艾德蒙表哥也已在倫敦待了幾天。雖然尚未碰面，不過聽說他一切安好，曼斯菲爾德的家人也一切平安，他昨天還與弗萊瑟夫婦共進晚餐。

芬妮悉數聽進每一句話，甚至連最後一個字也不放過。對她望眼欲穿的心思而言，能夠聽到明確的消息，不禁大大鬆了一口氣。她暗自心想：「看來這時候，一切已經談定了。」表面上卻仍不動聲色，只是臉上微微一紅。

克勞佛先生又談了一會兒曼斯菲爾德的消息，這是芬妮最感興趣的話題，接著他話鋒一轉，開始暗示眾人趁早出門散步。「今早天氣很好，這時節天氣不穩定，大家最好不要耽擱時間，及早出門走走。」這番暗示沒有獲得任何回音，他隨即明白建議普萊斯太太和女兒把握時間散步。如今她們總算會意過來。普萊斯太太除了週日上教堂以外，平時似乎甚少出門。她表示自己忙於照料這一大家子，實在很難抽出時間散步。「那麼，您何不說服女兒把握今早的好天氣，並容我有此榮幸陪伴她們？」普萊斯太太自然非常感激，對此欣然同意。「我女兒老是喜歡待在家裡。樸茨茅斯是個糟糕的地方，她們很少出門[134]。我知道她們有事要去城裡一趟，一定很樂意出去走走。」因此，儘管結果顯得如此莫名其妙，既荒謬又令人沮喪，十分鐘後，芬妮依然與蘇珊一同前往大街，身邊陪著克勞佛先生。

芬妮很快就碰到雪上加霜的情況，頓時更加手足無措：他們才剛抵達大街，就與父親碰個正著；即使這天是週六，他看起來依然相當邋遢。普萊斯先生停下腳步，沒有流露半點紳士的氣質，芬妮不得不將他介紹給克勞佛先生認識。芬妮深信父親這般態度，想必早已嚇壞了克勞佛先生，讓他感到既難堪又嫌惡，很快就會放棄她，徹底打消結婚的念頭。儘管芬妮始終熱切盼望克勞佛先生從這段感情走出來，卻一點也不希望以這麼糟糕的方式嚇阻他。倘若獲得如此聰穎討喜的男人追求，卻因為最親近的家人粗鄙不堪而打退堂鼓，相信全聯合王國恐怕沒有任何年輕女孩能承受這等不幸的打擊。

克勞佛先生或許不可能將未來的岳父視為得體打扮的典範，不過芬妮的父親竟儼然像是變了個人似的（芬妮很快就有所察覺，不禁大大鬆了口氣）。普萊斯先生面對如此值得敬重的陌生人，態度竟一百八十度大轉變，與平日在家的模樣大相逕庭，雖然並非盡善盡美，卻也堪稱可圈可點。他表達感激之情，顯得興高采烈，亦展現出男士風範；他說起話來像是一名深情的父親，通情達理；在開闊的大街上，他的大嗓門反而聽得更清楚，也不曾吐露任何咒罵。面對風度翩翩的克勞佛先生，他也自然報以周到的禮儀。無論如何，芬妮當下至少能放心了。

兩位男士禮貌地寒暄一番後，普萊斯先生提議要帶克勞佛先生參觀海軍船塢。儘管克勞佛先生早已造訪過許多次，還是欣然接受，希望與芬妮擁有更多相處時間。他滿心感激地表示，假如兩位普萊斯小姐沒有太勞累，他自然恭敬不如從命。無論兩姊妹是否察覺克勞佛先生的明

134 一如其他十九世紀初的港口城市，樸茨茅斯面臨相同問題：海軍和船員熙來攘往，許多皮條客四處攬客，環境十分複雜。一般的良家淑女若無人陪同，不會獨自到街上去。

示暗示，或者只是裝模作樣，她們紛紛表示並不感疲累，因此一行人決定都前往船塢。若非克勞佛先生好意提醒，普萊斯先生當場就要轉身出發，忘了女兒還得先上大街採買。不過他顧及了女兒的需求，先行前往她們計畫好要去的店鋪。她們並未耽誤多少時間，因為芬妮向來生怕讓別人等得不耐煩，因此兩位男士站在店門口，才剛聊起最近頒布的海軍條例，並統計目前有幾艘服役中的三層甲板戰艦[135]，姊妹倆就已準備好前往下一個行程了。

一行人隨即出發前往船塢。克勞佛先生認為普萊斯先生並不適合帶路；他們以迅速的步伐逕自走在前頭，根本沒有留意兩名女孩是否跟得上腳步。雖然達不到他認為的應有禮儀，克勞佛先生仍不時試著調整步伐，盡力不遠離她倆身邊。每當穿越街道或走過人群時，普萊斯先生只是扯開嗓門嚷著：「女孩們，快過來。芬妮，蘇珊，快點，注意自己的腳步。睜大眼睛，留心四周！」克勞佛先生則會親自護送她們。

順利抵達船塢後，克勞佛先生開始期待有更多機會與芬妮聊天，因為他們隨即碰上一名普萊斯先生熟識的友人，他每天都會前來察看進度，顯然是更適合普萊斯先生的同伴。兩名軍官果然很高興見到彼此，很快就興致勃勃地討論起樂此不疲的話題。三名年輕人要不是坐在船廠裡的木墩上，就是在參觀建造中的船艦時，隨意找個座位歇腳。芬妮感到疲憊，經常需要找地方歇息，自然正合克勞佛的心意，卻也希望她的妹妹離遠一些。蘇珊這種年紀的女孩觀察力相當敏銳，向來是最不受歡迎的第三者；她與伯特倫夫人截然相反，總是眼觀四面、耳聽八方，因此絕不能在她面前透露真心話。他只能友善地寒暄，讓蘇珊參與話題同樂，並不時向心裡有數的芬妮投以眼光或暗示。克勞佛先生的話題大多圍繞在諾福克郡，他在那裡待了一段時間，經過目前一番整建後，看起來更加氣派。像克勞佛先生這樣見多識廣的人，自然不乏令人感興趣的話題；他的旅途見聞與友人軼事發揮莫大功效，對蘇珊而言皆是新奇的題材，聽得她津津有味。為了博取芬妮的認同，克勞佛先生就不能光聊享樂的趣事，而是特地解釋他為何選在這種不尋常的時節[136]回諾福克郡。他確實有要事在身，必須及時重簽一份租約；否則依他所見，原本的租約可能會危及老實勤奮的租戶。克勞佛先生懷疑代理人[137]暗中耍手段，有意欺瞞他，因此決定親自前去徹查來龍去脈。於是他去了一趟諾福克郡，結果竟比預期更加順利，成效遠甚於一開始的計畫。他認為一切值得慶賀，自認責任已了，也對得起自己的良心。他主動結識了幾位原本素昧平生的佃農，並拜訪附近幾戶農舍；這些人家雖然住在他的土地上，他以前卻未曾留心過。克勞佛先生這番話顯然是刻意說給芬妮聽，而且成效斐然。她很高興他如此得體，並善盡自己的本分。他竟願意與貧苦人家來往！沒有什麼比這更令她滿心欣喜，幾乎想對克勞佛先生投以認同的眼光。沒想到下一句話就讓她驚慌失措，因為克勞佛先生明目張膽地表

---

135 三層甲板戰艦（three-deckers）擁有三層甲板，配備百門火砲，是當時的主力艦種。

136 冬季是倫敦的社交旺季，向來有應接不暇的舞會與晚宴。因此像克勞佛這樣的紳十，通常不會在三月初回鄉下。

137 長年不在家的地主會將地產交由代理人打點，負責監控帳務與開發租戶。

示，希望很快就能找到賢內助從旁引導，協助他打點艾弗林罕的事務，陪他一同救濟窮人，讓艾弗林罕的一切遠比過往更加美好。

芬妮別過臉，希望克勞佛先生別再說下去。她十分樂於承認，克勞佛先生擁有的美好特質超乎預期，也開始相信，或許最終能證明他是個好人。可是，他永遠都無法成為適合芬妮的伴侶，不該繼續惦記著她。

克勞佛先生意識到自己說了太多有關艾弗林罕的話題，最好談點別的事情，於是將話鋒轉向曼斯菲爾德。他這話題選得正是時候，芬妮再次將注意力轉回他身上，表情變得相當專注。只要是有關曼斯菲爾德的話題，無論或聽或說，都令芬妮樂在其中。芬妮已與熟悉曼斯菲爾德的人別離好一陣子，聽克勞佛先生提起這個話題，不禁覺得他成了親近的朋友。他讚嘆曼斯菲爾德的優美景致與舒適生活，也稱許住在那裡的人，說芬妮的姨丈既睿智又好心，阿姨則擁有最溫柔的好脾氣，在在令她滿心認同，欣喜不已。

克勞佛先生表示，他對曼斯菲爾德亦抱有深厚的感情，非常期待能久留於當地，說不定能在那裡或附近住上一輩子。他特別強調，希望今年能在曼斯菲爾德度過非常愉快的夏天和秋天，相信這願望一定能實現，並玩得比去年還盡興。他深信這段時節會和去年一樣多采多姿、充實熱鬧，有些情況甚至更入佳境。

他接著說：「無論在曼斯菲爾德、索瑟頓或桑頓萊西，我們都能高高興興地玩在一起！或許在米迦勒節前還會多出第四個去處，每個地方附近都能建一座狩獵小屋。雖然艾德蒙・伯特倫好心地邀請我到桑頓萊西同住，我卻能猜到兩大反對理由，這兩件喜事都十分美好，不容違抗。」

芬妮選擇全然默不作聲。只是，過了一會兒，她就後悔沒有逼自己坦承，她其實明白對方所指的其中一件喜事，才能從他口中得知更多克勞佛小姐與艾德蒙的消息。她應該多開口談論此事，偏偏怯懦不已地逃避這個話題，實在不可原諒。

普萊斯先生與友人盡興地看完造船進度，其他人也準備打道回府。克勞佛先生設法在路上找到與芬妮單獨談話的機會，坦言自己是專程來樸茨茅斯探望她的，也是為了她才在這裡待上兩天，因為他實在無法繼續忍受別離之苦。芬妮為他感到難過。儘管包括此事在內，克勞佛先生還說了兩、三個令她不悅的話題，她還是覺得這次碰面，對他的印象已大為改觀。與在曼斯菲爾德的時候相較，他遠比以往更加彬彬有禮、親切友善，也更懂得體恤旁人的感受。芬妮從來不曾見過克勞佛先生如此討人喜歡的一面，或者該說是「接近」討人喜歡的模樣。他對待父親的態度十分得體，也對蘇珊關照有加，舉止確實大有改進。她只希望明天就能畫下句點，克勞佛先生只待一天就離開。不過，這次碰面倒也不如她預期那般糟糕，畢竟曼斯菲爾德的話題仍令她樂在其中！

兩人道別前，芬妮又多了一個對克勞佛先生滿懷感激的理由，而且此事非同小可。父親邀請他一同享用羊肉大餐，頓時令芬妮成了驚弓之鳥。沒想到，克勞佛先生隨即表示他已經有約在先，一連兩天都要與友人共進晚餐；他在皇冠旅店附近遇到幾名舊識，對方的盛情不容拒絕。不過他很樂意隔天早上再次登門拜訪，接著就此告辭。一想到不必忍受與他共進晚餐的噩夢，芬妮簡直樂得要飛上天了！

倘若讓克勞佛先生到家裡共進晚餐，看盡家人的醜態，這是多麼可怕的折磨啊！芮貝卡的廚藝和上菜態度都令人不敢恭維；蓓絲在餐桌上吃飯時毫無禮儀可言，對喜歡的料理伸手就拿。就連芬妮自己在家吃飯，也經常難以忍受。她還只是依循最基本的禮節罷了；不過，克勞佛先生可是從小豐衣足食、對珍饈佳餚習以為常的上流人士呀！

42

翌日，克勞佛先生再次登門拜訪時，普萊斯一家正好要出發前去教堂。他的來訪目的並非為了作客，而是想陪他們一起上教堂。一家人邀請克勞佛先生一同前往葛里森禮拜堂，此舉正合他的心意，一行人就這麼浩浩蕩蕩地出發。

這家人在此刻看起來特別討人喜歡。他們天生長得好看，每逢週日，他們又會為了上教堂而打扮得整潔乾淨，並穿上最好的服裝。因此，芬妮在週日這天總是相當自在，今天更是特別高興。芬妮那可憐的母親平時根本看不出是伯特倫夫人的妹妹，今天卻能媲美其風範。每當她想起母親與阿姨之間的差異，往往感到十分悲傷。姊妹倆的美貌不相上下，人生際遇卻有如天壤之別；母親甚至比伯特倫夫人小了幾歲，反而在困苦的生活中更加憔悴蒼老，顯得既邋遢又寒酸。然而一到週日，母親就會搖身成為容光煥發的普萊斯太太，興高采烈地帶著一群可愛的孩子出門，從每週的繁忙家務中暫時解脫。只有看見幾個男孩橫衝直撞，或是芮貝卡在帽子上插著一朵花走過時，才令她不免有些煩躁。

一行人在教堂不得不分開坐，不過克勞佛先生特別留心守在女眷身邊。禮拜結束後，克勞佛先生依然跟著這一家人到堤岸散步。

碰上天氣和煦的週日，普萊斯太太總會在禮拜結束後直接前往堤岸散步，待到晚餐時間才回家。這是她與人交際的好機會，能與朋友見面，聽聽新消息，抱怨家裡的僕人不長進，藉此重新打起精神，繼續面對下一週的忙碌生活。

如今一家人又來到堤岸，克勞佛先生非常樂意對兩位普萊斯小姐多加關照。抵達堤岸沒多久，芬妮還來不及釐清是怎麼一回事，就發現克勞佛先生走到她與蘇珊中間，兩手分別挽住姊妹倆；她既無法事先躲開，如今也不知道該如何擺脫眼前的狀況。芬妮一度感到很不自在，不過由於天氣和景色都十分宜人，倒也還能維持不錯的心情。

這天是特別風和日麗的日子。時節仍是三月，天氣卻宛若四月般溫和，微風徐徐、陽光燦爛，天空偶有雲彩飄過。在如此和煦的晴空下，一切顯得格外美麗動人，斯皮特黑德和外島之間船影交錯，與海面上變化無窮的粼粼波光相互輝映；如今潮汐高漲，洶湧的浪花打在堤岸上，動聽的浪潮聲亦隨風傳進耳畔，在在讓芬妮感受到無窮魅力，逐漸忘卻當下的不快。事實上，即使克勞佛先生沒有主動挽起芬妮的手臂，她也很快就會發現自己需要對方攙扶。她每週六天幾乎足不出戶，如今要像這樣走上整整兩個鐘頭，往往沒有充足的體力。芬妮開始感受到缺乏固定運動對身體的影響。自從來到樸茨茅斯後，她的體力就一落千丈；若非多虧了克勞佛先生和如此迷人的天氣，她恐怕已經頭昏眼花了。

置身於相同的溫煦天氣與景致，克勞佛先生的感受與芬妮如出一轍。他們經常不約而同對眼前的美景讚嘆不已，因而停下腳步，倚著牆細細欣賞幾分鐘。芬妮不得不承認，即使克勞佛先生並非艾德蒙，卻也懂得欣賞自然景致的魅力，表達恰如其分的讚賞。芬妮不時沉浸於自己的思緒，克勞佛先生總是把握機會盯著她看，又不會引起她的注意。他依然認為芬妮像以往一樣迷人，臉色卻大不如前。雖然她表示自己過得很好，自認一切無恙，可是整體而言，克勞佛先生深信她現在住得並不舒適，不利於她的健康。因此，他非常希望芬妮盡快回到曼斯菲爾德；不僅她會過得更愜意，他倆也能有更多機會碰面。

克勞佛先生問道：「我想，妳已經在這裡待上一個月了吧？」

「不對，還不到一個月。到了明天，我才離開曼斯菲爾德整整四週。」

「妳向來都要如此精確無誤呢！對我而言，那就稱得上一個月了。」

「我週二傍晚才抵達這裡。」

「妳打算在這裡住上兩個月，是吧？」

「沒錯，姨丈是這麼說的，我想應該不會少於兩個月。」

「妳要怎麼回去呢？誰會來接妳？」

「我不知道。阿姨還沒對我提過這件事。或許我會在這裡待更久，他們不見得兩個月一到就有空來接我。」

克勞佛先生思忖片刻，回答：「我很瞭解曼斯菲爾德那一家人的想法，也知道這樣對妳有何壞處。他們只顧及自己是否方便，寧願犧牲妳的舒適生活，讓妳遭受冷落這麼久，對妳而言實在太危險了。我可以預期，假如湯瑪斯爵士不願更動接下來三個月的任何行程，無法抽空親自過來接妳，也不願差遣妳阿姨的女傭過來，妳就得永無止境地在這裡待下去了。這可不成。兩個月已經是極限了，我甚至認為六週便已足矣。」克勞佛先生轉向蘇珊說：「我很擔心妳姊姊的健康。老是待在樸茨茅斯足不出戶，對她的身體毫無益處。她需要呼吸新鮮空氣，多到戶外活動。假如妳對她的瞭解不亞於我，相信妳也會認同我說的話，明白她不應該遠離鄉間的新鮮空氣與自由生活。」克勞佛先生再次轉向芬妮：「因此，假如妳注意到自己越來越不舒服，又很難憑己之力回到曼斯菲爾德，那麼不用等上兩個月（我認為妳一定不會待上這麼久），一旦妳發現身體狀況大不如前，務必盡快寫信告訴我妹妹。只要妳稍加暗示，我倆就會立刻趕過來，帶妳回曼斯菲爾德。妳很清楚這對我們並非難事，我們也非常樂意盡力幫忙。妳一定明白我們會多擔心。」

芬妮向克勞佛先生道謝，試圖對此一笑置之。

克勞佛先生回答：「我可是認真的，妳想必很清楚這一點。希望妳不要試著隱藏自己身體微恙的情況。事實上，妳根本不該隱瞞我們，也絕對辦不到。妳在每一封寄給瑪莉的信裡都表示自己過得很好，我知道妳不會在言談或信裡撒謊，自然以為妳安然無恙。」

芬妮再次向克勞佛先生道謝，這番話卻令她有所動搖，心裡感到有些沮喪，因此無法再多說什麼，甚至不知道該講什麼。克勞佛先生一路陪著他們回家，直到門口才準備離開。他知道一家人準備吃晚餐，便佯稱自己也要去其他地方赴約。

「希望妳沒有累壞了。」其他人進屋去時，克勞佛先生依然拉住芬妮，繼續說道，「希望妳的體力還過得去。我回到倫敦後能為妳做點什麼嗎？我還在考慮要不要再去一趟諾福克郡。我對麥迪森非常不滿，相信他還是會想方設法陷害我，將他自己的姪子送進磨坊，頂替我中意的人選。我必須讓他瞭解情況。他得明白，無論我身處艾弗林罕的何方，腦袋都一樣靈光，不可能上他的當。我的財產一定由我自己作主，我先前對他表達得不夠清楚。莊園有這種傢伙亂動手腳，不僅毀了地主的信譽，也危及窮苦人家的福祉，這種行徑簡直荒唐至極。我非常渴望直接趕回諾福克郡徹底圓滿解決這件事，避免日後節外生枝。麥迪森這傢伙精明得很。我並非打算讓他一蹶不振，前提是他也別打算動我一根寒毛。要是受騙於沒有理由愚弄我的人，未免太傻了；放任他找個冷酷無情又滿嘴牢騷的傢伙，頂替我早已有所允諾的老實人，豈不是更糟糕嗎？我該回去嗎？妳有什麼建議？」

「我的建議！你當然清楚怎麼做才是對的。」

「沒錯。只要妳告訴表示意見，我總會明白怎麼做才是對的。我將妳的判斷奉為圭臬。」

「噢，不！別這麼說。倘若我們願意留心自己的判斷，每個人都是自己最好的主宰，遠勝於旁人的看法。再見了，祝你明天一路順風。」

「我回到倫敦後，能為妳做點什麼嗎？」

「什麼都不用。非常感謝你。」

「妳沒有任何要帶給別人的口信？」

「如果你願意的話，請代我問候令妹。假如你見到我的表哥艾德蒙，也請你轉告他，我希望很快就能收到他的來信。」

「沒問題。假如他懶得寫信或疏忽了這件事，我會親自寫信代他解釋。」

芬妮得進屋去了，克勞佛先生也無法再往下說。他緊握芬妮的手，看一眼她的臉，隨即轉身離開。接下來三個鐘頭，他與友人到處閒晃打發時間，最後在高級旅店享用豐盛大餐，芬妮在家吃到的晚餐則簡樸許多。

兩人平日的飲食有如天壤之別。倘若克勞佛先生得知，芬妮在家裡除了無法外出運動，生活上也得忍受許多困窘匱乏的情況，想必不會對她病懨懨的氣色感到詫異。芬妮吃不慣芮貝卡做的布丁和碎肉洋芋泥，料理總是裝在洗得不夠乾淨的餐盤裡，刀叉甚至更為骯髒。芬妮經常藉故拖延吃晚餐的時間，到了晚上才差弟弟買回餅乾與餐包果腹。芬妮早在曼斯菲爾德過慣豐衣足食的生活，如今要她學會熬過樸茨茅斯的艱苦日子，為時已晚。湯瑪斯爵士原本希望讓外甥女吃點苦，她才會更懂得珍惜克勞佛先生的深情與雄厚財力；不過倘若他明白一切狀況，恐怕就不敢繼續延長這場實驗，以免矯枉過正，反而害死了外甥女。

芬妮接下來的時間都變得鬱鬱寡歡。雖然她很肯定不會再見到克勞佛先生，卻依然感到情緒低落。克勞佛先生稱得上是朋友，與他別離多少令人難過；儘管芬妮一方面很慶幸他離開，一方面卻又自覺似乎受到所有人遺棄，彷彿再次感受到與曼斯菲爾德的別離之苦。一想到克勞佛先生回到倫敦後，又能與瑪莉和艾德蒙朝夕相處，芬妮就不由自主浮現近乎嫉妒的心情，卻也討厭自己產生這種念頭。

周遭的一切完全無法減緩芬妮的沮喪之情。倘若父親不與朋友出門，就會和一、兩位朋友待在家裡打發漫漫長夜，一路從晚上六點喝酒喧鬧至九點半。芬妮的心情簡直跌到谷底。以此刻的心境而言，唯一令她稍感寬慰的是，她自認對克勞佛先生大為改觀。芬妮並未想到，如今她身處的生活圈與過往截然不同，見到克勞佛先生的感受自然也不一樣。她深信克勞佛先生比從前更為溫文有禮，亦更懂得替他人著想，對他刮目相看。既然他在小地方有所改進，想必也明白更重要的大道理了吧？他如此關切芬妮的健康與生活，如今又懂得對別人感同身受，是否足以合理推斷，他能察覺自己的追求造成對方困擾，不再繼續堅持下去？

43

克勞佛先生隔天應該回倫敦去了，因為他並未再次到普萊斯先生家拜訪。過了兩天，芬妮收到克勞佛小姐的來信，也證實了這個消息。她雖然迫不及待拆閱這封信，卻是為了另一項原因才如此心急：

親愛的芬妮，據我所知，亨利特地趕去樸茨茅斯見了妳一面。上週六，他與妳在海軍船塢度過愉快的散心時光，隔天又一同到堤岸散步。當時天氣宜人、海面波光粼粼，還能與甜美可人的妳一起聊天，交織成最為迷人融洽的氛圍，自然令他怦然心動，至今回首，依然滿心雀躍。這是我從他口中所聽來的消息。他督促我提筆寫信給妳。不過我不知道還能多說什麼，只能談談他到樸茨茅斯一遊的經歷。他與妳兩度散心，也見過妳的家人，特別是妳那漂亮的妹妹；那位芳齡十五的可人姑娘也陪著你們一同在堤岸散步，想必已初次見識愛情為何物了。我沒有太多時間寫信，假如我有充足時間，信紙肯定不夠用了。這封信是為了傳達要事，我之所以提筆，是因為有非告訴妳不可的消息，不容我耽擱一分半秒。親愛的芬妮，假如妳就在我身邊，能讓我對妳親口娓娓道來，該有多好！我有說不完的話，也有太多事情需要妳的建議。但是，我無法將自己百分之百的心意全然訴諸於文字，因此我不會一字不漏地告訴妳，而是任由妳隨意猜測。我沒有什麼新鮮事能告訴妳。政治自然不必多談，假如我鉅細靡遺地交代自己見識過的人物和聚會，妳恐怕也不勝其擾。我早該把妳表姊舉辦第一場聚會的情形如實告訴妳，可惜我當時太懶散，如今這件事已經過了好一陣子。真要說的話，那場舞會的一切顯得恰如其分，身邊所有親朋好友都相當滿意，她當天的打扮與舉止也無可挑剔，博得一致好評。我的朋友弗萊瑟太太簡直愛死那棟房子了，這我倒是一點也不意外。復活節過後，我去拜訪了斯托諾韋夫人一趟。她看起來興高采烈，快樂得不得了，我想是因為斯托諾韋勛爵成了親切又開朗的一家之主，不像我過去所認定那樣面目可憎，畢竟我們都見過不少更加其貌不揚的人呢！站在妳的艾德蒙表哥身邊，他自然相形見絀。對於我方才提到的這位優秀人物，我該說什麼才好呢？倘若我完全對他閉口不談，似乎又會啟人疑竇。既然如此，我得告訴妳，我們見過艾德蒙兩、三次面，我身邊的朋友都對他彬彬有禮的紳士風範驚豔不已。弗萊瑟太太的眼光向來不差，她堅決表示，她在城裡待了這麼久，只見過三位男士的外表、身高和氣質足可與他媲美。我必須坦承，那天他與我們共進晚餐時，即使足足有十六人在場，卻沒有任何男士能與他媲美。幸好現在的服裝沒有太多差異，並未洩漏他的身分[138]，只是……只是……容我在此擱筆吧！

138 黑色裝束是當時仕紳階級偏好的雅致穿著，也是牧師長袍的顏色。

我幾乎忘了（這都要怪艾德蒙，他現在完全占據了我的心思），亨利和我有一件重要的事要告訴妳，我指的是，我們要接妳回北安普頓去。可愛的小姑娘，別繼續待在樸茨茅斯，毀了妳那美麗的臉蛋。可恨的海風向來是美貌與健康的殺手。我那可憐的叔母只要靠近海邊十英里，就會感到渾身不對勁；想當然爾，身為上將的叔父從來不願相信，可是我知道事實正是如此。只要妳或亨利捎來訊息，我一定會在一小時內動身。我很期待接妳回家，我們可以稍微繞點路，讓妳順道看看艾弗林罕；或許妳也不會介意穿過倫敦，親眼瞧瞧漢諾瓦廣場裡的聖喬治教堂[139]。只是，妳表哥艾德蒙此時最好和我保持距離，我可不希望又為了他心神不寧。這封信寫得可真長！再讓我多寫一件事就好。我發現，亨利為了某件妳所認同的要事，又打算再去諾福克郡一趟。不過，他必須等到下週三以後才能出發；換言之，他不可能在十四日以前離開，因為我們當晚要舉辦舞會。像亨利這樣的男人，在這種場合會顯得多麼出眾，妳恐怕對此一無所知。因此，妳必須聽進我所說的話，明白他是可遇不可求的好男人。他會見到拉許沃斯夫婦，我並不為此擔心，我倒是頗好奇夫婦倆過得如何，相信他也急著想見見他們，只是說什麼都不願承認。

芬妮迫不及待看完這封信，細讀每字每句，並努力思索箇中內容，卻反而更感困惑。這封信唯一能給她的明確答案，就是一切尚未塵埃落定。艾德蒙還沒開口向她求婚。克勞佛小姐的實際感受和之後的盤算為何？她是否會放棄原本的原則，或是違背自己的意志有所行動？艾德蒙對她的重要性是否一如兩人分別前的狀況？假如現在艾德蒙對她而言不若以往重要，那麼接下來將每況愈下，或是有機會恢復原本的地位？芬妮反覆思索這些問題，隨後幾天也依然深陷其中，百思不得其解。芬妮最常浮現的想法是，克勞佛小姐回到習以為常的倫敦後，確實平靜不少，心意開始搖擺不定，卻又因為對艾德蒙的感情深厚，無法放棄他。她的野心或許會超越自己的本意。即使她一時猶豫不決，對艾德蒙冷嘲熱諷，亦對婚事瞻前顧後，費上很大一番工夫才能下定決心，卻終究會接受艾德蒙的心意。

這個念頭最常在芬妮的腦海中揮之不去。她認為艾德蒙不可能在倫敦添購房子，可是克勞佛小姐說不定會開口要求。表哥的未來似乎顯得越來越黯淡。這女人成天將他掛在嘴上，卻只淨聊著他的外表！這份感情多麼微不足道，還得藉由弗萊瑟太太的鼓勵才能獲得信心！她不是已經與艾德蒙熟識半年了嗎？芬妮真替克勞佛小姐感到丟臉。相較之下，信裡提到有關克勞佛先生與芬妮自己的內容，對她而言倒是無足輕重。她根本不在意克勞佛先生要在十四日之前或之後趕去諾福克郡；只是，倘若考量一切的話，她認為克勞佛先生理應不會耽擱一分半秒。克勞佛小姐竟想方設法要讓哥哥與拉許沃斯太太見上一面，簡直是最為糟糕的行徑；此舉不僅居

139 聖喬治教堂（St George's, Hanover Square）位於時尚的倫敦梅費爾區（Mayfair），上流人士經常於此教堂舉辦光鮮亮麗的婚禮。

心不良，也相當不明智。但是，芬妮希望克勞佛先生不會受到這種低俗的好奇心驅使，他之前承認並未真正動心。克勞佛小姐應該意識到，她哥哥的感受遠比自己更為敏銳。

自從接獲克勞佛小姐這封信以後，芬妮遠比以往更急著想收到城裡的來信。隨後幾天，她對眼前和未來可能發生的情況感到坐立難安，因而無法像平常一樣陪著蘇珊閱讀與聊天。即使芬妮希望自己集中精神，卻始終心有餘而力不足。倘若克勞佛先生記得向艾德蒙轉達芬妮的口信，她相信表哥非常有可能寫信給她，清楚交代來龍去脈。艾德蒙向來對表妹親切有加，未曾改變。然而，又過了三、四天，艾德蒙依然杳無音訊，芬妮不禁開始心灰意冷，逐漸放棄希望，心裡極度焦慮不安。

最後，芬妮總算稍微鎮定下來。她必須接受一切懸而未決的事實，不能因此心力交瘁，反而讓自己一事無成。隨著時間流逝，芬妮逐漸感到平靜，並花了些工夫克制自己。她將注意力轉回蘇珊身上，姊妹倆又一如往常形影不離。

蘇珊越來越喜歡芬妮。雖然她不像姊姊從小就熱愛閱讀，也不習慣長時間埋首於書桌前或積極汲取知識；然而，她非常渴望避免流露出無知的模樣，也由於資質聰穎，因而能專注於學習、突飛猛進，並對芬妮心懷感激。芬妮成了蘇珊的啟蒙導師。她的解說與評論成了不可或缺的輔助教材，幫助妹妹理解每篇文章或歷史章節。芬妮所說的每一句話，遠比戈德史密斯[140]的著作內容更令蘇珊印象深刻；她對姊姊文筆的喜好，也勝過任何市面上的作家，這對芬妮而言不啻一大讚賞。蘇珊與姊姊的唯一差異，就只是沒有從小培養閱讀習慣。

然而，姊妹倆並非永遠繞著歷史與倫理等深奧的話題打轉。她們的談話內容五花八門，不過最常掛在嘴上的仍是曼斯菲爾德莊園，芬妮總會描述那裡的人們、生活習慣、娛樂消遣和一切細節。蘇珊天生就十分欣賞溫文儒雅、講究規矩的上流生活，因此聽得津津有味；芬妮也對自己最鍾愛的話題樂此不疲，暗自希望自己這麼做並無不當。然而，過了一段時間，蘇珊滿心羨慕起姨丈家裡的一切，甚至非常渴望去一趟北安普頓，讓芬妮忍不住自責，不該引發蘇珊不必要的憧憬。

可憐的蘇珊和姊姊如出一轍，同樣與這個家庭格格不入。芬妮日漸明瞭這項事實，不禁開始認定，即使她能離開樸茨茅斯，也會因為無法帶著蘇珊一起走而感到難過。蘇珊是潛力無窮的聰穎孩子，卻只能受困於這樣的家庭，讓芬妮感到越來越心疼。倘若芬妮擁有自己的家，得以收留蘇珊，該有多好！假如她有可能回應克勞佛先生的心意，相信他一定不會反對這件事，讓她欣慰不已。芬妮認為，克勞佛先生相當好心，想必會二話不說同意她這麼做。

140 立佛・戈德史密斯（Oliver Goldsmith, 1728-1774）：愛爾蘭小說家、詩人。

44

過了將近兩個月，也就是七週後，芬妮總算收到引頸企盼的那封信。她拆開信來，發現內容相當長，便先沉澱心情，準備迎來艾德蒙傾瀉而出的滿紙喜悅與深情，聽他滔滔不絕地盛讚那命中注定的幸運女孩。信中內容如下：

親愛的芬妮，請原諒我遲遲沒有寫信給妳。克勞佛告訴我，妳十分期待接到我的消息，可是我在倫敦根本沒有機會寫信；我安慰自己，妳一定可以理解我杳無音訊的原因。假如我有任何喜訊，自然會提筆寫信給妳，可惜我根本沒有任何值得與妳分享的好消息。我現在回到曼斯菲爾德，比當時啟程前往倫敦的心境更不踏實。我現在幾乎渺無希望。妳或許早已注意到這件事。既然克勞佛小姐如此喜歡妳，她想必會向妳透露許多感受，讓妳足以猜測到我的心情。然而我還是要親自解釋自己的想法，畢竟我倆同樣對妳百般信任，這點並不衝突。我不會多問什麼。我很欣慰我們擁有共同的朋友，無論我倆之間存在多少不愉快的歧見，卻依然不約而同深愛著妳，也因此有了共通之處。我很慶幸有機會與妳分享現況，假如我稱得上有所打算的話，也很樂意告訴妳目前的計畫。我上週六回到曼斯菲爾德。我在倫敦待了三週，也很常在當地與她碰面。一如預期，弗萊瑟夫婦對我諸多關照。只是，我竟然奢望能像在曼斯菲爾德一樣與她熱絡來往，簡直太天真了。然而，令我不安的原因在於她的態度，而非我們見面的頻率。假如我們見面時，她的態度一如往常，我自然毫無怨言。可是她從一開始就態度丕變。我們初次在倫敦見面時，我對自己獲得的待遇大失所望，一度打算直接離開倫敦。我無須詳述細節。妳很清楚她的個性有何缺陷，或許也能想像她會表達什麼情緒化的言論，令我飽受折磨。她的性格活潑，身邊的人又個個缺乏理智，反而助長了她的氣焰。我不太喜歡弗萊瑟太太。她是個鐵石心腸又愛慕虛榮的女人，只為了一己之利而結婚。她的婚姻顯然毫不幸福，她卻不是將此歸咎於自己判斷失誤、雙方脾氣或年紀落差過大，而是埋怨自己不比身邊的人有錢，尤其遠遜於她的姊姊斯托諾韋夫人。假如有利可圖，足以滿足她的野心，她就會不擇手段達成任何事情。克勞佛小姐與這對姊妹感情融洽，我將此視為我倆人生的一大不幸。這些年以來，她們的觀念始終害她誤入歧途。倘若她與這對姊妹從此不再往來，該有多好！有時候，我的心裡仍對此抱持希望，因為在我看來，似乎是那對姊妹更加偏愛克勞佛小姐，對她喜歡得不得了。可是我相信她對姊妹倆的好感，並不如她對妳的喜愛。事實上，我一想到她如此深愛著妳，光明磊落的舉止不失長姊風範，她在我眼中的形象就頓時截然不同，變得如此高尚美好。我甚至要責備自己對她過於嚴苛，畢竟她只是愛開玩笑罷了。芬妮，我實在無法放下她。她是我在世上唯一想娶為妻子的女人。如果她對我毫無感情，我自然不會這麼說；可是我深信她確實鍾情於我。我相信她的確喜歡我。我並不嫉妒任何人，我所嫉妒的是這個繁華世界對她的影響，也害怕她過慣豐衣足食的生活。她的價值觀確實與其身家相符，卻遠超出我們的收入所能負擔的範圍。儘管如此，我依然能從中找到慰藉。我能夠接受自己是因為不夠富裕而失去她，也不希望她是為了我的職業而放棄我。這僅能證實她的感情不足以讓她願意有所犧牲，事實上，我也沒有資格要求她這麼做；假如我真的被拒絕了，想必這就是真正原因。我相信，她的偏見並非如以往那般強烈。親愛的芬妮，我將心裡浮現的想法據實以告；或許這些念頭有時自相矛盾，卻能真實反映出我的內心。既然我已經起了頭，我自然樂意向妳和盤托出一切感受。我實在無法捨棄她。我們過去已建立如此深厚的感情，我希望未來也是如此。放下瑪莉．克勞佛，等同放棄許多我最為重視的朋友，失去牢靠的避風港；以後遇到任何挫折，我再也無法向他們尋求慰藉。對我而言，失去瑪莉，就等於失去克勞佛和妳。假如一切已成定局，她明確拒絕了我，我希望自己懂得該如何承受，並努力沖淡她在心裡的份量，或許會花上好幾年的時間。我現在簡直不知所云啊！倘若我遭到拒絕，我理當全盤承受；可是，在她明確拒絕我以前，我依然會堅持下去，繼續追求她。這才是我的真心話。問題在於，我該怎麼做？什麼才是最可行的方法？我有時打算，過完復活節後再去一趟倫敦；有時又打定主意，等她回到曼斯菲爾德以後再有所行動。她現在與高采烈地說著六月要回來曼斯菲爾德；可是距離六月還有很長一段時間，我認為自己應該寫封信給她。我幾乎已下定決心，要透過書信向她表白心意。若能盡快獲得明確答案，對我而言至關重要。我現在的悲慘處境令人厭煩。我全盤考量了一切，認為寫信肯定是最佳的解釋方法。我能將當面說不出口的話全數訴諸於文字，並讓她在決定答案以前，有充足的時間仔細回想。與其讓她一時衝動給予我答覆，我比較不擔心她經過長考的答案，這點我倒是很有自信。我最害怕的是，她很可能會詢問弗萊瑟太太的意見；相隔兩地的我，根本無從為自己辯解。要是她拿這封信四處尋求意見，心裡感到游移不定，提供建議的人偏偏又思慮不周，那麼她很可能會做出日後帶來懊悔的決定。我得再多花點時間思索這件事。這封信寫得很長，滿載我自己的擔憂；即使妳與我的感情如此親密，恐怕也讀得筋疲力盡了吧！我上次是在弗萊瑟太太的宴會上見到克勞佛。根據我的觀察，我對他的好感也與日俱增。他的決心看不出一絲動搖。他非常清楚自己的心意，並堅決地朝著目標行動，如此果斷的作風令人讚賞不已。我見到他與大妹共處一室，忍不住想起妳曾說過的話，我可以告訴你他們的互動並不友好。妹妹的態度十分冷淡，他們幾乎沒有說上半句話。我看他有些卻步，似乎頗為驚訝。如今拉許沃斯太太仍為身為伯特倫小姐時所遭受的冷落心懷不滿，真是令人遺憾。妳或許會想知道瑪莉亞是否滿意嫁為人婦的生活。他們看起來沒有什麼不對勁，希望夫婦倆過得很幸福。我在溫坡街吃過兩回晚餐，本來應該多造訪幾次，不過拉許沃斯成了妹夫，實在令人有些丟臉。茱莉亞似乎非常喜歡倫敦。我在倫敦過得並不快樂，可是回到家又更不開心了。家裡始終缺乏生氣。我非常希望妳在家，對妳的思念難以言喻。母親一心惦記著妳，期待很快收到妳的來信，幾乎無時無刻都將妳掛在嘴上，我很難過她還有好幾週見不到妳。父親似乎打算親自過去接妳，不過最快也得等到復活節過後，屆時他必須進城去辦事。希望妳在樸茨茅斯過得很好，但是妳可不能每年都回家一次。我希望妳待在家裡，也想聽聽妳對桑頓萊西的看法。除非確定新家找得到女主人，否則我實在沒有心思加以整修。我應該把這件事也寫下來：格蘭特夫婦已確定要搬去巴斯，下週一就會離開曼斯菲爾德。我感到高興。我還沒有足夠的心力關注其他人。妳阿姨似乎十分惋惜由我傳達這件消息，而非透過她筆下告訴妳。

此致　親愛的芬妮

妳永遠的朋友

「我再也不會……再也不想收到這樣的來信了。」芬妮一讀完這封信，隨即心想：「為什麼這些信只會捎來讓人失望難過的消息？最快也得等到復活節過後！我怎麼忍受得了？可憐的阿姨還無時無刻將我掛在嘴上呢！」

芬妮竭力克制這些想法，可是不到半分鐘，她又開始想個不停，無法相信湯瑪斯爵士竟對她和阿姨如此狠心。至於這封信的主旨，也無法帶給芬妮任何安慰，她對艾德蒙幾乎感到惱羞成怒。芬妮喃喃自語：「這麼拖下去一點好處也沒有。為什麼這件事不能盡快塵埃落定呢？艾德蒙現在過分盲目，什麼也看不清；事實始終明擺在眼前，他就是清醒不過來。他依然會娶克勞佛小姐為妻，過上窮困潦倒的悲慘生活。希望上帝保佑，別讓她害艾德蒙失去理智！」她再次讀起那封信。「她非常喜歡我！根本沒這回事。她誰也不在乎，只重視自己和她哥哥。這麼多年來，她的朋友害她誤入歧途！我倒認為，是她灌輸她們錯誤觀念呢！或許她們是互相影響，一同沉淪。不過，假如朋友對克勞佛小姐的好感遠勝於她自己對朋友的喜愛，那麼她受到的傷害一定比較少，只是她們的奉承倒也害她不淺。『她是我在世上唯一想娶為妻子的女人』，我對此深信不疑。這段感情會毀了他一輩子。無論克勞佛小姐接受或拒絕艾德蒙，他一輩子都會渴望娶她。『對我而言，失去瑪莉，就等於失去克勞佛和妳』。艾德蒙，你一點也不瞭解我。只要你不娶克勞佛小姐，我們就永遠不會與這對兄妹成為家人！噢！寫吧！提筆寫信吧！讓一切就此了結，別繼續懸而未決。好好下定決心，親手將自己推入深淵吧！」

然而，這種一時不滿的情緒，自然不會長時間留在芬妮心裡。她很快就平靜下來，開始感到悲傷。艾德蒙透過親切筆觸表達溫暖關懷、吐露真情，深深觸動她的心。艾德蒙對所有人都太好了。總之，她最後仍將這封信視為無價珍寶般愛惜。

即使沒有太多事情可分享，許多人依然熱中寫信，至少大多數女人樂此不疲，也一定會為伯特倫夫人大嘆可惜。格蘭特夫婦搬去巴斯是曼斯菲爾德的重大消息，她竟沒有機會藉此大作文章，只能讓不識趣的兒子代為傳達，為此大感沮喪。艾德蒙僅在長信的結尾才草草提及此事，她自己卻能洋洋灑灑地寫下大半篇幅呢！由於伯特倫夫人新婚之際無須操煩家務，湯瑪斯爵士又忙於下議院事務，她因此養成了寫信的習慣，並造就出鉅細靡遺、長篇大論的書信風格，任何芝麻蒜皮的小事都能寫得天花亂墜。不過，巧婦難為無米之炊，她提筆寫信還是需要一點題材，即使寫給外甥女亦然。既然她以後不能在信裡關心格蘭特牧師的痛風，或描述格蘭特太太早上登門拜訪的情景，她自然難以忍受兒子剝奪她最後大書特書的機會。

不過，伯特倫夫人隨即獲得豐厚的補償，好運就此降臨。芬妮收到艾德蒙的信後沒幾天，也收到了阿姨的來信，開頭寫著：

親愛的芬妮，我之所以提筆寫信，是為了告訴妳一件非常驚人的消息，相信妳一定會非常關切此事。

幸好她的來信並非鉅細靡遺地描述格蘭特夫婦預計前往巴斯的旅程，這件新消息茲事體大，她隨後幾天的來信想必還是只談論此事。伯特倫夫人是為了告知長子的嚴重病情，他們幾個鐘頭前才經由快遞[141]接獲消息。

湯姆與一群朋友從倫敦前往紐馬克特[142]，途中不小心從馬上摔了下來，之後又喝了太多酒，因而發起高燒。聚會結束後，湯姆卻動彈不得，獨自待在其中一名朋友的家裡療養，只有僕人隨侍在旁。湯姆當時認定能盡快復原，繼續與朋友同樂，沒想到病情竟日益加劇。他意識到情況不對，連忙在醫師的建議下，捎了一封信回曼斯菲爾德。伯特倫夫人交代完來龍去脈後，如此寫道：

如妳所知，這是令人傷心的壞消息，我們頓時有如驚弓之鳥。每個人都心情沉重，非常擔心生病的可憐孩子。湯瑪斯爵士害怕他病情嚴重，貼心的艾德蒙隨即表示要過去照顧哥哥。我很慶幸在這令人心碎的當下，湯瑪斯爵士並未打算將我獨自留在家裡，否則我一定難以承受。

家裡只剩我們夫婦倆，肯定會非常想念艾德蒙。可是，我抱持堅定的信心，也由衷希望，他會發現那可憐孩子的病情並非如我們所想那麼糟糕，很快就能將哥哥帶回曼斯菲爾德。湯瑪斯爵士認定非將湯姆帶回家不可，十分周到地安排好一切；我相信可憐的孩子很快就能順利回家，一路上不必忍受太多不便或折騰。親愛的芬妮，我相信在這如此令人沮喪的時刻，妳一定也十分關心我們，因此我很快就會再寫信給妳。

在此非常時刻，芬妮的感受自然遠比阿姨的文筆更加激動擔憂。她由衷與這家人感同身受：湯姆病情嚴重，艾德蒙正趕去照料他；曼斯菲爾德只剩孤伶伶的兩老，讓芬妮一心只牽掛著這家人，幾乎沒有多餘心思再顧及其他煩惱。她此刻唯一的小小私心，只是好奇艾德蒙是否已在出發前寫信給克勞佛小姐。除此之外，她依然滿懷深情，由衷掛念著這家人。伯特倫阿姨並未遺忘芬妮，來信一封接著一封。他們經常收到艾德蒙捎來的消息，她再以同樣的筆觸轉述給芬妮，字裡行間飽含信任、希望與恐懼，交織成五味雜陳的情緒，似乎成了杞人憂天的鬧劇。

伯特倫夫人沒有親眼見到兒子，一切憑空想像，自然還能鎮定地大肆抒發苦惱焦慮的心

141 快遞（express）：由特派信差專程騎馬送達。

142 Newmarket，鄰近劍橋，知名的賽馬場。

情，惦記著她那可憐的病兒。直到湯姆果真回到曼斯菲爾德，她終於親自見到兒子判若兩人的樣貌。於是，伯特倫夫人最近一封寫給芬妮的信，便以截然不同的語調作結，飽含真切的感受與憂心，文字一如話語般懇切：

親愛的芬妮，湯姆才剛到家，已經送上樓去了。見到他的時候，我簡直嚇壞了，頓感手足無措。我相信他真的病得很重。可憐的湯姆！我真是為他傷心透了，感到非常害怕，湯瑪斯爵士和我也有一樣的感受。倘若妳現在能在身邊安慰我，該有多好啊！不過，湯瑪斯爵士認為他明天就會好轉，說他可能是因為舟車勞頓累壞了。

如今，這位母親打從心底感到憂慮，久久揮之不去。湯姆一心急著想回曼斯菲爾德，以往健康無恙時無法體會家裡的溫暖，如今深切感受到回家的美好，或許讓他太快鬆懈下來，竟又因此發起高燒，接下來一週的病情甚至遠比先前更加嚴重。眾人全嚇壞了。伯特倫夫人天天寫信給外甥女，表達滿心的恐懼之情。如今，芬妮也幾乎將全副心思都放在伯特倫夫人的信上，總是憂心忡忡地拆閱當日來信，並迫不及待等著隔天的下一封信。儘管芬妮對湯姆沒有特別深厚的感情，不過她天生溫柔，因此仍對表哥放心不下；尤其她向來克盡本分，想到湯姆過往（顯然）沒有為家裡幫上什麼忙，總是隨心所欲過日子，不禁更感惋惜。

在這樣的情況下，蘇珊一如往常，成了芬妮唯一的陪伴與聽眾。她總是耐心傾聽芬妮的憂慮，並感同身受地給予安慰。沒有人願意關注遠在百英里之外的親戚生了重病，就連普萊斯太太，也只是在看見女兒手裡拿著信時簡單問上一、兩句，或不時淡然表示：「我可憐的伯特倫姊姊想必煩透了心。」

姊妹倆長期相隔兩地，生活在截然不同的環境裡，血緣關係帶來的羈絆也不過爾爾。她倆的性格原本就恬靜淡泊，對彼此的感情早已有名無實。普萊斯太太對伯特倫夫人漠不關心，她姊姊的的反應也相去不遠。要是普萊斯家的孩子有個三長兩短，只要不是芬妮與威廉出事，伯特倫夫人也不會將此放在心上。諾里斯太太甚至有可能冷嘲熱諷說，失去孩子對可憐的妹妹普萊斯反而是件好事，畢竟孩子總算解脫了。

45

湯姆回到曼斯菲爾德約莫一週後，總算熬過危急時刻，醫生宣告他平安無事，這才讓他的母親如釋重負。伯特倫夫人已看盡兒子飽受折磨的無助狀態，如今耳裡傳來最令人欣喜的好消息，便不再多作他想；她天性又不懂得提高警覺，無法理解弦外之音，因此醫生哄個幾句，就令她高興得不得了。湯姆的高燒總算退了，這向來是他最主要的症狀，如今燒退了，痊癒的時刻自然指日可待。伯特倫夫人對此深信不疑，芬妮也和阿姨一同放下心來，直到她收到艾德蒙捎來的短箋，這才更清楚大表哥的病情，也才知道艾德蒙與姨丈依然十分憂慮。父子倆從醫生口中得知，湯姆退燒以後，似乎出現明顯的發熱症狀[143]。他們認為，最好別讓伯特倫夫人為此警訊感到心煩意亂，希望最後證實只是虛驚一場；只是艾德蒙認為，沒理由要讓芬妮一同蒙在鼓裡。他們非常擔心湯姆的肺部情況。

艾德蒙寥寥數語就清楚勾勒出湯姆的實際病情，遠比伯特倫夫人洋洋灑灑的滿紙文字更為精確。其實家裡任何人都比伯特倫夫人更能準確掌握病情，也比她更懂得照顧湯姆，因為她只會悄悄地走進房裡盯著兒子看。當湯姆有力氣說話，或需要找人朗讀給他聽時，就會尋求艾德蒙的陪伴；畢竟諾里斯阿姨的關注只會令湯姆煩心，湯瑪斯爵士也從不懂得輕聲細語，唯恐打擾到虛弱的病人。艾德蒙成了湯姆最依賴的看護。芬妮全心信任艾德蒙，知道他無微不至地照料生病的哥哥，稱職地給予支持與鼓勵，對他的敬意也更甚以往。如今芬妮明白，艾德蒙當前不僅要照顧孱弱的病人，還得安撫他焦慮沮喪的心情，讓他重新打起精神。芬妮猜想，此時湯姆肯定需要艾德蒙的指引。

既然這一家人沒有得過肺結核[144]，芬妮寧可對湯姆的病情懷抱希望；唯獨想起克勞佛小姐時，才又令她憂心忡忡。她認為克勞佛小姐向來是得天獨厚的幸運兒，或許老天為了滿足克勞佛小姐自私的虛榮心，會讓艾德蒙成為家裡的獨子。

即使艾德蒙守在湯姆的病榻前，依然惦記著幸運的克勞佛小姐。他在信末的附註如此寫道：

關於我上次提到的那件事，我出發照料病重的湯姆前，其實正開始動筆寫那封告白信。可是我現在改變心意了，因為擔心她會受到朋友的影響。等湯姆病情好轉，我就會親自去倫敦找她。

143 因肺結核等病而導致包括虛弱、消瘦與嘔吐等症狀。
144 當時人們抱持錯誤觀念，認為肺結核為家族遺傳疾病。

這就是曼斯菲爾德的現狀，在復活節以前幾乎沒有任何變化。艾德蒙不時在母親的信裡加註一句話，便足以提供芬妮充分的消息。湯姆的康復情形十分緩慢，令人憂心。

今年復活節來得特別晚，由於芬妮得知最快也得等到復活節結束才能離開樸茨茅斯，時間顯得格外漫長。復活節終於到來，她回曼斯菲爾德一事卻仍毫無動靜，甚至沒聽聞姨丈即將前往倫敦，畢竟這樣她才有機會啟程返家。伯特倫阿姨依然引頸企盼她回家的日子，大權在握的姨丈卻杳無音訊，未曾捎來隻字片語。芬妮猜想，姨丈或許還放心不下他的長子；可是返家之日一再拖延，對她而言不啻殘酷的折磨。四月即將邁入尾聲，芬妮離開曼斯菲爾德的日子已不只兩個月，而是將近三個月。每天都成了受罪的日子，由於芬妮深愛那家人，自然也不希望他們得知實情。可是，他們什麼時候才有餘力想起她，願意前來接她回家呢？

芬妮滿心焦慮，迫不及待想回到曼斯菲爾德與家人團聚，腦海裡不禁浮現古柏所作〈學徒〉的詩句，經常喃喃朗誦著「她是如此歸心似箭」，將一心渴望回家的感受描繪得淋漓盡致，恐怕任何學徒都不會比她更思念家鄉。

起初芬妮回樸茨茅斯時，很高興能將這裡稱為她的家，總是喜歡說自己「回家」了。她非常喜歡「家」這個字眼，這個稱呼親切依舊，如今指的卻是曼斯菲爾德，那裡成了她真正的家。樸茨茅斯只是樸茨茅斯，曼斯菲爾德才是她的家。芬妮很早就抱持這樣的想法，她發現阿姨的說法也相去不遠，不禁感到欣慰不已。「我不得不承認，我很難過妳已經離家這麼長一段時間，心裡十分煎熬。我滿心期待，由衷希望妳再也不會離開家這麼久。」這是信裡最令芬妮心花怒放的一句話。儘管如此，芬妮仍將這分喜悅藏在心底。她體諒父母的感受，因此小心翼翼地隱藏自己的情感，不讓雙親發現她偏愛姨丈家，依然不忘將其稱呼為「北安普頓」或是「曼斯菲爾德」。芬妮就這麼謹言慎行了好一陣子，可惜她實在過於渴望回家，最後仍一時疏忽，不小心脫口而出，表明自己回家後想做的事情。芬妮不停自責，羞得面紅耳赤，非常害怕地看向父母。不過她顯然多慮了。她的父母沒有一絲不悅之情，甚至可能沒有聽到她所說的話。他們對曼斯菲爾德根本毫無妒意，芬妮大可盡情表露自己想回家的心境。

春天的愉快日子悉數化為泡影，讓芬妮十分難過。她原本不知道在城裡度過三、四月會犧牲何等快樂，也從不曉得生氣蓬勃的自然景致曾帶給自己多少喜悅。儘管春天的天氣變化無常，這個季節所呈現的樣貌依然如此迷人，總是讓芬妮神清氣爽、心曠神怡，親眼欣賞日益動人的景色。她總能在阿姨的花園裡，在最溫暖的角落看到最早綻放芬芳的花朵；也能見到姨丈的種植林吐露嫩芽，一片綠意盎然。失去如此美好的樂趣，對芬妮而言非同小可；因為她現在身處封閉嘈雜的環境，空氣滯悶、氣味不佳，與過往自由自在、空氣清新芬芳又綠意盎然的家園相較，簡直有如天壤之別。然而，一想到最愛的家人正想念著自己，這些缺憾也不足為惜了。她一心渴望飛奔回家，為大家盡一分心力！

倘若芬妮回到家裡，一定能為所有人幫上許多忙。她知道自己向來是每個人的得力助手，想必能為他們分憂解勞。即便只是與伯特倫阿姨作伴，讓她保持愉快的心情，就稱得上大有益處；也可以幫她擺脫那位老是喋喋不休、多管閒事，一心想要彰顯自己的重要性的姊姊。芬妮樂於想像自己為伯特倫阿姨朗讀、陪她聊天的情景，甚至能幫助她感受當下的幸福，並為將來作好心理準備。她還能為阿姨省下許多上下樓梯的力氣，也能替她跑腿送信。

過去幾週以來湯姆的病情時好時壞，在此非常時期，他的兩名妹妹竟然還能安心地待在倫敦，令芬妮感到十分震驚。姊妹倆明明可以回到曼斯菲爾德，通勤對她們而言並非難事；因此芬妮實在無法理解她倆為何始終遲遲不願回家？即使拉許沃斯太太可能忙於家務而抽不了身，至少茱莉亞隨時都能離開倫敦吧？伯特倫阿姨的其中一封信似乎提到，茱莉亞曾經表示倘若家裡需要幫忙，她會立刻趕回家，不過也僅止於此。她顯然寧可繼續待在倫敦。

芬妮不禁認為，倫敦對人性的影響力舉足輕重，不容小覷。克勞佛小姐和兩位表姊就是最好的例子。克勞佛小姐對艾德蒙的心意難能可貴，稱得上是她最值得尊重的地方，對芬妮的情誼也無從挑剔。然而，如今兩者都消失到哪裡去了呢？芬妮很長一段時間沒有收到克勞佛小姐的來信，不禁開始懷疑這段友情的重要性已逐漸消逝。這幾週以來，芬妮只透過曼斯菲爾德獲知一點克勞佛小姐的消息，以及她城裡親友的近況。芬妮忍不住猜想，她或許永遠也不曉得克勞佛先生是否又去了一趟諾福克郡，除非兩人有機會碰面，今年春天她很可能再也收不到他妹妹的來信。沒想到就在此時，芬妮收到了一封信，不僅讓她喚醒過往的回憶，心裡也再掀漣漪。

親愛的芬妮，懇請妳展現寬大胸襟，原諒我這麼久以來音訊全無。我在此致上最為誠摯的歉意與期望，畢竟妳向來如此親切，相信妳一定會原諒我，並祈求妳很快就能回信給我。我想知道曼斯菲爾德莊園的現況，也相信妳對此知之甚詳。倘若有人無法對他們現在的悲痛處境感同身受，肯定是鐵石心腸。據我所知，可憐的伯特倫先生似乎很難完全康復。我一開始並不認為他的病情嚴重；我向來認定他是喜歡小題大做的人，也許只是誇大了不值得一提的小毛病，因此心裡比較惦記負責照料他的其他家人。然而，我現在明白他的病情確實非常不樂觀，症狀令人憂心，家裡也有些人對此了然於心。假如一切果真如此，我相信妳一定是掌握詳情的其中一人，因此懇請妳對我據實以告，讓我明白自己獲知的消息是否正確。倘若我所知有誤，雀躍之情自然不在話下；然而，這消息已傳得沸沸揚揚，讓我不禁感到忐忑不安。如此優秀的年輕人若於正逢盛年時期殞落，簡直令人沮喪萬分。可憐的湯瑪斯爵士想必難過極了。我對此由衷感到悲痛。芬妮呀芬妮，我看到妳露出了調皮的笑容，但是我以名譽擔保，我這輩子從來不曾賄賂過醫生。可憐的年輕人！倘若他不幸過世，這世界就會失去兩名可憐的年輕人。然而我將直言不諱，毫不畏懼地認定，這個家族的財富與名聲將會落入更有資格的人之手。去年聖誕節，他只是一時愚蠢犯了錯[145]，可是短短幾天的失誤還來得及彌補，他僅會失去姓名後的「先生」稱謂[146]。芬妮，我對他情深意重，願意忽視許多不足之處。請妳務必盡快回信給我，讓我明白是否需要繼續擔憂下去，也不要三言兩語敷衍了事。請告訴我一切真相，將妳原本聽到的消息一字不漏地告訴我，不要為了我們各自的感受而羞於啟齒。相信我，這些都是理所當然的

145 指艾德蒙擔任牧師。

想法，也是出自仁慈善良的心意。相信妳早已意識到這一點，若讓「艾德蒙爵士」繼承伯特倫家族的財產，一定比其他的繼承人選表現得更好。假如格蘭特夫婦仍在家裡，我自然不會叨擾妳；可妳是我現在獲知真相的唯一管道。我無法與他的兩名妹妹取得聯繫。拉許沃斯太太在特威克納姆與艾爾默夫婦共度復活節（相信妳早已得知此事），目前尚未回家；茱莉亞到貝德福德廣場[147]附近的表親家去了，不過我忘了那一家人的姓氏和住址。然而即使我能立刻聯絡上她們，我還是寧可尋求妳的幫助。我簡直無法相信，她們姊妹倆竟然因為不想意放棄玩樂的機會，選擇對家裡的事視而不見。我想拉許沃斯太太的復活節假期已經快結束了，這對她而言自然是名符其實的「假期」，畢竟艾爾默夫婦都很討人喜歡，丈夫又不在身旁，一定玩得相當盡興。她督促丈夫謹守本分，到巴斯接母親回來住，這點值得稱許；可是，她和婆婆該如何相安無事地同住在一個屋簷下？亨利目前不在家，我無從得知他的看法。妳是否認為，艾德蒙要不是為了生病的哥哥，早就會再來倫敦一趟呢？

妳永遠的朋友　瑪莉

我正準備摺好信紙，亨利就走了進來；可惜他也沒有更進一步的消息，因此我照常寄出這封信。聽拉許沃斯太太說，伯特倫先生的病情並不樂觀。亨利今早見到她了，她今天剛回到溫坡街，老夫人也回家來了。希望妳不要因此胡思亂想，覺得坐立難安；他只是到里奇蒙[148]待了幾天，這是他每年春天的慣例行程。放心吧！他唯一在乎的人只有妳。此時此刻，他一心急著想看到妳，正想方設法要見妳一面，希望讓你們兩人的心裡都能好過些。我可以證實此事。他老是提起在樸茨茅斯說過的話，比以往更急著想送妳回家，我也非常樂意幫忙。親愛的芬妮，立刻提筆回信，讓我們過去接妳吧！這對我們所有人都好。妳也知道，我們兄妹倆可以回牧師公館，不會打擾到曼斯菲爾德莊園的朋友。我一定非常高興能再次見到所有人；多幾個人陪伴對他們想必也大有好處。至於妳自己，一定很清楚他們有多需要妳。畢竟妳的感受向來是如此敏銳，假如有機會回家，卻依然堅持不回去，相信你心裡也過意不去。亨利想告訴妳的話太多，我沒有時間和耐心一一轉述；不過，希望妳明白，字字句句都表示他非常愛妳，始終如一。

這封信的大半內容都令芬妮十分反感，尤其極不情願讓執筆者與表哥艾德蒙再次聚首，也因此無法客觀地判斷是否該接受信末的提議。對她自己而言，這項提議自然極為誘人；一想到自己或許三天後就能踏上曼斯菲爾德的歸途，就令她快樂得無以復加。然而，操控這份幸福的

---

146 先生（Esquire）：貴族的尊稱，位階低於騎士之下。此稱號不適用於牧師。不過對克勞佛小姐而言，「艾德蒙爵士」顯然比「艾德蒙先生」更加位高權重；只要他成為獨子，繼承曼斯菲爾德的家產與爵位，牧師身分就不再令她耿耿於懷了。

147 貝德福德廣場（Bedford Square）：雖然比不上位於倫敦豪宅區馬里波恩的溫坡街，仍是中上階級的住宅區。

148 里奇蒙（Richmond）：倫敦東南方的村落，位於泰晤士河畔，與特威克納姆遙遙相望。

人，無論思想或行徑都亟須譴責，頓時讓這份喜悅大打折扣：她既無法認同克勞佛小姐冷酷無情的野心，亦無法接受克勞佛先生欠缺思慮的虛榮行徑。克勞佛先生竟然還與拉許沃斯太太有所來往，甚至可能繼續打情罵俏呢！芬妮深感屈辱。她原本還對克勞佛先生大為改觀了呢！不過幸好她無須陷入天人交戰，對於正確的抉擇左右為難；她根本不必決定是否該讓艾德蒙與瑪莉繼續相隔兩地，只須遵循唯一的原則，一切就能迎刃而解。她對姨丈滿心敬畏，生怕自己隨意行事會觸怒他，也因此相當清楚自己接下來該如何應對。她理所當然要拒絕這番提議。倘若姨丈認為有必要，自然會派人來接芬妮；倘若她主動要求提早回家，根本不合情理。於是她在信裡向克勞佛小姐道謝，堅決地婉拒了她的好意。

據我所知，姨丈若有需要，打算親自來接我。大表哥已經病了好幾週，在這期間，家裡並未需要我的幫助。因此我認為現在還不適合回家，否則只會給家人徒增困擾罷了。

芬妮根據所知描述湯姆表哥的病情，相信如此一來，一切都能如樂觀的克勞佛小姐所願。目前看來，艾德蒙若有機會繼承財產，克勞佛小姐似乎就能諒解他當上牧師，拋去過往對他的所有成見，他也可以為此大肆慶賀。畢竟克勞佛小姐一切只向錢看齊。

46

芬妮非常清楚，她的答案想必讓克勞佛小姐大失所望。即使如此，依她對其個性的瞭解，預計對方會再次來信催促。因此，儘管接下來一週毫無回音，芬妮依然深信不疑，也終於收到姍姍來遲的回信。

芬妮一拿到這封信，隨即認定內容不長，相信這是對方倉促寫就，為了敦促她答應請求。她思忖片刻，認為這封短箋很可能只是為了通知她，他們當天就會抵達樸茨茅斯，頓時驚慌失措，不知該如何是好。然而她轉念一想，或許克勞佛兄妹早已徵得姨丈的同意，不禁鬆了口氣，放心地拆閱那封信。來信內容如下：

親愛的芬妮，我方才聽到一則最為荒謬的惡意謠言，因此決定提筆警告妳。倘若謠言傳到妳耳裡，千萬不要輕信。說真的，這很可能只是誤會一場，再過一、兩天就能真相大白。無論如何，亨利不該受到任何指責，儘管他可能一時出了差錯，卻依然一心只想著妳。妳一個字也別說，不要聽信任何消息，也不要胡亂臆測或四處嚼舌根，只須等待我的下一封信。我相信這樁醜聞不會再張揚下去，一切只是證明拉許沃斯太過愚蠢。倘若他們早已離開，我敢說他們只是回去曼斯菲爾德莊園，茱莉亞也與他倆同行。可是，為什麼妳不讓我們去接妳呢？希望妳不要為此感到後悔。

妳永遠的朋友　瑪莉

芬妮驚恐地愣在原地。由於她完全沒聽到什麼荒謬的惡意謠言，實在不甚理解信裡措辭強烈的大半內容。她只能猜測，此事想必牽涉到溫坡街上那對夫婦與克勞佛先生，猜想有什麼不光彩的事情鬧得沸沸揚揚，而克勞佛小姐擔心若傳進芬妮耳裡，她會因此心生妒忌。克勞佛小姐根本無須對芬妮提出警告。假如謠言真傳得這麼遠，她也只會替當事人與曼斯菲爾德感到難過。不過她由衷希望沒發生什麼嚴重的情況。根據克勞佛小姐的來信，似乎只是拉許沃斯夫婦相偕回到曼斯菲爾德，這應該稱不上什麼令人不悅的消息，至少不會引人注目。

至於克勞佛先生，芬妮希望此事能讓他看清自己的個性，明白他根本無法對任何女人忠貞不渝，並因此羞愧地打退堂鼓，不再對她苦苦糾纏。

這真是太奇怪了！芬妮才剛開始認定，或許克勞佛先生確實深愛著她，也猜想他的感情有別於一般人；他的妹妹也依然堅稱，克勞佛先生根本不在乎其他人。儘管如此，他想必還是對表妹有所表示，行徑也有失分寸，才會讓克勞佛小姐無法對此輕描淡寫。

芬妮感到非常焦慮，在收到克勞佛小姐的下一封來信之前，她想必都會如此坐立難安。這封信始終在她的腦海中揮之不去，卻又不能向任何人透露此事，讓心裡好過一些。克勞佛小姐根本不需要如此激動地要求她守口如瓶，畢竟她通情達理，自然明白該怎麼保護表姊。

隔天，芬妮沒有收到第二封來信，不禁大失所望，大半天都為此心神不寧。到了下午，她的父親一如往常帶回一份報紙。芬妮並未寄望從他身上獲得解答，一時又分了心。

芬妮陷入思緒，想起回家的第一天傍晚，父親也是在客廳裡讀著報紙。目前屋裡還不需要點蠟燭，再過一個半鐘頭才是日落時刻。芬妮不禁真切意識到，自己已經在家裡待上整整三個月了。熾烈的陽光灑進客廳，不僅沒有讓她精神為之一振，反而更加鬱鬱寡歡；因為對她而言，在城裡與鄉間看到的陽光，竟顯得如此不同。在這裡，陽光成了刺眼得難受的光線，令人幾乎喘不過氣來，也只是讓原本看不到的汙漬與灰塵無所遁形，既無益於健康，亦無法讓人感到雀躍。芬妮坐在炙熱難耐的陽光下，四周飛舞著厚厚的灰塵。她的目光只能沿著牆壁游移，看到牆上有著父親習慣以頭靠牆所留下的汙漬，接著落在被弟弟刻得坑坑洞洞的桌面上。桌上擺放的茶具永遠洗不乾淨，杯碟留著擦過的痕跡；牛奶則混雜著灰塵，泛著淡藍色的光澤。隨著時間一分一秒過去，芮貝卡做的麵包與奶油也越顯油膩。芬妮的父親埋首於報紙，母親則一如往常對破爛不堪的地毯大發牢騷。芮貝卡正在準備晚茶，普萊斯太太仍叨唸著要她縫補地毯。父親讀到一篇報導，哼了幾聲，思忖片刻，忽然喊了芬妮一聲，這才讓她回過神來：「芬妮，妳那位住在城裡的有錢表姊姓什麼？」

芬妮花了點時間打起精神，這才開口：「拉許沃斯，父親。」

「他們住在溫坡街上嗎？」

「是的，父親。」

「那麼，看來他們麻煩可大了！妳瞧，（將報紙遞給芬妮）看這些親戚做的好事。不知道湯瑪斯爵士對此作何感想。他忙著顧好自己的職務和紳士派頭，卻忘了好好管教女兒。老天！假如她是我女兒，我肯定用鞭子狠狠教訓一頓。無論男女，對付他們就應該用鞭刑[149]，才能最有效遏止這種事。」

芬妮讀起那篇報導。

> 本報在此為讀者報導，溫坡街上的R先生正經歷一場婚姻風波：美麗動人的R太太與丈夫新婚不久，原本很可能成為引領時尚潮流的名媛，卻和赫赫有名、風流倜儻的C先生一同逃離了夫家。C先生是R先生的摯友。本報至今仍無法確知兩人的下落。[150]

芬妮隨即表示：「父親，這肯定搞錯了。這一定是錯誤的傳聞，不可能是事實。這篇報導指的一定是別人。」

芬妮這番話只是出於本能，想要暫時逃避羞愧的心情；她話說得堅決，其實心裡滿是絕望，因為就連她也不相信自己說的。她在讀報導時就已對此深信不疑，頓時感到晴天霹靂。突如其來的殘酷事實幾乎令她招架不住，之後她才忍不住納悶，當時自己為何還有辦法開口說話，甚至還喘得過氣來？

普萊斯先生對這篇報導漠不關心，因此沒有多說什麼。他坦言：「或許謊話連篇。不過，這年頭有太多漂亮姑娘做出這種壞事，實在很難說。」

普萊斯太太哀怨地說：「說真的，我希望這不是事實。實在太令人震驚了！我要芮貝卡補地毯，已經提醒她十幾次啦！蓓絲，是不是啊？她明明花十分鐘就能補好。」

芬妮深信這樁醜聞確實發生，開始害怕後果不堪設想，如今心裡的驚駭難以言喻。她起初只是不知所措，不過隨著時間流逝，她很快就意識到這則消息多令人驚恐。她明白這篇報導並非不實，甚至不敢抱有一線希望。芬妮將克勞佛小姐的那封信讀了一遍又一遍，幾乎背得滾瓜爛熟，驚覺與這則報導完全相符。克勞佛小姐急著為哥哥辯護，希望事情不再張揚出去，明顯流露驚慌失措的情緒，在在證明發生了十分不光彩的壞事。假如有哪個女人得知這樁惡行的當下，還能對此輕描淡寫、加以掩飾，甚至希望當事者不會為此受到譴責，她相信正是克勞佛小姐！如今芬妮才恍然大悟，自己搞錯了兩位下落不明者的身分。不是拉許沃斯夫婦，而是拉許沃斯太太與克勞佛先生。

芬妮這輩子似乎不曾經歷如此晴天霹靂，根本無法平靜，一整晚都十分沮喪，甚至徹夜無法合眼。她不時認為自己病了，驚恐得渾身打顫；要不是發起高燒，就是冷得直打哆嗦。這件

149 海軍經常以鞭刑當眾懲戒船員。

150 R意指拉許沃斯（Rushworth），C則表示克勞佛（Crawford）。當時已有八卦小報報導名人或上流人士的醜聞，珍．奧斯汀也讀過這類報導，因此將語氣模仿得維妙維肖。

事過於駭人驚聞，她說什麼也不敢置信。女方六個月前才新婚燕爾；男方則表現出專情的模樣，甚至轉而追求女方的近親。雙方家庭的關係如此緊密，還是彼此的摯友！這場令人髮指的罪行如此齷齪，若非生性野蠻至極，怎麼會有人犯下如此惡行！然而，芬妮深信事實正是如此。克勞佛先生無法安撫自己搖擺不定的心意，受虛榮心所蠱惑，瑪莉亞對他的感情則始終如一；倘若雙方不懂得遵循正道，此事確實很有可能發生，克勞佛小姐的來信正是明證。

接下來會有什麼後果？誰能毫髮無傷地全身而退？誰不會受到影響？還有誰不至於就此失去平靜的生活？或許克勞佛小姐、芬妮自己與艾德蒙辦得到。不過芬妮越想越慌亂，試著將心思集中於眼前：一旦罪證確鑿，一切東窗事發，這樁醜聞肯定讓整個家族遭受池魚之殃。伯特倫夫人會傷心不已，湯瑪斯爵士同樣無可倖免。芬妮心念一轉，想起了茱莉亞、湯姆與艾德蒙，接著陷入沉思，意識到兩人將承受最多苦果。湯瑪斯爵士身為牽掛兒女的慈父，向來將名譽和禮節奉為圭臬；艾德蒙同樣秉持正直的處世原則，感情真摯而強烈。芬妮不禁認定，父子倆面臨讓家族蒙羞的莫大恥辱，想必很難繼續安然度日。依她對世道的瞭解，倘若世界瞬間毀滅，對拉許沃斯太太的親友反而是一大解脫。

過了兩天，一切風平浪靜，毫無音訊，無從減輕芬妮的滿心恐懼。郵車來了兩趟，卻沒有任何公開報導或私人信件駁斥這則謠言。克勞佛小姐沒有來信解釋緣由，明明阿姨也該寫信來了，曼斯菲爾德卻未捎來任何消息。簡直是風雨欲來的不祥預兆。芬妮幾乎感到絕望，無法安撫自己的心情。她的情緒極度低落，臉色蒼白，渾身打顫；任何關心孩子的母親都不可能對此視而不見，唯獨普萊斯太太渾然不覺。直到第三天，果真傳來令人心驚膽戰的敲門聲，一封信送到了芬妮手裡。信封上蓋著倫敦的郵戳，是艾德蒙的來信。

親愛的芬妮，妳一定很清楚，我們現在面臨多麼悲慘的處境。願上帝保佑妳安然無事！我們已經抵達倫敦兩天，卻依然束手無策。他們完全失去蹤影。妳或許還沒聽到另一個壞消息，茱莉亞私奔了，她與葉慈逃到蘇格蘭[151]，就在我們抵達倫敦前兩個鐘頭才離開。換作其他時候，這件事肯定是一大打擊，現在卻顯得無關緊要了。儘管如此，這依然是雪上加霜的噩夢。幸好父親承受了這一切，依然能理智思考與行動，並要我寫信敦促妳回來，急著接妳回家照顧母親。妳接到這封信的隔天早上，我就會抵達樸茨茅斯，希望妳已經準備好回曼斯菲爾德去。父親希望妳邀請蘇珊一起回家住上兩個月。妳就依照自己的心意打點一切吧！妳知道怎麼做才得體。我相信在這個當下，妳一定能充分感受到他的好意。雖然我也不明白他的用意，仍希望妳不要辜負他的期待。妳或許不難想像我的現況；壞運接踵而至，似乎永無止境。明早收信時，妳就會見到我了。

妳永遠的朋友

151 英格蘭於一七五三年後規定，夫妻舉行婚禮或付費向主教申請結婚證書前，須於同一教區居住三週以上，婚姻始為合法。蘇格蘭豁免於這條法律，因而成了許多私奔男女的首選之地。

芬妮不曾像現在如此需要溫暖的安慰，更沒有什麼比這封信更令她欣喜不已。明天！明天就能離開樸茨茅斯了！在如此愁雲慘霧的當下，她不禁對自己快樂得快飛上天的心情感到不安。這場不幸帶給她的竟是如此天大的好消息！她擔心自己無法與家人感同身受。很快就能離開，跟著艾德蒙回家安慰姨媽，甚至可以帶著蘇珊同行，在在令芬妮的欣喜之情難以言喻。這一刻，所有痛苦彷彿皆能拋到九霄雲外，即使是最為惦記的家人，她似乎也無暇顧及他們的煩惱。茱莉亞私奔一事並未帶給芬妮太多影響，她雖然震驚，卻沒有放在心上。她勉強自己仔細思索，承認這是一樁既可怕又哀傷的消息；否則自己正滿心雀躍地期待回家，很容易就會對此無視。

保持忙碌向來是排解憂傷最有效的良方，更何況芬妮正滿懷希望。她有許多事情要忙，連對拉許沃斯太太的醜聞也不能影響她；這個消息如今已成既定事實，她的感受與先前相比並無太多變化，根本沒有時間難過。再過不到二十四小時就要啟程回家，她必須先和父母談妥，讓蘇珊有所準備，順利打點好一切。手上的工作接踵而至，一天的時間幾乎不夠用。即將離家令她歡欣鼓舞，即使在那之前她必須與父母談及此事，也無損心中的快樂。父母欣然同意讓蘇珊同行，所有人都很高興姊妹倆可以一起回家，蘇珊本人更是欣喜若狂，在在令芬妮心花怒放。

這家人對伯特倫一家的煩惱幾乎不聞不問。普萊斯太太僅花了幾分鐘談起她可憐的姊姊，接著就開始煩惱該如何打包蘇珊的衣服，因為芮貝卡毀了家裡的所有行李箱。至於蘇珊，她從未想過自己這麼快就能一償宿願，自然正高興得不得了。她既不認識犯錯的始作俑者，也不知道誰為此心碎；只要她自始至終都能克制興高采烈的心情，就一個十四歲的小女孩而言，也就十分難得了。

普萊斯太太根本沒有什麼機會做主，芮貝卡也沒有真正幫上忙，一切全憑芬妮打點妥當，姊妹倆就這麼準備好迎接明天的到來。即將面臨舟車勞頓的旅程，她們卻無法好好睡上一覺；一想到表哥已在路上，兩人的心情就難以平靜：一人欣喜不已，另一人卻百感交集，焦慮之情難以名狀。

早上八點，艾德蒙抵達普萊斯家。姊妹倆在樓上聽到他進屋來，芬妮連忙跑下樓。一想到很快就能與艾德蒙見面，又明白他現在心裡正難受，芬妮原本的難過心情也再次排山倒海地湧上來。艾德蒙近在眼前，看起來垂頭喪氣，芬妮走進客廳時，幾乎站都站不穩。艾德蒙獨自待在客廳，一見到她隨即將她擁入懷裡，僅僅說道：「我的芬妮，我唯一的妹妹，妳是我現在僅有的安慰！」芬妮無言以對，他同樣沉默了好幾分鐘。

艾德蒙轉過身平復心情，當他再次開口時，儘管語氣依然有些顫抖，舉止卻顯得鎮定許多。他決定不再多談，而是飛快地問了一串問題：「妳吃早餐了嗎？妳們什麼時候能準備好？蘇珊也要一起來嗎？」他打定主意，越早出發越好；一想到曼斯菲爾德，時間似乎分秒必爭。此時艾德蒙心煩意亂，唯有盡快行動才能安撫他。他們談定一切，由艾德蒙備車，半個鐘頭後回到門口；芬妮必須在這時間內吃完早餐，準備出發。由於艾德蒙已吃過早飯，不願在屋裡等她們用完餐，打算到堤岸晃一圈，稍後再乘著馬車在門口會合。他再次轉身離開，甚至連在芬妮身邊也不願久留。

艾德蒙看起來病懨懨的，顯然是心力交瘁，又努力想掩飾自己心煩意亂的情緒。芬妮對一切了然於心，不禁非常擔憂。

馬車抵達門口，艾德蒙走了進來，只花了幾分鐘待在屋裡，正好見到父母非常平靜地與兩名女兒道別（垂頭喪氣的他其實視若無睹），一家人正要在餐桌前坐下；由於今天場合特殊，其他人的早餐等馬車駛離才端上桌。芬妮在家裡享用的最後一餐，與剛回家的第一餐相去不遠；父母送她出門的熱情態度，也與當時迎接她的情況旗鼓相當。

芬妮乘車經過樸茨茅斯的圍籬時，自然不難想像她的心裡多麼雀躍、感激，蘇珊臉上的笑容又是多麼燦爛。只是蘇珊坐在前方，帽子又遮住了她的臉，因此沒有人見到她的笑靨。

這一路上似乎會非常安靜，芬妮不時聽見艾德蒙長吁短嘆。倘若此時只有他倆獨處，無論再怎麼壓抑，艾德蒙也一定會向她坦承所有心事；不過車裡還有蘇珊，他只得將一切想法藏在心裡，試著轉移話題，卻很難滔滔不絕地往下聊。

芬妮始終關切地看著艾德蒙，有時他倆對上目光，見他露出親切的笑容，讓芬妮稍感安慰。然而，第一天的旅途中，艾德蒙從未對芬妮吐露隻字片語，談起所有壓在心裡的重擔，直到第二天早上才稍有透露。他們尚未從牛津出發，蘇珊動也不動地站在窗前，熱切地觀察一大群人浩浩蕩蕩離開旅店的盛況，艾德蒙與芬妮則站在壁爐前。艾德蒙見到芬妮的氣色大不如前，不禁吃了一驚。他對芬妮家裡的窘境一無所知，認定她是因為近來的壞消息而飽受折磨，便牽起她的手，以充滿感情的聲音低語：「這也難怪，妳一定深有感觸，想必吃盡了苦頭。那男人曾經如此愛妳，怎能如此棄妳而去！可是相形之下，妳的處境還是比我好多了，芬妮。」

第一天趕了一整天路，他們抵達牛津時簡直疲憊不堪；不過第二天的旅途就短了許多。他們早早抵達曼斯菲爾德的郊區，距離晚餐時刻還有好一段時間。當他們逐漸接近最鍾愛的家園，姊妹倆的心情不禁有些低落。要在一家人蒙羞之際見到兩位阿姨與湯姆，令芬妮害怕起來；蘇珊也有些焦慮，她最近才剛學會的所有禮節以及關於曼斯菲爾德的知識，馬上就得驗收了。舊有的粗鄙儀態與新的上流禮節交織在腦海中，她還得默想各式種類的銀製餐具、餐巾與洗指杯[152]。芬妮一路上已注意到，四周的景致與二月相比截然不同；他們進入莊園時，她的感受與雀躍之情也更為強烈。芬妮已經離開這裡整整三個月，時節也從冬季轉換成夏日。綠意盎然的草坪與蓊鬱的種植林映入芬妮眼簾，儘管樹木尚未枝葉繁盛，蓬勃生長的時刻也即將到來。眼前的景致已讓人目不暇給，卻還能想像出更多值得期待的美景。即使芬妮滿心喜悅，卻只能自得其樂，無法與艾德蒙分享。她看向艾德蒙，只見他倚在椅背上，一臉凝重地緊閉雙眼，彷彿眼前的愉快景色令他難以承受，不願親眼見到美好的家園。

芬妮再次感到悶悶不樂。她很清楚家人所承受的痛苦，甚至影響了那棟屋子在她眼裡的模

---

152 洗指杯（finger-glasses）：盛裝清水的玻璃杯，供人們餐後洗手。

樣。那棟富麗堂皇的偌大宅邸，坐落於如此美景，卻也散發出憂鬱的氛圍。

家人肯定都還籠罩在愁雲慘霧中，然而，其中一人迫不及待的欣喜反應，卻讓毫不知情的芬妮十分驚訝。她才剛走過一臉嚴肅的僕人身邊，伯特倫夫人就親自從客廳出來迎接她，腳步十分急促，並隨即摟住她的脖子，說道：「親愛的芬妮！現在我總算能放心了！」

47

屋裡的三人鬱鬱寡歡，每個人都認定自己的處境最為悲慘。然而，諾里斯太太最喜歡瑪莉亞，確實是最痛苦的人。她向來對瑪莉亞疼愛有加，也是她極力促成外甥女與拉許沃斯先生的婚事，總是沾沾自喜地四處誇耀，自然無法承受如此晴天霹靂的打擊。

諾里斯太太彷彿變了個人似的，沉默寡言、呆若木雞，對一切都漠不關心。原本她應該好好照料妹妹與外甥，全心打點家務，如今卻悉數拋諸腦後，不再掌管大權或發號施令，甚至認定自己毫無用處。每當煩惱襲上心頭，她的所有感受就變得麻木，心力完全停擺。她對伯特倫夫人與湯姆幾乎幫不上忙，甚至也不打算這麼做，任由母子倆相互慰藉，自己則是置身事外。他們原本各自深陷孤立無援的心境，如今回到家裡的人，只是讓諾里斯太太的不幸處境更加凸顯；其他兩人因而寬心，對她卻毫無幫助。湯姆見到艾德蒙的喜悅，幾乎不亞於伯特倫夫人見到芬妮。可是諾里斯太太見到他倆，不僅完全高興不起來，反而更加心煩意亂。她在盛怒之下變得盲目，認定芬妮才是造成所有不幸的罪魁禍首；倘若她接受克勞佛先生的求婚，這一切根本不會發生。

諾里斯太太同樣對蘇珊心懷不滿，根本沒有心思注意她，只以不耐煩的眼光瞥了她幾眼。

她認為蘇珊只是來監視自己，是不受歡迎、窮困潦倒的外甥女，對她十分反感。另一位阿姨對待蘇珊的態度就親切多了。伯特倫夫人沒有花太多時間與蘇珊說話，不過她既然是芬妮的妹妹，自然有權利來到曼斯菲爾德；她欣然親吻蘇珊，相信她是個討人喜歡的孩子。蘇珊對此已心滿意足，畢竟她早就知道諾里斯阿姨不會親切相待。得以逃離一團混亂的家裡，已經讓她自覺十分幸運，欣喜萬分；即使其他人對她不聞不問，她也能坦然面對。

如今蘇珊可以盡情支配自己的時間，努力熟悉宅邸與四周環境，十分樂在其中。原本理應招待她的其他家人則埋首於各自的工作，或是忙著照顧最依賴自己的人，相互安慰：艾德蒙試著將悲傷深埋在心底，盡力安撫哥哥；芬妮則全心照料伯特倫阿姨，遠比過往更加賣力。她認為阿姨如此依賴自己，她似乎怎麼做也不嫌多。

對伯特倫夫人而言，最大的慰藉就是能向芬妮傾訴一切壞消息與內心的悲傷；有人耐心傾聽她的煩惱，並以親切憐憫的話語回應她，沒有什麼比這更令她如釋重負。若非如此，面對眼前的絕望處境，伯特倫夫人根本無法獲得任何安慰。伯特倫夫人並未深入思考這一切，只是在湯瑪斯爵士的引導下得以掌握重點，因此非常清楚眼前的情況多麼罪大惡極。她沒花多少力氣，也不必藉由芬妮循循善誘，就能理解這樁醜聞造成多麼不堪的汙名。

不過，伯特倫夫人對子女的感情不深，個性也不執著，因此過了一段時間，芬妮就發現有機會將她的思緒導向其他話題，重回日常的生活軌道。只是，每當她提起這個話題，總是只能以同一角度看待此事：她從此失去了一名女兒，家族背負的恥辱也永遠無法抹滅。

芬妮從伯特倫夫人口中得知更多細節。阿姨的敘述技巧並不高明，不過透過幾封與湯瑪斯爵士往來的信件，再加上既有的資訊，讓芬妮合理拼湊出整件事的全貌，很快就如願釐清來龍去脈。

拉許沃斯太太當時前往特威克納姆，與結識不久的某戶人家歡度復活節假期。這家人活潑大方、親切友善，似乎因行事正派而與克勞佛先生甚為契合，因為他不時登門拜訪。據芬妮所知，當時克勞佛先生也在那一帶。與此同時，拉許沃斯先生則前往巴斯，先與母親在當地共度幾天，再將她接回城裡。瑪莉亞因而得以隨心所欲地與朋友同樂，甚至連茱莉亞也不在身邊；因為她早在兩、三週前就回到溫坡街，前去拜訪湯瑪斯爵士的幾位親戚。如今她的父母認定，正是因為她搬到親戚家去，才讓葉慈先生有機可趁。拉許沃斯夫婦回到溫坡街後，湯瑪斯爵士隨即收到一位交情甚篤的老友從倫敦寄來的信。那位友人聽到傳聞，也親眼見證某些情況，忍不住寫信警告湯瑪斯爵士，建議他親自走一趟倫敦，敦促女兒斬斷與克勞佛先生過從甚密的關係。這件事已為瑪莉亞招來許多非議，顯然也讓拉許沃斯先生深感不安。

湯瑪斯爵士一收到信，隨即準備動身前往倫敦，並未向家裡的任何人透露隻字片語。沒想到這位朋友很快又寄來一封快遞，告知這對年輕人無可救藥的醜聞：拉許沃斯太太離開丈夫身邊，拉許沃斯先生為此大發雷霆，萬分沮喪地向這位哈汀先生尋求建議。哈汀先生擔心，他倆恐怕早已犯下有失檢點的行徑。拉許沃斯先生母親的女傭將此事描述得繪聲繪影，他竭盡全力想息事寧人，一心希望太太回到家裡，但是他在溫坡街的母親卻不斷施壓抵制，事情變得不可收拾。

如此可怕的壞消息當然無法繼續向其他家人隱瞞，湯瑪斯爵士隨即動身，並要求艾德蒙同行。其他家人則陷入愁雲慘霧，之後從倫敦捎來的消息更是每況愈下。當時此事已然紙包不住火，成了眾所皆知的醜聞。拉許沃斯老夫人的女傭掌握了證據，又有女主人為她撐腰，自然不可能對此默不作聲。婆媳之間相處的時間雖然不長，卻已有諸多不睦。拉許沃斯老夫人對媳婦的不滿如此高漲，不僅因為她對兒子感同身受，或許也因為媳婦向來不夠尊重她。

無論如何，沒有人管得了拉許沃斯先生的母親。不過即使她沒那麼固執，對兒子的影響力也沒有這麼強大，由於拉許沃斯先生向來對別人言聽計從，眼前仍然毫無希望，畢竟拉許沃斯太太依然沒有出現。克勞佛先生正好在她行蹤不明的當天離開叔父家，表示自己要到外地旅行；所有線索在在直指，他倆很可能已相偕逃到某個不為人知的所在。

然而，湯瑪斯爵士仍在城裡多待了幾天，希望能找到女兒的行蹤。儘管她已名聲掃地，作父親的還是期盼阻止她繼續沉淪。

芬妮實在不忍心想像姨丈此刻的心境。他的四名孩子當中，如今只有艾德蒙無須他操煩。湯姆聽聞妹妹如此不堪的行徑，受到不小驚嚇，病情頓時加重。他的康復之日顯得遙遙無期，就連伯特倫夫人也察覺到了，不時寫信向丈夫傾訴內心的擔憂。湯瑪斯爵士抵達倫敦後，茱莉亞私奔的事又成了另一樁打擊；雖然相形之下顯得沒有那麼沉重，不過芬妮很清楚，姨丈心裡依然很難過。芬妮對一切了然於心，畢竟姨丈已在信裡表明哀痛的心情。無論在什麼情況下，這對年輕人都不可能受到祝福；不過，茱莉亞挑在這種時機悄悄私奔，讓湯瑪斯爵士更加無法諒解她，強烈譴責其愚蠢的選擇。湯瑪斯爵士在信裡表示，茱莉亞做了一件壞事，並挑了最糟糕的時機與方式。雖然比起罪不可恕的瑪莉亞，她的愚蠢行徑還有原諒的餘地，他依然擔心小女兒踏錯了第一步，接下來只會步上姊姊的後塵。對於選擇自甘墮落的茱莉亞，她的父親便是抱持如此想法。

芬妮對姨丈深感憐憫。如今他唯一的安慰只剩下艾德蒙，其他孩子都讓他的心傷痕累累。他先前對芬妮也不甚諒解，不過由於他的想法有別於諾里斯太太，芬妮深信姨丈現在已經放下對她的不滿了。

芬妮知道自己並沒有做錯，如今證實她理應拒絕克勞佛先生的求婚。然而，此事雖然對她至關重要，湯瑪斯爵士卻無法從中獲得多少安慰。芬妮對姨丈的心情感同身受，可是即使她證明自己的選擇無誤，對姨丈也滿懷感激與深情，又能帶給他什麼幫助呢？他唯一的支柱僅剩艾德蒙了。可惜芬妮認定艾德蒙目前沒有讓父親操心，其實是錯誤的想法。雖然湯瑪斯爵士對艾德蒙的擔憂不比對其他孩子那般強烈，卻很清楚妹妹與朋友之間的醜聞對他未來的幸福影響甚鉅。他苦苦追求深愛的女孩幾乎快要擄獲芳心，如今卻必須徹底斷絕這段感情；明明女方的一切條件都與他門當戶對，偏偏有個令人蒙羞的哥哥。湯瑪斯爵士心知肚明，父子倆待在城裡時，艾德蒙除了替家人煩惱，自己同樣飽受折磨。他可以想像或推測兒子的感受，深信他曾與克勞佛小姐見過面，卻只是更加消沉。正因如此，湯瑪斯爵士急著想讓兒子離開城裡，便要求他接芬妮回家照顧母親；這麼做不僅對所有人都好，也對艾德蒙大有益處。芬妮並不明白姨丈的心情，一如湯瑪斯爵士也對克勞佛小姐的性格一無所知。假如他事先知道克勞佛小姐與艾德蒙之間的對話，就算她的兩萬英鎊財產暴增為四萬英鎊，他也不會希望兒子娶她為妻。

芬妮如今認定，艾德蒙勢必無法與克勞佛小姐長相廝守了。不過除非她確知艾德蒙也抱持同樣想法，否則她仍無法肯定兩人會分手。她認為艾德蒙亦有同感，仍希望從他口中獲得明確的答案。艾德蒙以往總是對她無話不談，有時甚至會過於坦白；假如他現在也願意和盤托出，她一定會甚感欣慰。可是她發現此事並不容易。芬妮很少見到艾德蒙，兩人幾乎沒有獨處的機會，也或許是他刻意躲著芬妮。這意謂著什麼呢？由於他正承受著整個家族的磨難，因而心痛到反而對此隻字不提嗎？這一定是他當下的心境。他決定放棄克勞佛小姐，卻深感痛苦，不願坦承心裡的感受。若要艾德蒙再次提起克勞佛小姐，或是像以往對芬妮直言不諱，恐怕得等上相當長一段時間了。

芬妮確實等了好一段時間。他們於週四抵達曼斯菲爾德，直到週日傍晚，艾德蒙才願意向她提起這個話題。這天傍晚下起了雨，艾德蒙與芬妮並肩坐在一起。在這種時候，倘若身邊有朋友陪伴，任何人都願意敞開心房，將一切真心話娓娓道來。除了艾德蒙的母親，屋裡沒有其他人；伯特倫夫人剛聽完一段感人的布道，已含著眼淚入睡。這正是據實以告的大好時機。因此，艾德蒙搬出一貫的開場白，表示自己不知該從何開口，並一如往常請芬妮花幾分鐘聽他說話，他一定會長話短說，接下來也不會再拿相同的話題叨擾她。芬妮倒不擔心他會掛在嘴上，相信他以後對這種話題一定絕口不提。艾德蒙把握這難得的機會，開始談論與自己切身相關的處境與感受，並相信芬妮絕對能完全體諒他的想法。

自然不難想像，芬妮多麼迫不及待想聽艾德蒙一五一十地交代清楚，滿心關切，憂喜參半。她注意到艾德蒙的語氣激動，並小心翼翼地避開她的視線。他一開口就令芬妮驚訝，他確實見過克勞佛小姐，而且是受邀去見她。斯托諾韋夫人送了一封短箋給艾德蒙，懇請他登門拜訪。艾德蒙認定這是他倆最後一次見面，也是最後一次以朋友的身分談話，並相信對方身為克勞佛的妹妹，此時一定滿心羞愧難耐。他抱著如此溫柔深情的想法去見克勞佛小姐，令芬妮一度害怕，這恐怕不是兩人最後一次碰面。不過當艾德蒙繼續往下說時，芬妮的恐懼隨即煙消雲散。他說，克勞佛小姐見到他的表情十分凝重，她看起來一臉嚴肅，甚至顯得焦慮不安。不過，艾德蒙還來不及說完話，她隨即開門見山地談起那件事，態度令他大吃一驚。「她說：『我聽說你進城來了，因此想見你一面。讓我們談談這件傷心事吧！還有誰比我們的手足更加愚蠢呢？』我沒有回答她，不過我相信自己的表情說明了一切。她感受到我的譴責之意。有時她的反應還真敏銳！她換上更加嚴肅的表情和語氣，繼續說道：『我並非不顧你妹妹的面子，只為了幫亨利辯解。』她一開始是這麼說的，但是，芬妮，她接下來的看法一點都不恰當，我無法重述給妳聽。我記不得她說的每一個字，不過即使辦得到，我也不想牢牢記住。總之，她非常氣憤他倆的行徑如此愚蠢，責備哥哥竟為了毫不在乎的女人做出這種事，反而失去真正的心上人；可憐的瑪莉亞又更愚笨了，明明這男人早就表明對她無意，她還一心渴望對方的愛，竟寧可犧牲大好前程，讓自己跌入萬丈深淵。妳一定猜得到我當下的感受。聽聽她最嚴厲的指責，也不過是『愚蠢』兩個字！說得如此泰然自若、輕描淡寫，沒有流露出任何不悅或恐懼，毫無女人的感性，甚至根本一點也不嫌惡？世道就是這麼一回事。芬妮，還有哪個女人像她如此世故呢？簡直嬌生慣養，被寵得無法無天了！」

艾德蒙思忖片刻，以更堅決的平靜語氣繼續說：「我現在將一切告訴妳，從此就不再提起了。她認為這僅僅是一件蠢事，也只是因為他們不若平日謹慎行事、思慮周到，才會遭人揭發。瑪莉亞待在特威克納姆的期間，克勞佛偏要去里奇蒙；她還讓自己的命運操縱在僕人手裡，就這麼露了餡。噢！芬妮，她竟是譴責僕人察覺此事，而非責備他們的罪過！全是因為瑪莉亞不夠小心，才令事態發展至此，逼得她哥哥不得不放棄一切完善的計畫，只為了與她私奔。」

艾德蒙停了下來。芬妮自認必須有所回應，於是問道：「然後呢？你說了什麼？」

「我什麼也沒說，她根本無法理解。我當下就這麼愣在原地，而她繼續往下說，接著提起了妳。沒錯，她開始談起妳。可想而知，她很惋惜失去這麼——她這番話說得十分理智，不過她對妳向來相當公道。她說：『他竟然拋下了這輩子再也遇不到的好女人。芬妮肯定能讓他定下來，帶給他一輩子的幸福。』親愛的芬妮，我告訴妳這些話，是希望能讓妳高興，而非帶給妳痛苦，可惜一切已於事無補。妳希望我停下來嗎？假如妳不希望我說下去，可以看我一眼，或是給我一句話，我就會乖乖閉上嘴巴。」

芬妮既沒有以眼神暗示他，也沒有吐露隻字片語。

艾德蒙說：「謝天謝地。我們當時都不明白妳為何要拒絕他。不過如今看來，這似乎是上帝仁慈的旨意，不讓安分守己的人飽受折磨。她對妳連聲讚美，滿懷深情；儘管如此，她心裡仍懷有惡意，說到一半忍不住大喊：『她為什麼不接受他？都是她的錯。真是個蠢丫頭！我一輩子都不會原諒她。倘若她理所當然地接受他，他們現在說不定都要結婚了，亨利會高高興興地忙著籌備婚禮，根本無心思考其他事情，絕不會費盡心思再勾搭上拉許沃斯太太。他倆的關係會順利結束，頂多每年在索瑟頓和艾弗林罕碰面時曖昧一下罷了。』妳能相信她說出這種話嗎？她的魅力消失無蹤，我終於清醒過來了。」

芬妮說：「真殘酷！簡直太無情了。這種時候還高高興興地說出如此輕浮的話，還是在你面前！她真是太殘忍了。」

「殘忍，妳認為她很殘忍嗎？我倒不這麼想。不對，她絕非生性無情。我認為她並非有意要傷害我，原因沒有這麼單純。她對我的感受一無所知，根本無法察覺；她的想法如此扭曲，很自然會以這種角度解讀一切。她只是依照從小耳濡目染的方式說話，認定所有人皆是如此。這並非性格上的缺失。她絕不會刻意帶給他人無謂的痛苦，雖然我很可能是自作多情，卻還是忍不住這麼想，她的缺點在於處世原則，芬妮。她說起話來口無遮攔，欠缺細膩；心靈也受到汙染，變得自甘墮落。或許這對我而言再好不過，我不必為此感到懊惱。我寧可承擔失去她的痛苦，不願認定她如此邪惡。我也將這番話都告訴她了。」

「真的嗎？」

「沒錯。我和她道別時，親口對她說了。」

「你們一起待了多久？」

「二十五分鐘。她還接著說，當務之急就是讓他倆結婚。芬妮，她的語氣可比我堅定多了。」他稍停片刻，這才繼續往下說。

「她說：『我們必須說服亨利風風光光地將瑪莉亞娶回家，並從此與芬妮保持距離。我仍相信辦得到，他非得放棄芬妮不可，就連他自己也不敢繼續抱持奢望，因此我們理應不會碰到太大的困難。我並非毫無影響力可言，一切應該能如我所願。只要他倆結婚，由於女方家庭是有頭有臉的大人物，只要他們仍願意給予適當支持，她或許能重回上流社會站穩腳步。我們知道有些圈子勢必不會接納她，可是只要她還能供應豐盛晚餐、舉辦盛大宴會，想必依然有人樂於與她來往。毫無疑問，比起以往，人們現在能以更寬大的胸襟包容這種事。我的建議是，令尊最好保持緘默，出手干涉反而會壞了好事。你必須說服他讓一切發展順其自然。倘若他竭力阻止，她很可能離開亨利身邊，他倆結婚的機會就大為降低。我很清楚該怎麼說服亨利，請湯瑪斯爵士相信他的名譽和同理心，一切就能圓滿結束。可是，假如他硬要帶走女兒，將會落得全盤皆輸。』」

艾德蒙轉述完這番話，心情不禁大受影響。芬妮一語不發地望著他，滿心關切，由衷希望沒有談起這個話題。艾德蒙沉默良久，最後才開口：「芬妮，我快講完了，我已經將她大致所言都告訴了妳。我當時一找到機會，隨即告訴她，我當時抱著如此難過的心情來到這裡，原以為不會再遇到更痛苦的折磨，不料她的每字每句都深深刺傷了我的心。我也告訴她，自從我倆認識以來，我就經常察覺到想法上的歧異，有些方面更是截然不同；然而，我還是沒想到，原來我們的想法竟如此天差地遠。她哥哥與我妹妹犯下如此可怕的罪行，我無法斷定誰才是始作俑者，可是她對這樁過錯的看法竟是如此，不但沒有給予正確的譴責，反而認定他們只錯在恣肆妄為、不夠謹慎行事。最糟的是，她竟然建議我們接受一切、讓步，默許這樁罪行，甚至鼓勵他倆結婚。倘若她明白我現在對她哥哥的想法，就該知道我根本不允許這種事。這一切對我彷彿當頭棒喝，讓我恍然明瞭自己根本對她一無所知；我過去幾個月以來一心深愛的人，原來只是出於自己的想像，根本不是真正的克勞佛小姐。或許這對我而言再好不過；畢竟，如今我勢必會失去這段友誼與感情，心裡無法抱持任何希望，至少我不必對此感到遺憾。然而我必須坦言，倘若我能重拾過往對她抱持的印象，繼續保有對她的感情與敬意，即使因而加劇別離之苦，我也會欣然承受。我當時所說的話大致如此。妳或許不難想像，我當時的情況不比現在，語氣既不夠鎮定，也不盡然有條有理。她非常驚訝，甚至可說是嚇壞了，神情大變，滿臉漲得通紅。我看得出她百感交集，內心歷經激烈的掙扎，只是轉瞬即逝；她半是希望妥協於真理，半是感到羞愧難耐，不過本性難移，終究很快回復原本的作風。倘若她辦得到的話，肯定會放聲大笑，卻只是在回答時勉強笑了笑。『說真的，這番說教可真是精采，這是你上回布道的部分內容嗎？照這樣看來，你很快就能感化曼斯菲爾德與桑頓萊西的所有居民。或許下回聽到你的消息時，你要不是成了頗負盛名的牧師，就是派去外地的傳教士啦！』她試圖說得輕描淡寫，可惜看起來不如所想那般泰然自若。我只是由衷祝福她一切安好，並誠摯希望她很快就能學會以更公道的角度思考，從這場痛苦中記取最為寶貴的教訓，真正認清自我與本分。我一說完，隨即離開屋裡。芬妮，我才走了幾步，就聽到她在我身後開了門，喊了我一聲『伯特倫先生』。我轉過頭去，她又喊了我一次，臉上那般微笑卻與我們方才的對話格格不入，顯得有些戲謔，彷彿只是為了讓我順從她的想法，至少我是如此認定。我決定抗拒，憑著當下的衝動置之不理，繼續往前走。有時回想起來，我依然會後悔當下沒有回頭，可是我知道自己做了正確的選擇，我們的情誼也就此畫下句點。看看我結交到什麼樣的朋友！我簡直徹底上了當，兄妹倆不約而同都騙了我！芬妮，謝謝妳這麼耐心聽我說話。我現在如釋重負，一切都結束了。」

芬妮對此深信不疑，認定一切已經畫下句點。沒想到五分鐘過後，艾德蒙竟又提起相同或類似的話題。在伯特倫夫人醒來之前，他幾乎不打算結束這場對話，依然繼續談論克勞佛小姐，提到她多麼用情至深，性格又是何等開朗活潑；假如她從小在良好的環境成長，如今該會是多麼出色的大家閨秀。如今，芬妮既然能暢所欲言，認定最好讓艾德蒙看清克勞佛小姐的真實性格，便稍加暗示他，克勞佛小姐是看在湯姆的健康狀況，才願意與他言歸於好。這番言下之意並不討喜，艾德蒙自然不願意輕易採信；倘若能將克勞佛小姐對他的感情想得較為單純，肯定讓他的心裡好過許多。不過艾德蒙的理智很快就戰勝了虛榮心，相信湯姆的病情確實對克勞佛小姐有所影響。他只能聊表安慰地想著，截然相反的習性向來有相互抵銷的作用，克勞佛小姐對他的感情或許遠超乎預期，願意為了他盡力作出正確抉擇。芬妮抱持相同的看法，兩人也對接下來的影響達成共識，認為這印象難以抹滅，勢必會讓失望之情烙印於艾德蒙的心裡；時間無疑會沖淡他的部分痛苦，可是這份傷痛永遠無法完全癒合。當下要他認識其他女人顯然不太可能，畢竟一提起克勞佛小姐，他依然感到怒不可遏。如今他唯一能依靠的支柱，也只有芬妮的情誼了。

48

罪惡與不幸，就交給其他作家描寫吧！我要盡快結束這沉重的劇情，讓沒有鑄下大錯的人重回常軌、獲得慰藉，其餘一切就此畫下句點。

我很欣慰地得知，儘管發生了這一切，此時芬妮依然十分快樂。雖然她為身邊飽受折磨的人感到難過，心裡還是非常高興，畢竟她大有理由感到開心。她已經回到了曼斯菲爾德莊園，能幫上許多忙，獲得許多關愛，也不必再擔心克勞佛先生糾纏不休。雖然湯瑪斯爵士回家時悶悶不樂，依然給了芬妮許多肯定，認同她的表現，也比以往更加關心她。這一切自然令芬妮樂不可支，不過，即使她失去這些值得高興的原因，她還是十分快樂，因為艾德蒙總算擺脫了克勞佛小姐的愚弄。

無可否認，艾德蒙本人倒是完全高興不起來，依然飽受失望與懊惱之苦，為過往的一切感到悲傷，希望不是落得這樣的結果。芬妮很清楚他的心情，替他感到難過；但是，這分難過源自於欣慰之情，因此很容易就能紓解，也能與其他美好的感受相互融合。因此，或許很多人寧可選擇細水長流的喜悅，而非稍縱即逝的欣喜若狂。

至於可憐的湯瑪斯爵士，由於他深深意識到自己為人父所犯下的錯誤，也成了承受最久痛苦的人。他自認不該同意那門婚事，明明清楚女兒的感受，卻還貿然答應，因此相當自責；他犧牲正確的作法，選擇了權宜之計，始終受到己利與世俗所擺弄。這份歉疚還需要花上一些時間才能淡化；不過，時間幾乎能治癒一切。儘管拉許沃斯太太身陷如此悲慘處境，無法給予湯瑪斯爵士任何慰藉，其他孩子依然能替他帶來許多安慰。茱莉亞的婚姻並未如湯瑪斯爵士一開始所想那麼糟糕。她的態度相當謙卑，期望能獲得原諒；葉慈先生也真誠希望能受到這個家族接納，一心盼望湯瑪斯爵士給予指引。葉慈先生雖然不夠穩重，卻還是有機會見他收斂起輕浮的性格，至少更懂得顧家與安分守己。無論如何，湯瑪斯爵士很慶幸葉慈先生的家產遠比想像中優渥，也沒有如他所擔心那般負債累累；葉慈先生也將他視為最好的朋友，總是請教他的意見，時時付出關心。湯姆同樣讓湯瑪斯爵士深感欣慰，他的健康漸入佳境，卻不再像過往那般欠缺思慮、自私自利。這場大病讓他判若兩人。他不曾飽受病痛折磨，也因此學會多加思考，反而獲益良多。溫坡街的醜聞令他深感自責，自認是因為那場思慮不周的戲劇演出，才讓兩人有機會過從甚密。二十六歲的湯姆既不乏理智，身邊也擁有許多良師益友，如此印象深深烙印在他心裡，倒因此發揮了正面影響，讓他開始善盡自己的本分；他成了父親的得力助手，沉穩安分，不再只為了自己而活。

多麼令人欣慰呀！湯瑪斯爵士逐漸接納這些美好的轉變之際，又驚喜地發現，他唯一擔心艾德蒙的理由已不復存在，他的心情正日益好轉。整個夏天，艾德蒙每天傍晚都與芬妮散步，或是坐在樹下聊天；由於他能將心事暢所欲言，如今又重拾相當愉快的心情。

這些希望逐漸紓緩湯瑪斯爵士內心的痛苦，不再為了失去而哀傷，也慢慢重新打起精神來。只是，他依然深信自己教育女兒的方式出了差錯，自責的痛苦始終在心裡縈繞不去。

如今他才意識到，瑪莉亞與茱莉亞從小在家裡受到兩種截然不同的待遇，根本不利於年輕人的性格陶冶，可惜為時已晚。她們的阿姨對姊妹倆百般寵溺、連聲讚美，始終與他嚴厲的管教方式背道而馳。他現在恍然明白，自己當時為了彌補諾里斯太太不當的教育方式，因此變得更加嚴厲，反而鑄下大錯。姊妹倆因此在父親面前百依百順，讓他對兩名女兒的真實性格一無所知，甚至放心將女兒交給諾里斯太太照料；她只是一味地寵著姊妹倆，將她們捧上天去。

湯瑪斯爵士的教養方式顯然出了大紕漏，儘管如此，他依然相信，這或許不是其教育方式的最大缺失；整個過程想必還有其他不足，否則時間應足以沖淡其負面影響。他擔心主因在於缺乏原則，尤其沒有積極建立起處世原則；他沒有培養起女兒的責任感，否則這應足以讓她們學會控制自己的任性與脾氣。湯瑪斯爵士經常以宗教的道德理論指導女兒，卻從未要求她們在日常生活付諸實行。她們首重培養優雅儀態與各式才藝，可惜這些技能無法教導她們待人處事的原則，也沒有因此建立起正確的道德觀念。湯瑪斯爵士自然望女成鳳，卻僅著重於她們的才智和禮貌，忽略了陶冶性格的重要；他猜想女兒從小到大，恐怕不曾學過忍讓與謙遜的道理。

湯瑪斯爵士現在簡直無法理解，當初怎麼會犯下這種失誤，心裡深感遺憾。他如此費盡心思，支付高昂的學費栽培女兒，她們卻連最基本的職責都一無所知，做父親的也毫不瞭解女兒的個性與脾氣，不禁令他萬分痛心。

直到發生這種悲哀的結果，湯瑪斯爵士這才恍然大悟，原來大女兒的個性如此高傲執著，說什麼也不願離開克勞佛先生的身邊，還一心渴望嫁給他。兩人一起生活了一陣子，最後她卻不得不相信，結婚的希望簡直微乎其微，不禁既失望又痛苦，脾氣變得更壞，也從此由愛生恨。兩人反而成了彼此的折磨，最後毅然分道揚鑣。

兩人同居時，克勞佛先生指責瑪莉亞毀了他與芬妮的幸福；因此瑪莉亞與他分手時，唯一的安慰僅僅是自己成功拆散了他倆。還有什麼比淪落至這種心態更加可悲呢？

拉許沃斯先生輕而易舉地成功訴請離婚，這段婚姻就此畫下句點。畢竟他們當初訂婚時就已貌合神離，如此結局自然令人毫不意外；瑪莉亞根本瞧不起丈夫，心裡愛的是另一個男人，拉許沃斯先生始終對此心知肚明。丈夫因愚蠢而蒙羞，妻子則出於私利而身敗名裂，很難獲得任何憐憫。拉許沃斯先生為此付出代價，而他那罪過更加深重的妻子，亦逃不了更嚴厲的懲罰。拉許沃斯先生離婚後，顏面盡失，始終鬱鬱寡歡，除非他還能遇見下一個值得廝守終身的美麗女孩，順利踏入第二段婚姻，並期望是更加幸福的生活。即使他仍有可能受騙，至少要比這次幸運些，遇到較溫柔的女人。至於他的前妻，早已名聲掃地，受盡眾人指責，不得不與世隔絕，根本不可能擁有第二次遇上真愛的機會。

瑪莉亞接下來該何去何從，成了最令人感傷的話題，引起一陣討論。外甥女鑄下大錯，似乎反而讓諾里斯太太更加不捨，希望將她接回家裡照顧，湯瑪斯爵士卻堅決反對。諾里斯太太因而對芬妮更為不滿，認定湯瑪斯爵士是顧及她住在家裡，才會如此決定。諾里斯太太堅稱，湯瑪斯爵士是為了芬妮才有所顧慮；不過他相當嚴肅地保證，即使家裡沒有其他年輕女孩或年幼子女同住在一個屋簷下，不必擔心拉許沃斯太太帶來負面影響，他也永遠不會允許女兒繼續拋頭露面，使這一帶的居民蒙羞。瑪莉亞是湯瑪斯爵士的女兒，假如她已懂得懺悔，做父親的理應好好守護她，確保其生活無虞，並支持她循規蹈矩地過日子。不過，他無法再為女兒做得更多。瑪莉亞已然摧毀自己的名聲，他不會浪費時間，試圖挽回早已無法改變的局面。他絕不能認同女兒的罪過，企圖掩飾不光彩的一面，讓她有機會重蹈覆轍，傷害下一個男人。

最後，諾里斯太太決定離開曼斯菲爾德，親自照料不幸的瑪莉亞。他們在異鄉為兩人蓋了間房子，她倆相依為命，從此與世隔絕。由於一人冷漠無情，一人思慮不周，自然不難想像，她們對彼此而言不啻一大折磨。

諾里斯太太搬離曼斯菲爾德後，湯瑪斯爵士深感欣慰。打從他自安地卡島返家，對諾里斯太太的觀感就跌到谷底。從那天開始，隨著他倆的日常相處與互動，無論談及正事或閒聊，他對諾里斯太太的尊重之情逐漸蕩然無存。他打從心底深信，要不是日久見人心，諾里斯太太總算露出馬腳；就是自己以往太過高估她的判斷力，竟能百般容忍其言行舉止。湯瑪斯爵士將諾里斯太太視為一大折磨，眼看自己似乎一輩子都擺脫不了這個包袱，至死方休，如今卻能脫離她的陰影，不禁樂不可支。若不是湯瑪斯爵士仍在她走後喚起許多苦澀回憶，他差點由衷感謝起女兒有失檢點的行為，讓他得以結束這場永無止境的噩夢。

曼斯菲爾德的所有人都對諾里斯太太毫不留戀；即使是她最深愛的家人也沒有給予同等的

回報。拉許沃斯太太私奔一事令她心煩至極，身邊的人遭受池魚之殃，感到苦不堪言。即使諾里斯阿姨就此告別，芬妮也不曾為她掉過一滴眼淚。

與瑪莉亞相比，茱莉亞之所以能逃過一劫，除了因為姊妹倆的個性與處境有所差異，更主要的原因在於，諾里斯阿姨沒有將她像姊姊一樣捧在手心上呵護備至，因此沒有寵壞她。茱莉亞的外貌與才華不比瑪莉亞，她也經常自認不如姊姊，性格較為隨和。雖然她的情緒起伏同樣來得快，卻更容易掌控，沒有因為集寵愛於一身而變得驕傲自滿。

茱莉亞坦然接受亨利·克勞佛帶給她的打擊。自從她受盡對方冷落，初嘗苦澀滋味，很快就決定將克勞佛忘得一乾二淨。他們於城裡重逢後，克勞佛刻意頻繁造訪拉許沃斯先生的宅邸，茱莉亞卻懂得明哲保身，選擇在同一時間拜訪其他友人，確保自己不再受他吸引。

這才是茱莉亞拜訪表親的真正原因，而非為了葉慈先生之便。茱莉亞並未阻止葉慈先生示好，卻從未真正考慮接受他的心意。若非姊姊犯下如此有失檢點的行徑，讓她更加恐懼回家面對父親，自認會因此遭受更為嚴厲的管束，才倉皇決定不擇手段地逃避一切；否則葉慈先生很可能永遠都無法擄獲佳人芳心。茱莉亞之所以私奔，純粹為了己利考量，認為那是當下唯一的選擇，並非懷有其他惡意；她之所以犯下如此愚蠢的行為，正是由於受到瑪莉亞的刺激。

至於亨利·克勞佛，他早早就繼承家產，自小又受到家裡的不良示範所影響，從此誤入歧途，長期沉溺於愛慕虛榮的浮華生活，變得冷酷無情。在偶然的機遇下，克勞佛曾一度獲得真正的快樂。倘若他願意甘於追求親切善良的好女孩，將贏得其芳心視為最大的成就，努力博取芬妮・普萊斯的尊敬與好感，他非常有可能成功獲得一輩子的幸福。亨利的深情確實已發揮成效；芬妮深深觸動了他的心，也讓他開始對芬妮發揮影響力。倘若他謹守本分，早就能如願獲得一切。尤其艾德蒙與克勞佛小姐若順利結婚，更有助於化解芬妮一開始的防衛心，也能帶給他倆更多相處的機會。假如亨利以正確的方式堅持下去，在艾德蒙與瑪莉婚後不久，芬妮勢必會心甘情願地嫁給他。

亨利明知自己的本分，倘若他離開樸茨茅斯後，一如原本的計畫前往艾弗林罕，或許他現在早已過上幸福快樂的日子。可是他禁不起別人的奉承，也有意與拉許沃斯太太見上一面，便決定留下來參加弗萊瑟太太的晚宴。他向來就不習慣對正事有所犧牲，在強烈的好奇心與虛榮感驅使下，自然難以招架貪圖一時玩樂的欲望。他因此決定延後前往諾福克郡的行程，認定寫封信就能解決，甚至不再覺得有何重要，就此待了下來。亨利見到拉許沃斯太太時，她的態度十分冷淡，原本應足以讓他打退堂鼓，從此誓不兩立。然而，他對此惱羞成怒，無法忍受過往對他百般示好的女人，如今竟將他棄若敝屣。他明白對方是因嫉妒芬妮而心生不滿，決定竭盡所能一改她的傲慢姿態，讓拉許沃斯太太再次回復為過往的瑪莉亞・伯特倫，對他好言好語。

亨利抱著這樣的想法展開行動，由於他來勢洶洶、努力不懈，很快就重拾過往的熱絡互動，又能像以前那樣百般殷勤、打情罵俏。雖然拉許沃斯太太原本的拘謹是出於憤怒，不過其實對他倆都好；如今他再次大獲全勝，反而讓對方的愛意一發不可收拾，後果遠超乎預期。她依然深愛著亨利，根本無可自拔。亨利原本就只是為了滿足虛榮心，對瑪莉亞幾乎不抱愛意，心裡也依然愛著她的表妹，因此當務之急就是向芬妮和伯特倫一家隱瞞此事。保密雖然對拉許沃斯太太至關重要，卻也不亞於對他自己的重要性。他離開里奇蒙後，很高興從此不必再見到拉許沃斯太太。接下來發生的一切，全是瑪莉亞思慮不周造成的後果，亨利最後還是情不自禁跟著她一起離開。然而，他不僅當下就因為芬妮感到後悔；引發軒然大波的事件落幕後，他更是懊惱得無以復加。短短幾個月的時間，亨利就深深體悟到瑪莉亞與芬妮的天壤之別，更加珍惜芬妮的甜美性格、純潔心靈與高尚情操。

亨利同樣身為當事人，自然因為這樁醜聞成了眾矢之的，受到大肆撻伐。我們很清楚，如此懲戒並非社會捍衛美德的方式；依當前的世道，人們所受到的懲罰往往不符預期。不過，即使還無法預期往後的命運如何，或許不難想像，一如亨利．克勞佛這麼明智的男人，此時絕對少不了悔恨交加的痛苦心情。他想必時而深陷自責，時而懊悔鑄下如此謬誤，竟以這種方式報答伯特倫一家的盛情，徹底毀了他們的平靜生活，不僅辜負對他真誠相待的摯友，更失去了他於情於理都全心深愛的女人。

這件事深深傷害了伯特倫與格蘭特兩個家族，造成彼此的嚴重隔閡；倘若兩家仍繼續比鄰而居，自然格外彆扭。不過，格蘭特夫婦如今出門在外，刻意延長了好幾個月返家；幸運的是，無論是出於己意或為了情勢所需，他們最後決定永遠搬離此地。格蘭特牧師原本已不抱任何希望，沒想到仍順利在西敏寺覓得新職，不僅能從此遠離曼斯菲爾德，改在倫敦落腳，收入也因而提升[153]，足以彌補搬家的開銷。無論對離開或留下的人而言，這樣的情況是皆大歡喜。

格蘭特太太生性浪漫多情，離開熟悉的人事物，自然令她心裡有些感傷。然而，無論她身在何處、身邊有誰陪伴，總是不改樂觀本性，依然能夠隨遇而安，如今也繼續與瑪莉同住一個屋簷下。瑪莉已經受夠了原本的朋友，厭煩以往半年愛慕虛榮、野心勃勃的自己，也嘗盡愛情的甜蜜與苦澀；因此她十分需要姊姊的真誠關懷，與她共度理智平靜的生活。姊妹倆就這麼住在一起。之後格蘭特牧師在短短一週內，接連出席三場盛大的慈善晚宴，竟因中風而一命嗚呼，她們還是繼續相依為命。雖然瑪莉打定主意不再愛上任何上有兄長的男人，她依然渴望找到某個風流倜儻的地方官員，或是遊手好閒的紈褲子弟，得以欣賞她的美貌與兩萬英鎊身價。她一心希望找到條件優於曼斯菲爾德的另一半，如今她已懂得衡量家庭幸福的標準，因此期盼對方的品性與舉止能帶給她夢寐以求的美好家庭，或足以將艾德蒙·伯特倫逐出她的腦海。

在這一方面，艾德蒙可就比瑪莉幸運多了。他不必痴痴等候，就能找到下一個人填補瑪莉在心裡造成的空缺。他總算不再戀棧瑪莉·克勞佛，還對芬妮說，自己不可能再遇到下一個類似的女孩；不過此時他才頓時領悟，或許類型截然不同的女人也很適合他，甚至可能是更好的選擇：芬妮的一顰一笑、一舉一動，難道沒有令他日益心動？在其心裡的份量與日俱增，不是一點也不亞於過往的瑪莉·克勞佛嗎？那麼，他是否也可能說服芬妮，讓她明白身為表妹所給予的溫暖關懷，足以成為邁入婚姻的幸福根源？

153 牧師的薪資受到教區大小，以及信眾多寡與收入所影響。倫敦不論人口密集度及財富，皆優於其他地區。

我在此就不指定日期，讓諸位自行決定喜好的時機吧！要花多久時間才能釋懷過往的眷戀，蛻變成下一段忠貞不渝的感情，答案向來因人而異。我僅希望各位讀者相信，在最適當的時機，艾德蒙花不到短短一週，就將克勞佛小姐忘得一乾二淨，並一如芬妮所願，全心全意想娶她為妻。

事實上，這麼長時間以來，艾德蒙對芬妮的關心始終未曾改變。當她還一派純真、無依無靠之際，他的關切之情就此萌芽，並隨著時光流轉日益重要。既然如此，還有什麼比這種轉變更合情合理呢？打從芬妮十歲以來，艾德蒙就非常疼惜這位表妹，處處給予指導，一心守護著她。芬妮幾乎是在他的照料下順利成長，也總是依賴著表哥帶來慰藉；在艾德蒙眼裡，她是最親密的家人，在心目中的分量遠高於曼斯菲爾德的其他人。如今，他又恍然明白一件事：比起慧黠的深色眼睛，他應該轉而偏愛眼前閃閃發亮的淺色雙眸。艾德蒙向來與芬妮朝夕不離，也總能將內心深處的想法暢所欲言。在他近來深陷絕望的心境之下，那雙溫柔的淺色眼睛正能帶給他莫大安慰，隨即讓他就此傾心。

既然艾德蒙起心動念，認定自己已踏上明確的幸福之路，自然沒有任何理由能阻礙或拖延他的腳步。芬妮值得他全心愛護，這點無庸置疑；他不必擔心芬妮與自己價值觀相左，也不必煩惱大相逕庭的個性無法奢望幸福。他對芬妮的內心、性格、觀念與習慣瞭若指掌，沒有任何欺瞞，將來也無需任何改進空間。即使艾德蒙先前正迷戀著克勞佛小姐，也已意識到芬妮的心智更勝自己一籌，更何況是現在呢！他顯然無法匹配這麼優秀的女孩。可是，既然所有人都樂於擁有自己奢望的美好事物，他自然願意竭盡全力追求幸福。可想而知，他無須耗費太多工夫，就能獲得芬妮的認同。即使芬妮羞怯不安、滿心焦慮，然而溫柔如她，艾德蒙依然不時能感到勝券在握。只是，芬妮確實花了不少時間，才願意鬆口告知令他又驚又喜的事實。艾德蒙得知佳人芳心早已情歸於他，不禁高興得難以言喻。小倆口的幸福溢於言表，自然是最為美好的圓滿結局。然而，芬妮的喜悅之情更是無法以言語形容。她對這份感情始終不敢懷抱任何希望，如今卻獲得夢寐以求的回應，對年輕女孩而言，其狂喜自然不難想像。

小倆口確認了彼此的心意，眼前不再有任何阻礙；生活不成問題，父母也全心支持。這門婚事正合湯瑪斯爵士的心意，甚至早就有此盤算。他早已厭倦為了滿足野心與利益的聯姻，更重視良好的品行與性格，因此一心將兩人送入禮堂，確保一家人從此擁有最幸福的生活。湯瑪斯爵士老早就期待著，這對情場失意的年輕人能從彼此身上獲得安慰；因此艾德蒙一提出結婚的想法，他立即欣然同意，非常高興芬妮成了貨真價實的女兒。這與他當年收養這名可憐小女孩的想法相較，彷彿天壤之別。計畫向來趕不上變化，經過時間的洗練，總能淘選出符合道德標準的最佳抉擇；這不僅成了他們為人處世的圭臬，也成為左鄰右舍的佳話。

芬妮正是湯瑪斯爵士求之不得的好媳婦。他那慈悲為懷的胸襟，如今為自己帶來了莫大慰藉；其慷慨之舉獲得了豐厚回報，畢竟他向來處處替芬妮著想，理應如願以償。湯瑪斯爵士原本能讓芬妮度過更為快樂的童年，可惜姨丈看似嚴厲的外表令她有所誤解，因而對他毫無感情。如今兩人既已相互熟識，對彼此的感情也就更加深厚。湯瑪斯爵士將芬妮安頓於桑頓萊西，無微不至地打點好一切；如今每天最大的樂趣，就是到那裡探望芬妮，或是接她回家來。

伯特倫夫人長久以來就依賴芬妮，自然無法心甘情願地與她別離；即使攸關兒子與外甥女的幸福，她依然不樂見這門婚事。不過，如今她總算有機會放手，因為蘇珊代替姊姊留了下來。蘇珊成了長住於曼斯菲爾德的外甥女，也相當樂在其中。她樂於助人、性格沉穩，同樣能迅速適應新環境，與性格甜美、懂得心懷感激的芬妮並無二致，顯然也成了不可或缺的存在。原本蘇珊只是為了讓芬妮放心，接著成了得力助手，最後則順理成章取代了姊姊的位置；如今她理所當然地在曼斯菲爾德住了下來，同樣沒有一絲離開的打算。與芬妮相比，蘇珊的個性較為大膽，也更樂觀，能從容應對身邊的一切。由於思緒靈敏，她很快就摸清家裡每個人的脾氣；她不會將委屈悶在心裡，使眾人有所顧慮，隨即成為人見人愛的寵兒，也是所有人的得力助手。芬妮搬離家裡後，蘇珊自然成為阿姨最大的安慰；隨著日子一天天過去，伯特倫夫人對蘇珊的喜愛，甚至可能超越對芬妮的感情呢！蘇珊成了家裡的好幫手，芬妮當上賢慧的好媳婦，威廉則在軍隊裡表現優異，闖出一番名聲，其他家人也過著平安快樂的日子，並且相互支持。湯瑪斯爵士看到自己對家人的付出與支持獲得回報，欣喜自然不在話下，彷彿從此都能證明自己的心力毫無白費；他明白過往的苦難與磨練大有益處，並意識到人生的真諦就是為了忍受挫折，奮鬥不懈。

這對表兄妹擁有良好的品德，真心相愛，生活衣食無缺，身旁亦不乏家人的支持，婚姻之幸福實屬可貴。夫妻倆同樣安於家室，也熱愛生活於鄉間的樂趣，建立起和樂融融又舒適愜意的美好家園。他們結婚一陣子後，正值需要增加收入，也開始覺得新居離曼斯菲爾德太遠，來往頗為不便之際，格蘭特牧師恰好撒手人寰。於是艾德蒙順利當上了曼斯菲爾德的牧師，小倆口的幸福也更臻完美。

夫婦倆因此搬回了曼斯菲爾德。芬妮礙於前兩任牧師的關係，原本總是對牧師公館抱持偏見或不安，卻很快就對這裡產生深厚的感情。一如她長久以來深愛著曼斯菲爾德的一切，如今在她眼裡，牧師公館也同樣完美無缺。

經典文學 48

珍．奧斯汀作品

曼斯菲爾德莊園
Mansfield Park

作者	珍．奧斯汀（Jane Austen）
譯者	陳佩筠
社長	陳蕙慧
副總編輯	闕志勳
副主編	林立文
責任編輯	張立雯、黃少璋
行銷企劃	廖祿存
排版	極翔企業有限公司
讀書共和國出版集團社長	郭重興
發行人兼出版總監	曾大福
出版	木馬文化事業股份有限公司
發行	遠足文化事業股份有限公司
	地址 231新北市新店區民權路108之4號8樓
	電話 02-2218-1417 傳真 02-8667-1891
	email: service@bookrep.com.tw
	郵撥帳號 19588272 木馬文化事業股份有限公司
	客服專線 0800221029
法律顧問	華洋國際專利商標事務所 蘇文生 律師
印刷	成陽印刷股份有限公司
二版三刷	2022年4月
定價	新台幣599元 特價 新台幣399元

ISBN 978-986-359-615-8

國家圖書館出版品預行編目(CIP)資料

曼斯菲爾德莊園 / 珍．奧斯汀（Jane Austen）著；陳佩筠譯. -- 二版. -- 新北市：木馬文化出版：遠足文化發行, 2018.12
面； 公分. -- (經典文學 ; 48)
譯自：Mansfield Park
ISBN 978-986-359-615-8（平裝）

873.57 107019584